向井豊昭小説選

骨踊り

幻戯書房

骨踊り　向井豊昭小説選

La Danse Macabre

: The selected works of Toyoaki MUKAI

CONTENTS

資料

本書は、著者の単著未収録の小説作品を中心に書籍化したものです。

各章は基本的に、Ⅰ＝初期短篇、Ⅱ＝長篇、Ⅲ＝祖父・父にまつわる三部作、「資料」＝収録作品にまつわる文献および解説、として構成しています。

各作品の表記については、原則的に、初出に従いました。また、明らかな誤記や脱字などを訂正し、ルビを整理した箇所があります。

本文中、今日では不適切と思われる表現がありますが、原文が書かれた時代背景や、作品の執筆意図、また著者が故人である事情に鑑み、そのままとしました。

鳩　笛

hato bue

＊

机に向かって、まだ十分はたっていない。しかし、座禅のように組み込まれたわたしの殊勝な下肢は、もう緩慢な動きをはじめ、今夜もまたわたしの意志に見切りをつけようとしている。書き出しのただの一字が形にならず、原稿用紙は、もう数カ月も机の上に姿をさらしながら黄ばんでいた。

「よつきちゃん、吹いてみな」

「モット、チカラヲイレテ！」

「食べるんじゃない、吹くんだよ」

妻、長女、祖母——次女のよつきを取り巻いた三人のはしゃぎ声が、耳鳴りのようにわたしの鼓膜へ押し寄せる。

（うるさいぞ！）

茶の間へ向かって呼びかけ、わたしは思わず言葉をこらえた。今日はよつきの初誕生。食卓いっぱいに並べられた御馳走を、ついさっきまで、わたしはむしばむように食べていたのだ。

わたしは、白蟻だ。どんなすばらしい食物も、わたしにとってはただの朽木。無表情に、わたしはそれをむしばむのだ。むしばみながら、わたしの奥歯は、わたしの脳天の奥深くを噛んでいく。そこに横たわる数篇の主題、末尾の数行、書きだしの言葉――それら、朽木のように風化しきった書かれざるわたしの作品を、わたしは執念深く噛んでいく。しかし、噛まれているものは、それだけではない。わたしという白蟻が噛みつづけているものは、我が家なのだ。和やかな食卓のふちに、見せかけのからだ一つを置きながら、来る日も来る日も物思いにむしばまれていくこのわたし。茶をすする暇さえ持たず、原稿用紙に向かうわたし。夫として、わたしは単に、妻と同衾するだけの人間ではないだろうか。父として、わたしは単に、子どもを叱りつけるだけの人間。そして祖母は、もはや他人同様に、わたしの生活から消去されているのではないだろうか。

(うるさいぞ！)

呶鳴《どな》りかけた言葉をこらえるわたしの自責の念へ、追い討ちをかけるように響いてきたのは鳩笛の音だった。

先刻からのさわぎの元になっていた鳩笛は、よつきの誕生祝いに、妻の実家から送られてきたものの一つである。いっこうに吹けそうもないよつきに業を煮やして、姉のせいかが吹きだしたのだろう。疳高《かんだか》い彼女の笑い声が障子をふるわせ、鳩笛の音が止んだ。大人たちの笑い声が、それに重なる。多分、よつきが何かの仕種を見せたのだろう、鳩笛がまた、のどかな音をたてる。わたしのものではない、のどかな音、それはまた、祖父の音でもなかったのだ。

1

わが髭の
下向く癖がいきどほろし
このごろ憎き男に似たれば

歌集『一握の砂』の中に、こんな一首がある。宮本吉次という人が書いた『啄木の歌とそのモデル』という本によれば、この歌の『憎き男』とは、わたしの祖父、向井永太郎であるとのことだ。
祖父は、函館の大火に遭遇した啄木を、札幌の北門新報に世話をした関係上、おおよその啄木伝に一度は名を出すようである。そして伝記が啄木の周辺を仔細にほじくり返すとき、単なる就職世話人としての祖父の立場は、あまり名誉とはいえない形で肉づけをされていくのだ。啄木が、札幌から小樽へ移って間もない明治四十年十月二日、彼は岩崎正へ宛てた書簡の中で、こんなふうに祖父のことを書いている。

然し小生をして小樽に入らしめたるは別に二つの原因が有之候、一つは此度の社が創業時代——万事自由にして然も無限の活動を予期しうべき時代たる事に候、今一つは札幌に居て遂に松岡輩や亡国の髯を蓄へたる向井君らと朝夕を共にする苦痛——我と我が魂の腐蝕しゆくを感ずる不快の境遇——に堪へ難かりし事に候、向井君は好人物には相違なく候へど、畢竟ずるに時代の淬に候、最も浅薄なる自暴自棄者に候、一切の勇気を消耗し尽したる人に候、詮じつむれば胸中無一物の人に候、小生は衷心より向井君に同情致居候へど、然し一度共に語れば何といふ理由なしに一種の不快を禁ずる能はず候、この不快は然し、要するに人生の最も悲惨なる「平凡なる悲劇」に対し、小生の精神が起す猛烈の反抗に外ならず候

書簡のこの部分は『啄木の歌とそのモデル』の中にも引用されている。そして、著者の宮本氏によれば、祖父は、こんな男なのだった。

その頃、矢張り紅苜蓿《べにまごやし》の同人で向井永太郎（夷希微《いきび》）という人がいた。函館の東川町のある教会に留守居番のようなかたちで住んでいた。紅苜蓿のほかに、郵船会社に出ていた飯島白圃という人などと牧笛詩社という名のもとに、文芸雑誌を出していた。背が高く、ちょっと見ると支那人のようなタイプの人であったらしい。自我の強いことは殆んど啄木以上と言ってもいい程で、自分の子供が生れても籍をつけなかった。現在の日本の社会制度や、政治組織が気に喰わないというのである。だから子供などは学校へ入れないで自分で思う存分、理想的な教育をすると言ってがんばっていた。ところがその子供が七歳で死んだ。その時籍を入れてなかったので非常に当惑したという話である。

なんでも冬になって焚物が欠乏すると、腰掛を叩き壊して焚くようなことがあったというが、すべてに於てそうした風変りな人であったらしい。

仙台の高等学校を中途で止めた人で、小林という知人が道庁にいた関係上そのてづるで道庁の

森林課に入った。函館大火の時、啄木を札幌の北門新報に入れたのはこの人である。

この中には、いくつかの誤りがある。七歳で死んだ、というのは、実はもっと幼少、三歳で死んだ貞子という長女なのだが、その籍を祖父がかえりみなかったわけではない。貞子が生まれたとき、その母である田中イチの籍に貞子を庶子として入籍させたという事実はあるのだが、祖父は間もなく、貞子を向井の籍に入れ直したのである。おそらく、それらのことが聞き書きの誤りとなって、宮本氏の表現を招いたのであろう。しかし、それにしても、祖父は生涯、田中イチを内縁の形に終始した。彼が入籍しなかったのは、彼の妻であったのだ。宮本氏の表現がどうあろうと、祖父が『家』というものに対して、ある姿勢を構えていたということは疑うことのできない事実なのである。宮本氏の誤りは、決して本質的な誤りではない。

腰掛を叩きこわしたという一件も、同じような些細な誤りの一つなのだろう。今、わたしと一緒に生活をしているイチ——つまり、わたしの祖母の言によれば、そんなことは絶対になかった出来事らしいのだが、腰掛の一つや二つの真偽によって、自らの家庭に斧を振るった祖父の自我が左右されるものではないのだ。

仙台の旧制高校を中退したということも、とるにたりぬ最後の誤りではある。祖父が中退したのは、東京の一高なのだ。しかし、仙台であろうが、東京であろうが、学校を止めなければならなかったというその事実は、学者になりたかった祖父の志に、深い陰影をもたらしたものであることに違いはない。

わたしは、そんなふうに推測する。そして、その推測と共に、宮本氏の些細な誤りが、わたしにはひどく気がかりになってくるのだ。わたしが、中退という一つの出来事の中に祖父の陰影を嗅ぎとったように、宮本氏は祖父を嗅ぎとってくれたのだろうか。わたしにとって、とるにたりない氏の誤りが、氏自身にとっては、どのような意味を有する誤りなのだろうか。

2

祖父が死んだのは、わたしが小学五年のときだった。その頃、わたしたちは、東京に住んでいた。都心から離れた大井町の長屋で、わたしは生まれ、育ったのだ。

エノコロ草の咲く小さな庭の半分は汚れた板でおおわれ、その下をドブが流れていた。ドブの匂いをさえぎるように、庭の向こうには塀が立ち、塀の向こうにはお屋敷があった。あった、というものの、わたしはそのお屋敷を見たことはない。節穴一つ探し出せない馬鹿高い板塀は、わたしの視界から見事にお屋敷をへだてていたのだ。

ドブ川の流れに沿って、塀はどこまでも長く、まるで通せんぼをするように立ちはだかっていた。通せんぼの向こうには、幹を隠した枇杷《びわ》の樹々が枝をのぞかせ、秋になると、熟れたその実は無数のアカンベーとなって、長屋界隈の子どもたちの目にのさばるのであった。太平洋戦争が進行し、とりどりの色彩が姿を消した果物屋の店頭にいじけた乾燥バナナが王者のように現われた頃も、平然と時流を見下す枇杷の実はひどく憎々しいものであった。わたしをお伴に散歩に出かけた祖父が、大井町のとある喫茶店の前で足を止めたのは、そんなくすんだある日であった。

「チョコレート?!」と、祖父がガラス戸の貼り紙を見て声を出した。着流しの大きなからだをかがめ、たちまち店内へ入っていく祖父を追って、わたしは小さな足を急がせた。

そんな場所に、祖父と入ることはめずらしいことであった。わたしとの散歩は、ほとんど日課のようなものではあったが、祖父は滅多におごってはくれなかった。泡盛に舌鼓を打つ祖父のかたわらで、わたしはよく、コップ一杯の水をあてがわれたものである。その泡盛にもありつけない戦時体制の中で、チョコレートの貼り紙は無邪気に祖父をとらえたのだろう。わたしもまた、十分にとらえられながら、祖父の後を追うのだった。

客の混んだ店内では、誰一人チョコレートを嚙《かじ》ってはいなかった。人々の掌が後生大事に抱えるコップの中には、チョコレートの色あいをうっすらと溶かした液体がたたえられていた。その色水は、わたしたちの目の前にも置かれたのである。

わたしにとって、それがチョコレートであろうがあるまいが、どうでもよかった。その薄っぺらな色あいは、それが単なる水ではないことを十分に示してくれているのだ。わたしは唾を呑みながら、コップに手をかけた。

祖父の唇は、もうコップのふちへ走っていた。下唇の突き出た分厚い祖父の唇は、コップのふちをはさんでいる。色水は、祖父の掌で傾いていった。

「やっぱり、チョコレートじゃないぞ」

一口飲むと、祖父は舌打ちをしながら言った。飲みかけのコップを持ったまま、祖父の足は、もうカウンターへ向かっていく。わたしの目は、祖父の背中をいぶかしく追っていた。

「君、これは、ただのコーヒーじゃないか!」

祖父の声が、たちまち店内に響きわたった。

「俺の欲しいのは、チョコレートなんだ！」

店員の口が、小さく動いている。声は、わたしの耳へ届かなかった。届くものは、祖父の声だけである。

「何?!　これがチョコレートを溶かしたもんだって?!　嘘をつくのは止めたまえ！　これはコーヒーじゃないか！」

店内の客の視線は、笑いを交しあいながら、一斉にカウンターへ向けられていた。わたしは、まだ口のつかない掌のコップをそっと置くと、テーブルの片隅に押しやった。それは、祖父をわたしから遠ざける唯一の方法のように思えたのである。わたしは、吸鳴りまくる祖父が、まったくの他人であるかのような表情を取り繕ろうとしていた。

「とにかく君、あんな貼り紙で人を釣ることは止めたまえ！　けしからんよ君！」

突き出したコップを祖父は叩きつけるようにカウンターへ置いた。背中がゆれ、祖父の火照った顔がこちらを向く。唾で濡れた唇を無造作に甲で拭うと、祖父はわたしに叫んだ。

「豊昭、行くぞ！」

祖父は外へ向かっていく。飲みそこねた色水をうらめしげに横目でにらむと、わたしはあわてて席を立った。


わたしが、祖父の秘められた哀しみを覗いたのはもっと以前、まだ幼稚園の頃であった。夏休みのある日、わたしは祖父に連れられて品川の海へ行ったことがある。わたしと祖父にとってなじみの場所となっていたその海岸には、コンクリートの岸壁が、手すりのように張りめぐらされていた。わたしは爪先を立てながら、海を覗いたものである。

爪先立ったわたしの背丈は、ようやく岸壁から目を出せるほどの高さだった。岸壁にさえぎられ、痩せ細った視界の中には、埋立地の広がっていくくすんだ海が、水平線のほんの上部を覗かせながらいつも横たわっていた。海の向こうには房総半島がかすんでいる。お伽の森のようなその淡い陸影は、痩せ細った海のくすみをあやしながら、わたしの視界に盛りあがるのだった。

祖父は頬杖を突きながら、岸壁にもたれ、黙って海を見つめていた。

「おぢいちゃん、海を見せて！」と、わたしはいつものように祖父の袖をひいた。

「はだかになれ」と、祖父はわたしを見下しながら、思いもかけない言葉を吐いた。

「はだか？」

「海に入るんだ」

「海に?!」

「ああ、俺も入るぞ」

わたしの顔が、笑いでくずれた。初めて海に入ろうとするわたしの期待は、ボタンを外す稚《おさ》ない手つきをせかせながら、ますますその手をぎこちなくあやつった。そんなわたしに目もくれず、祖父はまた頬杖を突いている。

ようやくはだかになりきったわたしのからだを、くすぐるように風がふれていった。わたしは、まるでその風にあまえるように、歓声をあげながら飛びはねた。無造作に、祖父の腕がわたしを抱き、わたしのからだは岸壁の上に置かれた。

わたしが、そこから海を眺め下すのは、その日が初めてではなかった。白い波頭の繰り返しを、遠い陸影があやつる魔法のように感じながら、わたしはあきもせず海に見入ったはずだった。ラムネのように噴き砕ける波頭を、わたしはさわやかに、わたしの心へ浴びせかけたはずだった。しかし、そのとき、わたしの下に砕ける飛沫は、なぜかラムネではなかった。それは落雷のように、わたしの眸を走ったのだ。

わたしは、思わずからだをすくませた。すくんだからだ一杯に、わたしは途方もなく広い海の姿を感じていた。途方もなく狭いわたしのはだかを感じていた。わたしのはだかは海を剥ぎ、海はわたしを剥いだのだ。

いつの間にか真赤なふんどしを締め、祖父は岸壁を越えていた。すぐ目の下のなぎさから、わたしを見上げる祖父の掌がのびてくる。祖父の足首を削ぐように砕けていく波頭が、わたしの目に鋭く染みた。

「豊昭、来い」

「いや！」と、わたしは岸壁にかがみ込んだ。

「来い」

祖父の掌が、鬼のようにわたしのももをつかんだ。わたしはからだをひねりながら、岸壁のふちをつかんだ。コンクリートの粗い肌が、わたしのはだかをこすり、わたしの指に喰い込んでいく。「おっかないよう！」と、わたしは叫んでいた。叫びは涙でふるえ、わたしは両足をばたつかせた。祖父の手が離れ、思いきりの大きな罵声がそれに代った。

「馬鹿！　何がおっかない！　男のくせに、何がおっかなくて泣くんだ！　泣くな！」

わたしのからだは、電流に打たれたように硬直した。罵声の後から飛んでくる祖父の拳骨を、わたしは反射的に感じていたのだ。その拳骨をしりぞける唯一の方法は、涙をこらえる以外にないことを、わたしはすでに知っていた。

わたしは声を殺して、かがみ込んだはだかの中で泣いていた。硬直したわたしのからだを、こらえきれない恐怖がしゃくりあげていく。

「海が、おっかないのか?」

いつにない祖父の優しい声が、すぐ耳元に聞こえた。その優しさにさそわれて、わたしの首は素直にうなずいた。

「そうか、それなら、俺一人で泳ぐからな。ここで見ていろ」

わたしは、そっと顔を上げた。岸壁の上にかがみ込み、わたしを覗く祖父の顔は笑っている。それはわたしにとって、怪訝な笑いであった。わたしは、思いつめた表情で祖父に言った。

「おぢいちゃん、死んじゃうよ。海に入ったら、死んじゃうよ」

祖父の顔から不意に笑いが去り、吐き捨てるように祖父は言った。

「俺は、もう死んでるんだ。俺は、自殺しそこなった男なんだ」

「自殺?」と、わたしは聞きなれぬ言葉の意味を問い返した。蝙蝠の羽音のように、その語感はわたしの心をゆさぶっていた。

祖父の答はなかった。ゆっくりとなぎさへ向かって足をたれ、祖父は岸壁から手を離した。赤いふんどしが、哀しみのように、わたしの目に染みる。赤い哀しみをまとった祖父の見事な抜き手に、わたしは目を見はっていた。

3

向井永太郎は、明治十四年八月十一日、青森県下北郡の大畑に生まれた。母の名はキチといい、キチの父は、向井伝蔵という。伝蔵は、南部藩大畑村の検断の職にあったが、明治維新によってその職をとかれ、北海道の別海に渡るようになる。そして、そこは、永太郎の幼年期を育む土地ともなったのだ。

永太郎の父である木本国英は、会津藩士の息子であった。官軍に抵抗した会津藩の転封により、北の国、下北の斗南丘《となみがおか》への移住を余儀なくされた藩士たちの中に、木本一家は加わっていたのだ。永太郎が十四歳のとき、父、木本国英は北海道の増毛《ましけ》で死んでいる。二十八歳であった。つまり、木本は、十四歳で永太郎の父になったのだ。そして、永太郎を産んだキチは、木本よりも七歳の年長であった。

認められぬ二人の仲に、木本は独身をつらぬき、キチは松前福山の某家へ嫁にやられる。間もなくそこを離縁されたキチは、父、向井伝蔵の住む別海にいた藤川命助の後妻となるのである。伝蔵夫婦に育てられていた永太郎は、このとき、生みの母と同じ屋根の下で暮すようになったのだ。

永太郎が九歳の年、伝蔵夫婦をも含め、藤川一家は根室へ出た。一年たち、彼等は二分される。永太郎は、母、義父、そして胤違《たねちが》いの三人の弟妹に別れ、伝蔵夫婦と共に網走へ移ったのだ。網走では、伝蔵の三男であり、京谷家の養子となっていた勇次郎が、その頃の北海道の水産業を牛耳っていた藤野の支店に勤めていた。そのときの母との別離を、永太郎はこんなふうに書いている。

此別離はおれに取って何等の悲しい事件でもなかった。おれはおぢいさんに附いて行くのであったから。之がおれの物を覚えてから始めての汽船旅行であった。知床岬の沖で船はひどく揺れて、おれの小さな身体がごろごろと転がった事を記憶している。船が斜里港にとまった時、それから網走港についた時、うらゝかな日で青い海の向うに海岸の人家と、其背後の山々を望んだ時は愉快であった。

永太郎にとって、彼を育てた祖父伝蔵の感化は大きかった。永太郎の記憶によると、彼が伝蔵から受けた懲戒はたった一度とのことであるが、それは、けっして伝蔵の投げやりな態度を意味するものではない。伝蔵は、永太郎の教育に熱心にあたった。日本外史、十八史略などの講義を小学生の永太郎に説き続けた伝蔵は、網走での二年たらずの生活の後、永太郎を内地へ送り出すことにしたのである。四年制の尋常小学校を卒《お》え、高等一年をも修了した永太郎は、伝蔵の長男、永太郎には叔父にあたる向井泰蔵の養子となったのだ。

ところで、その数年前、泰蔵の弟、京谷勇次郎は、兄に宛ててこんな手紙を書いている。

御在勤ノ学校造士館モ旧臘高等中学ニ編入文部省ノ直轄ニ相成兄上ニハ更ニ同館助教諭拝命判任官五等ニ叙セラレ候趣積年ノ御勤学今日ニ顕シ家門ノ栄幸之ニ過キサル義ト奉喜悦候此上一層ノ御黽勉《びんべん》ヲ以テ他日奏任官ニ及第シ家名ヲ発揚アラン事ヲ奉希望候

泰蔵は、数学を独学して教師になった人間である。奥羽同盟に加わり、官軍に抵抗をこころみた南部藩――しかも、そのさいはての小さな村の役人の総領が、新しい時代の流れの中で身を立てるには、並大抵の努力では叶わなかったろう。四十歳を過ぎ、ようやく高等中学の助教諭――それさえも家門の栄光と讃えねばならぬほど、向井家の没落を一族は感じていたのだろうか。勇次郎の文面は、尚も続いていく。

小弟ハ客年五月ヨリ当支店回勤相成年来無事勤仕罷在候当地ハ別海ヲ距ル三十二里余戸数凡六十郡役処所在ノ地ニシテ先ツ北見中ノ一小都会ニ候得共何義僻遠ノ地ナルヲ以テ文化未タ給シナラス住民ハ進取ノ気象ニ乏シク只旧慣ニ安ンスルノ風習有之候青年ノ小弟方今開明ノ時節ニ遭逢シ一ノ学科ヲモ修ムル事ナク追々無用ノ輩ニ属スルハ到底免レサル所ニシテ固ト是レ生計上止ヲ得サルニ出タル義トハ申乍ラ実ニ是ノミ遺憾ニ不堪候御賢察被下度候

この文面に、壮大な開拓魂は微塵もない。時代の流れに押し流され、見も知らぬ北辺の地、網走に埋もれていく人間の、どうしようもない愚痴がこぼれてくるだけである。おそらく、伝蔵もまた、同様の心境であったろう。そして彼は、子種のない長男の泰蔵に永太郎をあてがうことによって、没落しかかった向井の家系を守ろうとしたのではなかったろうか。独学などという、遠い、恵まれぬまわり道ではなく、まっとうな学校教育を受けさせるためには、永太郎が網走界隈にいてはならなかったのだ。

明治三十三年、十八歳の春、永太郎は泰蔵の勤める鹿児島の造士館中学を卒業し、一高に進学した。前年の十一月、鹿児島美以《みい》基督教会においてキリスト教の洗礼を受けていた彼は、学者、思想家になることを夢みていた。しかし、一年たち、養父の泰蔵が健康を害すると共に、永太郎への仕送りは途絶えがちになった。その年、藤野網走漁業店の帳場から支配人に昇格をしていた京谷勇次郎は仕送りを約束し、永太郎を励ますが、永太郎はそれを蹴り、一高を退学した。
その年の秋、向井家の長老伝蔵は網走で病死した。伝蔵の死について、永太郎はこんなふうに書いている。

おれはしかしおぢいさんの事を聴きたいとも思はなかった。おぢいさんの墓が如何であるかも尋ねなかった。何でもまだ仮墓の様に聞いた様であるが、それへ参詣しやうとも思はなかった。

明治三十四年、二十歳の重なる出来事は、どのように屈折しながら永太郎の自我を掘り下げていったことだろう。十月、彼は月島の下宿で、こんな歌を詠んでいる。

空の鳥野百合の教君に聞きて厭はしの世にせめて幸なる

野百合の歌を詠んだ一カ月後の十一月から十二月にかけて、永太郎は北陸をさまよう。佐渡に渡り、入水自殺に失敗をしたのはこのときであった。別海の荒海で鍛えた彼のからだは、本能的な生への意志に逆らうことはできなかったのだ。

東京へまいもどった永太郎は市役所に勤め口を見つけ、早稲田の講義録をとりよせて勉強をはじめる。ニーチェを知り、こんな歌も詠んでいる。

神の道に迷ひし夢の今醒めて人の道知る現世ぞよき

しかし、永太郎はニーチェの思想を生き切ることはできなかった。信仰にゆれながら、明治三十五年の秋、彼は実母の住む根室へ戻るのだ。彼の表現を借りれば、それは『何等の誇るものをもた』ぬ『孤影蕭然とし』た趣きであった。

間もなく、永太郎は根室の花咲小学校の代用教員となるが、この頃から彼は詩を書きはじめ、東京の投稿誌『文庫』などに作品を送りはじめるのである。

明治三十六年八月、代用教員を一年たらずで止めた永太郎は、函館へ出た。二十二歳の誕生日の直後である。英語学校の教師などをやりながら、彼は詩作に没頭するのだ。

永太郎が、一人の女性への一方的な恋を演じたのは、函館へ出て間もなくの頃である。応えはなく、割れた傷口を、永太郎は見も知らぬ女性との結婚によって繕おうとする。彼の属する函館の牧笛詩社の同人、飯島房吉の母の紹介によって田中イチと結婚をしたのは、明治三十八年、永太郎二十三歳のときであった。イチの年齢は六ヵ月の年下、裁縫を学ぶかたわら日曜学校に通う平凡な女だった。二人の結婚式は教会で営まれている。

後方羊蹄山

あらびし嵐おさまりて
吹雪するみ冬はつきぬ。
咆《たけ》りし浪の静まりて
北の海霞にけぶる。
春の大空つと撫でゝ
巨《おほ》き人こゝに臨めり。

見よや氷の衣には
照れる日の光まばゆく
かゞやき亘る其の姿、
天降《あも》り来て立たせる神か、
あな叢雲の御簾《みす》まきて
世を治《し》らす皇帝《すめらみこと》か。

思へ悩みの痛き日は
一歳の半ばつゞきて、

残る半ばも幾干《いくそ》かは
朗ら日の慰藉《なぐさめ》あらむ、
頸《うなじ》を高くもたぐれば
嫉《にく》しみに敵《あだ》こそ寄すれ。

今ほゝえみの面《おもて》には
唯光栄《はえ》の色見ゆらめど、
知らずや今ぞ凄じき
戦闘《たゝかひ》に負傷《いたで》の名残、
忍耐《しのび》の祝福《めぐみ》今ありて
深か沈黙《しじま》それぞ凱歌《かちどき》。

八洲《やしま》の外の蝦夷が島、
大船に煙たゝして
我が越えて行く後志《しりべし》の
沖べより陸《くが》見さくれば、
あな荘厳《おごそか》にそゝり立つ
島つ富士後方羊蹄山《しりべしやま》や。

結婚をした四月、永太郎はこんな詩を書いている。平凡な家庭生活の中に己れをくらまそうとした永太郎の企みは、一見成功をしたかのようである。しかし、『凄じき戦闘《たゝかひ》』の傷を抱えながら『ほゝえみの面《おもて》』を得た永太郎の心情は、見せかけのものであった。彼は田中家の娘イチを、向井家に入籍しようとしなかった。それは、くらましきれぬ己れの自我への、どうしようもない固執ではなかったろうか。そして、そんな自我に関わりなく、結婚は家庭の経済的自立を彼に強いるのだ。

詩作の片手間の英語教師だった彼が、人一人を余分に養うことは並大抵のことではない。間もなく長女の貴子が生まれ、永太郎の負担は一層増えていく。こうして、結婚二年後の明治四十年、彼は友人の世話で、北海道庁拓殖部の林務係として札幌へ移るのである。すでに紅苜蓿に入っていた永太郎が啄木と関わるのは、この前後のことであった。

後年、彼は山役人となった自分の生活を、こんなふうに書いている。

森林監守

官給の洋服に
金釦光りてあれど、
帯剣のさらゝと鳴りて
厳《いか》つけき様は見ゆれど、
いつもはく脚絆《はばき》わらんじ、
冬なればつまごはきかんじきかけて

山めぐる卑き役人。

山の木の払下《はらいさげ》にと
人夫つれ山にのぼりて、
夏なれば篠竹くゞり、
冬なれば深雪《みゆき》こぎわけ、
択伐《ぬきぎり》の木々を見わけて、
一つ宛《づつ》輪尺あてゝ、
一つ宛極印打ちて、
一つ宛野帳にしるす。

伐跡を隈なく巡り、
かくれたる不正のわざに
幾人《いくたり》か罪人挙げて、
人の怨身に負ふ役目。
ある時は心弱くて
寛かにあしらひぬれば、
上官の覚えよからず。

利を思ふ狡猾の民
酒さかな山とふるまひ、
黄金の花のいざなひ
ひたぶるに欲しくはあれど、
顕はるゝ罪を虞れぬ。
いと軽き俸禄なれど
離るゝはいとゞ恐ろし。

春山に小鳥歌へど、
開墾の火入の煙
気にかゝる山火の虞れ。
ひねもすを労し労して、
親める自然の影に
幽妙の美をも探れず。
現実は胸に重たし
当月の支給の旅費高。

駐在の官舎に帰り
家人《いへびと》に先づはきゝける。

郵便の公書の有無を。
技師たちが机上の案の
煩瑣なる山の調査の
指揮書など入りてなければ、
ほつと先づ息を休めぬ。
つどひ来る子等を顧み、
漸くに爐ばたにつきて、
晩餐の膳に上りし
一本の酒をうれしむ。

山まわりの長い出張から帰った後も『公書の有無を』問わねばならぬ縛られた生活。『当月の支給の旅費高』を心にかけながら盗伐の罪人を挙げて『人の怨』を『身に負ふ役目』の彼には、『自然の影に幽妙の美』を探ろうとしたあの『後方羊蹄山』の詩心はなくなっていく。

明治四十四年、本郷弓町から、啄木は永太郎へ宛てて、こんな年賀状を出している。

新年のお祝申上げます
併せて私は、兄がもはや詩や歌を作らなくても済む正しき道にお進みになっている事についてもお祝申上げますこの頃、永太郎の友人たちは次々に北海道を去り、東京へ出ていた。美術展の絵葉書などが、しきりに東京の声を運んでくる。

此ノ画ハ某批評家ノ言ニ依レバ今秋第一ノ作デアルソーデスガ私ハ無用意ニ見タ為メニ伝説的聯想ガナカッタカラデモアリマセウ別ニ深クモ動カサレマセンデシタ近頃私ハ自分ガ美ニ対シテ盲目ニ近イ事ヲ感ジテ居リマスカラ作品ヲ通シテ美ノ専門家カラ教ヘラレタイトイフ願ヲ持ッテ画会ヲ訪レタノデスガ不幸ニシテ忘我ノ境ニ誘フ如キ力アル作ニ接シマセンデシタ即今ノ私ニ取ッテハ長唄ヨリモ義太夫ガヨク画ヨリモカーライルノ論文ノ方ガ面白イノデアリマス

大正六年三月、永太郎は十年間にわたる官吏の生活を断ち、東京へ出た。彼は三十五歳、妻のイチ、八歳になる朝子、五歳の十三夜、二歳の新人の五人家族であった。

大久保に家を借り、彼は詩作に没頭する。一家の生活を支えるものは、僅かばかりの退職金と、イチの針仕事であった。そして、永太郎は五月、その退職金によって、第一詩集『よみがへり』を、続いて七月には『胡馬《こば》の嘶《いなな》き』を出版するのである。

『よみがへり』の扉には『父なる神に捧ぐ』という言葉が刷り込まれてある。『よみがへり』とは、『詩に復活した紀念』であり、『永き基督教的信仰生活の動揺の中より、近時漸く確認し得た様に思はるる光明と新作の春季なるを象徴した』ものであった。

『北海道風物詩』なる副題を持った『胡馬の嘶き』の扉に刷り込まれた活字は、かつて、その死にあたって永太郎が『聴きたいとも』、『参詣しようとも思はなかった』伝蔵への献辞、『亡き祖父の霊に捧ぐ」という言葉であった。永太郎は『おぢいさん』という小文を詩集の末尾に載せ、伝蔵を愛惜しているのでもある。

二つの詩集を立て続けに世に問うことのできた永太郎にとって、すべてのものは感謝の対象であったのだろう。しかし二つの詩集は、彼の退職金を食いつぶし、詩壇はほとんど、彼を黙殺した。新聞の書評にわずかにつらねられた活字からは、彼が石川啄木と同じ紅苜蓿の同人であったということが目につくのみであった。

その年二月、すでに萩原朔太郎は、詩集『月に吠える』を世に出し、口語自由詩の運動は大きく飛躍しつつあった。しかし、そんな時代のかたわらで、永太郎は古びた音律をいじくっていた。『よみがへり』の序言によると、彼の主張はこうなのだ。

拙者は一の疑問を現時の詩壇に提供したいと思います。夫《それ》は詩形の事であります。拙者は此集に新作として載せた全部は唯「桜」の一篇を除いて五七音、七五音等の聯句による格調で通した事は拙者が曽て詩壇に流行した此格調に熟して居るからの事に過ぎないのでありますが、詩壇の諸賢が多く此詩形を顧みられない様な現状に付ては、何となく物足らなさを感じないでもないのでありますます。此格調は日本人に取りて因縁深い、捨て難い趣があるではありますまいか。

永太郎は『日本人』の『格調』を『捨て難』かったのだ。二つの詩集を最後に、彼は東洋思想へ次第に傾斜をしていく。老荘をひもとき、唐詩選を読みふける彼は、『果報は寝て待て——徹底無為主義の提唱』と題する論文を書き上げ、唐詩選の律語訳に精を出すのだ。その間の彼の職歴を、自筆の履歴書はこんなふうに語っている。

大正八年五月ヨリ同十三年三月マデ　横浜市書記奉職都市計画局庶務勤務同局廃止ニ付退職当時月俸百円住宅料十円

大正十五年四月ヨリ昭和五年三月マデ　東京市神田区表神保町十番地株式会社春秋書院編集員勤務国語漢文大字典編纂ニ従事事業完了退職月報酬百円

春秋書院を退職した四十八歳の永太郎の職歴は、もはや続こうとはしない。翌年の六月、栃木で書いた一通の履歴書は、どんな職業を求めてのものだったのだろう。一家を養わなければならない義務感に責めたてられながら、彼は悶々と、三年間を栃木で過すのだ。

数学教師だった養父の泰蔵は、栃木中学を最後の勤務校として、すでに死んでいた。養母ハルの一人住む栃木の私宅に一家を引き連れて転がり込んだ永太郎は、二十一歳の朝子を頭に四人の子どもの親であった。

三年たち、養母ハルの口ききで、朝子は京都へ嫁にいった。ハルもまた栃木を離れ、朝子へついていく。朝子の婿は、ハルの甥であった。ハルの老後にとって、永太郎は、まったく頼り得ない息子であった。

栃木の家は、形ばかりの相続人、永太郎の財産となった。その財産を売り飛ばし、永太郎はふたたび東京へ出る。彼は五十一歳、娘の十三夜は二十一歳、大久保で死んだ新人の後に生まれた二人の息子は、まだ小学校に通う年頃だった。

働く気配もない永太郎を見て、娘の十三夜は母の苦労を分ち持とうとする。彼女は、銀座のあるカフェーの女給になって、育ち盛りの弟を抱えた一家の経済を助けはじめるのだ。

やがて、十三夜はカフェーで、一人の男と親しくなる。両親や弟の面倒もみてやろうという男の言葉にひかれ、十三夜は彼と同棲をした。しかし、男には妻子があった。それを知ったとき、すでに十三夜の胎内には小さな命がはぐくまれていた。

悄然と、十三夜は、大井の長屋へ戻ってくる。生まれてこようとする赤児の養育について、男は代理人をたてて話しあおうとした。しかし、玄関先に現われた代理人に、永太郎は一喝を喰らわせたのだ。

「俺の知ったことじゃない！　帰ってくれ！」

男も、その代理人も、もう二度と現われようとはしなかった。

やがて、永太郎は、昭和八年十一月十四日、こんな日記を書くのである。

十三夜、荒川某の胤を産す

某——と、永太郎が書く、まるで他人事のような非情さは何なのだろうか。永太郎が負った暗い生の発端を、彼同様に負って出た一人の孫を、彼はどんなまなざしで見つめたのだろうか。呶鳴り、黙殺し、超然と構える以外に成すすべのなかった永太郎の無器用な苦しみを、四十年がたとうとする今、わたしはようやく理解しようとしている。その、一人の孫の名は、豊昭という。

4

祖父は、玄関先の四畳半を一人占めにしていた。城壁のように書棚を張りめぐらせたその部屋で、祖父はよく習字をやったものである。欧陽詢の九成宮醴泉銘《きゅうせいきゅうれいせんめい》は、祖父の最も好きな手本のようであった。新聞の折り込み広告や包装紙などをていねいに伸ばして、祖父は習字に使うのだった。

そんな一枚の書きそこねた紙にさえ、わたしは手をふれたことがない。四畳半は正に城であり、祖父の持物は玉手箱であった。恐ろしい声とともに、わたしの頭を襲う祖父の拳骨を、わたしはけっして喰らおうとは思わなかった。

どうかして、理不尽な拳骨を、わたしの頭が喰らっても、祖母は止めることができなかった。祖母はおろおろと懇願するのである。

「お尻を叩いてください。そんなに頭を叩いては、馬鹿になりますよ。お尻にしてください……」

思うままの暴君が、思うままに吸鳴りつけられた姿を、わたしは一度だけ記憶している。それは、わたしが小学二年のときであった。

その頃、わたしの母は、結核のために家で寝込んでいた。ある夜、往診を終えた医者が、玄関先で祖母と何か話をしていたことがある。話の途中で、祖母は茶の間に向かって微妙な目くばせをした。ラジオに耳を傾けていた祖父は、すぐにその意味を感じとったようである。ゆっくりと腰を上げ、祖父は玄関へ行った。

聞き取りにくい三人の話合いに、わたしの耳はいぶかしげにラジオから離れていた。一緒にラジオを聞いていた叔父は、突然立ち上がると、わたしの耳を引き戻すように、ラジオのボリュームを上げた。

医者が帰ると、祖母は何事もなかったような表情で、食卓の上を片づけはじめた。祖父は荒々しく座布団に坐ると、吐き捨てるように言った。

「勝手に働いて、勝手に病気になってしまった！」

「馬鹿野郎！」と、叔父の叫びが、祖父の真向かいでした。叔父のこめかみがふるえ、彼は食卓を叩きながら叫び続けた。口数の少ない、けっして腹を立てたことのない叔父の突然の変身に、わたしのからだは硬直していた。

「十三夜姉さんは、誰のために働いたんだ！　父さんが悪いんじゃないか！　みんな、父さんが悪いんじゃないか！　ぼくが学校に通えたのも、やっと会社に勤められるようになったのも、十三夜姉さんのおかげなんだ！　父さんのために、十三夜姉さんが、どんなに苦労してしまったのか、父さんは分っていなかったのか！」

「三比古、止めなさい！　止めなさい」

布巾を握りしめ、祖母は叔父の叫びを懸命にさえぎろうとした。仁王立ちになってしまった叔父は、奥の間に寝ていたわたしの母へ叫んだ。

「十三夜姉さん！　元気になってね！　きっとなおってね！　ぼくたち、力をあわせて母さんをしあわせにしてやろうね！　おいっ、振也！　お前も早く元気になるんだぞ！　十三夜姉さんに恩返しをしないうちは、ぼくたち、死なれないんだぞ！」

わたしのもう一人の叔父振也は、そのとき、やはり結核にかかり、母と同様に寝ていたのだ。嗚咽の声が、我が家の四方から祖父を貫いていた。頭をうなだれた祖父の白髪めがけて、鈍い電燈の光が落ちてくる。枯れた白髪は、こまかな影を刻みながらくすみきっていた。わたしは、大きな声で泣いた。王者の失墜は、なぜか、わたしに、奇妙な悲しみを与えたのだ。

学校の遠足があったのは、それから数日後のことだった。帰ってきたわたしが勝手口から勇ましく足を踏み入れると、とたんに、わたしの鼻を鋭く突いた匂いがあった。見知らぬ家であるかのように綺麗にかたづいた我が家の空間一杯に、線香の匂いがこもっている。わたしはいぶかしげに板の間を踏み、茶の間へ入った。

奥の間の母の布団の位置は、なぜか変っていた。母の顔を白布がおおい、そのかたわらには小さな机が置かれてある。線香はその机の上から立ち込めているのだ。逆さに立った屏風の向こうに叔父振也の布団のはしが見えていた。

祖父と祖母は、まだかたづけたりぬのか、せっせと動いていた。わたしは茶の間に立ったまま、目の前の意味を解こうとしていた。

「豊昭、おとなしくするんだよ」

祖母は、わたしに近寄ってくると、静かに言った。

「おかあちゃんが、死んだんだよ」

わたしは、鉄槌を喰らったように、その場に砕けた。母を呼び続けながら、わたしのからだは、砕け散ったわたし自身を掻き集めるように、畳をむしり、ころげまわった。

「豊昭、泣くんじゃないよ。泣くんじゃないよ」

悲しみを押し殺した祖母の声が、わたしの耳にわずらわしく響く。祖父の呶鳴り声が、わたしを無器用にあやしていった。

「泣け！　うんと泣け！　もっと泣け」

三ヵ月たって、十七歳の叔父振也も死んだ。太平洋戦争がはじまったのは、それから一ヵ月後のことである。十二月八日の朝、祖父は、臨時ニュースを告げるラジオに、まるで耳を押しつけるように聞き入っていた。

「やった！　とうとうやったぞ！」

手を叩きながら耳を離す祖父を、わたしは唖然と見つめたものだ。祖父は、わたしの小さな肩を叩きながら興奮を続けていく。

「戦争なんだ！　チャンコロだけじゃない！　アメリカとイギリスを相手に、戦争をはじめたんだ！　戦わなきゃ駄目だ。戦うんだ。いいか、豊昭、戦わなきゃ駄目なんだぞ！」

祖父の戦争好きは、そのときにはじまったものではない。わたしが生身の祖父とふれるはるか以前、明治三十七年の二月、祖父は日露戦争の開戦を知って、こんな歌を詠んでいる。


筆投げて我も執らば剣太刀行くは唐土《もろこし》西比利亜《シベリア》が原

結婚の前年、函館で詩作に没頭していた頃のものである。しかし、祖父は、天皇制国家と常にべったりの人間であったわけではない。『夜小国君来り、向井君の室にて大に論ず。小国の社会主義に関してなり。所謂社会主義は予の常に冷笑する所、然も小国君のいう所は見識あり雅量あり、或意味に於て賛同し得ざるにあらず』と石川啄木に書かせている北門新報の小国露堂と祖父の親交などを考えてみると、たとえ、同じ日の同じ日記で、啄木によって『向井君は要するに生活の苦労のために其精気を失える人なり、其思想弾力なし』と極めつけられているにせよ、社会主義者とひざをまじえた札幌でのそんな祖父の時代は、詩集『よみがへり』の中の、こんな一篇につながってくるように思えるのだ。一家を連れて北海道から上京して間もない、大正六年四月の作品である。

馬糞

それの御苑に観桜のうたげ張らるゝよき日なり。
いともよき日のよき日なり。
御苑の門にいかめしき人は立ちけり。
勲章の数燦然と光りたる
騎馬の士官の往来《ゆきき》さへいときらびやかにものものし。
今日しも此処に招かれし貴顕のやから
はればれと馬車に自動車いさましく、

花のいでたち麗はしきたわやぐ人も打ちのせて
大路を狭くつどひ来ぬ。

大路のわきに居列べるいやしき民のやからあり。
多くは女小供なるまづしき装ひとりどりに、
顔もかたちもとりどりに、
いとも醜きそのやから。

やがて至尊の二方の鹵簿《ろぼ》の近づく時なりき。
鹵簿の拝観こひねがひつどふ卑しき此のやから、
ひしめき紊《みだ》る途筋の秩序を保つ
警官のひまなきつとめ。

更に見よ、電車、荷車、人もまた
とどめられたる鹵簿の途、
途に落ちたる馬糞《うまくそ》を
一つ一つに拾ひとる人のありけり。

見よや見よ。水は撒かれつ鹵簿の途。

塵はとどめず鹵簿の途。
ひとりいやしきやから人
醜き姿さらしつつ途のかたへに堵《かき》をせり。
誰か来りて捨てざるや、馬の糞なる此のやから。

至仁の君はしづしづと鹵簿を進めて近づきぬ。
至仁の君はあはれみの清き眸を
途ばたのいやしき群に注ぎけり。
至仁の君は一たびも水の撒かれし途を見ず、
塵を止めぬ途を見ず。
鹵簿は御苑の門を入る。

5

人生を戦いそこねた祖父の晩年にとって、太平洋戦争は大きな生甲斐になっていく。日中戦争がすでに五年を経過した開戦一ヵ月前、祖父は近衛首相に宛ててこんな詩を献じていたのだ。

事変五年牲萬兵
鬼哭啾々詛米英

優游不断民院倦
鋭銛電撃屈巨鯨

開戦は、祖父の願いに見事に応えるものであった。四畳半の城にこもり、祖父は弾丸のように漢詩を作っては、内閣、陸海軍の首脳へ郵送するのであった。
礼状が、律義にもどってきた。御満悦の祖父にとって、とりわけ山本五十六の返書はお気に入りのものであった。

高詠拝受難有御礼申上候
十七年三月　山本五十六
向井永太郎殿

名刺ほどの小さな厚紙に墨を走らせたたったそれだけのものを、祖父は宝物のように額に入れ、机の上にかざっていた。名刺そのものの肩に、単に『御礼』と書き入れただけのその他の高官の返書に比べ、確かに山本提督の返書は誠意があった。しかし、祖父が気に入ったのはそれだけではない。雑誌に載った提督の筆蹟と丹念に見比べながら、「直筆だ。直筆だ」と、祖父はうなるように言うのだった。

東京が初めての空襲にあったのは、昭和十七年の四月十八日のことである。その日、配給の酒をたいらげた祖父は、城の中央でいびきをかいていた。そんな祖父を、祖母は叩き起そうとしなかった。酔いどれた姿が、防火班の足手まといになることを祖母は怖れたのだ。わたしは、たった一人押入れに閉じ込められ、空襲警報の解除を待っていた。

わたしの手には、祖母が預けていった茶筒が一つ抱かれていた。茶筒には、配給の塩せんべいがぎっしりと詰められてある。思わぬおやつに、わたしはすっかりうれしくなり、むさぼるようにせんべいを噛り続けた。

わたしが、ふと奇妙な淋しさにとらわれたのは、最後の一枚に歯をかけたときだった。空になった茶筒が、わたしの手に冷たい感触を伝え、わたしは急にゆっくりとせんべいを噛みしめた。唾液にこねられ、せんべいは舌の上で溶けていく。ねっとりとした感触の名残りを口に含み、わたしは心細くなっていた。もはや、せんべいはなく、わたしはたった一人でそこにいるのだ。祖父のいびきがする。わたしの淋しさを無視するような平然としたそのいびきは、暗い押入れを、ますます暗くさせていった。

わたしは、おそるおそる押入れを開いた。首一つを突き出したわたしの顔に、窓の向こうの見なれた空が光ってくる。しかし、見なれたはずのその空に、敵の飛行機は飛び、東京は襲われているのだ。その空は、もはや、わたしの知らない空であった。

わたしは、慄《おのの》くように目をしばたたいた。飛行機は見えなかった。濾過された空の親しさが、まつ毛の間から、ようやくわたしの目に届いてくる。しかし、わたしのまつ毛は、奇妙な濁りの重たさを感じ続けていた。

わたしは不意に、その言いようもない重たさを母に訴えたくなった。背を丸め、まるで戦場をくぐり抜けるように押入れを飛び出すと、わたしの手は机の引出しをつかんでいた。そこには、母の遺した瀟洒なメモ帳があったのだ。

祖父のいびきが途絶え、寝返りを打つ音がした。わたしはメモ帳をにぎりながら祖父を偵察した。一転した祖父のからだは、ひじを突きながらどんよりと起きていく。ようやく起きた上半身は、腰から下を引きずりながら、玄関めがけて這っていった。

祖父の緩慢な動きは敷居の上で止まった。しゃがみ込んだからだを、祖父は左手で危なかしく支え、右手は下腹部を探っている。

三和土を打つ、祖父の放尿の音がした。ひざを突き、首をたれた祖父の姿勢は、打首寸前の男のようであった。

放尿の音が止んだ。酔いどれた祖父のからだは、ゆっくりととんぼ返りを打ち、仰向けに倒れた。はだけた着物の下腹部から、まるで鬼の指のようにはみ出ているものがある。

祖父が、ひどくはみ出た人間であるということを、わたしはぎりぎりと感じていた。祖父のからだ、祖父の考え、祖父の讃美する戦争――それら一切が、わたしの目前の祖父の下腹部のようにはみ出ているのだ。

わたしのまつ毛のあの奇妙な重みは、一層の重みを伴いながら、わたしの目を祖父から外していた。わたしは、母のメモ帳に、叫ぶように書きなぐった。


今日、空しゅうがあった。本物だ！

本物だ――とわたしは書いた。そのときのわたしにとって、空襲だけが本物だったのではない。わたしが、孤独であるということが本物だったのだ。しかし、わたしはまだそのとき、孤独という言葉を知らなかった。

祖父が北海道へ去ったのは、それから数カ月の後だった。そのときのことを、祖母は今、こんなふうに回想する。

「別海の、お母さんのところに行くってね。もう帰ってこない、北海道で死ぬって言うのさ。冗談じゃないよ、豊昭。お母さんを養うこともできないで、逆に居候するつもりなんだよ。何もしないで生きていたいんだよ、あの人は……とめたって、人の言うことを聞く人じゃないし、どうせ、そのうち帰ってくるだろうと思って、ほったらかしておいたさ……」

祖母の思惑どおり、祖父は半年ほどで帰ってきた。北海道の土産話の中から、わたしは今、こんな祖父の語りを思い出す。

「鉱山で若いやつと一緒に働いてな、俺、事務所の中にいても外套をぬがんで仕事するもんだから、若いやつが文句をつけるんだ。俺は言い返してやったさ。これは息子の形見なんだ。俺は息子と一緒に、大日本帝国へ御奉公をしているんだってな」

祖父は北海道から、一枚の熊の毛皮を持ってきた。彼は祖母にそれを裁たせ、袖なしを作らせた。祖母がつけた銘仙の布地を裏に隠し、祖父は野性を剝き出すように毛皮をまとった。わたしにとって、それはまるで蛮人の風俗としか思えなかった。

祖父は超然と、その袖なしで外出した。通りすがりの人たちは、きまって、六尺豊かな祖父の風体に振り向いた。わたしは、どんなに誘われても、もう祖父についていこうとしなくなった。祖父はわたしを呶鳴り散らし、不機嫌な顔つきで散歩にいくのだった。呶鳴り散らす祖父は、わたしにとって、もはや恐ろしい拳ではなくなっていた。

間もなく、祖父は隣組の班長になった。戦争の進行と共に出征兵士を出していく隣組の中で、祖父は班長としてうってつけの男手であった。祖母は、その頃を回想する。

「面白い人だったよ。配給物がいろいろきて、班長がみんなに分けるんだけどね、大根なんか、いいとこをみんな人にあげてしまって、うちには葉っぱの切れはしを持ってくるんだものね。書きものなんかだって、ちゃんちゃんとすましてしまうし……そうそう、ほら、表通りの運送屋さん、あのおじさんが、よく自分の書きものを頼みにきてね。書いてもらってる間、ひざを折って待ってるんだよ。おぢいちゃんが『君、あぐらをかきたまえ』って言うと、『だって、先生がひざを折ってるのに、わたしだけあぐらをかけません』ってね。『わたしは、子どものときから正座に慣れてるんだ。君、あぐらをかかないと引っくり返ってしまうぞ』って、おぢいちゃんに言われ、恐縮しながらあぐらをかいてね。おぢいちゃんは、運送屋さんに言うんだよ。『お礼なんか絶対に持ってこないでくれ』ってさ。道庁にいたとき、あの人が出張中に、わたしがお菓子折をあずかったら、後であの人に呶鳴られてね、泣き泣き、それを返しにいったこともあるんだよ。そういうとこ、あの人は偉かったね」

祖母の回想と、わたしのその頃の思い出は、ひどく焦点が喰い違っている。染みのついた鳥打帽、首に巻いた手拭、地下足袋をはき、帯芯で作った脚絆を巻き、そして、あの毛皮の袖なし。せっかくの国民服をまといながら、祖父のアクセサリーは、まったくアンバランスな雰囲気を作っていた。国民服という規格品をはみ出た格好で、祖父は防火演習の号令をかけた。その馬鹿でかい声は、わたしの聞いたどの声よりもはみ出たものだった。

祖父は、そのはみ出た声で、出征兵士を送る万歳の音頭をとった。軍歌を歌うとき、一オクターブの違いが必ずあった。ある小節は高すぎ、ある小節は低すぎ、祖父の無器用な歌声は見事にはみ出たまま、わたしの耳を打つのだった。わたしは見送りの群れから、いつも三尺下っていた。師の影を踏まないためではない。祖父を遠ざけるためにである。

祖父が四畳半の城で寝たきりになったのは、昭和十九年の五月の半ば頃であった。月が終ろうとする二十九日の午前十一時半、祖父は死んだ。六十二歳。すでに敬愛する山本提督は戦死をし、後退する戦局は、東條内閣を瓦解させようとしていた。

その日、わたしは学校帰り、新刊の少年倶楽部を本屋で見かけ、足早に家へもどった記憶がある。祖父の死を知らされたとき、わたしは少しも驚かなかった。少しも悲しまなかった。わたしは祖母をせきたて銭を手にすると、本屋へ駈け出していった。

「ジジイが死んだときのこと、どうもくわしく思い出せないんだけど、何の病気だったの?」

「胃潰瘍だったんだろう」

「だったろうって、はっきりしないの?」

「だって、医者にみせたくないって、強情はるんだもの」

「みせなかったの？」

「ああ、おかげで、わたしは困ってしまったよ。死んだ後、警察に行って事情を話してね、ようやく医者を紹介してもらって死亡診断書を書いてもらったんだよ。心臓麻痺ってことにしてくれたけどね、血を吐いたりしていたから、胃潰瘍だと思うね」

「ジジイ、死ぬとき、何か言ったかい？」

「前の日だったかな、『苦労かけたなあ』って、あやまっていたよ。讃美歌なんか、一人で歌ってね」

「讃美歌？　どんな讃美歌さ」

「わたしが聞いたんじゃないよ。用たしに行って帰ってきたら、大家さんの奥さんから、『旦那さん、讃美歌を歌ってたようですよ』って言われたんだよ」

「どんな讃美歌だったのかなあ……」

「まあ、いいさ。死ぬときにあやまったんだから、わたしも許してやるさ」

「目を落すとき、どうだったのさ」

「知らない」

「そばにいなかったのかい？」

「うちの中にいたんだけどね、そのとき、『酒を飲みたいなあ』って言うもんだから、配給のお酒をコップに入れて、枕もとに置いてね、それからお勝手で仕事をしてたんだけど、なんだか、あんまり静かな感じがするもんだから、行ってみたら、もう死んでたんだよ」

「コップの酒は？」

「すっかり、飲んでたよ」

「一人で飲むほど、力があったのかなあ……」

「知らないよ。もう、わたし、しゃべるの面倒くさくなってきた。苦しくなってくるもの。もう、このへんで止めておくれよ……」

祖父の讃美歌は、死期を知った人間の悟り、土壇場の回心だったのだろうか。わたしは、そうは思えない。祖父の讃美歌は、祖父が生きた時代への挽歌ではなかったろうか。家や国家に縛られた見せかけの自我を讃える近代への挽歌ではなかったろうか。あり得ない自由への挽歌ではなかったろうか。

＊

「あっ、駄目!」

妻の叫び声と共に、何かが割れる音がした。

「知ーランデッ! 知ーランデッ! オーラハ、知ーランデッ!」

姉娘のせいかがはやしたてている。驚いたように、よつきの泣き声がおこった。わたしは、もう思索をあきらめきって茶の間へ出た。

「パパッ! ヨツキチャンタラネ、ハトブエ、テーブルニブツケテ、コワシチャッタンダヨッ!」

顔を出すなり、せいかの告げ口は飛んできた。破片に取り巻かれ、よつきは泣き続けている。首だけの鳩笛をぎっちりとにぎったよつきの泣顔の中に、わたしは、彼女によく似た二つの顔を見出していた。遂に、のどかな鳩笛を吹くことができないであろうわたしの顔を——遂に、のどかな鳩笛を割ってしまった祖父の顔を——

祖父が死んで三十年がこようとする。めまぐるしい戦後の時代を流れながら、わたしはいつの間にか、ゆかりの土地、北海道へ来てしまった。過疎化の進む小さな村の学校で、やがて村を出、やがてこわれるであろう小さな自我を相手に、わたしは日々につぶされている。かつて、行李二つの祖父の遺稿を、小気味よく焼きすてたはずのこのわたしが、焼きそこねたほんの数点の遺稿を頼りに、祖父の意味を問いつめてもいる。

よつきよ、そしてせいかよ、お前たちはどんな時代に縛られながら鳩笛を吹いていくのだろう。どんな時代に縛られながら鳩笛を割っていくのだろう。すでに、お前たちは、鳩笛を吹き、すでに、お前たちは、鳩笛を割った……

脱殻《カイセイエ》

kaiseie

1

わたしが鳩沢佐美夫の名を知ったのは、昭和四十年の頃、ある文芸雑誌の同人雑誌評を読んでのことであった。女教師に対するアイヌの子どもの思慕をナイーブに描いてあるという意味のその批評は、ほんの十行前後のものであったが、その半分に近い数行には、鳩沢の作品を載せた『S文学』の編集者に向ける言葉が綴られていた。『S文学』の編集後記には、鳩沢がアイヌであるということを書いていたらしいのだが、同人雑誌評の担当者は、作品の質は作者がアイヌであるか否かに関係のないことであると、戒めるように述べていたのだ。

その頃、わたしは北海道へ来て四年目の教員生活を送っていた。わたしの勤める小学校は、北海道では最もアイヌの多い日高地方にあり、わたしの学校の子ども達も、およそ三分の一はアイヌの子ども達であった。学校の内にも、そして外にもある、さまざまな差別を見聞きしながら、わたしはいつの間にかアイヌに関わる小説を書きはじめていたが、それは、差別の現実に頬被りをする教育の現場への、わたしの憤懣のはけ口のようなものでもあった。

数えきれないわたしの憤懣の中には、こんなこともある。勤めて一年もたたない頃であった。日高地方の新任教師研修会があり、支庁の所在地である浦河《うらかわ》の小学校に行った時のことだ。閉会を前に、参加者の一人一人が、教師になっての感想を述べることを強いられたのである。わたしの番が来た時、わたしは口ごもりながら言った。

「わたしの学校には、アイヌの子ども達がかなりいるんです。それで、生活指導や、学習指導で、いろいろな問題を感じ、困っているんですが……」

わたしの言葉を取って、司会者はこう言った。

「どうも、日高では、アイヌという言葉は禁句のようでして……わたしなんかも、その一人かもしれませんね」

髭の剃りあとの青い自分の頬を、司会者は掌でさすった。爆笑が会場の体育館に響き、わたしは火照る頬を持て余しながら、首を肩へ埋めていた。

それから三年、わたしは、『S文学』の編集者の勇み足によって、思いがけず、一人のアイヌの作家の存在を知ることができたのである。

わたしは早速、『北海道年鑑』で『S文学』の発行所を調べ、その号が欲しいこと、そして鳩沢の住所を知りたい旨の手紙を書いた。

『S文学』は、わたしの住む日高地方に隣合わせた胆振《いぶり》に発行所を置いていたが、数日後、返事は届いた。しかし、残念なことに、鳩沢の作品を載せた号はもうなく、わたしは、彼の住所を知ることだけができた。結核のため入院をしているという彼の病院は、同じ日高地方の平取町《びらとり》にあった。

町立の国保病院の鳩沢へ、わたしは、その頃、わたしがガリを切って作り上げた個人創作誌の第一号を送った。そろそろ、年賀状を書きはじめようとする季節の頃であった。

個人誌に対する返事は、十日を過ぎてもなかった。わたしは彼の病状を推測しながら、年賀状を出した。彼の初めての便りが届いたのは、一月も二十日を過ぎてからのことである。

謹賀新年
早々の御年始状有難うございました
年末より病状が思わしくなく十二月三十一日重態に陥りましたが、
初春十一日頃より小康を保ち、漸く危機を脱することが出来ました。
天は再び鳩沢にペンを執れと命じました
本年もどうぞよろしく
目下安静厳守に努めてゐます。
回復次第詳報
高橋代筆

天は再び鳩沢にペンを執れと命じました——葉書に記された、そんな彼の意気込みは、旧仮名を混ぜた代筆人の年齢のせいではなく、鳩沢自身の言葉に違いないだろうということをわたしが理解したのは、それから一年ほどたった後、幾冊かの『S文学』の旧号を手に入れてからであった。その中の『盛夏の陽光』という雑文にみなぎっている彼の気迫は、正に「天は再び——」という、あの口調そのものであったのだ。

愛誌『S文学』四十一号を手にして、どうしても筆を執らずにはいられなかった、これまで同人の末席を汚し、つたない作品を随分お目にかけて来た。それに対しての同人各位の忌憚のないご意見は、方向さえ定まらぬ者に唯一の指針であった。病弱な幼年期を経て、義務教育も中途で断念し、病臥に明け暮れる十数年である。その間に生きる礎として命を投げ打つ決意で、文学一路に盲進して来た。そして今、いくらか何かがまとまりつつあると気負っている。その転機に当って思いつくまま愛誌『S文学』に一文を投じてみたい。

こんな書き出しではじまる彼の文は、三段組で三ページを占めるものであった。彼はその中で『S文学』の水準の低さを嘆き、同人の奮起をうながすと共に、編集部に対するこんな苦言を述べている。

その第一は、雑誌の隔月発行を是非履行してもらいたい。第二には、印刷面についての要望である。これまでのように、誤植や脱字が横行していては、全体の品位さえ疑われるであろう。いやしくも文学誌の編集を担当するからには、これらの点細心の注意を払ってもらいたいものである。第三には、強力な同人間の結びつきである。一部分の層のつどいの場と化したような現状は、心細い感がしてならない。

真面目な物言いである。その言い方から浮かんでくる彼の像は、胸を張り、背すじを伸ばし、唇を結んで歩いて行く大柄な青年の姿であった。

『S文学』の旧号を手に入れたきっかけは、札幌のある若い研究家との接触によるものである。アイヌを主題にした文学作品を集めているというその青年にねだられて、わたしは自分の雑誌を送っていたが、創刊号を出してから二年後の夏、札幌の狸小路《たぬきこうじ》に勤めているその青年をたずねたことがある。

その年の春、青年は『S文学』に『アイヌ文学文献考』を発表し、わたしは彼から、その号を貰っていた。そこには、わたしの作品も、鳩沢の作品も紹介されてあった。そして、鳩沢が、「民族出身ただ一人といっていい作者」というように紹介されていることも勿論のことであった。

勤め先の閉店にはまだ時間のあったその夜、青年は店の向かいの喫茶店にわたしを案内し、わたしは一人で、彼の身体が空くのを待ったものである。喫茶店の一隅で演奏するエレクトーンの生の音を、わたしはその夜、初めて聞いた。田舎住まいのわたしにとって、粋をこらした店の内部は滅多に見られるものではない。それは、差別と貧困の吹きつけるアイヌ問題の現実とはかけ離れた場所であった。わたしは、青年が、なぜアイヌに関わっていったのかを不思議に思っていた。

ようやくやって来た青年に、わたしは自分の感慨を話し、彼がアイヌ問題にのめり込んだ動機をたずねた。青年が短歌を作っていたこと――そのことから、夭折したアイヌの歌人、違星北斗《いぼしほくと》を知ったこと――それらを語りながら、青年はこんなことも言った。

「火事がおそろしいんですよ。もし、火事になって、せっかくのアイヌ関係の蔵書が焼かれてしまったらどうしようかと思いましてね。おそろしいですよ。火事が……」

目瞬きもせずに語る青年の表情を見つめながら、わたしの心はこわばっていた。アイヌ関係の文献を、わたしは青年ほどには持っていないだろう。しかし、わたしにも、青年の蔵書に匹敵しうるものがないわけではない。

差別の事実を証言する子ども達の作文である。ダンボールに貯められたその作文を一つの拠所に、わたしはアイヌ解放の教育運動を提唱してきた。わたしが札幌へ出かけたのも、翌日から開かれる全道の教育研究会のある分科会で、アイヌ問題のレポーターとして立つためなのであった。しかし、わたしにとって、それらの作文の値打ちは、青年にとっての蔵書同様ののさばりを持っていないと、言いきることができるのだろうか……。

子ども達の作文が、わたしの脳裏を次々とよぎっていく。癖のあるそれぞれの文字が、それぞれの書き手の顔を伴いながら……。

顔の流れは渦となり、渦の中からY子の顔が溢れ出る。岩手県から転校をして来たY子の作文は、わたしが得た子どもの証言の最初の一つであった。

私は前に岩手県にすんでいました。岩手県でテレビなどを見てアイヌの人のことをすこしはしっていました。アイヌの人は北海道にすんでいるということ、私たちとちがう服をきているということ、それから顔なども私たちとちがうということをしっていました。

北海道にひっこししてからもっとくわしくアイヌのことをしりました。私のおねえちゃんがおかあさんといっしょにアイヌの人のことを話していました。おねえちゃんは、「私たちの組にもアイヌの人が五、六人いるんだよ。まつげが長くて色が黒いんだよ」といっていました。

私はまつげがこくて色が黒い人はいないかなあと組の人のことをかんがえてみました。すると私の組にもアイヌの人がいました。わたしの前にすわっているA子ちゃんもアイヌです。A子ちゃんは毛ぶかくて、とてもくさいにおいがします。アイヌの人といっしょに勉強していると思うとあまりいいきもちがしませんでした。

この前、先生がアイヌの人について話をしました。先生の話を聞くと、アイヌの人は私たちとすこしもかわらない人たちだということがわかりました。私はもうアイヌの人のことを悪く思ったりしないことにしました。

農林省関係の牧場の役人の娘であるY子が転校をして来た四年生の秋、社会科の時間に、わたしはアイヌの歴史について指導をした。北海道についてふれた教科書の『札幌のふきんは、今から一〇〇年ほどまえに開たくされたところです。そのころ、北海道は、大きな森林や原野におおわれていました。住んでいる人の数は、もとから住んでいたアイヌ人を加えても、北海道ぜんたいで、五万人ぐらいでした』という記述を、わたしは二時間の授業に引き伸ばしたのである。教科書での、いや、大方の日本通史におけるアイヌの扱いはそんな程度のことであり、そんな扱いでさえ避けて通るのが、わたし達教員の間での暗黙のきまりであった。

寝た子は起すなという不文律の戒めを破った数日後、子ども達に書かせた作文の中からY子の作文を見出した時の、刑事のような頬の火照りをわたしは忘れない。職員室の机の前でふんぞり返り、わたしはやたらに煙草を吸いながら繰り返しその作文を読んだ。

「鳩沢佐美夫とお会いしたことがありますか?」

青年の声が、わたしの思念を叩いた。

「ありません」と、わたしの声は上の空であった。わたしはまだ、同じことを思い続けていたのだ。

「会いたいと思って手紙を出しても返事をくれないんですよ。人に会いたがらないようですねえ」

わたしは黙ってうなずいた。それは青年へのうなずきでもあり、青年の知らないわたしの内部への醜いうなずきでもあった。

「鳩沢佐美夫に手紙を出したことはないんですか？」

青年の問いが続く。あの代筆の年賀状以来、わたしと鳩沢の通信は途絶えていた。わたしが通信を止めたのは、わたしの作品が、東京のある文学雑誌に発表されていたことに由来するのだろう。わたしは何がしかの自負にうつつを抜かし、鳩沢はわたしの内部でかすんでいた。そんなわたしの鳩沢が奇妙に心でうずくのをエレクトーンの音の中で感じながら、わたしは煩わしそうに答えるのだった。

「前にね、何度か……」

『S文学』の旧号を発行所から送ってもらったのは、その夜の喫茶店での痛みに由来する。鳩沢の旧作『証しの空文』が『祖母』と改題されて最近の『S文学』に発表されたことなども、わたしはその夜知ったのだが、その号をねだられた『S文学』の発行所は、それと一緒に幾冊かの別な旧号を送ってくれたのである。たまたまその中の一冊に、生一本の鳩沢の建白書、あの『盛夏の陽光』をわたしは見出したのだ。

鳩沢の創作『祖母』に対する『S文学』の編集部の力の入れようはかなりのものであった。編集後記にはこんなふうに書いている。
○今号でも悩みに悩んだうえ妙なことをやらかしています。ご覧のごとく鳩沢君の旧作の再発表のことである。この独断のことをまずお赦し願っておきたい。新号あたりで噂がとんだのか、多数の方から太宰賞に参加したという「証しの空文」を見たいが、バック・ナンバーを是非ほしい、とお問い合せを受けたりした。
○ところが、この「証しの空文」は同賞参加の際、雑誌の余部がないまま、生原稿のまま参加したものである。一方、また編集人は作者鳩沢君からミス・プリントだらけだと、33号のそれをきつくお叱りを受けたのであった。その頃は、まだ編集人もやりつけないためのことなのでほとんど、そういうミスを拾いあげることも出来ず、まことにお恥しかった。いまもそれを後悔している。
○今回は原稿作成を罪亡しのため編集人が受けもち、その際、会話を独立改行をして地の文との混在から解放した。これは読者の可読性を考え、この名篇の鑑賞に資するためである。作者の紙面経済を考えての当初の稿よりかなり読みやすくなっていると思う。同人諸兄ももう一度ご味読を願えれば幸い。

太宰賞に応募したというそのことを、編集後記は三冊ほどの各号で繰り返し語っていた。そして、そんな持ち上げようとは関わりなく、『祖母』は秀作であった。

私はおふくろのふところを、思い出すことは出来なかった。が祖母の温い懐は、いまもはっきり覚えている。私はたった一人の内孫でもあった。そのせいか、祖母は私を溺愛した。夜、寝床にはいると、かならず頬に口付けをして「ウン・ウウン」と頭をなでてくれた。

それがすむと、祖母は自分の丹前で、私の肩を被ってくれた。そして子守唄のようなポンイソイタック（短いお噺）をしてくれるのであった。

「あのな、あるところにとっても貧乏なポントノ（若者）がいたんだと……」

からはじまって、ポントノは真面目に働いて、慈悲深く蛇などを助けてやった。だが、どうしてもお金持ちになれなかった。そのうちに、かえってポントノが窮地に陥った。

すると、以前助けてやった蛇が現れて、それを救ってやった。そしてポントノはお金持ちになって、自分を助けてくれた蛇を一生祀ってやった。

「……したから蛇はぜったいにいじめるなよ……」

といって終りになる。

そのとき私は、祖母のお噺しの後を追っていた。お噺しのなかの、貧乏な若者が真面目に働く姿や、木が茂り、川がある風景が、なんとなく判か《ママ》るような気がしていた。

ただ、ときどきアイヌ語でなければ語れないような部分に来ると、祖母は先ずアイヌ語でそれを話した。それから、私たちが普通使う言葉で、説明してくれるのであった。

たとえば、私を愛撫するときのウン・ウウーン！　という言葉などである。活字ではいとも珍妙に、ウン・ウウーン！　などと書くより術のない言葉あるいは呻き声であった。

その発声は、ちょっと類のないものである。それだけに他の表現では、説明つけられない。可愛いという意味もあるが、そんな紋切りの一形容だけではなかった。とにかく満身の愛情を絞り出されたような、感動する響きであり、言葉であった。

『祖母』の一部分である。ここに描かれた祖母の姿は、おそらく鳩沢自身のものなのだろう。アイヌの孫である彼が、アイヌである祖母の死と生を描く文体には、『盛夏の陽光』の高ぶった硬さはなかった。低い、押さえた声で、彼はアイヌの愛と哀しみを描いていた。その沈潜した魂が結晶し、より多くの人々に大きな問いをもたらす日の来ることを願いながら、わたしは彼に久しぶりの手紙を書いた。出来ることなら、わたしと組んで同人誌を出さないか、アイヌ問題をテーマにする文学運動をやらないかという提案を、わたしはその時、彼に試みた。しかし、その返事は、とうとうなかった。

2

鳩沢佐美夫達、平取の青年が、『日高文芸』という同人雑誌を出した記事を新聞で見たのは、それから二年の後だった。その頃、わたしは文学にも、教育運動にも行きづまり、悶々とした日々を送っていたが、鳩沢の作品も発表されているという新聞の記事は、わたしの心にほのかなぬくもりを与えてくれた。鳩沢は生きていた。あの『祖母』の作者は、どんな秀作をたずさえて再出発をしたのであろうか。わたしは期待を抱きながら、『日高文芸』の事務局に創刊号の誌代を問い合わせた。

数日後、送られてきたものは創刊号であった。肩上がりの、特徴のある文字で封筒に書かれた差出人の住所は、新聞で見た事務局のものではなく、平取町字去場《さるば》――氏名は鳩沢佐美夫であった。同人誌にはさんだ一枚の便箋には、誌代はいらぬこと、今後よろしくお願いしたいとのことが、簡略に走り書きされていた。

雑誌は、タイプ印刷で七十ページ余り、色刷りの表紙を持つ、田舎では贅沢な体裁であった。八カ条の会則と前文がその中にあり、あの『盛夏の陽光』の口調は死んではいなかった。

前　文

私達は純粋に文学を志し　生地の姿で未来を語り　手をつないで前進します
私達は進歩の著しい文明社会に遅れず　無視されようとする　自然（広義的）に　現時点から眼を向け　人間の本質を探究します
私達は如何なる団体にも属さずに　独自の分野を開鑿《かいさく》し　全般的な地域文化の向上と発展に寄与することを念願とします
私達は年三回（三月七月十一月）に協会誌を発行し　広く普遍性を世に問いかけます
私達は会則に準じ　特定者の横暴を排し　総意の運営と方向の明確化を期します

『赤い木の実』という鳩沢の作品は、蝦夷地と呼ばれた古い時代を背景にしたものであった。物語の筋を作ることに落ち過ぎて、作品自体の深さはまったく欠けていたのが残念であったが、ただ一つ、わたしは彼の文体の変化に気づいていた。

私はその日も、薪を取りに裏山へ行った。二人いる姉たちは、隣部落などへ嫁いでしまい、たった一人の兄も〝親方〟と呼ばれている和人に連れられて、どこか遠くの漁場へ雇われ奉公——。私は、父と母の三人で暮していた。が、その父親も、若い頃こそ、部落でも一、二と騒がれた狩猟の腕前。しかし寄る年波には勝てないかして、家に引籠ることの方が多い。一方に母親は、どちらかというと口のうるさい質——

『赤い木の実』の書き出しである。名詞止めを繰り返すその文体は、ユーカラの口調とどこか似通っていた。勿論、ユーカラの特徴は名詞止めにあるのではなく、リフレーン、音韻の美しさにある。しかし、わたしは、名詞止めによって一定のリズムを産み出そうとする鳩沢の試みに、ユーカラのリズムを取り入れようとしている彼の態度をどうしても感じるのであった。もし、そうならば、それは徒労な寄り道でしかないのだが……。

ピスン　キロル
シンナ　カネ
キムン　キロル
シンナ　カネ
ピスン　キロル
オトﾟル　シットク
ホカイパレ

こんなユーカラの詩句は、アイヌ自身の日常生活から、アイヌ語が消されてしまった今、『浜の道／別にあり／山の道／別にあり／浜の道／数多の道の肘／曲りくねり』というような日本語訳によって、その意味を理解するだけである。そして、その日本語によっては、アイヌ語の音韻、アイヌ語のリズムを理解することは、再現することは、不可能なことである。所詮、鳩沢が日本語によって作品を綴る以上、彼の出来ることは、日本語に置き換えられたユーカラの表皮的な口調を真似ることでしかあり得ないのだ。大自然の中で唱われたアイヌの叙事詩は、もはや還らぬロマンである。しかし、鳩沢は、それを還そうと試みている。そう言えば、『赤い木の実』は、アイヌの娘のはかない恋を描いたロマンであった。ある文学雑誌の同人雑誌評で、『赤い木の実』が少女小説であると、たった一言でかたづけられているのを、わたしは間もなく見た。その少女小説の背後にある鳩沢の痛みを読みとれなかったとしても、それは批評家の責任ではないのだろうが……。

創刊号への感想を、わたしは短かな言葉で書き送った。短歌があり、俳句があり、詩、随筆と、盛り沢山なその号のすべての作品についてふれるだけの時間がわたしにはなかったし、作品自体、わたしを興奮させるだけの個性もなかった。しかし、田舎には不相応な体裁の同人雑誌を出した活気はうらやましいものであり、わたしは、その活動の祝福を文面に記した。その文面の終りに『赤い木の実』から、わたしがユーカラを連想したことを書いたのが、作品への唯一の感想のようなものであった。

折り返し、鳩沢から手紙が来た。ユーカラのことにはふれていなかったが、わたしの手紙を感謝し、外部からのそういう反響が同人を力づけることになるのだというような意味の言葉が書かれてあった。そして、二号への寄稿を、わたしに依頼するのだった。四枚ばかりの雑文ではあったが、わたしは早速書き送った。

わたしの雑文は、四カ月の間をおいて発行された二号に掲載された。他にも、外部からの寄稿者はあり、鳩沢は編集後記の中で「明日の『日高文芸』の滋養としたい」と謝辞を述べていた。そんな鳩沢の心の程度をわたしが知ったのは、続いて出た三号の編集後記を読んでのことだった。「この一年を顧みて、あまりにも恵まれ過ぎている編集者としての自己の存在を知った。先ず原稿難のピンチを、博識の部外者に救われた。」「しかも向井豊昭氏に至っては、まだお目通りさえもない中央文壇のホープである。」

赤面せざるを得ない持ち上げようである。わたしの作品が東京の文学雑誌に発表されてから、もう三年がたっていた。そして三年間、わたしはこれといった作品をただの一つも書いてはいなかった。たかが一度、東京の雑誌に拾われたからといって、それがそのまま文壇への通行証になるものではないことを、わたしは身にしみて知っていた。そんなわたしに対する鳩沢の評価は、わたしには負担であり、わたしは鳩沢にそのことを書いて投函した。

その頃、教育におけるわたしの課題は完全に行きづまっていた。あれは、日曜のある日のことである。五年生の子ども達を連れて、わたしはシャクシャインの砦の跡へ行ったことがあった。寛文九年、松前藩の圧制に立ち向かって戦いを起したシャクシャインの砦は、わたしの勤める小学校からバスで三十分ほど離れた静内《しずない》町の町はずれにあったのだ。

静内川の川口近くに聳えた、かっての天然の砦からは、眼下に広がる海が見渡せ、砦の上で子ども達は一斉に歓声をあげた。

「先生、帰りに水浴びしてかないかい!」

「早く海に行こう!」

芝生に囲まれた石碑と東屋、ただそれだけの砦の跡には、子どもの興味をそそるような戦いの匂はもうない。わたしは苦笑をしながら、そこにシャクシャインの像が建つ日のことを想像していた。

明治百年、北海道百年に続く静内町百年祭を翌年に控え、シャクシャインの像を建てようとする組織が、アイヌの町会議員を会長に発足しつつあることをわたしは耳にしていた。静内町百年とは、そこに淡路の稲田藩が移住をした年を基にしているのだが、シャクシャインの像を建てようとする人々は、稲田以前のはるかな民族の歴史を、シャクシャインの像を借りて訴えたかったのでもあろう。

しかし、『森と湖のまつり』のモデルだといわれるアイヌの彫刻家、砂澤ビッキに像の制作をにべもなくことわられ、代って見つけた制作者は、Tという『日本人』であった。

Tは、まだ一年もたたぬ前、稲田藩の子孫が作る稲田会に頼まれ、開拓の功労を讃えるレリーフを、同じ静内町のある場所に建てていた。アイヌの土地を奪った人間を讃えるレリーフの制作者に、民族の興廃を賭けて戦ったシャクシャインの像を作る資格がはたしてあるのだろうか。

そんなことを考えるわたしの手を子ども達は引っぱりながら、海をしきりに催促する。川の上流の村から来た子ども達の執拗な催促に、わたしは予定になかった海をめがけて、今きたばかりの坂を下りはじめた。

「ワーイ!」

「ワーイ!」

歓声がわたしを越しながら、競り合うように駈けて行く。アイヌの子どもも、アイヌではない子どもも、一様に、同じ歓声をたてながら……。

曲がりくねった急勾配の坂の向こうに消えていく彼らの背中を見つめながら、ゆっくりと下っていくわたしは、ふと、鬨《とき》の声を連想していた。この砦に松前藩の軍勢が押し寄せた時、彼等はどのような叫び声をたてたのであろうか。アイヌはどのような叫び声で応酬したのであろうか。意味のない叫びはともかく、砦の上から飛んだのはアイヌ語であり、砦の下から飛んだのは日本語だったのに違いない。そして、その日本語の中には、たとえばこんな言葉はなかったろうか。

『ブチ殺《ゴロ》してケルド！』

金掘人足まで動員し、軍勢をととのえたという松前藩である。その金掘の人足の中には、海を越えてやって来た津軽や南部の人間達も混じっていたかもしれないのだ。彼等は、彼等を育てた方言で、アイヌを罵ったに違いない。

「先生、早くおいで！」

坂の下で子ども達が手を振っている。そのかたわらを、土煙をあげてダンプが走って行った。

「こらっ、もっと隅《スマ》コサ寄れ！」と、わたしは思わず叫んでいた。抜けきれないわたしの方言にもう慣れっこの子ども達は、ざわめきながら場所を移す。

その時、わたしは、自分の叫びに、耳鳴りのようなものを感じていた。わたしの叫んだ方言は、かって、ここで叫ばれたに違いない方言と、同じ故郷を持つものなのだ。

喜四郎　大誉浄玄居士　文化三寅年五月十四日　松前正行寺ニ葬ル
しやん　釋尼妙証　安永八亥年四月十四日　行年五十八才　正行寺ニ葬ル　森佐兵ヱ妻
弥惣治　松前阿部屋伊兵ヱ名跡　行年廿四才　同所専念寺ニ葬ル
興兵衛　大誉雄玄居士　安永五申五月九日　行年四十六才　松前浄土宗正行寺ニ葬ル　松前中河原町中田市兵ヱ名跡

武兵衛　函館蛯子武兵ヱ名跡　真正院名誉専号阿栄清居士　文政十丁亥年閏六月二日　行年七十六才
勘治郎　道誉春光居士　明和七庚寅年二月十九日　行年十七才　松前ニテ卒　大畑ニ葬ル
多　七　念誉常専居士　寛政八辰年十一月廿七日　行年三十四才　下蝦夷地シコツ場所ニテ卒　骨函館唱名寺ニ葬ル
甚太郎　箱館住吉屋　興起是行信士　文化十三子年三月三日

南部藩大畑村の検断職を勤めていた向井家の家系図には、家から離れて死んだ者達のいくつかの末期も書かれてある。次男坊、三男坊であり、あるいは女であったそれらの者達は、海一つ隔てた蝦夷地へ渡って行ったのだ。

狭苦しい故郷の土地を離れなければ暮しはたたなかったのかもしれない。海の彼方への野心や夢もあっただろう。しかし、それは、蝦夷地を植民地に変え、アイヌの民族性を奪っていった徳川封建体制、日本帝国主義と無縁のことではない。まぎれもない侵略者の家系に、わたしはつながっているのだった。

そして今、わたしはアイヌ語を滅したものの言葉で、アイヌの復権を唱えている。たとえ、わたしが言葉のなまりを取り去っても、わたしは日本語を取り去ることはできないだろう。わたしがアイヌの子ども達を日本語で教育する以上、それは帝国主義的同化政策の仕上げに加担していることなのだ。

わたしが祖父をモチーフに一篇の創作を書きあげたのは、それから数ヵ月の後だった。祖父は無名の詩人であったのだが、わたしは、わたしの内にこもることによって祖父を見つめ、祖父を見つめることによってわたしを見つめ直そうとした。そして、それは、アイヌ復権の教育運動への意識的な訣別を意味するものであった。

アイヌものを書き続けてきたわたしは、新しいその作品を転機に同人誌に加入し、文学ひとすじに打ち込もうとした。わたしは、その場所を『日高文芸』に求めた。『日高文芸』が、わたしを満足させる質を持ってはいないことを、わたしはすでに創刊号で知っていたが、そこには鳩沢佐美夫がいた。同人に加えてくれるようにというわたしの手紙に対し、鳩沢は、かって、わたしが新しい同人誌を一緒に作らないかと誘いかけた時に、まったくの黙殺をしたことを詫び、そんな非礼をはたらいた自分と一緒にやってくれようとする『先生』に、勇気百倍の思いであるというような意味の手紙をくれた。便箋三枚のその手紙は、わたしが彼から貰った初めての長さであった。わたしは『先生』と呼ぶことだけは勘弁してもらいたいと、折り返して手紙を書いた。

四号が出たのは、その一カ月後であった。百二十ページの分厚さの四分の一を占めていたのは『農民は訴える』という座談会であった。すでに三号に座談会『地域文化（文芸）活動の方向』を載せ、農業問題、婦人問題、アイヌ問題の三つを課題化していた『日高文芸』は、二年目の方向を、その課題の掘り下げに向けていたのだ。

座談会を司会する鳩沢は、創刊号以来、作品を発表していなかった。地域課題の座談会などのために、鳩沢の創作活動が鈍るのを、わたしは惜しいと思った。

合評会の日、わたしは転任の荷造りに追われていた。日高山脈の標高に迫る山の中の小さな学校に、わたしは望んで移ったのだ。そこには、アイヌがいなかった。

3

足腰のきかない祖母、妊娠三ヵ月の妻、幼稚園の年長組に進むことを楽しみにしていた長女、まだおむつのとれない次女、それら四人の家族を連れて赴任した全校児童が十五名の学校で最初の夏休みを迎えようとする頃、一通の手紙がわたしに届いた。道南地方文学懇話会の案内である。

胆振地方の同人雑誌の人々が計画したその懇話会の会場は、室蘭の市民会館であった。懇話会はともかくとして、室蘭という場所に、わたしの心は動いていた。望んで入った村とはいえ、山の中での四ヵ月を過していたわたしは、久しぶりに、自分を雑踏の中に解き放したくなっていた。

当日は、一学期の終業式の日であった。式を終え、四枚の通知箋を子ども達に渡すと、わたしは早々に、村の外れの無人駅へ歩いて行った。乗換えの待合わせを入れ、五時間の汽車の旅である。輪《わ》西《にし》駅に降りた時、時計は三時を過ぎていた。

室蘭は二度目の街であった。初めてそこを訪れた時、わたしは一つ先の室蘭駅に下車をした。テレビ局のプロデューサーがわたしを出迎え、わたしは車でスタジオに案内され、アイヌの教育問題についてアナウンサーと対談をした。しかし、今、わたしに出迎えがあるはずはない。わたしは駅の売店で煙草を求め、市民会館への道をたずねた。

駅前の道路沿いに近く、その建物はあった。行事を予告するいくつかの立看板の中には、全道の民間教育研究会の案内もある。それはアイヌ問題をもっとも精力的に取り上げてくれた研究会でもあり、かっての仲間は、今年もそこに集まるはずなのであった。一週間後のその期日に、再び室蘭を訪れるつもりはなかったが、わたしは立看板の隅々まで、ていねいに読んだ。

懇話会の時間までには、まだまだ間があった。市民会館の近くの書店に入って、わたしは本をあさった。それは、わたしの旅の目的の一つでもあった。

四ヵ月ぶりの本あさりの末、わたしはふくらんだバッグをさげて市民会館へ入った。会場の和室には、いくつかの人のかたまりが雑談をしていた。その一つのかたまりの中にいる一つの顔が、わたしの目をひいた。男の前には、数十冊の『日高文芸』が積み重ねられている。

あぐらをかいた男の背丈の程度は分らなかったが、そのアイヌの顔は、わたしには小さく感じられた。わたしの心に住んでいた彼の輪郭が大き過ぎたせいなのだろうか。

「向井ですが……」と、わたしは中腰で言った。

「やあ、先生ですか」と、彼は目を見張った。鳩沢に間違いないようである。

「よく出てこられましたねえ」と、鳩沢は言葉を続けた。

「街が恋しくてね」と、わたしは笑いながら答えた。

「恋しいですか?」と、鳩沢は笑わなかった。

「そりゃあそうですよ。あんな山の中にいたら、誰だって、たまに外界へ出てみたくなるでしょう」

「そうでしょうか?」

わたしを見つめる鳩沢の生真面目な目をそらし、わたしは、彼の前に積まれた『日高文芸』を覗き込んだ。

「できましたね」

「ええ、おかげで、どうやら恰好がつきました。先生の原稿がなかったら、形なしになるところでした」

鳩沢に手渡された五号をわたしはめくった。祖父を描いたわたしの作品は、巻頭に載せられていた。ページを走るわたしの目を、誤植が次々とよぎっていく。わたしはさりげない顔で、編集後記のページを開いた。第四号の農業問題座談会が、朝日新聞の『標的』に取り上げられたことが書いてある。

「目次には創作としておいたんですが、それでさしつかえなかったでしょうか?」

心配そうな鳩沢の声がする。

「ハア?」と、わたしは顔を上げた。

「大分考えたんですよ。手記とすべきか、あるいは創作であるのか……」

「創作ですよ。勿論」と、わたしは力を込めて言った。『手記』などという週刊誌なみの銘を打たれてしまった時のことを内心で想像し、わたしはやりきれない気持になっていた。

雑談の声が室内に増えてくる。四、五人の世話役達が、仕出し料理を机に並べていた。鳩沢はあたりを見まわすと、わたしとの会話を打ちきって、膝の前の、『日高文芸』の山を取り上げた。丁重に頭を下げ『日高文芸』を手渡していく鳩沢の社交の広さに、わたしは驚いていた。

詩人だという若い世話役の声がかかり、わたし達はそれぞれの指定の席に着いた。自己紹介は、かっての鳩沢の呰であった『S文学』の発行者からはじまった。彼は、『S文学』の編集を長い間にわたって担当してきたD氏に対する追悼の言葉から述べはじめた。D氏が四ヵ月ほど前に死んだことを、わたしは、その時、初めて知った。

大なり小なりの追悼の意を含めた自己紹介が三人ほど続き、鳩沢の番になった。鳩沢もまた、D氏の悼みから言葉をはじめた。よどみのない、力の込もった話しぶりであったが、それはどこか、選挙演説に似通ってもいた。わたしは、彼の熱っぽさに半ばひかれ、半ば辟易としていた。

すでにビールの栓は抜かれ、自己紹介の進むほど、それは人々の私語に消えがちであった。小一時間もかかり、最後の一人が話を終えた時、待ちかねたように席は崩れた。

わたしは、隣席のSという高校教師と話をはじめていた。彼は『日高文芸』の同人であり、今は札幌市内の高校に勤めているが、かって日高支庁の所在地である浦河の高校に勤めていた頃『日高文学』という同人誌を主宰し、そこに鳩沢が入ったのだという。その後『日高文学』は潰れ、鳩沢は『S文学』に移ったのであった。

高校教師は、自分の学校の学園紛争の話をした。日共系のIという社会科教師が、社研の生徒に突き上げを喰らい、職員室の自分の机の上に、護身用と称する出刃包丁を置いたこと。生徒を売り渡すような嘘八百の情報を新聞社に電話したこと。そんなI氏の取り乱し方を、やりきれない口調で彼は語った。

Iというその社会科教師と、わたしはある教育研究会で席を並べたことがある。釧路市で開かれたその研究会の『アイヌと教育』の分科会で、わたしとI氏は助言者のような役を負わされていたのだ。札幌という都市の人間であるI氏がアイヌの分科会に出て来たのは、全道の歴史教育の会の副会長という一種の学識を買われたものであったのだろう。

アイヌ問題が、在日朝鮮人問題の分科会の中で初めて取り上げられてから三年目、分科会はアイヌそのものの分科会として、その年、初めて独立し、数名のアイヌの青年男女もそこに参加をしていた。無党無派、素朴に差別を訴える彼等の発言をじれったそうに聞きながら、人々は批判めいた私語をかわしていた。

何人かのアイヌの発言の後、まだ口を開いていなかった一人のアイヌの女性が立った。

「わたしは民青に入っています」

彼女がそう言ったとたん、分科会場にあてられた教室の空気がたちまち緊張し、参加する教師達の視線が生き生きと集中するのをわたしは感じていた。

そのアイヌの女性は、母親が全日自労に入っていること、その日、失対事業改悪反対のビラまきを街頭でおこなっていることなどを語り、階級的な連帯を説いた。

熱っぽいうなずきに囲まれながら、彼女はこんなことも言った。

「なぜ、アイヌ人と言わないで、アイヌと言うのでしょう。日本人と言い、朝鮮人、中国人と言うのに、なぜ、アイヌと、呼び捨てるように言うのでしょう。それだけ深く、わたし達は差別をされているのです！」

席に座った彼女の言葉を引きついで、I氏が発言をした。どんなことを言ったのか、わたしはもう忘れてしまったが、たった一つ鮮明に覚えていることがある。彼の話にしばしば出てくる一つの単語を口にするたびに、彼は、媚びるように丁重な発音で「アイヌジン」と言うのであった。ついさっきまで、確かに「アイヌ」と言っていたはずの彼が――

『アイヌ』は、アイヌ語で『人間』を意味する尊称である。その尊称が蔑称となってしまった今、そこに、『人』という一字をつけたすことでもって、アイヌは人になれるのだろうか。変り身の速いI氏の言葉を、わたしは憮然とした表情で聞いていた。

そんなかっての記憶を呼び起してくれたS氏とわたしの近くに鳩沢の席はあったが、そこには飲みかけのコーラが泡をたて、鳩沢の姿はなかった。あちらこちらに席を移す鳩沢と話をする機会を持てぬまま、閉会の時間は近づいていた。

室内には、もう明りがついている。知人の車を頼んで来たという鳩沢は、とどめの乾杯を前にして帰って行った。わたしにも同乗をすすめ、彼の家での一泊をもちかけたが、わたしは遠慮した。鳩沢を、わたしはすでに見たが、久しぶりの都会の夜を、わたしはまだ見ていなかった。

とどめの乾杯の後、世話役の一人の案内で、わたしは数人の宿泊希望者と一緒に旅館へ行き、荷物を置いて外へ出た。S氏も一緒であった。

二次会が三次会になり、わたしは飲み屋の片隅の小さな座敷で、久しぶりに、歌のようなものを、一人で歌ってみんなに聞かせた。

翌朝、駅の近くの喫茶店で、羊蹄山へ登るというS氏と二人で、わたし達はそれぞれの汽車の時間を待っていた。二人の話題は鳩沢の文学についてふれはじめ、『祖母』の評価に入った時、S氏は声を落して言った。

「あの作品はね、鳩沢のものじゃなく、D氏が勝手に手を入れて発表したものなんですよ」

「勝手に?」

「ええ」

「そう言えば『S文学』の編集後記で、会話を改行したとかって、断り書きはしてありましたね」

「それは『祖母』という題で発表をした時でしょう? それ以前、あれが『証しの空文』という題で初めて発表された時、すでに鳩沢の作品ではなくなっていたんですからね。会話の改行なんて、ものの数じゃありませんよ」

暗然としたわたしの心の中で、Y子の作文がうずいていた。数年前、札幌の喫茶店でわたしをうずかせたあのY子の作文である。

アイヌ問題についての論文で、わたしはしばしばその作文を引用した。引用のたびに、わたしはためらいながらも、Y子の文に鋏を入れた。『A子ちゃんは毛ぶかくて、とてもくさいにおいがします』というアイヌの級友に対する表現は、いつも、わたしの鋏の対象であった。アイヌの毛深さと体臭に対するY子の本能的な嫌悪心に対処するすべが、わたしには分らなかったのだ。その作文をそっくりそのまま引用することは、差別の悪を訴えるわたしの論文をまとめ難くすることであった。

「それだけじゃないんですよ」と、S氏の声がする。「D氏はね、たずねて来た鳩沢を前にして、自分の息子に『アイヌだってこれくらいの小説は書けるんだから、お前も書いてみないか』って、そんな意味のことを言ったらしくて、彼はそんないろいろのことから、『S文学』を離れたんですよ」

正しくは、どんな言葉をD氏は言ったのだろう。いくら何でも、アイヌ云々はひどすぎる。わたしは頭の中で、D氏の言葉を作っていた。

『鳩沢君、仲々いい小説を書いているんだ。お前も書いてみないか？　お前なら、これぐらいは書けるぞ』

D氏の言い方は、こんなようなものだったのだろうか。想像をめぐらしながら、わたしはテーブルの上に置いていた『日高文芸』の真新しい号を手に取り、めくっていた。そこには、『日高文芸』を励ますD氏の便りと共に、追悼文がおさめられていたのを、わたしは思い出したからである。

十数年に渡り、F文学、S文学等の編集人として、あなたの遺された業績は大なるものがある。あなたは特定の権威を排し、純粋のアマチュアイズム《ママ》に徹しきる。中でも『S文学』を舞台として、幾多の埋もれた名作の改稿、再上梓という企画は、称えられてあまりある。果して如何なる編集人があの偉業をなし遂げよう。

また、あなたは、私たちのささやかな活動に際し、終始あたたかい声援と、真摯な教訓を寄せられる。養あ《ママ》（　）の不遇にありながらも、希望あふれる慧眼は、模索する私たちにとって指針であった。

しかし、あなたは、三月三十日、五十七年の生涯を閉じられる。私たちは、あなたの訃音を悼み、謹んで霊前に誓う可し。あなたの数々の教訓を活し、明日への歩みを深めんことを……。

昭和四十五年五月三十日

北海道沙流郡平取町

日　高　文　芸　協　会

懇話会での追悼の言葉をそのまま写したような鳩沢の硬い文体には、少数民族の硬い姿勢が込められているようでもあった。言い知れぬ贖罪感が、わたしの心を襲っていた。わたしもまた、アイヌの大地を横領した日本人、徳川封建体制の村役人の家系につながる一人なのだ。

『自分をそんなに責めるのは、止めた方がいいですねえ』

心の中で、ふと一つの声がした。F氏の声である。F氏は、アイヌ文化の研究を続けている東京在住の在野の研究家なのだが、その春、山の中へ引きこもったわたしを、わざわざ激励にたずねてくれたものだった。

「アイヌだから正しく、アイヌじゃないから正しくないなんてのは図式的だと、わたしは思うんだがなあ。だって、そうでしょう。純粋のアイヌが、はたして今、この世に存在しますか？　みんな大なり小なり混血してしまっているんですよ。かりに純血だったとしてもね、彼等が今、存在しているっていうことは、彼等の祖先がお味方アイヌだったからじゃありませんか。シャクシャインのように抵抗をした者は、みんな殺されてしまったんですよ。生き残った者は、裏切者か、はじめから戦うつもりもないお味方アイヌだけでしょう。そんなアイヌの子孫であることを、アイヌ自身が恥じなければならないんですよ。和人《シャモ》の研究家はアイヌを喰いものにしている――シャモは、シャモはって、二言目には倫理的な潔癖さをアイヌは要求するけどね、アイヌ自身の倫理はどうなってるんだと、わたしは言いたいですね。例えば、鳩沢佐美夫――あの人のところに、札幌の高校の先生が生徒を連れてアイヌの調査に来たんだそうですよ。そしたらね、鳩沢は、隣の家にみんなを連れてったんですってねえ。その隣の家っていうのは、盲のお婆さんと、その娘――娘ったって、いいおかみさんなんだけど、女二人暮しの粗末な家で、障子の紙も破れ放題の、まあ、ひどく貧しい家なんですよ。そこに行ってね、『アイヌの暮しを見たいって言うから、みんなを連れて来たよ』そう鳩沢が言うなり、ドヤドヤと高校生達は上がり込んでしまい、おかみさんの座る場所もなくなってしまったんだそうですよ。ジロジロと家の中を見まわす高校生に、おかみさんは、もうすっかり腹がたってしまったんだけど、女二人の貧乏暮し、いつ隣の世話になることがあるかもしれないって、ようやく我慢をしたっていうんですからね。これはね、そのおかみさんから、わたしが直接聞いたんですよ。いいですか、シャモの研究家のこのわたしに、アイヌが打ち明けてくれたんですよ。よっぽどのことじゃないですか」

その夜、F氏の流暢な弁舌に合わせ、わたしは何度もうなずきながら、遁世の心のつらさを忘れていったものである。

高校生を引率して鳩沢をたずねて行ったのは、おそらく、今、わたしの目の前にいるS氏なのだろう。そして鳩沢がみんなを隣家へ連れて行ったのは、おそらく唇のまわりに入れ墨をしていただろうお婆さんの顔を見せるために違いない。しかも隣家は、吹鳴りつけられることはないだろう貧しい女暮しの家であった。

「婆さんの入れ墨《シヌエ》を見せてやってや」とは、どうしても言うことのできない鳩沢——しかしまた、義理あるS氏に男気を見せなければならなかった鳩沢——その錯綜した鳩沢の心の底を想像するならば、わたしは単純に、F氏にうなずくことはできなかったのだが……。

「彼の健康が心配だなあ」と、S氏のつぶやく声がした。

「病院は出たんでしょう?」

「ええ、でも、自己退院でね」

「自己退院?」

「自分勝手に出ちゃったんですよ」

「じゃあ、病気は?」

「治ってないんですよ。でも、病院にいたら書くことを許されないもんだから、彼、それが我慢できなかったんですねえ」

S氏は、カップの底に残っていたコーヒーを飲み干すと、腕時計を見ながら言った。

「時間が来たから、これで失礼します」

4

鳩沢がわたしの家へたずねて来たのは、それから二ヵ月ほどたってからのことである。わたしは彼の依頼で同人通信のガリ切りをしていたのだが、出来上がりの原紙の受け取りを兼ねながら、彼は遊びに来たのである。わたしの妻が三人目の子どもを産み、入院中のことであった。

日曜日のその日、わたしは学校前のバス停に彼を出迎えた。沙流川の川口にある富川から川沿いに走ってくるバスは、二時間の長い道のりのはてに近いわたしの学校の村まで来ると、ほとんど乗客をおろしている。

「疲れたでしょう」と、わたしは、四、五名のバスからおりた彼に言った。

「やあ、驚きましたねえ。こんな所に、先生、よく来られましたねえ。いつ迄、いるつもりなんですか」と、鳩沢は間近かに切り立つ山々を見まわしながら言った。彼の住む去場は、富川を出て間もない広々とした田園地帯であった。

バスが埃を残して去って行く。わたし達はあわてて唇を結びながら、道の石ころを踏みつけて校庭に退避をした。

校庭をよぎると学校住宅である。わたしは、そのまま、彼と並んで歩いて行った。

並んでみると、彼は首一つ、わたしより小さかった。棒縞の紺の背広は、痩せた彼の身体になじまず、胸のあたりに余分なふくらみを持っていた。彼の一つの肩は怒り、もう一つの肩は、その反対に落ちている。肩上がりの彼の手紙の字の癖を、わたしはふと思い出していた。

居間に上がると、彼はたずさえて来た菓子折を差出した。大きな、重い菓子折であった。恐縮するわたしの前に、彼はもう一つの持ってきたもの——ある文芸雑誌の最新号を差出した。札幌から出ているその雑誌がアイヌ問題の特集をしていることを、つい数日前の新聞広告でわたしは知っていた。

「ほう、見たいと思っていたんですよ」と、わたしは言った。

「お貸しします。札幌から買って来たんですがね」

「ほう」

「新聞の広告を見て苫小牧に行ったんですが、まだ苫小牧の本屋に出てなかったもんで、そのまま札幌に行きましてね」

「へえ」と、わたしは驚いていた。苫小牧から札幌までは急行で一時間半、彼の住む去場から苫小牧へ出るにも一時間以上はかかるのである。送ってもらっても一週間はかからぬものを、彼は一刻も早く手にしたかったのだ。

わたしは目次を開いてみた。かって、わたしが会い、わたしが文通をしたことのあるなつかしい名前が、ずらりとそこに並んでいる。そのおおむねは、シャモの名前ではあったのだが。

「面白そうですね」と、わたしは言った。

「まあまあですね」と、鳩沢はわたしの言葉を打ち消した。

「アイヌ問題なんて、こんなもんじゃありません。これを読んだら自信がつきましたよ。まあ、今度の『日高文芸』を見て下さい。全力を打ち込みました。二、三日前、やっと印刷所に原稿を送ったんですがね、もう飽和状態で何をすることもできなくなってしまいましてね。でも、これを読んだら自信がつきましたよ」

「次の号が待ち遠しいですねえ」と、わたしは言った。創刊号の『赤い木の実』以後、彼はまだ創作を発表していなかった。

昼が近い時刻であった。わたしは流しに立ち、インスタントラーメンの入ったダンボールを開いた。

「鳩沢さん、ラーメンでも食べませんか。ワイフがお産をしていないもんでね、これで我慢をして下さいよ」

「お産？　それは知りませんでした。いやあ、失礼しました。おめでとうございます」

深々と頭を下げる鳩沢に、わたしは照れながら「いえいえ」と、言葉を返した。

「男のお子さんですか？　それとも、女の？」

「男ですよ」

「いやあ、それはそれは」と、鳩沢はまた頭を下げた。

あらたまった彼の姿勢をほぐすようにわたしは言った。

「塩味、味噌、生味、冷しラーメンに、とろろつなぎ。いろいろあるけど、どれにしたらいいかなあ」

「構わないで下さい。構わないで」

「ぼくの腹が要求してますからね。ついでに一緒に食べて下さいよ」

「本当に構わないで下さい。あまり食欲がないんですよ」

「そうですか。それじゃあ、せんべいでも噛りながら話を続けますか」

湯をわかし、茶菓子を出し、わたしはまたソファーに座った。

「わたしに構わないで食事をして下さいよ」

「いや、ぼくの腹は、せんべいでも間に合うんですよ」

「奥さんがいなくては大変ですね。子どもさん達は、他にいないんですか？」

「上に二人いるんですけどね、隣の先生のとこに朝から入り浸りなんですよ。親父よりも歓待してくれるからでしょう。もう一人、婆さんがいるんだけど、食べる元気も、しゃべる元気もなくて、要するに、ぼく一人、自分の口の心配をしていればいいんだから、それほどの苦労じゃありません」

「お婆ちゃんが一緒なんですか？」

「ええ」と、わたしは、祖母の寝込むふすまの向こうを指さしながら、鳩沢の創作『祖母』を思い出していた。しかし、わたしは、そのことを口に出せなかった。彼の作品ではないのだと言うＳ氏の言葉を、わたしは同時に思い出していたからである。

沈黙が二人の間に張りつめた。蟬の鳴声がする。

「蟬ですね」と、鳩沢が言った。

「ええ」と、わたしは彼に茶を入れながらうなずいた。

「九月も末なのに」

「そう言えば、そうですね」と、わたしは急須を置いて耳をかたむけた。聞こえてくる一匹の蟬の声は、秋の日ざしに見合った高さである。

「こんな山奥まで入って来ると、蟬の寿命も結構長いんですねえ」

「そうですね」

答えながら、わたしは、五月の炊事遠足の日のことを思い出していた。川原の石を積み、かまどを作った子ども達は、一斉に焚木を拾いに散らばって行ったのだが、一人の子どもが蟬の脱殻を見つけて来たのである。

「おやっ、もう蟬がいるのか?!」と、わたしは驚いて言った。

「先生、つんぼかい？　鳴いてるじゃないか！」

わたしは、耳を凝らした。川原に沿って切り立った山の斜面に若葉は溢れ、微風が若葉を鳴らしている。その音を透かして、確かに、数匹の蟬の声が響いていた。

「ほんとだ！」

迂闊だった自分の耳にあきれながら、その鳴声を求めるように、わたしは山の斜面を上っていた。濡れた朽葉が、わたしの爪先を乗せて滑り、わたしの手は、つつじの枝をつかんでいる。

「先生、待ってえ！」

子どもの声がわたしを呼ぶ。下を見ると、わたしを追って四、五人の子ども達が上って来る。

「危ないから来るな！」

「先生だって危ないよ！」

わたしは苦笑いをしながら叫んだ。

「今、おりて行くからな。君達もおりろよ！」

動きを止めてわたしを見上げる子ども達の姿を下にしながら、わたしは頭上の木洩れ日に見とれていた。蟬の鳴声に合わせながら若葉は微風にゆれ、そのたびに、木洩れ日は拍を打つようにきらめいた。

「蟬は、アイヌ語でヤーキ。蟬の脱殼は、ヤーキオハカブフと言うんですよ。人間の脱殼は、カイセイエ」

「人間の脱殻?」と、わたしは鳩沢の話に耳をたてた。

「ええ、人間も、年に一回、皮が剝けるんだそうですよ。桑の葉にぶら下がったカイセイエを見た者がいるっていう古いアイヌの話があるんです」

「カイセイエ……いい話ですね。人間も蟬と同じだなんて、謙虚じゃありませんか」

「………」

「五月の末、この辺の沢の奥に遠足に行った時も、ぼくは蟬の声を聞いたんですよ」

「ほう、五月に……」

「ええ」

「この山で獲物を追っていたアイヌにとって、蟬は決して一夏だけの短いもの、特別なものじゃあなく、ごく日常的な親しい存在だったんでしょうね」

「………」

「わたしはね、今、ユーカラを、自分の文学の中に生かせないかと思っているんですよ」

過ぎ去ったアイヌの世界を追うように、鳩沢は窓外を見つめながら言った。

「ユーカラを?」

「ええ」

「いつか、ぼくが手紙で言ったこと、当っていたんですね。やっぱり……」

「ええ。でも、わたしは、アイヌのことをもう直接的に書こうとは思いませんね。表には出さずに、それでもユーカラを生かしてみたいんです」

「アイヌはこうだった。アイヌはこうされた。そんなことを書いても、どうにもなりませんよ。何も還って来るわけではなく、自分が傷ついていくだけです」

「表に出さずに？」

　ついさっき、アイヌ問題の他誌の特集をあしらった彼の意気込みはどこにもなく、わたしは鳩沢の低い声に重たくうなずいていた。


『日高文芸』の第六号が出たのは、それから一ヵ月あまり後のことであった。期待の鳩沢の作品は、わたしの思惑とは外れ、小説ではなかった。彼と、匿名のアイヌの女性による対談だったのである。雑誌の厚さのおよそ半分——五十ページにわたるその『アイヌ』という対談を、わたしは授業中の教室で子どもに自習をさせながら読みふけった。授業の合間の休憩時間に、わたしは住宅の郵便受けを覗きに行くことがならわしになってしまっていたが、その日届いた『日高文芸』の対談『アイヌ』は、わたしの頭を授業に切り換えさせるほど、たわいのないものではなかったのだ。豊富な資料と事例を駆使し、学者を叩き、行政を叩き、観光を、そしてアイヌそのものを叩くその対談は、それまでわたしが読んだどんなアイヌ問題の訴えよりも迫真的なものであった。

　対談は、ほとんど鳩沢の発言で占められていた。匿名のアイヌの女性は聞き役のようなものであり、素朴な相槌を打ってみたり、首をかしげてみたりという風情なのである。それは鳩沢のとうとうと流れる発言を巧まずしてきわだてる効果となっていた。

　わたしは、自分の受けた感銘を早速鳩沢に書き送った。そして、その対談で語られた素材を創作の分野でじっくりと掘り下げていくことこそ、文学を志す者が本当にしなければならない仕事ではないかということを書き添えた。

対談『アイヌ』は、間もなく、北海道新聞のコラムに取り上げられた。わたしが鳩沢の名前を初めて知った文学雑誌の同じ欄では、その月の作品のベスト5の一つに選ばれた。対談という形式を持ったものが、文学雑誌のその欄で、そのような扱いを受けるということは異例のことであった。

テレビもまた、鳩沢を拾い上げた。夜の十一時からはじまるニュース番組を見てから寝ることがわたしの習慣となっていたが、ある夜、その全国向けの番組の中でアイヌ問題の特集が組まれ、鳩沢が出て来たのである。

彼が、その時、何をしゃべったのか、わたしはまるで覚えていない。対談『アイヌ』で、彼が五十ページを費してしゃべってしまった以上、彼がその夜しゃべったことは二番煎じのようなものであったからなのだろう。

しゃべった中身の記憶はないが、しゃべっているテレビの中の映像をわたしはよく覚えている。心持、顔をうつむけ、鳩沢の目は、カメラを半ば避けていた。額にたれた油気のない髪が、まるで彼の目のように黒々とカメラを正視しているのを、わたしはその時感じていた。雄弁であるはずの彼の唇の動きは、ひどく慎重なものとなっている。

カメラは、そんな鳩沢のかたわらの机の上をズームで写した。そこに置かれた二冊の本が、画面一杯に溢れていく。一冊は『日高文芸』であり、もう一冊のはるかに分厚い本は『現代用語の基礎知識』であった。

辛辣なカメラの目を、わたしは感じていた。義務教育を修了することのできなかった一人のアイヌの青年の教養をはかるようなカメラの目を感じながら、わたしは半ば憤怒していた。半ばである。わたしがカメラの隠れた感情を察知したことは、わたしの目もまた、カメラと同じ感情を潜めていることに違いなかった。

5

学校が冬休みに入ったのは、それから間もなくのことであった。かねてからプランをたてていた小説を書きはじめようと、わたしはそのために買った反射式の石油ストーブを奥の間に持ち込み、朝食を終えると、早々に引き込もるのだった。

来る日も来る日も雪は降り、それは吹きつける風に乗りながら、窓をおおうビニールを叩いた。隙間風を防ぐための大きなビニールは寒さのためにこわばり、氷柱《つらら》を付着させながら、硬い音をたてて鳴り続けた。

風はビニールの向こうに横たわる校庭にも駈けまわっていた。凍てついた雪上で雪の結晶は砕け散り、煙のように校庭を走って来る。そんな寒さの中で、小さな石油ストーブは、わたしの指に満足なあたたかさを与えてくれることはできなかった。首をすくめながら、わたしはふと『北越雪譜』を思い出していた。

『雪吹《ふゞき》ハ樹などに積りたる雪の風に散乱するをいふ。其状《そのすがた》優美《やさしき》ものゆゑ花のちるを是に比して花雪吹といひて古歌にもあまた見えたり。是《これ》東南寸雪《すんせつ》の国の事也。北方丈雪《ちやうせつ》の国我が越後の雪深《ふかき》ところの雪吹ハ雪中の暴風《はやて》・雪を巻騰《まきあぐる》颷《つぢかぜ》也。』『その一ツを挙てこゝに記し、寸雪の雪吹のやさしきを観人《みるひと》の為に丈雪の雪吹の愕眙《おそろしき》を示す。』

こんな書き出しではじまる雪吹の章に、わたしは、雪の越後で一生を終った鈴木牧之《ぼくし》の呻き声を感じるのであった。四十年の歳月をかけて出版されたという『北越雪譜』への牧之の執念は『寸雪の雪吹のやさしきを観人』への呻きでなかったろうか。

鳩沢もまた、丈雪のアイヌの心を知らぬ人々への呻きを発条《ばね》に、弱い肉体で文学を続けてきたのに違いない。そして、わたしは、かって寸雪のアイヌ問題を語ってきた。日高の南の海に近い前任地では、うっすらと積もる雪の合間から枯草の覗く冬の牧場で、放し飼いのサラブレッドが日向ぼっこをしていたものである。丈雪の山の姿も知らぬまま、わたしは、この日高の北の山の学校へ移って来たのだ。そんな寸雪のわたしの心を責めるような吹雪の日々に、わたしはペンを持ち、考え込んでばかりいた。

三日、そして四日、ようやく雪は止んだが、風はまだ衰えきっていなかった。それでも、灰色の雲の切れ目から、小さな青空を伴いながら太陽が見え隠れすると、子ども達はもう黙ってはいられなかった。町に出た時、母親にねだって買ってもらった凧を、一生懸命に揚げようとしているのだ。

しっぽのつかないその奴凧《やっこだこ》は、雪の上を引きずられながら長女の後を追って行く。そんな凧を次女は歓声をたてながら小さな股で追いかける。長女の歓声がそれに応え、鬼ごっこがはじまっていた。

「パパ、あれじゃあ駄目よ。揚げてやって」と、妻は遅い朝食を一人でとるわたしに言った。

「結構、楽しそうじゃないか。あれでたくさんだよ」

「たまに遊んでやってもいいでしょう。身体に毒だわ」

妻はそう言いながら鋏を取り出し、新聞紙を細長く切りはじめた。

「そんなものをしっぽにしたって、軽過ぎて駄目だよ。縄の細いやつはないのかい?」

「縄? みかんの箱を縛っていたのはどう?」

「ああ、あれをほぐせばいいだろうなあ。持って来いよ」と、わたしは罠にはまっていた。


その夜、子ども達を寝かせつけると、居間に出て来た妻は、わたしに言ったものである。

「セイカがね、今、凧揚げのことを話してたわ」

「ふうん」

「パパの凧、お日様と並んだんだよって、すごく楽しそうに」

「お日様と並んだ?!」

「ええ」

「…………」

わたしは、長女の言葉を心の中で噛みしめていた。わたしの揚げた凧の高さを、そんなみずみずしい感情で子どもは眺めていたのだ。その子どものために、わたしは働き、金を貢ぎ、そして老いていくのだろう。いや、すでにわたしの感性は老いぼれ、わたしにとって、凧は決して、お日様の高さではなかった。わたしは、もう終ったのだ。

テレビに見入る妻のかたわらで、わたしは便箋を開き、鳩沢への手紙を書きはじめていた。それは文学の放棄を告げ、『日高文芸』からの退会を乞う手紙であった。

書いては破り、破いては書いた。わたしの内面を理解してもらうためには、わたし自身を克明に語らねばならない。しかし、わたしは、自分自身について書いていくことに堪え難かった。

わたしは、便箋を葉書に代え、大きな文字で退会の意志を記した。その短い文面の末尾を、わたしはこんなふうに結んだ。

『日高文芸』は、やはり、あなたの双肩にかかっています。

その言葉は、鳩沢への激励であり、わたし自身への挽歌であった。

鳩沢からの手紙が届いたのは三週間もたってから、もう三学期がはじまってからのことであった。風邪を引き、寝込んだために返事が遅れたことを最初にことわり、彼は、こんなふうに続けて書いた。

おはがきの内容では、よくくみとれないのですが、何か、反鳩沢的なものも感じたりします。日高文芸は、やはり、あなたの双肩にかかっている、云々は、何を意味するのでしょう。僕自身、如何なる編集人としての資格もないことに或る種の抵抗を感じております。幸いにも、大兄をはじめ多くの人たちにささえられて六号発刊という結果を見たのですが、内容の分析にかかると、多くの批判が出てきます。

何よりも、文章の解読力の弱いこと、勿論表現力に於ても、誤字等をチェック出来ない脆さ……文学を志す者にとって、この欠如は致命的です。日夜々のこと、にてはを（てにをは・向井註）使うのですが、どうも貧しい稟性《ひんせい》とでも申しましょうか、惰性的な方向に流れて弁明の余地もありません。が、僕はこのことを下卑て申上げているのではないのです。座談会物などを実際原稿に浄書して、僕は僕なりに、基本のマスターに努めているのです。しかし六号企画物で、少しスポットをあびすぎたきらいもあり、あるいはそんなことの批判も、脱会という結果になったのではないか……。

わたしの葉書が鳩沢に与えてしまった誤解を、わたしは淋しく思った。それは、誤解をした鳩沢の心への淋しさであり、誤解を与えたわたし自身への淋しさであり、短い言葉で通いあえぬ人の関わりへの淋しさであった。彼の誤解を解くために、わたしは仕方なく、長い手紙を書かなければならなかった。

鳩沢の返事は、今度はすぐに戻って来た。

人間って奴は、語れる部分と、語れぬ部分がある。つまりその語れぬ部分をどう受止めるかによって、関係も自《ママ》と決《ママ》ってこよう。昨年お尋ねしいろいろ語らう機会をもちました。それ以来、何度か手紙などでお互いの意見の交流はあった訳です。しかしその都度、何か語り足りないものを感じて仕方ありませんでした。否、それ以上に、話すということの空しさ、と恐《ママ》しさを意識するのです。今このようにペンを執りながらも、僕が書こうとすることのすべてが、虚構のような気がするのです。と申しますのも、語れぬ中にこそ、書けない中にこそ、僕の真実が潜んでいると言うことです。僕にはその真実が書けない、否語れないのです。
第六号誌の企画内容に多くの声が集《ママ》って来ます。がそれ等は、僕から文学という文字を奪いそうです。僕はアイヌ……人なのでしょうか。否、アイヌの為に何かを語り何かを書かなければならないのでしょうか。僕の人間はどこへ行ってしまったのでしょう。結核に於て《ママ》、喀血は被害妄想的症例につながるでしょう。が、苦しかったです。あの病院時代の療養の日々が……。それでも生きています。否、生きて来ました。何故に?……。僕には答える言葉がありません。たゞ素直に申さば、あどけない空想が、僕をささえてくれたのです。僕にはアイヌ人としての使命感はありません。僕には、アイヌ人として、何を使命とし何をなせばいいのか判らないからです。そこには歴然としたアイヌという原形が存在します。僕はその事実におびえるのです。

昨年、僕は、飽和的状態と申しましたね。即ち、あのアイヌ稿を書下した後、本当に何をどうなせばいいのか判りませんでした。その煩雑とした日々を救ったのが、あの貴兄との対話であったのです。

僕はあの時、本当に自分っていうものの姿を客観視されたような気がするのです。僕の生命力のすべては、純粋なロマンチズムの世界にあったのです。

この二年間の歩みは、多分に幸運に恵まれすぎたという気がします。僕もこの年にかけてみます。即ち創作という原点に立脚したいのです。そして、真の鳩沢を、貴兄に決めていただきたい。もし鳩沢には、アイヌという虚構のみ！　という評価の場合は、異議なく退会をして下さい。が、もし何か、語らない、語れない部分に認められるとしたら、来る九号誌に、向井豊昭特集を組ませて下さい。ページ数にこだわりなく、貴兄の創作特集号として九号誌を予定したい。多分原稿の締切は、九月上旬だろうと思います。

多くの歳月をかせ、とは申しません。これまでの鳩沢が贋物かどうか、この一年間の実践をお見守り下さい。貴兄への真実の語りかけを、僕はしていくつもりです。僕は出来ることなら、もうこのようなお手紙を貴兄には出したくない。とにかく八月いっぱい、僕はあなたに語りかける言葉をためておきたいのです。そこにはミステックな得難い内容さえ意識するからです。決して、貴兄にだけ押しつけようという気はありません。共に鳩沢も、存在のすべてをかけてゆきます。さあ、語りすぎは、冒瀆につながる。一切の私信私語を避けます。同様に、貴兄の来信もお断りします。僕は、僕なりに、いつも、心の貴兄に対面していくでしょう。お互いに、その健康だけは祈りたいものです。

ではこれにて！

敬　具

二十八日夜

鳩沢生

向井豊昭様

彼のわたしへの気遣いは、わたしの悩みとはかけ離れたものであった。わたしは黙って、『日高文芸』からの脱会を認めてもらいたかった。もし、それを認めないとするならば、『書いてくれ』と、ただそれだけの激励を言ってほしかった。それを言えぬ一人のアイヌの屈折した心情をあやすほどの心のゆとりは、わたしにはなかった。来信を断る彼の一方的な手紙に、わたしは本気で腹をたてた。

彼にとっては、わたしの手紙こそ、一方的なものであったのだが……。

わたしは激しい口調で『日高文芸』の事務局の担当者に鳩沢の身勝手をなじる手紙を書き、脱会の意志の固さを宣言した。来信を断られた以上、わたしはもう鳩沢に、意地でも手紙を書けなかった。

6

『八月いっぱい、僕はあなたに語りかける言葉をためておきたいのです』と鳩沢が言った八月が近づく頃、夏休みに入ったわたしは、再び創作のペンを持ちはじめていた。所詮、書くことを断念できぬ自分でありながら、わたしはそのことで喚きたて、鳩沢との交際を絶ってしまったのだ。

北海道の夏の訪れは、その年、ひどく遅かった。じめじめと雨が降り続き、ようやく夏めいた日射しが照りはじめたのは、七月も終ろうとする頃であった。

八月の一日、夏の遅れを一挙に取り戻そうとするかのような猛暑の昼下り、わたしは一通の電報を校長から受け取った。

郵便局から電話で送られてきたという電文のメモをわたしの住宅に届けてくれたステテコ姿の校長は、窓の外から、眉をひそめて言った。

「親戚の方?」

「いえ」

「知った方?」

「はあ」

呆然としたわたしの返事ではあったが、校長の眉は元に戻っていた。サンダルの音をたてて、校長は去って行く。

ハトザ　ワサンキユウセイス」モリ

『日高文芸』の事務局担当者の名で届いたまったく突然の知らせを読み返しながら、わたしは、開け放された窓を埋める山のつらなりを見つめていた。色濃い緑の反射の中から、一斉に蟬の声が響いてくる。

窓にもたれ、うつむいていくわたしの目に、窓下の花壇の朝顔がうつった。長く続いた異常低温のためにまだ一輪の花も開けぬ朝顔の中には、十センチたらずの伸び切らぬ背丈のものもまじっている。地面に近いいくつかの葉は、長雨に打たれ、うなだれた姿態のまま泥をかぶって汚れていた。ぶざまな朝顔の葉に、わたしは、自分自身の姿を重ねていた。桑の葉にぶら下がっていたというカイセイエ——しかし、わたしの心の葉は、それをぶら下げる力はなかった。

鼓膜に響く蟬の叫びを感じながら、わたしは、わたしの心の葉の下で、泥にまみれて落ちている一つのカイセイエを見つめていた。わたしの心にそれを落して、鳩沢は、この真夏の大自然へ蟬の姿で還っていったのだろうか。

そうかもしれない。わたしの心に残していったものは、所詮、彼の表皮的なカイセイエにすぎぬのだろう。しかし、人々は、はたして人々の心に残された彼のカイセイエを、カイセイエとして見据えながら語っていくのだろうか。あるいはまた、鳩沢まるごとの像として、ユーカラのように歌っていくのだろうか。ほんの少数の好事家だけのものとなってしまったユーカラ、かって鳩沢の文体を支配した日本語訳のユーカラのように歌っていくのだろうか。

骨踊り

kotsu odori

朝は、またの真ん中からくる。鶏のように首をもたげた陰茎を、今朝もまた布団の中の五本の指がにぎりしめていた。

しゅいん(手淫)[する]
yayokoyki〔ja-jó-koǐ-ki ヤヨコイキ〕
[yay(自分の)+o(陰部)+koyki(いじめる)]

知里真志保の『分類アイヌ語辞典』にはこんな言葉が見られるが、『いじめる』とは、うまく言い当てたものである。

まだ陰茎をいじめる術を知らなかった子どものころ、尻をいじめては楽しんだ。雨戸の節穴から射してくる朝の光を拒みながら、布団をかぶった体はみみずのようにくねりはじめる。パンツをつかんだ右の手は荒々しいサーカスの団長の手であり、それに逆らう左の手はさらわれてきた子どもの手だった。子どもの手は払い飛ばされ、たちまちパンツが引きずり下ろされる。団長の手は鞭になり、むき出しの尻を打ち続けた。打ち続ける快感と、打ち続けられる快感は、螺旋のようにからみ合い体の中を走っていくのだ。

「坊や、起きなさい」

ふすま越しに祖母の声がする。仏壇の鉦の音、食卓に並べられる茶碗の音、箸の音——一日のはじまりに追いたてられていくサーカスのはかなさに眉根を寄せ、どんよりとパンツを上げながら、この世をうかがうように首を出していく。

首の先には小さな枕があった。その枕に並んでいるのは、一緒に寝た祖母の枕である。

深夜、知らない時刻に帰ってくる母が隣の布団でぐっすりと眠っていたのは、サーカスごっこを覚える前のことだった。母の布団は、もう隣には敷いていない。

夕方近く、オットメに出かける母だった。長屋の小路にただよわせていくお化粧の匂いは、母の着物に咲く花の色をいっそう際立たせたものである。

花の中でも目を惹くのは、紫木蓮だった。着物一杯に散りばめられた花びらの表の濃い紫は、その裏側の白を引き立て、白は紫を引き立てて咲きほこるのだ。

オットメを止め、母が家にいるようになったのは、小学一年になってからだ。母は一日中、布団を独り占めにし、医者が時々たずねてきた。

医者の最後の訪れは知らない。深夜だった。ゆさぶられ、名を呼ばれ、それでも起きない我が子を見つめながら、母は言った。

「かわいそうだわ。もう起こさないで……」

朝、母の顔には白い布があった。手拭ではなく、濡れてもいなかった。額の上ではなく、顔のすべてをおおっているというのに、いつものように熱を冷やしているのだとしか思えなかった。

「お母ちゃん、まだ眠ってる」

そう言いながらいそいそと着替える姿から目をそらし、祖父も祖母も、母の二人の弟も何も言わなかった。その日は学校の遠足だったのだ。品川の海晏寺《かいあんじ》だという遠足先を考えて、みんなは黙って母への供養を託したという。

みんなの中に父はいない。父は母のオットメ先の客の一人だった。

遠足が終わり、リュックサックは薄くなったが、土産話はふくらんでいた。勝手口のガラス戸を勢いよく開ける。途端に鼻を突く匂いがあった。見知らぬ家のようにかたづけられた空間一杯に、線香の匂いがこもっているのだ。

ゆっくりと板の間を踏み、茶の間へ入った。ふすまは外され、母の眠る奥の間は丸見えだった。布団の位置が変わっている。白布をかぶって眠り続ける母の枕元には小さな机があった。机の上には仏壇の線香立てが移され、細い煙が立ち上っている。母の体の向こうにある縁側には、簞笥や本棚が運び込まれていた。

「もっと押せ」と指図をしているのは祖父である。簞笥に手をかけ力んでいるのは会社にいっているはずの叔父二人だった。

雑布《ぞうきん》がけをしている祖母が顔を上げた。手を止めて立ち上がる。小走りに近づいてくる祖母の手の雑布からしずくが落ちた。

「坊や、おとなしくするんだよ。お母ちゃんが死んだんだよ」

尻から体が落ち、リュックサックを背負った背中が畳を打った。

「お母ちゃーん！」

言葉が喉をかきむしり、涙が目から突き上がる。大の字になり、両手、両手が畳を叩いた。

「坊や、泣くんじゃないよ。泣けばサーカスにさらわれてしまうからね」

孫をなだめるいつもの言葉だった。

「泣け！　うんと泣け！　もっと泣け！」

祖父の声が鼓膜をふるわせ、鞭のように悲しみをあやしていった。まどろみの中で尻をいじめるようになったのは、それから間もなくのことである。

たくさんのものをいじめ、たくさんのものにいじめられてきた。まるでそのことが生の確認であるかのように……。

まどろみの中で陰茎をいじめはじめる。指は膣。女の顔はまだ浮かばない。

指の動きに呼ばれながら顔が現われてくる。輪郭はまだない。人魂のようにゆれながら唇が近づいてきた。唇の右上の小さなほくろ。一度だけ寝てしまったあの女だ。あしかけ三十三年の遠い昔のことである。

あっちへいけ。母親の三十三回忌もしなかった男が、今更何で、別れた女との三十三回忌をしなければならないのだ。

いないのか？　もっと新しい女は、一人もいないのか？

「いるよ、先生」

ろうそくのように声が灯る。淡い光の中に顔が浮かび上がった。艶のない髪がもつれ合いながら肩の上に広がっている。大きな目がうるみ、涙が頬をつたわっていた。

「かわいそうに、かわいそうに。誰にいじめられたの？」

言葉をかけて抱きしめると歯から笑った。小学三年生のあどけない笑いである。サチコは今日、学校にくるのだろうか?

目覚ましが鳴った。隣室からはテレビの声が聞こえ、流しの水が音をたてていた。隣の布団はとっくに空っぽになり、妻は昨夜の食器を洗っているのだ。共稼ぎの妻の組んだプログラムである。

陰茎をにぎった手をほどき、その手で目覚ましのベルを止めた。土曜日まで、あと三日なのだ。土曜の夜は妻の体を相手にしなければならない。それもまた妻の組んだプログラムではあったが、その夜のために体の力を蓄えておこう。

まどろみをさえぎるように眼鏡をかけた。眼鏡をかけて見えるこの世も、まどろみなしには生き難い。だが、なぜか人は顔を洗い、歯を磨き、櫛を使って、覚めたふりをしなければならないのだ。起こしたばかりの上半身を布団に向かって引っぱろうとする力がある。

ゴキッ!

骨の外れるような痛みを残して、自分が二つに割れていく。振り返ると、眼鏡を外したもう一人の自分が枕に頭をのせていた。

「サチコと、やりたい」

枕の上の顔がささやいている。手をのばし、二人目の自分のパジャマのすそを引っぱるのだ。手を払い、膝をのばして立ち上がった。ふすまを開ける。三日後のプログラムに囚われた二人目の手である。三日後どころか、とりあえずこなさなければならないのは三十五分間の朝のプログラムだった。

「おはよう」

妻に言いながら、後ろ手でふすまを閉めた。プログラムの邪魔をする寝床の中の一人目は、閉じ込めてしまわなければならない。

寝室に面したベランダの日の光がさえぎられ、居間は蛍光灯の光だけになった。

「暗いわ」と、妻は台所で背中を向けたまま言った。三本の蛍光管の内、光っているのは二本だけだ。蛍光灯の紐をカチャカチャ引くと、三本全部の光がきた。

「節約してたのに」と妻は言うが、ふすまも開けず、紐にも手をかけない彼女である。それは、妻の朝のプログラムには入っていない。

トイレに入り、便器のふたを持ち上げた。一日のはじまりを鼓舞するように小便が便器の水を激しく打つ。硬い陰茎がしぼんでいった。一日のはじまりは、そんなふうに物悲しい。

電話台のかたわらの椅子の上にパジャマを脱ぎ捨てる。下に隠れるのは、昨夜脱ぎ捨てたズボンとシャツ、背広に靴下である。パジャマの下から一つずつ引き抜いて仕度をはじめる。

「靴下とシャツ、取り替えて」と、妻は食パンにジャムを塗りながら言った。

「これでいいよ」

「たまにネクタイぐらいしてったらいいのに」

「今日は体育朝会だから、この方がいいんだ。上着を脱ぐだけで格好つくだろう」

襟の汚れたチェックのシャツのボタンをはめ、ズボンのベルトを締める。汚れでこわばった靴下の底は、天地の見分けがすぐについていてはきやすい。いくら何でも、背広は顔を洗ってからだ。

ドアの裏側の新聞受けから朝刊を取り出す。ソファーに座り、膝の向こうの食卓からジャムの塗られた食パンを取った。

食パン一切れをのせていた皿には、栄養剤が三粒残っている。色と大きさの違う粒だ。コップには牛乳。殻から外れた卵を入れて小鉢が一つ——これが二十数年、一品も変わらずに繰り返されてきた朝食のすべてなのだ。妻の手抜きのせいではない。夫の胃袋に合わせると、これより他に方法はなかった。世の仕組みに合わせてしまった夫のストレスは、とっくの昔に胃袋にきている。食卓の隅におかれた薬袋の中味は、就寝前に飲む胃潰瘍の薬だった。

左の手で食パンを持ち、右の手で新聞をめくる。拾い読むのは見出しだけだ。老眼の進んだ目に、かけている近眼鏡は役にたたない。役にたっても、見出し以外に目を通す時間のゆとりなどありはしなかった。

テレビが鳴り続けている。画像の隅の白い数字は7：17になっていた。栄養剤を牛乳で流し込み食事が終わる。予定通りだ。プログラムは後十八分で消化である。

灰皿のまわりに目をやる。マイルドセブンの袋はなかった。食卓の下に押し込んだ鞄のチャックを開けてみると、手つかずの袋が一つ入っていた。封を切り、口にくわえた一本に、百円ライターの炎を近づける。

ゆっくりと吸い、ゆっくりと吐く。無念無想。煙は深山の霧となり、火は遠い漁火となる——そうあって欲しいのだが、時間に追われる人間には、その吸い方がどうしてもできない。吸っては吐き、吐いては吸い、ただガツガツと飲み続ける。

灰皿に煙草をこすりつける手が乱れ、食卓の上に火が散った。気にも留めず、ズボンのポケットから取り出したのはティッシュの袋だ。昨日の夕方、駅の外でもらったものである。サラ金の広告入りの袋だが、今のところ世話にならずに生きている。

¥16,743,813

二年前、これだけの金が自分の預金に入ってしまった。二十五年働き続けた北海道では家一軒が楽に建つ。だが、この東京では、家を持つには一桁足りない額なのだ。仕方がないから月に¥160,000の家賃を払い、3LDKのマンションに住んでいる。

小学校のセンセイを五十三歳で辞めてしまった男の退職金は場所を変えると値打ちも変わってしまうが、それでもここはこの世である。金はあるに越したことはなかった。癪なことだが、預金通帳は心の支えなのだ。

小学校のセンセイをまたやってしまったのも癪の一つだ。テレビ映画のエキストラを三日やり、大井競馬場のガードマンを一日やり、新聞屋の事務を六ヵ月やった果てである。郷愁にかられて応募した産休代替教員の名簿登録がすんだその翌日に、今の学校から電話があった。一年勤め、産休のセンセイが出てくるころ、同じ学校の違うセンセイが産休に入り、二年目の勤めになったのだ……。

洟をかみ、屑籠にほうり込む。鼻汁程度を抜いただけで体は軽くなってくれない。重い体で洗面所に向かい、歯を磨いた。

入れ歯をしている妻ほどではないが、歯のほとんどに神経はない。金属がつめ込まれたり、模造の歯をくっつけたりの年齢相応の口の中だ。この間、北海道では六つの小学校に勤め、そのたびに引っ越しをし、医者を代えなければならなかった。六人の歯医者の苦心の合作で今の歯は出来上がったのだ。

七人目は、東京の歯医者だった。新聞屋で働いていたころ、その近くのビルにあった歯医者を利用したのだ。口を開けるなり、「ワー、ひどい歯だなァ。どこで治療したんですか？」と言われてしまう。

「北海道です」

「ウーン、北海道方式かァ。このやり方はひどい。泥縄ですよ」

北海道を飛び出してきた人間なのに、その時ばかりは、北海道をなじる男が憎らしくてならなかった。

大東京の歯医者センセイは、その日、歯もいじらずに、ドイツ製の歯ブラシのケースの封を切って言った。

「今日は、ブラッシングの勉強をします」

まずは歯ブラシで磨かされる。次に錠剤を噛み砕き、口の中に舌で広げる。うがいをして手鏡に映すと歯は真っ赤に染まっていた。染まるのは歯垢がついているからで磨き方が不充分なのだという。懇々と説諭され、使った歯ブラシを千円払って買わされたのだ。そういう押し売りは北海道方式にはなかった。

予防医学か。百まで生きて、硬く真っ白な自分の歯でバリバリ何を噛むというのだ。噛まなければならないのは、押し売り、押し付けのこの世の中ではないだろうか……。

千円の歯ブラシを水ですすぎ、コップに立てる。歯医者が満足するような磨き方など、やれる時間は元々ない。

洗面台にタオルをほうり込み、今度は顔を拭く番だ。洗うのではない。拭き面である。時間のためというよりも、これは少年時代の育ちが作った習癖なのだ。

浅い水にタオルをひたして軽くしぼる。きつくしぼるほどの水は含んでいない。渇水期ならば水道局の表彰ものだ。

拭いた顔を電気カミソリでこすり、櫛を数回髪に入れると、洗面所を出る。再びトイレだ。今度は尻をむき出して便器に座る。肛門につたわるウンコの力は細く、すぐにとぎれて終わってしまった。まだ体内に残るウンコの重みが肛門の内側をなでている。力んでみたが応えはなかった。

尻を拭き、思いきりよく立ち上がる。水の中に沈むウンコは小指ほどの太さだった。けばだちを見せ、至るところでくびれている。辛うじて一本につながるそのウンコは、今にもバラバラに崩れそうだった。

ハンドルを動かすと、水は渦巻き、ウンコを飲んで落ちていく。たとえそれが、太く、艶やかなウンコであっても、所詮は砕かれ、処理をされてしまうのだ。ウンコの姿そのままで、化石を残すことはもうできない。

ウンコ石と出会ったのは五年前、娘が専門学校に入るために上京し、息子が中学二年になった春だった。胃潰瘍の注射をしてもらうために毎日学校を早引きし、バスに乗って町に出かけていた時だ。勤める学校は変わったばかりだった。そのための気苦労ばかりか、息子が登校拒否をするという出来事も重なり、慢性の胃潰瘍を悪化させてしまったのだ。だが、その日の気分は爽快だった。息子の問題は二日前に解決したのだ。

病院を出ると、軽い足取りで本屋に寄る。立ち読みの本を選ぼうと、まずは雑誌のコーナーに立った。

真っ先に目についたのは『再現！　古代人の知恵と生活』という文字だった。真っ先だったのは田舎町の本屋のせいである。本の数が少なかった。二ヵ月間、病院の帰り、バスの時間を待つために寄り続けた人間には、どこに何があるのか頭の中に入っている。頭の棚とは違っている新しい本はすぐに目につくはずだった。

はじめのページを開くとカラー写真がのっていた。牛の面のような形をしているが、それは漆の塗りが残っている櫛だった。

ページをめくるとカラー写真は続き、土の中から掘り出された日常がどんどん現われてくる。狩猟の弓、石斧の柄、土の器、木の皿、丸木舟——

『化石』という文字と一緒の写真もあった。体を縦に貫いて産み落される人間の分身、ウンコの形と色そのものだ。矢尻のように尖ったもの、眠りのように円《まろ》やかなもの、祈りのように屈折したものなど、たくさんの化石が並んでいる。説明の文字は白抜きで小さく、読みにくかった。

眼鏡を額に押し上げ、目を文字に近づける。『糞の化石（鳥浜貝塚）。縄文人の食生活や周囲の環境が再現できる貴重な出土品』

眼鏡を鼻に戻しウンコ石を見直すと、はじめて眼鏡をかけた日のようにあざやかだった。裏表紙の値段を確かめると千円である。その十倍の値段でも、おそらく買っていただろう。雑誌をつかみ、まっすぐにレジへ向かった。

ドアを押して外へ出ると、一方通行の自動車が目の前を走っていく。だが、どうしたことだろう。耳には一つの音もなく、あたりはひっそりと静まり返っているのだ。子どもたちの自転車が通り抜け、買い物袋を下げた人たちのサンダルがすれ違い、スーパーの店先では掌でメガホンを作っている店員がいるのに、すべての音は遠のき、人や車や建物も音と一緒に小さくなっていた。心がふくらみ、体がふくらみ、ふくらみの中でウンコ石が輝くのだ。時間の境も、空間の境もない。境に苦しめられたこの二ヵ月が嘘のようだった。N町とS町という二つの町の境のために、息子の問題はもつれたのだ。N町の小学校には六年勤めた。六年勤めた者は転勤をしなければならないというきまりのために隣町のS町の小学校に転勤させられたのだが、それは息子の転校を意味するものでもあった。

教員住宅は、それぞれの町の所有である。S町のセンセイになったということは、N町の教員住宅を出なければならないということなのだ。便利な所に自分の家を建て、自家用車で通勤するセンセイもいたが、そういう時代の流れにのってしまう変わり身の早さは持ち合わせていなかった。

転校した息子の登校拒否は、始業式の次の日からはじまった。下痢という形だった。くる日もくる日も下痢が続き、嘔吐も加わった。バスで通わせるから元の中学校に戻してもらいたいと、妻は転校先の校長に掛け合いにいった。

「奥さん、それは息子さんのわがままというもんではないでしょうか。わがままですよ。そういうわがままを許しては、息子さんの将来のためにならないと思いますよ。御主人も見識のある先生でしょう？　もう一度よく息子さんに言い聞かせてやってください。そうすべきですよ。甘やかしてはなりません」

校長は腕を組みながら妻に言った。

元の中学の校長、そして二つの町の教育長と、妻は足を運び続け、ようやく区域外就学の許可をもらったのだ。息子は二ヵ月ぶりにN中学へ通いはじめている。

本屋を出た足は、いつの間にか国道の二つの町の境に向かって歩きはじめていた。

バスの停留所に立ち止まり、N町いきの時刻表を眺めてみる。時間はまだまだ先だった。一日にたった十三本のバスである。勤め先からそこまで出てくるには、もっと少ない十一本のバスだった。そのバスを乗り継ぎ、息子は二年間も通い続けてくれるのだろうか。そんなことを思うと、道のまわりから家々がのしかかってくるのだ。

バスをあきらめ、歩き続けた。停留所が三つ過ぎる。家並みが切れ、海が左手に現われてきた。右手前方は丘になって盛り上がる。

白い標識が見えてきた。標識の青い文字が大きくなってくる。『N町』という町名が読みとれた。標識の足元には小川があり、小川は暗渠となって道の下を横切っていた。境はこれなのだ。

車が風を残して通り過ぎていく。風を避けて草むらに体を入れた。フキの匂いが鼻に染みる。暗渠の入り口へ向かって足を下げながら、ヨモギをつかんで体を支えた。ヨモギの汁が掌を染める。砂浜へ飛び下り、暗渠の中をのぞいてみる。汚れたコンクリートを支えて、鉄骨が錆びた姿をむき出していた。水の流れはひどく細い。

流れのまわりの石を踏みながら、暗渠の中へもぐり込んだ。車の音が体を潰すように響く。耳をふさいで通り抜け、丘の下に体が出た。

丘は二つに分かれている。二つに割って丘の間を流れる小川には、コンクリートの水門が架けられていた。ここ数年、大雨のたびに何度も崩れ、国道をふさいでしまう丘である。『治山激甚対策特別緊急事業』という文字が水門にはめ込まれたプレートに記されていた。崩れてくる丘が境を埋めないように、コンクリートの水門は両手を突っ張って支えているのだ。

丘は緑の芝草でおおわれている。潮風になびき、芝草はやわらかに音楽を奏でていた。

登りはじめた足が滑り、あわてて両手で芝草をつかむ。つかんだ芝草の間から見えるものがあった。太い金網である。足を滑らせたものは、その金網だったのだ。

丘の斜面に這いつくばり、四方の芝草をつかんでみる。どこをつかんでも、下から現われてくるのは金網だった。金網が丘一面を押さえ込み、水門と同じように境を守っているのである。そのトリックを緑の芝草で隠しながら……。

ウンコの重みが相変わらず肛門の内側にたまっている。もう一度、便器に座ってみた。ウンコの動きはない。あきらめて立ち上がり、出した尻を隠そうとした。

ゴキッ！

痛みが走り、自分が一人、また外れていった。

便器に座り続けているのは、寝床に一人目を外してきた二人目の自分である。ウンコをあきらめ立ち上がった三人目の腰に、後ろから手をまわして離さないのだ。

まわした手を払うように両ひじを張る。ズボン、ステテコ、ブリーフの三つを一気に引き上げた。あおりを食らってひっくり返る二人目を置き放して、トイレのドアを肩で閉める。

ズボンの腰を押さえ、居間に戻った。チャックを上げ、ベルトを締め直し、背広を着ると、出勤前のプログラムは終わりである。

テレビの数字は7：35だ。ぴったりの時間である。鞄を持って、出がけの挨拶をつぶやいた。

「アーア、朝から疲れてるよ」

「いってらっしゃい」

レンジであたためた昨夜の飯を弁当箱につめながら、妻は笑った。妻の弁当だ。夫には給食がある。一時間後に妻はその弁当と共に会社に出かけ、その三十分後には娘が起きてくるのだ。減食中の娘は朝食もとらず、昼食のおにぎり一つをバッグに入れて会社に出かける。レンジで化けた飯に妻はもうおにぎりの形を与え、サランラップにくるんだ姿で置いてある。

息子が起きてくるのは、昼過ぎのはずだ。定時制高校に出かける夕方まで、家の中で一人で時をつぶしている。

玄関のスイッチをつけた。脱ぎ捨てた靴やサンダルが狭い面積を占めている。足の裏で引きずり寄せ、爪先を突っ込んだ。靴の後ろを指で引っ張り、足にはめ込む。

スイッチを消し、分厚い鉄のドアを押した。

ゴキッ！

ドアに背をつけ立ちはだかっているのは、トイレに二人目を外してきた三人目の自分である。体をあずけて彼を押すのは、外れたばかりの四人目だった。

外に向かってドアが開き、三人目が尻餅をつく。鞄を奪い取ろうとする手が下からのびてきた。勢いよくドアを閉めると、潰れた指の音が背後でした。

足の下には土の色が続いている。色だけ真似たリノリウムの廊下である。蛍光灯の光を受けて、廊下は水を打ったように輝いていた。

エレベーターの扉のかたわらの数字に目をやる。ランプをつけて動かないのは一番上の数字、11だった。下から二番目の場所から、わざわざ呼んではいられない。

階段を下りる。ガラスのドアの外には森があった。丘の上だ。鳥がさえずり、木々の間からは川の流れが細く光る。はるか昔の風景である。森はビル。鳥のさえずりに代わるものは、けたたましい車の響きだった。坂の下への見通しはなく、川はコンクリートに閉じ込められ下水道になっているのだ。尾根づたいの春日通りを気ぜわしく歩いているのは、出勤途上の東京人だ。

テンポの遅れた足がある。革靴の先が後ろからぶつかり、つんのめった足は、めずらしいことに下駄をはいていた。

脱げた下駄が宙に飛び、膝と手を突き体が倒れる。目もくれず、靴底が音をたてて通り過ぎた。

着流しの着物の汚れを手が払う。血の色はなく、ドーランを総身に塗った舞踏のように不気味な白色を見せていた。おびえた顔も白く浮き、頭には、何とチョン髷がのっている。

白い顔は、一つではなかった。顔の上の頭髪は、丸髷もあれば、ザンバラ髪もある。藁草履をはく白い足もあれば、はだしのままの白い足も歩いている。獣の皮をまとった白い体、長いたもとからのぞく白い手――あらゆる時代の亡者たちが、舞踏のようにゆれているのだ。

歩道をのさばる東京人にぶつけられ、一人の亡者がまた倒れる。この世とあの世は重なっているのに、二つの動きは合わないのだ。

合わせて歩く。亡者をいたわり、ゆっくりと歩く。森の緑がよみがえり、赤子のようにはだかになりたい。

鞄を捨て、靴を脱ぐ。何もかも脱ぎ捨てて、草の上を転げまわる。転げまわってしゃがんでみる。しゃがんだ尻を草がくすぐり、尻が力んで草に応える。生きる匂いをたち込めながら、尻の下でウンコが渦を巻く。

緑が点滅した。森の緑ではない。信号の緑だ。この世のしきたりに目をしばたたき、足が動きを速めようとする。

ゴキッ！

玄関に三人目を外してきた四人目の自分の手が、外れたばかりの五人目の足首にしがみつく。

後ろに足を蹴り上げてやった。靴底が鼻を打ち、手が離れる。倒れた自分を背中で見捨てて、横断歩道を渡りきった。

坂を下っていくと、いつもの場所で、いつもの出会いがある。右の肩を疲れたように下げて歩く白髪の男とすれ違うのは、平成湯の前だ。ついこの間まで昭和湯というのれんを下げていた銭湯は、しばらくの休業の後、平成湯と名を変え、広告塔を店の前におっ立てた。遠赤外線サウナ、ジェットバス、天然岩風呂、ミクロバイブラ、電気風呂——文字を並べたてた広告塔の下を、男は相変わらずの肩で通り過ぎる。

胸を張り、靴音を響かせ、脂ぎった額を見せて別な男がすれ違うのは、このごろ建ったオフィスビルの前である。首一つ高い男の威圧にねたましい横目を送ると、坂の下の大塚駅は近い。

人の姿が増え、いつもの夫婦の背中が見えた。妻の右の足首は内側に曲がり、右手の杖が足首を助けながらゆっくりと動く。妻に合わせて並んでいく夫との間に、せせらぎのような会話が今日も聞こえた。せせらぎには目もくれず、人は二人を追い越していく。

駅前広場が目に広がる。都電の窓が朝の光を反射しながら横切っていた。その向こうの高架線の電車の窓がこだまのように光をはじく。ビルの窓も光のこだまだ。路上に落ちるビルの長い影の重なりは、幾重にも陰影を作りながら、降り注ぐ光を際立たせていく。光の中の人の影は、魚影のようにあざやかに路上を泳いでいた。

思わず足を止め、あたりを見まわす。雲一つない空だった。空につながるビルの間から、のけぞるほどの力を込めて太陽が目を打つ。太陽は、差別をしない。どんな土地の、どんなものにも、分けへだてなく光を注いでくれる。

それがどうした。あの日の、あの太陽は何だったのだ——。

数ヵ月前の冬の休日、慥柄《たしから》将監の墓をたずねた。『東京都の歴史散歩』という本を拾い読みして、たまたま知った墓の存在である。

慥柄将監は江戸幕府の船手頭を務めた人間であり、伊勢の慥柄という村に祖先が関わっていた。自分と同じ姓の歴史上の人物がいたことを知ったのは、十年ほど前、自分の家系を調べはじめてからのことであったが、自分の姓と同じ土地があることを知っていたのは子どものころからである。

母が死んだ翌年、一緒に住んでいた叔父の一人も母と同じ結核で死に、その二年後には祖父が胃から血を吐いて死んだ。そして同じ年に、もう一人の叔父が、これも結核で死んでしまい、祖母と二人きりになってしまう。仏壇の引き出しにしまわれていた家系図は、慥柄家の歴史をテテナシゴに教えてくれたのだ。

家系図は、慥柄喜兵衛からはじまる。『生国勢州慥柄　朋連院生誉乗蓮居士　寛延三庚午年八月二十七日　行年七十二才　菩提所浄土宗大畑宝国寺ニ葬ル』という文字が記されているが、大畑というのは、下北半島の大畑町のことだ。その長男は喜兵衛の名を継ぎ、二代目喜兵衛の跡を継ぐのは、その孫の池田伝蔵である。二代目喜兵衛の娘、サンが、池田新三郎という男との間に産んだ子どもだった。サンには五人の兄弟がいたが、長兄は出家をし、他の四人は早逝をしてしまったのだ。

慥柄家の養子になった伝蔵の長男は伝蔵の名を継ぐが、ここでやってきたのが明治維新である。木材の積み出しでにぎわっていた下北半島の森林のほとんどは、明治新政府の作る大日本帝国国有林となり、自由な伐採ができなくなってしまうのだ。宝国寺の檀家の一人であった笹沢《ささざわ》魯羊《ろよう》の『大畑町誌』には『北海道へ移住する者があり、離村者続出して耕地は荒廃し、方々に空家が出たが購う者がなく腐朽するに任して、毀ちて薪に焚いた時代である』と、そのころのことが書かれてある。二人目の伝蔵も、こうして北海道へ移住するのである。

長男の泰蔵は、北海道へはいかなかった。いったのは、新帝都東京である。独学で数学を学んでいた泰蔵は、中村敬宇《けいう》の同人社のセンセイとなるのだ。明治のベストセラー『西国立志編』の訳者が開いた塾である。

立志、立志で都をめざした泰蔵が東京にいた時間は短かった。官学出身という箔もない泰蔵である。京都、鳥取、鹿児島、栃木と中学校の職員室を渡り歩き、最後の土地、栃木で天寿を全うしてしまうのである。

泰蔵には、妻はいたが、子どもはいなかった。養子になったのは、妹のキチの息子、永太郎である。十一歳の永太郎は網走の祖父母、伝蔵夫妻から離れて、鹿児島の造士館中学のセンセイをしていた泰蔵のもとに引き取られたのだ。

永太郎が母のキチと暮らした期間は短い。新政府に追われて下北に移住した会津藩士とのあやまちで産んだ永太郎を預けて、キチは他家に嫁いでしまったからだ。

造士館中学を卒業した永太郎は、養父泰蔵の立志の夢を引き継いで東京に出る。あこがれの官学、第一高等学校に入学したのだ。

一年たち、泰蔵は病のために造士館を退職した。網走の漁業店の支配人をしていた泰蔵の弟は代わって学費を出そうとするが、その申し出を断わって永太郎は北海道へ舞い戻ってしまう。文学に取りつかれはじめたころだ。根室、函館、札幌と居を変えて働くうちに、夫となり、父となった永太郎だが、立志の夢は滅びなかった。上京し、退職金で二つの詩集を出版。反響はなく、残りの人生はただの燃え滓となってしまった。

その長男は三比古《みつひこ》。結核のため、姉を追って死んだ一人である。三比古に代わって髑柄家の当主に納まっているのが、姉の産んだテテナシゴというわけである。万世一系という言葉があるが、そんなにうまくいくものかどうか。わずか八代の歴史の中に、他家のタネが三人もまじっているのだ。

家系図のはじめの男、喜兵衛の父母と祖父母を記した紙もある。

『運誉見心信士　俗名髑柄治左衛門　江戸ノ産　元禄十三辰七月二十二日卒』と書かれているのは、喜兵衛の父である。

祖父のことは、こうである。

『伝誉法山信士　俗名髑柄六右衛門　万治二亥四月十八日　勢州髑柄浦ノ産　江戸ニテ卒』

立志の帆をはためかせ、田舎を捨てた人間が、ここにも一人いたわけだ。

同じ髑柄浦に祖先を持つ船手頭が開基したという寺は、隅田川の下流近くにあった。コンクリートの本堂を、コンクリートの塀が囲み、墓地は表から見ることができない。

白い陶板の表札が塀の表に光っていた。『髑柄』という文字である。賃貸マンションのドアのかたわらに差し込んだマジック書きの『髑柄』とは、品性の違う文字だった。

思いきって門から入る。足の動きは忍び足だ。忍び足にさせてしまうコンクリートの警護である。

本堂に庫裏がつながり、二つの間に、地下へ掘り下げた通路がある。通路もまたトンネルのようにコンクリートで固められていた。

忍び足に、早足が加わる。二度曲がると、突き当たりにたくさんの手桶が見えた。右手から日の光がなだれ込み、墓石のつらなりが呼んでいる。階段をはね上がり、墓地を見まわした。

トンネルの中から、追手のような足音がする。下駄の音だ。墨染めの衣をまとった坊さんの顔が、眉間に皺を寄せている。

「何か?」と、坊さんの言葉はひどい節約だ。

「あっ、アノー、こちらに髑柄将監のお墓があるっていうんで、きてみたんです」と答えながら、手はコートのポケットを探っていた。歴史散歩の小さな本を、そこに突っ込んできたのである。刑事には、証拠の品を見せなければならない。「この本に書いてあったんです」と、歴史散歩をつかんで示した。

「そこ、そこ」と、坊さんは墓地の隅を指で教えた。蠅を払うような手の動きである。

目をやると、背の高い石が建っている。刻んだ文字は磨り減り、読みとれる距離ではなかった。

下駄の音が遠ざかっていく。何か? そこ、そこ。何か? そこ、そこ——坊さんの投げつけた言葉が頭の中を打ち続け、墓石に近づくことを拒んでいた。

墓地の土を強く踏み、コンクリートの通路に飛び込む。靴の底を叩きつけ、大きなまたで引き返した。坊さんの背中が近づく。振り返った坊さんをにらみつけ、門を出ると、そのままの勢いで歩き続けた。

何か? そこ、そこ。何か? そこ、そこ——足の運びは、言葉にピッタリだ。東京人の忙しい動きである。

小さな公園があった。ベンチに座り、煙草を吸って自分をなだめる。足元の土の上から、小さな光が反射していた。見まわすと、あたり一面に、宝石をばらまいたように光が散らばっていた。

ベンチから尻を離し、目を近づけた。ガラスの破片である。地面をまぶしたガラスの破片は、傍若無人に日の光をむさぼっているのだ。

休日だというのに、ブランコはたれ下がり、人はいない。たとえ遊びにきたとしても、はだしで遊ぶことを知らない子どもたちにとって、ガラスの破片など気にするものではないのかもしれない。塾へ追いやる親にとって、無用の公園のガラスなど放っておいていいものだろう。

この世を乗っ取り、誇らしげに光を放つガラスたち――ほしいままに光を与える太陽は、バカだ。アホーだ。

ゴキッ!

駅前広場に立ち止まり、うっとりと朝の光を眺める五人目の自分から、外れていくのは六人目だ。置き去りにされた五人目は、神の啓示に出会ったかのように動かない。立ち止まった時間の遅れを取り戻そうと、六人目は走り出す。

亡者たちの白い顔が、ここでもゆれていた。走り出した右腕が亡者の一人を押し飛ばし、右の腕がもう一人を突き飛ばす。亡者の毛髪一本も目に入らぬ東京人の一人になっていた。

改札口を出入りする人の流れは工場のようだ。

隅田川のほとりにあるビール工場に、クラスの子どもたちを連れていったのは昨年だった。ベルトコンベヤーで運ばれてくる瓶は、無抵抗に直立していた。一本一本の瓶の中味をじっと座って検査する人間がいる。大きなマスクで顔がおおわれ、光っているのは目だけだった。瓶を追って、白目の中を、右に黒目が走っていく。素早く左に黒目を戻し、右に向かってまた追いかける。ひたすらそれを繰り返す目の動きは、体からも心からも分離したモノの動きのようだった。

改札口の駅員も、ひたすら黒目を動かしている。客の列は瓶の流れだ。

「おはようございます」と、瓶に向かって、一本調子な駅員の言葉が繰り返される。瓶は言葉を持たず、駅員はただのコンピューターである。

人間は、いないのか?

人間は、いる。

階段を昇る女の尻が目の前でゆれていた。白いブラウスの背中で、長い髪もゆれている。ゆれと一緒に降り注いでくる香水の匂いが鼻を引き寄せた。

ホームに立つ女の後ろを通り過ぎる。一メートルほどの距離をとり、女の横顔に目をやった。艶やかな頰は、朝の草花の露である。口紅が彩る二つの花びらは、今にもこぼれ落ちそうなふくらみを見せていた。

電車が止まり、女が乗る。引きつけられ、女に続くと、ドアが閉まった。いつもの車輛のドアではない。いつもは一輛目の最後のドアから乗り込んでいるのだ。反対側のドアの近くに体を移すと、そのドアは、乗り換え駅の日暮里の階段の前で開く仕掛けになっている。

仕掛けに逆らう。逆らわせる女のスカートにズボンがふれ、ズボンの下のももがふるえる。ふるえは全身につたわり、体は一本の弦だった。

しびれるような音の弾き手に、そっと手をやる。スカートの下のやわらかな肉のぬくもりが指につたわり、指は五弦の楽器になる。

こらえきれない五弦のふるえがスカートをつかんだ。つかんで、はぎ取る。肉をおおう、この世のすべてをはぎ取って、肉の足元に叩きつける。

日暮里駅のホームが窓の外に現われてきた。窓の外にはおかまいなく、裸にむかれた女の乳房を背後からつかむ。肉もこの世、骨もこの世。この世のすべてをはぎ取ろうとする六人目の内部で、肩をゆさぶる七人目がいた。

ゴキッ！

ゆさぶって二つに外れ、ドアの外に一つはこぼれた。

ひしめきを縫い階段の下にたどりつくと、人は更に滝のように落ちてくる。ベッドタウンからやってくる上りの電車を乗り換えて、都心に向かう人たちだ。

下りの電車に乗り換える少数の人間は、滝に逆らい、鯉のように昇っていく。鯉とは思えず雑魚となる一匹の自分は、肩をすぼませ、階段の隅をいくのだ。

跨線橋も半分を過ぎると、人はまばらになってくる。常磐線のホームに下りる階段は、しばしの休止符を打っていた。のんびりとしてはいられない。三分間隔の上り電車は、階段へ向かってすぐに人を吐き出してしまうのだ。

間隙を縫って階段を駈け下りると、銀色に車体を塗った下りの電車がホームに入ってきた。銀色は南千住では止まってくれない。止まるのは緑色なのだ。

待ち時間を過ごすためにホームを進む。禁煙時間のホーム上に、煙草を吸える秘密の場所が残っているのだ。秘密の場所にふさわしく、頭の上には斜めにかぶさった階段があり、跨線橋の底がある。灰皿はないが、ベンチがあった。

ベンチに座った三人が煙草を飲んでいる。一人ではないということが心強かった。見慣れた顔の男が吸殻を踏み潰し、階段へ向かって歩きはじめる。しばしの解放区からの出撃なのだ。

男の背中に親しげに視線を送りながら火をつける。煙の匂いが鼻を刺激し、吸口をはさんだ唇がすぼむ。煙を受けた喉の縮みと広がりはマグマのような動きとなり、体は噴煙の活火山だ。一吸いごとに、どうやら働く意欲が戻ってくる。

緑色が目の前に着いた。まだ三分の二も残っている煙草の長さは、いつもと同じである。

立ち上がって踏み潰す。煙草を惜しむ自分はいない。いつもの若い女の後ろ姿が開いたドアから入っていくのだ。

連れの男といつも乗り込み、楽しそうに会話をはずませる彼女だった。軽やかな唇の動きが今日も心を和ませ、鼻にずり落ちる銀縁の眼鏡がのどかな気分を与えてくれるだろう。

車内はいつものようにガラ空きだった。いつものように女の前に席を取る。連れの男はなぜかいなかった。女の唇も、銀縁の鼻眼鏡も、うなだれた首のために見えないが、広いおでこがかわいらしくこちらを向く。

ゴキッ！

立ち上がって女に近づくのは、七人目の自分である。目をそむける八人目を尻目にして女の肩を抱く。おでこに唇を軽くふれた。女の首が上がり、マニキュアの指が下がった眼鏡を戻す。眼鏡の中の目がおびえていた。

「あなた、独りぼっちだから、心配してるんですよ。どうして、今日は一人なんです？　いつも、彼氏とお話してるでしょう。そうするとね、ぼくの方も楽しくなってくるんですよ。ねえ、一人なら、今日はぼくとお話してくれませんか？」

女の目が見る見るうるんでくる。

「ごめんなさい。いやならいいんです。お話はいいから、せめて、こうしてあなたの隣に座らせていてください。座っているだけでいいんです」

眼鏡をおでこに押し上げて、女は二つの手で顔をおおった。

「ごめんなさい。泣かないでください。ぼく、あっちの車輛に移りますから」

「あなたの……せいじゃ……ないんです。……あの人が……悪いんです」と、女はとぎれとぎれに言葉を言う。

「あの人がどうしたんですか?」

「結婚しようって……言ったくせに……わたしを……裏切ったんです。……ア、アーン、わたし、どうしよう!」

女の体がぶつかってくる。胸の中で泣き叫ぶ女の髪を静かになでた。

七人目の手の動きが、チラチラと目をくれる八人目の心の中に遠い思い出を運んでくる。なでてくれるのは妻だった。結婚前のことである。

弘前大学の野辺地分校でセンセイになる勉強をしていた彼女と知り合ったのは、青森市の郊外にあった結核療養所でのことだった。病状の軽かった彼女は先に退院をしたが、復学して間もない彼女を野辺地の下宿にたずねていったのだ。療養所を抜け出しての小さな旅である。

二人は公園のある丘へ登った。下北半島の山並みが正面に見える。その下北では、祖母が病院の付添婦をやりながら一人で暮らしていた。もう八十歳に近かった。

山並みからは海が続き、海から目の下へ野辺地の町が広がっていた。丘の上の公園に吹いてくる海の風は、かすかに髪をゆらすほどだが、間近な雪を告げるように肌に冷たい。

足音の重なりがした。振り返ると、クリーム色のトレパンと、同じ色のシャツをまとった一団が坂を駆け上がってくる。首に巻いた青いタオルが初冬の光を反射していた。

前後左右に足は跳び、軽くにぎった二つの拳は素早いパンチを宙に繰り出す。空気を切るさわやかな音を残して、学生たちは元の方角へ下りていった。

背筋を伸ばし、草の上に立ち上がってみる。首をもたげる弱い心を打ちのめすようにフットワークを真似てみた。フックを打ち、ストレートを打ってみる。

軽いめまいがした。ノックダウンを真似て倒れる。

「大丈夫?」と、彼女の顔がのぞいた。

「駄目だなァ、手術しないうちは」

「そうだよ。手術して、早く退院しな」

「退院したら、何すればいいんだべ」

「わたしの秘書をやって」

「秘書?」

「わたし、算盤ができないから、学級費なんか計算するのに困るんだァ。だからさ、わたしの秘書になってくれない?」

笑いで頬が崩れてしまう。崩れた頬はたちまち引きつり、言葉を返すことができなかった。笑わせたのは天真爛漫な彼女の言葉であり、引きつらせたのは明日への心の重さである。

「秘書がいやなら、先生になっちゃえばいい」と、彼女の声はやはり明るい。

「なるっていったって、そう簡単になれないべ?」

「通信教育でも免許取れるんだって」

「通信教育？」

「うん、家にいて、レポートを書いて送ってやってね、単位取る試験なんかは、青森だとか、弘前だとかでやるんだって。後は、夏休みにスクーリングというものがあってね、その時だけ、東京の大学で勉強するんだって」

「へえ、そういうものがあるのかい」

「ねえ、先生になんな。そしたら、わたしたち、おんなじ仕事だもの、いろんなことで助け合えるし、人間相手の仕事ってやりがいがあるよ」

「人間を相手か」

「そうだよ、人間が相手」

「何だか、その気になってきたぞ。先生になって遠くに行こうか」

「遠く？」

「新しい生活なんだもの、新しい場所ではじめたいよ」

「ねえ、北海道にいかない？」

「北海道かァ」

「広々としたイメージがあって、素的でない？」と、彼女の笑顔は思わずうなずかせる。

「うん、いい、いい」

「決めた。わたし、先に北海道へいって先生をやってるから、必ずおいでよ」

「握手」と、彼女に向かって手を伸べる。彼女の手も伸びた。

「あっ、とんぼ」と、その時、彼女は声を上げ、出した右手を草の上にやった。

黄ばんだ草にとんぼが一匹止まっている。季節遅れのとんぼの羽は難なく彼女の指に挟まれ、目の前に突き出された。

挟まれなかった片方の羽が思いもかけぬ激しさで上下に動く。朽葉のようにボロボロの羽だった。

「見な、こんなになっても生きてるんだから」と、彼女は目を見張って言った。

とんぼを持つ手を高く上げる。羽をつまんで閉じている彼女の指が花のように開いた。指を離れたとんぼの姿は、青い空に溶けながらゆっくり消えていった。

心の中から噴き出すものがある。とんぼを追って飛ぼうとする天への噴き出しだった。とんぼに打ちのめされた地への噴き出しでもあった。噴き出しは脳天を貫き、喉をふるわせる。大の字に倒れた体から思いきりの泣き声が溢れ、涙で空がかすれた。

膝を折った彼女の顔がのぞく。濡れた頬が笑っていた。赤ん坊を寝かせつけるように、目の下の男の髪をゆっくりとなで続ける。……

都営住宅のくすんだコンクリートが窓をふさいだ。電車はスピードを落とし、南千住駅に近づいている。

目の前の席でたわむれ続ける七人目を置き放して、八人目は立ち上がった。思い出がたがのように胸を締めつけ、八人目は一つの手桶だ。手桶の水に、妻より他は映らなかった。

ホームの時計は八時五分を指している。いつもの通りだった。いつもの通り階段の右を下り、通路の右をいく。改札口へ向かう人の群れから外れて、いつもの通りトイレへ入り、小便をした。いつも、いつもがつながって、いつもと違う丘の思い出はもう消えていた。

小便はすぐに止まり、残尿感を引いて滴がたれる。力みは無理に与えない。力みは肛門にもつたわり、残便感をもあおってしまうからだ。

自分を押し込むようにチャックを上げる。手はどこでも洗わない。縦18cm・横9.5cmの掌である。縦×横という大ざっぱな計算をしてしまうと、その面積は171cm²だ。右と左を合わせても342cm²――たかがそれだけを清めたからといって、この世の汚れに太刀討ちできるものではない。

人のとだえた改札口を遅れて出る。一息ついた駅員は、挨拶を忘れ、黙っていた。

目の前には、タクシーに乗る勤め人の列ができている。離れた所で、ワンカップを片手に、仕事にあぶれた山谷の男たちがしゃがんでいた。手配師に集められたたくさんの男が電車につめ込まれていったのは、もっと早い時間だった。

道は四方に分かれている。その一つの道から、大道寺将司は、この駅へ向かって歩いてきた。土砂降りの朝だった。ワンカップを持つ男たちの姿もなく、代わってそこにたむろしていたのは公安の刑事たちと、情報を嗅ぎつけた一人の新聞記者だった。

傘の下の大道寺が近づく。青い背広の刑事が一人、傘もささずに正面から寄っていった。不吉な予感が大道寺をかすめ、青い背広がすれ違う。後ろにまわった二つの目が背中を刺した。タクシーの流れを狭める駐車の数は、ただならぬものである。要所を固めて立っている刑事たちの緊張は、大道寺のさす傘の骨にもつたわっていた。

傘の握りが強くなる。左手の紙袋は胸に押しつけられていた。紙袋の中には、雷管の作り方を解説した『腹腹時計』の第二号が入っていた。

手薄と見られる左の道へ大道寺は走り出した。常磐線のガードは目の先である。ガードの奥の日比谷線の駅の方から、大道寺へ向かって走ってくる者たちがいた。

挟み打ちだった。前後左右を刑事が取り巻き、脇の下から両腕が取られた。逮捕状が早口に読み上げられる。拒む大道寺の両足が浮き、靴の先が雨の流れる舗道を掻いた。新聞記者がたて続けにシャッターを押す。車が次々に急発進をし、柳の枝がゆれた。

その日、都内では七人のゲリラが逮捕された。近くのアパートで逮捕された妻のあや子と大道寺将司は、北海道の釧路の出身だった。逮捕後、毒を飲んで自死した斉藤和《のどか》は、北海道の室蘭の出身である。大道寺あや子などと共に、日本赤軍によって海外へ連れ出された佐々木規夫は、北海道の小樽の出身だった。

釧路も、室蘭も、小樽も、その地名はアイヌ語から発している。釧路はクッチャロ、喉という意味で、釧路川の川口近くの沼の出口の呼び名だったらしい。室蘭はモ・ルエラニで、小さい下り道。小樽はオタ・オル・ナイで、砂浜の中の川という意味のようだ。

自然の姿で呼ばれていたかつてのアイヌの土地は、釧路市となり、室蘭市となり、小樽市となり、アイヌは片隅に追いやられてしまった。その北海道の歴史は、東アジア反日武装戦線に集まり、爆弾を炸裂させ続けた彼等の思想を育んだのだ。

爆弾の時代だった。北海道のセンセイだった一人として、アイヌのことは忘れられない。壊さなければならないと思った。教育研究会でしゃべり、テレビでしゃべり、たくさんの機関誌に原稿を書いた。だが、言葉では壊れなかった。爆弾以外に、壊せるものはないようだった。言葉だけの人間をなじるように、次から次と爆破が続いた。

北海道庁爆破があった次の日、学校に出勤すると、教頭が寄ってきて心配そうに言ったことがある。

「きのうの夜、警察から電話があってね、髄柄先生、欠勤しなかったかって聞くんだァ。ちゃんと出てきて、授業しましたって言っといたから」

苦笑だけを教頭に返した。アイヌのことには、もうすっかり疲れていた。……

大道寺が逃げようとした方角に背を向けて歩いていく。まるで大道寺を見捨てるようだ。

見捨てたのはずっと以前、入学式の日だった。朝、職員室で椅子を出してストーブにあたっていると、制服を着た警察官が一人入ってきた。入学式には来賓として招かれ、交通安全についての退屈な話をするのがならわしだった。

「ご苦労さまです」と、挨拶の言葉を儀礼的に投げかけ、椅子をすすめ、茶を入れた。職員室には、たまたま一人しかいなかったからだ。

茶を一口すすると、初対面の警察官はいきなり言った。

「ヤー、いつもアイヌの子どもたちのためにがんばっていただき、先生には感謝しているんですよ」

警察に感謝されるいわれはない。顔がひきつった。警察官は身を乗り出し、声を落とす。

「アイヌモシリを乗っ取る道庁を爆破とか何とか、わけの分からないことを言って、先生のように真正面にアイヌのことに取り組んでおられる方には、まったく迷惑な話ですよねえ。一体、どんな人間が、ああいうことをするんでしょうか？」

警察官の後ろの掲示板の情報提供を呼びかけるポスターが大きく目に入ってくる。押し戻すように、声が飛び出した。

「何ですか、あなた！　そんなこと、知るわけないでしょう！　あなた、ぼくを犯人だと思ってるんですか！」

尻が椅子を蹴り、足が床を強く踏んだ。職員室から廊下へ出る。後ろ手で閉めた戸の音と一緒に、心で響く言葉があった。

——犯人だと思ってるんですか！

犯人、と呼んでしまったのだ。犯人、と呼ぶことで境を作ってしまったのだ。あちらは爆破、こちらは緑。金網におおわれた見せかけの緑は、心の内にもあったのだ。……

白い手がゆれている。白い肩には血糊がこわばり、肩の上の首はなかった。首どころか、胴から上を持たない亡者たちが裸足の指で地べたを探り、さ迷ってもいるのだ。斬首の刑にあった上、試し斬りにされてしまった者たちである。小塚原刑場は、コツ通りと呼ばれているこのあたり一帯にあったのだ。ガードの先には山谷がある。

はやりのコンクリートで身を固めた回向院の駐車場の壁には、解体新書の扉を真似た銅板がはめ込まれ、それに並んだ御影石にはこんな文字が刻まれている。

蘭学を生んだ解体の記念に

一七七一年・明和八年三月四日に杉田玄白・前野良沢・中川淳庵等がここへ腑分を見に来た。それまでにも解体を見た人はあったが、玄白等はオランダ語の解剖書ターヘル・アナトミアを持って来て、その図を実物とひきくらべ、その正確なのにおどろいた。

その帰りみち三人は発憤してこの本を日本の医者のために訳そうと決心し、さっそくあくる日からとりかかった。そして苦心のすえ、ついに一七七四年・安永三年八月に「解体新書」五巻をつくりあげた。

これが西洋の学術書の本格的な翻訳のはじめでこれから蘭学がさかんになり、日本の近代文化がめばえるきっかけとなった。

さきに一九二二年奨進医会が観臓記念碑を本堂裏に建てたが、一九四五年二月二十五日、戦災をうけたので、解体新書の絵とびらをかたどった浮彫青銅板だけをここへ移してあらたに建てなおした。

一九五九年　昭和三十四年三月四日
第十五回日本医学会総会の機会に
日本医史学会
日本医学会
日本医師会

信号は赤だ。足を止める。首なし亡者がまた一人近づいてきた。胸も腹も切り開かれている。胃も腸もスッポリと抜け、骨盤が丸見えだ。肋骨もむき出しだった。その下には心臓も肺もなく、肋骨は空を抱いていた。着衣はなく、しなびたまたの割れ目をおおう陰毛は、白いものをまじえながら言葉のようにゆれている。

「青茶婆ァ」と、思わず呼びかける。

ゴキッ！

八人目が二つに外れ、九人目の自分がたしなめる。

「青茶婆ァはないだろう」

一夜の間、灰汁《あく》につけて蒸す、下等の茶の青茶である。

「じゃあ、何て言えばいいんだ？」と、たしなめられた八人目の口がとがる。とがった口をまた開いて、今度は目の前の亡者にたずねた。

「ねえ、お婆さんの名前、本当は何て言うの？」

陰毛はゆれ続けるが、陰毛の言葉を聞き取るのは、オランダ語より難しそうだ。

杉田玄白が『蘭学事始』の中で、『其日の刑屍は、五十歳ばかりの老婦にて、大罪を犯せし者のよし。もと京都生れにて、あだ名を青茶婆と呼ばれしものとぞ』と書いているお婆さん——後世の医者たちが御影石に刻ませた文の中で、『ターヘル・アナトミアを持って来て、その図を実物とひきくらべ、その正確なのにおどろいた』と、『実物』の二文字でかたづけられているお婆さん——

大道寺は見捨てたのに、二百年前のお婆さんは見捨てられない。こだわる八人目を置き放して、信号の変わった道を渡りはじめる。善人面でたしなめたはずの九人目は、お婆さんを見捨てるのか？

「虎松のお爺さんは、どうしてるんだろう？」

渡りはじめた善人面に、ふさわしい問いが生まれる。


虎松といへるもの、此事に巧者のよしにて、かねて約し置きしよし。此日も其者に刀を下さすべしと定めたるに、その日、其者俄かに病気のよしにて、其祖父なりという老屠《ろうと》、齢九十歳なりといへる者、代りとして出でたり。健かなる老者なりき。彼奴は、若きより腑分は度々手にかけ、数人を解きたりと語りぬ。

これも『蘭学事始』だ。玄白も、良沢も、淳庵も、腑分けのために、自分の手は汚していない。手は辞書をめくるためにあり、解体新書の執筆のためにあった。牛馬の皮をはぎ、刑死人の腑を分ける最下層の身分であった虎松の祖父は、どんな気持ちで腑分けにのぞんだのだろう。彼にとって青茶婆は、ただの『実物』だったのだろうか？

ゴキッ！

九人目が二つに外れる。虎松の祖父をたずねてきびすを返す自分を背中に感じながら、十人目の自分は横断歩道を渡りきった。

まだシャッターの開かない酒屋の表には、自動販売機が並んでいる。山谷の男たちは、そこでもワンカップを手にして寄り合っていた。尻を突き、背をかがめ、亡者に空間をゆずるように体を縮めて座っているのだ。

まくり上げた作業ズボンから、すねを出した一人がいる。すねの真ん中に、あせた藍色の入れ墨があった。ハートを矢が貫いている。ハートも矢も、たどたどしい線だった。男の頭から噴き出る髪には、もう白いものがまじっている。

たどたどしく生きてきた山谷の男に、お面を一本取られたのは前の年だった。社会科の勉強で、子どもたちを連れて近くの商店街にいった時のことだ。

商店街の中央にある公園を集合場所にして、子どもたちは鉛筆と画用紙を持って散らばっていった。画用紙には、商店街の略図が印刷されている。何を商っている店なのか、一軒一軒を、そこに書き込んでいくのだ。

二百メートルはたっぷりある長い通りだった。十二時十五分から給食がはじまる。それまでには帰らなければならなかった。二時間目の授業が終わってから公園へ歩き、時計は十時五十分を指していた。十二時には公園を出発したい。一時間そこその時間で、調査をしなければならないのだ。

公園の片隅に五人の子どもが残っている。五人で一つのグループを作らせていた。グループごとに行動するようにと言っていたのだが、通りの東からはじめるのか、西からはじめるのか、意見がまとまらないのだ。

「オイオイ、いい加減にしないと時間がなくなるぞ」と、そばへいって追いたてようとする。意見はそれでもまとまらない。しびれを切らし、右手を突き出して右にやった。

「あっち、こっち。あっちからはじめな!」

右手を突き出したのは、右利きだったからに過ぎない。それでも子どもたちは、センセイの右手の気迫に突き動かされて歩きはじめた。

ベンチに座ってワンカップを飲んでいた男たちが笑った。笑わない男が一人いる。コップを持ったまま、男は近づいてきた。

「あんた、センセイかい?」と、男の顔がにらみを利かせる。「どこの学校か知らないけど、急がせるのはよくないよ。急がせちゃあ、いいスケッチはできないよ」

後ずさりをして男から離れる。向きを変え、買物客の流れの中にまぎれ込んだ。男はスケッチと間違っていたが、それは些細な間違いである。現場監督に追いたてられ、手抜き工事の騒音の中で、汗をしぼり取られた男なのだろう。センセイは明らかに現場監督と同じだった。……

細い通りを折れると、学校は突き当たりだ。亡者はしつこく、ここにもいる。体まるごとの肉を失って、ゆれているのは骨である。骨から骨が外れ、叫びのように飛び散っていく。人の骨格を失って、骨はバラバラに分かれたまま、宙にゆれて訴える。訴えながら、人の姿に戻ろうとして、骨は悶え、骨は再び組み合うのだ。

子どものころ、下北の芝居小屋で、同じようなあやつり人形を見たことがある。軽快なバックミュージックにのせた骨の動きのおかしさを真似て、次の日の自習時間の教室は大騒ぎになったものだ。ブラブラと手足を振り、首を振り、教壇の上で一人が踊りだすと、我も我もと教壇に押しかける。教壇はたちまち埋まり、まるで陣取り合戦のようになった。見た者も、見ない者も一つになり、押し合いへし合い、出任せの音をがなりたてながら乱舞したものだ。

〽バラバラバラバラ
おかしさ一色の乱舞は、目の前の骨たちにはなかった。おかしくもあれば、恐ろしくもあり、そしてまた悲しくもある無言の骨の動きなのだ。

バックミュージックどころか、車の音一つしない通りである。音の強いる感情や意味づけから遠ざかり、骨は骨そのものとしてゆれながら、外れては寄っていく。劇用語では、それを骨寄《こつよ》せというらしいが、その言葉は、どうもぴったりと心にこない。寄せられているのではなく、寄っているのだ。いや、寄るなどという一極集中の調和ではない。おかしく、恐ろしく、そして悲しい、このごった煮のダイナミズムには骨踊《こつおど》りという言葉がいい。

かつて焼場道と呼ばれた通りである。江戸時代から明治のはじめにかけて、道の両側にはたくさんの寺が建ち、それぞれ死者を焼く火屋を持っていた。

今は、一つの寺もここにはない。宗教臭いものといえば、ピアノ教室のポスターを張ったキリスト教会が一つあるだけだ。サンダルを並べた店や、文房具を並べた店などが、永遠の昔から根を張り続けてきたように建っている。

百年前になくなった火葬場の風景が追い払われているからといって、不思議がることはないのだろう。四十年前の戦争で焼け野原になった風景さえ、もうどこにもないのだから……。

風景が一つ浮かんでくる。しわくちゃの新聞紙が乱れ重なり、待合室の床は一面におおわれていた。上野駅だ。はだしの足を引きずりながら、少年が一人、動いている。足の動きと一緒に、床の新聞紙は音をたてて掻き分けられ、その下にも、埃をのせて新聞紙は乱れていた。焼夷弾の炎をくぐり抜けたはだしの足は膿でふくれ、膿はくずれていた。

はだしの上にはかぎ裂きだらけのズボンがたれ、少年の動きと一緒に、かぎ裂きは窓のように開いた。窓からのぞく、少年のすねや、ももや、尻の肉は、助けを求める声も出せない。泥で汚れた黒いズボンの下で、肉もまた泥の鈍さで押し黙っていた。

かぎ裂きだけではなく、すっぽりと抜けた穴もあった。焦げた匂いが穴のまわりにこびりつき、穴は体の上半分をおおう一枚のシャツを同じようにむしばんでいた。

シャツの裾はズボンの上にたれ下がり、その腰を藁縄が巻いている。黒いへそがおびえるようにのぞいていた。

バリカンを忘れた少年の髪は逆立ち、口はどんよりと開いている。まばたきもない目を足元にやりながら、少年は待合室をさ迷っているのだ。

少年の足は時々止まった。手が伸び、新聞紙を拾い上げる。握り飯を包んでいたものだった。たった一粒残っている乾いた飯粒をつまみ取り、口に運ぶ。丹念に嚙み砕きながら、少年はまた一粒をたずねて足を引きずった。

祖母の膝の上で音がした。少年から目をそらす。開いた包みの中に、握り飯などというぜいたく品はない。さつま芋が二本、輪切りになって並んでいた。

　少年の足が掻き分ける新聞紙の音が大きくなった。ベンチに座る祖母の前に少年が立つ。にごった匂いが鼻を突いた。少年の喉がふるえる。

「ンーッ」

　言葉にならない音を洩らし、少年は右手を突き出した。

「かわいそうに」

　祖母はつぶやくと、輪切りの一切れを垢のこびりついた少年の掌にのせた。のせた掌に口を近づけ、少年は一気に頬張った。負けるもんかと、祖母の隣から手を出す。その手に向き合い、少年の手がまた伸びてきた。

　祖母は二切れ目を与えると、包みを丸めてさつま芋をくるんだ。その隣でまだ一切れ目を頬張っている口もとに、二切れ目を食べてしまった少年の手が伸びてくる。

　あごを引いて、上目使いに少年をにらんだ。光のない少年の目は空の方角に外れていく。空はなく、くすんだ天井が広がっていた。

「リュックサックを背負いなさい。あっちへいって食べましょう」

　祖母のささやきにうながされ、膝のリュックに手をかけた。立ち上がると、同じ背の高さの少年だった。

「いくよ」と、祖母はまたうながした。

　少年から目をそむけ、リュックを背負う。歩き出した鼻に、少年のにごった匂いがまつわりついていた。匂いの中から、ぬくもりを持ったウンコの匂いがただよってくる。

足を止めた。思い出が激しく心を打った。

咳一つ許されない天長節の学校だった。身動きもせずに立たなければならない。首はたれ、目を足元にだけ許される。真っ白な手袋で校長が広げ持つ教育勅語も、校長の背後の壁に祀られる天皇、皇后の写真も、盗み見ることは許されなかった。

勅語を読む校長のおごそかな声に逆らって、しめった音を腹が奏でる。冷や汗が足の先からもにじんできた。

音を押さえようと、腹をへこませる。その途端、尻の穴にかかったのはウンコの圧力だった。

穴をすぼませ、全身でこらえる。体が火照った。息ができない。

「御名御璽」と、校長の最後の声が響いた時、ニョロニョロとパンツの中に溢れていくウンコを、引いていく血の気と一緒に感じていた。

匂いがたち込め、まわりの顔がゆがんだ。すぐ後ろの子どもの目は、ズボンの裾から現われてくるウンコをすぐに見つけた。見つけた子どもの右の指が右隣を突つき、左の指が左隣を突つく。突つかれた子どもの指がまた動き、子どもたちはゆれた。

教育勅語を巻き戻す校長の手は、ざわめきを受けてふるえていた。首をそろえて並んでいるセンセイの目が、一斉にざわめきをにらむ。にらまれた子どもたちは、匂いと笑いをこらえながら、ざわめきを止めなければならなかった。

校長の式辞がはじまった。涙が流れ、ウンコで汚れた足元の床にたれ落ちた。

式が終わり、みんなの足がまわりを通り過ぎていく。わけを知った担任が、荒い足取りでやってきた。こわばった体で立ちつくす足元の汚れに目をやると、担任は舌打ちをして出ていった。

新聞紙を右手につかみ、水と雑布の入ったバケツを左手に下げて、担任は戻ってくる。

「うちへ帰れッ！」と、彼は体をふるわせながら吸鳴りつけた。……

待合室の少年のくるぶしには、細い、黄色い流れが一本つたわっている。それは足元の新聞紙に小さなしみをたらして終わっていた。一粒の飯粒にふさわしい貧しいウンコであった。芋二切れで逃げられる少年の涙のようなものであった。

「何してんの？」と、祖母がうながす。祖母に追いつき、黙って歩いた。歩く体に匂いがまつわり、黙ることはできなかった。

「あの子、ウンコたれてたよ」

自分と祖母を責めるようなまなざしで言う。

「おばあちゃんがいるだけでも、坊やはしあわせなんだよ」と祖母は言った。

「ねえ」と、不意に現われた思いを言いたくなる。

「なあに？」

「天皇陛下も、ウンコするの？」

「シーッ、憲兵さんに連れていかれるよ」と、祖母はけわしい顔になった。

祖父母の故郷、下北へ疎開する日のことである。東京との長い別れになったのだが、その日の少年とは、まだ別れることができない。……

鉄の枠に、太い鉄線の網を張った学校の塀である。塀は道と校庭を区切っていた。校門に仕込まれているのは重い鉄の扉だった。このいかめしさが分かるのだろう。亡者の影はとだえ、怪獣の口のように開いた校門へ飲まれていくのは子どもたちだった。

チャイムが鳴る。八時十五分だ。このチャイムが鳴ってから、校舎の中に入ることを許されている子どもたちだ。玄関の前にかたまっている集団が崩れ、それぞれの教室に向かって散らばっていく。

子どもたちの流れは追わず、校門の前を通り過ぎる。看護当番の日だった。学校の近くの四つ辻に立ち、登校する子どもたちを見張ることが仕事なのだ。八時十五分からである。センセイの勤務時間は八時三十分がはじまりだから、十五分のサービスである。誰のためのサービスなのかは分からない。

「おはよう。おはよう。おはよう。おはよう。おはよう。おはよう。……」

四つ辻に立ち、子どもたちに声をかける。まるでJRの改札係だ。改札係は切符を調べ、定期券を調べる。看護当番が調べるのは子どもの服装であり、挨拶の声である。

帽子は、かぶっているかな?

帽子とは校章を正面に染め抜いた紺色のつば付き帽のことである。なくしたから、家にある野球帽で間に合わせようなどというわけにはいかないのだ。あの帽子はウチの学校の生徒だ！　ウ、ウン、あれは何だ？　道草を食ってるな！　と、遠目にも見張れるための帽子なのだ。

「おはよう。おはよう。おはよう。おはよう。おはよう。おはよう。……」

猫なで声の見張りの結果は日誌に書き、必要があれば職員朝会で注意をうながす。うながし手の一番は、腹の出た生活指導主任である。

「袖がダブダブデー、手が隠れてしまうほドー、長い上着を着てる子がいるんですけドー、みっともないですかラー、教室デー、注意してください」

「ポケットニー、手を突っ込んでる子どもガー、目立つのデー、転ぶと危ないですかラー、教室デー、注意してください」

彼の言葉は、テレビと同じだった。街角のインタビューで、やたらに言葉を区切り、語尾を強めてしゃべる東京の若者を眺めながら、何だこりゃと、北海道で思ったものである。その言葉が、何と職員室で使われていたのだ。そうまで強めねばならぬほど、大事な言葉だというのだろうか。そうまでとぎれてしまうほど、言葉に自信はないのだろう。

「おはよう。おはよう。おはよう。おはよう。おはよう。おはよう。おはよう。……」

無帽も、ダブダブも目には入れない。味方のようなふりをして声をかけるが、味方ではない証拠に、挨拶の声がほとんど返ってこなかった。

裏切られた思いが点火し、立て続けに自分が外れる。

ゴキッ！　ゴキッ！　ゴキッ！　ゴキッ！　ゴキッ！　ゴキッ！　ゴキッ！

十人目から十一人目が外れ、十一人目から十二人目が外れた。十三、十四、十五、十六、十七でようやく終わり、十七人目を一人残して、後の七人は子どもたちに襲いかかっていく。偶然の七なのか、七人の侍の七なのかは分からない。子どもとはいえ、敵は多勢だ。七人いれば何とかなりそうである。

「こらァ、待てェ！　お前、どうして挨拶しねえんだァ！　なめるんじゃねえよォ！」

追いすがり、襟をつかむ。つかんで引き倒す。

悲鳴が七人を我にかえした。七人は四方に散って逃げ出してしまう。その醜態から推し量ると、七人の侍でないのは確かなようである。

腕時計の針は八時二十五分を示していた。そろそろ見張りを終える時間である。八時半の職員朝会までには、職員室にたどり着かなければならない。

一人残った十七人目は四つ辻を離れる。校門の前で立ち止まり、通学路の左右を見た。右にも左にも子どもの姿が小さく見える。八時二十五分までに、校門をくぐらなければならない彼等なのだ。三十五分からは体育朝会が待っている。それに出るためには、体育着に着替えなければならない。

遅れを取り戻そうとして走りはじめる子どもがいた。走る子どもをやり過ごして、泰然自若と歩いてくる子どももいる。遅れた子どもの学年と組、氏名をメモするように生活指導主任が念を押したのは、もう数週間も前のことだった。お達しは古びている。遅れてくる子どもの姿から目をそらし、校門に入った。

体育着に着替え、もう校庭に出ている子どもたちがいる。目は開け放した教室の窓にいった。四階建ての校舎の上から二つ目、左から三つ目の教室が三年二組だ。去年、そこで担任をやり、その子どもたちが進級した今年も、同じ教室で新しい子どもたちの担任をやっている。

左端の教室の窓は閉まったままだ。資料室という名の物置である。かつて三クラスずつあったという学年は二クラスずつに減ってしまい、空き教室がガラガラとある学校なのだ。来年の一年生は一クラスという噂もあるが、この春、この区内では、統合された小学校もあり、中学校もある。

三年二組の窓に、まだ着替えもしないで走りまわっている子どもたちの姿が見えた。そこまでいって急き立てる時間は、もうない。

土の校庭の隅をコンクリートの通路が固め、玄関に届いている。玄関への最短距離は校庭を斜めに横切ることだったが、登下校の時は土の上を通ってはならないきまりがある。きまりに従い、コンクリートを歩いていった。きまりを破ってうっかりと横切り、近くで遊んでいる六年生に嫌味を言われたことがあるのだ。

子どもの下駄箱の並ぶピロティを通り、校舎の中に入った。センセイ用の下駄箱の前に立つ。下駄はほとんどこの世にないのに、なぜ下駄箱と呼ぶのだろう。

靴箱と呼ぶセンセイが、この学校にいる。

「靴箱ニー、上靴を入れる時ハー、かかとニー、学年と組と名前を書いテー、かかとが見えるようニー、入れることになってますガー、あまり守られていないようなのデー、教室デー、注意してください」

ある日の職員朝会で太った腹をゆすりながら言ったのは、例の生活指導主任だった。靴箱、と確かに言った。彼の口調にはすっかり慣れていたが、靴箱は耳慣れない言葉だった。

放課後、職員室の書棚から広辞苑を引き出してみた。下駄箱はのっているが、靴箱はのっていない。


げた・ばこ【下駄箱】下駄などのはきものを入れておく箱。


などの中に、靴も含まれているのだろう。伝統文化は、まだ健在の風を装っていた。

その日の帰り、大塚駅では下りないで、一つ先の池袋駅で下りた。土曜日だった。土曜日は気の向くまま電車に乗り、遅い昼食をどこかでとるのだ。

地下街に出て、西武デパートのエレベーターに乗った。食堂街にいくつもりだったのだ。混み合うエレベーターの中で見るともなしに売場案内の文字を眺めていると、『家具』という文字が目に飛び込んできた。靴箱へのこだわりが広がりはじめ、五階の家具売場へ体を押し出す。

日本と思われぬ場所だった。外国映画でしかお目にかかれぬ豪華な応接間やキッチンが、そっくりそのまま作られて、家具はゆったりと横たわっている。アラビア模様のカバーをおおったベッドのわきには、同じ模様の布をかぶせた円形のテーブルがあり、ワインの瓶とグラスが光っていた。その隣の邸宅はエメラルド色の柱である。応接間の向こうには山と湖と熱帯樹の遠景が、靴箱にこだわる男を嘲笑うように描き出されていた。

昼食をとるのも忘れ、エレベーターで地下街へ戻る。今度は東武デパートだ。家具は六階である。豪邸のセットはなかったが、広いフロアを占めるのは大きなソファーばかりである。隅にあるのは和洋いずれも大きな箪笥、そして大きな棚である。

再び地下街へ戻り、階段を昇って地上へ出る。サンシャイン通りへいく途中に、確か家具店があるはずだ。

横断歩道を渡り、少しいくと、『宮田家具』という文字が見えてくる。

店内をのぞいた。いきなり見えるのは、ここでも大きなソファーだ。客は誰もいない。靴箱の探究には、入り難い店である。

思いきってドアの前に立つ。自動ドアが開いた。中に入ると、「いらっしゃいませ」と声が重なる。声をかけてきた事務室には、制服姿の女性にまじって、ネクタイをした恰幅のいい男性がいた。

奥までいくと、エレベーターの前で商品を積み込んでいる作業服の男がいた。

「あっ、今、商品の移動中なので、あちらのエスカレーターを使っていただけませんか」と作業服は言う。

男の指し示す方向へ足を進めた。エスカレーターは止まっている。『商品の移動中なので奥のエレベーターをお使いください』という張り紙がしてあった。買物客でもない人間に、このチグハグを怒る権利はない。

あきらめて店を出ようとした時、事務室のネクタイが寄ってきた。

「何か、お探しでしょうか?」

「このお店に、下駄箱はありますか?」と、救いの神に甘えてしまう。

「あります。あります」と、ネクタイは言葉を二度重ねた。重ねられるのは困るのだが、もう後には退けない。

「今、下駄は普通、使いませんよね。……」

質問の言葉は途中だったが、ネクタイは勘がよかった。

「それでも下駄箱と言いますねえ。靴箱とは言いませんねえ」と、さすがプロの反応である。

「でしょう!」と、うれしくなって声がはずむ。

「下駄箱なら七階にあります。どうぞ、エレベーターをお使いくださせい」と、制服がそばから口をはさんだ。

「いえ、また後できます。どうもすみませんでした」と頭を下げて外へ逃げた。

「なるほど、下駄は使わないのに下駄箱か」と、ネクタイの感心する声が背中でする。

店の外から窓を見上げた。七階は一番上の階だった。西武デパートの五階にもなく、東武デパートの六階にもなかった。そしてここ宮田家具店の最上階の七階に、下駄箱は押しやられているのである。いずれ下駄箱という言葉は死ぬだろう。

サンシャイン通りに足を向ける。看板がせめぎ合い、客を呼んでいた。シェーキーズピザパーラー、クレジットアイフル、シネマサンシャイン、ゲームファンタジア……。

「シューズボックス」

呼び水を受けたように言葉が出る。

「そうだ。シューズボックスになるぞ。きっと」

思わず浮かんだ着想に微笑みながら、人の流れにのって進む。

『JTB』という看板があった。『日本交通公社』という文字が、その下に並んでいる。『AIU』は、もうそれだけだ。それでは分かるはずがない。その先にある緑色の大きな文字は『TOKYUHANDS』だ。引っ越しの挨拶状を刷るためにプリントゴッコを買ったのは、この店である。

立ち止まり、店の表の案内板を見た。『収納家具』という文字がある。まだいったことのない三階だった。

エスカレーターから足を外すと『小物収納』と書いた札が、すぐ目の前に下がっている。小さなケースがその下に並んでいた。足を進めると、天井からまた札が下がっている。今度は、『収納用品』だ。文字の緑は、森のように深くて濃い。透き通ったプラスチックの大きなケースが、蛍光灯の光を木漏れ日のようにはじいていた。

幹の色で立つものがある。近づいて目をやった。値札に書いた商品名が目を打ち、思わず声が出る。

「シューズボックス！」

つい先刻の着想は、とっくに先取りされていたのである。

右隣に並んでいるもう一つの商品に目をやる。同じ幹の色だった。何と札には『シューズラック』と書かれている。その右隣の塗りは違い、白樺の幹である。札には『シューズロッカー』と書かれている。その右隣の黒松の幹は、再び『シューズボックス』になっていた。

四つのふたを開いてみた。三つ目までは、どれも棚で仕切られている。四つ目のシューズボックスと呼ばれる商品だけが違う作りで、棚が斜めに傾斜していた。違う作りの一つ目が同じシューズボックスであり、一つ目と同じ作りの二つ目、三つ目が、それぞれ別名で呼ばれているのはどういうわけだろう。見当のつけようがない。下駄箱が死にかかり、新しい呼び名が生まれはじめている混沌の時代なのだ。

混沌は、腹にも押し寄せていた。もう三時である。……

塗りがはげ、黒ずんだ木の肌を無数の傷がへこませている。下駄箱以外の呼び名など、考えられなかった時代のものだ。

上靴を取り出し、履き替えた。職員室は二階である。

「おはようございます」

言葉と一緒に胸を張り、職員室に体を入れる。体だけでは証拠にならず、赤で書かれた壁の名札に手をやる。ひっくり返し、名前は黒に変わったが、名札だけでは証拠にならない。机の上に鞄を置き、鞄の中から印鑑ケースを取り出す。

「おはようございます」

「おはようございます」

机のまわりから、挨拶がこだまのように響き合う。こだまの言葉は予想できるが、人間の言葉は予想できない。すぐ後の職員朝会で校長に注意されるなどとは、思ってもいないことだった。

出勤簿に印鑑を押す。押した跡を数秒眺める。一つずつ、捺印で埋まっていくのが楽しみだ。残った空白を押し切れば、学校からは自由になる。そう信じて一年がたち、情けなくも二年目の出勤簿を押しているのだ。

チャイムが鳴る。余韻を切り捨て、日直が告げる。

「おはようございます。職員朝会をはじめます。教頭先生、お願いします」

煙草を持ちたい右の手を、左の手がももの上で押さえ込む。会議中は禁煙だったが、会議と言える中味は今日もないはずだ。

教頭が物柔らかにお達しを述べはじめた。

「おはようございます。今日は体育朝会の日です。午後からは区教研の教科部会があります。これは、是非、都合をつけて参加してください。参加される場合は黒板に紙を張っておきますので、どこに参加されたのか分かるように名前を書き入れていってください。それから、学級の子どもたちはきちんと帰して、先生だけ先に出てしまい、子どもたちが残って騒いでいるということのないようにしていってください。お願いします。以上です」

「他にありませんか？」と、日直は職員室を見まわす。月曜日は全校朝会、水曜日は体育朝会、そして金曜日は児童集会が職員朝会に続いてある。時間の食い込みをおそれて、連絡はなるべく、月水金を外す取り決めになっていた。取り決め通り、声はなかった。

「それでは、校長先生お願いします」と、日直は締めくくりのお言葉をうながす。

真っ白なトレーナーに包まれた体を立たせ、校長は口を開いた。

「エーッ、保健日誌を読んでみますと、このごろ保健室に三年二組のモトヤマサチコが、腹痛を訴えてよくいくようで、大変不安定な情緒になっているようですので、担任の先生の御指導をよろしくお願いします」

ゴキッ！

胸の中から飛び出そうとするのは十七人目だ。腕を組んで押さえてみるのは十八人目の自分である。押さえた腕から飛び出して、校長の机を叩きながら吸鳴りはじめる自分がいる。

「あなたから言われなくたって、サチコがどういう状態か分かってますよ！　サチコのことは、毎日毎日、気にかけてます。気にかけ過ぎて、今朝なんか、ぼくのオナニーの相手になりかかってしまったんですよ！　大体、こんな形式的な職員朝会で、一方的にそちらがしゃべっただけで、かたづく問題だと思ってるんですか!?　そんなにサチコのことが心配なら、もっと時間をとって、じっくり話し合うべきじゃないですか！」

「それでは、これで職員朝会を終わります」

平然とした日直の声がする。渡りに舟だ。組んだ腕を解き、十八人目は立ち上がると、背広を脱いで椅子の背もたれに掛けた。体育朝会の服装は、これで出来上がりである。洗いざらしのチェックのシャツに、折れ目の消えたズボン——この日常性こそ、山野を駈けたウンコ石人伝来のものなのだ。オリンピックの非日常性に、体育は囚われてしまっている。

抗議を続ける十七人目を置き放して、十八人目は廊下に出た。解いた腕は、いつの間にかまた組んでいる。面と向かって言えなかった十八人目の、せめてもの抗議の姿勢だった。

外履きの運動靴に履き替え、校庭に出た。担当のセンセイが一人、壇のそばで、みんなが職員室から下りてくるのを待っている。職員朝会には参加せず、子どもを並ばせるしきたりなのだ。

三年二組の子どもの頭がゆれている。つい大股になって近づいてしまう。ゆれる頭を注意しながら、列の後ろへ進んでしまうのだ。

腕は組んだままだった。抗議の腕は、権威の腕に変わっている。気がついて解いたのは、列の後ろに届いてしまってからだった。

列の後ろのサチコの位置に、彼女は今日もいなかった。駅前の食堂で両親が働く彼女である。仕事に出かける山谷の男たちの胃袋のために、早朝四時から両親が出かけてしまえば、残るのは、まだ眠っているサチコ一人であった。寝坊をすれば、学校を休んでしまう。遅れて出てきても、朝食抜きの彼女なのだ。

「気ヲツケーッ！　体操隊形ニ開ケーッ！」

壇上から号令がする。壇の左右にはトレーナー姿のセンセイたちが並び、校長はひときわ目立つ不動の姿勢をとっていた。産休代替教員の抗議などでゆれていては、校長は務まらない。

号令を受けて先頭の子どもたちが左右に散らばり、続いて壇上から笛が鳴る。先頭の子どもを目印に、残る子どもが散らばる番だ。左右の五、六年は前後の間隔をとり、残る学年はその間隔に合わせながら開いた列を整えていく。四十年以上も前に戦争は終わったのに、まだ軍隊の真似事をしている学校なのだ。

音楽が流れ、子どもたちの体が動く。ラジオ体操ではない。この学校のセンセイたちが作り上げた体操なのだ。区の体育研究指定校として、秋には研究会がおこなわれることになっていた。研究会という名前の見世物である。見世物には独創性が必要だったが、どこの体育研究校も自校の体操を作ってしまうというパターンには、もはや独創性などというものはない。

体操には加わらず、校門に目をやる。そこに現われるかもしれないサチコを見張るためなのだ。そんなふうにして、彼女の姿を見つけたことがある。姿はすぐに校門の向こうに隠れてしまった。急いで道路へ出てみると、ランドセルを見せて遠ざかっていく。あわてて追いかけ連れ戻した数は、二回だったろうか。三回だったろうか。……

見えた！

バサバサの髪がゆれている。

子どもたちに気づかれぬよう、忍び足で体操から離れた。校庭に溢れる音楽が、足をはずませ、走らせる。

校門の陰に立つサチコの視線は逃げていない。迎えを待って、彼女はじっと立っていた。

「おはよう。待ってたんだよ」

櫛の入らないサチコの髪をなでながら、整えてやる。

「先生、作文書いてきたよ」

顔が笑い、唇がとがっていた。彼女の唇がとがるのは、大事件のあった時だ。週に一度の作文の宿題を、まだやってきたことのない彼女である。それを書いてきたということは、大事件そのものなのだ。

「えらいなァ。よく書いてきたなァ」

「三枚書いたんだよ」と、彼女の唇がまたとがる。

「三枚も？」

「うん。三枚書けば、三年生だもんね」

「そう、立派な三年生だ。すごいなァ」

大きくうなずき、彼女の肩を叩いてやる。三年生だから、作文は三枚以上書かなければならないというのは、子どもたちへの口癖だったのだ。

叩いた手をそのまま肩にかけ、校門を入る。体操は終わりに近づいていた。体調の悪い子どもが数人、校庭のわきに並んで見学している。

「体操が終わるまで、ここで待ってな」

手を離し、三年二組の列の後ろへいく。音楽が終わり、笛が鳴った。列は元の形に閉じ、行進曲が鳴る。足踏みがはじまり、決められた順番に従って列は校庭から消えていく。

チャイムが鳴った。もう一時間目のはじまりである。靴を履き替える子どもたちの姿でピロティは混み合っていた。混み合いの中に、サチコの顔を確かめ、玄関に向かう。

子どもの流れと一緒になり、教室に入った。教卓の前に座り、子どもがそろうのを待つ。

「先生、着替えるの?!」

体育着を着た子どもの質問がいつものように飛んでくる。もう着替えをはじめている子どももいた。

「自分で考えな!」と返す言葉も、いつもと同じだ。たずねた子どもは、まわりを見まわす。

「着替えても、着替えなくてもいいんだよ」

隣の子どもが言うと、着替えない方を選んだのか、後ろの子どもとおしゃべりをはじめた。おしゃべりがおしゃべりを呼び、教室は騒がしくなる。

一斉に着替えさせれば、少しはおしゃべりがなくなるのかもしれない。着替えさせなければ、すぐに朝の会をはじめることができるだろう。どだい、こんなところで一斉を止めても、それは芥子粒の自由なのだ。

芥子粒でも、自由はいい。おしゃべりに堪えていると、原稿用紙を躍らせてサチコが教卓にきた。

「ハイ、先生」

突き出した作文の頭には、『きょうりゅうのせかいおよんで』という題が書いてある。

「オー、読ませてもらうぞ」

手に取って、目を注ぐ。文字の鼓動がいきなり届いてきた。文字には血が通い、息が聞こえる。


いろいろなところえいって、三しゅうかんなにもたべていないのかなとおもいます。

でも、いろいろあるいていたので、いろいろわかるとおもいます。

きょうりゅうのかせきわみたことありますが、きょうりゅうのほんとうのかおわみたことないから、みたいとおもいます。もしほんもののかわのついたかおがはくぶつかんにおいてあったら、すぐにみにいくとわたしわおもいます。

いま本にげんじつにいきているとかいてありますが、いまいきているんだってみんなにしれたら、おおさわぎになるとおもいます。

でもそこにすんでいるんなら、そこがしぜんなんだとおもいます。

わたしもいきたいとおもいます。

いろいろのきょうりゅうとあそんで、いろいろして、きょうりゅうとなかよくしたいとおもいます。

ほらあなにたんけんにいったのに、いろいろなきょうりゅうがでてきました。

でも一日一日、いろいろのきょうりゅうがしんでいくのでかわいそうとおもいます。

でもいまでもいきているんだったら、それでいいとおもいます。

いろいろのかせき、そしてさいごにわぜんぶのかせきがみたいとおもいます。

わたしわいつかしぬかとおもうと、おもいでができたなとおもいます。

きょうりゅうも、いのちわみんなおなじだからとおもいます。

いのちって、すぐにわなくならないとおもいます。

いのちわたいせつにしたい。

きょうりゅうわにんげんがころしてしまうので、ぜつめつしてしまうとおもいます。

わたしわかわいそうとおもいます。

いまげんざいいじめられてるのかなとかんがえると、いつもいつもねむれなくなります。


二枚目をめくった時、サチコはのぞきながら言った。

「ね、三枚でしょ?」

三枚目は、ほんの数行しか埋まっていない。それでも三枚なのだと認めてもらいたい彼女なのだ。

「いいなァ。これはいいよ」と、答えはサチコの思惑から外れ、目は文字を終行に向かって追い続けた。


いままでにきょうりゅうがいきているんだなとおもってたけど、ほんとうにいきていたんだなとおもいます。

いろいろのいのちがたくさんあるんだから、いろいろなとぶきょうりゅうがいたりするんだから、みんないきているからうれしいなとおもいます。

「これ、図書館の本だろう?」

作文を読み終わり、サチコにたずねる。

「うん」

教卓に身を乗り出した彼女の返事が耳もとではじけた。

学校にも図書室はあるが、本の数が多いとは言えない。近くの区立図書館から、百冊まとめて借りてきたのは先週のことなのだ。教室の後ろに置き、借りたい子どもには家への持ち帰りを許している。

サチコが借りていったのは、コナン・ドイルの原作だった。

「よし、この作文は学級通信にのせるぞ。今日、図工の時間に印刷しとくからな」

「ワーイ!」と手を上げ、踊るように、彼女は自分の席に戻っていった。

日直が二人、前へ出て、チョークをにぎる。黒板に自分の名前を書きはじめた。下駄箱同様に、したたかな黒板である。黒い黒板など、どこの学校にもなく、みんな緑色に替わってしまったのに、呼び名は旧態依然なのだ。教室の正面に権威のようにのさばり、権威の隅に日直の名前を書かせている。

「これから朝の会をはじめます」

男女それぞれ一名の日直の声が重なる。椅子の音がおしゃべりを静め、子どもたちが立った。

一人一人の子どもの席に目をやる。欠席はなかった。サチコの首が左右を向き、後ろを向いてゆれている。

「サチコちゃん、動かないでください!」と、女子の日直のかん高い声がすかさず飛ぶ。勉強も得意なら、喧嘩も得意なミチヨである。

「動かないでください」

もう一人の日直の声があわてて追いかけるが、迫力はない。クラス一、真ん丸い体のヨシキは、気はやさしくて力持ちだった。

サチコの首は動きを止めない。その後ろから声がした。

「先生、サチコちゃんたらね、作文三枚も書いて学級通信にのるんだって、いばるんだよ！」

「こらっ！　サチコ！」と叱りつける。前を向いて、彼女の首が止まった。

「挨拶だ」と、ミチヨとヨシキを急き立てる。

「おはようございます」

「おはようございます」

急き立てられた二人の声は、ずれて重なる。

「おはようございます」

「おはようございます」

「おはようございます」

みんなの返す挨拶も、ずれて響いた。ずれを気にするセンセイの仕事だが、気にするゆとりはない。

一時間目のチャイムは、教室に入る前から鳴ってしまったのだ。一、二時間目は図工室で、図工のセンセイに習う時間になっている。

「時間がないので、きまり係と遊び係だけ連絡してもらいなさい」と、日直への言葉が早口になる。

席に座った子どもたちのおしゃべりが、もうはじまっていた。正面の日直の席で、ミチヨとヨシキもしゃべっている。

「日直！」と声を大きくした。気づいた二人の顔が言葉をうかがう。

「きまり係と遊び係！」と、センセイの言葉は節約されていた。

「きまり係、連絡ありませんか！」

呼吸を合わせて二人は叫ぶが、おしゃべりの渦に巻かれて、ヨシキの低音は聞こえない。響くのはミチヨの声だった。

きまり係の一人が立ってしゃべりはじめた。教卓にひじを突き、耳の後ろに掌をあてがう。騒音の中から辛うじてきまり係の声が聞こえてきた。

「今日のめあては、勉強時間中におしゃべりをしないです」

「それでいいですか！」とミチヨの声がした。役目をほうり出してヨシキは黙っている。ほうり出しているのはヨシキだけではなかった。

「いいでーす」と返ってきた声は、みんなの半分の声にもたりない。

「しゃべるな！」と吩鳴りつけると、一瞬、教室は静まった。型にはまった議会主義のつまらない真似事をほうり出す自由は、芥子粒も彼等にはない。

「きのうと同じなんだから、消さなくたっていいじゃないか！」

子どもの声が一つ響いた。勉強も喧嘩も、ミチヨと一、二を争うカズヤである。ミチヨに負けるのは背の高さだけ。学級一のチビちゃんなのだ。

黒板の文字を消しはじめたミチヨの手が止まった。昨日の日直が書いた一日のめあてなのだ。黒板消しは『勉強時間中に』を消してしまい、続く文字だけが残っていた。『おしゃべりをしない』である。

「そうだよ。同じじゃないか！」と、真っ先に同調したのはノッポのハルノブだ。

「消さなくたっていいんだよ！」

「時間の無駄だよ！」と別の声が続く。

「そうだ。時間の無駄だ！」と、センセイまでが子どもに同調すると、ミチヨは黒板消しをチョークに持ち替えた。消した部分に文字を埋めようとする。晴れて黒板に書ける機会を逃したくないミチヨなのだ。

「書かなくてもいいよ。それで分かるから」

無慈悲なセンセイの声はミチヨの手からチョークを離させると、ぼんやりと正面に座ったヨシキに向かう。

「次は遊び係だ！」

「遊び係、連絡ありませんか！」と叫んだのは、逸早く正面に戻ってきたミチヨだった。

「今日の二十分休みは、手つなぎ鬼です。鬼は、わたしがやります」

遊び係の唇の動きが止まると、「いいでーす！」と、一斉にみんなの声がとどろいた。そろそろケリをつけて、図工室にいきたいのだ。センセイの言葉がすかさずつながる。

「さあ、それではすぐに図工の用意をして廊下に並んでください！」

終わりの言葉を言いそびれた日直だが、こだわる暇は彼等になかった。教室の後ろの棚に向かって、みんなはもう小走りなのだ。棚の前で体がひしめき、図工の道具を抱える。

ひしめきは廊下に移った。左右の教室に届きやすい、ここでの呶鳴り声は出さない方がいい。

「あっ、ハルノブ君、お行儀がいい」

ひしめきの後ろで直立するノッポを先ずは褒めてみた。褒められたハルノブは、照れた顔で、たこのように体をゆらす。ゆれを真似て隣の一人がたこになった。三十四のたこが生まれる前に、子どもたちを歩かせてしまわなければならない。

「前エーッ、進メッ！」

とうとう体育集会だ。ざわめきながら遠ざかっていく子どもたちの列が廊下を折れて見えなくなると、思わず深く息をついた。

椅子に座り、空き缶の鉛筆立てから一本を取る。鉛筆立てにつまっているのは、どれもこれも、落とし主の現われない鉛筆ばかりだった。

日直の子どもが職員室の前の連絡棚から持ってきたカードに0を二つ書き入れる。男と女の欠席者の数である。

カードを手にして、静まり返った廊下に出た。階段を下りて、職員室へ向かう。連絡棚にカードを戻し、かたわらの小黒板のチョーク受けからチョークを取った。ここでも、0を二つ書き入れなければならないのだ。

戸を開け放した職員室の中に、書き物をしている教頭の横顔が見える。隣の机の校長も、そこに詰め寄った十七人目の自分もいない。校長はいつものように隣合わせの校長室に引きこもっているのだろう。そこまで押しかけ、十七人目はまだ詰め寄っているのだろうか。聞き耳を立てたが、校長室からは物音一つ聞こえてこなかった。

肩をすぼませ、職員室に入っていく。机の下から鞄を引き出す。煙草とライターが、そこに入っているのだ。二つをつかみ、逃げるように職員室を出た。

教室へ戻り、戸を閉めた。後ろにまわり、もう一つの戸も閉める。誰もいない空間が息づき、窓の光が椅子をやさしく照らしていた。

腰を下ろし、煙草をくわえる。炎を受けて火が灯り、煙がゆっくりと心をあやした。煙草の先に、砂時計のように灰がたまっていく。落として散らすには忍びない心の友だ。灰皿の中に崩さぬように灰を落とし、短くなった煙草の先を静かに灰皿に押した。

教卓の引き出しを開け、ファックス用紙を一枚はぎ取る。緑色の線で刷られた方眼は五ミリである。鉛筆の芯の太さと老眼のため、それより小さな枠は駄目だった。

長い間使ってきたのは、四ミリ方眼のろう引き原紙だった。北海道の最後の学校では、原紙はまだ職員室に残っていたが、時代遅れのヤスリは買ってもらえなかった。一つ前の学校で買ってもらったヤスリを使って製版したが、主流はとっくにファックスだった。

東京へ出てくる時、ヤスリも鉄筆もごみに出してしまった。センセイをやるなどということを予想もしていなかったからだ。いざセンセイをやってみると、ヤスリはもう東京では使うことのできない道具だった。原紙もなければ、原紙を張る印刷器もなかったからだ。

はじめて原紙を使ったのは、四十年も前だった。下北の新制の中学校を卒業して、地元の鉱山の事務所に勤めたのである。雑用だった。お茶汲みもしたし、セメント袋もかついだ。

朝、事務所のみんなにお茶を汲むと、あてがわれた自分の机で言いつけられる仕事を待つ。待つ間が長くなると、いたたまれぬ思いで、両手の茶碗を強くにぎったものだった。茶碗の底をのぞいてみると、滴ほどの茶が残っている。茶碗のふちを唇に運び、その尻を両手で持ち上げるのだ。飲んだふりを喉で作り、茶碗を唇から離す。両手からは離さなかった。離してしまえば、することがなくなる手だった。

引き出しを開けようか、開けまいか、その日の手は迷っていた。前の日から戸籍謄本がしまわれていたのだ。郵便で、東京から取り寄せたものだった。父の欄には『空欄』と書かれている。それが手をためらわせた。労務に渡す約束の日は、もう過ぎていた。

「これ、頼むかな」

隣の机の労務の声が背筋を引き伸ばした。あわてて茶碗を机におき、目の前に差し出された紙を取る。紙の上に枠を取って刷られている手書きの文字は読めるのだが、その使い道は分からない。

「その通りにガリを切って」

心細くて返事ができなかった。それを仕上げるために、また何枚かの原紙をこっそり捨てなければならないのだ。

「あ、戸籍謄本、きた?」

「はい」と、声は薄墨のようだった。

「持ってきた?」

「はい」と、声はやはり薄かった。

引き出しがノロノロと引き出され、封筒をつかむと、心臓の音が手をふるわせた。

隣の机から手が伸びてきた。封筒を渡した右の手で、心臓の音を隠すように引き出しを戻す。隠した心をむき出すように、労務は封筒の中から戸籍謄本を抜き、それを開いた。

横目で労務をうかがいながらペン皿の鉄筆を取ると、鉄筆は心のように重い。

戸籍謄本を一瞥し、労務は未決の箱に投げ入れた。あしらうような手さばきが、重い心を一層重くさせた。

ヤスリを置き、原紙をのせると、定規を当て、引っかくように線を引いた。悲鳴のような音がする。

原紙を持ち上げると、線は原紙を破いていた。手早くたたみ、足元の屑籠にそっと手を伸ばした。

ガラス戸が開く。老眼鏡のつるの一つが所長の耳から外れ、あごの下にぶら下がっている。

「オイ」と呼びかけるあごの動きで、老眼鏡は横柄にゆれた。「これ、トレスしてくれ」

目の前に突き出た手は、折りたたんだ鉱区図をにぎっている。迷路のように出入りする等高線をオイルペーパーが透かしていた。

頭が迷路に追いやられた。『トレス』などという英語を、中学で習いはしなかった。そんな中学の一年生の教科書からやり直している定時制高校で、学べる程度はたかがしれていた。

「それ、急ぐのか？」と、机の上がのぞかれる。

「さあ」と、返事はにえきらなかった。

「君、君」と、声は労務へ向けられる。

「ハッ?!」という返事と一緒に、算盤をはじく手が止まった。

「これ、急ぐのか？」と、五本の指が机の上の原稿を何度も叩いた。

「いえ、いえ、急ぎません」と、労務があわてた声で言った。

「急がないんじゃないか！　はっきりしろよ、はっきり！」

鉱区図が机の上に投げつけられた。二枚目の原紙が、あおりを受けて屑籠の上に舞い落ちた。

窓の外には、フキノトウが芽を出している。道端には、点々と雪の山が残っていた。一冬の汚れを浴びた残雪は黒く、光っているのはフキノトウだった。光るものは癪である。

昼休み、弁当をかっ込むと、外に出た。こらえた心が爆発し、フキノトウに長靴がいく。えぐるように長靴を動かすと、緑色の血を出してフキノトウは潰れた。一つ一つ踏み殺しながら、細い坂道を登っていった。

「自由」と言葉が小さく洩れ、「平等」と声が小さく続いて出る。振り返ると、事務所は坂の下に隠れていた。

「自由！　平等！」と、声は大きくなる。かっ込んだ弁当がゲップになって唱和した。中学校の教科書『あたらしい憲法のはなし』で習った言葉である。

くうしゅうでやけたところへ行ってごらんなさい。やけたゞれた土から、もう草が青々とはえていいます。みんな生き〳〵としげっています。草でさえも、力強く生きてゆくのです。ましてやみなさんは人間です。生きてゆく力があるはずです。天からさずかったしぜんの力があるのです。この力によって、人間が世の中に生きてゆくことを、だれもさまたげてはなりません。しかし人間は、草木とちがって、たゞ生きてゆくというだけではなく、人間らしい生活をしてゆかなければなりません。この人間らしい生活には、必要なものが二つあります。それは「自由」ということと、「平等」ということです。

人間がこの世に生きてゆくからには、じぶんのすきな所に住み、じぶんのすきな所に行き、じぶんの思うことをいい、じぶんのすきな教えにしたがってゆけることなどが必要です。これらのことが人間の自由であって、この自由は、けっして奪われてはなりません。また、国の力でこの自由を取りあげ、やたらに刑罰を加えたりしてはなりません。そこで憲法は、この自由は、けっして侵すことのできないものであることをきめているのです。

　われわれは、人間である以上はみな同じです。人間の上に、もっとえらい人間があるはずはなく、人間の下に、もっといやしい人間があるわけはありません。男が女よりもすぐれ、女が男よりもおとっているということもありません。みな同じ人間であるならば、この世に生きてゆくのに、差別を受ける理由はないのです。差別のないことを「平等」といいます。そこで憲法は、自由といっしょに、この平等ということをきめているのです。


「こん畜生!」

　呶鳴り声は震えていたが、どこ吹く風で流れているのは目の前の小川である。

　ズボンの前ボタンを外し、指をこじ入れた。下腹に力を入れる。激しく噴き出た小便が小川を打った。小便の長い影が川の光を汚し、泡の影が水底の石をゆらした。

　小便が止まった。影は消え、泡はなく、石はもう不動だった。憤怒はまだおさまらない。長靴が川を掻きまわした。ベルトをゆるめ、ズボンの腰に手をかける。股引き、パンツにも手をかけて、一挙に下へ押してやった。

　尻が出て、風が当たった。そのましゃがむと、水面が尻を濡らした。削がれるように冷たかったが我慢した。負けたくなかった。

　便意もないのに、力みを入れる。腹を押して力んでみたが無駄だった。

　水面に映る顔に唾を吐き、「テテナシゴ!」と罵ってみた。唾より多く涙が流れ、水面に浮かぶ顔がかすんだ。

　空は青く高かった。高い空の果てからは、人の姿など見えもしない。見えるはずもないのに、人は尻を隠して生きていくのだ。

ならわしに従い、ズボンを上げた。そろそろ昼休みの終わる時間だった。……鳴ったのは鉱山のサイレンではなく、学校のチャイムだ。一時間目が終わり、トイレにいく子どもたちのざわめきが廊下に聞こえる。教室の戸が開き、サチコが首を突き出した。

「先生、学級通信できた?!」

「うん、今、印刷するところだよ!」と、升目の埋まったファックス用紙を高く上げる。

小走りに教室の中に入ってくると、サチコは勢いよく紙を取った。取った紙を教卓に置き、ひじを広げて顔を近づける。

髪がたれ、顔はよく見えなかった。たれた髪を搔き上げてやる。もつれた髪の乾きが手につたわった。

髪を受けたまま、手の動きを止める。彼女の皮膚を目でなでた。黄ばんだブラウスの襟元から喉がのぞき、喉の左右の皮膚の下には視線の動きを拒むように骨が張っていた。

拒む鎖骨を視線が越える。鎖骨を越えるサチコの肉が波を打っていた。波は二つのふくらみを作り、ブラウスの左右をこんもりと盛り上げている。

髪を受ける手を離す。落ちた髪を払ってサチコの首が光のように動いた。

サチコの腰に両手を伸ばす。椅子に座ったセンセイの膝の上に彼女の体が後ろ向きに引き寄せられた。うなじの産毛がうっすらと渦を巻いている。洗いざらしのスカートが花のように開いていた。

ブラウスの前にまわした手で、腹をもんでやる。

「今日は、おなか痛くないの?」

「痛くないよ」と、サチコは膝の上から振り返った。

目が一つ笑っている。もう一つの目は髪の下だ。髪に手をやり、目を二つに整える。顔を近づけると、パッチリと開いた目の中に映る男がいた。少しずつ男を近づける。少しずつ男が溢れていく。サチコを乗せたまたの真ん中でうずくものがあった。ズボンを突き上げ、うずきがはじける。心がはじけ、血がはじけた。

チャイムが鳴る。

「あっ、はじまった」と、サチコの足が床に伸びる。二時間目の図工室が彼女を待っているのだ。

「刷っといてね」

彼女の顔が振り返る。

ゴキッ！

「いいから、ここにいろよ」

呼び止めるのは十八人目だ。十八人目の口をふさぐ十九人目の手が声を殺し、言葉はサチコに届かない。ふさぐ手を振りほどき、彼女を追いかける自分がいた。

外れて残った自分が一人、胸を押さえ、息をあえがせる。心が萎え、陰茎が萎え、潮はもう引いていた。

煙草を吸う。外れて残ったいびつな瘤を吐き出して、自分の表面を滑らかに整える。表面は整うが、心のいびつはおいそれとは整わなかった。

心を無視して、学級通信の原稿を取る。階段を下りて、印刷室に入った。

印刷機には、ザラ紙がたっぷりとセットされていた。受け口に原稿を差し込み、『製版』の文字を人差し指で押す。原稿が動き、いつものように試し刷りが一枚飛び出してきた。次は印刷枚数の数字である。

『3』を押す。子どもの数はこれに0だが、余分を取って『5』を押す。『35』という光の数字が、これもいつものようにカウンターに並んだ。

『印刷』の文字を押すと、機械は動きはじめる。正確なリズムが少しずつ心を整えていった。

突然、機械が動きを止める。カウンターの数字は、まだ0になってはいなかった。数字の隣に文字が現われ、光っている。

カミヅマリ　ホンタイノ　ナカ　マタハ　ソト

それ以外に、どこに詰まるところがあるというのだ。これでは下手な心理学者と同じである。

ヨウジョゴウカン　ハンザイシャノ　ナカ　マタハ　ソト

機械の外から先ずはのぞく。ザラ紙をのせた皿の奥に、引っ掛かっている一枚が見えた。引き抜いて、丸めてごみ箱に叩き入れる。

皿のザラ紙を持ち上げて、机の上で四方を揃え直した。紙の引っ掛かりの原因は、紙の揃いの乱れからくることが多いのだ。人間も、やはり揃わなければならないのだろうか？

『reset』の文字を押し、もう一度『印刷』の文字を押す。機械はまた動き出し、カウンターの0と一緒に止まった。

刷り上がった一枚を、かたわらの箱の中に入れる。管理職が目を通す一枚なのだ。

残りを持って教室へ戻る。先ずは座って煙草に火をつけた。

教室の後ろに掛かっている時計の針が九時五十分を指している。腕時計に目をやると、一分遅れの時間だった。一分が人生の岐路を決めるような切迫した時間は、幸か不幸か持ってはいない。二時間目は、後三十五分、あるいは三十六分も残っているのだ。

残っているのに、煙草の吸い方が速くなる。教卓の上に子どもたちが積んだ漢字の宿題に丸をつけてしまいたかった。

　まだ半分も残っている煙草を灰皿にこすりつける。見開きになって積まれた漢字練習帳の山を崩し、赤いボールペンを持った。使命感がボールペンを滑らせ、どんどん進む。

終わった。腕時計を見る。後二十分も残っているではないか。掛時計を見る。後十九分も残っているではないか。

今度は作文に赤ペンを入れる。サチコ以外の作文はなかった。三十人の子どもを六つのグループに分け、持ってくる曜日をグループごとに決めてはあるが、思うように集まらないのだ。

　かな違い一本にしぼり、文字を拾って直していく。たたみかける文体や、せめぎ合う行をいじくりまわし、噴き上がるサチコの内部を削ぐことはできない。学級通信にも、かな違いを直しただけで載せたのだが、それもまた野生の肌に鉋《かんな》傷をつけることなのかもしれなかった。オセッカイが身についたセンセイの仕事である。

最後のかな違いを訂正し、今度は励ましの言葉である。とても一言では書ききれないが、百言でも書ききれない。

すごいかんそうぶんをかいたね。こころがいっぱいつまっています。

ボールペンの動きが止まる。赤い文字が目に染み、心に染みた。真っ赤な心がサチコのうなじを追っていく。産毛が目の裏で渦を巻いていた。渦は心を濁し、重たくする。体も濁り、そして重たい。文字をあきらめ、鼻の穴に人差し指を突っ込んでみる。ぐるりとまわして、鼻糞をほじくった。そんなことで軽くなる体ではない。ティシュペーパーにこすりつけ、屑入れにほうり込むと、トイレにいった。

開け放したまま、釘で留められている入り口のドアだ。子どもの溜まり場とならないように、見通しをよくしたらしいのだが、大便所のドアだけはさすがに閉まっている。

鍵をかけ、尻を出して、重たい体を下におろした。小便がみみっちい音をたて、ウンコがこぼれ落ちる。今にも壊れそうだった朝の残りが、固くて太いわけがない。ウンコは一本につながらず、便器の底でバラバラに千切れていた。こんなものの排出では、体はやっぱり軽くはならない。尻を拭き、重たい手で水洗のハンドルを引き、ベルトを締めた。だらりと手を下げ、教室へ戻る。

壁の時計は十時十三分を指していた。腕の時計にも、また目をやる。一分遅れに変わりはなかった。後十二分か十三分、たっぷり煙草とつき合って、心と体を軽くしよう。

煙草に火をつけ、ゆっくりと吸う。無念無想。窓の外の青い空をただ黙って眺め続ける。

チャイムが鳴った。二時間目の終わり、十時二十五分である。腕時計はピッタリだ。掛時計はやはり一分先を示している。棚に足をかけ、針を直した。ケチな習性である。

足音が廊下に乱れた。教室の戸が勢いよく開く。

「ただ今！」

元気な声と一緒に、絵の具ケースを抱えた子どもたちが七、八人飛び込んできた。サチコの姿は見えない。

「先生、ぼくたち、もう描いちゃったんだよ」

「何を描いた？」

「お風呂の絵」

「チンポも描いたか？」

「うん、描いたよ」

「どんな形してるのかな？」

「見せてあげるよ」と、ベルトに手をかけたのはおチビのカズヤだ。

「いいよ、いいよ」と、あわてて手を振ったがもう遅かった。腰から膝へ半ズボンとブリーフを落とし、むき出しのチンポを突き出してよこす。女の子たちが悲鳴を上げて逃げ出した。

「ぼくも見せてあげるよ」と、ノッポのハルノブが出す。

「ぼくも」

太った腹に手をやって、ヨシキも出した。

合わせて三つのチンポが攻めてくる。細く、しなやかに、艶を帯びたチンポたちは、つぼみのように尖っていた。まとめて言えばそうなるが、とてもまとめられるものではない。

人の先頭を取ろうとするカズヤのチンポは、ヒューンと長く突き出ていた。背は一番低いのに、チンポは一番長いのだ。

褒めると照れ、照れてたこになってしまう心のひだを見せるように、ハルノブのチンポの先は念入りに縮れていた。

真ん丸お月さんのヨシキのチンポは、体のわりには一番小さく、遠慮深い。

感心してはいられなかった。ここは白昼の教室である。

「やめてくれェーッ！」

逃げ出すと、チンポを突き出したまま追いかけてくる。廊下へ逃げると、三人は教室の中で女の子たちを追いかけはじめた。

「今日は、みんなで遊ぶ日だろう。そんなこと止めて、早く外へ行け！」

入り口から首を突き出して吶鳴りつける。

「まだチンポの絵描いてる人いっぱいいるから、みんなで遊べないよ」と、カズヤが言う。

「よし、それじゃあ、自由遊びだ」

「ワーッ！」と、三人は半ズボンを上げ、女の子たちは手を叩いて廊下に出た。集団遊びを喜ばない子どもたちなのだ。子どももまた、太い一本のウンコになりきることはできないようだ。

廊下の突き当たりの非常階段へ一人で向かう。看護当番に当たった者は、朝の登校指導の他に、二、三時間目の間にある二十分休みの見まわりをしなければならないのだ。放課後の見まわりもあった。

四年一組、四年二組と、教室の前を横目で通り過ぎる。教室は空っぽだった。つまらぬ注意をしなくてもすみ、心と足が軽くなる。はずみをつけて非常階段を駆け上がり、四階の廊下に足を入れる。

六年二組の教室で、女の子が二人、机をはさんで笑い声をたてていた。マンガクラブで一緒になる顔なじみの子どもである。

「外へ出なさいよ」と声をかけると、「ナンデー?」と、言葉が返ってきた。言葉は一人のものだったが、にらみつけてくるのは二人である。ナンデ外に出なければならないのか、確かにそこが問題なのだ。春夏秋冬、雨の日以外は、外へ外への二十分休みである。

「図書委員会からお知らせします。今から本の貸し出しをするので、図書室にきてください」

校内放送が子どもの声をつたえる。二階の端の図書室では今日も客が少なく、図書委員の子どもたちは恨めしそうに校庭を眺め続けるのだろう。二十分休みには、本の貸し出しもおこなわれることになっているのだ。

「ナンデー?」

女の子の口調を真似、廊下をいく自分を問う。こうして働き、こうして生きる自分の意味を問いつめると、『ナンデー?』は、この世をひっくり返す言葉だった。

出発点の三階に戻る。二階も一階も、まだ巡視していないのに、足はもう下へはいかない。

三年二組の教室に近づくと、走りまわる子どもたちの音がした。黙って教室の中に入る。図工室から戻ってきた子どもたちが、思い思いの時を過ごしていた。

追いかけ合っている子ども。マンガをノートに描いている子ども。それを取り巻き、しゃべり合っている子ども。本を一人で読んでいる子ども。一つの本を読み合っている子ども。窓辺にたたずみ校庭を眺める子ども——思い思いの子どもたちを、同じ帽子、同じ体育着、同じ上靴、同じ教科書、同じページと、数え上げたらきりのない同じ同じの洪水の中に飲み込んでいるのである。

「先生、これ、いつくれるの?!」

　教卓の椅子からサチコが叫んだ。そこから外れて追いかけていった十八人目の姿は見えない。数名の女の子たちがサチコを取り囲み、学級通信を読んでいた。

「三時間目がはじまったら渡すよ」

「いいなあ、サチコちゃん。わたし、まだ一回ものっていない」と、サチコのそばで一人が言った。

「きっとのせるよ。みんなの作文をのせるのがセンセイの目標なんだから」

　言いながら教卓に近づく。椅子を空けて立ち上がったサチコの肩に、さり気なく手をかけた。肩のぬくもりがつたわる。歯止めをかけるように話しかけてくる子どもがいた。

「先生、先生、今日順番じゃないけど、作文書いてきていい?」

「ああ、いいよ。原稿用紙持っていきな」

「ワーイ!」と、黒板の隣の棚に子どもが走る。

「わたしも、書いていい?」とサチコが言った。

「いいよ」

「ワーイ!」とサチコが後を追う。

「わたしの作文の順番、金曜日だから、その時に書いてくるからね」

「わたし、月曜日」と、言い逃れる子どももいる。最後に残った一人の子どもは、「先生、肩もんであげようか」と、機嫌をとって作文から逃れた。

　肩もみをはじめた子どもの後ろに列ができる。

「一、二、三、四、五、六、七、八、九、十」と、手の動きに、みんなは声を合わせる。十回もむと交代なのだ。

チャイムが鳴った。

「ありがとう。これで終わりにしよう」

「先生、わたしまだやってない」と、サチコが肩に手をかける。

「今度やってもらうから」と邪険に立ち上がり、黒板に近づいた。

『しゅくだい　かん字21 22ページ』という文字が右の上隅に書いてある。黒板消しを取り、21と22を消した。チョークに持ち替え、23と24を書き入れる。それをメモ帳に書き写すことになっているのだ。

本意ではない。前の担任がそうしていたから、そうしてくれと、参観日に言われてしまったのだ。宿題一つ、頭の中に入れられないようでは稗田阿礼が泣いてしまう。古事記が気に入らなければアイヌのユーカラでもいい。あれら口誦の人類の能力をお母さんたちは撲滅するのですか。——そう言いたかったが、話の通じぬ相手には黙るより他なかった。

机に座った子どもたちが、国語の教科書、ノート、筆入れを出しはじめる。メモ帳を出す子どもたちは、いつも通り数名だった。

「今日はテストをやるから、教科書とノートはいらないよ」

「ワーイ！」と声が上がる。子どもたちはテストが大好きなのだ。

蛍光灯のスイッチを押し、やや暗い廊下側だけを明るくする。今日はじめての点灯である。節約は乏しい時代を生きてきた人間の習性なのだ。

「今日の係」と、それぞれの班の当番を呼ぶ。当番は先を争って、小走りに寄ってきた。

手に取ったのはテストではなく、学級通信だ。五枚ずつ数えて、六人の当番に渡す。六人目の子どもの後ろに、列がまたできていた。班の子どもに配り終え、再び戻ってきた当番たちである。テストが渡るのを待ちかまえてのことなのだ。予想を外して棚からつかんだのは原稿用紙だ。

「みんな座りな！　まだ挨拶してないよ！」

日直のミチヨの声が不意にとどろく。ミチヨにとっては不意ではなかった。不意なのは先生だ。授業のはじまりの掛け声をせっかく掛けようとしたというのに、挨拶抜きで、ずるずると三時間目に入っていこうとする先生はルール破りなのだ。

「ごめん、ごめん」と、笑ってあやまる。直立不動で立ったミチヨは、笑ってくれなかった。

「ごめん、ごめん」と、今度はもう一人の日直にあやまってみる。あやまる前から、ヨシキはもう笑っていた。

「先に、作文の紙を渡してしまうから、一寸《ちょっと》待ってね。今日はセンセイ、集まりがあってさ、給食が終わったらすぐ出かけなくちゃ駄目なんだよ。だからさ、忘れない内に、渡すものを渡しとくからね。サチコさんの作文も学級通信に載せといたから、後でよく読んでおいてね。明日、上手だと思ったところをみんなに聞くからね」

ことわりを入れて、順番に当たっている子どもたちに原稿用紙を渡して歩く。赤ペンを入れた原稿も、サチコに返した。ニコッと笑ったサチコの笑顔を振り切って正面に立つ。あちらこちらからおしゃべりが聞こえ、体のゆれも見られるが、まあ、ましな方である。早くテストにとりかかりたいという子どもの意欲が口を閉ざし、おしゃべりの数を上まわっていた。

「姿勢をよくしてください！」

日直の二人の声も、意欲をのせてピッタリと重なる。意欲に押されて、おしゃべりは止まった。

「これから、三時間目の勉強をはじめます！」

子どもたちの頭が一斉に下がる。

「ナンデー？」と、六年生の子どもの声が耳元で鳴った。授業のたびに、ナンデおじぎを繰り返さなければならないのだろう？　教師は芸人、子どもは客。客におじぎを強いるのは、どう考えてもおかしいのだ。

棚に近づき、業者から買った国語のテストの束をつかむ。当番の子どもが六人、また並んだ。机と椅子が動き、子どもたちは前後左右の間隔を広げ、テスト用紙を待っている。この素早い反応が、センセイの芸への反応ではないのが残念だ。顔も知らない人間が、知らない部屋で考えたテスト一枚への反応である。

芸で子どもを引きつけたことが、なかったわけではない。『うんこいし』がそうだった。鳥浜貝塚の糞の化石に引きつけられ、『うんこいし』という文章を子どもたちのために書いたのだ。鳥浜貝塚を眺めに出かけ、ウンコ石を展示する若狭歴史民俗資料館からは四冊の発掘報告書を買ってきた。それらを元に、こんな文章をザラ紙に印刷したのは、四年前のことだった。

うんこいし

ふくいけんの　みかたこと　いう　みずうみに　ながれる　かわの　きしで、おおむかしの
うんこが　たくさん　ほりだされました。うんこは、つちの　なかで、かたい　いしに　かわっ
てしまい、もう、あの、くさい　においは　しません。でも、かたちと、いろは、いまの　にん

げんの　うんこと　かわりません。
ほんとうに　にんげんの　うんこなのだろうかと、だいがくの　せんせいは　かんがえました。ちうら　みちこと　いう　せんせい　です。
みちこせんせいは、じぶんの　たべるものと　おなじものを、じぶんの　うちの　いぬに　たべさせました。じぶんのうんこと、いぬの　うんこを　くらべてみる　ためです。くらべて　みると、いぬの　うんこには、たべものの　もとのかたちが　ほとんど　のこって　いないのに、みちこせんせいの　うんこには、さかなの　ほねや、とうもろこしの　かたちが　のこって　いました。そして、ほりだされた　おおむかしの　うんこにも、さかなの　ほねなどが　はっきりとのこって　いたので、これは、にんげんの　うんこに　ちがいないと、みちこせんせいは　おもったのです。
みちこせんせいは、うんこいしを　かたちで　わけて　みました。うんこいしは、6つの　かたちに　わけられ、はじめ、ちょくじょう、しぼり、ばななじょう、ころじょう、ちびじょうという　なまえが　つけられました。
はじめと　いうのは、うんこの　ではじめの　ところ　です。ちょくじょうというのは、まっすぐな　かたちと　いういみで、はじめに　つづいた　ところ　です。しぼりは、うんこの　さいごの　ところ　です。うんこの　さいごは、しぼりだすように　するので、とがって　います。ばななじょうは、ばななの　かたち、ころじょうは、ころころした　かたち、ちびじょうは、ちびの　かたちのもの　です。ちびの　かたちに　なったのは、やわらかい　うんこが　くずれて、ちいさく、ばらばらに　なって　しまった　ためです。

みちこせんせいは　もっともっと、うんこいしの　ことを　しらべるつもりだったのですが、びょうきで　しんで　しまいました。まだ　35さいの　おかあさんせんせい　でした。いま、うんこいしは、だれかが　かわって　しらべて　くれるのを　まって　います。

うんこいしを　しらべると、おおむかしの　ひとたちの　たべた　ものが　わかるのです。おおむかしには、どんな　きが　はえて　いたのかも　わかるのです。きの　かふんが、みずうみや　かわに　おちて　ながれ、その　みずを　のんだ　ときに、かふんが　いっしょに　おなかの　なかに　はいって、うんこに　まじって　でて　くるからです。けんびきょうは、そういうかふんを　うんこいしの　なか　から　みつけました。

うんこいしが　ほりだされた　ところは、おおむかし、もう　ひとつの　みずうみが　あって、その　きしに　ちかい　ところ　だったと　いわれて　います。おおむかしの　ひとたちは、きしに　ちかい　みずうみの　なかに　くいを　うち、その　うえに　いたを　のせたようです。そこから、したの　みずうみに　うんこを　したらしいのです。

みずうみの　みずが　なくなり、いつのまにか　つちで　うまってしまった　その　ばしょをほると、うんこいし　ばかりで　なく、うったままの　すがたで、くいも　でて　きました。まるきぶねも、でて　きました。くいの　ばしょは、ただの　べんじょ　では　なく、まるきぶねを　つないで　おく　ばしょでも　あったのでしょう。

にんげんは、うんこを　します。いぬも、うんこを　します。うまも、うしも、うんこを　します。にんげんも、いぬも、うまも、うしも、どうぶつ　なのです。

発掘報告書からコピーした写真や図も入れた。鳥浜貝塚の位置図、三方湖の写真、六つの形に分類したウンコ石の写真、縄文時代の鳥浜の想像図、そして発掘された杭の写真である。

相手は二年生の子どもたちだった。五月のことである。五月といえば、二年生になったばかり。漢字まじりの教科書を読み通すことができない子どもも中にはいた。ひらかなばかりの文にしたのは、そのためである。

文は先ず、センセイが読んで聞かせるか、リレー方式で子どもに朗読させるのが学校では普通である。普通のやり方は取らなかった。はじめから、自分一人の力で読み通してしまわせたかった。

子どもたちの目が一斉に文字に食い入る。一番勉強のできなかったヒロユキは、指で文字をたどりながら目を動かせていた。目だけでは足りず、つぶやくように声を出して読んでいる。彼にとっては、生まれてはじめて、独力で文を読み通した日になったのだ。

一ヵ月ほどして、運動会があった。運動会の後のPTAの慰労会で、「先生、ウンコ石はよかったなァ」と、ビール瓶を片手に隣に割り込んできたのはヒロユキの父親だった。

「学校のことなんか、何んもしゃべったことねえのに、ウンコ石のこと、しゃべってしゃべって、寝床サ入っても、まだしゃべくるんだもん。なあ、先生よォ、おれ、牛飼いしてるからよく分かるんだ。ウンコってのァ、大事なもんだよ。ウンコ見れば、牛の体具合ピタッと分かるんだ。ウンコ見て、牛の餌の調合考えるんだからな。ウンコを馬鹿にすれば駄目なんだ。ヤー、よかった。ウンコ石は、ほんとによかった」

「クニコも、帰ってくるなり、ウンコ石のプリント見せてくれましたよ」と、向かいの席に座っていた母親が口をはさんだ。やはり牧場の家庭である。「おかしいのはね、クニコったら、ウンコ石を作るんだといって、牧草地の隅っこにウンコをしたんです」

笑い声に囲まれて、母親の言葉は普段着になった。

「ウンコサ、パラパラって土かけてね、早くウンコ石にならないかなあって眺めてるんだからァ。だから、わたし言ったんだ。何千年もたたなきゃウンコ石にならないよって言ったら、じゃあ誰のものか分からなくなるねってクニコが言ってね。そしたら、家の父さんがまた悪い父さんなの。名前書いて、札立てればいいべってからかってさ、クニコったら本気になってしまって、木端拾ってきて、マジックで書きはじめたもん。このウンコ石はテラダクニコのものです。ごていねいに、年月日まで書き込んでしまってさ。まだ木の札、倒れないで牧草地に立ってるんだからァ」

爆笑をしながら、心はふるえていた。目の前で一緒に笑うクニコの母はアイヌである。名を残すなどという立志の思想からははるかに遠く、祖先の墓標は近くの丘にひっそりと立っているのだ。

名を刻んだ墓石の並ぶ墓地の奥で、墓標は雑草に囲まれている。エンジュやドスナラの皮をはいで立てた墓標は、歳月にさらされて痩せ細っていた。死者の性別だけを示す墓標である。墓標の先端が尖っていれば、それは槍をかたどった男性のものであり、穴を持った丸い頭があれば、それは針をかたどった女性のものなのだ。朽ちて欠け、丸い頭になってしまった槍もある。頭を通す刳り穴が葬儀のために開けられたものか、歳月のために開けられたものか、見分けのつかない墓標もあった。……

テストを持って真っ先に立ってくるのはミチヨだった。できた順に丸をつけ、間違ったところはやり直す。全部できたら自習をするというやり方で、テストの時間を過ごすことにしているのだ。

床を走る足音がする。テストを片手にひらめかせ、走ってくるのはカズヤだった。気づいたミチヨも走り出し、足音が重なった。

「セーフ！」

　カズヤの声が鼻先で響く。教卓の上に両手を伸ばし、倒れ込んだのはカズヤなのだ。一番乗りを取られてしまったミチヨの頬が、カズヤの後ろでふくらんだ。

　二人の列が三人になり、四人になる。黒板の長さに沿って並んでしまうと、列の中におしゃべりがはじまった。

「こらっ、うるさい！」と呶鳴りつけ、おしゃべりを押さえるが、すぐに元のざわめきがくる。自習の子どもたちも席から離れ、かたまりを作って騒ぎはじめてきた。三時間目は、終わりに向かって近づいているのだ。腕時計を見ると、十一時二十七分だった。残り時間は三分である。

　机の上に開いて置いた教務手帳に目をやる。今日の点数が並ぶ欄の、まだ書き込まれていない空白は一つだった。サチコの欄である。

「後三分」

　時間を教えると、サチコがあきらめて立ってきた。

　丸は半分もつかない。教務手帳に点数を書き込むと、「ア、ア、ア、ア」と、サチコはあごを前後左右にゆさぶってくやしがった。

　チャイムが鳴る。

「これを見て書きな」と、解答を赤で刷り込んだ紙を渡すと、サチコは微笑みながら受け取った。

　ミチヨとヨシキが立ち、終わりの号令を掛けるきっかけを待っている。悪いけど、出番はない。サチコはまだ終わっていないのだ。

「机を元に戻してから、オシッコにいっといで！」

大きな声でみんなに言うと、一斉にみんなの体が動いた。

「先生、できた！」と、サチコが小走りにやってくる。丸をつけ、はじめの点数を二本の線で消してやった。100と大きく書いてやると、「ヤッター！」と叫び、飛ぶように自分の席へ戻っていった。机の上にテストを置き、オシッコに走っていく。

五分間の休みは終わり、四時間目のはじまりを告げるチャイムが鳴った。

「姿勢をよくしてください！」

ミチヨが声を張り上げると、ヨシキはあわてて立ち上がった。子どもの心は、まだ四時間目に切り替わっていない。教室の中は、おしゃべりの花が満開だった。百点のテストを両手でつかみながら、サチコも花の一つである。花々がゆれ、言葉の花粉が飛び交っていく。花粉を受けて実がふくらみ、種がはじけると、新しい話題の芽が、たちまち花を結んでいく。四季はめぐり、子どもたちは輝いていた。輝かないのは、言うことを聞いてもらえない日直だ。

笑顔で二人に視線を送り、両手を軽く前に出す。出した両手を沈めると、二人は顔を見合わせながら座った。

算数の教科書を開きながら、黒板の前に立つ。チョークを持ち、ページを確かめると、横書きに文字を書いた。


37ページのれんしゅうもんだい①をノートにやりましょう。やった人はドリルのおうぎんのもんだいをやってください。やりかたのわからない人は、いつものように先生のところに聞きにきてください。

チョークを置いて、花の中を歩いていく。花の肩に手をふれて、黙って黒板を指すと、花はしぼみ、下がった頭が机の中をのぞき込む。教科書、ノート、そして筆入れを取り出す音が教室の中につたわっていった。

つたわる音に気づかないサチコのおでこを指ではじくと、手品のように舌が飛び出す。湯気の出そうな赤い小さな肉がかわいかった。食べてしまいたい彼女の舌である。

自分がまた外れようとする。ゴクッとつばを飲み込んで、外れる力を押し戻した。心を押し込め、表情を押し込める。外れずに済んだ十九人目の自分は、硬い表情で教卓に戻り、空を眺めた。

「先生、分からない」

サチコの声が耳元でする。教卓の上にノートを置く彼女の手があった。9÷3という式だけが、ノートに書かれてある。パソコンのように無表情で教えはじめると、二人、三人と、続いて出てくる子どもたちがいた。

何日かかけてやった問題の繰り返しがはじまる。一つ教えて席へ戻し、次の子どもにまた教える。分からなかったら何度立ってきてもいいのだが、パソコンになりきれる人体ではなかった。嘆声も出れば、歓声も出る。そのたびに表情は変化し、グリコーゲンは酸化する。体が火照り、こめかみが痛かった。

疲れることは、いいことだ。センセイの疲れは、子どもの疲れの証拠である。赤信号のサインを感じて、計算に疲れた子どもたちのおしゃべりが、あちらこちらではじまっていた。

腕時計を見ると、十二時十五分だった。給食の時間まで五分あるが、一時四十分までには北千住へいかなければならない。区教研は国語部会の文学散歩に出てみようと思っていたのだ。

「みんな、大分わかってきたぞ。続きは、また明日やるからね。今日はこれで終わりにしよう」

ノートを持って並んでいる子どもたちに声をかけると、掌でメガホンを作って、教室のみんなに言った。

「後五分あるけど、給食にします！　まだ他の教室では勉強をしているので、声を出さないで準備してください！　分かった?!」

「ハーイ！」と、みんなの声が教室にとどろいた。

人差し指を唇に当て、みんなの声を止める。声は止まったが、机を動かす音がとどろきはじめた。黒板を向いて並んだ机を五人で向き合う形に変えるのだ。

「なるべく静かにね」と注意の言葉は口から出るが、顔は笑っていた。終わりの挨拶はまたもや省きだが、ミチヨもヨシキもニコニコ顔で机を動かしている。

白衣を着た給食当番が働き出す。カレーが匂う配膳台から、サチコが走ってきた。

「先生！　わたしのこと、バイキンって言って、やらせてくれないんだよ！」

「誰だ！　そんなことを言うのは！」

椅子から立ち上がり、給食当番に詰め寄る。

「誰だ！　バイキンって言ったのは誰だ！」

「ぼくじゃないよ」と、男の子の声が一つする。

「ぼくじゃないよ」と二つ目の声が続き、残った子どもはカズヤにミチヨだ。

「お前か?!」と指を差されたのはカズヤだった。

あわてて首が横に振られる。隣のミチヨのうるんだ目が気勢をそいだ。

「先生、サチコちゃんも悪いんだよ。無理矢理、カレーをやろうとするんだもん」と、カズヤは真相に迫る第一声をさきがけた。

「あんた方なんか、いっつも好きなのばっかりやってるでしょう。一回ぐらい、わたしにさせてくれたっていいでしょう」と、サチコは負けない。

「どうしたらいいか、給食当番で考えなさい」と言って教卓に戻る。給食のチャイムが鳴った。五分早めた給食だが、何の役にもたっていない。

椅子に座って眺めていると、子どもたちの話し合いがはじまった。かたまりが崩れ、カズヤが真っ先にやってくる。

「先生、決まりました」

「どう決まった？」

「ジャンケンして、勝った人から、好きなものをやるの」

「よし、いい考えだ。上手に話し合って偉かったぞ。仲直りも忘れないでね」

「ごめんね」と、ミチヨがサチコに言った。

「ごめんね」と、サチコがミチヨに言う。

「仲直りもできたし、よかった、よかった。じゃあ、ジャンケンしてやりなさい」

配膳台へ給食当番は戻っていく。ジャンケンの声が響いた。席を立って群がっていく子どもたちの姿で、ジャンケンの手は見えなかった。

「みんな戻りなさい！」

子どもたちが散らばったのは、センセイの大声のせいではない。ジャンケンが終わったからだ。運がよく、サチコはカレーのルーをかける係だ。ご飯の盛りつけはミチヨになる。福神漬を添える子ども、冷凍みかんを渡す子ども——牛乳を渡すカズヤは、もうみんなの席に牛乳瓶を配って歩いている。

列ができ、お盆とスプーンを取った子どもが配膳台の前を流れていく。センセイの給食をお盆にのせてサチコが運んできた。量は子どもと同じである。胃袋が悪いセンセイの適量を子どもはもう知っていた。

「姿勢をよくしてください！」と、ここでまた日直の出番がくる。ヨシキの声が、ミチヨの声より高く響いた。

カレーライスを前にして、子どもたちのざわめきはすぐにおさまった。

「いただきます！」と、ヨシキの声がはずむ。元気のないミチヨのことが気がかりだ。

「いただきます！」

みんなの声と一緒に、スプーンを持つ音が鳴った。

空になった食器と牛乳瓶を前にしてみかんをむきはじめたころ、一足お先に自分のお盆をかたづけ出す子どもがいる。かたづけた足で近づいてくるのはサチコだった。

「先生、ミチヨちゃん、ナプキンを何枚も持ってきてるんだよ」

「ふうん」と、みかんの房を飲み込んだ。

「いいの？」

「いいんじゃない？」

解せぬ顔でサチコは立ち去る。頭の中を一拍遅れで考えがめぐった。

「ミチヨちゃん、一寸！」と、まだ食べ終わっていない彼女を呼ぶ。

「ナプキン、何枚も持ってるんだって？」

「はい」

「一寸、見せてくれない？」

紐で締まった袋をぶら下げ、ミチヨがまたやってくる。袋を開け、中に詰まったナプキンを彼女は取り出した。様々なデザインで彩られたナプキンが次々に現われる。全部で五枚だ。給食盆の下に敷くためのナプキンは、一枚あればたくさんである。だがコレクションは、一枚では成り立たない。成り立たないからといって、ここでコレクションを認めてしまえば、真似る子どもが続々と現われるだろう。教師根性が鎌首をもたげる。

「あのね、みんなが真似てね、お母さんに、ナプキン買って、ナプキン買ってって言うと困るでしょう？　だからね、学校には一枚だけ持ってきて、後は家に隠しておきなさい。分かった？」

言い含めると、ミチヨはうなだれて席に戻った。その向かいで、小気味よさそうに視線をやるのはサチコである。

給食終わりのチャイムが鳴った。一時である。後四十分で北千住に着かなければならないのだ。歩く時間も入れるなら、二十分は欲しかった。いや、はじめての場所だから、三十分は欲しいところだ。看護日誌も書いていかねばならないのだから、掃除をする時間は残っていない。帰りの会も、できるはずがなかった。みかんの房を次々に口の中にほうり込む。

掌でメガホンを作った。

「今日は掃除はありません!」と先ず叫ぶと、歓声が上がる。「ごちそうさまも省略します! すぐに給食をかたづけて、さよならだけして帰ります! センセイは一時四十分までに北千住に勉強にいかなきゃならないので、すぐにかたづけてください! 勉強道具より先に給食当番を手伝ってください!」

配膳台に子どもたちが群がる。センセイのお盆をかたづけてくれるのはカズヤだった。ランドセルを配って歩く子どももいた。

いち早くランドセルを背負ってヨシキが前に出てくる。遅れて出てきたミチヨの動きは相変わらず元気がなかった。

「さようなら!」

みんなの前で挨拶の言葉をかけるヨシキの声は元気だが、ミチヨの唇は動かない。

「さようなら!」

みんなの声がとどろき、戸口が混み合う。

「ミチヨちゃん!」と、彼女の背中に声をかけた。ミチヨが振り返る。

「明日も元気で、また会おうね!」と言いながら手を振ってやった。笑いを作ってうなずいてくれたが、言葉はない。

子どもがいなくなった教室の窓をあたふたと閉めた。床のあちこちに鉛筆や消しゴムが落ちている。手つかずのティシュペーパーの袋もあれば、引き千切られたノートの紙も落ちている。

「しまった。ごみを拾わせるんだった」

舌打ちをして、ロッカーから箒を取り出し、大急ぎで床の上を掃きはじめた。

落とし物をごみから選び、教卓の上にのせる。残ったごみをかたづけると、今度は机の乱れが気になってくる。

「ほんとに、どういう子どもだろう」

つぶやきながら机の乱れを直し終わると、腕時計は一時十三分を指していた。

煙草とライターのシャツのポケットに入れる。ごみになったノートの紙を屑入れから取り出し、吸殻を包んで捨てた。

蛍光灯のスイッチを切る。壁にかけた名札入れが目に入った。下校をする時には、胸の名札をそこに戻すことになっているのだ。名札をつけて家に帰ると、山谷のアヤシイオジサンに名前を呼ばれてしまうという理由からだった。

三分の一は戻っていない名札である。戻さないで帰ってしまうと、なくしてしまう子どもが多い。抜き打ちの点検がおこなわれるかもしれない全校朝会は五日先のことだった。心配は後まわしにしよう。

廊下に出て、階段を飛んで下りた。小走りで職員室に入り、机の上の看護日誌を開きながら椅子に座る。ボールペンを持ち、月日と曜日、天候を書き入れた。

続く欄の頭には『始業前』という文字が刷り込まれている。前の日の欄に目をやると、『朝の挨拶が元気よくできていない。帽子をかぶってこない子が2人いた。8時25分過ぎの登校は6名』とある。校長が引いた赤鉛筆のアンダーラインが、文の全てに沿って伸びていた。

『朝の挨拶が元気よくできていない』と、前の日の文の中から一つだけ選んで書いてしまう。外れていった七人の暴力の意味を問いつめながら書いていく時間もなければ、それだけのスペースも持たない看護日誌だ。問いつめることを拒むような赤鉛筆の使い方でもあった。

前の年の一学期の終業式の日、たまたま看護当番に当たった。驚くほどの元気な声で子どもたちの挨拶が響き、その日の日誌は自分の言葉でスラスラ書けてしまったものである。『夏休みを迎える子どもたちの挨拶の言葉は、はずむ足、にこやかな顔と一緒に四つ辻に響き、空高くこだましだ』

校長はただの一文字にも、アンダーラインを引いてはくれなかったのだ。

続く欄は『集会時』だ。他人の文を読むのも面倒になってくる。『比較的きちんとできた』と無難な答えにまとめると、次の『休憩時』を考えた。

『ほとんどの子どもが外で元気よく遊んでいた』と書いてしまい、『放課後』の欄にボールペンの先をやる。

これは簡単。『区教研参加のため放課後の見まわりできず』で済ませてしまうが、最後には『所見』という欄が待っていた。所見などという大それたものを書ける力は持っていない。『特になし』とかたづけて、印鑑を押す。

日誌を閉じ、教頭のところに持っていった。

「日誌をここにおきます」

「ご苦労さまです」

この学校のセンセイとの、今日の言葉のやりとりは、これで何回目になるのだろう？　一回目は十七人目の朝の挨拶。同じ十七人目の校長への文句が二回目のやりとりで、十九人目の今のやりとりは通して三回目だ。

教頭の後ろにまわり、黒板に張ってある区教研の会場一覧表に目を近づける。眼鏡を額に押し上げて眺めてみた。

もう大方のセンセイが出かけてしまった後らしく、鉛筆書きの名前がたくさん書き込まれている。ほとんどの名前が体育の欄を埋めていた。秋の研究会に備えて、みんなの心は体育にいっているのだ。文学散歩の国語には誰も名前を書いていなかった。

チョーク受けに置いてあった鉛筆を取る。やましさに逆らい、国語の欄に名前を書いた。

黒板に並んで校長室のドアがある。閉め切ったドアの前を通りながら耳を澄ませた。声が聞こえる。テレビの声だった。話題にも取り上げられない十八人の自分は、今頃どこでグッタリしているのだろう。

机に戻り、鞄を取る。名札を裏返し、「失礼します」と教頭に言った。

「ご苦労さまです」と言葉が返り、言葉の交わし合いはもう一度だけ残っていた。

尿意がうずいている。まだ我慢はできそうだ。トイレには寄らず、階段を跳ねて下りる。靴を履き替え、歩き出した足取りは、気ぜわしい東京人のものだった。

校門の内側に並んだ小公園から怒声が聞こえてくる。金網が張られ、樹木の繁る小公園の怒声の主は見えなかったが、確かにそれはなじみの声である。

歩調をゆるめ、入り口から中をうかがう。怒声の主は、やはり自分だった。吸鳴りまくる自分の前には、うなだれたミチヨが立っている。しゃがんでいるのはサチコだった。サチコは足をさすっている。

「どうして足を蹴飛ばしたかって聞いてるんだ！」

問いつめるのは野暮である。盛りつけのトラブルでせっかく先にあやまったのに、ナプキンのコレクションでチクられた彼女なのだ。

止めに入ろうかと思った瞬間、それをはねのけるように一際高く怒声が響いた。

「往復ビンタだァ！」

掌を頬に浴びてミチヨが倒れる。倒れたミチヨの襟首をつかみ、引きずり起こすと、掌はまた彼女を襲った。

勢いあまった掌が、かたわらの低い木の枝を払ってしまう。枝がゆれ、花の匂いが散った。白い色を裏に見せて、花びらの表は紫色に光っている。紫木蓮だった。

掌の音がまた響く。サチコの守護神になってしまった十八人目の掌の音は、十九人目も狙うかのような激しい勢いだった。

逃げ出す。逃げ出して校門から飛び出す。飛び出しながら、腕時計の日づけに目をやった。間違いなく、今日は母の命日だったのだ。

出棺の日、柩を取り巻く人々の後ろをうろつきながら、身の置き場所に困っていた息子だった。

柩のふたを開く音が体を縮ませた。

「ワーッ、奇麗な……」

一斉に起きた嘆声に、縮んだ体を思わず爪先き立てると、紫木蓮の着物の柄が目を捕らえた。

「坊や、お別れをするんだよ」

気づいた祖母が近づいてくる。恐怖にはじかれ、縁側に走り出すと、はだしのまま庭に飛び下りた。

庭半分をドブ川が流れ、それをおおうドブ板は腐り、なくなっている。

下駄を突っかけた祖母の姿が迫っていた。ドブの向こうはお屋敷の塀だ。割り竹を組んだ高い塀の隙間から紫木蓮が匂っている。破れかぶれになった体は、ドブの中に飛び下りていた。……

朝と同じ道なのに、亡者を目に入れるゆとりはない。目を占めるのは、記憶の中の紫木蓮だ。紫木蓮をかき分けて信号機の色が現われ、券売機のボタンが現われる。改札口を通り、『手洗所』という文字が現われた時、電車の音がした。

手洗所を後ろに捨て、ホームへ走り出す。込み上げるものをこらえながら、ガラ空きの電車に乗った。

紫木蓮が込み上げ、ピンタが込み上げ、尿意が込み上げる。三つ巴の渦の中から尿意一つが浮き上がり、肉を叩いた。

両足を踏んばってドアに立つ。マンションの洗濯物が旗のように励ましを送ってくれた。電車は隅田川にかかる鉄橋を渡った。暗い川の色は、こらえる力を削いでいく。目をそらして岸を呼んだ。岸のマンションの洗濯物が再び現われ、電車の動きはゆるくなった。

開いたドアから、棒のように固く下りる。うなりながら階段を昇り、左右を見まわすと、『手洗所』という文字が光を抱いて輝いていた。

チャックを下ろし、肉の先をつまみ出す。しびれるような快感が肉を貫き、激しい音が耳を叩いて体をめぐった。この世の不満や鬱積をこんなふうに出すために、外れていった自分もいるのだ。

チャックを上げ、腕時計を見ると、集合時間にはまだ八分も間があった。

「なあんだ」と、いつものペースで歩き出す。

改札口の外は蛍光灯の光が重なり、ガラスの向こうに色とりどりの商品が咲いていた。頭の上では案内の文字が光っている。『旅行センター』という文字を見つけ、左側の階段を外に下りる。

集合場所の旅行センター前では、プリントを抱えた女性を囲んで数人がおしゃべりをしていた。参加者名簿に名前を書き、煙草をくわえながらプリントに目を通していると、人の集まりは二倍三倍に増えてくる。

駅ビルが見下ろす広場のわきを通り、文学散歩の一団は出発した。散歩という言葉にはほど遠い東京人の足の運びである。遅れぬように先頭近くを歩いていても、いつの間にかビリになってしまうのだ。

風でゆれるのれんが顔に当たる小路を通り抜け、最初に着いたところは金蔵寺という寺だった。

「エーッ、よろしいですか。それでは一寸、お話します。千住宿は江戸の入り口で、北千住には本宿と呼ばれる宿場があり、南千住コツ通りは下宿と呼ばれていたんです。で、旅籠——旅館のことですね。この旅籠には、一軒で、飯盛女を二人おくことが許されていたんです。ハイ。飯盛女といってもですね、飯を盛るだけじゃありません。遊女なんです。で、この遊女と遊ぶのを目的に、江戸市中からも人がやってきました。旅人が泊まる数よりも、実際は、こういう客の方が多かったんです。で、この左側の石碑は、そういう飯盛女の供養のために建てられたものなんです。ハイ」

研究家が説明をはじめている。石碑を囲む人々の前には、南無阿弥陀佛と刻み込まれた石が建っていた。石は黒々と恨みの色でくすんでいる。その右には、お地蔵さまをはさんで、無縁塔と刻み込まれたもう一つの石碑があった。

「エーッ、それからですね、この右の方——これは天保の大飢饉の時のことなんですが、食うに困った地方の人たちが、江戸にいけば何とかなるだろうということで、日光街道を南に南にと上ってきたんです。で、この千住宿にたどり着いた途端、疲労と空腹、そしてここまできたという安堵感のためなんでしょうか、バタバタと死んでしまったんです。そういう名前も分からない人たちを供養するために建てられたものなんです。ハイ」

江戸へ江戸へと上ってきた人たちが、ここにもいたのだ。心の飢え、立身出世のためではない。生身の飢えで痩せ細った足を引きずり、江戸へ向かった無名の人々である。

次の見学場所へ移るために、文学散歩の群れは動きはじめる。

無縁塔に近づき、石の面《おもて》に掌を当てた。日の光を吸った石は、人肌のようなぬくもりをつたえていた。

飯盛女の供養塔にも掌を当ててみる。石のぬくもりが同じようにつたわり、あたりの空気がゆらいでくる。ゆらぎながら、亡者の姿が立ち現われる。窪んだ目、突き出た頬骨、たるんだ皮膚、痩せ細った四肢、はだけた胸の浮き上がる肋骨——髪が抜け落ちた頭を右手でおおい、膿で崩れた顔を左手でおおうのは、梅毒に侵された飯盛女だ。

「二朱」

梅毒の傷から右手を離し、揚代を求めて突き出してくる。

「飯」

かすれた声で突き出てくる手が交わり、掌がひしめいていた。

体がすくむ。

ゴキッ！

すくんだ自分の背中を割って逃げていくのは、二十人目の自分である。

道の角を曲がると、説明はもうはじまっていた。ガラスで囲まれた三階建ての都税事務所には、もったいなくも一面に蛍光灯の光が目立ち、植え込みの小さな金属板の説明は目立たない。
植え込みに沿って走る車を避けて、みんなは道を隔てた家の前にかたまって研究家の話を聞いていた。かたまりには入らずに、説明板に近づいていく。これもまた、都へ向かってやってきた人間の跡なのだ。

橘井堂森医院跡

鷗外の父森静男は、元津和野藩亀井公の典医であったが維新後上京し、明治十一年南足立郡設置とともに東京府から郡医を委嘱されて千住に住んだ。同十四年郡医を辞し橘井堂《きつせんどう》医院《いいん》をこの地に開業した。鷗外は十九歳で東大医学部を卒業後陸軍軍医副に任官し、千住の家から人力車で陸軍病院に通った。こうして明治十七年ドイツ留学までの四か年を千住で過した。その後静男は、明治二十五年本郷団子坂に居を移した。

昭和六十年三月　東京都足立区教育委員会

『きつせんどういいん』というふり仮名の四つ目の文字を鉛筆で書いた×がおおっている。これでもか、これでもかというように線の行き来は重なり、太かった。その隣には同じ鉛筆で、『い』と訂正の文字が入れてある。
「鷗外か」と、つぶやきが出る。陸軍軍医総監、帝室博物館館長、帝国美術院院長、文学博士にして大文学者の鷗外相手のつぶやきは、鉛筆のようなものである。そして鉛筆にも、首を傾げる力はあるのだ。

鷗外よ、あなたの遺言はぜいたくだった。『余ハ石見人森林太郎トシテ死セント欲ス宮内省陸軍省縁故アレドモ生死別ルヽ瞬間アラユル外形的取扱ヒヲ辭ス』というあの遺言は、どこの誰とも分からぬ姿で死んでいった天保の行き倒れ人から見るならば、ぜいたく極まりないものなのだ。『墓ハ森林太郎墓ノ他一字モホル可ラス』と述べるあの遺言は、源氏名のまま死んでいった女たちから見るならば、ぜいたく極まりないものなのだ。

早足がまたはじまり、広い通りに出る。堀が流れ、千住小橋がかかっていた場所である。堀は地下の排水路となり、橋の代わりは横断歩道だ。

道を渡り、ひなびた商店街を行く。旧日光街道である。人の流れはほとんどないが、地の利を知った運転手たちの、ここは抜け道になっていた。我が物顔に車が走り、人間は狭い道の隅っこに追いやられる。

視界が開け、千住大橋の青いアーチが見えてきた。旧街道を飲み込んで、広い通りが大橋めがけて伸びていく。橋のたもとの小さな公園に、芭蕉の句碑は建っているのだ。

「なあんだ、ここか」とつぶやきながら句碑に近づく。橋の向こう側までやってきたのは、つい先週のことだった。家庭訪問週間だった。クラスの子どもの一番遠い家は、向こう側の橋のたもとに近かったのだ。

茶色い自然石にはめ込まれた黒御影に『おくのほそ道』の旅立ちの言葉が刻まれている。

千じゆと云所にて船をあがれば、前途三千里のおもひ胸にふさがりて、幻のちまたに離別の泪を

そゝぐ
行春や鳥啼魚の目は泪
是を矢立の初として、行道なをすゝまず。人々は途中に立ならびて、後かげのみゆる迄はと見送なるべし。

碑を囲んだ群れはほどけ、ベンチに休んでいる。

立ったまま、煙草に火をつけた。煙がゆらぎ、思いがゆらぐ。ゆらぐ思いを見つめていると、出発の声がかかった。

「アノー、用事がありますので、ここで失礼させていただきます」

責任者にことわって、公園に居残る。人の消えたベンチに座り、煙にゆらぐ思いの姿を見つめ続けた。

まゆはきを俤にして紅粉《べに》の花
野を横に馬牽《ひき》むけよほとゝぎす
石山の石より白し秋の風
涼しさやほの三か月の羽黒山

旅の中で、芭蕉は花を詠み、鳥を詠み、風や月を詠んだ。おくのほそ道に旅立った元禄二年から、ちょうど三百年の今年である。芭蕉を讃える行事は各地で計画され、日本の心の具現者としての彼の業績は定まっているかのようである。
元禄二年から二百三十三年たった大正十一年、知里真志保の姉、幸恵は、日本の心に充ち満ちた美しい文章を書いている。ローマ字書きのアイヌ語に、日本語の対訳をつけた『アイヌ神謡集』の序文に、彼女は花鳥風月を見事に散りばめているのだ。

冬の陸には林野をおほふ深雪を蹴つて、天地を凍らす寒気を物ともせず山又山をふみ越えて熊を狩り、夏の海には涼風泳ぐみどりの波、白い鷗の歌を友に木の葉の様な小舟を浮べてひねもす魚を漁り、花咲く春は軟らかな陽の光を浴びて、永久に囀づる小鳥と共に歌ひ暮して蕗とり蓬摘み、紅葉の秋は野分に穂揃ふすゝきをわけて、宵まで鮭とる篝も消え、谷間に友呼ぶ鹿の音を外に、円《まど》かな月に夢を結ぶ。嗚呼何といふ楽しい生活でせう。平和の境、それも今は昔、夢は破れて幾十年、此の地は急速な変転をなし、山野は村に、村は町にと次第々々に開けてゆく。

序文の中の『花咲く春』という言葉を考えてみよう。アイヌは、花の美には心を惹かれなかった。福寿草の花を『チライ・アパッポ』と呼ぶ地域があるが、これは『イトウの花』という意味である。福寿草が咲くと、イトウという魚が川に上ってくる。そろそろイトウを食べられるぞという漁期を知らせるものとして花はあったのだ。アヤメの花は『イチャニウ・アパッポ』、『鱒の花』と呼ばれる地域がある。鱒漁の準備を告げる花なのだ。
『永久に囀づる小鳥』はどうだろう。『永久』に当てはまるアイヌ語はない。あえて当てはめれば『ランマ』かもしれない。『いつも』という意味があるからだ。しかし、『普段』という意味もある。

『ランマ』は日常なのに、『永久』は日常を越えた厳かな観念なのだ。アイヌにとって、厳かなものは日常を越えてはいない。日常に交わっている。チライ・アパッポも神であり、鳥もまた森羅万象、無数の神の一つなのだ。

『涼風泳ぐみどりの波』を考えてみよう。『涼風』と『みどり』は対になり、さわやかさを広げてくれる。海だけではなく、地上の森のみどりさえも言葉は飲み込み、広いイメージをもたらしてしまうのだが、そういう美意識は花同様にアイヌから遠く、『みどり』にピッタリのアイヌ語もないのだ。

あえてアイヌ語は当てはめるなら、『シウニン』だろう。青も、青っぽい紫も、青っぽい黄も、みんな一まとめに、アイヌは『シウニン』と呼んでいたのだ。赤、赤っぽい紫、赤っぽい黄は、一まとめにフレだった。白はレタル。黒はクンネ。これら四つの色名で世界は識別されていたのである。食べられる色なのか、食べられない色なのかの識別。嵐がくる色なのか、こない色なのかの識別。死人の色なのか、生きている色なのかの識別——識別されない世界の謎は神々の手にゆだねられていた。

『円かな月に夢を結ぶ』はどうだろう。円かな月に象徴される夢は、勿論、悪夢などではなく、のどかな夢である。だが、のどかな夢を見たことを人に語るのは、アイヌのタブーなのだ。人に語ると、せっかくの平安を逃してしまうと言われ、反対に、悪夢は直ちに家人に告げ、笹や蓬の葉などで体を叩いて清めてもらうことになっていた。そのため、アイヌの日常語では『夢』を全て『ウエン・タラプ』、『悪夢』と言い、良い夢に悪魔が近づかないように配慮したのだ。

知里幸恵の日本語の、ほんの少しだけを考えてみても、アイヌである彼女が、アイヌの世界から遠ざかった場所でアイヌの世界を語っていることが分かってくる。彼女が語っているのは、もはやアイヌの世界ではないのだ。花鳥風月の日本語は、こうしてアイヌを変えてしまった。

ベンチを立ち、句碑の奥の公衆便所に足を運ぶ。犬のように匂いを残していきたかった。赤い舌をたれ、荒い息を吐きながら、何度でも帰ってこなければならない、ここは贖罪の場所のようだ。

卑小な犬の小便は細く、すぐに止まった。それでも力みを何度も入れる。力みのたびにたれる小便は点滴のようだった。そんな点滴で救われるものは何もない。

縮んだ姿をいたわるように中へ隠す。チャックを閉じ、棚においた鞄を持つと、人間の顔をよそおって公衆便所を出た。

腕時計は三時になるところだった。橋を渡ってコツ通りを歩けば、南千住駅までは十分ほどのはずである。

橋のたもとに足を止めて振り返る。車の流れが目を走り、車の音が耳を走った。目をしばたたくと、後ろ姿が二つある。お伴の曽良を従えて、歩いていくのは芭蕉だった。

川風にゆれる裾の音が耳に届く。車の流れも、車の音も不意に消え、代わって聞こえるのは芭蕉と曽良の衣の音だけではなかった。江戸へ江戸へと上ってくる飢えた人間の音も聞こえるのだ。

痩せ細った素足の引きずり。かすれきった喉の呼吸。末期に向かってうごめき続ける人間の流れに逆らい、芭蕉と曽良は歩いていく。飢えを踏み、屍を踏んで、花鳥風月の道を歩いていくのだ。

飢えは人間の日常だった。北の果ての南部藩では、三百年の江戸時代に七十六回の凶作、飢饉に襲われている。南部藩大畑村の百姓がお上に差し出した愁訴の文面はこうだった。

乍恐条数奉願上候事
一個物四十文米三十文新役の事

一海草並魚油増役之事
一鯣並に糟鰊一手買之事
一濁酒並他領酒増役之事
一鰯絞糟廿分一新役之事
右箇条並に新役立何卒御赦免被成下度様奉願上候必竟酉戌両年凶作当年に至雑穀喰尽蕨根海草等にて相凌罷在候得は重立候方より救之合力並に当秋入引当に仕借受等も頼見申度候得共近年莫大之分限割其上御時節柄之御事故商役等も被仰付罷在候て市中取引不通に成行候得ハ其儀も出来申間敷殊更材木類柾等も前代未聞之下値候て御山筋之者も面倒候ニ付杣働之者共難渋に及漁稼之者共は一手買入ニて窮迫尚又北地雇入之者は去々酉年より漁場処々松前町人受負ニ相成候ニ付以来半減同様之給金ニ候上昨年彼地不漁故ニ給金皆無相渡不申も多分有之極窮難申尽候得は当秋豊作に相成候ても家業方も千万無覚束不得止事離散等ニも相及可申歟ト歎敷奉存候間御憐愍ヲ以幾重ニも御申立被下前文之箇条総而新役等御免之愁訴御添慮ヲ以願之通被仰付下置候様被成下度候
以上
文化十二年七月五日

赤川百姓惣代　半右衛門
木野部百姓惣代　孫兵衛
高橋川百姓惣代　佐兵衛
湊町百姓惣代　多蔵
南町百姓惣代　長兵衛

本町百姓惣代　忠兵衛
東町百姓惣代　兵右衛門
新町百姓惣代　弥五兵衛
検断　伝蔵
宿老　清右衛門
宿老　小七郎
同　栄左衛門
同　伝兵衛

沼宮内亘理様
中里伴左衛門様
太田源五平様

文字の中に、日々の言葉は跡形もない。日々の言葉で呻いてみれば、こんなふうになるのだろうか。

布四十文、米三十文の新税だってか?!
海草、魚油の増税だってか?!
するめ、糟鱝、お上の買い占めだってか?!
濁酒《だく》も、他領《ほが》の酒も増税だってか?!
いわしの絞りかすァ、二十分の一の新税だってか?!

勘弁《かに》してけろじゃ。去年も一昨年《おどどし》も飢饉《けがず》だべ。今年ァ雑穀まで食ってまて、わらびの根っこだずが、海草だずがで、やっと生ぎてきた吾等《わど》ァ、助けてもれえてんだね。秋の収穫に返済《すま》して、貸してくれる人《ふと》ァいねえかと思《も》ってるんだばって、貸せる人達《ふとど》ァ莫大な税ばお上に取られてまって、蔵ァ空だべ。そればりでねえ。ロシアの軍艦彷徨《ばやめ》いて、商いの船ァ止まってまるし、動けば動いたで税金ふんだくられ、売るも買うもなんねえんだね。銭《じえん》こも米も、貸せる人《ふと》ァ一人もいねえじゃ。まんだあるど。材木と柾ァ、聞いたごとねえ様《よん》た不景気で杣夫《やまご》ァ苦しみ、漁師ァお上の漁の安い買い占めで困ってまってらね。そればりでねえ。一昨年《おどどし》から、北の漁場のあちゃこちゃ、松前《まつめ》の町人の請負になってまったどこで、出稼《でかへ》ぎの者の給金ァ半分こと同《ふとつ》だね。去年ァ去年で、松前《まつめ》、不漁だべ。銭《じえん》こ何《な》ももらわねえ者も沢山《ずっぱり》あったし、今年の秋、豊作になったたって、どすもこすもなんねえね。夜逃げだじゃ。新税も増税もやめてけろじゃ！

書状に名を連ねている検断の伝蔵は、五代前の祖先である。村の顔役の伝蔵は餓死もせず、血はこの世につたわった。五代たったバカな子孫は、￥16,743,813の退職金に励まされ、江戸に上ってきたのである。江戸の入り口の橋のたもとで、下北半島の生の言葉から遠く離れ、したり顔で考え込んでいるのだ。

トボトボと千住大橋を渡りはじめる。苔色の川の水面を風が渡り、さざ波がゆれていた。波は光を刻んでいるが、心に光はやってこない。

背を丸め、橋を渡ると、自転車のベルの音が背後でした。右側に体を寄せると、ブレーキの音がきしむ。あわてて左側に体を移すと、右足めがけて自転車がぶつかった。

「痛い！」と、思わず言葉が飛び出てくる。

「よけてくれたっていいでしょう！」と、それより強い言葉の逆襲だ。

口紅を引いた女の唇が唾で濡れていた。Ｔシャツをつけた胸のふくらみが赤いジャンバーをはだけている。にらんだ目を前方に戻し、女の足はペダルを踏み直した。歩道の真ん中を、我が物顔に自転車は走っていく。

ゴキッ！

外れて飛び出す自分がいた。女を追いかけて走り続ける二十人目の自分をよそに、二十一人目の自分は立ち止まる。

道は二つに分かれていた。女を追って走っていった日光街道と、南千住駅に届くコツ通りだ。コツ通りにいくためには、信号のある横断歩道を渡らなければならない。

「自由か」とつぶやいてみる。自由は赤い信号で止められていた。自転車の女は捨て科白を自由に投げつけ、息子は自由に高校をやめてしまった。赤い信号のない、あれらの自由が自由なのか。赤い信号で足を止め、青い信号で歩き出す、これが自由というものなのか。

息子が高校をやめたのは、一年生の、それも五月のことである。夜、勤め先のＰＴＡの集まりが終わり、帰宅をすると、息子はめずらしく居間にいた。

「パパ、聞いて。高校をやめたいんだって」

ソファーに座ろうとする体の動きを妻の言葉が止めた。距離をおいた椅子のひじ掛けに、息子は両ひじを張って座っている。高校に入ってから、急に夜遊びと外泊がはじまり、欠席もするようになっていた息子である。

その地方ではAランクの高校だった。中学のセンセイには、もっとランクの低い高校を受けるように言われたのに、言うことを聞かない息子はギリギリの点数で入ってしまったのである。中学二年の二ヵ月のつまずきは息子の学力を落としていた。入学はしたものの、勉強についていけないあせりが、息子の行動に現われるようになったのだ。

一週間前の朝だった。

「パパ！　また学校を休むって言ってるわ！　何とか言ってよ！」

けたたましい妻の声に起こされ、息子の部屋に乗り込むと、体半分を布団から起こし、息子は煙草を吸っていた。

「子どものくせに、お前、何だそのザマは！」

言葉が噴射し、両手を突き出して息子の胸倉に飛びかかる。

ベッドから飛び下りながら、息子の右手が灰皿に煙草を捨てた。捨てただけではない。右手は大きく弧を描くと、父の頬を逆襲したのだ。

目がくらんだ。後ろへ向かって倒れていく自分の体を起こそうとして、足を踏んばる。踏んばりきれず、二つの足がもつれると、カーペットを尻が叩いた。背中が叩き、頭が叩く。ひっくり返った体から、助けを求めるように両手を突き出した。

「何をするの！　あんまりだよ！　パパにあやまりなさい！」と、妻はふるえた声で叫びながら、倒れた体に手を伸べた。

「なぐらなかったら、おれがなぐられるべ」と、息子の声は低かった。

妻の手に引かれ、にぶい動きで立ち上がった。心臓の音が体中に響き、目がかすんでいた。鼓動を押さえるように胸に手をやり、それから目にやった。眼鏡がない。
痙攣したかのように首が動き、カーペットの上を目は探した。つるを上に突き上げて眼鏡がかすんでいる。ひっくり返った持ち主のように眼鏡は不様だった。
あわてて拾い上げ、顔の上にそれを戻す。目に焦点は戻ったが、心はまだかすんでいた。……一週間前のかすみは、心をまだおおっている。ひじ掛け椅子の息子に近づくと、かすんだ権威を取り繕うように、腕を組み、膝を折って座ってみた。正直言うと、あぐらは苦手な自分だったのだ。

「どうしてやめたいんだ？」

「高校って、もっと楽しいとこと思ってたのに、一寸《ちっと》も自由がないんだもん。中学校よりひどいんだ」

自由という言葉が父の胸をふるわせた。フキノトウを踏みつけながら自由と平等を叫んだのは、息子と同じ年齢だった。季節も同じ、春のことである。

「自由なんか、どこにもないわよ」と妻が口をはさむ。

「そう言ったらおしまいだよ」と妻をたしなめ、息子への言葉を探す。どんなに表現を変えたところで、出てくる言葉は同じ穴の狢だった。

「高校ぐらい出なかったら、今の世の中、エラくなれないんだぞ」

「エラくなんか、なりたくないもの」

「そうか、エラくなんかなりたくないか。……パパと同じだな。パパも、校長にも教頭にもならないで、五十二歳になっちまったもんな」

「パパ、話を曲げないでよ」と、妻がまた口をはさむ。

「曲げてなんかいないよ」

険しい顔で言葉を追いやり、息子を見つめる。うつむいた彼の頬をつたわって流れるものがあった。それは結晶のように光り、彼のズボンに落ちた。

「学校にいかないで、何になるつもりなの？　何をして働くの？」と、妻の言葉が問いつめる。

息子が顔を上げた。濡れた目が母親を見つめる。海のような目だった。海へ流れる巨大なヘドロをはじこうとするかのように、まつ毛がゆれた。

ヘドロはもう息子を埋めているのだ。匂いを知り、色を知り、重さを知り、息子は一人の青年だった。

言葉の出ないいらだたしさが彼のこめかみをふるわせ、頬をつたわる光の動きが勢いを増した。小賢しい大人の智恵を光は流し、光が洗う。

「よし、分かった。退学しろ。これから勉強したいと思った時、自分の思うやり方で勉強すればいいんだ」

息子の目が大きく開く。妻は目頭を押さえたが、すぐにその手を離して言った。

「さあ、今度はママの出番だからね。退学した後の職探しをしなくちゃ。忙しくなってきたよ」

濡れた妻の目を押しやって、その歯は笑っている。

「おれ、センセイを辞めるよ。みんなで東京にいこう。東京なら、いろんな仕事もあるし、みんなで力を合わせて生きていこうよ」

「うん、そうしよう。ママも働く」と、妻は大きい声で言った。……

信号が青に変わり、歩く自由がおとずれる。あの夜、息子と父の心をつないだ自由という言葉には、信号のような色もなければ、形もなかった。色や形をつけてしまえば、二人の自由は、まったく違う二つのものなのかもしれなかった。

コツ通りの両側には商店が続いている。かつて飯盛女でにぎわっていた通りには、ほんの数軒の簡易旅館が点在し、山谷の男たちが眠るためにだけ泊まっているのだ。

崩れた髷の笄《こうがい》と簪が目の前でゆれていた。藍染めの打ち掛けには白抜きの千鳥が飛び、緋の腰巻を割って蒼白な二つの足がのぞいている。この飯盛女にも、よがり声の自由はあった。陰茎どころか、手首を深く受け入れて、よがり声をたててしまう自由は残っていたのである。

十八ノマサノ肌ハ貧乏ナ年増女ノソレカトバカリ荒レテガサガサシテイタ。タッタ一坪ノセマイ部屋ノ中ニ明カリモナク、異様ナ肉ノ匂イガムットスルホド込モッテイタ。女ハ間モナク眠ッタ。余ノ心ハタマラナクイライラシテ、ドウシテモ眠レナイ。余ハ女ノ股ニ手ヲ入レテ、手荒クソノ陰部ヲカキマワシタ。シマイニハ五本ノ指ヲ入レテデキルダケ強ク押シタ。女ハソレデモ目ヲサマサヌ。オソラクモウ陰部ニツイテハ何ノ感覚モナイクライ、男ニ慣レテシマッテイルノダ。何千人ノ男ト寝タ女！　余ハマスマスイライラシテキタ。ソシテ一層強ク手ヲ入レタ。遂ニ手ハ手首マデ入ッタ。「ウウ」ト言ッテ女ハソノ時目ヲ覚マシタ。ソシテイキナリ余ニ抱キツイタ。「アアア、ウレシイ！　モットモットモット、アアア！」十八ニシテ既ニ普通ノ刺激デハ、何ノ面白味モ感ジナクナッテイル女！　余ハソノ手ヲ女ノ顔ニ塗タクッテヤッタ。ソシテ、両手ナリ、足ナリヲ入レテソノ陰部ヲ裂イテヤリタク思ッタ。裂イテ、ソウシテ女ノ死骸ノ血ダラケニナッテ闇ノ中ニ横《〔ママ〕》ダワッテイルトコロヲ幻ニナリト見タイト思ッタ！　アア、男ニハ最モ残酷ナ仕方ニヨッテ女ヲ殺ス権利ガアル！　何トイウ恐ロシイ、嫌ナコトダロウ！

ローマ字書きの原文の石川啄木の日記である。明治四十二年の浅草の話だ。指や手首を拒む自由は、金で買われたマサにはない。残された自由はただ一つ、よがるか、黙るかの自由だった。

マサは選んだ。陰門をゆるめ、スッポリと手を受け入れる。狂暴な五本の指を千本の花に変え、マサは叫んだのだ。

「アアア、ウレシイ！　モットモットモット、アアア！」

花の色はこの世を越え、花の弁は浄土に届く。どん底からのマサの叫び声に啄木はたじたじとなり、殺意を込めてマサの顔を汚したのだ。

マサの自由には、かなわない。

「マサ」と、つぶやいてみる。心の中をヒュルヒュルと昇り、花火のように炸裂するものがあった。光が開き、光が散る。開いた光はコツ通りを照らし出し、散った光はコツ通りに降り注ぐ。亡者は輝き、生者もまた輝きながら歩いていた。

顔がゆるみ、笑いがこぼれてくる。定期券を見せる手の爪の先までも微笑んでいた。階段を昇る足がはずむ。ホームの時刻表を見る目もやわらかだった。

電車がくるまで五分ある。自動販売機に近づきながら、鞄の中の財布を取った。百円玉をつまみ、販売機の穴に入れる。

百円の缶コーヒーとは、みみっちい祝盃である。自由を本気で祝うなら、金はバラ撒いてしまえばいい。弐拾六萬七阡七百七拾四円也の給料を月に一度もらうばっかりに、どんなに多くの自由を縛られているのだろう。バラ撒け！　バラ撒いてしまえ！

内から湧き立つ炎を消すように、冷えたコーヒーを流し込む。歩きづめの疲れた体にコーヒーは染み透り、ベンチの背もたれは体の重さを受けていた。

隣接する隅田川貨物駅の広い敷地が目の前に横たわっている。踏切の遮断機は開いたまま動かず、点在する貨車は錆びた姿で動かなかった。かつて石炭でにぎわった貨物駅は、もうその役目を終わってしまったのだ。安らぎではない。死である。だが、冷えたコーヒーは疲れた体に安らぎを与え、物音一つしない風景に体は安らぎを映してしまう。バカにならない百円玉の力である。

電車がきた。残ったコーヒーを飲み干して、籠の中に空き缶を投げ捨てる。溜まっている空き缶の山にぶつかり、小さな音が響いた。

小さな快感が体を走る。大きなものは決して捨てず、無抵抗の缶一つを相手に威張っているあわれな男だ。マサを相手の啄木と違うところは一つもなかった。

「マサ」と、つぶやきながら電車に乗る。花火がまた上がった。無数の光が尾を引いて、乗客を照らし出す。男もなく、女もなかった。老人もなく、子どももない。そこに乗る全ての人間と、マサは光で結んでくれるのだ。

シートに座る体がゆるみ、風のように心がただよっていた。疑いを捨てた目は、ケチな識別を忘れ、光だけを感じていた。

光をふさぎ、車窓に石垣が流れてくる。高さが下がり、墓石をのせた石垣が目をよぎっていた。乗り換えの日暮里には谷中墓地があるが、墓石の位置はこれほど低くない。おかしいなと思った時、電車は駅の構内を止まらずに走っていた。

『うぐいすだに』という文字がホームに見える。常磐線は日暮里の次にある鶯谷を無停車で過ぎ、終点の上野に着くことになっているのだ。

いまいましいと舌打ちはしない。マサが浅草から招いているのに違いなかった。

電車が止まった。階段を昇り、精算所を探す。定期券を見せ、百二十円を払うと、浅草口改札口を出た。

浅草行きの地下鉄に向かって階段を下りる。五十年ぶりの訪れに足ははずんでいた。

母に連れられ、よくいった浅草である。東京の地下鉄は、これから乗ろうとする銀座線しかない時代だった。その線の中でも、上野と浅草の間は、一番はじめに開通したものだ。

券売機のある壁には、『浅草まで　おとな120円　こども60円』と刷られた紙が何枚も並んでいる。さびれた盛り場の懸命な呼び込みのように、文字は大きかった。

電車はガラ空きである。誰もいない向かい側の席の窓に、自分の顔が映っている。五十年前の思い出が、不意によみがえってきた。座席に膝立ちになり、ガラスに額をこすりつけながら、窓の外を眺め続けたものである。空もなく、ビルもなく、木もなければ、人もいない。そんな地下鉄の闇そのものが一つの風景だったのである。闇の中のコンクリートの壁のしみや、間を取りながら通り過ぎる壁の電灯の光——窓に映る自分の顔を叩く掌の動きは鼓動のようにはずみ、幾重にもこだまを重ねた車輪の音は、そこが地下であることを教えるようにしつこく響いてくるのだった。

「これが地下鉄の音だったんだな」と、思わずつぶやく。半年勤めた新聞屋には、地下鉄の丸ノ内線と有楽町線を乗り継いで通勤した。音にも闇にも心を動かさないで、女の体や車内広告を相手に時間をつぶして乗っていたのだ。

三つ目の駅の光がくる。浅草だった。ホームに下りると、出口を示す文字がある。

⇧　浅草観音　吾妻橋方面｜松屋　隅田公園方面　⇩

松屋を選んで右に行く。五十年前の東京の子どもにも、松屋は驚きだった。地下鉄がデパートにつながっているという、今では北の札幌でも見られることが驚きだったのだ。

電車を下りて駅を出れば、鐘紡の工場のくすんだ塀が立ちはだかっている。それが子どものころ住んでいた大井の駅前だった。工場がデパートに変わってしまった今の大井だが、かつてデパートはどこにでもあるようなものではなかったのだ。そのデパートの店内が、ホームに続いていきなりある。それは闇の果ての、爛漫と咲く光の世界だった。

階段を昇り、改札口で切符を渡す。いきなり続くデパートは、入り口さえも見えなかった。光の花の記憶を裏切り、地下道の光は乏しい。道に沿った左側には靴屋があり、その先には弁当屋があった。くすんだ光にぴったりの小さな店である。

弁当屋を過ぎると、大きなガラスのドアがようやく見えた。ドアの向こうにオレンジの山はあるが、爛漫にはほど遠い、ただのデパート、ただの食品売場である。

首をかしげて地下道を戻る。改札口の前で地下道を見つめ直し、歩数を数えて歩き出した。靴屋までは十歩である。二十六歩で弁当屋。デパートのドアまでは六十歩ちょうどだった。子どもの歩幅なら二倍以上にはなるだろう。二倍にして百二十歩の記憶は切られ、いきなりデパートの店内を記憶はつかんでいたのである。光にとって、取るに足りない百二十歩だったのだろう。百二十歩を切り捨てて、光の記憶は百二十倍に輝いていたのだ。

百二十分の一の光に戻ったデパートの地下から、エスカレーターに乗って一階へいく。アーケードが外に見えた。入り口のアーチには、『新仲見世』という文字が掲げられている。

赤信号で止められていた人たちが、道を渡ってアーケードに吸われていった。後を追って歩き出す。マクドナルドがあり、レストランがあり、洋服屋がある。どこの街にもあるただの商店街だった。

十字に重なった通りに出る。どうやらこれが観音様に届く、昔の仲見世のようである。せんべいを焼く匂いがした。雷おこしが並び、提灯や鈴が江戸の情緒をつたえていた。

往来の流れの半分を亡者がおぎなっている。生者の動きを気遣いながら、亡者の流れは川のように左右にゆれていた。

マサは、どこだ？

マサは、いないか？

それらしい亡者を探しては、流れを縫って近づいていく。追い越しながら顔をのぞいた。向こう側からやってくる亡者には、歩をゆるめて横目をやる。

耳、額、まゆ毛、まつ毛、目、鼻、頰、唇、あご——それらの形をずらしながら、亡者たちは固有の顔をさらしていた。顔のずれと比べるなら、マサの運命のずれは大きい。銭の所有の桁外れのずれのせいである。

マサは、どこだ？

マサは、いないか？

マサの顔を知らない男に彼女が分かるはずはない。体はいつか山門を通り抜け、本堂に近づいていった。

戦災で焼ける前の本堂で、母ととった写真がある。回廊の角でしゃがんだ紫木蓮の着物の母は、顔をかたむけて笑っている。かたむけた顔を頭で受けながら、正面を向いて立っている子どもの胸には白い蝶のようにリボンが留まり、蝶の色と同じ歯が大きく開いた口からのぞいている。

リボンの下には、小さな両手でにぎられているものがあった。黒い服の色にほとんど溶け込みそうな長方形の物体は、両手から大きくはみ出しているが、それが何なのか識別するのは難しい。それを識別できるのは写真の母子であり、その物体を子どもにくれた一人の男なのだ。

その日、母に手を引かれて観音様の本堂に近づいた時、男は階段の下から片手を上げ、笑顔を見せて近づいてきた。子どもには知らない顔だったが、早足になった母に引かれて、小さな足は小刻みに駆け出した。

男は背広の内ポケットに手を入れた。出した手の先で長方形の物体が光った。森永のミルクチョコレートである。ショーウィンドウのガラス越しに見とれたことは何度もあったが、まだ一度も手にふれたことのない一番大きなチョコレートなのだ。

「ハイ、坊や」と、男はそれを差しのべた。

出かかった手を止めて、母を見上げる。

「いただきなさい」と、母は微笑みながら言った。

うやうやしく両手を出す。片手では持てないような感じだった。

「ハハハハ、かわいいわねえ」と男は笑った。笑いに合わせて、男の肩に下げているカメラがゆれた。

……

財布の中から百円玉をつまむ。賽銭の相場は十円玉に決めているが、今日は特別だった。響きを残して賽銭箱に吸われていく百円玉は、十倍の気分を与えてくれる。十倍強く目をつぶり、十倍強く手を合わせ、十倍の思いを入れて、心の中で念仏を唱えた。

母の顔が浮かび上がってきた。忘れていた母の匂いも鼻をついてくる。小さな住所録に残していった匂いだった。ページに残る母の化粧の匂いをかいでは、幼い自分をどれだけ慰めたことだろう。かぎとられ、匂いの失せた母の住所録は、今でも貴重品を入れた箱の底に残っている。

知らない名前の多い住所録だ。その中のどれとどれに、母はまたを広げたのだろう。チョコレートをくれた男はどれで、父の名前はどれなのか。問いはいくらでも出てくるが、答えを出すことはもうできない。

チャリ、チャリン、チャリン——

参詣人の投げ込む賽銭の音が響いてくる。地獄の沙汰も金次第。まして、この世の母の苦労は大変なものだったろう。

母がカフェーの女給になったころ、二人の弟はまだ小学生だった。それなのに、その父親は働く気力を失し、散歩と読書で日々をつぶすようになっていたのだ。

母の顔が遠のき、開いたまたが浮かび上がってくる。この世の悲しみに縮れている陰毛を割って、純白の愛液が涙のように滲み出ていた。

チャリ、チャリン、チャリン——

またの間の裂け目に向かって、投げつけられるのは銭である。

指が入る。手が入る。

「アアア、ウレシイ！　モットモットモット、アアア！」

母の声がした。母はマサであり、マサは母であったのだ。

合掌を解き、目を開けた。または消え、金ピカの祭壇だけが目の前にあった。

まわりを見まわしながら、本堂の階段を下りる。和服の亡者を目で探した。探しては柄を確かめる。

紫木蓮の花はないか？

目をしばたたき、首を突き出した。本堂の真ん前の大きな香炉の前に、立っているのは紫木蓮だ。

参詣人と一緒になり、病魔を払う線香の煙を手で受けているのは、確かに母である。

受けた煙を胸に運ぶ。胸の中を結核菌にむしばまれた母だった。だが母よ、煙は股座《またぐら》にこそ運ぶべきではないのだろうか。指と陰茎にむしばまれた股座に、あなたはなぜ煙を運ばないのか？

思いが風になり、香炉の上に立ち昇る煙をゆるがした。風になびき、煙は折れて横に流れる。なびいた先にはおみくじ売場の屋根があり、屋根の上には鳩がずらりと並んでいた。

風や煙にびくともせず、鳩は山門に向き合っている。反対側の本堂に向き合う鳩もいた。鳩にもまた、それぞれの自由の方角はあったのだ。

紫木蓮と鳩と風——花、鳥、風まで揃ってしまった境内で、まさかと思い空に目をやる。五重塔の後ろの空は橙色に染まりはじめているが、頭の上はまだまだ青い空だった。

青い空をぐるりと見まわす。山門の左高く、何と半月が光っているではないか。半月のふところ深く、母への思いを映したように青い影が宿っていた。

花鳥風月の揃い踏みに心はさらわれていた。おくのほそ道への悲憤慷慨はどこへいったのか？　あれは二十人目の仕業であり、ここに立つのは二十一人目の別人なのだ。

バラバラだ。骨のように自分を外し、骨踊りをやってきたのだ。

〽バラバラバラバラ

母が歩き出す。距離を取って後をつけると、母の姿は花やしきの通りに入った。母の店も、この浅草のどこかだったのだろうか？　走り出し、通りを見ると、母はもう見えない。

華やかな叫び声が空に響いていた。ジェットコースターに乗った若い男女の声で花やしきはにぎわっている。

にぎわいの下を黙々と歩いた。映画館らしい建物が見えてくる。『東映』という文字があった。関東大震災で崩れた十二階は、ここに建っていたのだ。

映画館の道の先には、国際劇場を壊して建てたというホテルの高い姿がそびえていた。白いフレームで区切られた壁面のガラスはコーヒー色で染められ、サングラスのように気取っている。お洒落で浅草を変えようとしたのだろうが、ここ六区のさびれはひどいものだ。

六区の通りに見える姿は、ほとんど亡者の流れである。厚化粧と間違えられそうな顔の色がチンドン屋のようにゆれながら、過去の栄華を取り繕っているのだ。

東映の横からは通りが狭まり、商店街のアーケードが続いていた。『ひさご通り』という文字が入り口のアーチに掲げられているが、ここも亡者がほとんどである。

キョロキョロとあたりを見まわしながら歩いているのは、男の亡者たちである。色のあせた着物を着流し、足は下駄を引きずっていた。女を買う場所はもうここにはなく、通りの名称は過去の遺物だった。

足を戻し、東映の前を過ぎる。左手の小路の奥に『ソープ』という文字が見えた。心臓が鳴る。パチンコ屋の音が足を急き立てた。

看板の文字が大きくなってくる。頭の上の看板を見上げ、足を止めた。あたりを見まわすと、ソープの看板はここだけである。

入り口に置かれた小さな看板には数字が並んでいた。￥4500だ。それだけでは、女を買えぬという程度のことは知っている。

たった一度、女を買った。ソープランドがトルコ風呂と呼ばれていたころだ。連休だったその日、同じ学校のセンセイたちと泊まりがけで小樽へ遊びにいった時のことだ。たった一人の女教師は参加せず、男七人の集団だった。

夜、みんなでバーに入り、キャバレーに入った。キャバレーを出た時、「さあ、トルコにいくぞ」と言ったのは校長だった。

抜け出す言葉を言いかねて、体はタクシーに入ってしまう。歓声の渦巻く車の隅で狸寝入りを続けていると、車は止まった。

「着いたぞ！　トルコだ！　トルコだ！」と、校長が肩を叩く。

目覚めたふりを作りながら、緩慢に体を動かした。後を追ってきた二台目のタクシーからは、同僚がもう下りていた。

待合室のソファーには、何人かの先客が待っていた。組んだ足、煙草を持つ手、週刊誌に見入った顔——それら体の細部には場慣れた雰囲気がただよい、はじめての心をさわがせる。

蝶ネクタイの男が立つカウンターには、センセイの列ができていた。一番後ろに並んでみる。千円札を一枚出して、みんなはカウンターから離れていった。

「これは入浴料。女にはまたサービス料を払わなきゃならないんだ」と、すぐ前に並んでいた校長が千円札を振りながらささやいた。

入浴料なるものを手渡し、みんなから離れて座る。ポケットを探り、マッチとわかばを取り出した。たて続けに二本吸う。三本目も吸いたかったが、煙草は二本で切れてしまう。

「オイ、慥柄君」と、校長の呼ぶ声がした。目をやると、校長は指を突き出しながら言った。「おれは後でいい。君、先にいけ」

蝶ネクタイの後について、狭い廊下をいった。半ば開いたカーテンの前で立ち止まり、蝶ネクタイの目がうながす。おずおずと足を踏み入れると、女の声が襲いかかってきた。

「お客さん、酒臭いねえ。わたし、酒臭い人は苦手なんだァ」

酒臭いと言われる本人こそが酒は苦手だった。つきあいで飲んだものの、女になじられるほどの酩酊をしているわけではなかった。

「そこに脱いで」と、女は指図をする。

ベッドは診察室のそれのような固さを見せていた。その隅に、これもまた診察室と同じようなプラスチックの脱衣籠が置いてある。ピンクのショートパンツをはき、同じ色のブラジャーで乳房をおおった女の体は注射針のように光っていた。男の毒を吸い込んで女はむしばまれてはいないのだろうか？　女の腔は膿でただれてはいないのだろうか？

「大丈夫かなあ」と、つぶやきが出る。

「エッ、何？」と、女はつぶやきを聞きとがめた。

「いや、何でもない」

言葉を打ち消して脱ぎはじめる。女はカーテンの外へ出ていった。

脱ぎ終わったが女はこない。ベッドに腰かけたが、はだかの体はまだ空間になじんでくれなかった。

立ってみても同じである。もう一度座ろうとした時、カーテンをくぐって女の声がした。

「何ボヤッと立ってんのさ。こっちへおいで」

女はサンダルを脱ぎ、一段低いタイル張りの奥へいった。

ドアがある。ドアの上部は女のブラジャーの高さで切れ、暗がりがのぞいていた。バスタオルで体をくるまれ、向こう向きに暗がりに入ると、熱い空気があごを突いた。

「こっち向き」と、女は何もかもはじめての客をあしらう。向きを変えると、「座って」と、女はまた指図をした。

おずおずと下げた尻に感じる平面に体重をあずけると、女はドアを閉めた。首から上はさらし首のようにのぞいている。女はまた見えなくなった。

小さな浴槽が見える。蛇口からは音をたてて湯が落ちていた。浴槽に張られていく湯の高さを砂時計のように見つめながら、のぼせる目をしばたたかせる。

浴槽は、やはり時計だった。溢れそうになった時、女が戻ってきた。噴き出た汗が目をかすませ、蒸し風呂も限界だった。

「まだ、そこにいたの？　めまいして倒れないかい？」と、笑いながら女は言う。

「いや、大丈夫」と、答える声はまじめだった。

女は蒸し風呂のドアを開けた。ゆっくりと立ち上がり、ドアの外へ足を踏み出す。体をくるんだバスタオルを女が外してくれた。毛穴という毛穴から精液のように汗がたれ、出番を待つ陰茎は萎えていた。

「お風呂に入って」と女は浴槽を指すと、またもやカーテンの外へ出る。

長いセレモニーである。だがセンセイは、セレモニーに忠実だ。

体を浴槽に沈めると、ぬるめの湯だった。蒸し風呂にやられた体には、冷房のようなさわやかさである。涼を満喫していると、女が戻ってきた。

「まだ入ってんのォ。上がんな」

プラスチックの洗い椅子を置くと、女は指でそれを差した。座った体に女は石けんを滑らせる。噂に聞いた泡踊りが、いよいよはじまってしまうのだろうか？

はじまらなかった。ショートパンツとブラジャーはいつまでも女の身を固め、泡はほとんど現われない。濡れたタオルだけが体をこすり、こすられないのは陰茎である。

女の手からタオルが離れた。いよいよ陰茎に手が伸びる。石けんのついた手が萎えた陰茎をつかみ、ピストン運動がはじまる。たった三度の往復で手は離れ、洗い桶の湯が肩からかけられた。

「立って」

立った体をバスタオルが手荒く拭いていく。拭いたタオルは腰に巻きつけられ、だらしのない陰茎は女の目から遠ざけられた。

「ここに座んな」と、女はベッドに腰をかけながら言った。

かたわらの棚から女は灰皿を取る。ロングピースとライターがのっていた。一本を取り、女は火をつける。うまそうに煙を吐く女の隣で、匂いだけをかいでいた。脱衣籠の背広のポケットにあるものは、わかばのつぶれた袋だけだ。

「いっぱい友だちがきたね」と、女が話しかける。

「うん」

「どこからきたのさ」

「青森」

咄嗟の嘘が出てきたのは上出来だったが、それに続いた女の言葉は嘘をまごつかせるものだった。

「青森って、トルコがないもんね」

「そうかなァ」と、十年前の青森県人はトルコの情報まで持っていない。

「そうだよ。青森って、トルコがないっしょ」

「うん、ない。ないよな」と、言葉はしどろもどろだった。

灰皿に女は煙草をもみ消した。棚の中に一式を戻す。目で追うと、壁に張られたプレートの文字が目に入った。

スペシャル	￥3000
Wスペシャル	￥5000

「あのさ、こういう所にきたらさ、サービスを要求するのがエチケットなんだよ」

「スペシャル、ダブルスペシャルのこと?」

「そう」

「スペシャルとダブルスペシャルって、どう違うの？」

「スペシャルったらね、このまま」と、女はブラジャーとショートパンツに軽く手をふれた。

「ダブルは？」

「どこをさわってもいいの」

「じゃあ、ダブル」

「寝て」と、女の指図がまたはじまった。

ベッドの後ろにまわり、女ははだかになった。掌の上にチューブを押している。ゼリー状の光が掌を濡らした。

くるりと体の向きが変わり、乳房と陰毛が目に入った。鑑賞の余裕を与えず、女は急いで近づくと、背中を見せてベッドに腰かけた。

陰茎をおおったバスタオルが解かれる。女の手が陰茎をにぎって動きはじめた。ねっとりと塗られたまがいものの愛液は掌と陰茎を隔てる冷たい層となり、陰茎は萎えたままである。

ベッドの上から腕は伸び、背中を見せて腰かける女の体にふれていた。左の手は乳房を探り、右の手は陰部を探る。

乳房は尖り、石のように固かった。両股は固く閉じ、右手を陰核に届けてくれない。乾いた陰毛がザラザラと指をこすった。ここまできて、これで終わってしまうのだろうか？　萎えた陰茎が言葉を呼び、言葉は唇から洩れていた。

「本番できないの？」

女の手の動きが遅くなった。

「もう、時間がないもん」

それだけ言うと、動きはまた元に戻る。戻ったところで、陰茎の感性は変わりそうもなかった。

「もういいよ。やめてもいいよ。やめよう」

動きは止まる。

「あと七千円出してくれる？　そしたら本番してあげるから」

5000＋70000＝12000
暗算がひらめき、財布の中味を考える。それだけ払うと、家族への土産代はまったくなくなってしまうのだ。

「いい、やっぱりやめる」

「お酒飲んでくるから悪いんだよ」

女はそう言うと、ベッドの後ろにまわった。水の流れる音がする。石けんを持った女のひじが動いた。水を止めると女は素早くパンティをはき、ブラジャーをつけた。ショートパンツのボタンをはめると、女はベッドのかたわらを通り抜け、カーテンの外へ出ていった。

どんよりと脱衣籠に手を伸ばす。元の姿に戻った時、女はまた入ってきた。コーラの瓶を右手に持ち、左手ではコップ二つをつかんでいる。

「わたしのおごりだよ」と、女は左手を突き出した。

「ああ、どうも」と、コップの一つを抜き取る。

女はベッドの横の丸椅子の上にもう一つを置いた。空いた手にコーラを持ち替え、棚の灰皿の隣から栓抜きを取る。勢いよく抜かれた栓はタイルの上を転がっていった。

瓶の口が目の前に突き出る。コップを出して瓶を受けた。噴き上がる泡がコップから溢れそうだ。

「もういいよ」

瓶の傾きが戻る。口をコップに近づけて泡をすすると、舌の上で泡がはじけた。

「ああ、旨い」

凝りをほぐすように肩をまわした。女は自分のコップから瓶の口を離しながら言った。

「肩、凝ってる？」

「ああ」

「失敗したからでないの？」

「ここで？」

「うん」

「いや、仕事のせいだよ。毎日毎日、仕事仕事だもん」

「仕事ねえ。ホントに、仕事って大変だもんね。わたしも、すぐ肩が凝るんだからァ」

女はコーラの瓶で肩を叩きながら尻を浮かした。瓶と入れ替わりに、煙草用具の一式を取る。一気にコーラを飲み干し、女は煙草をくわえた。火をつける。

「一本、飲ませて」

女にねだる言葉がすらりと出てくる。

女は唇から煙草を離した。袋ごと差し出しながら女は言った。

「これ、みんな持ってっていいから」

袋の口から白いフィルターを見せて、ロングピースはぎっしり並んでいる。

「一本だけでいいよ」

残ったコーラを飲み干しながら指を伸ばした。一本をつまもうとすると、女は袋を押しつけながら言う。

「いいから、全部持っていきな」

「じゃあ、もらう」

つまみかけた指を開き、袋ごと受け取る。抜いた一本を口にくわえた。ライターの火を女は近づける。女の心を取り込むように強く吸うと、煙草の先には赤い火が灯った。光を眺めながら、ゆっくりと煙草を吸い、ゆっくりと煙を吐く。

「青森の人って、やさしいんだね」

女の声に煙がゆらいでいた。

煙草をくわえ、内ポケットから財布を出す。そろそろ帰らなければならないだろう。……

¥4500
看板の入浴料の額を眺めながら、財布の中味を考える。一万円に足りないはずだ。時と所を変えてしまった今、一万円ではお話にならない。

狭い階段が足元の看板の向こうから二階に伸びていた。階段を上がり、ドアを開ければ、マサには会えるのだろうか？　小樽のトルコで出会ったような女の心と出会えるのだろうか？

財布の中味も忘れてしまい、階段を見つめる。一歩近づいて足が止まり、二歩目の足は出ないのに前に引きずろうとする心があった。

微かな風が頰をかすめる。紫木蓮が目の前でゆらいだ。たもとがひらめき、肩を押す力が後ろに向かって体をはじいた。

「お母ちゃん！」

はじかれた体から、声がはじける。きつい表情でにらみつける母の前で体はすくみ、言葉はもう出なかった。

紫木蓮が動き、背中を見せた母の姿が離れていく。T字路の角から、紫木蓮はもう消えていた。一歩前に足を引きずる。二歩引きずり、三歩目から、エンジンがかかったように足は飛び出していた。

すぐにT字路に突き当たり、急ブレーキが足にかかる。右を見たが紫木蓮はなく、左を見ても紫木蓮はない。

急発進で左を選んだ。Uターンをして急ブレーキをかけ、急発進でまた曲がる。

いつの間にか、車が並んで走っていた。嘲笑うように追い越していく車の後ろに車が続き、車道にはみ出た亡者にぶつかる。

引きずられる亡者、潰される亡者、千切れる亡者、飛び散る亡者――母ももう、飛び散ってしまったのではないだろうか？

ゴキッ！

骨踊りがまたもやはじまる。外れて飛び出すのは、二十一人目の自分である。車の流れに突っ込むと、手を広げて立ちはだかった。

二十二人目の足が、振り向こうともつれはじめる。心がねじれ、息がねじれた。

ねじれを戻そうと立ち止まる。肩で大きく息をした。ゆれる肩で、背後の出来事に別れを告げる。

ゆっくりと、足を前に踏み出した。自分のペースで歩くだけだ。ペースさえ守っていれば、鼓動はおさまってくれるだろう。

鼓動はおさまるが、心はなかなかおさまってくれない。押さえ込むように背を丸めた。雷門の朱の色が、押さえ込まれる心をあおる。門の前で売っているラムネの瓶の冷えた色が目をなだめた。

「ラムネ一つ」

冷えた声を装って財布を出す。瓶の口のラムネ玉をオヤジサンは器用に落とした。音もたてず、泡もこぼしてくれないのだ。物足りないが、それがオヤジサンの年季である。音もたてず、泡もこぼさず生きられるか？　取りあえず、今はオヤジサンにあやかりたかった。

「ハイ、ドーモー！」

オヤジサンの言葉が、ラムネよりも先に滲みてくる。銭を渡す声も、オヤジサンにつられていた。

「はい、どうも」

つられてはいたが、オヤジサンのような生彩はなかった。

口惜しまぎれにグイグイと飲む。舌の上で泡がはじけた。喉ではじけ、胃ではじけ、心も少しずつはじけてくる。

「ごちそうさん」

空き瓶を箱の中に戻すと、オヤジサンはまた言った。

「ハイ、ドーモー！」

泡のように浮き上がってくる微笑みと一緒に歩き出す。地下鉄の入り口を見つけ、階段を下りた。微笑みの泥は頭のテッペンから地上へ飛び、顔は次第に硬くなる。

「お母ちゃんたら、まったくもう、どこにいったんだよ」

独り言をつぶやくと、女が一人、ジロリと目をくれて追い越していった。襲いかかる気力はない。

下りる速度をかたつむりのようにゆるめ、女の足を遠ざけた。

券売機の前で財布を開ける。もうダラ銭がなかった。千円札を抜き取り、券売機の口に入れる。吸い込まれていく札を見ながら、ボタンにつく明かりを待った。

札が隠れる。明かりはつかなかった。オヤッと思った時、札の動きは逆になり、こちらに向かって現われてくる。

ナンダ、コリャ。オレハ、ニセサツツカイジャネエゾ！

怒ってみても動きは止まらない。手を出して受け取ろうとしたが、受け損ねて札は落ちた。

床の上に手を伸ばす。札が逃げた。換気の風にのった札は、ジャンプをしながら改札口へ飛んでいく。

腰を折り、手を伸ばし、札を追いかけた。床の上に着地する札に向かって指を出す。指より速い札のジャンプは改札口を通り抜け、ホームへ届く階段へ向かった。

「アッアー、千円、千円」

言いわけの言葉を発して、改札口に飛び込んでいく。階段から落ちる寸前の札をようやく取り押さえると、言いわけの証拠品を指の先で振りながら改札口を出た。

不様な格好を強いさせた券売機の前にもう一度立つ。文句を言いたいが、券売機に耳はない。札を飲み込む口はあるが、言葉をしゃべる口はない。

怒りを押さえて、千円札を入れ直した。入っていく札に手を添えて、まさかの時は、すぐにつかめる用意をする。

札が隠れた。さて、もう一度、そこから札は逆流するのか？

札を収めた合図の明かりがボタンについた。同じ札なのに、この差別は何なのだ。機械のくせに、差別をするとは何事だ。――そう言ってはいけないのだろう。人の作った機械である。人に似るのは当たり前なのかもしれなかった。

ボタンを押し、切符と釣り銭を取る。改札口を今度は堂々と入れるのだが、心は堂々としてくれない。千円札を追っていく不様な姿が思い出された。たかが千円のために、なぜ、ああ迄うろたえなければならなかったのだろう。車の流れに立ちはだかった自分を見捨てたはずなのに、なぜ、千円を見捨てることはできなかったのだろう。

〽バラバラバラバラ
階段を昇ってくる見知らぬ人間たちが、バラバラと切符を置いて改札口を出ていった。終点のこの駅から、折り返しの電車は間もなく発つはずである。

あたふたと改札口から入っていく人間がいる。階段の下に気ぜわしく消えていく背中を無視して、ゆっくりと切符を渡した。急き立てるような鋏の音だ。

指の間に戻された切符をゆっくりとズボンのポケットに入れながら歩き出す。大きな股で追い越していく客の足は、階段の段を外して下りていった。

自分を潰すように、一段一段を踏みしめながら階段を下りる。電車のドアはまだ開いていた。

ホームを見渡す。電車に乗り込む動きも見せず、ベンチにうずくまるのは亡者たちだ。首を伸ばして母を探したが、紫木蓮は見えなかった。外へ探しに戻ろうか――

迷いを断つようにベルが鳴る。今更追いかけてどうするのだ。母が死んで四十八年、ただの一度も法事をせず、ほっぽらかしてきた自分ではないか。

電車に乗り、座席に座ると、母を区切るようにドアが閉まった。ドアだけでは頼りなく、目を閉める。無念無想といきたかったが、閉まらなかった耳をめがけて車輪の音がなだれ込んだ。

ガタンゴーン、ガタンゴーン、ガタンゴーン……

音に合わせて、頭の中で音を唱える。呪文のように音が渦巻き、はじき飛ばされていくものがある。これはいい。このまま一生、できることならガタンゴーンを唱えていたい。

できない相談だった。ガタンゴーンの本家本元、電車が止まると、それにつられて頭の中の呪文も止まってしまう。ドアの開く音につられて、つぶっていた目も開き、ホームの駅名を確かめてしまうのだ。ただの人間に修行はできず、ガタンゴーンの念仏の上野駅できっぱり終わる。

階段を上がり、JRの構内に入る。券売機の前で財布を出した。浅草駅での釣り銭の八百八十円が財布を重くしていたが、千円札を飛ばす心配はもうなかった。

料金表を見上げる人々のわきをすり抜け、ためらわずに百二十円を穴に入れる。JRなら、どこからでも、帰りは最低料金の百二十円なのだ。下りる時は定期券を見せてごまかすキセル乗車である。残念なことに、今日はキセルでもうけられない。定期券が有効になる日暮里駅は、上野駅から最低料金の区間なのだ。

やましさを持たなくていい今日の乗車なのに、ここ上野駅の中央広場では重いやましさが心をうずかせる。疎開の日の待合室の場所を求めて、うずきが目をあやつった。

みどりの窓口の向かって右のあたりだろうか。その右にある喫茶店がそうだったのか。大まかな見当はつくが、飯粒のついた古新聞などは、ただの一枚も散らばっていない。蛍光灯の光の羅列が、飢えた少年の影を消し去るように天井から輝いていた。

「シーッ」

少年の声が耳に響く。目をしばたたくと、少年は消されてなどいなかった。喫茶店のウィンドウに、額と掌をすりつけて立っているのだ。

コカコーラ、クリームソーダー、メロンジュース、コーヒーフロート、オレンジジュース、レモンスカッシュ、モカフロスト、ストロベリージュース、ブルーハワイソーダ、ヨーグルトジュース……

ウィンドウに並んだレプリカの色は、イルミネーションのように光っていた。頭の上の換気孔からは人工の風がそよぎ、少年の体をくるんでいる。足元にたれるウンコの匂いを、人工の光と風は吹き飛ばそうとゆれているのだ。

背けた目に壁画が映った。中央改札口の上部一面に人や動物が描かれ、右下には文字の連なりがある。

文字に近づき、目をやった。壁画の題名と作者名が書いてある。題名は、何と『自由』と名づけられているではないか。

「自由」

思わず言葉が洩れてしまう。画面に目をやり、右から左へ、ゆっくりと視線を移していった。

銃を持ち、長々と寝そべっている男がいる。数羽の鳥が首を伸ばして、男のそばに転がっていた。猟師らしい男の隣で大きなあぐらをかいているのは、木こりのようである。足元には鋸が眠り、背後には伐り出された原木が積まれていた。

木こりに向かって足を投げ出し座っているのは、若い女である。女と並んであぐらをかくのは、白髪のまじった老人だった。

黒い森がある。森の下は湖だろうか。白い波紋が広がり、女が三人、くすんだ肌色で水浴びをしていた。

女の肌色に似た馬もいる。馬の下には大きな魚の尾を持って別な女が立ち、その隣では二匹の犬が鼻を向き合わせていた。犬の上部には、白馬にまたがる男が一人。人を乗せない白馬も走り、その隣では枯草色の馬が四肢を天にばたつかせてはしゃいでいた。

果樹園がある。黒と灰色の果実がなる樹木の下で、開いた傘の柄を両手でにぎりしめ子どもが立っていた。子どもの隣には女が三人、果実を採り入れた籠を抱えて立っている。その下では、足をくずし、ひじを籠に突いて女が一人座っていた。

牛に乗った人もいる。そして最後は四人のスキー客だ。スキーをまたいで足を伸ばす女。女に背を向けた男がいる。もう一人の男はスキーを抱え、あぐらをかく。もう一人の女はストックをそばに置いて寝そべっていた。――

この世の形に自由をはめ込めば、自由はこんなものになってしまうのかもしれない。鳥を射ち、寝そべり、木を倒し、あぐらをかき、足を投げ出し、水浴びをし、魚をぶら下げ、馬に乗り、傘をさし、果実を採り入れ、ひじを突き、牛がいて、犬がいて、スキーにいく。

それはいい。暮らしを離れた自由はごめんだ。だが、この壁画の色調は何だ。バックは一面、雪空の色である。人も動物も森も果実も、華やかな色は一筆もなく、服の色は枯草色が主調なのだ。朱も紺も茶もくすみ、そして灰色に黒と白――

そんな色調の夢を見たことがある。あれは定時制高校の三年の時だった。昭和は二十六年のことである。

壁画の下には、『昭和26年12月制作』という文字があった。『猪熊弦一郎』という文字も並んでいる。あの夢を見た同じ年に、猪熊はこの壁画を描いたのだ。

夢を見たのは屋根裏だった。土間にある細い階段を昇ると、体一つを通す穴を切って床がある。床の広さは畳二枚ほどだったが、畳などは敷いていない。敷いているのは、縁のほつれた一枚の莫蓙だった。もう一枚は敷けるのだが、窓際のその場所は暮らしに使うモノたちで占められていた。

傷のついた食卓の下は鍋の置き場所だった。食卓の上には、ゴチャゴチャとモノが置いてある。縁の欠けた小皿は、煙草の吸殻をのせていた。箸立てに詰まっている、まるで大家族のような数の箸は塗りのない丸箸であり、とっくに割られた染みだらけの割箸だった。祖母の仕事の道具である針箱ものっている。くけ台もあり、コードの布のほつれを見せたアイロンもあった。

水の入った薬缶ものっている。口飲みで世話になる薬缶の隣には、茶道具をのせた盆もあった。

煮炊きは土間で七輪を使うが、茶碗を洗うのは屋根裏で済ませていた。食卓の隣には水の入ったバケツがあり、ひしゃくが突っ込んである。バケツの隣のボールには、布巾でおおった食器が入っていた。ボールは三つ重ねになっている。先ずひしゃくで水を汲み、一回目の洗いものを一番下のボールでやるのだ。次に二つ目のボールに水を汲み、仕上げ洗いを済ませると、水を入れない三つ目のボールに食器を納めるという手順である。

汚れた水を土間の奥の井戸に並んだ流し場まで捨てにいくのも、新しい水をバケツに汲んで運び上げるのも祖母の仕事だったが、腰の曲がった祖母に代わってやらなかったわけではない。捨てる水は階段の下まで運び、新しい水は階段の下から運び上げる。それはやったが、土間の奥はごめんだった。土間に面した居間の談笑がこわかった。

赤の他人ではない。疎開してから世話になる三軒目の親戚なのだ。二軒に追われて三軒目は、n^{3}のおびえをもたらしていた。談笑は、自分と祖母への嘲笑のように響いてしまうのだった。

バケツの水は顔を洗う水にもなり、口をすすぐ水にもなる。ボールの隣には洗面器があり、洗面器の中には祖母と共有の手拭が一本、投げ出されていた。手拭を浸す程度に水をやり、顔を拭いて済ますのが、水を捨てる手間をはぶくやり方だった。そのやり方は、四十年近くたった今も、頑固に守っている。

歯ブラシは、さすがに二本用意され、歯磨粉のこびりついたコップに立てられていた。袋入りの歯磨粉。緑青の噴き出た水こぼし。そして一番奥には、りんご箱を一つ置き、一まわり小さい仏壇がのっていた。

りんご箱の中には定時制の教科書が積まれ、風呂敷に包まれたままの何冊かもあった。気が向くと風呂敷包みを持って出るが、ほとんど手ぶらでの登校だった。

仏壇は、曽祖父の手作りのものである。塗りのはげた仏壇の上部は、梁ぎりぎりの高さにあった。それは腰の曲がった祖母が背筋を伸ばして正座できる高さであり、十八歳の孫が背中を丸めて正座できる高さであった。ひさしに近いその場所から、高さは傾斜を挙げて茣蓙の上に届いているが、一番高い梁の下でも直立することはできない。膝を曲げ、腰を折り、頭をたれて動かなければ、屋根裏での体の移動はできないのだ。

茣蓙一枚の屋根裏部屋の真ん中に食卓を動かすことはできたが、布団を敷く時は、食卓を窓際に戻さなければならない。美濃判二枚のガラスの入った小さな窓は、はめ込みになり、開けることはできなかったが、ゆるくなった窓枠の隙間からは風が吹き込み、雨や雪も吹き込んだ。壁の板の隙間からも吹き込んでくるのである。

祖母はどこからかもらってきた新聞紙を細く切り、飯粒を塗って、隙間という隙間に貼るのだが、雨や雪を受ける紙は飯粒の効力を保ってくれない。晴れた日が続くと、黄ばんだ新聞紙は隙間を離れて反り返ってしまうのだ。風の強い日、新聞紙は凧のようにうなりながら、ふるえ続けた。

食事をとる空間のために丸めておいた布団は一組である。二組敷くだけの広さはなかったし、あったとしても、もう一組の布団はとっくに米に化けていた。

冬は日中でも布団を敷く。敷布団は一枚である。シーツはない。行火《あんか》をのせ、これも一枚の掛布団をかけ、その上からこたつのように食卓をかぶせて祖母は針仕事をしているのだ。小さな窓の明かりは、狭苦しい屋根裏部屋にとってても薄暗い。祖母の頭の上には裸電球がぶら下がっていたが、電気代を節約して、祖母は日中ほとんど電気をつけなかった。

定時制が終わり、祖母の入れてくれた茶をすする。煙草をふかし、もう何年も着続けている学生服の上下を脱ぐ。何週間も着続けているメリヤスの上下は、そのまま寝巻きでもあった。匂いのする軍足を脱ぎ、敷布団の真ん中から後ろに移した行火に足を近づける。ほどよい距離を探すと、まだ終わらない針仕事のための光を避けて掛布団をかぶるのだ。

一日中、行火の熱を吸っていた敷布団の真ん中は、尻をあたためてくれる。名残惜しそうに尻を離し、横向きになるのは、祖母の寝る場所を空けておくためだった。横向きの尻には、掛布団を膝にかけて針仕事を続ける祖母の気配がつたわった。祖母の膝が尻をさする。頭をさすられる赤子のように、眠りの中に入っていくのだ。

入る。入る。どこまでも入る。――ここはどこだ？

闇の中に、くすんだ光が差していた。おそるおそる光に右手を近づける。しなびた皮膚の感触が指の先につたわっていた。左手を近づけても、やはり感触は同じだった。

股だった。二つの股に手をかけて、思いきって左右に開く。

「何をするんだよ！　いやらしい子だねえ！」

祖母の叫びがする。股の向こうの首をもたげて、にらみつける祖母の顔があった。

「クソ婆ァ、黙ってろ！」

言い返した言葉の力をはずみにして、二つの手に勢いをつける。肉の割れ目が口を開き、光の量が大きくなった。光の源はどこにある？

口を開いた割れ目に向かって、グイと頭を突っ込んだ。

入る。入る。――頭が入り、肩が入り、胸が入った。両手を掻き、脚を縮める。縮めた脚を伸ばして蹴ると、体はすっぽりと胎内に入っていた。

雪空のように青ざめた光が四方から湧いてくる。枯草色の光もゆれた。くすんだ朱色の光が渦巻き、光量がゆっくりと閉じていく。

暗黒の中から、光は再び蛍のように湧いてきた。どれもこれも、相変わらずの冷たい光だ。

手足をばたつかせ胎外へ出ようと、体は進まない。光の中で溺れていく口の中から泡が噴き出た。泡では駄目だ。言葉を出せ。――光は喉へなだれ込み、言葉はどうしても出てこない。

出せ。言葉を出せ。――

「タスケテーッ！」

言葉に続いて肩がゆれた。肩をゆする手があった。手と一緒に、孫を呼ぶ祖母の声がした。

祖母の顔がのぞく気配がする。掛布団を手で探り、頭からかぶり直した。心臓が鳴っている。……

壁画から目をそらし、ぐるりとあたりを見まわしてみた。喫茶店のウィンドウだけがけばけばしいのではない。列車の時刻を告げる光の文字は黄と赤を際立たせ、場所案内の文字は青や橙を加えて光っていた。電光ニュースの光も流れ、酒や温泉の広告板も、ガラスの中に光を抱いて並んでいる。平成元年、ＪＲ上野駅の色調は、昭和二十六年の夢や自由の色調から、はるか遠くに外れていた。

ウィンドウの前には、少年がまだ立っている。

ゴキッ！

骨踊りがまたもやはじまる。外れて飛び出すのは、二十二人目の自分だった。もう財布をつかんでいる。女を買うほどの銭はないが、少年を腹一杯にさせる銭はあり、銭で買える食べ物もあった。肩をゆさぶり、少年に近づいていくのだ。車にはねられる亡者を見捨て、車に刃向かう自分を見捨てたのは、二十二人目の自分よ、お前ではなかったのか？

〽バラバラバラバラ
目をそらし、改札口へ向かっていくのは、二十三人目の自分である。そらすことの繰り返しなのに、もう一つの出来事をそらされない。そらされず駅員を見る。改札口の駅員の顔が、二年前の出来事の相手の顔でなければいいが……

国鉄がＪＲになって数日後の四月のはじめだった。北海道で買い求めた切符を持って、妻と二人で上野の桜を見にきたのだ。切符に記されている有効期間は、その日で終わりだった。有効期間を活用して、何度も途中下車をしながら東京にやってきた切符である。東京では、既に娘と息子が暮らしていたし、妻と二人での気ままな寄り道が繰り返されたのだ。

東京に着き、大塚駅を出る時も、途中下車のつもりで切符を見せた。駅員は見せた切符を取り上げなかったし、次の日、一人で出かけた大井でも同じだった。大井町駅から大森駅までのなつかしい道を歩き、再び大塚駅に戻ってきたが、切符はやはり途中下車の扱いだった。

上野の桜を見に出かけ、大塚駅に戻ってくる。――切符とは、そこで別れるつもりだったから、その日、上野駅の中央改札口を出る時も切符はにぎったままだった。

改札口を通り抜けた瞬間、「アッ、一寸」と駅員が呼び止める。振り返ると、駅員は体を伸ばして切符をひったくった。駅員の前を過ぎる妻の手からもひったくられる。

「返してください。まだ使えるはずですよ」

右手を突き出して駅員に詰め寄ると、「出たら終わり、出たら終わり」と、子どもをあしらうように駅員は言った。

「何が出たら終わりなんですか？　北海道から東京まで、何度も途中下車をしてきたんですよ。東京じゃあ、大塚駅でも大井町駅でも取られなかったんですよ。なぜ、ここで取られるんですか？」

「東京都内は、一度出たら、もう使えないんです」

「へー、そうかい。それならそうと、はじめから分かりやすく言ったらいいじゃないか。出たら終わり、出たら終わりだなんて、人をバカにしたような言い方はないだろう！」

「すいませんでしたねえ」と、駅員の声はとぼけていた。顔はこちらを向いていない。ふくれた横顔を見せて、客の列をさばいていた。

客の流れに体は押され、駅員との距離が遠ざかる。距離を縮める大声を気にも留めず、客の列は次々に改札口から散っていった。

未熟な大道芸人は、言葉を探して考える。出てきた言葉はこうだった。

「何がJRだ！　この前、テレビで見たけどよォ、JRじゃあ、デパートにおじぎの仕方を習いにいったそうじゃないか。サービス、サービスって唱えながら、こんな態度をとるのがJRなのか！」

芸はやはり未熟だった。蔑むように横目をくれる客は、まだいい方である。客のほとんどは一瞥もくれずに通り過ぎ、相方のボケはなかなかオチに導いてくれない。

「ですから、申し訳ございませんと、先程から謝っているでしょう」と、相方は逆に突っ込んでくるのだ。

「へー、申し訳ございませんだって？　いつ、そんな言葉を言ったんだい？　そんな殊勝な言い方なんて、してないじゃないか！　顔を横に向けて、すいませんでしたねえって、とぼけたように言っただけだろう！」

「あなたの名前、覚えとくわ。清原さんね」と、妻の声が後ろから聞こえた。駅員の胸のプレートには、なるほど『清原』という文字がある。西武ライオンズのホームランバッターと同じ姓だ。ファンである娘の影響で、妻にはなじみの姓だった。「清原は清原でも、大違いの清原だわ。相手にするには足りないわよ。パパ、いきましょう」

残酷なオチをつけてくれた妻のおかげで、ようやくその日のもめ事は終わったのだ。

まじめに切符を確かめて、まじめに回収したはずの駅員にとって、何という理不尽な客であったことだろう。JRなるトレードマークを新調し、サービス本位のイメージを強調しても、どっこい現場はそうはいかない。ひったくり、「出たら終わり」でかたづけなければ、改札口の流れは止まり、混乱がはじまってしまうだろう。それなのに、こともあろうに「何がJRだ」となじってしまった。JRを楯にとり、ふんぞり返ってしまったのだ。それは過疎地を切り捨て、楯つく者のクビを切り、金もうけ主義の線路を走るこの国のシステムそのものを認めてしまったことになる。……うつむいた姿勢で切符を出す。上目づかいで見た胸のプレートは、願った通り清原ではなかったが、鋏の音は痛かった。

痛みを遠ざけるように、ズボンのポケットの奥に切符を押し込む。山手線のホームに向かって足を急がせた。

電車に乗り、空席を探す。一つ空いた席の左側は若い女だった。ブラウスの白い色が包帯のように痛みをくるみはじめ、女の隣に体はもう座っていた。

横目づかいで女を見る。首を折り、女は眠っているようだった。長い髪が女の顔にたれ、鼻の先まで隠している。髪を分けて、伸びているのはブラウスの袖だ。白いブラウスを透かした雲上の肌の色は、長い袖の先から生身の手首となって近づき、マニキュアのピンクが目をくすぐった。

居眠りをする女の体が横に傾く。やわらかなぬくもりが肩につたわり、髪が数本、頬をさすってきた。

あたりを見まわし、乗客の視線をうかがう。移していく目の先に紫木蓮が現われ、目をしばたたいた。

斜め前の席を占める着物の柄を上へたどる。柄はとぎれ、襟から出た首の上には母の顔がのっていた。

目がにらんでいる。肩をすぼめ、首を縮めた。縮まった体の幅が、もたれかかった女の安定を奪い、女の体がゆれた。ゆれが女の眠りを覚まし、女は姿勢を整える。

目はもう女には向いていかない。まともに母へ向けることもできなかった。視線を落とした靴の先から、床をたどって母の足元にたどり着いてみる。草履の鼻緒が白足袋の指を分け、指は目のようににらんでくる。押し戻された息子の目は、自分のズボンのチェックの模様を迷路のようにたどっていた。

電車のスピードは六回ゆるみ、ドアは六回開閉した。そのたびに、目はおそるおそる床を這い、足袋ににらまれ引き返した。

七回目、足袋をのせた草履が二つ、流れるように目をよぎる。母の立つドアの外を灰色のビルの壁がゆっくりと通り過ぎ、広告塔が目の前に止まった。『うまい酒両関』のネオンの管はまだ光を見せていない。

大塚駅である。ドアが開き、母の背中が見えなくなる。間を置いて座席を立ち、ベルの鳴るホームへ飛び出した。

階段の上から下を見ると、母の背中はもう見えなかった。前にふさがる人々がもどかしい。すぐ前の腰を押すように定期券を突き出して外へ出た。

首をまわして母を探す。看板の明かりがにぎやかに目をこすった。母の姿はどこにも見えず、明かりにこすられた目が痛い。

眼鏡を上げ、指で目を押さえてみた。揉んで離し、眼鏡の位置を整える。眼鏡の向こうに母はやはりいなかった。

朝の光に見とれてしまった五人目を置き去りにしたのはこの場所だ。どこにいったか、その自分もまた見えてこない。自分も消した自分なのに、母を消すのは不思議ではないだろう。

ゆっくりと歩き出す。

ポァーン。

警笛の音がいたずらっ子のように耳の中を転がった。足を止めると、都電がゆっくりと目の前を横切っていく。運転手が頭を下げて、ゴメンナサイの合図を送った。合図を受けて、電車の外の頭も下がる。

イイエ、コチラコソ、ゴメンナサイ。

踏切などはここにはない。道に沿った往来自由の都電の線路なのだ。

東京中に張りめぐらされていた都電の線路は、今ではこの荒川線だけになってしまった。このののどかさは、はたして今なのか。それとも、母と生きた昔なのだろうか。ここがもし昔ならば、生身の母が何かの用事で歩いていても不思議はないだろう。

あたりを見まわしながら線路を渡る。母の姿はやはり見えず、息子は母の年齢の二倍近くを生きてしまった。白髪の増えた頭髪は黒く染められ、白い数本の陰毛はブリーフ、ステテコ、そしてズボンの三重の守りでおおわれているが、そり残しの髭の中の白いちらつきは隠されない。

「いらっしゃいませ!」

はずんだ声が店先に積んだ野菜の向こうからかかってくる。その声に引かれて、苦い思い出のさつま芋を買って帰ったこともあった。

店先に吊した籠のゆれが止まる。籠と一緒に吊しているビニール袋の束から威勢のいい音をたてて一枚が引き抜かれ、ほうり込まれた野菜が客に手渡されていく。引き換えの札やダラ銭はたちまち籠に飲まれ、籠からつかんだ釣り銭は一円の間違いも許さず客の掌に渡されていく。取り引きが終わり、手から離れた籠は、次の取り引きをうながすように再びゆれをはじめるのだ。

「いらっしゃいませ！」

声がまたかかってくる。この世の悪を払うように手を振って通り過ぎるが、貨幣に囚われた体は和菓子屋の前で止まってしまう。ＢＣ七百年、トルコ西部のリディアで鋳造されて以来という長い歳月に人類はもう太刀討ちできないのだろうか？

豆大福を八個包んでもらい、銭と取り替える。忘れていた母の命日を償うためだが、八個という数は、家族四人に二個を掛けた数だった。

包みを鞄に入れ、坂を上がる。鉄板の囲いの中から工事の音が響いていた。小さな建物が絶えず壊され、大きな建物が建っていくのだ。

スナックや居酒屋の看板が坂をのぞいていた雑居ビルの跡地に、ベニヤ板の肌をさらした立て札が立ったのは産休代替教員になったころだった。マジック書きの文字は威丈高に右肩を突き上げ、『告知』といういかめしい言葉がいきなり頭に現われる。続く文の面白さに、その場でメモをしてしまったものだ。

大島桃太郎は昭和六十二年十月三十一日までに一切の家財道具を運び出すという約束をしたにもかかわらず履行しなかった。その後建物を取壊さなければならない事情が発生し大島桃太郎の行方を捜したが見つけることができず昭和六十三年二月十日家財道具を一時的に移管しました。本社社員同行の上早急に引渡したいと思うので連絡を下さい。

右告知する。

札を立てた年月日が書かれ、不動産屋の住所と社名、社長名が締めとなり、告知なるものは終わるのだが桃太郎とは面白い。面白いと言ってしまっては桃太郎さんに気の毒だが、正義の名前を持った男が鬼の不動産屋にやっつけられてしまったのだ。

一筋縄ではいかない不動産屋だ。『履行しなかった』と先ずは極めつけ、『移管しました』『連絡を下さい』と、敬体を使って揉み手に変わる。そして最後は『右告知する』と法律用語でふんぞり返るこの文には、不動産屋の商法が巧まずして表われ、これもまた面白い。

立て札の立っていた場所には、今、棕櫚《しゅろ》の木が立ち、二倍のフロアに姿を変えたオフィスビルがある。

坂の勾配が消え、春日通りの車の往来が目に入ってくる。信号待ちをしながら眺めることのできたサンシャインビルは、信号の近くにできたビルに塞がれ、見えなくなってしまった。

ビルが建つ前、軒を並べてそこにあった商店の屋根越しにサンシャインビルは聳え、ああ、東京に住んでいるんだなあという実感に浸らせてくれた。日常に飲まれていく心をふるいたたせてくれたものだった。時には夕焼けがサンシャインの背後の空を染め、一層の彩を心に与えたのだ。

北海道の夕焼けとは違う。北海道は、頭の上から地上まで、九十度にわたる広い夕焼けがあった。まだ青い空の色と混じり合い、薄紫に空を染めているのが頭の上の夕焼けだった。地上の果てにある太陽の位置に近づくにつれ、次第に紫は色濃くなり、やがて命の血の色に変わっていくのである。

東京の夕焼けには、頭の上まで光を届ける力はない。仰角およそ四十五度の高さに見えるサンシャインビルのてっぺんから、およそ二十度の瓦屋根の間、二十五度の狭い角度に押し込められる夕焼けなのだ。押し込められた夕焼けの頬からは血の色が失せ、紫一色にくすんでいる。くすみながらも頬を見せる夕焼けの生命力は、北海道では味わうことのできない情念を与えてくれたものだった。その夕焼けを、目の前のビルは、サンシャインビルと一緒にすっぽりと押し込めてしまったのである。

昭和六十四年一月七日、鉄骨の立つ建設現場には人の気配がなく、路上にはクレーン車もいなくなっていた。微かな動きを見せるものは、ポールの旗だけである。社旗と安全旗は外され、代わって掲げられたのは黒い布を伴った日の丸だった。

手抜かりを見せるように社旗と安全旗が掲げられ、日の丸の弔旗がない現場もあるにはあった。だが、よく見ると、二つの旗の位置は下がり、半旗となってやはり弔意を表わしているのだ。

その日は、定時制高校の受験料の納付を受けつける最初の日だった。期限は二月三日まで。まだまだゆとりのある一月七日だったのに、その日、郵便局に納付に出かけることは、とっくの前から決めていた。次の日は日曜日で郵便局は休みになる。その次の日からは三学期がはじまり、勤めに出なければならなかった。

受験するのは親ではない。息子だった。空港の機内掃除、ブティックの店員、ペリカン便の荷物かつぎ、バイク便のライダーと、三年間に四つの仕事をさまよったあげく、学歴社会の袋叩きに遭った息子は、もう一度、高校生活をやり直すことを決意したのだ。

仕事をしないで家にいる息子だった。郵便局ぐらい息子にいかせてもよかったのに、定時制卒の父には特有の感慨があった。自分の歩いた道をたどろうとしている息子に、父は自分の姿を重ね、我が事のように落ち着かなかったのだ。

その日の朝、眠りを覚ましたのは、ふすま越しの妻の声だった。娘が起こされ、息子が起こされ、夫は寝床の中で妻子が囲む居間のテレビの声を聞いていた。

「パパ、起きてきなさい！」

ふすま越しでは言うことを聞かない夫に向かって、妻はふすまを開けて顔を出す。

「分かってることじゃないか。そんなにあわてることないだろう」

「ナマの第一報よ！　昭和の終わった瞬間よ！　寝てたら味わえないでしょう！」

「……午前六時三十三分……」という臨終の時間がテレビから聞こえてくる。腕時計を目に近づけると、もう八時だった。

「一時間半も前のことじゃないか」

文句を言いながら居間に出ていく。食卓には、まだ朝食の用意はしていなかった。土曜のその日は、職場が休日の妻なのだ。

勤めのある娘は、化粧のために自分の部屋に戻っていく。朝食抜きの彼女ではあるが、弁当に持たせるはずのおにぎりを作る気配は妻にはなかった。

冷蔵庫を開け、パンを探す。パンはあったがジャムは見えない。

「ジャム、どこ?!」

不機嫌な問いで、妻はようやく体を動かした。

牛乳、生卵、栄養剤——いつもと同じ朝食をとり、顔を洗ってウンコをする。いつもと同じように朝刊も届いていたが、テレビ番組の欄はまったく役にたってくれない。どのチャンネルも番組は変わり、延々と同じ内容が続いていくのだ。

「歌舞音曲は控えるんだって！　あんたの会社、歌舞音曲だから、今日は休みなんじゃない?!」

娘の部屋のふすまを開けて、官房長官の談話を妻がつたえた。娘の勤め先は楽譜の出版社なのだ。

扇動にのった娘は、プッシュホンのボタンを押してしまう。

「もしもし、惜柄ですけど、おはようございます。……アノー、今日は、会社休みなんでしょうか？

……ハイ……ハイ……ハイ」

ガチャンと娘は受話器を置く。

「笑われちゃったヨーッ！」と一声叫び、娘はあたふたと自分の部屋に消えていった。

「おにぎりどうするんだ？」と、妻に向かって口を出す。

「アッ、そうだ。忘れてたわ。どうしよう？　御飯がないわ。まあいいや。お姉チャーン！」と妻はふすま越しに叫んだ。「今日はおにぎり作らないから、何か買って食べてちょうだい！」

娘の出勤より一足早く、受験料の振り込みに出かける。近くのマンションの一階にある大塚第五郵便局の前にくると、入り口の弔旗が目に飛び込んできた。その素早さに驚いて、弔旗の下で立ち止まる。ミシンが掛かった黒いリボンは、にわか仕立てではないようだ。

昭和最後の日付を押した受取をもらうと、足は春日通りを池袋へ向かって歩きはじめていた。建設現場の弔旗を仰ぐ商店の低い弔旗もあるにはあったが、東池袋五丁目界隈では、その後に出会う弔意の洪水を予想することはできなかった。

豊島消防署の弔旗の下で立ち止まり、もう一度リボンを眺めてみる。よく見ると、ミシン掛けどころではない。旗竿に結ぶ紐を通したリボンの穴は、金具をはめて守られているのだ。入念な仕上げである。

消防署の前から道を曲がり、サンシャインビルの裏へ向かう。ビルの中のアルパ通りは、まだシャッターの上がらない時間だ。

人影の少ないアルパ通りから地下道にさしかかると、人の姿が増えてきた。手には号外が見える。

号外の場所を探して足を急がせた。数人がかりで、あわただしく門松を外す物音がする。

地上に出ると、TOKYUHANDSの前では、読売新聞が号外を渡していた。生まれてはじめてもらう号外に、心は思わずはずんでしまう。手に持って池袋駅へ向かうと、駅前の銀行は軒並みの弔旗だった。儲けの大きさを誇示するように、旗はどれもバカデカい。

「袋に入れて、とっとくと、宝物になるよ」

声に振り向くと、今度は東京新聞の腕章をしたオジサンが号外を渡している。そこでももらって目の前の明治通りを渡ると、駅の入り口近くでは世界日報が、かなりの若者を動員して号外を配っている。ここでもまたもらってしまい、駅の階段を下りる。電車で帰るつもりだったが、気を変えて、西武デパートのエレベーターの前に立った。

開いたドアの向こうにいるエレベーターガールに目を見張る。エレベーターに乗り込んで、頭の先から足の先まで観察した。この季節は、黄緑のブラウスに、赤い服のはずなのだ。枯草色の帽子とスカート、そして同色の靴でまとめているエレベーターガールのはずだった。それなのに、帽子はない。ブラウスは白に変わり、服とスカート、そして靴は、黒一色に変わっているのだ。

昇りきったフロアに出てみたが、同じエレベーターにすぐに乗って下りてしまう。宮城前のナマの姿を急に見たくなったのだ。

地下鉄の券売機に近づく足が、方向を変えた。もう一つ、あのあたりのナマの姿を先に見よう。地下道を進み、階段を上がって外に出る。目指すは、歌舞音曲のストリップ劇場の界隈である。

見慣れたオジサンの顔がいつもの場所に見えた。いつもの位置より、はるかに低く顔がある。オジサンは道端にしゃがんでしまっているのである。いつもは束で持っているファッションヘルスの割引券は一枚もなく、手は膝を抱えている。

背中を丸めて立ちつくすオジサンのはずだった。背中の形とは裏腹に、割引券を差し出す時のオジサンの手さばきはあざやかなのだ。へそのあたりから空を切って、歩いている相手の体の前、五十センチでピタリと止まる。受け取ると読むや手は近づき、受け取らぬと読むやサッと手は遠のいてしまう。人の流れをせき止めないあざやかな手さばきが、どうしたことか今日は見られないのだ。

臨時休業になってしまったのだろうか。それならそれで過ごし方はあるだろうに、日々の習性は、今日もこの巷にオジサンを招いてしまったものかもしれなかった。

映画館の呼び込みの声がする。胸を見ると黒いリボンがついていた。今日の新手だ。切符売場のガラス越しにも、黒いリボンが見えていた。

映画館の横の小路を入っていく。いつもは聞こえるパチンコの響きはなく、シャッターには張り紙がしてあった。

『本日休業』

実に簡潔だ。このパチンコ屋の御主人とは友達になれそうな気がしてくる。その向かいの歌舞音曲、ストリップ劇場の張り紙は、弁解じみているのが残念だった。

『天皇陛下崩御のため九日迄休業』

小路の突き当たりのピンクホテルでは、立ち止まって考えてしまう。

『弔文　天皇陛下の崩御を哀悼申し上げます』

文字は多くなり、かしこまってくるが、はたしてここは休業なのか、営業なのか。紙を張ったガラスのドアは何も言わない。玉虫色の文章美学は、この日が日本の一日であることを示してくれているようでおかしかった。

駅の方角に背を向けて、東池袋五丁目への道を歩き出す。体の奥に渦巻くものがあり、足は大股に動いてしまう。渦巻く体を押し込めて、電車に乗っていることなどできなかった。

マンションの階段を駈け上がり、ドアを引っ張る。靴を蹴散らし居間に入ると、言葉は立て続けに飛び出してきた。おごそかなテレビの報道に逆らうように勢いづいてレポートをするのだが、相手になってくれるのは、目の前の妻と息子の二人だけだ。無名のレポーターには勝ち目がない。

二人を誘って、皇居前に出かける。マンションの近くのもう一つの駅、地下鉄の新大塚駅から乗車し、東京駅で下車した。昼食を先にとろうと、ＪＲの構内を抜けて八重洲地下街に向かう。出会う駅員のどの胸にも黒いリボンがついていた。地下街の食堂では、ウェイトレスもレジ係もやはり黒いリボンだった。

食事が終わり、丸の内口にまわる。ポケットには『ぴあＭａｐ文庫』を忍ばせてきたが、道の心配は不必要だった。ベルトコンベヤーに乗ったように流れていく群れの中に身をまかせていればいい。至る所に立つ警官の制止でベルトコンベヤーはしばしば止まり、生産性は向上しなかった。

皇居前広場がようやく見えてくる。記帳のためのテントが並び、流れは玉砂利の音をたてはじめた。流れから外れ、二重橋に近づいてみた。鎖が張られ、堀は遠い。

鎖の前から風景を眺めた。櫓、松、二重橋——五十年近く前、国民学校の教室の正面に掲げられていた額入りの写真と変わるところは少しもない。朝の教室で額を仰ぎ、歌を歌うことから一日ははじまったものだ。

〽海ゆかば水漬《みづ》く屍《かばね》
山ゆかば草むす屍
大君《おおきみ》の辺《へ》にこそ死なめ
かえりみはせじ

歌の次は、父母への誓いの言葉だった。

「お父さん！　お母さん！　今日一日！　真剣に勉強します！」

声を合わせて叫ぶ教室の正面には、二重橋とセットになったもう一つの額があった。父母の名前を子どもたちの筆で書いて収めたものである。びっしりと半紙に書かれた文字は近寄らなければ読み取れないものではあったが、父の名前が欠落した白い一つの余白はどの席からでも分かった。目を逸らし、いつも唇をあいまいに動かす一人の子どもがいた。子どもの喉から、誓いの声は、ただの一度も出たことはない。身の置き場に困りながら、子どもは朝のセレモニーに堪えていたのだ。

……

「いこうか」

妻と息子をうながし、二重橋に背を向ける。玉砂利の果ての側溝の石のふたが広場の入り口へ向かって続いていた。

ふたの上に人が点々と立っている。ジャンパー姿もあれば、背広姿もあった。くだけた姿勢を見せながら思い思いの場所を取る男たちの耳には、一様にイヤホーンが差し込まれている。

「見ろ、私服だ」と、妻に耳打ちをして教えてやる。

「どうして私服だって分かるの?」と、妻はすぐには信じてくれない。

「イヤホーンしてるだろう」と、息子が口をはさんだ。

「へー」と、目を丸くして妻は立ち止まった。

「そんなにジロジロ見るのやめろよ」と、妻の脇腹を突つく。突ついた手で、ポケットの地図を取り出した。

「これからどうするの?」と、妻の目は地図に移る。

「楠木正成を見ていこうよ」

ページをめくる手の動きが止まらない。

「わたし、聞いてくる」

言葉より早く妻の体が動き、私服の一人に近づいていった。

私服の指の方角に妻は首をまわすと、何度もうなずき戻ってくる。

「どうして私服なんかに聞くんだよ」

逃げ出すように歩きながら、追いすがる妻に文句を言う。

「すぐ人に聞くんだから。恥ずかしいよ」と、息子が追い討ちをかけた。

「いいじゃない。聞いた方が早いんだもん」

「よりによって、私服なんかに聞かなくてもいいだろう」と、今度は夫だ。

「この辺のことは、あの人たちの方がくわしいでしょう」と、妻の言葉は理に合っている。

足の動きをゆるめながら、妻と並ぶ。銅像に導いてくれるはずの妻をないがしろにはできないのだ。

道は人の流れから外れていた。機動隊が数人、向こうからやってくる。楯もなく、ヘルメットもなく、防弾チョッキの分厚さもないが、革の長靴のいかめしさは充分だ。

一人の手にある探知機がマンホールのふたに当てられる。近くの松の根元には、残った隊員の目が当てられていく。

「見ろ、爆弾探してるぞ」

「そんなこと、どうして分かるの？」と、妻は相変わらずの善人だ。

「探知機持ってるだろう」と、息子はまた口をはさんだ。

「へー、あれが探知機？」

すれ違いざま、妻の言葉があたりに響き、彼女の脇腹がまた突つかれた。

「アッ、あれだ！」

妻の対象は、するりと正成に変わってしまう。馬にまたがる銅像が松の枝越しに見えるのだ。

後醍醐天皇を守るために、命を捨てて戦った彼である。祖父の散歩のお伴をして何度もたずねてきたこのあたりだが、そのころの正成は忠君愛国の鑑だった。はたして今は何の鑑か？　教科書からも、絵本からも姿を消され、それでも彼はこの場で堪えた。四十三年と数ヵ月の戦後、皇居の方角を見守りながら手綱を取り続けてきたのである。その忍耐、その執念は、やはり忠君愛国の鑑と言っていいのだろう。

見上げながら像に近づく。鳩が数羽止まっていた。オシッコの跡が数本、像を汚している。太い鎖が張りめぐる台座一面、種のように散らばっている小さな粒もあった。

鎖をまたいで腰をかがめる。鳩のウンコだ。ウンコ石の大きさとは一緒にできない。あれは人間。こちらは鳩だ。だが足元のウンコの形は、鳥浜そのまま、瓜二つの形だった。

バナナ状がある。はじめがあり、直状があった。しぼりもあれば、コロ状があり、チビ状もある。そして鳥浜の水が引き伸ばしてしまったとぐろ状が、ここでは主流となって残っているのだ。

にんげんは、うんこを　します。いぬも、うんこを　します。うまも、うしも、うんこを　します。にんげんも、いぬも、うまも、うしも、どうぶつなのです。

そういうふうに締めくくった文に、鳩こそ書き加えなければならない。忠君愛国など気にも留めずウンコで囲む鳩たちは、やはり平和の使者なのだった。

種のようなウンコの粒をじっと見つめる。これを蒔き、もう一度、自由と平等を育て直すことはできないものか?

「パパ、警察」

低く鋭い妻の声がした。電気を浴びたように体がはねる。鎖の外に飛び出して、像を見上げ取り繕った。

胸の前で組んだ腕に、妻の手が伸びてくる。熱々のアベックを装って、夫を守ろうとする健気な妻である。怪し気な親を見捨てて、息子はとっくにその場を離れ、売店の前のドリンクのボタンを押していた。

植え込みの一つ一つを探りながら、機動隊のグループが近づいてくる。さり気なく背を向けて、手を組んだまま歩き出す。販売機の前で、妻はようやく腕を解いて財布を取り出した。

親二人は紙コップ入りのホットコーヒーだ。ぬくもりを掌で楽しみながら、コーラを持つ息子と並んでベンチに座る。追いかけるように近づいてきた機動隊は、目の前の植え込みを探りはじめた。

突っ込んだ手が動く。引いた手の先に紙袋がつかまれ、まわりの隊員の動きが止まった。ベンチに座る三人も思わず目を見開いてしまう。

紙袋を開く音がガサガサと響いた。紙袋の中の手が袋の口から上がってくる。手の先にあるものは、ホットドッグが一つだった。紙袋に落とし込むと、機動隊員は後生大事に片手に下げ、次の植え込みに移っていく。ベンチでは笑いが三つ、声を殺して重なっていた。……

マンションは、もう目の前だ。信号が足を止める。朝、横断歩道の真ん中で尻を出してしゃがんでしまった四人目の姿はなく、ウンコもなかった。ホットドッグのように、つまみ出されてしまったのだろうか？

つまみきれない人間の影のように、白線の上に黒い染みがへばりついている。黒い染みと重なって、錆色の染みが飛び散っていた。それは四人目のウンコの跡なのだろうか。それとも血しぶきの跡なのだろうか？

タイヤの跡も重なっている。車道の表面では貝殻のように砂利が光り、あたりは一面の遺跡だった。アスファルトにめり込んだあれらの砂利は、タイヤに潰され、砕かれた亡者たちの成れの果てなのかもしれない。亡者の姿は、もうあたりには見えないのだ。

あたりを見まわす目が止まった。マンションの前に、紫木蓮が立っている。視線が合い、たもとが動いた。マンションを指で差すと、母はピロティの中に消えていった。

ピロティは駐車場になっている。通り抜けるとエレベーターと階段があるが、マンションの玄関は、ピロティよりも遠いのだ。内部の事情を知らなければ、ピロティから入っていくなどということは考えられないことだった。

横断歩道を人が渡っていた。信号は青に変わっている。ならわしに従って足は前に出るが動きは重い。横断歩道を渡りきると、足は一層重くなった。

おそるおそるピロティに近づく目に、道の遠くから振る手が映る。手の下の顔が笑っている。妻だった。

腕時計に目を逸らすと、針は五時二十分だった。いつもの自分の帰宅時間とずれはほとんどなかったが、妻の時間はいつもより一時間も早いのだ。はたしてあれは生身の妻なのだろうか?

嗅ぎ慣れた香水の匂いをただよわせて、目の前五十センチに妻が立つ。だが香水は生身の匂いではない。

「早かったね」

言いながら顔をのぞき込む。

「今日は残業がなかったの」と、顔の中の口が動いた。はがれかかった口紅が唇の上でささくれだち、生身の唇は屍斑のように青かった。

「残業がないなんて、めずらしいな」と、生身を確かめるように言葉を返す。

会社、官庁、大学等に、電話で科学技術書を売りつける妻の仕事である。一冊数万円という高価な本を先ず試読本として受け取ってもらい、気に入ったら、それをそのまま買ってもらう。いらなかったら着払いで送り返してもらうのだが、試読本としての受け取りを承諾してもらった相手には、その日、残業で荷造りをすることになっているのだ。日に十五冊のノルマである。

「新刊が出来上がってこないもんだから、今日は一日、名簿を広げて、これから電話をかけるお客さんの名前をチェックしてたの」

唇の上下のたびに歯がのぞく。上はずらりと入れ歯であり、おまけに作りが悪かった。しゃべり出すと、上唇を押し上げて入れ歯が突き出てしまうのだ。生身の顔が変えられてしまったのは五年も前のことである。今更生身にこだわることはなかったのだ。

駐車場に並んでいる息子の50ccに目をくれながら、エレベーターの前に止まる。妻がボタンを押した。その奥の集合ポストの中をのぞき、すぐそばの階段を昇るのがいつもの自分のならわしなのに、妻と一緒にエレベーターに乗ってしまう。ならわしから大きく外れた出来事の数々は、ポストをのぞく小さな一つを忘れさせていた。

妻の指がフロアを示すボタンを押す。3の数字に明かりがついた。

「どうして3なんだよ」

言葉と一緒に2を押すと、妻はけたたましく笑った。八重歯と笑窪が光る笑顔は、今はもう見られない。入れ歯のために八重歯は抜かれ、笑窪は消されてしまったのだ。それでも、そそっかしい妻の生身は変わっていない。

「これで三回目よ。わたしったら、どうして何回も間違ってしまうのかしら。会社が三階だもんね。いつも3を押すでしょう。うっかり3を押して、301号室へいっても、201と作りが同じだから気がつかないのよ。鍵が掛かってるもんだからチャイムを鳴らしたら、『どなたですか？』でしょう。『わたし、わたし』って答えたのに、また『どなたですか？』って聞いてくるもんだから、その声が知らない女の人の声なのにまだ気がつかないの。娘のヤツ、作り声をして人をからかってるって思って、『ふざけないで早く開けなさい！』って言ったら、ドアが開いたもんね。顔を見たら知らない奥さんでしょう」

そこまで一気にしゃべり続けた時、エレベーターのドアは開いた。

もう五回は聞いた話である。五回が悪いと言うのではない。繰り返しはこの世の常。自由、自由と念じながら、四十年がたってもいる。

「二度目の時は、鍵が掛かっていなかったもんね。……」

廊下に足を踏み出しながら、妻のおしゃべりが続く。勿論、粗筋は分かっていることだ。ノブをまわして引っ張ったら、奥から聞こえたのは犬の吠える声だったのだ。さすがにそれは作り声とは思わず、あわててドアを閉め、逃げ出したのだという。粗筋はこれだけだが、学生演劇で鍛えた妻の話術にかかると、何度聞いても、ついつい引き込まれてしまうのだ。

引き込まれ、笑って全てを忘れたい。だがエレベーターから出た体は、妻の体と離れてしまう。立ち止まり、廊下の左右を見まわして、母の姿を確かめようとするのだった。

201のドアが不意に開いた。おしゃべりをやめた妻の手は、まだドアに届いていない。おでこ目掛けて開いてくるドアの表を片手で受け止め、妻は後ずさりをした。

三人目の指を挟んだ朝の痛みが、二十三人目の自分の指に響いてくる。一日中うずくまり、とうとう出てきた自分なのか？

出てきたのは、鞄を持った息子だった。定時制がそろそろはじまる時間なのだ。

「びっくりしたァ！」

妻の声がけたたましく廊下に響いた。

「おれの方がびっくりしたぞ」

苦笑しながら、息子は階段へ出るドアを押した。

「いってらっしゃーーい！」と、妻の声は相変わらずのにぎやかさだ。

靴を脱ぐ妻の体を避けて、半開きにしたドアの内側を背中で支える。二人並んで靴を脱ぐ空間がそこにはないのだ。そこに倒れた三人目のせいではない。三人目は影も形も見えなかった。

尿意が込み上げている。バッグをほうり出し、トイレの前にたってしまったのは妻である。尻を出した二人目は、便器にまたがったままなのだろうか？

「ぼくが入りたかったのに」

あわてて靴を脱ぎながら文句を言う。

「じゃあ、先に入りなさい」と、妻の体は居間に移った。

バッグのわきに鞄を置き、おそるおそるトイレを開ける。二人目はいなかった。心の膿をしぼるように力んでみるが、出るのはただの小便である。沈んだ顔でトイレから出ると、妻の陽気な音が代わって響いた。

響いた音に励まされ、ふすまを開けて寝室に入る。布団はたたまれ、一人目の自分の姿は見えなかった。

お揃いで、ウンコ石でも見にいったのだろうか。鳥浜貝塚は、もう一度、いってみたい場所なのだ。

訪ねたのは冬だった。おまけに雪が降っていた。頬を思いきりふくらませて無数に空から押し寄せてくる雪のために、視界はさえぎられていた。視界をさえぎる雪の勢いは慣れている。慣れていないのは雪の湿度だった。氷点下の厳しさを降ってくる北海道の雪は、湿度を削がれ六角形に研ぎ澄まされる。踏んで歩けば、雪は音をたてて抵抗し、潰れて融けて靴が濡れるなどということはなかったのだ。

履き慣れた革のブーツで小浜にやってきた前日、バス停から若狭歴史民俗資料館までのほんの僅かな雪道でブーツはすっかり濡れた雪にやられてしまった。靴下までも濡れてしまい、旅館の暖房で夜通しかけて乾かしたのである。

小浜では積もった雪との出会いだったが、降ってくる雪との出会いは、次の日、汽車に乗ってからだった。窓ガラスに粘りついて風景をふさぐ雪を恨めしく眺めていると、汽車は三方駅に着いた。ワイパーを動かしながらタクシーが一台止まっている。深いわだちが雪をえぐっていた。ウンコ石の時代、雪をえぐったのは獣の足だ。足跡を頼りに獣を追うウンコ石人にとって、雪は天の恵みだった。獣を追えない旅行者にとって、天の恵みはタクシーである。

「鳥浜貝塚までお願いします」

コートの雪を払いながら行き先を告げると、「いっても、何もありませんよ」と運転手は御親切だった。

「いいんです。景色を見にきたんですから」

返事の代わりに、タクシーは動き出した。低い家並みをすぐに抜け、雪に埋まった田圃が現われる。遠くには橋が見えた。その下を流れる川の底が、ウンコ石の場所のはずなのだ。

雪の粘る窓に額をすりつけて外をのぞく。車は橋を渡り、川の位置を変えて曲がった。流れに沿った雪の上で、わだちを引いて車は止まる。

「ここですよ」

「一寸、下りていいですか?」

「はい、どうぞ」

エンジンは音を止めず、無線が次の客をせっかちにつたえてくる。雪の中から突き出た発掘現場の鋼板の枠は、花鳥風月を遮って冷たかった。冷たい冬に訪ねたのは、怪我の功名だったのだろう。


芭蕉翁が奥に行脚のかへるさ越後に入り、新潟にて「海に降る雨や恋しきうき身宿」寺泊にて「荒海や佐渡に横たふ天の川」これ夏秋の遊杖にて越後の雪を見ざる事必せり。されば近来も越地に遊ぶ文人墨客あまたあれど、秋のするゐにいたれば雪をおそれて故郷へ逃帰るゆゑ、越雪の詩歌もなく紀行もなし。稀には他国の人越後に雪中するも文雅なきは筆にのこす事なし。


江戸時代、越後塩沢で呉服屋を営みながら、雪の実相を書き続けた鈴木牧之の『北越雪譜』には、こんな言葉があるのだ。……

玄関に戻り、置き放した鞄を持つ。豆大福の包みを取り出すと、足はまた寝室に向かった。

布団を敷けば足元になるふすまの前には小さな箪笥が置かれ、箪笥の上には曽祖父手作りの仏壇がある。両開きの扉が外れ、バラバラに壊れたのは、十年以上も前のことだ。木肌をむき出した蝶番の跡に黒いニスを塗ったものの、仏壇本来の黒く沈んだ塗りの中から薄っぺらい光沢を見せてニスは浮き上がっていた。木捻子《もくねじ》の穴の跡が三つずつ、浮き上がりを戒めるように残っている。塗って繕った妻の責任ではない。祖母の死後、新しい仏壇を買おう、祖母との約束だったのだと言う妻の言葉にうなずかず、百年の仏壇にこだわった夫が悪いのだ。

真鍮の台の小さな飯の山が干からびていた。償うように明かるいのは、花瓶に差した野草の花である。昨日、勤め先に近い東大の農学部の構内に、昼休みの散歩に出かけた妻が摘んできたものなのだ。干からびた飯とのチグハグはあるが、祖母の死後、仏壇を守ってきたのは妻である。

豆大福の包みを仏壇にのせ、仏壇の横からマッチを取る。そこにマッチを置いたのは妻だった。

マッチを擦り、ろうそくに火をつける。そこにろうそくを立てたのは妻だった。

マッチの火を消し、小さな器の穴に軸木を落とす。祖母の納骨のために下北へ旅をした時、その器を恐山で買ったのも妻だった。

線香入れから、線香を二本取る。その線香入れも恐山で妻が買ったものである。勿論、線香も妻が用意したものだし、二本取ったのは、数年前のクラス会で友人のお坊さんから聞いてきたという妻の言葉によるものだ。日々の祈りでは、先祖一同に線香を一本。誰かの命日に当たる時は、その仏様のためにもう一本と伝授されてきた妻である。

ろうそくの火を移し、線香を灰に立てる。灰の下に隠れてはいるが、線香立てには白い砂が埋められているのだ。それもまた恐山の極楽ヶ浜から妻が持ってきたものである。

故郷の下北を離れた北海道の教員住宅で祖母は死んだ。

「もうじき、お山にいくよ」と、祖母は生前よく言っていたものだ。お山というのは下北の霊山、恐山のことで、そこにいくということはあの世への旅立ちを意味するものだったが、まだ幼かった娘は

「おばあちゃん、沙流川、とってもきれいだよ。沙流川にいこうよ」と口をはさんだものである。緑色の川は教員住宅のすぐそばにあったが、寝たきりの祖母は曽孫の誘いに応えられずにお山にいってしまったのである。妻が恐山の白砂や仏具を用意したのは、そういう祖母への鎮魂であった。

仏壇の奥の過去帳が目に留まる。祖母の命日のページだった。手を伸べてページを変える。

お経の本を開き、般若心経を唱えはじめた。恐山で夫が買った唯一のものだが、唱えるのはほとんど妻の役目だった。

「めずらしいわね、パパ」

妻が背後から過去帳をのぞく。

「あら、お母さんの命日！　大変だ！　わたし、御飯をお供えしなかった！」

妻の声を般若心経で遠ざける。

「舎利子、色不異空、空不異色、色即是空、空即是色、受想行識、亦復如是……」

着替えをはじめる妻の衣ずれの音を遠ざける。居間へ出ていく妻の足がカーペットをこすり、テレビが音をたてた。冷蔵庫のドアの音、鍋の音——それら一切の音は消え、般若心経は体の中をめぐっていた。

「羯諦羯諦、波羅羯諦、波羅僧羯諦、菩提薩婆訶、般若心経」

お経の本を静かに閉じ、鉦を叩く。澄んだ音が体の中に滲みていった。

「南無阿弥陀仏、南無阿弥陀仏……」

目をつぶり、念仏を唱える。せっかくの念仏に逆らって、聞こえてくる声があった。

「いやらしい子だねえ。お世辞が丸見えだよ」

母の声である。

「そんなこと言うもんじゃないよ。せっかくの信心じゃないか」と、たしなめる祖母の声がした。

「何が信心よ。あの子の一日を見て御覧なさい。いやらしいったらありゃしないわ。わたし、見るに見かねてあの子の前に出てしまったのよ。おばあちゃんは、あの子を甘やかし過ぎたわ。あの子ばかりじゃない、嫁の教育だってなってなかったから、御覧なさい。二日も前の御飯をまだ上げてるじゃない」

「今の人は御飯を毎日たかないんだもの、仕方ないでしょう。その代わり、昨日はお花を上げてくれたでしょう」

「何よ、あんな花。ただの野草じゃない」

「ただの野草じゃない。おれの青春、一高の野草だ」

今度は祖父の声である。母のすすり泣きが聞こえた。

「二人がかりで……わたしを……いじめるのね……」

切れ切れに母の言葉が洩れる。

「いじめるだなんて、何もお前、わたしだって、孫夫婦の肩ばっかり持つわけじゃないんだよ。こんな古ぼけたお仏壇にわたしたちを入れといてさ。不平不満は、わたしにだってあるんだよ」

取り繕うのは祖母の声だ。

「イチさん」と、祖母の名を呼ぶ声は聞いたことがない。

念仏をあきらめ、おそるおそる目を開けると、仏壇の中はまるで大広間のようだった。左右に分かれてぎっしりと並ぶ御先祖一同の上座は遠く、顔は小さい。

「古い、新しいで価値を判断してはならん。古いというなら、このお仏壇よりはるかに古いのは諸々のお経じゃ。そのお経が今でも人の口で唱えられてしまう。——その意味を考えてみなければと、わしは思うのだがな」

下座の顔は間近に大きい。その中の一つの顔の白いあご髭が唇の動きと一緒にゆれていた。声を聞くのははじめてだが顔はアルバムで知っている。仏壇を作った曽祖父なのだ。「申し訳ございません。お許しくださいまし」と、祖母は舅に手を突いて謝った。

母の顔がこちらを向く。にらみつける目の下が引きつり、言葉が飛んでくる。

「お前のおかげで、こんな騒動になってしまったんだよ！　謝りなさい！」

「もういい。責めてはならん。罪を感じ、お経を唱えたではないか。それで充分なのじゃ」

はるか上座のそのまた奥から重々しい声が聞こえてきた。首を突き出し、顔を確かめようとしたが、顔は点のように小さく、遠かった。御先祖様の御威光に、母はもう黙っている。この世もあの世も、権威あっての秩序なのか。

口をとがらせ、ろうそくを吹きつける。

「フーッ！」

炎が吹き飛び、青い煙がゆらめきながら消えていった。ろうの匂いが炎を探して走っていく。

大広間は消え、正座の列はもう見えなかった。見えないだけだ。御先祖一同がいることに変わりはない。

暗がりの中で、過去帳の紙の表がまばらに光っていた。一面に塗られていた銀粉のはげ落ちた残りである。過去帳の最後には『文政十一戊子年慥柄伝蔵幸堅謹記』という文字が銀粉にのせて認《したた》められてもいたが、はげた銀粉と一緒に墨は欠け落ち、文字は辛うじて読み取れる。

仏壇の引き出しには、和紙をつないだ長い家系図もしまわれている。達筆が書き継ぐ家系図の最後には、稚拙なペン字で、祖父母と、その子三人、たった一人の世継ぎとなってしまった孫の名前が書いてある。

孫がそれを書いたのは、まだ国民学校の五年生の時だった。祖母と二人で、この世に取り残された年である。

蒲田の町工場の家政婦になって出かけていた祖母の帰りは、いつも遅かった。電燈の真下に、引き抜いた仏壇の引き出しを置き、古文書を広げては空腹と寂しさをまぎらわしたものだ。古文書のくずれた文字は、歳をとった今でも読み取りが難しい。だが家系図だけは、どの筆跡もきっちりとした楷書で書いてあるのだ。

電燈の笠の上からおおった黒い布は真下に向かってたれ下がり、明かりは引き出しの上に小さな円を落としていた。爆撃機の標的にならないようにと強いられていた燈火管制のためである。

文字のつらなる家系図の末尾の余白が光を反射する。祖母は文字を書けなかった。余白を埋める者は孫一人なのだ。見つめる心を吸い込んで、余白は夜ごと輝いていった。

ある夜、電燈の下に机を出し、墨をすった。返してもらったばかりの学校の図画が、裏返しになって硯の隣に並んでいた。モノの乏しいその時代の貴重な画用紙の裏である。

小筆の先に墨を含ませ、練習の穂先を下ろす。力みの入った穂先は折れ、太い線が画を重ねてしまうではないか。

力を抜いて、穂先が折れぬように書いてみる。手がふるえ、筆の跡もふるえてしまった。何度繰り返しても、うまくいってくれないのだ。

　母の残した引き出しのペン軸を思いつく。取り替えたペン先を硯にたまった墨に入れた。紙の上で墨が落ちてしまわないように、ペン先を硯の表で軽く押す。余分な墨をそこに落とし、画用紙の裏にペン先を当てた。ふるえを押さえて力を入れても、文字は毛筆のように太く重なりはしなかった。

「これにしよう！」

　そうして書いた子どもの筆蹟が、今も残る家系図なのだ。

　その家系図や過去帳をビリビリと破ることはできるのか？　いや、最早、火をつける空間さえないこの東京である。火をつけて灰にしてしまうことはできるのか？　ビニール袋に叩き込み、ピロティの隅のポリバケツに運ぶまでが精一杯の反抗だ。顔も知らぬ作業員に集められ、場所も知らぬ処理場で焼かれてしまう。自分の手で焼き、自分の顔で炎を感じる生身の反抗の手応えさえ奪われた場所に住んでしまっているのだ。

「パパ、仏サンの御飯持ってきて！」

　妻の声が御先祖様の御威光のようにとどろいた。右手が伸び、五本の指が真鍮の台をつかむ。二歩歩いて敷居を踏み、三歩目はもう食卓の前である。

　食卓をはさんで、妻は台所に立っている。朝、彼女がセットをしていった自動タイマーの役目は終わり、電気釜のふたはもう開いていた。

　プラスチックのしゃもじをにぎり、妻は御飯をほぐしている。湯気と匂いが空腹を刺激し、思わず生唾が出た。ゴクリと飲むと、生唾は即効薬のようにこの世に自分を戻してしまう。

　仏サンの干からびた御飯を妻は指ですくい取った。すくった御飯を流しのごみ入れに叩き込む。

祖母が生きていたころ、それは罰当たりの最たる仕業だった。指でつまみ、口に入れ、感謝の念を込めるように、いつもゆっくりと祖母は噛んだ。安物の入れ歯が外れ、飛び出そうとする。それはあまりの旨さが入れ歯を押しのけているかのように見えてくるのだった。

「おばあちゃん、ぼくにもちょうだい」と、手を突き出してねだったものである。……

「ポ〜〜ン」

ごみ入れの中から御飯の悲鳴が響いてくる。悲鳴と感じる心はあるが、なじる言葉は出てこない。湯気のたつ御飯を妻は装った。妻の体が動き、隣室に消える。般若心経がとどろき、鉦が響いた。紙包みを開く音が止まると、妻は隣室から現われる。

「あの豆大福、パパが買ってきたの?」

「ああ」と、煙草をくわえたままの返事である。

「偉いわ。さすがお母さんの命日は忘れていなかったのね」

言葉の代わりに煙を吐く。ゆらめきに乗せて重い心を遠ざけたいが、どっこい重みは遠ざかってくれなかった。

吸ったばかりの煙草をもみ消し、いつものように電話のわきの椅子の上に背広を脱ぎ捨てた。手紙と夕刊を取りにいく。遅まきながら、駒の狂いは直したい。

サンダルを突っかけて階段を下りた。マンションのミニチュアのようにポストが並んでいる。201のふたの隙間から中をのぞいた。

ある。ある。

ふたを開けて手に取った。印刷の文字が並ぶ葉書がたった一枚だ。葉書の下に隠れていた小さなチラシが現われる。チラシを取って目に近づけると、『♡恋人にしてネ！♡自宅出張♡』というハート に囲まれた文字があった。

母の険しい目が火花のように頭に散る。にぎりつぶし、ポストの隅の屑籠に叩き入れた。屑籠の中には、同じチラシが積み重なっている。

葉書に目をやりながら階段を昇った。老眼には難しい細かな文字だが、『NTT』は読み取れる。ドアを開け、たたきに入る。ドアの裏側についている新聞受けのふたを開き、夕刊を取った。

ごちそうの匂いが、たたきに流れてくる。

「今日のおかず、なあに？」

いつもの言葉で心を繕い、居間に入った。

「鰈の煮つけ」

コンロの前から振り向いて妻は微笑む。夫の好物なのだ。

「ああ、いいなあ」

どうやら日常は戻ってきたようである。天気予報をテレビはやっていた。

「明日は雨かァ」

「エーッ、雨ーッ！」

豆腐を刻む手を止めて、妻はテレビに目をやった。

「本当だ。どうしよう。明日は会社のごみを捨てる日なのよ。清掃車の場所まで結構あるんだから。困ったなァ」

雨は明日だけのものではない。雨の日とごみの日はもう何度も重なり、妻の愚痴は何度も聞かされてきた。

　耳をやらずに、明日の体育を考える。場所の割り当ては校庭なのだが、雨でそこが使えないとなると、さて、どうしたらいいものか。体育館の割り当てになっている隣の組に頼み込み、一緒にドッジボールをさせてもらえば子どもは喜んでくれるだろう。だが体育の研究授業を二週間後に控えている隣の組だ。やることがマット運動ときているから、その練習に体育館は欠かせない。となると、体育の授業は潰すよりないだろう。潰して何をやる？　二時間続きの国語。二時間続きの算数――待てよ。図書室の隅っこに紙芝居が積んであった。あれを読んでやろう。よし、それに決まった。――

　雨は明日だけのものではない。雨の日と校庭割り当ての体育の日はもう何度も重なり、何度も授業のやりくりを考えてきた。夫はそれを頭の中で処理するが、妻は「どうしよう」と言葉に出してしまうだけだ。ごみや体育の心配のために明日があることに変わりはない。

　ソファーの隅に置いたＮＴＴの葉書を取り、眼鏡を額に押し上げる。

「おい、電話代、二万円を超えてるぞ」

　食卓の上に葉書を投げるより早く、妻の声がした。

「エーッ?!　大変だ！　電話代ももらわなきゃ！　一万円値上げしよう！」

　娘が親に支払っている六万円の生活費のことだ。この家で最も多く電話を使う娘でもあった。

　眼鏡を戻して夕刊の見出しを拾う。リクルートと天安門が紙面をまた埋めていた。汚職をなじれる自分ではなく、中国人民を支持できる御立派な自分でもない。つい先週の家庭訪問では、二軒の家で寸志を押しつけられてしまったのだ。何度も押し戻し、とうとうそれをもらってしまった。断り切れなかったとは言わせない。電車の座席に座るなり、膝にのせた鞄を開き、鞄の中でこっそりと寸志を確かめたあの卑しさは何だ。

「ほんのジュース代ですが……」

そう言って渡された封筒の中が三枚のビール券だった時、なぜ眉をしかめたのか。苦手のアルコールだったからだとは言わせない。

「粗末なものですが……」

そう言って渡された小さな包みの中に五百円の商品券が二十枚も入っていた時、笑みを浮かべたお前なのだ。

眼鏡を額に押し上げる。テレビ番組の小さな文字を見るためである。

見たい番組は特になかった。天気予報が終わり、カーレースの番組がはじまりかかっている。

食卓の隅からリモコンのスイッチを取り上げ、チャンネルを変えた。ニュースである。ここでも内はリクルート、外は天安門を奏でていた。

「御飯食べましょう」

妻の言葉にうながされ、食卓の前で膝を折る。子どものころのしつけのためか、あぐらをかくのは今でも苦しい。勿論、しつけには手抜かりもあった。例えば箸の持ち方である。どの指も拳骨をにぎったように深く折り、見た目には幼児のようにぎこちないのだ。見た目であり、当の本人は豆一粒をはさむのにも苦労はしない。

今日はじめての味噌汁を先ずはすすり、豆腐をつまんで口に入れた。

「今日ねえ、新しくバイトの学生がきたの。それでね、アサカワさんの本磨きを手伝うことになったの」

本磨きというのは、送り返されてきた本の天と地、そして前小口の三面の汚れをサンドペーパーで磨く仕事だ。真新しく変装させて、再び新しい客に送り込む。妻の会社の話から仕入れてしまった知識の一つである。

「そしたらねえ、バイトの学生ったら、イヤホーンをして、ラジカセを聞いてるの。本磨きをしながらよ。それで、アサカワさんが『仕事中はイヤホーンを外したら？』って注意したらね、バイトの子、怒っちゃってね、『空いてる耳をどう使おうって、ぼくの勝手でしょ』って言って出てっちゃったの。それきり、もう帰ってこないのよ。一時間もしない内に、やめちゃったのよ。アサカワさんたら、しょんぼりしちゃってね」

「しょんぼりすることないじゃないか」と、鰈を箸でほぐしながら言う。妻の手の箸は、タクトのように踊り続けているだけだ。

「しょんぼりするわよ。高い広告料を出して、せっかく見つけたバイトなのよ。社長に悪いじゃない」

「ああ、そういうことか。でも、注意することはなかったな」

「どうして？」

「ぼくのこの正座見てごらん。正座をくずせない人間もいれば、あぐらしかかけない人間もいるだろう。正座できても、ほら、ぼくのこの不器用な箸のにぎり方だ。バランスのとれた人間なんていないんだ。大体、ぼくはこの箸のにぎりを不器用だなんて思わないことにしてるからね。見かけじゃないんだ。イヤホーンで音楽を聞いて、それで能率が上がるなら、それでいいじゃないか。能率を上げるために、わざわざ音楽を流す会社もあるって、この前、新聞に出ていたぞ」

「フーン、そう。そうかもしれないわね。でも、わたし、あの学生を許せないわ。だってね、出ていく時の捨て台詞がまだあったのよ。『科学技術書の整理って広告にあったから、もう少し品位のある仕事だと思ったら、これは何ですか？　だまされましたヨ』だって！」

「ハハハハ」

「笑っちゃ駄目！　その先がまだあるの。『中央大学法学部のやることじゃありませんネ』って言うのよ」

「そいつ、中央大学法学部なのか？」

「そうなんだって」

「参ったなァ。許せないね。絶対、許せない」

「でしょう」

同意を得た妻の箸がようやく食事をとるための動きをはじめる。動きはすぐに止まり、妻はまたしゃべった。

「今日ねえ」

枕言葉と一緒に、飯粒が一つ、妻の口からこぼれる。今度は昼休みのラジオ体操の話だった。息子に録音してもらったテープを使って、ビルの屋上で、同僚の女性二人を誘って今日からラジオ体操をはじめたのだ。

今日ねえ――と、夫もまた出来事をしゃべりたいが、さて、どこからどう切って盛りつければいいのか。出来事は鎖のようにつながって、心をグルグルと縛っているのだ。

「ああおいしかった。ごちそうさま」

鎖を断ち切るように陽気な声を作ってみるが、食べた量は陽気ではない。鰈が一切れに味噌汁一杯、そして一膳の飯である。

箸を置き、ソファーに寝そべった。寝そべったまま煙草を吸う。立ち上がり、クッションを当てがっていた首をまわす。小便にいく。またもや寝そべってチャンネルを変える。煙草を吸い、チャンネルを変え、小便に行く。

「おい、二人とも遅いな」――

テレビはニュースステーションの真最中である。娘が遅いのはめずらしいことではないが、ニュースステーションの前にはいつも帰ってくる息子なのだ。

「遅いわねえ。学校に電話してみようか」

「いいよ、そんなこと」

ドアの音がした。妻と顔を見合わせると、この家一番の身長の息子の顔が寝そべった頭の上に現われた。

「遅かったなァ」

「うん」

短く答えて、息子は一人掛けの椅子に座る。テレビに向けた体の方向を妻は座布団の上で移した。

「遅かったじゃない」

「職員室に寄ってきたんだァ」と、息子の答えはやや長くなる。

「悪いことしたんじゃないんでしょうね」

「するわけないだろう。先生と話し合っただけなんだァ」

「何話し合ったのさ」

「うん、自主退学しろって友達が言われたんだァ。だから、それ、取り消してくれって先生に頼んできたんだァ」

「友達って誰？」

「誰でもいいだろう」

「男？」

「いや」と、息子の顔は赤らんでいる。

「どうして自主退学になっちゃったの？」

「あいつ、うるせえんだァ。授業中、おしゃべりばっかで、先生の声が聞こえなくなるんだもん。だから自主退学になっちまったんだけど、おれ、謝れって言ったんだァ。説教臭いことグダグダと言いたくなかったからさァ、おれ、言葉に気をつけたさァ。なるべくカッコつけねえように言ったんだァ。謝る気あったら、一緒に職員室にいってやるって」

「フーン、それで先生は何て言ったの？」

「自主退学取り消し」

「よかったねえ。いいことしたじゃない」

「飯、飯」と、息子は照れるように母との会話を打ち切った。

寝そべった父の体は、いつの間にか起き上がっていた。斜め前に座っている息子の顔がひどく目映い。目をしばたたき逸らした先には、テレビの画像があった。キャスターの饒舌な口の動きがいやらしい。

クッションに頭を当て、また寝そべる。目をつぶると、息子との遠い日々がよみがえってきた。

産室からはずんでくる第一声に耳をそばだてながら、壁一つへだてた病室でシーツのしわをゆっくりと伸ばしたこと——窓の外では、山の紅葉が一面に輝いていたものだ。

初節句には、兜と鍾馗《しょうき》を買ってきた。小さな兜はすっぽりと頭に入り、それをいやがって外そうとする小さな手をみんなで押さえて笑ってしまったものだ。笑わなかったのは祖母である。

「かわいそうじゃありませんか。赤ちゃんをおもちゃにしないでください」と、先に立ってふざけている妻に注意をしたものである。

兜と鍾馗を買ったのは、苫小牧に出張した時だ。運動会の遊戯の講習が終わると、足をはずませてデパートにいった。兜だけを買うつもりだった。だが売場を歩いているうちに、鍾馗も欲しくなってしまったのだ。

かつて家にあった二つである。父が送ってくれたと言われていたものだ。鍾馗の手にした小さな刀を抜き取り、頭にのせた小さな兜を片手で押さえ、部屋の中を飛んで跳ねた。百人斬りの豪傑となって、息をあえがせたものである。

二つの品物を選んでいると、不意に顔も知らない父の姿が自分の中に重なってきた。父もこうして選んだのだ。こうして時間をかけ、父は買い物をしたのだ。……

ドアの音がした。娘である。

「ワーッ、真っ赤な顔！　また飲んできた！」と、妻はすかさず声を入れる。

「世の中、バカばっかりなんだもん。酒でも飲まなきゃ生きていかれないよ」

娘のやり返す声がソファーに伸ばした足の先で聞こえた。

「おい、豆大福食わないか？」と声をかける。ようやく揃った家族の数が弱い胃袋を励ましていた。

「群林堂？」と、娘が聞き返す。

「いや」

「なあんだ」と、娘は豆大福にのってこない。

「今日はパパのお母さんの命日なんだって。お線香上げて、仏サンからいただいてきなさい」と、妻が口を出す。

仏壇の部屋に娘が消えた。鉦の音がする。豆大福の包みを持って現われた娘は、足を横に投げ出して座った。

食卓の上の開いた包みにみんなの手が伸びる。箸を置いて息子が伸べた右手を妻が軽く叩いた。

「駄目、お線香を上げてから」

息子が立ち、鉦の音がまた響く。

「これ、いくら？」

モグモグと口を動かしながら娘がたずねた。

「百円」

「高いなァ」

「高くて、まずい」と、息子が追い討ちをかけた。まだ豆大福をつかんだばかりである。

「せっかくパパが買ってきたのに、そんなこと言うもんじゃないよ」

口の中の豆大福を飲み込むと、一拍遅れで妻が言った。

「群林堂にはかなわないよ。あれは芸術品だもん」と、夫は手の中の豆大福を眺めながら言う。

いかにも日本的な、隠し味のような豆の姿だ。群林堂はこうではない。無人の岩礁のアワビのように黒豆が溢れ、汐の味を吸い込んだ豆は甘味をたらした餡の味と口中で交わる。辛と甘、陰と陽——二極のバランスそのものとなって舌の上に広がるのだ。値段は何と、一個八十円という安さである。

はじめて食べたのは、東京に出てきて間もないころだった。娘が買ってきたのだ。専門学校に通っていたころの間借り先の近くに店があり、たまたま買ったのが最初だという。

一年前の夏休み、護国寺のあたりを散歩していると、十人ほどの人間が列を作っていた。マンションの一階に店が並び、一番左側の店の中から列は伸びている。看板の文字は『群林堂』だった。

ああ、ここかと、早速列に並んでしまう。

列が進むにつれ、店の中が見えてくる。店頭にいるのは、オニイチャン一人だった。木箱に並ぶ豆大福がなくなると、オニイチャンは後ろの仕事場に引っ込んでいく。空の箱と引き替えに、できたての豆大福が並んだ箱を両手で抱えて戻ってくると、ショーケースの上に置き、客の注文に応えるのだ。包装をする前に、オニイチャンは必ずショーケースのガラス戸を開け、豆大福の木箱をしまってガラス戸を閉めた。ショーケースには諸々の和菓子が出番を待っているのだが、お呼びはほとんどないようだった。

包装が終わり、銭をもらうと、次の客のために再びガラス戸が開き、木箱が取り出される。豆大福が主流ならば、出しっ放しにしておく方がはるかに能率的なはずだった。だが、オニイチャンは、そうしない。豆大福の柔らかさを守るために、包装の短い時間、少しでも空気にふれないようにショーケースへの出し入れを繰り返していくのだった。……

手の先の粉を払い、娘が立った。プッシュホンを持って、娘は自分の部屋のふすまを開ける。

「アッ、忘れてた。お姉ちゃん！」と、妻が呼び止める。

「何さ」

「電話代、二万円も取られたんだよ。今月から、下宿代値上げするからね。一万円の値上げだよ」

「何言ってんのさ！　六万円も払ってんだよ！　みんなから公平にお金取ってよ！　働かない人が一人いるでしょう！　働かせてよ！」

息子が立ち上がる。ベルトの金具に手がいった。腰から抜いたベルトを振り上げ、姉に向かって飛びかかっていく。

姉の手からプッシュホンが落ち、けたたましい音をたてた。部屋に逃げ込む姉を追いかけ、弟の体が飛び込んでいく。

親二人が後を追った。部屋の隅に追いつめられ、姉は膝を突いて弟を見上げていた。振り上げられたベルトに備え、姉の片手は頭をかばい、もう一つの手はベルトに向かって突き出ている。

「何さ！　何すんのさ！」

声はふるえ、目はおびえていた。

振り上げたベルトは、襲いかかるのをためらっている。仲裁の手を待つように、ベルトは宙でゆれていた。

「やめろ！」

息子を羽交い締めにすると、息子の体が腕の中でゆれた。力を抜いたゆれである。

「離せよォ！」と、声だけは張り上げている。

手をほどくと、息子はベルトを引きずりながらふすまの外に出ていった。落ちたプッシュホンを蹴飛ばして息子の足は玄関へ向かう。妻は息子を追いかけた。

「こんな時間に、どこにいくの?」

「どこでもいいだろう」

「よくないわよ。ママもパパも心配するでしょう」

「勝手に心配しろ」

二人の体は見えないが、二人のやりとりは聞こえてくる。

カーペットの上の受話器に手をやる。伸びた線がバネのように元に戻った。数字の並ぶボタンのわきに受話器を置くと、赤いランプが消えた。両手でプッシュホンを取り上げ、電話台に戻す。モノにはたちまち平常がよみがえるが、心の中の赤いランプはすぐには消えてくれなかった。息子の美談で締め括ろうとしていた一日に、不意に訪れたカタストロフィーである。

ドアの閉まる音がした。戸棚の陰から現われたのは、眉間に皺を寄せた妻の顔である。

「破局だ。慥柄家の破局だよ」

妻の眉間に追い討ちをかけると、妻はたちまち皺を伸ばし、笑いながら言い返す。

「大げさ、大げさ。パパは一人っ子だから、すぐ深刻になるのよ。わたしなんか、兄弟姉妹五人もいたんだもん、喧嘩なんか日常茶飯事だったのよ。ワーッ、十一時過ぎたァ! 寝なくちゃァ!」

今日のニュースを文字で並べたボードの前で、キャスターがまとめをしている。今日ねえ、天安門でねえ——今日ねえ、リクルートがねえ——そんなふうにはしゃべらないが、まあ似たようなものである。この世の表相をボキボキと外し、骨踊りを見せているのだ。

〽バラバラバラバラ

囃子唄のようなキャスターの饒舌に50ccの音が重なる。

〽バラバラバラバラ
外れながら遠ざかっていく50ccの唄に耳を傾けながら唇を動かした。

「どこにいったんだろう？」

「じきに帰ってくるわよ」

事もなげに言ってのける妻の声が寝室から聞こえる。プッシュホンには遅れをとった平常だが、妻は天晴なモノだった。モノである体一つがマットを抱え、マットを敷く。敷布団をのせ、シーツをかぶせる。枕を置き、タオルケットを広げ、掛布団を掛ける。たちまち寝室を仕上げていく体の動きを妻の心は追いかけているようだ。ともかく、先ずは動くことだ。

胃潰瘍の薬を二粒、口に含む。流しに立ち、コップを持った。水を注ぐ。蛇口を止め、コップの水で薬を喉へ通してやる。

洗面所のノブをひねり、今度は歯ブラシ。チューブを押し、口に入れた歯ブラシを上下に動かす。薬にしろ、歯ブラシにしろ、自分一人の口の中の小さな動きである。布団の上げ下げ、食事の準備、洗濯機もまわせば、風呂水も入れ、月収三十万の仕事もこなしてしまう妻の動きにはかなわない。

食卓の上に小さな鏡台を置き、妻はクリームを顔に塗りつけていた。白いガーゼで皮膚をこする。明るい肌色をガーゼは吸い込み、皮膚はくすんでいた。

目を逸らし、煙草に火をつける。療養所に入っていたころ、消灯前の一本をくわえながら、まだ残っている煙草の数を数えるのが楽しみだった。ああ、明日もこの煙草を吸えるんだなあと思いながら、ゆっくりと一本を味わったものである。病人とはいえ、二十歳を越えたばかりの若さだった。明日は煙草の形を借りてまぎれもなく存在していたのだ。

結婚し、子どもが生まれ、祖母が死んだ。葬儀も終わり、人々が引きあげていった夜、明かりを消した寝室でいつものように寝煙草を飲んでいると、ああ、今日も煙草を飲めたなあという思いが湧き上がってきた。次の夜も、そしてまた次の夜も、同じ感慨が襲ってくるのである。長い間の習慣だった寝煙草は一週間前にやめてしまった。……

二本目を口にくわえ、短くなった一本目の火を移す。二本どころか、もう一本を吸わなければ、寝床にいくことができなくなったこのごろの自分である。闇の中での寝煙草はやめ、心の中の暗い感慨は追い払ったが、感慨は体の隅々にまつわりついているのである。ああ、今日も煙草を飲めたなあ。明日はもう、この世の人でないかもしれない。ならば飲め、末期の煙草をたっぷりと飲め。——言葉でそうは思わぬが、体がそう思っている。

テレビのスイッチを妻が消した。静けさが闇のように立ち込め、煙草の先から言葉がゆらゆらと上りはじめる。

二本目をあわててもみ消し、トイレに立った。一日の毒を流すように小便をするが、どっこい毒は流れてくれない。細い小便が便器の水を力なく叩き、小さな泡をたてた。水の色を黄色く染める威力はなく、陰茎は毒を溜めてうずいていた。

うずきを流そうと力を入れる。したたるだけの小便は、水の上で泡もたてない。

残尿感のつたわる陰茎をしまい、ハンドルを押した。渦を巻いて落ちていく水の勢いが憎らしい。

トイレを出る。目の先の電話台からプッシュホンの姿が消え、娘の部屋の閉じたふすまに電話線がはさまれていた。

戻ってくる少しの日常がうずきをやわらげる。電話台のかたわらの椅子の上に、いつものようにシャツとズボン、そして靴下を脱ぎ捨てると、下になったパジャマを引っ張った。パジャマを着て、いつものように居間の電気のスイッチを消し、寝室に入る。いつものようにふすまを閉めると、いつものように妻もパジャマに着替えるところだ。枕元の電気スタンドがいつものように妻を下から照らしていた。シミーズの上から、いつもは妻の尻に掌を当てる。「だめ」と妻の手に払われるのが、日曜から金曜までの六日間のならわしだ。

〽バラバラバラバラ

消えていった50 ccの音が耳の奥によみがえってくる。仏壇の視線が背中をつかみ、一日の出来事が髪をつかむ。尻に向かって、いつものように手は出なかった。

逃げ込むように布団に入り、眼鏡を外した。一日をたたむように、眼鏡のつるをたたむ。目をつぶり、胸の上で合掌した。

受話器に向かった笑い声が娘の部屋から聞こえてくる。笑い声は踊っていた。

〽バラバラバラバラ

勝手に笑え！　娘は娘、息子は息子、妻は妻だ。

電気スタンドのスイッチを消す音がした。つぶった目の中の闇が深まる。

「カタッ」

妻が外す入れ歯の音だった。

ほら見ろ。化粧や入れ歯、自分にまつわる異物を除き、妻もやっぱり、妻自身に戻っていくのだ。

戻ろう。戻ってこい。外れていった二十二人の自分たちよ。踊って踊って踊り続けた骨踊りの一日は終わったのだ。

〜バラバラバラバラ

宙を舞い、二十二人が戻ってくる。自分がゆったりと広がっていく。このまま永遠に眠りたいものだ。

……

ええじゃないか

ee ja nai ka

地下鉄の改札口を出ると、人の溢れる通路の奥にはJRの路線案内が光を見せてぶら下がっている。丸の内地下中央口である。流れに乗って近づいていくと、ピーポーピーポーと鼓膜をあおる音があった。

救急車ではない。自動改札機に拒まれた男が一人、後ずさりをしていたのだ。男の前では両開きの小さな扉が閉まり、男の後ろでは、もう一人の男が不意の渋滞に舌打ちをしていた。

手にしたケースの中に拒まれた定期券がしまわれる。いや、定期券ではない。テレホンカードだった。それで通り抜けられると思ったのだろうか？

同じケースから引き抜かれたのは、定期券のようである。男はうっかり間違えたのだ。

差し入れ口に定期券が吸い込まれる。閉じた扉が両側に開き、ピーンポーンと音が鳴った。

正解の音が、ここで鳴るとは知らなかった。初めてそれに気づくとは、何という心のゆとりなのだろう。

年の暮れにリストラのあおりを食らい、失業保険の認定は昨日終わったばかりである。後は野となれ山となれと、旅に出かける身分には急きたててくれる時間もない。立ち止まり、改札口の音楽に注意を凝らした。

ピーンポーン。

ピーンポーン。

音は鳴るが、定期券や切符の差し入れと関係はなさそうだった。入れたからといって鳴るとは限らない。天国からか地獄からかは分からないが、とにかく間をおいて鳴るのである。

腕時計の秒針をにらみながら確かめてみる。ピーンポーンが鳴り終わり、八秒の空白でまたピーンポーン。八秒の空白がまた続く、実に正確なリズムである。

一つだけ残った有人改札に近づいていく。乗り越しの料金を払った客が通り抜け、人の姿が跡絶えたところだった。

「アノー、お忙しいところすみません。ピーンポーンというあの音は、何のために鳴るんでしょうか？　ア、今、鳴りましたよね。あの音です」

「さあ、何のためでしょうか？　分かりませんねえ。リズムというか、調子をとっているのかもしれませんね」

「ア、そうですか。いや、つまらないことを」

新しい客が立っている。言葉をはしょって離れたが、はたしてつまらない詮索だったのだろうか？

ピーポーピーポー……。

マイナスの音がまた響いている。はじくように、ピーンポーンとプラスが響く。トラブルはゼロになり、続いていくのはプラスの音だ。

首をひねりながらの駅員の言葉だったが、多分、駅員の感じたとおりなのだろう。

リズム。

調子。

この小奇麗なプラスは、擬装の〈ええじゃないか〉ではないだろうか？

切符売り場の前を通り、地下通路を左へいく。三年間、某地方銀行の手形や為替を運ぶパシリとして北口からの乗降を繰り返してきた習性が、自由になったはずの足をそこに向けさせてしまうのだ。

天井が低く下がり、辺りが暗くなった。丸の内口と八重洲口をつなぐ北口自由通路に入ったのだ。網の目に組み合わされた褐色のプレートが天井をおおっている。網の目を透かして落ちてくる蛍光管の光は陰気くさかった。天井に張りめぐらされたパイプが網の目を通してのしかかるように見え、プレートは吹き出物のように埃をつけていた。

向こうにいく者、十数人。こちらにくる者、十数人――一目で数えてしまえるほどの人通りの少なさは、天井の陰気さに見合ったものである。東京駅で幽霊が出るとしたら、ここより他に考えられない。

監視カメラが頭の上に突き出ていた。アヤシイのは通路そのものなのに、一体、カメラは何をアヤシイというのだろうか？

レンズの向く方角に目をやると、無人のエスカレーターが上に向かって動いていた。上を向いた赤い矢印と一緒に、〈東京駅名店街コミュニケーション小路〉という文字が光っている。

コミュニケーションなるものがアヤシイのだろうか？

公安にとっては、そうなのかもしれないが、監視カメラが公安のものとは思われない。

エスカレーターのわきの太い柱の陰に人が寄りかかっていた。監視カメラに見張られる位置である。

袖が見えた。たもとがついている。羊羹色にあせたたもとに横目をやって通り過ぎようとした時、柱の陰の体が動き、寄りかかった背中が離れた。

背中の袖なしの金褐色が目に飛び込む。毛皮だった。

目の驚きを足で引きずり、地下道を歩いた。コートのポケットの両手を強く握りしめる。東海地方は雪になるという予報を聞いて着てきたコートは北海道時代のものだったが、背筋を走る震えを防ぐことはできなかった。

光の入った立看板の列が両側に並んでいる。味のれん小路に入ったのだ。アヤシイ通りとは、これでお別れである。そう思った時、コートのフードを引っぱるような声がとどろいた。

「オーイ！　トヨアキ！　どこへいくんだ！」

五十年以上も昔の声そのままである。心臓が激しく鳴り、口の中の水分は一気に蒸発していた。

足が止まる。首が回り、後ろへ向かって目玉がずれる。鼻の頭へ滑ってくる眼鏡の枠の真ん中へ指をやり、押し上げた。

熊の毛皮の袖なしが揺れている。肩が揺れ、羊羹色の着物の裾が揺れていた。裾をさばいて前へ出てくる足袋の爪先は、糸でかがり、繕われている。磨り減った下駄をあやつり、ガタッガタッと床を叩いて近づいてくるのだ。

カランコロンと現われる牡丹燈籠のお露とは、大違いの登場である。油気のない白い頭髪、手入れの悪い白い口髭——五十年以上前の顔と格好で現われたのは、死んだオジイチャンなのだ。

「しゃれた店が沢山あるな。居酒屋はないのか？」

追いついたオジイチャンの、いきなりの言葉である。

答えは返さず、先に歩く。ここで酒を飲ませたら後始末に苦労をするのは、思い出の数々から十分に予想できることだったのだ。下戸のトヨアキが、ここで苦労を背負いこむことはない。

「何!?　天明三年創業!?」

背中の声が大きくなる。店名と創業年を染めた幟が和菓子屋の前に立っていた。

下駄の音が向きを変えて耳に響く。不吉な予感で振り返ると、オジイチャンは店の中で呶鳴《どな》っていた。

「オイオイ、天明三年がどんな年か分かっているのか!?　浅間山が大噴火し、火山灰が空をおおい、大飢饉が全国に広がった年だぞ！　人々が食うに困るその年に和菓子屋を創業するなんて、一体、どこから米の粉を仕入れてきたんだ！　お役人に袖の下を使って、横流しでもしてもらったんだろう！　高い金でそれを売りつけ、大儲けをしたんだろう！」

オジイチャンを置いてきぼりに歩を速める。バカデカイ声がぐんぐん遠ざかり、聞こえなくなった。しめたとばかり階段を駈け上がると、ズキンと右膝に痛みが走った。銀行のパシリで痛めたものである。

片足を引きずるように駈け上がる。行く手をふさいでとどろいてきたのは、置いてきぼりにしてきたはずのオジイチャンの声だった。

「何だこれは!?　納骨堂が、どうして東京駅にあるんだ!?」

バタンバタンと音をたてているのはオジイチャンではない。スーツの袖に腕章を巻いた男である。男の前には、コインロッカーがズラリと並んでいた。後ろにも並び、さらに背中合わせにも並んでいる。それと向き合ったコインロッカーの列もあった。

鍵のかかっていないロッカーの扉を手前にサッと引き、中をのぞくと、男はパッと手を離す。バネのついた扉は音をたてて戻るのだが、それより早く、男の手は次の扉にかかっているのだ。アヤシイ荷物が残されていないかどうか、確かめているのだろう。

人の体をぶった切り、コインロッカーに入れてしまう御時勢である。そうしたくなるような趣がここにないわけではない。納骨堂とは、言い得て妙なオジイチャンだった。

「君、君！　もっとおだやかにできないのか!?　納骨堂に仕えるには、不遜な手つきだ！　失敬じゃないか！」

熊の毛皮のオジイチャンを見ると、男は手の動きを変えた。バネにまかせて閉めていた荒いやり方から、男は扉の取っ手に手を添え、ゆっくりと閉め始めたのだ。バタンはカタンに変わり、仕事ははかどらない。

オジイチャンに負けず劣らずの男の白髪である。腕章には〈鉄道会館〉という文字が見えた。ＪＲの子会社なのか、孫会社なのか——理不尽な言いがかりに堪えている下積みの老人をほっぽらかして、オジイチャンの孫会社、トヨアキは逃げ出せなくなっていた。

「オジイチャン、いこう」

そばに寄って手を取る、冷たい手だった。さすが幽霊の手であるなどと感心する間はほとんどなく、すぐにオジイチャンの言葉がとどろいた。

「俺を子ども扱いにするな！」

言葉と一緒に手がふりほどかれる。オジイチャンの体が逃げ、ふりほどいた手が、トヨアキのコートのフードを後ろからつかんだ。

振り向くと、オジイチャンの目の位置は、トヨアキの目の位置よりも高かった。子どもだったトヨアキをオジイチャンの背の高さは威圧したが、五十年たっても、オジイチャンには威圧される。空気の揺れる気配がトヨアキの背後でした。オジイチャンの手が尻を打ってくる。いくら背が追いつかないからといって、トヨアキだって、もう六十二歳だ。そう、オジイチャンが死んだ年とピッタリ重なる年になるのだ。

「俺を子ども扱いにするな!」

同じセリフを言い返してやる。尻を狙って飛んでくるオジイチャンの手を振り向きざま叩いてやった。

ピシッ!

掌をつたわって、心の奥へ痛みが響く。響いた痛みを振り払うようにトヨアキは走り出した。膝にも痛みが走っているが、かばいながら走るのはお手のものだ。新幹線に飛び乗るために、何百回もここを走ったトヨアキである。大きなリュックに詰め込んだ手形や為替は、多い時で三十キロもの重さになったものだ。

リュックはないのに、今日の重さはひどい。おなじみの北口に向かって重い体をひねろうとした時、ひとつぎ亭の立看板が目をふさいだ。

あわてて方角を反対側に変える。ひとつぎ亭はそば屋だが、ガラス張りの冷蔵庫のビール瓶は店の外からも目につくのだ。

「オイ、トヨアキ! ビールを飲ませろ!」などとやられてはかなわなかった。

反対側の方角は、中央改札口だ。柱の陰に逃げ込んで、顔をのぞかせてみる。熊の毛皮は、もう見えなかった。

逃げ出すチャンスは今のようである。それにしても、一体、こんなことでいいのだろうか？

ピーンポーンと、自動改札が背中で答えを出してくれた。

柱から柱へ体を移しながら、券売機へ近づいた。切符を買い、また走り出す。新幹線中央口はすぐそばだった。三年間通り抜けた新幹線北口と同じように、自動化は、まだここまで及んでいない。買ったばかりの切符を駅員に渡す。一枚だと思っていた切符は、駅員の手の中で二枚になっていた。エッ、オジイチャンも乗るのかよと、思わず辺りを見まわしてみるが熊の毛皮は見えなかった。駅員は、右の親指を二度動かした。旅の出発を祝うように、パチンと威勢よく切符を切ってくれる鋏ではない。スタンプなのだ。

キュッと音をたてて、赤いインキのマークが押される。切符二枚でキュッキュッである。

〽お手々つないで野道を行けば
みんな可愛い小鳥になって
唄をうたえば靴が鳴る
晴れたみ空に靴が鳴る
キュッキュッ

スタンプも、パチンの鋏と同じような愛想を振りまいてくれるということは分かった。が、今は浮かれてなどいられない。何しろオジイチャンを叩いてしまったからだ。叩いたオジイチャンをマクなどという行為の最中、童謡などを歌ってはいられない。

二枚の切符を受け取って確かめる。一枚は乗車券、もう一枚は特急券だった。
発車時刻を知らせる電光文字に目をやりながら、片足を引きずってまた走り出す。

こだま　425　11:03　新大阪　19

腕時計に目をやると、発車までは、まだ五分もあった。タクシーを降りた時点で後一分という切迫した時間を駆け抜けたこともある新幹線である。膝を痛めてマッサージに通ってしまったのは、その時なのだ。

五分もあるのに走り続ける。膝が悪いのに走り続ける。オジイチャンをマクためには、ホームの一番果てにある最後尾の車両、十六号車に隠れなければならないと思ったのだ。

上りのエスカレーターを駆け上がると、十九番ホームにはこだま号がもう入っていた。車両の上の青空の光がトヨアキの肩を叩く。光を振り切り、トヨアキは走り続けた。

売店にも目をくれない。駅弁でも買って乗ろうかと思っていたのに、今は駅弁どころではなくなってしまったのだ。

人のかたまりを縫いながら走っていくと、長いホームの果てがようやく近づいてきた。かたまりがほぐれ、人の数が減ってくる。自由席を求めてここまでやってくる人は、よほど混まなければいないのだ。こだま号の通だけが知っている十六号車に、あの世の住民のオジイチャンが気づくはずはないだろう。

思った通り席はガラ空きだった。熊の毛皮は勿論見えない。二つ並びの席の通路側にコートとズックの鞄をおき、窓側の席に座る。晴れていたなら富士山がよく見える席なのだ。「六根清浄《ろっこんしょうじょう》、六根清浄」と、富士登山の清めの言葉が口から出る。

一八六七年（慶応3）、三河国から始まった〈ええじゃないか〉が江戸へ伝わってきた時、江戸での囃子詞《はやしことば》は「六根清浄」だった。駿河国でもそうだった。最初のお札が降ってきた三河国牟呂《むろ》村の囃子詞も「ええじゃないか」だったわけではない。古文書をたどっていくと、それは次のようなものと思われる。

〽御鍬様がござったァ
三百年は大豊年
一束三把で五斗八升
すってもついても五斗八升
　豊年豊年大豊年

御鍬様というのは、志摩国磯部にある伊雑宮《いざわのみや》からいただいてきた鍬の形をした木のことである。三河湾を船で出れば、志摩国はすぐ対岸なのだ。船で運んだ御鍬様を神輿に祀り、人々が村を練り歩いたのは一七六七年（明和4）、〈ええじゃないか〉のちょうど百年前のことであった。百年目の祭りの準備をしていた時に、お札が降ってしまったのだ。

「御鍬様がござったァ」の掛け声は、東に来て「六根清浄」の掛け声に変わる。土地に根ざした信仰の言葉こそ、心に根ざした光の言葉だったのだ。いや、心の中でとぐろを巻く言い知れぬ物の怪の動きをなだめるためには、とりあえず、出来合いの光を借りなければならなかったのだろう。
三河国から西へいくと、そこにある伊勢神宮へのおかげ参りの形が濃くなってくる。

〽おめこへ紙はれ
はげたら又はれ
なんでもゑじゃないか
おかげで目出度

〈慶応伊勢御影《おかげ》見聞《けんぶん》諸国不思議《ふしぎ》之扣《ひかえ》〉という古文書に出てくる歌の言葉である。

御下り（お札が降ること）の有《ある》家には、御造酒《おみき》として上酒壱樽《ひとたる》、或は弐樽・三樽、又は五樽。此比《このころ》は川崎へん・妙見町抔《など》には、家々に右の造酒《みき》を、亭主抔が商売は皆御下りあると四五日も休み、只表を通る人にのますのを仕事に致し、又奉公人抔や娘・下女之類《たぐい》は、昼夜鳴物抔を打たゝき、男女老若も町中をさわぎ、其時のはやり歌にも、「おめこへ紙はれ、はげたら又はれ、なんでもゑじゃないか、おかげで目出度」といふ斗《ばか》りにて大さわぎ、又は面《かお》におしろい抔を附《つけ》、男が女になり女が男になり、又顔に墨をぬり老母が娘になり、いろ〳〵と化物にて大踊《おおおどり》、只よくも徳もわすれ、ゑじゃないかとおどる而已《のみ》なり。両宮へ日々様々の姿にて、或は揃《そろい》（の衣裳）にて参詣いたすもの大賑々敷《おおにぎにぎしき》事也。

爰《ここ》に三十四五歳の女、真はだかにていまき（腰巻き）もせず、ひん女（女官——その身なりをした女を従えていた）に衣物を持《もた》せ二人つれ、頭の指物《さしもの》（櫛、簪など）金目《かねめ》凡《およそ》つもり三百両斗《ばか》りにて、其時のはやり歌につれ、おめこへ紙をはり、参宮する人もあり。

安丸良夫氏の校注を汲み取りながら引用してみたが、「ええじゃないか」という叫びは西国のあちらこちらの文献に見ることができる。

〽おまへも蛸なら
わしも蛸
たがひに吸付きや
エジヤナイカ
〳〵

堺の囃子詞である。宗教から離脱し、ようやく自分の言葉にたどりついたと言ってもいいのだろう。

リ〜〜〜ン！

発車のベルが響いている。オジイチャンを叩いてしまった右の掌にも響くものがあった。

じっと手を見る。まるで石川啄木のようではないか。

はたらけど
はたらけど猶《なほ》わが生活《くらし》楽にならざり
ぢつと手を見る

ここで啄木の歌を思い出したのは、何かの因縁かもしれない。オジイチャンは、啄木に歌を詠まれたこともある人間なのだ。司代隆三氏の〈石川啄木事典〉には、こんなふうに書かれてある。

向井永太郎《むかいえいたろう》　明治一四―昭和一九（1881〜1944）夷希微《いきび》と号した。根室国別海《べつかい》村に生まれ、一二歳のとき鹿児島の伯父の養子となる。中学卒業後、早稲田大学英文科に学んだが中途退学。函館に移り函館英語学校で教鞭をとり、同僚の大島経男らと牧笛詩社を結び、やがて苜蓿社に加わった。

啄木と向井との交遊は苜蓿社に始ったが、向井は四〇年六月、北海道庁林務課につとめるために函館を去った。その八月、函館大火が起こり啄木が失職したとき向井は、友人小国露堂に斡旋を依頼し、札幌の『北門新報』に入社させた。札幌に着いた啄木は、住宅難のために向井の下宿に同宿した。こういう間柄であったが、啄木はしだいに、「向井君は好人物には相違なく候へど、畢竟ずるに時代の滓に候、最も浅薄なる自暴自棄者に候、一切の勇気を消耗し尽したる人に候、詮じつむれば胸中無一物の人に候、小生は衷心より向井君に同情致居候へど、然し一度共に語れば何といふ理由なしに一種の不快を禁ずる能はず候、この不快は然し、要するに人生の最も悲惨なる『平凡なる悲劇』に対し、小生の精神が起す猛烈の反抗に外ならず候」（40・10・2、岩崎正宛）と書くようになった。

わが髭の
下向く癖がいきどほろし
このごろ憎き男に似たれば

啄木の自我の強さや容易に妥協しない性格が向井にもあり、この相似が一面では親しくなり、反面では相容れないものとなったのであろう。大正六年まで道庁にいた向井は、その後、横浜市役所・春秋書院などにつとめたが、昭和五年以降は根室に住み、測量の仕事にたずさわった。詩集『よみがへり』『胡馬の嘶き』の著がある。

「今日は新幹線をご利用下さいましてありがとうございます。この電車は、こだま号新大阪駅行きです。終点新大阪までの各駅に止まります。続いて車内の御案内をいたします。自由席は——」テープを使った女性の声が流れていた。自由席から禁煙車、ビュッフェの位置までこまごまと知らせ、携帯電話はデッキで使うようにとの注意がある。声はデパートの店内放送のように美しかったが、内容のしつこさは学校の先生と同じである。

「ペラペラペラペラ……」と今度はイングリッシュだ。〈シンオッサカ〉という単語が辛うじて聞きとれる。

「オッサカじゃない、オーサカだろう」と放送に向かって文句をつけるトヨアキは、国粋主義者なのだろうか？

〈石川啄木事典〉の中の向井永太郎像も発音が違っている。もぎとられた長音に促音が押し込められたり、拗音でねじられ、濁音が半濁音や清音に入れ変わってみたりと、司代隆三語はヘンテコリンなのだ。でも、まあ、トヨアキ語にしてみたところで、所詮は〈シンオッサカ〉のようなものなのだろう。それは十分承知のくせに、司代隆三語にからんでみたくなるのだ。

まずは〈根室国別海村に生まれ〉という記述である。別海は育った場所だが、生まれた場所ではないのだ。生まれた場所は、青森県下北郡大畑村——現在の大畑町のようなのだ。

国しぬび

宇賀の浦　砂白き
浜辺にひとり佇みて、
波の大野の遠《をち》見れば、
南部の山のなつかしや。
ああ我があげし産声《うぶごゑ》の
今やいづこに反響《こだま》する。

漂泊《さすらひ》はふるきわが
運命《さだめ》なりけり、追憶《おもひで》も
及ばぬさきに離れては、
生母《たらちね》のみに聞きて知る

南部の山を、故郷の
すがたに、深く懐かしむ。

日のすさび　時ありて
ながむる山は雲がくれ、
空しき波のとどろきに、
憂ひてかへるものながら、
霞のかつぎけざやけく、
青うね打てる其の姿、

今日春のうらら日に
はてなき思ひ夢と凝り、
南部の山は故知らず
めぢの限にかきくれて
ほのぼの代るまぼろしの
又も一つの国と浮く。

まだ知らぬ故郷の
南部の山はまのあたり、

帰り行くへを暗《そら》んじぬ。
ふるき故郷、たましひの
稀にほの見る故郷を、
いかに尋ねて明《あきら》めむ。

一九〇七年（明治40）七月、二十五歳のオジイチャンが函館の同人誌〈紅苜蓿《べにまごやし》〉に発表したものだ。涙でベチョベチョ。明治の演歌である。この詩を持ち上げるつもりはサラサラなく、〈根室国別海村に生まれ〉たのではないという証拠の一つとして提示するだけの話である。

詩の冒頭で〈ひとり佇〉む〈宇賀の浦〉の探索から始めよう。七十四年後に発行された〈北海道大百科事典〉によると、その場所は、こうなのである。

函館市の陸繋《りくけい》砂州の東岸、大森浜の東に続く砂浜海岸で、亀田川下流の新川が両者の境になっているが、この東の部分まで大森浜と呼ぶこともある。江戸時代は銭亀沢《ぜにかめざわ》の海岸までも指したらしく、コンブ産地として知られた。潮流で砂丘が削られるため護岸が発達し、函館の発展により住宅化し、湯川付近では温泉ホテルが海岸に並ぶなど、漁村の面影はなくなった。新川近くに宇賀浦町の町名を残すが、近くの海岸には石川啄木像のある小公園があり、昔を回想させる。

詩の中の〈南部の山〉というのは、対岸の下北半島のことだ。下北半島は、かつて南部盛岡藩の領地であり、オジイチャンの祖父は大畑村の村役人をしていたのだ。

東は江戸、西は広島や四国まで〈ええじゃないか〉が吹き荒れていた慶応三年、下北半島では何があったのだろうか？　地元の研究者、鳴海健太郎氏の〈下北民衆史略年表〉から、その年の出来事を拾ってみよう。

　逸脱だらけのトヨアキの旅にふさわしく、もう一つの逸脱も重ねてしまう。十一歳で下北半島に疎開し、二十八歳で北海道へ逃げ出したトヨアキの下北弁の逸脱《よげしやべり》である。

正月　田名部通御役高書上帳を作成。（世の中《なが》ァ引《と》っくり返《け》るづ年の初《はし》めに、お役所《やぐしょ》ァ何時《いづ》もど同《ふと》じで、税金ばふんだぐる勘定書ぎば作《つぐ》ってらんだえのう。極楽《ごぐらぐ》、極楽《ごぐらぐ》。）

二月十五日　アメリカの捕鯨船カントレ・バケット号、小田野沢沖に難破、四十五人のうち五人死亡、他はボートで小田野沢に上陸。（村の人達《ふとど》ァ船ば出して、捕鯨船さ積んでらものば陸《おが》コさ運んで呉《け》だづじゃ。アメリカ人ァ麦粉《うどんこ》ば村の人《ふと》さ沢山《ずっぱ》ど呉《け》だばって、余りど真っ白だ粉コだもんだどごで石灰だど思《も》ったんだど。最高の麦粉《うどんこ》だど分がってがらだば、「呉《け》さまえ、呉《け》さまえ」って、貰るに行ったづじゃ。食パン、ハム、ワイン、コーヒー、角砂糖、ナイフ、バケツ、スコップ、ロープ……。何《な》もかも、みんな初《はし》めて見るもの許《ばり》だえのう。「知識ヲ世界ニ求メ大イニ皇基ヲ振起スベシ」づのァ明治天皇の五ヵ条の御誓文の言葉《ことば》コだばって、そったに胸張《しょきば》って言《へ》られ無《ね》ふても、一年《いちねん》も前《め》に、小田野沢《おだのさわ》だば文明開化の嵐ァ吹いたんだえのう。）

五月九日　入口村大火。七軒焼失。（七軒でも大火だつんだもの、田舎《じゃいご》なんだえのう。津軽海峡《かいぎょう》の風コァ、ビュンビュど吹ぎづける浜所《はまどご》だもんだもの、煽らえだ火ァ、ボンボど燃えで怖《おが》ねふたべのう。）

六月　江差の名家甲家問屋へ、大畑の安田屋観音丸出向く。（世の中《なが》ァ引《と》っくり返るづ時《どき》でも銭勘定《け》するのァ、お役所許《やぐしヨばり》でねえ様《よん》たえのぅ。）

十二月四日　昼、田名部新町火事。五十四戸焼失。（入口村《いりぐつむら》の八倍《はぢばい》の被害だえのぅ。お代官《だいがん》サマのいる町《まぢ》ァ、火事も桁違《けだちが》いだね。何ァ良《い》いもんだがさ、訳分《わげづ》がんねえのぅ。）

徳川慶喜が朝廷に政権を返上することを申し出たのは、田名部新町の大火の二ヵ月前のことである。間もなく、〈ええじゃないか〉の波は江戸へも押し寄せるが、その年の末には静まってしまう。代わって北へ押し寄せてきたのは、新しい時代の権力を得た官軍である。北の諸藩に難癖をつけることでもって、より一層の権力を確立しようとしたのだった。

最も激しい戦場となったのは会津だった。数千人が戦死し、鶴が城は落城した。領地は没収され、代わって与えられたのは、同じように官軍の敵となってしまった南部盛岡藩の領地——下北半島や、その南の三戸、五戸地方などであった。

斗南《となみ》藩と名づけた新しい領地に、藩士たちは続々と移住をしてくる。一八七〇年（明治3）のことである。その中にいた一人の子どもが、オジイチャンの父親になる人だったようなのだ。

「今日は、オヤジの命日だ」

ふすまの透き間から伝わってくる味噌汁の匂いにのって、オジイチャンの大きな地声が聞こえてきた。

ドングリが落ちてきたように、心の水面が不意に揺れる。

オカアチャンと、その弟のオオニイ、そして、その弟のチイニイ――オジイチャンの子どもは三人、ここで一緒に住んでいる。三人にはオヤジがあり、オヤジであるオジイチャンにもオヤジがあるというのだから、トヨアキにもオヤジがあっていいはずだ。

疑問が、トヨアキの着替えの動きを遅くさせる。服のボタンをようやく掛け終わり、ふすまに手をかけると、オカアチャンの咳き込む音が背中でした。

カフェーの女給だったオカアチャンは帰宅が遅く、みんなの朝は、オカアチャンの夜中だった。夜中なのに、咳で寝られないオカアチャンなのだ。結核菌が肺をむしばんでいたということは、まだオカアチャンさえも知らなかった。

オカアチャンの布団に近づく。顔をのぞくと、オカアチャンは目をつぶっていた。咳と一緒に唇が揺れ、まゆ毛が寄る。まるで怒られているようなトヨアキだった。

怒られても仕方はない。不満の目でのぞいたのだ。オトウチャンというものを、どこかにやってしまったらしいオカアチャンの顔だった。

きびすを返し、ふすまを開ける。

「坊や、おはよう」と、ちゃぶ台のそばから声をかけてきたのはチイニイだった。

「坊や、おはよう」と、オオニイの声も聞こえてくる。

あいさつは返らず、体は仏壇の前にいってしまう。手を合わせて正座するオジイチャンの後ろに立つと、こっそり仏壇の中をのぞき込んだ。

過去帳の難しい戒名が目に入ってくる。戒名はいくつも書かれていたが、オジイチャンの癖のある文字が示しているものは戒名ではなかった。トヨアキにも読むことのできる〈木本国英〉という文字だった。

この人が、オジイチャンのオトウチャンなんだろうか？　でも、オジイチャンは向井永太郎——そのオトウチャンなら、向井国英じゃないだろうか？

オバアチャンが台所からおひつを運んできた。

「坊や、仏さんの御飯取って」と、オバアチャンの命令だ。

真鍮の台の上で乾いてしまった昨日の御飯を手でつかみ、オバアチャンは二つに割った。ポンと一つを自分の口に入れる。うまそうな口の動きに、トヨアキの手も思わずのびた。

おひつのふたを取り、オバアチャンは仏さんの御飯をよそった。炊きたての御飯の湯気は、忍者の煙のようにおひつの中から昇ってくる。疑問は煙にくらまされ、くらんだ疑問を飲み下すように、トヨアキは乾いた御飯の半分を胃袋へ落した。

五十数年たった今、過去帳をくわしく見ると、木本国英の欄はこうである。

明治二十八年八月廿五日　永太郎実父
木本国英　二十九才
北海道増毛ニテ死　松前葬

死亡年月日からオジイチャンの誕生日、明治十四年八月十一日まで逆算してみると十四年だ。二十九歳で死んだ男の十四年前というと、十五歳——多分、数え年だろう。それが、木本国英が父となった年齢なのだ。

過去帳の二十二日の欄には、母となった人のことが書いてある。

昭和十九年十二月

藤　川　き　ち　　　永太郎の実母

八十五才

筆遣いの幼稚な字だ。それもそのはず、書いたのは十一歳の少年トヨアキ——オジイチャンも、オカアチャンも、オオニイも、チイニイも、みんな病気で死に、オバアチャンと二人きりになってしまった時だった。藤川きちの死亡の知らせを受け、向井家の御主人サマの気持ちを装い、筆を持ったのだ。気持ちと形は一つにならず、文字は稚拙、学校はズル休みを繰り返していたころである。

藤川きちが死んだ土地は〈根室国別海村に生まれ〉と、司代隆三氏が書く別海だった。さて、ここでまた逆算をしてみよう。逆算すると、きちは数えの二十二歳でオジイチャンを産んだことになる。木本国英は、七歳も年下だったのだ。

〈根室国別海村に生まれ〉という記述を正そうとして、あれこれ言葉を並べてきたが、すべてはオバアチャンからの又聞きである。そのオバアチャンもとっくに死に、証拠は何かと迫られると、〈国しぬび〉の一篇だけでは頼りない。第一、大畑という地名が、そこには出てこないのだ。

北海道庁に残るオジイチャンの履歴書には地名が出てくる。写真に撮って送ってくれたのは、札幌の好川之範《よしかわゆきのり》氏だ。オジイチャン、オバアチャンと娘の貢子（札幌で病死）、そして石川啄木、同じ苜蓿社の松岡蕗堂などが住んだ札幌の田中家跡を探し当てた人である。

いただいた履歴書の写真を見ると〈産地〉という欄があり、そこには、はっきりと〈青森県下北郡大畑村〉と書いてある。

書いてあるからどうなのだ。祖先の土地をしのんで書くということも、ないわけではない。江戸時代、大畑に住みついた向井喜兵衛は〈生国勢州慥柄浦《たしからうら》〉と家系図に書かれているのに、他の古文書で調べてみると、生まれたのは江戸のようなのだ。その何代前かの人間が、勢州（伊勢国）から江戸へ出てきていたのだった。

品川区役所からもらった除籍謄本を眺めてみる。出生地の記述は欠け、こんなふうに始まっている。

大正拾壱年壱月弐拾八日前戸主泰蔵死亡に因り選定家督相続人前戸主甥永太郎相続届出同年五月参拾日受附

泰蔵というのは、〈一二歳のとき鹿児島の伯父の養子となる〉と司代氏が書いている伯父、向井泰蔵のことで、この除籍謄本の文面によると、どうやら養子というのは戸籍上のことではないようである。

オジイチャンの出生地についての記述は欠けているが、父の名前は載っていた。木本国蔵なのである。母の欄には、キチと片仮名で書かれ、続柄は長男となっている。除籍謄本の父の欄は空白で、母との続柄が私生児男となっているトヨアキのページと比べてみたら、大違いのオジイチャンである。

オジイチャンは、本当に、法的な手続きで結婚をした男女の子どもなのだろうか？

オジイチャンの母のことは、向井の家系図にこう書かれてある。

吉、松前福山三上松蔵へ嫁シ後離縁更ニ根室別海移住人本国八戸鮫村藤川命助へ嫁ス

もういい。別海に生まれようが、大畑に生まれようが、そんなことはどうでもいい。〈国蔵〉でもいいし、〈国英〉でもいい。〈キチ〉でも、〈きち〉でも、〈吉〉でもいい。からんでみたい司代氏の表現も他にまだまだあるのだが、そんなことはどうでもいい。ただ一言だけ言いたいのは、司代氏の向井永太郎には〈ええじゃないか〉がないということなのだ。


「ジュースにコーラ、コーヒーはいかがですか？」

若い男の声である。水色の四角い帽子を頭に乗せ、同じ色の半袖シャツを着ている。シャツの上のエプロンの縦縞は同系色の藍色で、男の体はおしゃれな制服に包まれていた。おしゃれとペテンは同義語である。

「酒はないのか？」

下戸の口から思いがけない言葉が出る。やけ酒でもやろうというのだろうか？　荒い口の利き方は、もう酔っぱらってしまったかのようである。

「お酒はありませんが、ビールならございます」

「ビールでいい。一つくれ」

「つまみは要りませんか？」

「要らん」と、ケチな勘定が頭をめぐる。

グーッと腹が音をたてた。もう十二時になろうとするのに、つまみ一つをケチルとは、なんだかオジイチャンに似てきたようだ。

ピッと笑ったのは、バーコードを読みとる音である。

売り子の手の中の缶ビールのおしゃれなデザインが目の前に近づく。金文字だらけのこのおしゃれには、どんなペテンが仕込まれているのだろうか？

「二百五十五円いただきます」

売り子の声をのせて、缶ビールが手渡される。早くもペテンは露出したようだ。

「二百五十五円!?　暴利だ！　それじゃあ、俺の葬式の時に集まった香典と同じじゃないか！」

売り子のまつ毛が上下に動いてピタリと止まった。

色のあせた和服の袖が金褐色の毛皮の脇から突き出ている。袖なしの毛は老人の鼓動を伝えて逆立っていた。

おそるおそる売り子は手を出した。

「御返品なさいますか？」

「バカにするな！　金はあるんだ！」

老人は、右手に持った缶ビールへ左手をやった。持ち替えて、空いた右手をこわごわたもとの中へやる。感触がおかしかった。巾着の手ざわりはなく、革の財布のようなのだ。

たもとから出してみると、思った通りである。

「これは誰のだ!?」

老人は、売り子に財布を突き出した。売り子は後ずさりしながら、老人の手の先を見つめた。右の手の先ではない。左の手の先だった。そこに握られた缶ビールを売り子は何とかして取り戻したかった。

「待てよ。これはトヨアキの財布だ。あいつ、東京駅で大枚一万両を引き抜いて切符売り場のロボットの口に入れてやったが、あの財布がこれなんだ。ロボットが出してよこした釣り銭は、確か千九百七十円。払える、払える」

財布と缶ビールで両手はふさがれ、老人は財布を開くことができなかった。缶ビールをおく場所を探して、老人はまわりを見まわす。売り子は手をのばして、老人の前のシートの背もたれに仕掛けられたテーブルを出した。

「ありがとう。こういう仕掛けがあったのか。ここは一等車か？」

缶ビールを持ったまま、老人は売り子に問いかける。

売り子の返事はなかった。彼は用意したテーブルに向かって黙って片手を差しのべ、缶ビールをおくことをうながした。

「ああ、ありがとう、ありがとう」

缶ビールがテーブルの上で音をたてる。空いた左手に右手の財布を移し、空いた右手で老人は財布のホックを外してみた。

二つ折りの財布をのばすと、隠れていたチャックが現われる。

老人は、チャックを引いてみた。思った通り、硬貨が入っている。

「これは、いくらだ？」と、老人は一番大きい硬貨をつまみ、数字を確かめた。眼鏡はかけていないが、老人の目と硬貨の距離は、遠くもなければ近くもない。

「五百円!?　オイ、これは本当に五百円なのか!?」と、老人は、売り子の胸元に硬貨を突き出して言った。五十年前の朝の散歩で、老人はよく道に落ちていた硬貨を拾って帰ってきたものだが、それはアルミの一銭、五銭——うまくいって十銭玉だった。

「ハイ、五百円です。二百四十五円のお釣りになります」と、売り子はエプロンのポケットに右手を入れて、もう釣り銭を探っている。このアヤシイ客とは、早く別れてしまいたいのだ。

指で探った硬貨を握りしめ、売り子はポケットから手を抜いた。掌の上の硬貨のかたまりを親指一つで器用に分ける。

百円玉が二枚、十円玉が四枚、五円玉が一枚——二百四十五円ぴったりである。こんなにうまくいくものではない。

「五百円からお預かりします」と、売り子は空いたもう一つの手を老人に差し出し、五百円を要求する。

硬貨の受け渡しをする売り子の表情は和らいでいた。ぴったりと釣り銭を探り当てた自分の指のツキがうれしかったのだ。今日は金曜日。明日は馬券を買える日だ。大井競馬場では、スーパーオトメがデビューをする。

「ジュースにコーラ、コーヒーはいかがですか?」

ワゴンの車輪の小さな音でリズムをとり、売り子はまた声を出す。売り子の背中のエプロンの吊り紐を引っぱるように、老人の声が飛んできた。

「オイオイ、缶切りはないのか!?」

「ジュースにコーラ、コーヒーはいかがですか?」

背中の声を払うように、売り子は腰を横に揺さぶりながら遠ざかっていった。厩舎を跳び出し、高速道路を逃げて走ったというスーパーオトメに比べるならば、つつましい反乱である。

老人は口をとがらせ、手に取った缶ビールを眺める。缶の上には、指をかけるためらしい金具があり、金具の左右には、矢印が二つついていた。それぞれ文字が刻まれている。

①タブをおこす

②タブをもどす

「Oh！ Tab！」と、老人の舌の動きは急に変わり、顔には微笑みが現われる。

指をかけ、タブを起こす。シューッという音と一緒に飲み口が開き、ビールの泡が出てきた。

「オットットットット！」

唇を近づけると、起こしたままのタブが鼻下の髭をこする。老人は唇を離し、②の矢印の方向に急いでタブを戻した。

タブの倒れた飲み口に向って、もう一度唇をやる。缶を傾けると、ホップの苦味が舌の先を震わせた。胃袋が熱くなり、細めた目まで熱くなる。五十一年と八ヵ月五日ぶりのアルコールなのだ。

最後のアルコールは、老人があの世に旅立つ当日のことだった。一九四四年（昭和19）五月二十九日のことである。

三十年ほどたってから、孫は、その日のことを老人の連れ合いに聞いてみたことがある。九十歳になろうとする連れ合いは、もう二年も寝たきりだった。ノートを開き、ボールペンを持って、孫は枕元に座り込んだものである。

「オジイチャンが死んだ時のこと、どうもくわしく思い出せないんだけど、何の病気だったの？」

「胃潰瘍か何かだったんだろう」

「だったんだろうって、はっきりしないの？」

「だって、お医者さんに診せたくないって強情はって、半月も寝たきりだったんだもの」

「診せなかったの？」

「ああ、おかげで、わたしは困ってしまったよ。死んだ後、警察にいって事情を話してね、ようやくお医者さんを紹介してもらって死亡診断書を書いてもらったんだよ。心臓麻痺ってことにしてくれたけどね、血を吐いたりしていたから、胃潰瘍か何かだと思うよ」

「オジイチャンが死んだ日、ボク、学校にいってたんだよね」

「そうだったかねえ」

「そうだよ。少年倶楽部の新しいやつが島宗さんで売っててさ、買ってもらおうと思って走って帰ってきたら、死んだっていうんだもの。でもさ、ボク、少しも悲しくなかったんだよね、あの時。オバアチャンからお金もらって、少年倶楽部を買いにいってしまったんだもの」

「そうだったかねえ」

「オジイチャン、死ぬ時、何か言った？」

「前の日だったかな。『苦労かけたなァ』って、あやまっていたよ。讃美歌なんか、一人で歌ってね」

「讃美歌？　どんな讃美歌さ」

「わたしが聞いたんじゃないよ。用足しにいって帰ってきたら、大家さんの奥さんから『旦那さん、讃美歌を歌ってたようですよ』って言われたんだよ」

「どんな讃美歌だったのかなァ」

「まァ、いいさ。死ぬ時にあやまったんだから、わたしも許してやるさ」

「目を落とす時、どうだったのさ」

「知らない」

「そばにいなかったのかい？」

「うちの中にいたんだけどね、その時、『酒を飲みたいなァ』って言うもんだから、配給のお酒をコップに入れて、枕元においてね、それからお勝手で仕事をしてたんだけど、なんだか、あんまり静かな感じがするもんだから、いってみたら、もう死んでたんだよ」

「コップの酒は？」

「すっかり、飲んでたよ」

「一人で飲むほど、力があったのかなァ」

「知らないよ。もう、わたし、しゃべるの面倒くさくなってきた。苦しくなってくるもの。もう、この辺で止めておくれよ」


トンネルの出入りが続く。窓の光の変化のたびに老人のまつ毛は揺れ、閉じたまぶたが開きかかる。開きかかったまぶたは、まるでこの世とあの世のもつれ合いのようにヒクヒクと痙攣し、老人は、眠るともなく覚めるともなく座っていた。

テーブルの上の缶は、もうとっくに空である。ビールは老人の下腹部に達し、膀胱を刺激しはじめていた。

窓の光がまた変わった。いきなり大きく富士山が現われる。まぶたは痙攣を忘れ、二つの目が大きく見開かれた。

頂上には、雲がかかっている。まるで紗のような薄い雲だ。純白の反物を一反、サッーと頂上に広げたように雲はのび、頂上は、雪の稜線を淡く描いていた。

車両はスピードを落とし、コンパスの線のように富士山のまわりをいく。

「何十年ぶりの富士山かなァ」と、老人はつぶやいた。

「何十年じゃ大げさだよなァ。たった一ヵ月ぶりじゃないか」と、老人は、自分のつぶやきを訂正する。

「一ヵ月ぶり？　じゃあ、今は、昭和十六年の十二月なんだ……。いや、違う。今は昭和なんかじゃない。平成だ。平成八年二月二日だ。平成七年の暮れまで、俺はこの新幹線を使って銀行のパシリをしていたじゃないか。あの富士山は、俺がリュックを担いで降りていた三島の富士山だよ。駅前の銀行の業務センターに届けるために、俺はいつもここで降りていたじゃないか……。いつも降りていた？　三島なんか降りたことはないぞ。新幹線も、俺は初めて乗ったんだ。俺が知っているのは、東海道本線の三等車。西宮の啄木研究家川並秀雄氏に旅費を出してもらう約束で、啄木の思い出話をしにいったのは昭和十六年の九月と十一月の二回だった。嘘じゃない……。嘘じゃないよな。日本近代文学館には、向井永太郎から川並秀雄氏に宛てた書簡がいっぱい残っているもの。それを読めば、その時のいきさつがよく分かるよ。でも、その旅は昭和十六年、一九四一年の過ぎてしまった旅なんだ。今日は、一九九六年二月二日だよ。富士山は、ほぼ一ヵ月ぶりなんだ……」

老人の独り言は昭和と平成を往復し、時間の幅は、なかなか定まってくれなかった。

三島駅のホームが近づいてくる。反射的に、老人は股の間に手をやった。大きなリュックを股で守り、通い続けた日のパシリの手の動きである。布の手ざわりはあったが、ゴワゴワとしたリュックの手ざわりとは遠いものだ。

目をやると、両手がつかんでいるものは、洗いざらしの自分の着物の前裑《まえみごろ》である。前裑を上に向かって目でたどると、左右の袖は、金褐色の毛皮の袖なしを通していた。

目が熱い。眼鏡を押し上げ、熱い目をこすろうとすると、眼鏡は手にさわらなかった。

目をこすり、空いている隣のシートに視線をやった。シートの上には何もない。コートもなく、鞄もなかった。

老人は立ち上がった。

「あれ？　俺、どうして立ったんだ？」と、老人はつぶやく。膀胱のうずきが、老人の言葉をつなげた。

「小便、小便。小便に立ったんじゃないか」

下駄の音が通路に響く。ドアが近づいてきた。ドアにはノブがついていない。さて、どうしたものかと立ち止まると、ドアはひとりでに開いた。

「何だ？　お化け屋敷みたいだな」

おそるおそるデッキに出ると、老人は乗降口に近づいた。小便の前にホームへ降りて、富士山を眺めたいと思ったのだ。

車両は止まり、乗降口はもう開いていた。乗り降りの終わったデッキに立ちはだかり、携帯電話を使っているのは若いビジネスマンである。プッシュボタンの上で、人差し指が躍っている。とおせんぼをするように、突き出ているのはアンテナだった。

指の動きと一緒に携帯電話が揺れ、アンテナの先の黒い円柱形の物体が人魂のように揺れを伝えていた。ここはやはりお化け屋敷のようである。

「邪魔じゃないか！」と、老人は黒い人魂を手で払った。

「何をするんだよ！」と、二つ目小僧は目を剝く。化け猫のように右手が跳ね、乗降口から出ようとする老人の襟首を後ろからつかんだ。

引き寄せられた老人の左の頰へ、二つ目小僧の拳が飛んだ。老人の体は右へ傾き、頭の横でデッキの壁を強く叩く。尻から落ちた老人は、デッキの上にひっくり返った。

脱げた下駄がカタカタンと床を打つ。二つ目小僧は目をしばたたいた。カタカタンの音と一緒に、老人の姿は一変してしまったのだ。

たっぷりとあったはずの白髪は、染めのはげかかったバーコードに変わり、毛皮の袖なしは消えている。羊羹色の和服も消え、老人はズボンにセーター、背広服の、どこにでもいる人間に変わってしまっている。靴は脱げず、脱げたはずの下駄は消えていた。代わって落ちているのは、毛皮の袖なしの老人がかけていなかったはずの眼鏡である。

二つ目小僧が後ずさりをする。向きを変え、彼は大股でトイレの前を通り抜けた。前へ前へと車両を移る二つ目小僧の手の中から、突き出たままのアンテナが揺れる。上司からの電話の音が、乱れた二つ目小僧の心をいっそう乱していた。

老人は上半身を起こし、かすんだ目で床の上を探した。

飛んだ眼鏡は、足の先に落ちている。膝を突いて手をのばし、眼鏡を取り上げると顔に戻した。

焦点を結んだ目の先で、乗降口のドアが閉まる。

老人は、ゆっくりと立ち上がった。ドアのガラス越しに富士山は見えるが、富士山は心をとらえてはくれなかった。とらえてもらうには、ほどほどのゆとりが必要なのかもしれない。

ゆとりはなかった。殴られただけではない。老人の膀胱は、今にも破裂しそうに張りつめていたのだ。

すぐそばの男性トイレのドアを開ける。肩で止めて中に入った。手はズボンのチャックにかかっている。

音を走らせチャックが下り、激しい放尿が便器を打った。五十年前のあの放尿と、どちらが格が上なのだろうかと、トヨアキ老人は、ふと考える。オジイチャンのあの放尿には、やはりかなわないと彼は思った。

オカアチャンとチイニイが、結核のために立て続けに死んでしまった後のことだった。玄関の式台に腰をかけて、ある日、トヨアキは講談社の絵本を読んでいたのだ。

気配を感じて彼が振り向くと、昼日中から酒を飲み、玄関先の四畳半の布団の中で眠っていたオジイチャンが上半身を起こしていた。

膝を突いてオジイチャンは立ち上がる。踏み出した足がもつれ、オジイチャンは手を突いて前に倒れた。

今度は、膝を使って前に出る。

「ウーッ、ウーッ」という低いうなり声と一緒に、よだれがたれ落ちていた。

それほどまでにして寄ってくるオジイチャンの意図が、トヨアキには読みとれない。何を言いつけられるのだろうと戸惑いながら、彼はオジイチャンを見つめていた。

赤い顔がぶつかりそうな距離になる。膝の動きを止め、オジイチャンは、はだけた着物の前を探った。紫色に剝けた陰茎が突き出てくる。

「ワーッ！」と叫んで、トヨアキは外へ飛び出した。

式台に向かって放尿が始まる。置き忘れた絵本のページを直撃して、オジイチャンの小便は、たたきへ向かって流れ落ちていったものだ。

放尿が終わる。こだま号のトイレの中の陰茎は、先の先まで包皮にくるまれ、紫色に剝けたオジイチャンの逸物とは縁遠かった。包茎の遺伝子は、顔も知らないオヤジからもらったものなのだろう。

洗面所に入り、手を洗う。三面鏡に映った左の頰には、痣一つ残っていなかった。殴られたような気もするが、記憶は定かではない。頭の右をぶつけたような気もするが、これもまた、記憶は定かではなかった。右の頭の髪の乱れよりも、左の頭の髪の寝癖の乱れの方がはるかに目立っている。濡れた手で、寝癖を整えた。指の動きに乱れはなく、上半身を支えてくれる足にも腰にも乱れはなかった。ビールを飲んだような気もするが、顔は少しも赤くはなかった。

十六号車に戻る。座席からたれたコートの袖が合図を送っていた。袖を引き上げ、隣の席に座ると、テーブルの上には缶ビールが一つ乗っている。振ってみると空だった。

「やっぱり、俺が飲んだのかなァ？」

つぶやきながら空き缶を持ち、もう一度デッキに出た。ごみ入れに捨てるためである。気になるものは捨てるに限る。それはこの世の常道である。

座席に戻って座り直した。テーブルの出っぱりが目にわずらわしい。わずらわしいものは引っ込めるに限る。それもこの世の常道である。

今度は耳が気になってくる。わずらわしくなってくる。

ゴーンと頭の上から降ってくるのは空調の音だった。

ウーンと足の下から湧いてくるのはモーターの音だった。

ドーンと窓の外からぶつかってくるのは上り列車の風圧の音である。

音は合唱のように混ざり合い、「ええじゃないか、ええじゃないか」と歌っていた。

山の土手っ腹には穴を開け、川の底には鉄筋を打ち込み、田園風景のド真ん中を二つに割って走っていく列車である。

開墾

無残なる破壊の時は来れり。
三百年の森の生命《いのち》は
今刻々に滅び行くなり。

日は陰惨として光薄く、
風は音なうして冷気骨に入る。

呻くが如く泣きやまぬ谷の流は
七尺の雪に行く途狭められ。
今しも急ぐ注進の飛脚の旅に
いとゞ尚悶ゆる声をあげてけり。

幅広き鋸は樹の根に置かれたり。
鋭き歯並白雪の
光をかへし、ぎら〳〵と
天王寺鋸は樹の根に置かれたり。

海抜こゝに八百尺。
葦毛の馬の背の如く起伏せる
丘陵の上に群がる老弱の樹木は
今冬眠の静寂の中に
夢みる春の永久《とこしへ》に帰らざるべき
運命の手に握られたり。

餌《えば》に餓えたるくろがねの
鋸は喰ひ入る楢の幹。

森の王者と聳え立つ
周囲《まわり》丈余の楢の幹。
王者は泣くか、さにあらず、
餓えたる鋸の牙の音。
巨人は忍ぶ運命の痛きさへなみ。

鋸は飽く迄肉を喰み、
疲れし牙を休ますする。
渇ける斧は今躍り、
巨人に残る血をすゝる。

とゞろ〳〵と山鳴りて
百尺の長身は倒れたり。
巨人は死ぬる雪の上、
睡れる雪は地雷火の如き
煙をたてゝ天に飛べり。
あたりに立てる郎党の
数多の樹々も殉死する
いまはの叫び、生々《なま》しきむくろ。

無残なる破壊の時は来れり。
三百年の森の生命《いのち》は
今刻々に滅び行くなり。

牙を鳴らして
鋸はかゝりぬ桂の樹、
目を光らして
斧は躍りぬ菩提樹に。
森の群雄白樺《しらかんば》、
刺桐《はりぎり》に榛の樹に
皆悉く倒れ行く。

緑のほこり皆きえて
淋しく立てる雑木林の冬なれど、
群がる樹々の枝繁り
鬱とこもりし森林の
今し生命《いのち》の根に離れ
滅び行くなる様を見よ。

点々と伐株は列ぶ雪の上、
幽霊の如く截面《きりめ》が光る中に
うごめくものは態なるか。
黒き筒袖外套に
頭身体《からだ》を包みあげ、
此処にさしきし冬の日の
明るき光仰ぎ見て、
深き喜悦に一服の煙草を吹かす
そは人間に外ならず。

彼は開墾者なり。
三百年の森の生命《いのち》を犠牲《にえ》として
此処に開くなり新天地。
此処に生むなり人間を。

向井夷希微の第二詩集〈胡馬《こば》の嘶《いなな》き〉の冒頭に掲げられた一篇である。望郷歌〈国しぬび〉の陳腐な抒情から十年たった一九一七年（大正6）、彼は「ええじゃないか、ええじゃないか」と近代化の道を走り続ける時代に首を横に振り、反抗の詩を次々に書いた。〈胡馬の嘶き〉には、彼の代表作がひしめいているのだ。
十年という〈国しぬび〉からの年月は、彼が北海道庁の山役人を続けた年月でもあった。函館から北海道庁のある札幌に移ったのは、〈国しぬび〉を発表する前月、一九〇七年（明治40）六月のことである。晩年、川並秀雄氏の求めに応じて彼が書いた〈紅苜蓿《べにまごやし》〉の大島流人についての回想記には、函館での生活をこんなふうに書いた部分がある。

僕が青写真版の同人雑誌「牧笛」を出す際に、親友E君を介して大島君から原稿をもらつたのが縁で、交際を更新することになり、明治三十八年六月、僕の結婚式にも立会はれ、「勝勇一生」と書いた紙札をはつた醬油の一斗樽を自身で担いで来られ、僕の不在中で、新妻は「御主人によろしく」と御礼を言つて頂戴し、後にそれが御主人自身であつたことがわかり、大笑となつたものである。
僕が病気で鉄道会社をやめ、貧乏のドン底に落ちた頃、親友E君を介して大島君は自分の弟子を僕に譲り、英語塾を始めさせたが、これが僕の明治四十年六月、札幌に行くまでの家計の道となつたのである。

結婚式は、基督教会でおこなわれている。翌年、貢子が生まれるが、〈紅苜蓿〉の第壱冊には、親馬鹿爺というペンネームで、彼は貢子についての戯文を書いている。そのころの彼の暮らしぶりが分かるので、これも部分的に引用してみよう。題は〈箱入娘〉――貢子は日中、箱のような支那鞄に入れられていたのだ。

御客様は、来る人毎に私の揺籃――支那鞄若くは箱と云ては余に無風流ですから、仮に名づけませう――をゴロめかし、種々の顔や優しげな声を出すのを見る事は、私の甚だ愉快とする所でございます。尤も其動かし方は、人様によツて種々ございまして、岸沢さんがいつか御訪ねの時、お母さんは御留守、お父さんは授業中、私は眠ツて居たのですが、戸の開く音で目が醒めました。斯ふ云ふ際は、暫く泣き出す迄の余裕はあるのでございますが、其内に岸沢さんは、其黒いお顔を私の目の前にぬツとお出しなされたので、私はつい笑ひ出しました。併し、私の予定の行動は中止するわけには参りませんから、思ひ切てわツとやりますと岸沢さんは喫驚仰天《びつくりぎやうてん》、早速揺籃を揺かし始めましたが、私は一寸も泣き止まんので、それはそれは大地震を起しかけました。地震といふ事も岸沢さん其人のお口から出ましたので、「さア、之は明治廿四年尾濃の大地震、おツとそら安政の江戸の地震、こいつは桑港のほやほやでござい」などと、無暗にドタバタゴロゴロさせなさいます。私は泣くにも泣かれず、唯其の地震なるものに恐縮して居たのでございます。お父さんの授業後、お二人の御話の中に、岸沢さんは小さな地震を起し乍ら、「之は新案だが、一々押したり動かしたり面倒だから、上から糸で釣て、ちヨいちヨい揺かしたら如何《どう》だね」と、お父さんに申されますと、「さうだよ、此間から考へて居るんだがね」とお答でした。不幸にして、此事が其後実行されましたが、(私は敢て不幸と申します)細引《ほそびき》で、私は箱ごと吊《つる》されました。「之は非常に楽《らく》だ。これで無くちやいけない」なんて、お父さんは独りで恐悦がツて、ちヨいちヨい引綱を引いて居る中に、どたんと!!私は先日の地震以上の騒を感じましたと同時に、私の顔の上に細引の余が落て参りました。吊《つる》し方は極《ご》く低くツて、下に柔い蒲団もある事なり、少しも構ひませんが、唯其細引の打撃に、私はたまらず声を挙げました。
揺れるのは、支那鞄の中の赤ん坊だけではない。妻子を抱えたビンボー詩人は、揺れる家計の安定のために、お役人となってしまったのだ。

役所

うち見には耳二つ目二つ
鼻と口一つづゝ皆もつ。
そを思へば異《かは》るともあらねど
そを見るにさま〴〵の人顔。

此処ぞこれ蝦夷が島十あまり
一つある国を治《し》る国中《くぬち》の
政所、赤煉瓦いかつき
殿つくり、その殿の中なる。

分担《わけもち》のそれの業係りの
長《をさ》めける齢いまさかりに

ふところもさや、顔は肥えたり。
口ひげの穂にもでし脂肪《あぶら》は
いと著《し》るし禿げ初めし額の
上、さなり照り映ふや青筋。

其前に其横になみゐて
大机かゝへたる人々、
ちかめにか金ぶちや銀ぶち
鋼鉄やニツケルの枠ある
眼鏡のみぎら〳〵と光りて
底つ目の鈍《にぶ》げなる人々。

又見ればほゝ骨の聳えて
青さびのす黒なるおもゝち、
髭あるもひげなきもこと〴〵
少女《をとめ》等の物怖ぢむ険《けは》しさ。

さま〴〵の人の顔一つに
暗澹の色浮ぶ役所や。

民を治《し》る所とし思ふに、
目に見えぬつかさ今臨みて
こらしめの振りに鳴る鞭笞《しもと》は、
うづ高く積みにける書類《かきもの》
うち開く音にこそ聞こゆれ。

役所勤めを始めた月に、彼はもうこんな愚痴を書いている。〈石川啄木事典〉の中に引用されている啄木の書簡――〈向井君は好人物には相違なく候へど、畢竟ずるに時代の滓に候、最も浅薄なる自暴自棄者に候、一切の勇気を消耗し尽したる人に候、詮じつむれば胸中無一物の人に候〉という言葉は、このころの向井永太郎を写し出すものである。

四年後の一九一一年（明治44）、本郷弓町から、啄木は永太郎へ宛ててこんな年賀状を出している。

新年のお祝申上げます
併せて私は、兄がもはや詩や歌を作らなくても済む正しき道にお進みになつてゐる事についてもお祝申上げます

このころ、永太郎の友人たちは次々に北海道を去り、東京へ出ていた。ゲージュツとは縁遠くなってしまった永太郎に対して、友人たちは上野の森の美術展の絵葉書などで、しきりに東京の声を届けてくるのだった。

一九一七年（大正6）二月、彼は十年間にわたる役人生活を断ち、東京へ出た。三十五歳の彼である。三人の子どもと妻、合わせて五人の家族だった。

大久保に家を借り、彼は詩作に没頭する。一家の生活を支えるものは、彼の退職金だった。そして、彼は五月、その退職金によって第一詩集〈よみがへり〉を、続いて七月には第二詩集〈胡馬の嘶き〉を出版するのだ。

〈よみがへり〉の扉には、〈父なる神に捧ぐ〉という言葉が刷り込まれてある。自序によると、〈よみがへり〉とは〈詩に復活した記念〉であり、〈永き基督教的信仰生活の動揺の中より、近時漸く確認し得た様に思はるる光明と新作の春季なるを象徴した〉ものなのであった。

北海道時代の詩と、上京してからの詩を合わせたこの第一詩集の中から、上京してからのものを一つ、抜き出してみよう。

二階のあかり

戸の中のかゞやくあかり
一列に戸の外《も》にもれず、
家々は暗くもだせり。
独り立つとある二階家《や》。
二階には、障子のあかり

あか〳〵と照りこそ渡れ。

日にあらず、月にあらねど
この家の二階のあかり
このあたり照らして高し。

何ものかふしぎを見たる
心地にて我は仰ぎぬ、
二階家の二階のあかり。

とにもかくにも上京し、詩を書けるようになった感謝の気持ちが伝わってくる詩ではある。だが、この詩の言葉の薄っぺらさはひどいものだ。書けることがうれしくて、ペラペラ書き流してしまったのだろう。

東京の大久保界隈の〈ふしぎ〉なあかりから、夷希微の心は北海道へと向かう。それは〈胡馬の断き〉に結実するわけだが、彼のアイデンティティとしての北海道を、石川啄木は〈北海の三都〉の中でこう書いている。

北海道は、実に我々日本人の為に開かれた自由の国土であつた。劫初以来《ごふしよこのかた》人の足跡つかぬ白雲落日の山、千古斧入らぬ蓊鬱《をううつ》の大森林、広漠として露西亜《ロシヤ》の田園を偲ばしむる大原野、魚族群つて白く泡立つ無限の海、嗚呼《ああ》此大陸的な未開の天地は、如何に雄心勃々《いうしんぼつぼつ》たる天下の自由児を動かしたらう。独自一個の力を以て男子の業をなさむとする者、歴史を笠に着る多数者と戦つて満身創痍《まんしんさうゐ》を被《かうむ》つた者、皆其住み慣れた先祖墳墓の地を捨てて、期せずして勇ましくも津軽の海の速潮《はやしほ》を乗り切つたものだ。

啄木の自由とは違う形で、自由を書き残したのは萩原朔太郎だった。彼の詩は、こうである。

田舎を恐る

わたしは田舎をおそれる、
田舎の人気のない水田の中にふるへて、
ほそながくのびる苗の列をおそれる。
くらい家屋の中に住むまづしい人間のむれをおそれる。
田舎のあぜみちに坐つてゐると、
おほなみのやうな土壌の重みが、わたしの心をくらくする、
土壌のくさつたにほひが私の皮膚をくろずませる、
冬枯れのさびしい自然が私の生活をくるしくする。

田舎の空気は陰鬱で重くるしい、

田舎の手触りはざらざらして気もちがわるい、
わたしはときどき田舎を思ふと、
きめのあらい動物の皮膚のにほひに悩まされる。
わたしは田舎をおそれる、
田舎は熱病の青じろい夢である。

しがらみを断ち切ろうとして、詩もまた型を破り、時代を破っていった。この詩は日本の近代詩の記念碑的詩集と言われる〈月に吠える〉の中に収められたものであるが、これが出版されたのは一九一七年（大正6）二月――向井夷希微が上京をしてきた月のことであった。

夷希微の詩は、もう完全に時代遅れなのだ。啄木の書簡の言葉を借りるならば、正に〈時代の滓に候〉なのだった。詩の形式においては勿論、その内容――〈胡馬の嘶き〉を貫く反時代的な言葉の数々に至っては、近代に浮き立つ詩壇から到底認められるはずのないものであった。

盗伐

あるものは十年、
あるものは二十年、
ふるさとを遠く離れて
新開の漁村に住まう。

鯡網うまく当りて
一代に産をなしたる
親方の大きな家も
若干《そこばく》かたちてあれども、
いつ迄も其日ぐらしの
小漁師の彼等が住家。

冬の海日毎に荒れて
鱈釣りに出づるよしなし。
冬の日のいたく寒くて
燐料《たきもの》はあまた入りけり。

貧乏なひまな漁師は
つまごはきかんじきかけて、
鋸を背負ひ、鉈をぶら下げ、
吹雪する中をのそ〳〵
今日も亦裏山さして
のぼり行くなり。

裏山に雑木茂れり、
官有の保安林なり。
此山を除いて外に
此あたり立木も見えず。

禁伐の保安林、
魚附の保安林、
今盗伐の惨害を
知らざる様に黙《もだ》しけり。

吹雪にまじる鋸の屑、
海のうなりと鉈の音、
漁師の腕は木に向ひ、
漁師のまなこは他《ほか》を見る。
胸の吹雪と荒浪は
林務官吏の魔の姿。

〈胡馬の嘶き〉の中の詩の一つである。〈林務官吏の魔の姿〉とは、夷希微自身の姿に他ならない。

〈いつ迄も其日ぐらしの／小漁師の彼等が住家〉とは、幼なかったころ、根室国の漁村、別海で暮らした日々の思い出が重なっていたのかもしれない。自由は、ここでは虚妄であった。

国策によって、北海道には沢山の人間が移住してきたが、国策にもてあそばれたのは移住者だけではない。何よりも、先住民族のアイヌだった。〈生業の山猟すれど／追々に獲もの少く、／家つくり暖をとるとて／木をきれば山林の／官吏に睨めらる。〉と、夷希微は〈アイヌ〉という詩の中でも、自分を槍玉にあげている。

風景は変わり、人は変わり、表現は変わる。

落葉松の風

伊藤　整

さはがしく　賑やかに
落葉松《からまつ》の林に風が入る。
枝々は　みどりの髪を
なびけて　すごして　起きかへつて
こまかに日の光をみだす。
あゝ　風のある日の
海のやうに揺れる大きな落葉松の木立。
けれども　風は
落葉松の林に迷ひ込んで死んでしまふのだ。

なんといふ　遥かな
あの風の迷つてゆく音だらう。
いつまで歩いたら眺望は開けるのか
私たちはもう
林の道の小人になつたやうだ。
山では　いつもかうして風があるから
あの山鳩の哲学者は
枝がどんなにゆれても
けつして　目をひらいて　飛び立つたりしないのだらう。

小樽中学のセンセイだった伊藤整が第一詩集〈雪明りの路〉を出版したのは、一九二六年（大正15）――向井夷希微が上京してから九年後のことであった。

〈なんといふ　遥かな／あの風の迷つてゆく音だらう。／いつまで歩いたら眺望は開けるのか〉と、まるで永遠のように立ち並ぶ落葉松の来歴は、〈北海道大百科事典〉にこう書いてある。

カラマツ　マツ科に属する移入種で、本州の中部地方、関東地方および東北地方の一部の亜高山帯が原産。ラクヨウ、ニホンカラマツ、シンシュウカラマツともいう。――中略――生長が早いので、北海道では大正時代から造林され、1979年（昭和54）の人工林面積の37%を占めるまでになった。――後略――

チャイムが鳴る。

「間もなく豊橋です」と、車内放送が響いてきた。瓦屋根の向こうには、落葉松よりも遥かに高くビルが乱立している。

今、豊橋の詩人たちは、このビルの群れをどのような言葉で表現するのだろうか？

〈なんといふ　遥かな／あの風の迷つてゆく音だらう。／いつまで歩いたら眺望は開けるのか〉などと、まさか七十年前の表現はしないだろう。いや、この詩行は、今でも得々と使われそうだ。幸か不幸か、この国の抒情は根深い。

「いつまで歩いたら眺望は開けるのか」

独り言を言いながら、豊橋駅のホームの階段を昇る。特急券を渡して新幹線の改札口を出ると、長い通路が左手にのびていた。すぐ右手には一般改札口があったが、その先の下り階段の眺望は開けていない。

立ち止まって左右を眺めていると、止まった足を急かすように、グググググーと腹が鳴った。腕時計は一時半を過ぎている。

地図を頼りの下調べでは、最初の予定地、中央図書館は、すぐそばの右手の出口から近いはずである。だが空腹を満たしてくれそうな繁華街は、ずっと先の左手の方角のようだった。

とりあえず、右へ向かって歩き出す。一般改札口には、駅員が一人、立っていたからだ。ピーポーの音も、ピーンポーンの音もなく、改札口は資料館のたたずまいである。

「アノー、ここをいったん出てしまってですネー、あっちの方にいくのに、どうすればいいんでしょうか?」

左を指して駅員にたずねた。

「入場券を買って通っていただいております」と、駅員の言葉は標準語風だが、アクセントはNHKではない。

「つながる道は、外にはないんですか?」と、トヨアキの言葉も標準語風だが、勿論アクセントは東北・北海道風である。

「あります、あります。向こうの方に地下道があります」と、駅員は、方角を指で示して答えてくれた。

乗車券を渡して改札口を出る。階段を降りると、小さな広場の片隅にタクシーが数台並んでいた。食堂やら、かまぼこ屋やらが広場を取り巻き、眺望は、まだ開いてくれない。どうにも食欲が湧いてくれなかった。

地下道を探して歩き出す。横断歩道のかたわらに立っている中央図書館の案内板が目についた。〈徒歩約20分〉という文字が、心にゆとりを運んでくれる。横断歩道の向こうには広い道路がのび、どうやら眺望は開いてきたようである。

地下道の入り口は、案内板と向き合っていた。階段を下りると、壁の両側では、蛍光管を忍ばせた広告が狐の嫁入りのように光っていた。オジイチャンがまた出そうである。人の陰に隠れるように足を運んだ。

〈豊橋市立美術博物館〉という文字が目に入る。〈芸術作品の展示・歴史資料などの保護〉という文字もあった。美術博物館というものがあるのは、市内地図での下調べで知ってはいたが、美術作品を鑑賞する場所だとばかり思っていたのだ。〈歴史資料などの保護〉の場所でもあるならば、訪ねる必要があるのかもしれない。

　地下道は長かった。

「いつまで歩いたら眺望は開けるのか」と、呪文のようにまたつぶやく。

　歩かなければいいのだ。

　踊る。

「ええじゃないか、ええじゃないか」と踊り狂ったその時に、この世の一切は崩れ、地平線を出入りする日と月の眺望が開けてくるのかもしれない。踊る気持ちはサラサラなく、〈ええじゃないか〉を尋ね歩くなどということは、片腹痛い了見である。

　日と月の代わりに開けてきたのは、地下の飲食店街だった。たこ焼き屋の赤い提灯が目につく。それより先に目につくのは、提灯の向こうに立つ熊の毛皮のオジイチャンだ。

　片手を高く挙げ、大きく横に振っている。振り幅よりももっと広く、トヨアキの股が広がった。言いたいことを言ってやろう。

「こんなところにいたの？」と、出てきた言葉は穏やか過ぎる。

「お前を待ってたんだ。一献かたむけよう」と、オジイチャンの地声は大きい。大きい地声は熊の毛皮を引き立て、通り過ぎていく人たちは一様に横目を使った。

　オジイチャンの背中のショーウィンドウには、菜飯田楽《なめしでんがく》が見える。ビールの瓶と酒徳利も並んでいた。

「ボク、アルコールは苦手なんだ」

「じゃあ、菜飯田楽でも食ってろ」

顔中の筋肉を使ってオジイチャンは言う。左の頬では、赤い手形が震えていた。右の耳の上の白髪には、血がこびりついている。

「どうしたの？　怪我してるじゃないか。薬買ってくるよ」

「薬なんか要らん。涎《よだれ》をつけといたから大丈夫だ」

「そう。じゃあ、それでいいことにしておこうか。ボク、あんまりおなかが空いてないから、ここで別れるから。オジイチャン一人でお酒飲んでって」

コートのチャックを引き下ろし、上着の内ポケットに手を入れる。酒代くらい、渡してやらなければならないだろう。

内ポケットの指の先に、知らない布の感触が伝わった。取り出してみると、何と縞の巾着である。

「俺の巾着だ！」と、オジイチャンが大声を発した。横目を使って通り過ぎようとしていた人たちの足が止まり、視線が鋭く集まってくる。

「みっともないよ。ボク、巾着切りだと思われちゃうじゃないか」

小さな声で言いながら、ありとあらゆるポケットをトヨアキの手は探っていた。革の財布は、どこにも入っていなかった。

オジイチャンの手が、自分のふところに巾着をしまう。薄く、頼りない重さである。しまった手の先に革財布がふれ、「あった、あった」と、オジイチャンは革財布を突き出した。

「取り替えっこしてたのかァ。変なの」

厚く重い革財布が手渡される。渡してしまったオジイチャンの顔色が冴えなかった。幽霊だから冴えないのは当たり前だが、とにかく表情が変わったのだ。

革財布を開き、トヨアキは一万円札を抜き取った。

「お小遣い」と言って、オジイチャンの前に出す。

「済まん、済まん」と言って、オジイチャンは巾着の紐をほどき、念入りに一万円を押し込んだ。

「ジャー」「オー」

水をぶっかけたような別れの言葉だが、二人の間に冷たさはない。地獄の沙汰も金次第——恵んだトヨアキも、恵まれたオジイチャンも、気分の悪いはずはなかった。

地下道を戻る足が軽い。空きっ腹は蹴散らされ、旅の目的が心を占めていた。今は一刻も早く中央図書館に着きたいのだ。まごまごしていて、またオジイチャンに邪魔をされるのは、まっぴらごめんである。オジイチャンとは、つき合えないのだ。

オジイチャンの思い出には、散歩にからむものが多い。記憶に残らないほど小さいころから、まるで犬ころのようにお伴をして歩いたトヨアキなのだ。

此人どなたでせう?
昭和十三年三月三十日
上野拝見

鉛筆書きのこんな文字を裏面に走らせた八ツ切りの写真が、アルバムに残っている。散歩をする二人を見かけたオジイチャンの友人が、背後からこっそり撮ったものなのだ。

年月日から数えれば、トヨアキは四歳、オジイチャンは五十六歳ということになる。その八年前、神田の春秋書院での服部大漢和字典の編纂の仕事が宙に浮き、失業したオジイチャンはずっとルンペンだった。

熊の毛皮の袖なしは、まだ持っていない時代のオジイチャンだ。着流しのオジイチャンと、ベレー帽をかぶったトヨアキが写真の中を歩いている。

背後から撮ったものなのに、顔は二人とも写っている。横顔だ。豆粒よりも小さい顔から表情まで読みとることはできないが、道に沿った植え込みの同じ何かに目をやりながら歩いているということだけは読みとれる。ヤマブキの花が、ポツリと一つ咲き初めてでもいたのだろうか？

「オジイチャン、あの黄色いお花、なあに？」

「あれか。あれは山吹」

「ヤマブキ？」

「七重八重花は咲けども山吹のみの一つだに無きぞ悲しき」

こんなやりとりが聞こえてきそうな写真なのだが、よく見ると、トヨアキはオジイチャンに拒まれている。片手をのべて手を引いてもらおうとしているのに、オジイチャンはふところ手をして歩いているのだ。差しのべたトヨアキの片手だけが宙に浮き、ブレを見せて写っている。

四歳の日の記憶は残っていないが、記憶に残るようになってからの思い出もブレた片手とよく似ている。

太平洋戦争が始まり、極端にモノが乏しくなってからのことだった。散歩の帰り、家の近くの喫茶店の前で、オジイチャンは足を止めた。

「チョコレート!?」と、大きな声を出す。ガラス戸の張り紙には、なるほど手書きの文字が書いてあった。

大きな体をかがめ、オジイチャンは、トヨアキへ声もかけずに店内へ入っていく。トヨアキは、あわててオジイチャンを追った。

そんな場所に二人で入ることは、珍しいことだった。入ったとしても居酒屋である。泡盛に舌鼓を打つオジイチャンのかたわらで、コップ一杯の水をあてがわれたトヨアキだった。その泡盛にもありつけない戦時体制の中で、チョコレートの張り紙は無邪気にオジイチャンをとらえたのだろう。トヨアキもまた、十分にとらえられながら、店の中へ入っていった。

まわりの客のカップにはチョコレート色の液体がたたえられ、湯気がゆらめいていた。固形の板チョコしか念頭になかったトヨアキにとって、それは思いがけないチョコレートの姿だった。

カップの縁に添えられた唇が旨そうに音をたてている。唾液を呑み込むトヨアキに違和感はもうなかった。

二つのカップを盆に乗せて、店員が近づいてきた。

一つ目がトヨアキの前におかれる。皿にのったカップを上からのぞき込み、トヨアキは色と匂いを鑑賞した。白湯ではないことは確かである。それだけで、トヨアキは満足だった。

二つ目のカップが、オジイチャンの前におかれる。

「飲むぞ」と、オジイチャンが声をかけた。

トヨアキがカップに手をのべた時、オジイチャンの唇は、もうカップの縁へ走っていた。下唇の突き出た分厚い唇がカップの縁を挟み、カップが傾く。

「これは、チョコレートじゃないぞ」

一口飲むと、オジイチャンは舌打ちをしながら言った。カップを持ったまま、カウンターへ向かっていく。まだ一口も飲んでいないトヨアキの唇は、ポカンと開いていた。

「君、これは、ただのコーヒーじゃないか！」

応対する主人の口が小さく動いている。その声は、トヨアキの耳には届かなかった。届くものは、オジイチャンの声だけである。

「チョコレートを溶かしたもんだって!?　嘘をつくのは止めたまえ！」

客の手の動きが止まり、人々の神経は一斉にオジイチャンの声に向けられていた。トヨアキは、まだ口をつけていないカップを皿の上に戻すと、テーブルの向かい側へ滑らせた。オジイチャンの席である。そうしてカップを遠ざけることが、オジイチャンから遠ざかる唯一の方法のように思えたのである。

「とにかく君、あんな張り紙で人を釣ることは止めたまえ！　けしからんよ君！」

突き出したカップを、オジイチャンは音をたててカウンターへおいた。背中が揺れ、オジイチャンの真っ赤な顔がトヨアキを向く。それより真っ赤なトヨアキへ、オジイチャンは叫んだ。

「トヨアキ！　いくぞ！」


中央図書館の案内板にもう一度目をやる。タクシーの列を横目に見て、横断歩道を渡った。

タクシーを無視したのは、〈徒歩約20分〉という距離のせいなのか？　いや、オジイチャンに恵んだ予定外の支出のせいかもしれなかった。早過ぎる後悔である。

しばらく歩くと、グググググーと、腹がまた鳴った。

住宅街である。食堂は見当たらなかった。見当たったとしても、入るわけにはいかない。匂いを追ってオジイチャンがやってくるだろうことは、十分に予想できることなのだ。

自動販売機が立っていた。コートのポケットに突っ込んだ手を出す。風が冷たかった。

銭を入れ、缶コーヒーのボタンを押す。祭りのような音と一緒に、缶コーヒーが出てきた。

めでたいめでたい缶コーヒー。五十何年前に飲み損ねた〈チョコレート〉の末裔との御対面である。

今日はオジイチャンを怒らせない。

・品　　名　コーヒー
・原材料名　牛乳、砂糖、コーヒー、乳化剤
・内 容 量　190g

これだけ正直に記されているのだから、口を挟む余地はないのだ。

タブを引き、口を近づける。寄ってきた缶の別な文字が、五十数年前の張り紙のように目を打った。

スーパーブレンド

一体、何がスーパーなのか？　やっぱりオジイチャンに怒られそうだ。

文字を隠してしまおうと、二つの手で握り締める。

温まった缶の熱が手の力をはじき返した。右の指を缶から浮かし、左の指だけで握ってみる。熱ではじかれ、左の指はすぐに浮いた。浮いていた右の指が力を加えて缶を押さえる。熱ではじかれ、右の指はすぐに浮いた。浮いていた左の指が力を加えて缶を押さえる。

右、左、右、左、右、左……。

ピストン堀口のような連打ではない。握るともなく、離すともなく、あいまいな日本の私の手の動きなのだ。

グググググー。

腹がまた呼んでいる。何がスーパーなのかと問うことは止め、とにかく腹をなだめよう。

目をつぶってコーヒーを飲む。手は相変わらずの右左。舌は一つしか持たないので、少し飲んでは口を離す。口から喉、喉から腹へと熱は移り、缶は少しずつ冷えていった。

つかむのは右手だけになっている。〈スーパーブレンド〉の文字が、指の間から隠れん坊のようにのぞいていた。

自動販売機の横では、ダンボールの屑入れが四角い口を開けて待ち構えている。ポンと空き缶を投げ込み、〈スーパーブレンド〉とはお別れである。

空腹はとりあえずなだめられ、トヨアキは鼻歌に合わせて歩き出していた。

〽ンンンーンンンンー

ンンンーンンー

ンーンンンンーンンー

ンンンーンンー

歌詞をつけてみれば、鼻歌はこうである。昔、ストライキをやっていたころの思い出の歌である。

〽かがやく朝の　雲そめて
今ひるがえる　自主の旗
正義と愛の　さすところ
のびゆく生命　はぐくみて
世紀の教師　われらゆく
吾ら　吾ら　吾らの日教組

待て待て。戦争中に歌ったものに、似たような出だしがあった。愛国行進曲。

〽見よ東海の空明けて
旭日高く輝けば
天地の正気溌剌と
希望は躍る大八洲《おおやしま》
おお晴朗の朝雲に
聳ゆる富士の姿こそ

金甌無欠《きんおうむけつ》揺ぎなき
わが日本の誇りなれ

「愛国行進曲を日教組組合歌のメロディで歌ってみたら、どういうことになるかな？」

独り言をつぶやいて、声に出して歌ってみる。出だしどころか、メロディもピッタリだ。日教組と文部省が話し合い路線に転換したのは、音楽的必然である。

歌に合わせた足の動きが心地よい。人通りはなく、歌声はだんだん高くなっていった。高くなった歌声が低くなっていったのは、〈聳ゆる富士の姿こそ〉にさしかかってきたころである。日教組組合歌は、もう何小節も残っていないのに、愛国行進曲は、まだまだ先が残っているのだ。

〽ソビユルー　フジーノー
スーガタコソ　キンオウムケツ

〈金甌無欠〉は早口言葉で押し込めたが、続く歌詞はやはりはみ出てしまった。愛国は労働運動より上手のようである。

街路樹がはだかの体を風にさらしていた。情容赦のない剪定の跡は瘤を作り、切り口は新しい樹皮におおわれて、剪定の事実が隠されようとしていた。小アジア原産のプラタナスである。こんな姿をさらさせてまで根を張らせる日本の土——愛国とは、はたして何なのだろう？

めざす図書館はもうすぐのはずなのに、足の動きは重くなった。

いつの間にか雪が降っている。雪というより霙《みぞれ》だった。あちらにポツン、こちらにポツンと気乗りのしない降り方をして、霙は足の動きを一層憂鬱にした。せっかく着てきたフードつきの分厚いコートも、この降り方ではもったいない。

「モッタイ、ツケナイデ、クダサイ」

アクセントのおかしい声がした。プラタナスの声である。

おかしいと言ってはいけないのだ。森羅万象は、それぞれの訛《なまり》を持っている。訛と訛が混じり合い、森羅万象を結びつけるクレオール語が誕生するのは、はたしていつのことなのだろうか？

「堪忍して呉《け》さまえにし。勿体《えふり》こがねえで帽子《しャッぽ》ば被るしてにし」

訛も訛、まるごとの下北弁でプラタナスにしゃべると、背中にたれ下がるフードをかぶった。

樫にもならず、椎にもならず、プラタナスは無骨に立っている。樫でもなく、椎でもなく、プラタナスでもないヒトは、どのように立てばいいのか分からないが、出身地は、自分の生まれた東京ではなく、自分を育てた北の国だと思っているトヨアキである。

フードにくるまれた頬があたたかい。ポケットに突っ込んだ手の先には、念のために入れてきた毛糸の手袋がふれていた。

この手袋も、ハイテしまおう。ハクのだ。ハメルのではない。

銀行のパシリの時のことだった。東京支店の手形交換室の雑談で、冬の寒さについて話題になったことがある。ここぞとばかり、冬の東京を論じてしまったものである。

「東京に来てから、わたし、ほとんど手袋をはいてないんですよね。手袋をはかなくてもすむんだから、わたしに言わせれば、東京には冬がないということになるんですよね」

得意気にしゃべっていると、机の一つから声がした。

「ハクだって、フフフフフ」

そう、東京では、手袋はハメルものであり、ハクというのは靴下の場合のことなのだ。

「フフフフ」と、北の国は笑われものであり続けてきた。いつまで堪えることができるのだろう？　やり損ねた慶応三年の〈ええじゃないか〉が北の国で爆発するのは、はたしていつのことなのだろう？

クリーム色の大きな建物が目に入る。〈豊橋市中央図書館〉という外壁の文字も目に入った。

館内に入ると、暖房のきいた空気が四方から押し寄せてきた。

手袋を脱ぎ、コートを脱ぐ。上着を脱ぎ、靴を脱ぐ。セーターを脱ぎ、ズボンを脱ぐ。シャツを脱ぎ、股引きを脱ぐ。肌着を脱ぎ、ブリーフを脱ぐ。靴下を脱ぎ、腕時計を脱ぐ。眼鏡を脱ぎ、ついでに皮膚も脱いでしまう。肉も脱ぎ、骨も脱ぐ。

そこまでは、やらない。人は沢山いるのだが、せいぜい上着止まりである。掟は行き渡り、館内は静まり返っていた。喧噪の親玉〈ええじゃないか〉をここで見つけようとすることは、場違いのような気がしてくる。

尿意が下腹部を刺激する。トイレの標識を無視して、書架の間を何度も行き来した。膀胱の緊張感が萎えかかった調査意欲をひきしめ、次第にやる気が湧いてくる。

郷土資料は一階にはなかった。尿意を忘れ二階に急ぐ。階段を昇って部屋に入ると、棚の各段を占めている大きな地図の本がすぐに目についた。

豊橋市内のものもある。手に取ってみると、世帯主の氏名を書き入れた詳細な地図だった。牛頭天《ごずてん》王《のう》が祀られる場所は、これで分かるに違いない。

突き止める楽しみは後まわしにして、郷土資料の書架の場所を探す。地図の棚のそばには大きな机がおかれ、探す書架は机の向こうにあった。

書架の前に立ち、並んだ本の背中を目で追う。〈ええじゃないか始まる〉という文字が目に入ったが、引き抜くまでもないことだった。鞄の中に入れてきた本の一冊と同じものなのだ。

著者の田村貞雄氏の記述によると、〈まず七月十四日、王西村に外宮の御祓が降っている。これは十七日晩、王西村の牛頭天王社の拝殿に納めた。〉とある。

〈ええじゃないか〉の最初の降札のことである。王西村は当時、牟呂町の一部であり、現在は大西と文字を変え、豊橋市牟呂町の一部となっているのだ。

二枚目のお札は、やはり牟呂町に属する中村に降っている。田村氏の記述は、〈二枚目は、十五日の晩、中村の普仙寺（浄土宗）の寺内にある秋葉の石燈籠の垣の隅の竹に降臨した伊勢内宮の御本宮の御祓である。〉となっているが、この普仙寺は卍のマークと一緒に、市販の地図にちゃんと載っている。だが、一枚目の牛頭天王社は載っていないのだ。

三枚目についても、田村氏は〈王西村の牛頭天王社に降った伊雑宮の御札である。〉と書いている。〈ええじゃないか〉の歴史をたどる時、牛頭天王社はこのようなポイントを占めているのだが、東京で買った豊橋の地図では、その場所を知ることはできなかった。

〈ええじゃないか始まる〉の他に、関連の背表紙を見せた本は、図書館の書架には見当たらなかった。トヨアキの鞄の中にさえ、もう一冊の資料、高木俊輔氏の〈ええじゃないか〉が用意されているのに、本家本元の図書館の書架は余りに淋しい。

かたわらの空いた机にコートと鞄をのせ、地図の棚へ引き返す。大きな地図を両手で抱え、机に戻った。

向かい側の席には若い女が座って、やはり地図に見入っていた。長い髪が地図の上にたれている。女は髪を肩にかき上げ、ページをめくった。マニキュアの爪が血管のように光り、女は探すことに熱くなっていた。

トヨアキも血管のようになっていく。鼓動をのせて地図を眺めてみたものの、牛頭天王社は、その地図にもなかった。

地図を棚に戻し、また書架にいってみる。分巻になった〈豊橋市史〉の一冊を引き抜き、その場でページをめくってみた。〈戦国時代の豊橋地方〉という節に、〈豊橋市内主要古城址・古屋敷一覧〉という表があった。

〈牟呂古屋敷〉という名称がある。所在は牟呂町、〈鵜殿兵庫頭、牟呂兵庫頭正茂居住す。〉という文字もあった。

戦国時代に〈ええじゃないか〉が出てくるはずはない。江戸時代の巻を探して、座席に持ち帰ってみる。ページをめくると、〈相対死取扱い証文〉という文字が目に入った。

差出申一札之事

私娘きよう与申者当丑廿四歳ニ相成候処、先年岡崎宿伝馬町煙草屋新太郎方へ飯売奉公ニ差遣し置候処、同人方ら御油宿深屋佐与吉方へ附出し、猶又同人方ら御宿方巴屋嘉七方へ附出置候処、去ル十月廿七日夜家出いたし、御同宿格子屋平蔵忰七蔵与申者、大岩町地内字火打坂与申池ニ而

相対死致候ニ付、岡崎宿より飛脚被差遣、承知驚入早々右之訳柄村役人中江願出、則村送り幷寺送り持参仕候間、何卒格別之御勘弁を以御内済ニ被成下候様願出候処、早速御聞済被下難有奉存候、尤村送り之儀者岡崎宿名ニ御座候間、同宿江差上寺送り持参仕候間、右死人御宿方禅宗松音寺地内江葬度段願出候処、是又御聞済ニ相成難有奉存候、然ル処此者之儀ニ付、已後故障等申出候者無御座、万一彼是申者御座候ハヽ私共罷出、聊御宿方江御苦労相掛申間鋪候、為後日一札依而如件

嘉永六癸丑年十一月

勢州白子村
実親　孫次郎㊞
同
親類　喜三兵衛㊞
同
組合　喜兵衛㊞
岡崎宿伝馬町
煙草屋　新太郎㊞
同宿円頓寺門前
庄屋　弥助㊞
御油宿中町
深屋　佐与吉㊞

二川宿
御役人中様

顔がほころんでいた。これもまた〈ええじゃないか〉の一つではないか。こんなふうに死んでいくのも悪くはない。

「一人で死にたくないなァ。ねえ、死ぬ時は心中しよう。ほら、あそこ、原城の崖の上から飛び降りたら間違いなく死ねるよ」と、いつか妻に言われたことがある。

原城というのは、天草四郎が立てこもった場所である。フルムーンパスを使って九州に旅行をしたのは、まだ北海道の小学校に勤めていた時のことだった。

崖のそばにはみかんの木があり、取り残したみかんが一個、枝についていた。辺りを見まわし、素早くもいでポケットに入れた一個のみかんは帰りの車中のおやつとなったが、その甘味は、生涯最高のものだった。

心中は、完熟みかんの味がするのか？　いざ妻に迫られてみると、冗談でも言葉が出ない。

〈豊橋市史〉から目を外した。顔のほころびは消えている。向かい側では、相変らず女が地図を調べていた。

妻とは心中できないが、あの女とはできるだろうか？

長い髪と、地図を眺める下向きの角度が顔を見難くしている。

広い額が髪を割ってのぞいていた。それだけで、もう十分なのだ。額を滑って、髪の中にまぎれ込もう。髪の香を嗅ぎ、永遠の眠りをむさぼろう。

首を振って、女は自分の髪を払った。払ったものは、それだけではない。男の情欲を女はいつも払い続けなければならないのだ。

オジイチャンの遺稿の中には、短歌をしたためた罫紙の綴りもあった。今、遺稿のほとんどは散逸し、短歌の綴りも見ることはできないが、〈親友E氏との絶交を悔む〉という題をつけた一首があったことを覚えている。Eの部分は、オジイチャンの文字では二文字の漢字だった。

函館時代、オジイチャンはオイルペーパーに歌や文字を手書きし、青写真に焼きつけてページを作り〈牧笛〉という同人誌を出していた。Eは有力な同人であり、オジイチャンの妻になる女性、田中イチを紹介するなど、文字通りの親友であったのだ。既に引用した大島流人についての回想記、〈僕が青写真版の同人雑誌「牧笛」を出す際に、親友E君を介して大島君から原稿をもらったのが縁で、交際を更新することになり〉の中のEである。オジイチャンに従って、ここでもEを使うことにしよう。

〈親友E氏との絶交を悔む〉一首が、どんなものだったか、もう覚えてはいない。だが、歌にかぶせた題の中の〈絶交〉という言葉の響きは、まだ国民学校五年生だったトヨアキの胸に食い込み、謎となって残り続けた。

話のはずみで、オバアチャンに絶交のわけを聞いてみたこともある。

「まったく、オジイチャンたら、バカな人だよねえ」と、オバアチャンは言うだけだった。

そう、バカな人。あのオジイチャンならやりかねない。絶交したのはオジイチャンの方からだと、長い間、トヨアキは思っていた。

「バカな人だよねえ」というおきまりの言葉に思いがけない言葉が続いたのは、オバアチャンが八十九歳になった夏のことである。

その夏、妻は三歳の子どもを連れて青森の実家へ遊びにいっていた。ネブタ祭りの季節である。寝たきりのオバアチャンの看病に疲れた妻の息抜きの旅だった。しばらくぶりにトヨアキは、オバアチャンと二人きりの生活に戻ったのだ。勤め先の小学校が夏休みに入っていたトヨアキは、一日中、オバアチャンとつき合うことができた。

暑さのため食欲がなくなっていたオバアチャンが喜んで食べたのは、試しにトヨアキが買ってきたメロンだった。日に三度、メロンを割り、皮を剝き、皿に乗せて、オバアチャンの枕元におくのがトヨアキの大事な仕事になっていた。

枕に頭を乗せたまま、オバアチャンは手づかみでメロンを取って食べた。

「トヨアキ、お前も食べなさいよ」と、オバアチャンは、メロンが滑り込んでいった喉を動かしながら言った。

「うん」と、返事の言葉は短い。フォーク抜きの皿の風情に、言葉は合っているようだった。

二日目だったろうか、三日目だったろうか、手づかみのメロンを一緒に食べながら、トヨアキは、オジイチャンの思い出話をしていた。

オカアチャンとチイニイが死んだ後、オバアチャンは泊り込みのお手伝いさんをしていた時がある。久しぶりに家へ帰ってきたオバアチャンは一晩だけ一緒に過ごすと、次の日、また働きに戻っていった。戻る時、オバアチャンは、こっそりと言ったものだ。

「仏さんのわきの引き出しの一番下に、お菓子を入れておいたからね。後で食べなさい。オジイチャンにしゃべるんじゃないよ」

オバアチャンがいなくなった後、そっと引き出しを引いてみた。茶の湯の道具の一つである。秘密にふさわしい小さな引き出しの中には、一つかみのおこしが入っていた。戦争中のそのころ、それは、とてもお目にかかることができるようなものではなかった。

オジイチャンのお城の四畳半からは、紙の音がする。反古紙を使って習字をするのが、オジイチャンの日課の一つだった。

食べる楽しみを後に残し、引き出しは、そっと閉める。

「トヨアキ！」と、オジイチャンの声が響いた。あわてて引き出しから距離を取り、「なあに？」と答えた。

「仏さんのわきの引き出しを開けてみろ！　菓子を入れてったかもしれないぞ！」

首を締めるようなオジイチャンの声だ。返事の声は出てこない。

「あったら持ってこい！」と、オジイチャンは追い討ちをかけた。

力のない手の動きが、しまったばかりの引き出しを引く。手の動きを引き継いで、ノロノロと足が動いた。

うなだれた首の下では、引き抜いた引き出し一つが掌に乗っている。おこしが揺れていた。数を数えると、ちょうど十個である。

筆洗いに穂先を入れ、オジイチャンは筆を洗っていた。

「オー、やっぱりあったな」と、オジイチャンは、引き出しの中をのぞき込んで言った。

筆をおき、手をのばしておこしをつまむ。去った手の後に、すぐにのびてきたのは左の手だった。

両手で荒らされ、残ったおこしは四個である。

「よし、それはトヨアキが食べろ」と、オジイチャンは、四個のおこしを顎でしゃくった。

「あの時は、絶望的だったなァ。一つ二つなら食べられてもいいよ。オジイチャンの方が、ボクより多いんだから納得できないよ」

恨みをはらすようにメロンに歯を当てる。口の中で、メロンは小気味よく音をたてた。

「まったく、オジイチャンたら、バカな人だよねえ。Eさんの妹さんに懸想してしまってさ」

メロンが喉につまる。咳が立て続けに噴き出した。

「手を出したの?」と、言葉がようやく咳の後を追う。

「抱こうとしたんだって。それで妹さん、髪を切ってしまってね、部屋に閉じこもって出てこなかったんだって」

「どこで?」

「Eさんの家でだよ」

「Eさんの家?」

「Eさんの家は横浜にあってね、オジイチャンが横浜の市役所に勤めるようになったもんだから、家が見つかるまでの間、オジイチャン一人、下宿させてもらっていたんだよ」

「その時は、確か大久保に住んでいた時だよね?」

「そうだよ」

「そうか、そうだったのか……」

「泣いて泣いて、今はもう涙も出てこないよ」と、オバアチャンは、かたい表情で言った。
容態が急変したのは、その数日後のことだった。

〈豊橋市史〉をめくる。相対死のページが未練を残して音をたてた。
向かいの席の女の顔は、机の地図に向いたままだ。バーコードのオジサンと相対死など、とんでもない。相対死の〈ええじゃないか〉など、とんでもない話だった。
慶応三年の〈ええじゃないか〉から、とんでもない話の数々を拾ってみよう。既に古文書の引用はしたが、もう一つ、伊勢地方は一志《いちし》郡多気《たけ》村丹生俣《にわのまた》、平尾惣左衛門の〈不思議成直御影《じきおかげ》諸用控〉の言葉を拝借しよう。

家々之座敷江土足ニ而上り、座敷のゆか多分ふみぬき、家江はいり候時も御免ともいはず、ゐいじやないかと申せバ又御陰《おかげ》でゐいじやないかと受候なり。

これは高木俊輔氏の著書〈ええじゃないか〉からの孫引きであるが、同じ本から、阿波国（徳島県）での様子を語る高木氏の文を拝借しよう。

さて降下があると、その家では喜んで床の間などを浄め、燈明を献じて、神酒・洗米・山海のしろものを供え、まず家族一同が礼拝し、ついで近隣の人びととの礼拝を受けた。家族はもちろん隣近所の者もご馳走づくりをし、近所や知人などを招いて振舞いをした。招かれた者は、祝儀や供物を持ったり持たなかったりで祝いにやってきて、酒食のすすむにしたがって歌い踊り、乱舞の状態になるのが常であった。しだいに招かれざる者も遠慮なく踊り込んできて、無礼講するようになり……。

このくらいは、まだ序の口。甲斐国（山梨県）の話はこうだ。やはり高木氏の文である。

降下したものの内容をみると、お札・お祓・お守・尊像・掛物などとともに、七、八歳の男児、十七、八歳の娘、馬の骨、はては生首・腕・糞などといった神社仏閣とは関係ないものがしだいに多くなっており、それは甲斐地方「ええじゃないか」の後半期に、殺伐たる印象をあたえている。

牛頭天王社は、〈豊橋市史〉でも分からなかった。

書架に戻し、コートと鞄を持つ。もう女には目を向けない。女の生首を降らせることなどできなかった。

〈本の相談〉と書いた札がカウンターにおいてある。係員の姿は見えなかった。奥の事務室をのぞきながら立っていると、若い男が一人出てきた。

「すみません。『ええじゃないか』のことを調べにきたんですが」

「ええじゃないか!?」と、男は目を丸くする。

「幕末の『ええじゃないか』ですよ、この地方から始まったという」

「聞いたことはありますけど」

「その時、お札の降った場所の一つに、牛頭天王社というのがあるんですけど」

「ゴズテンノーシャ!?」と、男の声がまた大きくなり、目が丸くなった。

「どういう字を書くんですか?」と、男はたずねてくる。

「牛の頭の天の王、それに神社の社です」

「牛の頭?」と、男は小さな声でつぶやきながら、メモ紙と鉛筆を差し出した。

書いてやると、男はメモ紙を手に取って眺めた。

「この場所をお調べなんですね? 一寸、お待ちください」

問いがようやく通じたようだ。奥に入っていくと、間もなく、男は一冊のやつれた本を持ってきた。

〈豊橋市神社誌〉という文字が読みとれる。男は椅子に座り、カウンターの上でページをめくり出した。

「アノー、それ、わたしに見せていただけませんか?」

カウンターの前に立つトヨアキを男は見上げる。紙を一枚、わきから取り、男は本に添えた。

「これは貸出申請書です。本をお戻しになる時でいいですから、一緒に出してください」

資料をせしめたトヨアキは、立った体をそのまま沈めた。相談をする人間のための椅子が用意してあったのだ。

目次に並んだ神社の名前を目で追う。牛頭の牛の字も出てこない目次である。やたらに目立つのは、〈素盞嗚神社〉という文字だった。中郷素盞嗚神社、野田素盞嗚神社、藤ヶ池素盞嗚神社——横須賀進雄神社というものもあり、八反ヶ谷素盞雄神社というものもある。いずれもスサノオと読める神社が、目次のあちらこちらにあった。

本文には一ページごとに神社の写真が入り解説がついていたが、目次にない神社が本文にあるはずはない。あきらめるより他、なさそうだ。

貸出申請書に文字を書き入れ、辺りを見まわす。さっきの男が離れたところでファイルをめくっていた。

「お借りした本をここにおいていきます！」と呼びかけて、床においたコートと鞄を取り上げた。緊張がゆるみ、忘れていた尿意が膀胱から滲んでいた。

用を済ませ、一階のロビーに出る。ソファーに座り、鞄の中から地図を取り出した。図書館から一キロメートルほどのところに牟呂八幡宮がある。今日は、これから、そこを眺め、牛頭天王社は、明日、美術博物館へいって調べてみよう。

外に出ると、相変らずのしみったれた霙が降っていた。北国育ちの人間には屁の河童の天気のはずだが、調査の最初でつまずいた心がすくんでいるようだ。足の動きがにぶくなり、タクシーが欲しくなっていた。

道は大通りになっているのに、タクシーは走っていない。車は次々に走ってくるのに、タクシーは見当たらないのだ。たまに見かけたタクシーに手を振ろうとすると、客が乗っているのである。

あきらめて、牟呂八幡宮への道をいく。いくと言っても、勝手に決めた道である。左に曲がり、右に曲がり、苦心惨憺の末にようやく見えてきたのは、神社のものらしい木々のかたまりだった。夕闇が流れ始め、木々は黒ずんでいる。

十字路にブリキの広告塔が立っていた。赤いペイントで縁を彩る長方形の塔には、〈牟呂八幡宮結婚式場〉という文字が書かれている。そこを右に曲がれば結婚式場だということは分かるのだが、牟呂八幡宮もそこなのか、それがどうも分からなかった。右に曲がった道の先は見通しが悪く、八幡宮の雰囲気は、まっすぐ進んだコンクリートブロックの塀の向こうで揺れる枝葉が伝えてくれるのだった。

　枝葉を目標に歩き出す。塀は長々と続き、入り口はなかなか現われなかった。塀越しに、ようやく建物が見える。縁側のついた古い民家だった。

　十字路がまた現われ、右の方に曲がってみる。歩いていくと、十字路がまたあった。右手の並木の奥に見えるのは鳥居である。

　近づいていくと、夕暮れの中から、形をととのえながら神社が浮き上がってきた。〈正一位牟呂八幡社〉という文字が石の標から読みとれる。

　石のように体が立った。〈ええじゃないか〉の一つの現場に、ようやくたどりついたのだ。牛頭天王社の境内に降った三枚目のお札は、そこから、その辺りの神社を支配する牟呂八幡宮に運ばれたのである。

　一枚目、二枚目は、それぞれの降札地で祀っただけだった。だが三枚続くとなると、出来事は牟呂全村の問題となっていったのだ。当時の宮司、森田光尋《みつひろ》と、息子の光文《みつあや》によって記された〈留記〉の中には、こう書かれている。

　十八日七ツ時天王社より右之御祓を杉（御札箱之形ニ作）葉箱ニ入竹ニ附大西村惣代持（源三郎妻死去栄吉服中故也）本社江御引移り供奉として同村は申ニ不及中村公文市場引続き手巾三尺等

迄村々夫々ニ打揃江おどりたはれて三百年は大豊年之古哥をうたひ大群衆ニ而供奉夫々之手おどり見事也中村色々之もちなげ市場ハまんちう抔道すがらなげ誠ニ身を忘れ手おどり見事也

鳥居のわきの石燈籠に看板が立てかけてある。

〈節分祭〉という赤い文字が大きかった。

〈二月二日　豆撒き時間　午前十一時　午後一、二、三時〉という文字もある。

今日のことだ。どうして節分が二月二日の今日なのだ。節分は二月四日の立春の前日——立春が五日にずれることはあるが、三日にずれるということなど聞いたことはない。

看板をよく見ると、日を表わす漢数字は、小さな紙を貼って書き直しをしている。何かの都合で繰り上げたものなのだろうか？　それともトヨアキをたぶらかそうとしたものなのだろうか？

お化けの巣窟のように薄暗い境内である。オジイチャンがいても不思議はない雰囲気だった。

動いているのは、熊の毛皮ではない。拝殿の回廊には水色の袴をつけた神官が散らばり、箒を動かしていた。

回廊をなでる箒の慎み深い音はしない。箒の先を転がる豆の忍びやかな音もしない。一対の狛犬の阿吽《あうん》の音、木立の音も打ち消して、箒に混じった一台の電気掃除機が神域を支配していた。

ガ〜ア〜ア〜ア〜ア〜ン！

泣きたいのは、こちらの方である。〈ええじゃないか〉は、一体、どこに消えたのだろう？

「ここにいるよ」とでも言うように、境内の隅の建物からゾロゾロと人が出てきた。手に下げたビニールの風呂敷包みは、結婚式のあれこれのようである。

グググググーと腹が鳴った。本物の〈ええじゃないか〉なら、目の前の結婚式場に土足でお邪魔し、腹一杯ごちそうをいただけるだろう。だが、現実の結婚式場は、一一〇番で御用である。

人の群れを追い越して道路に出た。何でもいいから腹に入れたい。

霙は、まだちらついている。ちらつきも、こうしつこいと気が滅入るものだ。足も滅入って歩けなかった。

膝の痛みが気になってくる。タクシーは相変わらず来ず、遭難寸前の状態である。ここで遭難などしようものなら、ワイドショーの笑い者になってしまうだろう。

気を取り直して前進する。フードにくるまれた顔の筋肉が思わずゆるんだ。山小屋が見えたからではない。コンビニが見えたからだ。

フードをかぶったまま、コンビニに入る。パンの並ぶ棚を眺めた。

ジャムパン。これがいい。

クリームパン。これもいい。

アンパン。ついでに、これもいただこう。

手袋を脱いで、三つのパンをつかむ。脱がなくてもパンはつかめるのに、どうして脱いでしまったのか？

脱がなくてもSEXはできるのに、脱いでしまうのと同じことなのかもしれない。

金を払って外に出る。渡された袋が音をたて、まずはジャムパンがつまみ出された。

歩きながらガブリと食う。たちまちジャムパンは腹へ落ち、今度はクリームパンをガブリと食う。

ついでに買ったアンパンは、一番最後にガブリである。

若いころは、こうではなかった。ついでのものは、一番初めにガブリとやった。一番食べたいものは、一番最後まで、後生大事に残しておいたものである。

六十歳を過ぎた今、ついでのものは後まわしだ。ポックリ逝って、一番食べたいジャムパンを食べ損ねたら、大損というものである。

空になったコンビニの袋をたたみながら歩いていく。

ザザザザ……。

風のような音をたて、小さくなったポリ袋を肩にかけた鞄の中に押し込んでやる。まわりの風も押し込んだような気分になり、手袋は、もうハカなかった。

ヘッドライトが肩を叩くように通り過ぎていく。空車の赤い文字が光るタクシーだった。豊橋駅は、ヘッドライトの先にもう見えていた。

タクシー乗り場の近くでは、ビジネスホテルの看板が光を灯し、客を探している。こわばった足でドアの前に立つと、ドアは「クーン」と言葉を発して二つに開いた。

言葉の意味は問わない。開くという行為だけで、ドアの意志は諒承できるのだ。

入るという行為だけで、トヨアキの意志は諒承してもらえるのだろうか？

無駄な問いである。

「アノー、今晩、泊めていただきたいんですが……」

強盗ではありませんという顔つきで言葉を発する。

「お一人様ですか？」と、これは幽霊の心配なのだろうか？

言葉がつまった。

「は、はい」と、出てきた言葉は咳のように引っかかる。

キーをもらい、エレベーターで二階にいった。ロックを外し、ドアを開けると、ゴーッという音が顔を叩く。壁のスイッチを叩き返すと、音の主は、光の下に現われた。

掛け布団もめくらずに、ベッドの上で大の字になっているのはオジイチャンである。

「ゴーッ！」

けたたましい物音はいびきだった。酒の匂いが波のように襲ってくる。

「何だよ、このザマは！」

言葉と一緒に唾が飛び、オジイチャンの顔に散らばった。散らばっただけでは物足りない。痰のようなかたまりを、ベタリとくっつけてやりたい気持ちだった。

いびきに合わせて、オジイチャンの腹が上下に揺れる。着物が揺れ、熊の毛皮の袖なしが揺れていた。

金褐色の硬い毛が四方にのびている。のびた毛を伝わって、いびきも四方に飛んでいた。

熊

山道の峠に近く
篠笹は道を掩《おほ》へり。
老《ふ》りにける椴《とど》の樹蔭に
熊出でゝ何かあさりぬ。

山道をのぼりし一人
椴の木の横にかゝりて、
人の目は熊の眸と
ぴつたりと出会ひたり。

人は立つ立木《たちき》の如く、
熊も立つ人の如くに。
熊かくて飛びて退《の》きたり、
篠笹の中にかくれて。

人は今走りころげぬ、
のぼり来し道を返して。
道中に出会ひし友に
語りけり彼の驚き。

篠笹を分けてくだりし
熊はでる一の溪川、
出で会へる熊の仲間に

語りけり彼の驚き。

彼の熊は語りて曰く

「今し我人に逢ひたり、

恐ろしき人に逢ひたり、

あゝ恐ろしき人に逢ひたり。」

〈胡馬の嘶き〉の中の一篇である。啄木伝のチョイ役で終わったオジイチャンへの哀惜をいつからか持ち続けてきたはずのトヨアキであるが、こうして今、目の前にオジイチャンが現われると、哀惜などという甘ちょろい感情は吹き飛んでしまうのだ。

電話に目をやる。

「今し我オジイチャンに逢ひたり、恐ろしきオジイチャンに逢ひたり、あゝ恐ろしきオジイチャンに逢ひたり」と、妻に電話をしたい気持ちだ。

信じてもらえないだろう。

電話をあきらめ、ベッドに近づいた。大の字になったオジイチャンの体の下にある掛け布団に手をかけてみる。身の丈六尺の重石に押さえられた掛け布団は、引っぱっても動かない。

舌打ちをして、掛け布団から手を離す。コートを脱ぎ、オジイチャンの体の上に放り投げた。

人差し指を突き出して、暖房のスイッチを押す。オジイチャンのためではない。コートを脱いで寒くなった自分のためである。

暖かい風が、ゴーッと天井から流れてくる。熊のいびきは、「ゴーッ」と風に向かっていった。椅子に座り、備えつけの茶のパックを手に取る。路上で食べたパン三つが、どうやら夕食ということになりそうだった。

オジイチャンの秘められた悲しみをトヨアキがのぞいたのは、まだ幼稚園に通っていたころのことだった。夏休みのある日、オジイチャンに連れられて品川の海へいった時のことである。海岸にはコンクリートの防波堤が築かれ、海は通せん坊をされていた。トヨアキの小さな体は、爪先を立てながら海をのぞこうとしたものだ。

爪先立った背丈は、ようやく防波堤から目を出せるほどの高さだった。防波堤にさえぎられ痩せ細った視界の中には、海が糸のように細く映っているだけである。

防波堤に頬杖を突き、オジイチャンは遠くを見つめていた。

「オジイチャン、海を見せて」と、袖を引いてみる。

「はだかになれ」

「はだか?」

「海に入るんだ」

「海に!?」

「ああ、俺も入るぞ」

二人の顔が笑いでくずれた。トヨアキの小さな手が自分の胸のボタンにかかる。初めて海に入るのだ。期待が手を急かせ、手の動きはぎこちなかった。そんなトヨアキには目もくれず、オジイチャンはまた頰杖を突いている。

ようやくはだかになりきった小さな体をくすぐりながら、風が流れていった。歓声をあげながら飛びはねる体に、オジイチャンの手がのびてくる。無造作に抱かれた体は、防波堤の上におかれた。目の下では、波が砕けている。白い飛沫が眸を割り、思わず体がすくんでしまう。すくんだ体の向こうには、途方もなく広い海が開き、はだかは途方もなく狭かった。

真っ赤なふんどしを締め、オジイチャンは防波堤を越えている。すぐ目の下の渚から手がのびてきた。オジイチャンの足首を削ぐような白い波頭が目に痛かった。

「トヨアキ、来い」

「いや」

「来い」と、オジイチャンの手が股をつかんだ。

小さな体がひねりを入れ、防波堤の縁をつかむ。コンクリートの粗い肌がはだかの体をこすり、つかんだ指に食い込んでいった。

「おっかないヨーッ!」

叫びは涙で震え、震えは両足をばたつかせる。オジイチャンの手が離れ、思いきりの大きな罵声がそれに代わった。

「バカ! 何がおっかない! 男のくせに、何がおっかなくて泣くんだ! 泣くな!」

ばたつく足は、電流に打たれたように硬直した。罵声の後から飛んでくるオジイチャンの拳骨を反射的に感じていたのだ。その拳骨を退ける方法は、涙を堪える以外にないことを、トヨアキはもう知っていた。

かがみ込んだはだかの中で、声を殺して泣き続ける。硬直した小さな体を揺さぶって、堪えきれない恐怖がしゃくり上げていった。

「海が、おっかないのか？」

いつにない優しい声が、すぐ耳元で響いた。その優しさに誘われて、素直に首がうなずく。

「そうか、それなら、俺一人で泳ぐからな。ここで見ていろ」

そっと顔を上げると、防波堤の上にかがみ込んだオジイチャンの目がある。目は笑っていた。トヨアキにとって、それは怪訝な笑いである。

「オジイチャン、死んじゃうよ。海に入ったら、死んじゃうよ」

笑いを捨て、つぶやくようにオジイチャンは言った。

「俺は、もう死んでるんだ。俺は、ジサツしそこなった男なんだ」

「ジサツ？」と、初めて聞く言葉の意味を問い返す。蝙蝠《こうもり》の羽音のように、その語感は心の中を揺さぶっていた。

オジイチャンの言葉は、もうなかった。ゆっくりと渚へ向かって足をたれ、オジイチャンは防波堤から手を離した。

赤いふんどしが悲しみのように目に染みる。赤い悲しみをまとったオジイチャンの見事な抜き手に、トヨアキは目を見はっていた。

オジイチャンが吸鳴りつけられた姿を一度だけ記憶している。小学校が国民学校となった年——二年生のトヨアキだった。

そのころ、オカアチャンは、結核のせいで家で寝込んでいた。ある夜、往診を終えた医者が、玄関先でオバアチャンと何か話をしていたことがある。話の途中で、オバアチャンは、茶の間に向かって目くばせをした。ラジオに耳を傾けていたオジイチャンは、ゆっくりと腰を上げ玄関へいった。

聞き取り難い三人の話し合いに、茶の間のトヨアキの耳が傾く。一緒にラジオを聞いていたオオニイは、突然立ち上がるとラジオのボリュームを上げた。

医者が帰ると、オバアチャンは何事もなかったかのような表情で台所にいった。茶の間の座布団に荒々しく座り、吐き捨てるように言ったのはオジイチャンである。

「勝手に働いて、勝手に病気になってしまった」

「バカヤロー!」と叫んだのは、オオニイだった。口数が少なく、けっして腹をたてたことのないオオニイの突然の変身に、トヨアキの体は硬直していた。

「十三夜《とみよ》姉さんは、誰のために働いたんだ! 父さんが悪いんじゃないか! みんな、父さんが悪いんじゃないか! ぼくが学校に通えたのも、会社に勤められるようになったのも、十三夜姉さんのおかげなんだ! 父さんのために、十三夜姉さんが、どんなに苦労してしまったのか、父さんは分かっていなかったのか!」

「三比古《みつひこ》! 止めなさい! 止めなさい!」

布巾を握り締め、オバアチャンはオオニイの叫びをさえぎろうとする。仁王立ちになったオオニイは、奥の間に寝ていたオカアチャンへ叫んだ。

「十三夜姉さん! 元気になってね! きっとなおってね! ぼくたち、力を合わせて母さんをしあわせにしてあげようね! オイッ! 振也《しんや》! お前も早く元気になるんだぞ! 十三夜姉さんに恩返しをしないうちは、ぼくたち死なれないんだぞ！」

チイニイは、その時、やはり結核にかかり、オカアチャンと同じ部屋に寝ていたのだ。嗚咽の声が、四方からオジイチャンを貫いていた。うなだれた白髪めがけて、鈍い電燈の光が落ちてくる。細かな影を刻んで、白髪はくすんでいた。

トヨアキは、大きな声で泣いた。王者の失墜は、奇妙な悲しみを与えたのだ。

学校の遠足があったのは、それから数日後のことだった。八月八日、夏休み中である。久しぶりに学校に集まり、遠足に出かけるというので、トヨアキは何日も前からその日を楽しみにしていた。朝、起きると、オカアチャンの顔をおおって晒し木綿が掛けられていた。熱を冷やすための濡れた手拭を、額によく当てていたオカアチャンである。だが、その朝の布は、濡れてもいなければ、手拭でもなかった。掛かった場所は額だけではないのに、「オカアチャン、眠ってる」と、トヨアキはオバアチャンに言ったものだ。

「ああ、まだ眠ってるから、騒ぐんじゃないよ」と、オバアチャンは何食わぬ顔で言う。

オカアチャンは、夜の十二時過ぎに死んでしまったのだ。揺さぶっても、叩いても、昏々と眠り続けていたトヨアキなのだという。

「もういいわ、かわいそうだから起こさないで」

オカアチャンの死に際の言葉で、トヨアキは朝まで眠らされていたのだった。

オカアチャンが死んだのも知らず、トヨアキは遠足に出かけた。行く先は品川の海晏寺《かいあんじ》である。仏になったオカアチャンの供養にもなるだろうというオジイチャンとオバアチャンの心づかいだったのだ。

帰ってきたトヨアキが勝手口から足を踏み入れると、鼻をつく線香の匂いがあった。家の中は奇麗にかたづき、オカアチャンの布団の位置が変わっている。朝と同じように晒し木綿が顔をおおい、枕元には小さな机がおいてあった。仏壇の線香立てはそこに移され、匂いと煙はそこから揺らめいてくる。

逆さに立った屏風の向こうには、チイニイの布団の端が見えていた。

オジイチャンとオバアチャンは、まだかたづけ足りぬのか、せっせと動いていた。茶の間の真ん中に立ったまま、トヨアキは目の前の意味を解こうとしていた。

オバアチャンが寄ってくる。

「トヨアキ、おとなしくするんだよ。オカアチャンが死んだんだよ」

鉄槌を食らったように、トヨアキはその場で砕けた。

「オカアチャン！　オカアチャン！　オカアチャン！　オカアチャン！　オカアチャン！」

砕け散った自分自身を掻き集めるように、畳を引っ掻き、転げまわる。まわる体を止めようとするのは、背中のリュックとオバアチャンの言葉だった。

「トヨアキ、泣くんじゃないよ、泣くんじゃないよ」

悲しみを押し殺したオバアチャンの声がわずらわしい。オジイチャンの大きな声が、トヨアキを無器用にあやしていった。

「泣け！　うんと泣け！　もっと泣け！」

啄木研究家の川並秀雄氏が亡くなり、遺族が研究資料を日本近代文学館に寄贈したという新聞記事を読んだのは、もう何年も前のことである。もしかしたら、オジイチャンが川並氏に譲ったといわれる啄木の自筆の履歴書や書簡も、その中に入っているかもしれない。見ることができるものなら見てみたいと思ったものだが、資料は整理中で、公開はまだ先のことだという記事の内容だった。

数年たったある日、駒場東大前に降りたトヨアキは、ポケット地図を頼りに日本近代文学館への道を歩いていた。資料が公開されているということは、前日、もう電話をかけて聞いていた。

線路沿いのゆるい坂道を上り始めて間もなくのことである。

「ラッセラー！　ラッセラー！」という子どもの声が聞こえてきた。ネブタ祭りの囃子詞である。一人の声ではなかった。百人はいると思われる威勢のいい声が、すぐ近くから聞こえてくるのだ。声と一緒に、アンプで増幅されたネブタ囃子のメロディが聞こえてくる。

子どもたちの姿は見えなかった。音声の聞こえてくる道の右手にはマンションが立ち並び、子どもたちの姿を隠している。

首をあちこちに向けながら歩いていくと、建物がとぎれ、小さな空間が横たわっていた。さら地ではない。三色の敷石が奥へのび、鉄の扉が半開きになっていた。

扉の幅に切り取られたグラウンドと校舎が姿をのぞかせている。体育着の上に三尺帯の派手なたすきを掛け、ねじり鉢巻きをして踊っている小学生の群れが見えた。

そう、踊っているのだった。盆踊りのように両手を左右にかざし、かざした方向に足を進める。もう一つの足の爪先を進めた足のかかと近くにチョンと突き、それは正に盆踊りのパターンなのだ。

ネブタは躍るものではない。ハネルものである。踊り手はハネトと呼ばれ、宙に高くハネ上がって感情を爆発させる。手には振りつけの束縛はなく、自由自在、勝手気ままに動かせばいいのである。

ネブタは踊りではない。〈ええじゃないか〉なのだ。その証拠に、ネブタは明治新政府の下にできた青森県権令によって、一八七三年（明治6）から九年間も禁止されてしまったのだ。〈野蛮の余風賤むべきの至りに候〉と、布達の中には書かれている。

トヨアキの体は、いつの間にかグラウンドの隅に立っていた。なつかしい運動会の練習風景である。たすきまで掛けてやっているということは、運動会の直前——遊戯の仕上がりを意味するものだった。このおしとやかな〈ネブタ盆踊り〉が、〈ネブタ〉に昇華することは、もうあり得ないことなのだ。

朝礼台の下で、和太鼓を叩いているセンセイがいた。

ドンと叩いて三拍休み、ドンと叩いて三拍休む。間の抜けた太鼓である。ドーンドドンドンドーンドドンと、太鼓は激しく打ってもらいたいが、それはないものねだりなのかもしれなかった。時間と空間を伝わってくるものが、初めの姿から遠ざかってしまうのは止むを得ないことなのだろう。

あれもそうだった。何年か前の秋、下北半島六ヶ所村の核燃反対集会に参加したことがある。東京からの一人旅だったが、全国各地から人は集まり、集会場になった牧草地はにぎやかだった。

一際目立つのは、赤い長襦袢を上にまとった十人足らずのグループである。腰紐一本が体に巻きつき、裾ははだけていた。頭からかぶった手拭で顔は隠されていたが、はだけた裾からのぞいているのは、女の足のようである。〈男ハ女のすがたになり、女ハ男のふうを致し〉という〈ええじゃないか〉の世界からは遠いものである。

デモ行進が始まると長襦袢の一団は列を作り、「ええじゃないか！　ええじゃないか！」と、甲高い声で歌い出した。

干し草を荷台に積んで車が通り過ぎていく。運転席から手を振っていく者もいれば、せせら笑っていく者もいた。手を振るにしろ、せせら笑うにしろ、デモに参加するゆとりなどはない農民たちである。

空は青く、威圧を加えるように県警のヘリコプターが飛んでいた。天候はヘリコプターに味方したが、村人たちにとっても青空は恵みなのだ。太陽にさらされた干し草が霜の襲撃を受けないうちに、彼等はそれをサイロに運び入れなければならなかった。

慶応三年の〈ええじゃないか〉を終わらせたものはお上の禁令でもあったが、前年の凶作とは打って変わった稲の実りでもある。憑き物は落ち、農民たちは秋の収穫に立ち働いたのだ。

「ええじゃないか！　ええじゃないか！」と、長襦袢は機動隊の列の前を通っていく。シャッターを切る音が、立て続けに列の中から響いてきた。どうやら、なめられているようである。

川並秀雄氏の寄贈資料の目録は、ピンク色のファイルに綴られていた。小学校に勤めていたころ、事務職員が配ってくれたファイルとまったく同じものである。

目録の用紙にはナンバーリングで打った番号が並び、内容の一つ一つがボールペンで書かれてあった。小学校の図書室を担当した時、同じようにしてナンバーリングを使い、同じようにして書名や著者名を手書きで台帳に記していったものである。

奥に通され、事務室の机を借りて資料を読ませていただくことになったが、机と椅子の形と色、やつれ具合も、学校の職員室と同じものだった。コピーされた紙や原稿が積み重なっている机もあり、それもまた職員室の息づかいを思い出させる。

あちらこちらの机にある真新しいパソコンが目についた。そういえば、小学校でも授業にパソコンを使うようになってきているらしい。新旧ゴタ混ぜの室内は、この世の縮図なのかもしれなかった。手紙や葉書の入ったビニールケースが目の前に積んである。特別閲覧申込書での求めに応じて、係の人が一時間近くもかけて選んできてくれたものだ。

オジイチャンが譲った啄木の書簡は、葉書で十通。啄木の履歴書が二通。そして、何と、オジイチャンが川並秀雄氏に出した三十通近い書簡も残っていたのである。

啄木の履歴書には、熨火紙《のしがみ》がつけてあった。〈呈川並氏〉と中央上部に筆で書かれ、その下には〈向井永太郎〉とある。左側には〈石川啄木履歴書弐通〉という文字があった。

〈明日札幌にかへるべき向井君に履歴書をかいて依頼せり〉と、一九〇七年（明治40）八月三十日の日記の中で啄木が書いている求職の履歴書である。函館の大火の五日後のことであった。

川並氏の手にそれが渡ったのは、オカアチャンが死んで間もなくのことのようである。

貴方ガ旅費ヲ御負担下サラバ小生直々参上御尋ネノ件ニ御答可致お土産トシテ啄木履歴書ノ二通ハ差上テ宜シク書簡モ一束お目ニ懸ケ或期間御手元ニ置テモヨイ事ニ致度候。

オカアチャンの死後二十日目の八月二十八日に書いた葉書の要所である。月の初め、啄木についての手記を求められたことに対する西宮の川並氏への返事だった。

商談は成立し、オジイチャンが西宮へ出かけたことは、三ヵ月後の十一月十五日の葉書の一部から読みとれる。

飲めるなら又西宮迄出掛けます。(但し前回同様貴方の御負担に於て)御礼には御預け中の豚木書簡を全部差上げませう。

二度目の商談の成立が分かるのは、十一月十九日の次の手紙の一部からだ。

例によつて無しつけなる提案早速に承認を下満足致し候……尚御もてなしの御馳走は別段の御心配を要せず又酒だけは一升は御用意願度五合ばかり其場で頂戴して四合は持参の壜に詰め込み度き計画に御座候。


チイニイが死んで間もなくのことだった。十一月二日、オカアチャンの後を追って、チイニイは死んでしまったのだ。

その日は、日曜日だった。トヨアキはオジイチャンに連れられ、散歩に出かけていた。正午過ぎ、腹を減らして帰ってきた二人を待っていたものは、袋小路の果てにある長屋の玄関から手を招いて二人を急きたてるオバアチャンの姿だった。

オジイチャンの下駄の音が高くなる。後を追って、トヨアキは家の中に入った。

チイニイの枕元で、声も出せずにオジイチャンは立つ。畳に膝を突いたのはオバアチャンだ。

オバアチャンの頭の上からおそるおそる顔を出すと、チイニイの目があった。大きく開いた二つの目は、涙で濡れている。あの世を拒むように首をひねり、下になった片方の目からは涙が一滴こぼれていた。

足音を忍ばせ、トヨアキは枕元を離れた。小路を抜けて通りに出る。ポケットの底の蠟石《ろうせき》を探り、手に握ると、歩道にしゃがみ、蠟石を石畳に当てた。

消しゴムのように、蠟石が石畳をこする。白い線が石畳に乱れていったが、チイニイの濡れた目玉は頭の中から消えてくれなかった。

「何、描いてるの?」と、寄ってきたのは、同じ長屋のヨーコちゃんだ。

問いには答えず、円を一つ描く。円の中に数字を散りばめ、時計の文字盤を作っていった。チイニイの腕時計である。

トヨアキが幼稚園に通っていたころ、チイニイは買ってきたばかりの腕時計を貸してくれたことがある。朝の話だ。腕にかけたのを忘れて幼稚園への道を歩いていったら、気がついたチイニイがあわてて追いかけてきたものだ。あの時の時刻は、八時ごろだったろう。

12の数字から長針を引っぱる。8の数字へ短針をのぼそうとした時、「おやつの時間がいいわよ」と、ヨーコちゃんが言った。

三時のおやつまで、チイニイは生きているのだろうか?

蠟石を動かす手を止め、トヨアキはささやいた。

「今ね、チイニイが死ぬところなんだよ」

「本当?」

「うん」

「おかあちゃんに教えてこよう!」と言って、ヨーコちゃんは走り出した。

チイニイのその日を詠んだオジイチャンの短歌は、あの絶交の短歌を記した綴りの中にあった。上

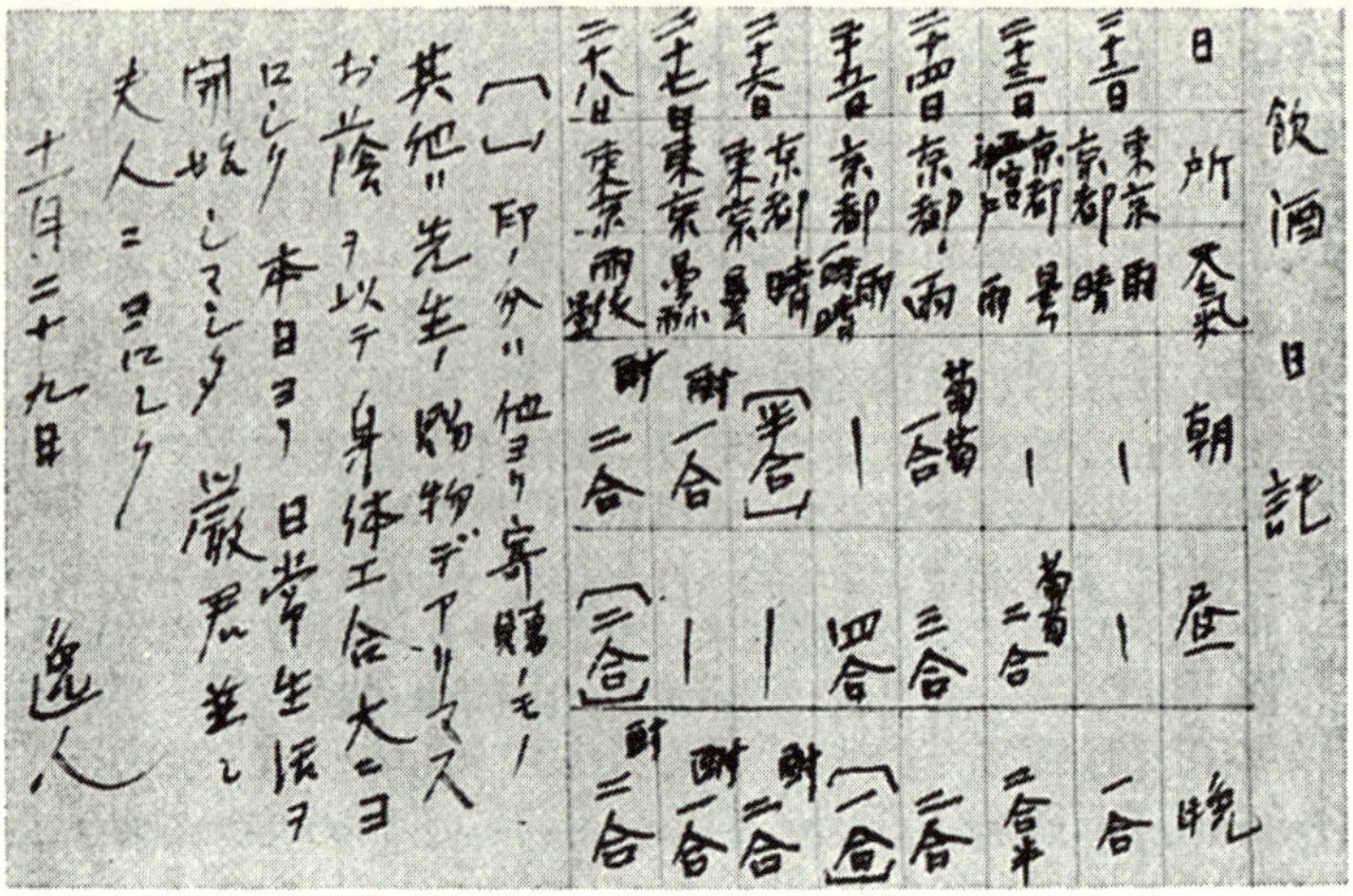

飲酒日記

日	所	天気	朝	昼	晩
二十二日	東京 京都	雨 晴	―	―	一合
二十三日	京都 神戸	曇 雨	―	葡萄 二合	二合半
二十四日	京都	雨	葡萄 一合	三合	二合
二十五日	京都 御所	雨 晴	―	四合	〔一合〕
二十六日	京都 東京	晴 曇	〔半合〕	―	附 二合
二十七日	東京	曇 小雨	附 一合	―	附 一合
二十八日	東京	雨夜	附 二合	〔二合〕	附 二合

〔 〕印ノ分ハ他ヨリ寄贈ノモノ
其他ハ先生ノ贈物デアリマス
お蔭ヲ以テ身体エ合大ニヨ
ロシク本日ヨリ日常生活ヲ
開始シマシタ 以上 巌君並ニ
夫人ニヨロシク
十一月二十九日
逸人

の句のほとんどは忘れてしまったが、〈一しづく〉という言葉と、それに続く〈涙こぼして身まかりし子よ〉という下の句だけは覚えている。

川並氏へ宛てた十一月七日の葉書には、その短歌が書いてあった。上の句の忘れた部分は、〈下にせし片つ眼《まなこ》ゆ〉となっている。

五十数年ぶりの合体だった。だが、上の句は欠けてはいても、合体はしていたのだ。あの日のオジイチャンの悲しみに合体するのには、下の句だけでも十分だった。

川並氏に出した一枚の葉書である。逸人というのは、オジイチャンのペンネームの一つだ。京都にはオカアチャンの姉が嫁いでいたので、そこに寄ったものなのだろう。啄木の履歴書と書簡は、二人の子どもに先立たれたオジイチャンの心の穴をこうして埋めたのだ。そう言えば、酔っぱらったオジイチャンが講談社の絵本にオシッコをかけてしまったのも、そのころのことだった。

太平洋戦争が始まったのは、チイニイが死んで一ヵ月後のことである。十二月八日の朝、オジイチャンは、臨時ニュースを告げるラジオに耳を押しつけるようにして聞き入っていた。

「やった！　とうとうやったぞ！」と、手を叩きながらオジイチャンは喜ぶ。新しい〈ええじゃないか〉の始まりだった。かつて詩集〈胡馬の嘶き〉によって北海道の開拓の現実をあばき、踊り続ける近代日本の〈ええじゃないか〉に向かって首を横に振った詩人は、時代の蜜に群がる、蜂の一匹になってしまったのだ。

慶応三年の〈ええじゃないか〉は、近代日本と表裏なのだ。文明開化、富国強兵、万世一系、八紘一宇……その他数々のお札が降り、五十年前には、主権在民のお札も降った。遂にお札から自由になれなかった我々なのだ。

事変五年牲萬兵
鬼哭啾々詛米英
優游不断民院倦
銳銛電撃屈巨鯨

人生を戦い損ねたオジイチャンの晩年にとって、太平洋戦争は大きな生き甲斐になっていく。日中戦争が既に五年を経過した開戦一ヵ月前、オジイチャンは近衛首相に宛てて、こんな漢詩を郵送していたのだ。

トヨアキの妻の大学時代の恩師、中国文学者のT氏が旅の途中、寄ったことがある。歯に衣着せぬT氏は、この漢詩を見せると、「これは漢詩とは言えませんね。決まりから外れています」と言ったものだ。

決まりから外れたオジイチャンの漢詩は、「ええじゃないか、ええじゃないか」と作られていった。内閣、陸海軍の首脳へ郵送された粗悪詩への礼状が、結構律儀に戻ってくる。御満悦のオジイチャンにとって、とりわけお気に入りのものは、連合艦隊司令長官からのものだった。

高詠拝受難有御礼申上候
　十七年三月　山本五十六
向井永太郎殿

名刺ほどの小さな厚紙に墨を走らせたたったそれだけのものを、オジイチャンは宝物のように額に入れ、机の上にかざっていた。名刺そのものの肩に、単に〈御礼〉と書き入れただけのその他の高官の返書に比べ、確かに山本提督の返事は誠意があった。しかし、オジイチャンが気に入ったのはそれだけではない。雑誌に載った提督の筆蹟と丹念に見比べながら、「直筆だ。直筆だ」と、オジイチャンはうなるように言うのだった。

数ヵ月たった八月、オジイチャンは北海道へ旅立った。オバアチャンの後年の回想によるとこうである。

「別海の、お母さんのところにいくってね。もう帰ってこない、北海道で死ぬって言うのさ。冗談じゃないよ、トヨアキ。お母さんを養うこともできないで、逆に居候するつもりなんだよ。何もしないで生きていたいんだよ、あの人は。止めたって、人の言うことを聞く人じゃないし、どうせ、そのうち帰ってくるだろうと思って、ほったらかしておいたさ」

オバアチャンの思惑どおり、オジイチャンは、たった五ヵ月で帰ってきた。十二月のことである。帰京して間もなく川並氏に出した葉書には、〈冬は矢張南方がよろしいです〉と、北海道育ちにしてはだらしのない言葉を書いている。だらしはなかったが、オジイチャンは、とにもかくにも十二年ぶりに働いたのだ。同じ葉書で〈西別川測量人夫を稼ぎ、釧路尺別炭鉱請負師の帳場などもやって来ました。〉と、オジイチャンは書いている。六十一歳のオジイチャンだった。

帳場の話は、オジイチャンがオバアチャンに語っているのを、そばで聞いた。

「鉱山で若い奴と一緒に働いてな。俺、事務所の中にいても外套を脱がんで仕事するもんだから、若い奴が文句をつけるんだ。俺は言い返してやったぞ。この外套は息子の形見なんだ。俺は息子と一緒に、大日本帝国へ御奉公をしているんだってな」

息巻くオジイチャンの尻の下には、熊の毛皮と称するものが敷かれていた。北海道から持ち帰ったものである。

色だけ見れば犬の毛皮のようでもあるが、かたい毛の鋭さは犬とは違う。あれはやはり熊だったとトヨアキが納得したのは、グラウンドに熊の足跡が残るような小学校のセンセイになり、北海道で暮らすようになってからである。北海道の熊はヒグマという固有種で、雌は全身が金褐色、雄は頭部が金褐色なのだった。オジイチャンが持ち帰ったのは、雌の熊の毛皮だったのだ。

間もなくオジイチャンは、オバアチャンに頼んで、その毛皮で袖なしを作ってもらった。〈男ハ女のすがたになり、女ハ男のふうを致し〉――雌の毛皮を身にまとったオジイチャンは、その風体に至るまで〈ええじゃないか〉になったと言うべきなのかもしれない。

オジイチャンは超然と、その袖なしで外出した。通りすがりの人たちは、きまって、その野蛮な風体に振り向いた。どんなに誘われても、トヨアキは、もうオジイチャンについていこうとしなくなった。

オジイチャンが隣組の班長になったのは、そのころのことである。オバアチャンの思い出話は、こうだった。

「面白い人だったよ。配給のものがいろいろきて、班長がみんなに分けるんだけどね、大根なんか、いいとこをみんな人にあげてしまって、家には菜っぱの切れ端を持ってくるんだものね。書きものなんかだって、ちゃんと済ましてしまうし……。そうそう、ほら、表通りの運送屋さん、あのおじさんなんか、よく自分の書きものを頼みにきてね。書いてもらってる間、膝を折って待ってるんだよ。オジイチャンが『君、あぐらをかきたまえ』って言うと、『だって、先生が膝を折ってるのに、わたしだけあぐらをかけません』ってね。『わたしは、子どもの時から正座に慣れてるんだ。君、あぐらをかかないと引っくり返ってしまうぞ』ってオジイチャンに言われ、恐縮しながらあぐらをかいてね。オジイチャンは、運送屋さんに言うんだよ。『お礼なんか絶対に持ってこないでくれ』ってさ。道庁にいた時、あの人が出張中に、わたしがお菓子折りを預かったら、後であの人に叱鳴られてね。泣き泣き、それを返しにいったこともあるんだよ。そういうとこ、あの人は偉かったね」

消防訓練の後に撮った隣組の写真がトヨアキの手元に残っている。鉄兜をかぶったオジイチャンは国民服と呼ばれる軍服まがいの服を着ているのだが、首には手拭が巻きつけられ、国民服の上には、袖なしの熊の毛皮が盛り上がっているのだ。

国民服という規格品をぶちこわす恰好で、オジイチャンは消防訓練の号令をかけた。そのバカデカイ声は、トヨアキが聞いてきたどの号令よりもはみ出たものだった。

オジイチャンは、そのはみ出た声で出征兵士を送る万歳の音頭をとった。音程の外れた声を人一倍張り上げて歌うオジイチャンの軍歌は、みんなの歌声からはみ出てトヨアキの鼓膜を強く打った。

トヨアキの思い出と、オバアチャンの思い出は、その焦点が食い違っている。


ジ〰〰〰〰ン！


非常ベルの音が鼓膜にぶつかり、脳髄を走り抜ける。追いたてられた眠りは瞼にぶら下がり、足をバタつかせていた。

目をこすって眠りを払う。ベッドの下に落ちているのは、オジイチャンにかけてやったコートだった。ベッドの上に、オジイチャンの体はない。

椅子の上から尻が離れた。あわてて首をまわしてみる。カーテンを押す朝の光が、布の織り目から滲み出ていた。

非常ベルは、まだ鳴り続けている。火事は一体どこなのか？　それとも、これは誰かのいたずらか？――もしかして、オジイチャンが、酔っぱらった勢いで火災報知器に一撃を加えたのではないだろうか？　とてもとても、廊下に顔など出せたものではない。

バタン！

バタン！

ドアの音が廊下で響き、人の声が入り乱れる。

「非常ベルは誤作動です！　何でもありません！」

階段を駈け上がってくる足音と一緒に、叫び声がした。

やれ、やれ。

カーテンを開ける手がはずんだ。昨日の天気とはうって変わり、空は青い。

トイレのドアのノブをまわす。昨日のものは、みんな追い出してしまわなければならないのだ。追い出して、美術博物館へ出発しよう。

身支度をして外に出る。人通りの少ない地下道は、足の動きを速めさせた。オジイチャンに、また捕まってはかなわない。

地下の店は、まだシャッターが下りたままだった。地上に出ても同じである。

線路のある広い通りにぶつかる。路面電車が走っていた。後で分かったことなのだが、電車は美術博物館の方向へ向かっていたのだ。

研究不足の旅人は、電車に乗ることなど思いもつかない。思いがついたのは、牛頭天王のことである。

頭の中をもう一台の路面電車が走っていた。都営荒川線だ。終点は南千住——電車を降り、焼き鳥の煙が立ち込める小路を通り抜ければ日光街道に出る。左にいくと千住大橋——その手前にあるのが素盞雄神社だったではないか。素戔嗚だったり、進雄だったり、或いはまた素盞雄だったりと、〈豊橋市神社誌〉に目立って多く載っていたスサノオ神社——南千住のスサノオ神社のすぐ近くの小学校で二年間、産休代替教員をやっていたトヨアキは、子どもたちがスサノオ神社のことを「天王サマ」と呼んでいるのを何度も聞いている。祭りのポスターには〈天王祭〉の文字があり、同じ学校のセンセイの一人が「あれは昔の呼び名のようですよ。明治政府の神仏分離の命令で素戔雄神社に変わったとか聞きましたけど」と、教えてくれたことがあった。

顔の筋肉がゆるんでくる。

「スサノオ神社、スサノオ神社、スサノオ神社……」と、言葉がしゃっくりのように飛び出してきた。相手があったら川のようにしゃべりたい。

喫茶店がある。エプロンをかけた主人の姿がガラス越しに見えた。しゃべる口はあきらめて、食べる口を動かそう。

客は誰もいなかった。テーブルの上の小さなメニューの品数も少なかった。

カレーライス？　これでは、あまりに当たり前で、心の興奮につり合わない。

トースト？　これもパスだ。

サンドイッチ？　これも同じ。

ホットケーキ？　これをパスしたら、一番嫌いなスパゲッティしか残っていない。

「ホットケーキとコーヒーください」

注文の声には元気がなかったが、テーブルの上に広げられたものの数はにぎやかだった。

お冷や、ナプキン、ナイフ、フォーク、スプーン、コーヒー、シュガー、ミルク、マーガリン、シロップ、そしてホットケーキである。

ホットケーキを食べる口がはずむ。声は出さないが、はずむリズムは♪♪♪♩♩（ス・サ・ノ・

オ・ジン・ジャ）である。

ホットケーキを食べながら、鞄の中から折りたたんだ地図を取り出した。♪♪♪♪♩と開いてみるが、地図の上では、スサノオジンジャを見つけることはできなかった。

リズムが変わる。

♪♪♩（ダメカァ）

いや、地図には載っていなくても、〈豊橋市神社誌〉には、あれだけ沢山載っていたのだ。美術博物館にいったら、きっといい答えを出せるだろう。

♪♪♪♪♩♩と心に鞭を当て、ホットケーキとコーヒーを胃袋に入れた。

美術博物館の位置を確かめ、地図をしまう。脱いだコートを♪♪♪♩と身につけた。

外に出る。公園の木立が近づいてきた。美術博物館は、その公園の中にあるのだ。

煉瓦の建物が見える。〈豊橋市立美術博物館〉という文字が外壁に並んでいた。

腕時計を見ると、もう少しで九時だった。開館を待って、十人足らずの人たちが玄関の前に散らばっている。マリー・ローランサン展のポスターが掲示板に張ってあった。幽霊のように淡い女の絵が刷り込んである。

職員の姿が、ガラスの向こうに現われた。人々の体が動き、ドアが開く。みんなの後をついていくと、そこは、マリー・ローランサン展の会場だった。

ヨーロッパの幽霊につき合う余裕はない。まごまごしていると、熊の毛皮の幽霊に、またまたつき合わされるかもしれないのだ。

階段を昇って二階にいく。人骨から始まる歴史資料がガラスの向こうに並んでいた。受付は見当たらず、どうやら出入りは自由のようである。

一まわりしてみたが、〈ええじゃないか〉の関連資料はどこにもなかった。こうなったら、学芸員にたずねるより他はない。

一階に降りて、事務室に近づく。小さな窓に身をかがめ、中にいた若い女性に声をかけた。

「アノー、豊橋の歴史のことで、おたずねしてもよろしいでしょうか？」

「どういうことでしょうか？」

「わたし、今、『ええじゃないか』のことを調べているんですがね、大西の牛頭天王社というものが、どこにあるか分からないもんで、それで、その場所が分からないかと思って、ここにきたんです」

「一寸お待ちください」

電話をかける彼女の声がした。声が跡絶え、彼女が戻ってくる。ドアを開けると、「こちらでお待ちください」と言って、応接室に招き入れた。

コートを脱ぎ、ソファーに座る。鞄の中から〈ええじゃないか始まる〉を取り出し、テーブルの上においた。

足音がして、風のように応接室に入ってきたのは、ジャンパー姿の若い男性である。手にした本をテーブルの上におくと、パッと脱いだジャンパーをソファーの隅に投げた。チェックのシャツの襟から突き出た喉が動く。

「こんにちわ」と学芸員の言葉は短かかったが、声は引き締まっていた。

「こんにちわ。お忙しいところ申し訳ありません。実は、この本を読んで豊橋にきたんですが、大西の牛頭天王社というものが、どこにあるのか、昨日、図書館にいっても分からなかったもんで、それで、ここにきたんですが……」

「この本を読まれましたか」と、学芸員はトヨアキが差し出した〈ええじゃないか始まる〉を手に取った。パラパラとめくり、「ここですね」と、逆に学芸員はページを示す。

「そうです、そうです」と、トヨアキの声ははずんでいた。

向かい合った学芸員の目が文字を追っている。本をおき、彼は自分の持ってきた本に手をのばした。

前の日、トヨアキがめくってみた〈豊橋市神社誌〉である。

地図が挟んであった。〈豊橋市内神社位置図〉という文字が読みとれる。

「もしかしたら、昔の神社名と変わっているのかもしれないと思うのですが」

トヨアキが言うと、「十分考えられますね」と、学芸員は即座に反応してくれる。

にらむように位置図を眺めると、彼は〈豊橋市神社誌〉のページをめくった。

手が止まる。

「大西というと、ここしかないんですけど」

と、学芸員は開いたページをトヨアキに向ける。

〈牟呂素盞嗚社〉という文字が目に飛び込んできた。

「ここです！　間違いありません！　神仏分離で名前が変わってしまったんです！」と、つい知ったかぶりをしてしまう。

牛頭天王が仏教の何なのか、そこまで知らないトヨアキである。スサノオさんは、もう少しくわしく知ってはいるが、それにしろ、戦争中の学校で習った程度の知識なのだ。

学芸員は、神社の位置図をコピーして渡してくれた。等寸大のものと、拡大して二枚に分けたものとの合わせて三枚のコピーである。

「アノー、コピー代は？」とたずねたら、「要りません」と答えが戻ってきた。

大通りへ足を急がせる。今日の距離は、タクシーに頼らなければならないものである。

歩いても歩いても、昨日と同じだった。駅まで戻り、地下道のそばのタクシー乗り場にいくより他、手はなさそうである。

たこ焼き屋の赤提灯は、昨日と同じように人を呼んでぶら下がっていた。菜飯田楽のショーウィンドウの前に立ち止まり、まわりを見まわしてみる。

オジイチャンの姿は、どこにも見えなかった。何だか淋しくなってくるのは、一体どういうことなのだろう？

オジイチャンとはとうとう出会えず、地下道の外に出る。タクシーは並んでいたが、人は並んでいなかった。直ちに、慶応三年〈ええじゃないか〉第一現場への出発である。

「アノー、大西のスサノオ神社までお願いします」

コートのポケットの神社位置図のコピーを手で探りながら運転手に声をかけると、「ハイ、大西のスサノオ神社ですね」と言って、運転手はアクセルを踏んだ。

コピーから離した手をポケットの外に出す。腕を組んで、窓の外に目をやった。

図書館への道をしばらく走ると、運転手はハンドルを切った。

区画整理の行き届いた道である。区画に従ってセットのように住宅が納まり、はみ出た形、はみ出た色は一つもなかった。一生に一度建てられるか建てられないかという私有の財産が、まるで示し合わせたように調和しているというのは、一体、誰の差し金なのだろう？　謎が込み上げ、唇が開いた。

「この辺は、昔、田んぼだったんですかねえ」

言葉にすればつまらない謎の込み上げである。それはそうだ。私有の財産がどうのこうのという論議をふっかけてしまえば、運転手の血圧は上がり、目はくらみ、交通事故にもなりかねない。それを心得た問いなのだが、問いはただの世間話に化けていた。

「そうだてえ、そうだてえ。田んぼ買い上げて宅地と道路作ったけど、なかなか道路が貫通せなんで」

「ハア」

「売り渋る人間がいたもんやで、道路が切れて走れにゃあずら」

「走れません、走れません」

「それで貫通が遅れたずら」

「そうですかァ」

「ア、ここから大西になります」

運転手の言葉のギヤーが入れ変わった。金をいただく時間が迫り、お客サマは、神サマになってしまったのだろうか？

あちらこちらで家が建っている。大工の姿が遠ざかると、神社の境内が見えてきた。

スピードを落とし、タクシーは鳥居の前で止まる。鳥居に掲げられた銅板には、〈素盞嗚社〉という四つの文字が浮き出ていた。

タクシーが去っていくと、人間は一人だ。

「コン、コン、コン、来《コ》ン！」

姿は見えないが、大工の叩く金槌の音が三河弁で響いてくる。

何が来ン《コ》のか？

分かっている。ここに訪ねてきたからといって、慶応三年の〈ええじゃないか〉が来ン《コ》ことは、トヨアキの足元がもう証明をしているのだった。

足元の鳥居の下には、とぐろを巻いたウンコが一つ鎮座している。見事な太さだ。散歩に連れた犬のものとは、とても思われないウンコである。色は黒ずみ、艶を失い、ところどころに白ちゃけた斑点を見せていた。

境内は、かなりの広さである。小学校のグラウンドで譬えれば、一周で百メートルのコースは取れる境内だった。

拝殿の前を横切って、長々と刻まれたわだちが二本、目に入る。境内は、カーレース場の趣だった。

拝殿左手には工事の足場が組まれ、緑色のネットの囲いがしてある。ネットを透かして、真新しい白木の社の木肌が見えた。


十五日夕くれ方天王社中庚申の東の雑木の枝に磯部の御祓ふりけり

牟呂八幡宮司の〈留記〉の中の三枚目の降札についての記述である。境内をまわってみたが、庚申塔はどこにもなかった。

天王社之東（シコ名をトコナベ）といふもの官蔵にいひ候らくいせの御祓ふりしなといひさわ

くその御祓にハス丶はつかぬかおほかたす丶びたり候んといひていぶかしかる

同じ〈留記〉の中のトコナベについての記述の一部である。七月十四日、王西の多治郎という者の屋敷に最初の降札があった時、「そのお札には煤がついているだろう。誰かが自分の家の古いお札を捨てていったんだ」と疑ったトコナベなのだ。彼の妻は前日からおこりをわずらって寝ていたが、十五日夜半、精神に異常をきたして死んでしまったということも書かれてある。そのトコナベの住居、〈天王之東〉とは、はて、どれだけ東なのだろうか？

せっかくきたのだから、すぐ東だけでも見てみよう。さて、どちらが東なのか？

地図によると、豊橋駅は大西の東にある。そこからやってきたのだから、その方角を向けばいいのだ。

向いてみると、東隣は木造の二階家だった。雨に洗われた板壁の塗りが涙のようにたれている。慶応三年の失言を今でも悔やんでいるトコナベなのだろうか？

屋根の上には布団が干してあった。ブルーやピンクの明るい色合いは、どう見ても、泣いているとは思われない。

もう一段上の屋根にはエアコンの室外ユニットが据えつけられ、ファンがまわっていた。音は下まで聞こえてこないが、リズムは、大工の金槌と合っていた。

リズムに追われて境内を出る。東の方角へ歩き出したのは、トコナベの探索を続けるためではない。二枚目のお札が降った普仙寺は、もらってきた神社位置図のコピーと、手持ちの地図とを突き合わせてみると、東の方角、数百メートルのところにありそうなのだ。

普仙寺への道の両側には、真新しい家が立ち並んでいた。金槌のリズムは、普仙寺でも響いている。境内からだった。木目の新しい建物が建ち、金槌の音はその中から聞こえてくる。その外には、建てて間もない墓石が並び、墓地の基礎工事を終えた土台が新しい墓石を待っていた。

十五日晩中村普仙寺之寺内秋葉之石燈籠の垣ノスミ竹ニ内宮之御本宮之御祓降臨之由

これも〈留記〉である。二枚目のお札が降った〈秋葉之石燈籠の垣ノスミ竹〉の場所とは、どこなのだろう？

竹は、どこにもない。山門のそばに石燈籠はあったが、〈秋葉〉の文字はどこにもなかった。汚れもなく、傷もなく、とても百二十八年の時間をくぐり抜けてきたものとは思えない。

来《コ》ン、来《コ》ン、来《コ》ン、来《コ》ン……。

金槌のリズムを噛みしめ、歩き出す。昨日ほどは歩いていないのに、足が棒のようだった。膝が痛む。さて、タクシーは拾えるのだろうか？

大通りへ出てみたが、やはりタクシーは走ってこない。立ち止まって、地図を開いてみた。現在地を確かめていると、〈公文〉という地名が目をとらえる。さほど離れた場所ではなかった。

中牟呂村少々若者故障有之村中ニ而取揚御備当家江戻ル

〈留記〉の中の七月二十日の記述の一部である。牟呂村は、上牟呂、中牟呂、下牟呂に分かれ、牛頭天王社の王西は上牟呂、普仙寺の中村は下牟呂に属していたのだが、公文は中牟呂に属し、七月十九日夜、同じ中牟呂の坂津と合わせて九枚もの大量の降札があった地域である。その中牟呂の若者たちが牟呂八幡宮と村役人主導による祭礼に異議を申し立て、あてがわれたお供えを牟呂八幡宮に返却すると共に、独自の祭礼を自分たちでおこなったのだということを田村貞雄氏は〈ええじゃないか始まる〉の中で書いている。今、地図で見つけた公文は、しきたりの中での祭礼を、しきたりを破る〈ええじゃないか〉へと広げていく爆発点の一つだったのだ。

幸い豊橋駅にいくバスの停留所も公文にはあるようだ。公文に足を運んで、旅は終わりとすることにしよう。

大通りを曲がると、車も人も急に数が少なくなった。ポツンと一台、向こうから車がくる。自転車に乗ったオバサンもきたが、道を曲がって見えなくなった。トヨアキの背中から、車が一台やってきて遠ざかっていく。後はもうこなかった。歩いているのはトヨアキだけだ。

ガソリンスタンドが見える。こんなに車が少ない通りで、よく商いが成り立つものだ。

停留所の丸い標識がガソリンスタンドの手前に見えた。文字はまだ読みとれない。首を突き出して歩いていくと、線のもつれはほどけ、〈公文〉という文字が見えてきた。

ガソリンスタンドを曲がったところに木立が盛り上がっている。神社なのかもしれない。独自の祭礼をおこなったのは四つのお宮とのことなのだが、その一つだったらどうしよう。体がゾクゾクしてくる。

ガソリンスタンドの前では、若い従業員が一人、腕を組んで立っていた。右も見ない、左も見ない。ただ中空を見つめるだけだ。これからどうして食べていくのか、それが問題なのかもしれなかった。

ガソリンスタンドのニイチャンの思索とは程遠い文字が、道を曲がった向かいにある。〈貯金は農協へ〉という看板は、二階建ての農協の屋上に掲げられていた。その右隣の漁協の建物には、〈夢・希望・花ひらく未来　ふれあいセンター〉という看板が乗っている。その右隣の建物には、〈旅行・不動産相談コーナー〉という文字が見えるではないか。

看板の前を過ぎると、農協の左隣は石の鳥居だった。

鳥居は、さほど高くはない石段の上にある。斜面から剝き出している根っこが乾いた土をつかみ、幹を支えていた。

鳥居の足元に小さな石の標識が立っている。刻んだ文字に目を凝らすと、〈鵜殿兵庫之城跡〉という七つの文字が読みとれた。〈豊橋市史〉で目にした戦国時代の豪族の名前である。

コートのポケットから、神社位置図のコピーを取り出す。現在地らしきところに指を当ててみたが、この辺りには神社として載っているものはなかった。

石段の下から、鳥居と、そのまわりを見まわしてみる。神社名を表わすものは、どこにもなかった。鳥居の奥の左右には数本の樹木が立ち、注連縄《しめなわ》を張った小さな石の祠がある。祠の向こうには、民家の屋根瓦がのぞいていた。左も民家、右は農協に挟まれたこの小高い場所は、かつての塁壁の名残なのかもしれなかった。

階段を昇り、石の祠に近づいた。この辺りの人々がここを守り続けてきた時間の長さは、慶応三年の〈ええじゃないか〉よりも遥かに遠い昔からのことなのだ。

牟呂八幡宮にお供えを突き戻し、村人たちが独自の祭礼をおこなったお宮の一つなのかどうか、それはトヨアキには分からない。だが、それら四つのお宮もまた、村人たちにとっての権威だったことには間違いないだろう。

もっと昔、遥かな昔と出会いたい。祠やお札がなかったころの、遥かな昔と出会いたい。昔を呼んで、大きく息をする。呼び込まれた遠い昔が肺をふくらませ、背筋をのばした。一本の幹のように立ちながら、息を吐く。息は風を起こし、風は葉を鳴らしていた。

森の葉だ。葉は重なり、屋根瓦は見えなかった。祠も姿を消している。祠の中に押し込めた森の霊気は四方に飛び、森の空気は濃密だった。

腐葉土を踏む音がする。幹の間から現われたのは、金褐色の毛並みだった。オジイチャンの背中をおおっていたはずの熊の毛は、背中どころか腹もくるみ、喉も顔も、足もくるんでいた。四本の足が腐葉土を押さえつけ、鼻が宙を探っている。

オジイチャンは、とうとう熊になってしまったのだろうか？　いや、オジイチャンは、熊に還ってしまったのだろう。

樹間を縫って梟が飛んでいった。枝から枝へ伝わっていくのは栗鼠である。梟でもなく、栗鼠でもなく、熊でもない人間にとって、森はふさわしい場所なのだろうか？

点々と伐株は列ぶ雪の上、
幽霊の如く截面《きりめ》が光る中に
うごめくものは熊なるか。
黒き筒袖外套に
頭身体《からだ》を包みあげ、

此処にさしきし冬の日の
明るき光仰ぎ見て、
深き喜悦に一服の煙草を吹かす
そは人間に外ならず。

オジイチャンの詩が頭に響く。

どうすればいいんだよ!?

問いが目をきつくした。答えを求めるトヨアキの視線が熊を見つめる。

熊の首が横に揺れた。体も揺れ、熊の鼻の向きが変わった。

尻を見せ、熊がゆっくりと離れていく。立ち止まって振り向いた熊の目は悲し気だった。首を戻し、熊は木々の間を走り去っていく。

森も走り去っていた。

屋根瓦が光っている。石の祠は、扉を閉ざしてたたずんでいた。

人間の皮をかぶったトヨアキは、二つの足をおそるおそる交互に出し、石段を探るように世の中へ降りていった。

武蔵国豊島郡練馬城
パノラマ大写真

Musashino-kuni Toshima-gun

Nerima-jou

panorama dai shashin

カメラを北東に向け、ファインダーをのぞいた。

下流へ延びる石神井《しゃくじい》の遠近がある。石垣のように高く積み重なったコンクリートブロックの継ぎ目が整然と線を描き、左右の岸を守っていた。

切り立った護岸には、等間隔に穿たれた小さな穴がどこまでも続いている。地下水を川に落とすための穴なのだ。穴からの流れは止まって見えなかったが、立ち小便の痕のように白茶けた色がコンクリートに染みついている。ニンゲンの立ち小便はお断わりで、岸にはフェンスが鉄格子のように張りめぐらされていた。

川が小便を受けつけないわけではない。集中豪雨などで容量以上の水が下水管に侵入してしまった時は、主の糞尿と一緒に川へ排出されることになっているのだ。地下水の穴の数十倍もある穴が、まさかのために口を開いている。

ファインダーには、口を開いている老人も見えた。橋の欄干に手を突いて、老人はポカンと石神井川に見とれているのだ。オーバーヒートのこの世の姿を映したように、コンクリートの川床は焦げた茶の色を見せ、水の上にはあぶくが流れていた。

一、二、三、四、五……。

老人のいる下流へ向かって橋の数をたどってみる。おびただしい数だった。

三十八万キロ離れた月にはロケットで飛ぶことができるが、十数メートルの川幅の石神井川を飛ぶ方法を人は持たない。一九九七年五月二十七日の今日現在、走り幅飛びの世界記録は八メートル九十センチなのだから、記録保持者のビーモンを連れてきても石神井川を飛んで渡ることはできないのだ。
十一、十二、十三、十四、十五……。
我が家の近くに架かる橋は、台橋か、さくら橋――いくつ数えたら届くのかは見当もつかなかった。数えるのは止めて、ファインダーを老人に戻す。手を掛けた欄干が、果たして台橋のものなのか、それともさくら橋のものなのか――それはよく分からないが、あの老人の顔は間違いなくボクの顔だ。白髪染めの落ちかかったまだらな鬢――薄くなった頭のてっぺんへ掻き集められた髪の毛――老いを隠す諸々の仕掛けの一つとして、橋の上の老人は、この豊島園の高台に立つボクと同じ赤いカジュアルシャツを着て、ボクと同じ緑色のジーンズをはいてもいる。顔も体も、間違いなくボクのものなのだ。違うのは、橋のボクが口を開けて川を眺め、高台のボクが口を結んでファインダーをのぞいているということである。

口の開きは、無我の境の証だった。緩んだ唇の間から抜けていった魂は、川の流れに溶け込んでいる。

流れの途中で、引っかかっているものがあった。白い布である。羽二重の小袖だった。羽を広げた鶴のように小袖は開き、揺れていた。

飛び立とうとする鶴の邪魔になっているのは、小袖にからまる水死体である。被衣《かずき》は離れ、帯は離れ、離れ離れて最後の一枚となったものを手離すわけにはいかないのだろう。

羽二重のように白い足が揺れている。足の先から目をたどらせると、割れ目をおおった陰毛が水草のように揺れていた。

橋の上のボクの口が閉じ、目があわてて飛び越える。

へそがあった。くびれた穴が陰門を思わせ、又もや目が飛び越える。

乳房があった。左右の目玉を寄せ合って、乳房の間を通り抜けようとするのだが、間は狭かった。視線の左右からかぶさってくる乳房の揺れに急きたてられながら、橋の上のボクの目は女の顔にたどりつく。

長い髪が顔にまつわり、揺れていた。揺れた髪の合間からのぞくのは、臘のように白い皮膚だった。皮膚はあるのに、目はなかった。鼻もなく、口もなかった。女は、名前さえも持っていない姫なのだ。

【姫ヶ淵】石神井川の練馬城址の西にあたる辺、一段深くして淵を成す、之を姫ヶ淵と俗称す、練馬落城の日姫の入水したる処など言伝ふ。

一九一八年（大正7）発行の『東京府北豊島郡誌』の中の記述である。姫とは、城主、豊島泰経の娘のことを指すのだろう。敵軍の将は太田道灌——一四七七年（文明9）の出来事なのだが、落城の日と姫の名は他の記録にも残っていない。ただ、ここから西北に四キロ半ほど行ったところにあった石神井城も豊島泰経のものであり、その落城の日は、現存する太田道灌の書状の中ではっきりしている。旧暦の四月十八日——今の暦に直すなら、今年は今日、五月二十七日のことなのだ。練馬城の落城も、それほど離れた日のことではないだろう。五百二十年たった今日、城址の遊園地の高台に立ち、それらしき崖の上から鎮魂の心を込めてファインダーをのぞいているボクなのだ。

のぞかれているもう一人のボクは、ノッペラボーな姫の顔を復原しようと脳波を震わせていた。

振幅は、五百二十年前に届かない。せいぜい届いて五十年前の初恋の少女だったり、四十年前の初体験の女だったり……三十年前、二十年前と、思い出は顔と一緒に次々と現われ、ノッペラボーな姫の顔を補なうのだった。

補なう顔を追い出すように姫の小袖が揺れる。小袖ではない。チョゴリだった。白いチョゴリをひらめかせ、女は人を掻き分けていく。会場を埋めた聴衆の前へ抜けると、女は壇上に駈け上がり飛びついた。

刺客ではない。女は五十年も前に刺されていたのだ。軍服のズボンを下ろし、ふんどしを外してのしかかってくる男たちの猛々しい男根に、来る日も来る日も刺され続けてきたのだ。

飛びつかれた演壇の相手も、同じように刺されたチョゴリの女だった。国家賠償を求めるために朝鮮半島からやってきたのだ。

飛びついた女は、戦後、日本の国内でひっそりと生きてきたのだという。記憶の重さが女を苛み、女の顔には深い皺が刻まれていた。

同じように皺を刻んだ同胞の白いチョゴリが、飛びついてきたチョゴリを抱き締める。チョゴリの白は精液の白などではない。犯される前の遠い純潔の白なのだ。

テレビが流したニュース番組の映像である。何年か前に見た映像の老いた二人の顔が交互に現われ、川の中の姫の顔を作るのだった。

ファインダーの中に腕を組んだ二人連れが現われる。川をのぞく老人の姿が気になって足を止めたのだ。

何を眺めているのだろうと突き出た首の一つは、ボクの妻のものだった。クラス会では、男たちにもてている妻のようである。間男でも連れてきたのかと腕を組んだ相手の顔を確かめると、それは三人目のボクだった。

スーパーへでも行く途中なのだろう。妻もボクも普段着である。擦り切れた白いシャツの袖口から突き出たボクの両手は、妻の両手と並んで欄干をつかんでいた。

川の中には何もない。いや、飲み残しのコーラの缶がドンブラコ、ドンブラコと、頭を出して流れていた。追いかけてくるのは、一、二、三——三本のストローである。橋の上の三人で仲良くコーラを啜れとでもいうのだろうか？

首を引っ込め、二人連れは橋の上から離れていく。

「何を見てたんだろう？」

「何も見えなかったわよね」

待ってくれ。それでいいのか!?

シャッターの音が問いかけるように響いた。


カメラを東に向け、ファインダーをのぞいた。

橋が見える。台橋でもなければ、さくら橋でもない。倒木を渡した橋だった。枝は刈り払われているが、樹皮はそのままついている。少しばかりの間をとって、倒木は二本並んでいた。

橋の両端は岸にはみ出て長かった。長いのではない。川幅が短いのだ。ビーモンを連れてくるまでもない。体育の評価が5ならば、小学一年の子どもでも飛び越えることができる川幅だった。

二本の倒木にまたがったはだしの爪先がカメラを向いていた。爪先は踏み出してこない。股を開いてしゃがんでいるのだ。

樹皮で織られた衣の裾がまくられ、腹の前で両手が裾を押えている。左の腕の先には、牡蠣殻《かきがら》をくりぬいた腕輪が虹色の円を描いていた。

「ウーン」

女の息む声が聞こえる。

「ブーン」というのは、尻のまわりを飛ぶ藪蚊の音だった。

手で払い、女の息みが続く。水面を打つ音が響き、小さな飛沫が流れに散った。

ウンコの飛沫ではない。押し込められた怒りのように、ウンコは腹の中で固くなっていた。落ちたものは、頭の上のはぜたクリの実だったのだ。

クリの枝にはヤマブドウのつるがからみ、宙に輪を描いていた。熟《う》んだ房が垂れている。息むことを忘れ、女の目はつるを見つめた。目玉に映っているのは、ブドウの房ではない。喉頸をつるの輪に掛け、ぶら下がっている女自身の姿だった。

倒木の上で折られた膝が伸びる。爪先立ち、女は死の願望に手を伸ばした。

指の先には近かったが、つるは届かない。女は手を下ろし、岸に目をやった。

刈り払われた倒木の枝が積んである。台にする太い枝を選んでいると、後ろから近づいてきたのは男だった。

「コノミブム」

言葉を発して、男は女を抱き寄せる。縄文語だった。「好きだよ」という意味である。とはいうものの、ボクの縄文語なるものは、新宿のデパートの縄文まほろば博で買ったガイドブックの中のたった四ページの文章が頼りなのだ。

いい。心臓強く、二人の言葉を聞き取ることにしよう。聞き取れるのだ。

マリ共和国のドゴン族の儀式をテレビで見たことがある。六十年に一回という大祭の日だ。ドゴンの神話を伝える語り部の語りが始まる前、人々はヤシの実を割って作った器の中にトウモロコシの酒を汲み入れてもらい、恭しくそれを飲んだ。飲んだ者だけが語り部の言葉の意味を理解できるのだという。飲まない者にとって、言葉はチンプンカンプンであり、ドゴンのどの村にもない言葉なのだという。言葉と一つになるためには、酩酊が必要なのだ。

あいにくアルコールの用意はない。遊園地の売店で缶ビールぐらいは買えるのだろうが、こちらは下戸だった。その下戸が、もう十分に酔っているのだ。東京都指定の旧跡だというのに、標識一つ立っていないこの城址で姫の鎮魂を願うなどということは、酔ったも同然の行為である。

――好きだなんて、嘘でしょう?

――嘘じゃないよ。

――嘘じゃなかったら、どうして、わたしにフグを料理させてくれなかったの?

――フグは料理が難しいから、オフクロがやってくれたんじゃないか。

現代日本標準語になって会話が聞き取れるということは、今は首都圏になっている土地なのかもしれない。

——昨年もそうだったわね。一昨年もそうだったわね。あなたと結婚して七年もたつのに、いつになったら、わたしを一人前に扱ってくれるの？　あなたが釣ったフグの初物を今年こそ料理してあげようと思っていたのに、また、おばあちゃんに取り上げられてしまったのよ。それなのに、あなたったら、わたしの味方をしてくれなかったじゃない。

——してるよ。してるから、こうやって迎えにきたんじゃないか。

距離を取った妻に向かって、夫はもう一度手を伸ばす。抱き締めたまま、夫は妻の背中をクリの木に強く押しつけた。

——痛い！

妻が叫んだのは、頭の上に落ちてきたイガのせいである。

妻を抱き、夫は後ずさりをした。かばうためではない。欲望を遂げるための場所を変えてみようとしただけなのだ。

クリの幹から離された妻の背中で夫の右手が滑り、妻の衣の裾にかかる。

——また赤ちゃんを作ろうよ。オフクロも、オヤジも喜ぶよ。

——せっかく生まれたのに、三人も死んじゃったわ。

——一人は元気で生きてるじゃないか。

——おじいちゃんや、おばあちゃんにかわいがられ過ぎて、わたしの言うことなんか聞いてくれない。誰の子どもか分かんないわ。

言葉を包み込むように、妻の衣の裾がめくられた。同じ手が、自分の衣をはだける。森の中に立った二人の体が揺れた。

藪蚊の音が腰の動きを速めさせる。追い払わなければならない一人の手は妻の体を抱き締めることに熱中し、もう一人の手は体と一緒に夫の腕の中で締めつけられていた。夫の息が荒くなり、腰の動きが止まる。絶頂が遠ざかり夫が目を開くと、藪蚊を止めた妻の額があった。

妻の顔が歪んでいる。夫の顔も歪んだ。別な藪蚊が夫の股を刺したのだ。妻の体から夫の手が離れる。右手が空を切った。風が走る。藪蚊を叩く音が鳴った。妻の額を叩いてやったのではない。自分の股を夫は叩いたのだ。

自由になった妻の掌が遅れて音をたてた。引きちぎったフキの葉で濡れた男根を拭きながら、夫はもう歩き出している。

――行くぞ、フグ汁、フグ汁。

かがんだ妻の手が宙で止まっている。手の先にはフキの群れがあった。

夫の手が裂いた葉の半分が茎の先で揺れている。裂かれようと裂かれまいと、葉という葉は虫に食われ穴だらけだ。無神経に引きちぎることなどできなかった。

延べた手が引っ込み、股ぐらに向かう。掻きむしるように精液を素手で拭い取ると、妻はクリの木に指をこすりつけた。

夫の姿はもう見えない。糞場の流れのブドウづるの輪が、あの世の入り口を相変わらず見せていた。倒木をきしませ、妻の体が小川をわたる。妻の前には、この世の道が続いていた。右の足を前に出し、左の足をその前に出す。単調な繰り返しの道を妻は仕方なく選んだのだ。

森を出ると、赤い空があった。高台の向こうに広がっているのは赤い海である。家々の煙出しからは、夕餉の煙が立ち上っていた。

――糞場で、いいことしてきたのかい？

戻るなり、囲炉裏端から嫌味を言ったのは姑である。ぶつ切りになったフグの白い切り口が目に痛かった。

舅は、孫に昔話を聞かせていた。佳境に入った昔話は、子どもを母親の方に振り向かせない。

――フグに、ワラビに、カブか。餅が入るといいんだけどな。

食材をのぞきながら、姑に言ったのは夫である。

――嫁にやってもらったらいいだろう。

――やります。

肩を押し上げ、妻は言った。

壺のドングリの粉をつかみ、叩きつけるように妻は移す。

粉が舞い上がった。粉の上で柄杓の水をひっくり返し、手でこねる。すぐそばの生ごみの器に入っているフグの内臓が目に粘りついた。

お前のおかげで、こんな気分になってしまったんだ！

右手をやって内臓を取り上げると、妻は力一杯握り締めた。

こねかけた粉の上に赤黒い汁が垂れる。もしかしたら、ここは姥山ではないだろうか？

千葉県市川市柏井町一丁目――海が遠のいた姥山の住居跡から、東京帝国大学人類学教室の手によって五体の白骨が掘り出されたのは一九二六年（大正15）のことである。同県佐倉市の国立歴史民俗資料館の展示室には住居の内部が作られ、複製された五体の白骨が発見時の状態で並べられている。

小さな一体を囲むように、三体は身を寄せ合って倒れているのだが、残る一体は、なぜか離れて倒れているのだ。青白い牡蠣殻の腕輪を通して、左手の骨は腹の辺りを押さえていた。

十年前、たまたま出かけた資料館で白骨たちに出くわした時は、息を呑んでしまったものだ。説明板の文字の中の『家族が不慮の死を遂げたと考えられる』という部分が飛礫《つぶて》のように目を打った。家族というものの時間の厚み――生死を共有する絆の厚みを感じて心が震えたものである。高校を中退した息子にてこずっていた時なのだ。

家族の絆とは何なのだろう？　ブドウづるの輪のように、人をくくるものなのだろうか？

くくったつるに揺さぶられるように、ファインダーの中では妻の首が揺れ、肩が揺れていた。毒入りの餅は、間もなくこね上がりそうである。

止めてくれ！

シャッターの音が叫ぶように響いた。


カメラを南東に向け、ファインダーをのぞいた。

ヤマブドウのつるが見える。房が下がっていなかった。黄緑色の小さな花を寄せ集め、花序は赤子の腕のようにこの世に突き出ていた。

つるをからめて立っているのはクリの木ではない。ケヤキだった。花の季節は過ぎていたが、いなかったとしても、腹の足しにならないということは同じである。

子どもが一人、恨めしそうに枝を見上げていた。頭のてっぺんの剃り残された髪が垂れている。つんつるてんの麻の着物の裾からは汚れた足が出ていた。はだしだった。

青っ洟《あおっぱな》が二本、子どもの鼻の穴から下がっていく。唇に掛かると、子どもは洟を啜り上げ、舌の先で唇に残った洟をなめた。なめる力にも、啜る力にも勢いはなく、どうやら子どもは腹を減らしているようである。

ケヤキのそばには鳥居が立っていた。額の文字は『白山神社』と読み取れる。もしかしたら、これは谷戸《やと》山の白山神社ではないだろうか？　練馬城と斜めに向き合う山の中腹の神社の鳥居ではないだろうか？

ケヤキがやたらに生えている。源義家が奥州を従えるために出陣した時、谷戸山の白山神社で戦勝祈願をしたのだという。その時、奉納したものがケヤキの苗だったのだ。

締め切った社殿の板戸が一枚、外の様子をうかがうようにゆっくりと開く。

「いけねえ、いけねえ」

声と一緒に男が一人飛び出してきた。開いた板戸に、恐る恐る顔が集まる。老若男女——社殿の中には、たくさんの村人が隠れているようである。

「おっかあ！」

男の腕の中で暴れたのは、抱き上げられた子どもである。

「おっかあ、どうしたもんだべえ？」と、男の社殿に潜む村人たちに向かって言った。

「知んねえ」

「さっきまで、いたけんどのう」

教えてくれたのは、暴れる子どもの指だった。鳥居の外を指差しながら、「おっかあ！　おっかあ！」と、子どもは叫び続けるのだった。

涙で声は震えている。

手拭いをかぶった女が一人、社殿から走り出てきた。走りながら、女は巾着の紐を緩める。右手が巾着の中に隠れた。

「泣くでねえ。泣けばお侍にさらわれるべえ」

子どもに近づくと、女は指をしぼませて巾着の中から手を出した。

泣き声が止まり、子どもは二つの掌をそろえて出す。

「弱ったのう。両手を出されても、そんなに沢山、豆は持っておらんのよ」

女は子どもの掌の片手に煎り豆をのせた。のった掌はしぼんだが、のらない掌はしぼまない。

「おまけ、おまけ」

女の声と一緒に、巾着の中から二度目の手が上がってきた。煎り豆をもらって、もう一つの子どもの掌が閉じる。

子どもを抱いた男の足が、社殿へ向かって歩み出した。子どもの足は、男の腹を立て続けに打つ。

「おっかあ、ここで待ってろ、動くなって言ったんだァ!」

困ったおっかあだのう。どこに行ったんだべえ?

子どもが指を差していた方角にカメラをずらす。

いた。いたのは男――貧相な具足を身につけた雑兵たちである。

背中に差した旗の紋は桔梗《ききょう》だった。太田道灌の家紋である。数人が連れ立ち、あちらこちらの家の板戸を蹴破っては、中に押し入っていくのだった。

これは大変。おっかあよ、こんなところを歩いてなんかいられないぞ。

もう一度、カメラをずらした。板戸を叩いているのは、女だった。長い髪が小袖の肩で揺れる。板戸が開き、男の顔が見えた。板戸にかかった男の指のあちこちには藍が散っている。朱も混じっていた。

男の肩の向こうには、藍と朱で染められた革が干してある。藍は藻と獅子を彩り、朱は牡丹の花を彩る藻獅子牡丹文である。男は甲冑の革所を一人残って作っているのだった。

「早く白山様に逃げるべぇ！」

「長松はどうした？」と、男は真っ先に子どもの安否を確かめる。

「白山様に置いてきたけんど」

「早く戻って長松を見ろ！」

「一緒に行くべぇ！」

「おらは、ここで仕事しねえばねえ。今日中に御具足方に納める約束になってらんだ。分かってらべえ!?」

「納めた革で甲冑ができても、それを頼んだ御殿様は、もう滅びなさったわ。本丸にはためいているのは桔梗の紋ばかり。九曜の旗印は、もう一竿も見えねえだ！」

「九曜が駄目なら、桔梗に売って儲けるべえ。おらたちかわたは、せっせと革を作るより仕方ねえのだ！」

「人がおるぞ！」

声と一緒に現われたのは雑兵の一団である。突きつけた槍の先が二つの体を後ずさりさせる。土間の奥の革の絵柄の獅子たちが二人を助太刀するように吼えていた。

「かわたか」とつぶやいたのは、槍を突きつけた先頭の雑兵である。足が止まっていた。かわたは、後に穢多《えた》と呼ばれるようになる中世の賤民なのである。

「かわたであろうが何であろうが、手足があれば人買いに売れるわ」

後ろから掛かった声が、止まった先頭の足を動かす。土間になだれ込んだ雑兵たちは、おびえる二人の体を囲んだ。

「人買いに渡す前に、かわたの尻を試してみてえのう」

女の後ろから、手甲をつけた手が伸びてくる。掌が一つ、女の尻を上下にさすると、雑兵たちの群れは乱れた。

恥知らず！

シャッターの音がうめくように響いた。

カメラを南に向け、ファインダーをのぞいた。

群れが見える。槍も旗もなく、鞄やハンドバッグを持った手の動きが入り乱れていた。おしゃれなリュックをつけたブラウスの背中もある。改札口は、呼吸のように人を吐き、人を吸っていた。

雑兵たちである。

『自由が丘駅』という駅名がクリーム色の駅舎の表玄関に読み取れる。雑兵は雑兵でも、高級住宅地に接したこの駅を利用するのは、かなり格上の雑兵に違いなかった。

サラリーマンの具足であるスーツに身を固め、男たちは歩いていく。ＯＬの具足は色気なのだろう。半袖のブラウスが乳房のふくらみを見せ、剝き出た腕が肉感を伝えていた。

数年前、初めてそこを尋ねた時は、男も女もコートをまとっていたものだ。駅前の商店街では、バレンタインデーを当て込んだ呼び込みの声が響き、思わず足を止めてしまったものである。

足を止める男性は、他にはいなかった。店の前のワゴンには女たちが群がり、若い店員が叫んでいた。

「チョコレート、半額で販売しております！」

店員が着こなすクリーム色の霜降りのスーツは、小桜黄返縅《こざくらきがえしおどし》の鎧のように映え、とても雑兵とは思われない。入り口を挟んだ反対側にはスタンドが立ち、沢山のネクタイが色々縅のように色彩を並べていた。扱う店員の服装は黒糸縅だが、口上は、チョコレートの店員よりも小桜黄返縅である。

「プリントもののネクタイ、どれでも千円でいきますので、チョコレートを添えて、大人のバレンタインデーをお楽しみください。はい、チョコレート半額ですよ！」

大人のバレンタインデー……。

大人……。

大人――。

六十年前、自分をこの世に露出させた一人の大人を尋ねて、歩き出したばかりのボクなのだ。店員の口上は、忍者の装束のように心の中でくすんでいた。

母の遺した住所録がある。名刺ほどの大きさは、ハンドバッグに収まりやすいものだ。表紙に張られた革の紫の染色はあちらこちら剝げ落ちているが、さすってみると柔らかな革の感触がまだまだ伝わってくる。“Addresses”という革の上の文字のくぼみをさり気なく見せ、住所録は、母の職業だった銀座のカフェーの女給の雰囲気をかもし出すのだ。

荒川照雄　目黒区自由ヶ丘八二

住所録の中の一人の男の氏名と住所が、父のそれであることを確信するには、長い歳月が必要だった。母は、父については一切を語らず早世し、育ての親となった祖母も伝える事柄をほとんど持っていなかったのである。

三十年前に死んだ祖母の話によると、父のことはこうである。

姓は荒川、名は不明。妻子があり、家は田園調布の辺りにあった。大森に工場を持っていたが、後に倒産して行方不明。羽振りの良かったころ、カフェーで母に近づく。大人の××××××デーを持ったというわけである。

チョコレートのように甘い抱擁の結果としてのボクが下北半島の母の実家に引き取られていったのは、母の死の直後、十歳の時だった。歳月の中で、住所録のインキは色褪せていく。紆余曲折の果て、小学校の教員として下北半島を渡り歩くようになるが、引き出しの住所録は居場所を変え、押し入れのダンボール箱の底で眠るようになったのだ。

五十歳を過ぎて、妻子と一緒に東京にやってきたのは、息子の高校中退がきっかけだった。田舎では息子のための職もなければ、人目もうるさい。高校中退の子どもの親がセンセイをしているなどということは、とんでもないことなのであった。

父の謎が解けかかったのは、荒川区の南千住の小学校で産休代替教員をやっていた時のことだった。南千住には、ＪＲと営団地下鉄の二つの駅がある。通勤はＪＲだったのだが、土曜日の午後などは、営団地下鉄で寄り道をしながら帰ることもあった。日比谷線だった。

どこの馬の骨なのか、詮索の目などない都会の人混みはありがたい。だが、それだけでは落ち着かないのだ。馬の骨としてのアイデンティティを確かめられる銀座という場所が、日比谷線の停車駅の一つだったのである。父と母の出合いの場所を想像し、ボクは銀座を歩きまわった。

ある日、車輛のドアのそばに立ち、車内掲示されていた日比谷線の路線図を見るともなく眺めていた。

『田園調布』という駅名が目に飛び込む。日比谷線は、中目黒から東横線のレールを走り日吉まで運転されていたのだが、田園調布はその途中にあったのだ。

続いて飛び込んできたのは、『自由が丘』という駅名だった。田園調布のすぐ隣の駅だった。「田園調布の辺り」という祖母の言葉と、母の住所録の文字は、不意に結びついたのである。

ファインダーには、洋風の街並みが映っている。大理石の建物のドアの上にはイギリスの小さな国旗が掲げられ、ショーウィンドウには紳士と淑女の揃いの麻のスーツが飾られていた。

その向かいは、赤、白、緑のイタリア国旗を掲げた店である。店の前の椅子の上の黒板には、同じ三色のチョークを使って料理のメニューが書いてある。

横文字の店名が並ぶ通りの電柱には"2-16"という番地を示す数字があった。地番改正で六十年前の『八二』が"2-16"になったということを教えてくれたのは、目黒区役所の戸籍係である。

それを聞き出すために行ってみたのではない。除籍謄本をもらえないだろうかと行ってみたのである。無理な願いだとは思ったが、それでも行ってしまったのは、アイデンティティにこだわってしまうヒトの文化がDNAにからみついているからなのだろう。

筆頭者との関係　□本人　□夫　□妻　□子　□孫　□父母　□祖父母
□その他の方（　　）は下記もご記入下さい※
※その他に記載した人，及び届書の記載事項証明書を請求する場合は使いみち，提出先を具体的に書いて下さい。
使いみち
提　出　先

からみつかれて、ボールペンが動かない。からむのは、戸籍法というものを産み出したニホンの文化だった。

関係は子に決まっているが、それはテテナシゴ側の言い分である。ニホンの言い分に折れてみると、『その他の方』になるのだろう。しかし、続く括弧は、どのような『その他の方』なのかを明らかにしようと身構えている。

『実子』と、力を込めて書き入れた。『使いみち』は『アイデンティティの確立』とでも書いてしまえば気分はいいのだろうが、ボクのDNAにからみついているのはニホンの文化――お上の権威なのだ。

『父について知りたいため』と、ボールペンの筆圧は弱かった。

窓口へ行き、請求書を出す。カウンターの向こうで手に取った若い男性は、請求書を一瞥すると目を上げて言った。

「『実子』というのは、どういうことですか?」

「あ、それはですね、戸籍上は子どもではないけど、本当は、子どもだということです」

「戸籍上、親子の関係がなければ、お渡しすることはできません」

「じゃあ、その『その他の方』って何ですか? 『その他の方』にも渡すんでしょう?」

「これは弁護士等、法的に代理人として認められた方です」

「ハーン、弁護士は、実子よりエライんだ」

「大体、この『自由ヶ丘八二番地』という番地は、今はありません。ですから、実子がどうのこうのという以前に、『こういう番地はありません』と申し上げて、この請求書をお返しすることになります」

「六十年前の番地を頼ってでも探したいんだよ」

戦争は、どこで起きるか分かったものではない。東京都目黒区中央町二丁目四番地での小競り合いは、こうして始まったのだ。

奥の方から、机を離れて近づいてきた年配の男がいる。

「お客様、お客様、この者の申す通り、法律上、除籍謄本はお渡しできませんが、現在の番地なら、今、調べて、お教えできます。それで御勘弁いただけないでしょうか?」

柔らかな物腰だった。苦情処理の達人だと思われる。二丁目十六番地という場所は、その時、調べてもらったのだ。

ファインダーには、白抜きの横文字が映っている。

“Afternoon Tea Room”

二丁目十六番地の一角だ。緑色の日除けに店名を浮き出させた、その喫茶店には覚えがある。尋ねていったあの冬の日、紅茶を飲んで休んだのだ。紅茶など、ほとんど飲むことはなかったのに、それを注文したのは、メニューに挟まれたもう一つの小さなメニューに惹かれたからである。

ダージリン（オータムナル）
インドダージリン地方のリッシーハット茶園よりオータムナルが入荷しました。

荒川姓の標札はどこにもなかったが、明るい気分で帰りたいものである。よし、インドはダージリン地方、リッシーハット茶園で遊ぶとしよう。

「これ、これをください」と、人差し指がメニューの文字を叩いた。慣れない紅茶の名前を口に出すのは、舌のもつれにつながると判断したからである。

「ミルクとレモンは、お入れしますか?」と、思いがけない質問がくる。

必要なのはアイデンティティだ。そこに達する純が欲しい。ミルクやレモンなどという夾雑物は要らなかった。

「要りません」と答えたボクに、間もなく運ばれてきたのは、白い陶製のポットに入ったオータムナルである。カップに注ぐと、ウェイトレスは、ポットを置いて離れていった。

ふたを取ってみると、あと二、三杯は飲めそうな分量である。たっぷりとテツガクができるというものである。

ファインダーには、二階の店内が映っていた。二つの椅子を向き合わせた席は若い男女で埋まり、場違いな老人は、隅に置かれた大きなテーブルの端にかしこまっていた。

あの日のままの位置である。かたわらの椅子に置かれたフードつきのコートも、あの日のままのものだった。老人が着ている徳利のセーターも、その上のウールのブレザーも、あの日のままのものだった。

若い男女の服装は、あの日のものではない。椅子に掛けたコートはなく、身につけていたジャンパーやセーターもなかった。チェックのシャツや、半袖のブラウスなどから腕を突き出し、本日、ただ今の時間を見せているのだった。

こら、ジジイ、いつまでテツガクをやってるんだ。図書館で調べてみたけど、オータムナルというのは秋摘みの紅茶だったんだよ。ミルクティにして飲むのが一番なんだとさ。

純が何だよ。混ぜて、混ぜて、混ぜまくるんだ。

万世一系なんか消えてなくなれ！

シャッターの音がぶっちぎれるように響いた。

カメラを南西に向け、ファインダーをのぞいた。

緑が見える。喫茶店の日除けの色ではない。木の葉の色だった。

大木である。幹は力瘤を入れ、波のように起伏を見せていた。力はそれだけで伝わってくるのに、幹のまわりには権威の注連縄が張られ、もう一つの力を誇示している。

バスガイドが説明をしていた。かたわらの社殿の提灯には、『来宮神社』という文字がある。

樹齢二千年というそのクスノキを見上げたのは、数年前のことだった。静岡県に本店を持つ銀行の東京支店で下働きをしていた時のことである。

仕事の内容は、手形や為替を運ぶことだった。三島市にあった業務センターと、東京支店の手形交換室とを往復するのだが、そのために与えられた新幹線の定期券はありがたかった。区間内であれば在来線にも乗ることができ、どの駅で下車することもできる。休日には、あちらこちらへ出かけたものである。

来宮《きのみや》神社のクスノキは、そこを当てにして出かけたわけではない。熱海で降り、十国峠行きの観光バスというものに乗ってみただけなのだ。来宮神社は、そのコースの途中にあったのである。

掘り出し物のクスノキだった。緑の葉が掌のように光をすくっている。反り返った葉の先からこぼれた光が真下に落ち、受けた葉の表から光の滴が跳ね返る。跳ね返って下に落ち、緑の掌を揺らしながら、光は地上へ駈けてくるのだ。

見上げると、光は天のものだということが良く分かる。二千年のクスノキの下で人は小さく、驕りは消えてしまうのだ。

ファインダーの中に自分を探す。ここでもテツガクをやり続けているのかと思ってみたが、探す自分はいなかった。

いた。

テツガクではない。いたのはテツだった。

浴衣を着ている。トンボの青い絵柄が一面に飛び交っていた。四十年前と同じ衣装のテツなのだ。頬は赤く、老いはない。クスノキを見上げる首の後ろで束ねられた長い髪は、四十年前と同じように背中の上で乱れていた。

四十年前のあの日は、海も乱れていた。熱海の海のことは知らない。知っているのは青森の海のことである。陸奥湾を見下ろす結核療養所にテツが訪ねてきたのは、波の荒い日だったのだ。波とは逆に、空は雲一つない青空だった。

療養所の坂道を二人は無言で下りていった。訪ねられたボクの心は重い。テツが自殺未遂をしたことは新聞ダネになっていたし、精神病院に入ったということも風の便りで知っていたのだ。

国道に沿って東北本線のレールが延びている。防波堤が寄り添い、押し寄せる波に向かって長い手を広げていた。

白い飛沫が防波堤の上で散る。長い手を広げることはできなかったのに、散ることだけは同じだった二人の関係である。

道の向こうにトンネルの穴が近づいてきた。これ以上、暗くなるのは我慢できない。黒い鼻緒の先は向きを変え、レールのある土手へ上った。

低くなった防波堤の向こうから荒れた海が目に飛び込み、気分は少しも変わらない。

はだける裾を気にしながら、赤い鼻緒が上ってきた。浴衣の絵柄のトンボははためき、なかなか前へ進んでくれない。前を進むズボンの足は、枕木の上を飛び渡りながら距離を引き離していくのだった。

国道のトンネルには、汽車のトンネルが並んでいる。防波堤は手前で切れ、小さな岬が二つのトンネルを守るように突き出ていた。

枕木から離れ、草を踏む。風にはためき、草は波のように足元へ押し寄せていた。

明治天皇が休んだという石碑が一つ立っている。

「朕が国土、朕が国土」と、明治天皇は辺りの景色を愛でたのだろう。

岬の先端の岩礁が磁針のように北を指している。見える陸影は下北半島だった。陸奥湾沿いの半島の町の定時制高校を卒業した二人にとっては、「我ァ里《わさど》、我ァ里《わさど》」と、愛でてもいい景色なのだ。

里にやる目は、二人にはなかった。振り向いたボクの目は、遅れてくるテツをにらむ。テツの目は、裾の乱れに囚われていた。

前身頃を手で押さえ、テツは二つの足を進ませる。めくれ返った裾を割って、すねが見えた。蚊に刺された小さな点がかさぶたを作って散らばっていた。

テツの足が止まり、二人の顔が向き合う。かわいいはずだったテツのそばかすが、蚊の瘢痕のように醜い。喉仏が動き、言葉が飛び出した。

「如何《な》して来た？」

「おら、貴方《あんだ》さ賭げる事《ごど》にしたんだおん」

「迷惑《めわぐ》だじゃ」

テツから目を外すと、療養所のある村の遠景が見えた。村の外れの高い一本の煙突からは煙が流れている。風にあおられ、煙は鳥の羽のように宙を打っていた。

焼き場の煙である。身もだえ続ける煙の動きの中に、テツとの思い出がよみがえってくる。

定時制の帰りだった。学校の裏の田圃の畔道に座り、二人は星を見上げていた。

クレゾールの匂いが微かにする。テツは、病院の見習い看護婦をやっていたのだ。

「星コ見でらきゃ、何だかさ、おらァ悲しぐなってきた」

「ウン」

「我《わ》も」と相槌を打つと、「悲しい話コ、してもいいが?」と、テツは言った。

「ウン」

「病院でのう、人ァ死ぬべ?」

「ウン」

「へば(すると)、おらァ悲しい気持ぢになるんだえのう」

「ウン」

「死んだ人の魂《たまし》コば悲しむんでねえんだえのう。その人の体コば焼ぐのァ、おら家《え》のトッチャだもんだもの、その事《ごど》ァ、辛くて辛くて……」

テツは啜り上げた。テツの父は隠亡だったのだ。

啜り泣きがだんだん高くなる。定時制の職員室の明かりはまだついていた。

泣げば聞ごえるど——言葉の代わりに手が伸びて、首が伸びる。顔から突き出たボクの唇は、泣き声の洩れるテツの唇にぶつかった。

こじり開け、遠い世界へ逃げていきたい。開いた二人の唇の下の歯と歯がぶつかり、固い音をたてていた。二人にとって、それは初めての行為だったのだ。

行為を見届けるように、二人の目は開き続けていた。

「あっ、トンボ」

夜の畔道のテツではない。真昼の岬のテツの声だった。

トンボの浴衣がしゃがむ。草の中にテツの指が伸びた。つまみ出した指先からは翅がのぞいている。翅はあちこちを欠落させ、まるで病葉《わくらば》のようだった。

尾を揺らして、トンボはテツの指に刃向かってくる。

「トンボちゃん、トンボちゃん、怒んねえで、怒んねえで。今、トンネルの中さ連《なが》れでって呉《け》るしてのう。風コァ止むまで休んで居さまえ」

テツはそう言うと、空を見上げた。

「風コァ、こったに（こんなに）吹いでるづのに、空ァ、青くて青くて、憎《にぐ》だらしいのう」

右手のトンボを風からかばうのは左の掌である。前身頃をかばう手はなく、立ち上がったテツの浴衣の裾は、思いきり風でめくり上げられた。

裾の絵柄の青いトンボが一斉に飛び立つ。すねに散らばる蚊の痕が目潰しのようにボクの目を襲った。テツは一人、岬を去っていったのだ。

テツの消息を耳にしたのは、それから二十年後――二人の学んだ定時制の閉校式の日のことだった。旅館の一室を借りた二次会の席で、こんなことを言う同級生がいたのである。

「テツだば、熱海で芸者ばやってらづ話コだど」

「話コが？　汝《な》、熱海さ行って、テツの女性器《まんじユ》コば試してきたんだべや」

「誰《だ》ァ、態々《わじャわじャ》、熱海さ行って、婆ば抱ぐもんだってよ」

「婆で悪《わり》がったのう！」

女性の叱声が話を止める。笑いが起こり、話題はすぐに変わっていった。

ファインダーの中のテツは、婆ではなかった。岬のテツの姿のままで、クスノキを見上げているのである。

なむあみだぶ……。

シャッターの音が念仏のように響いた。


カメラを西に向け、ファインダーをのぞいた。

女が見える。テツではない。輿に乗った照姫だった。金襴の背に掛かる長い髪の先には、緋の裾がある。烏帽子をかぶった四人の男の肩にかつがれ、輿はしずしずと進んでいた。

もう一つの輿が後ろに続く。照姫の母だった。父の豊島泰経は、更にもう一つの輿に乗り、照姫の前を進む。重臣たちは、刃を片手にその先を歩いていた。

太鼓が鳴る。列の前後では、雑兵が旗を持って歩いていた。旗の文字は、『照姫まつり』の五文字である。照姫と母は、一般公募の区民なのだ。

豊島泰経は石神井在住の著名人——巨人軍V9時代の戦士、黒江透修《ゆきのぶ》である。笑顔を作り、手を振って、戦士は通り過ぎていこうとする。

敷石でおおわれた道路は他に沿っていた。カメラを構えた見物客も沿っている。反対側に沿っているのは、マンションのように大きな邸宅である。

ボートが浮かんでいた。石神井川の水源である石神井池を中心にして照姫まつりがおこなわれるようになったのは、十年前からのことである。ちょうど一ヵ月前におこなわれた今年のまつりの光景が、ファインダーの中に映っているのだ。

石神井池に並んだ三宝寺池も見える。池のほとりの丘を刻んで階段が延びていた。丘の上を窪地がめぐり、丘は二つに分けられている。

　壕の跡なのだ。そこに建っていた石神井城は、石神井川に貫かれた武蔵国豊島郡を支配する豊島一族にとって、最も主要な城だったに違いない。水源を監視することは流域の田を守ることであり、年貢を巻き上げることにつながってくる。城主の豊島泰経は練馬城の城主でもあったが、菩提寺の道場《どうじょう》寺《じ》はじめ数々の寺を石神井城址のすぐ近くに残しているのだ。

　城址の下には、故事来歴が細かに記された説明板も見える。練馬城址とは大違いの石神井城址界隈だった。

　身投げの伝説は、石神井城にも伝えられている。落城の日、運命を悟った豊島泰経は、黄金の鞍を置いた白馬にまたがり鞭を当てたという。城の下の三宝寺池に向かって白馬は走り出し、主人と共に水底深く沈んでしまう。照姫は、父の後を追って身を投げたというのだ。

　ファインダーの中を白馬が小走りにいく。口取り縄の端を持ち、白馬と一緒に走っているのは陣笠をかぶった馬取りだった。

　黄金の鞍が光る。鞍の上に人は見えなかった。馬を御しながら、馬取りは、照姫まつりの行列を追いかけていくのだった。

　行列が止まり、みんなは後ろを振り向く。白馬を引いた馬取りがたどりついたのは、豊島泰経の輿の前だった。

　輿から降りた泰経の足があぶみに掛かる。黄金の鞍を抱き締めるように、二つの股が鞍を挟んだ。馬取りの手の縄が揺れる。主君を乗せて、白馬の足が動き出した。いよいよ、あの世へ旅立つのだ。何という物騒なイベントを、この平成の世に企画してしまったのだろう。いや、平成とは名ばかり

——銀行さえも倒産するこの時代に、身投げのイベントはピッタリなのかもしれない。

目を凝らしてファインダーをのぞく。石神井川の水面はすぐかたわらなのに、馬は水面に尻を向けた。身を投げたのは隣の三宝寺池なのだから、話の通り、そちらに向かおうとでもしているのだろうか？　それにしてはおかしい。三宝寺池は、馬の鼻面とは逆の方角に横たわっているのだ。

いななきが響き、栗毛や鹿毛、青毛、黒鹿毛、栃栗毛と、十数頭の馬が現われた。照姫と母君の輿の前で、重臣たちがあわただしく手を振っている。

馬取りが、それぞれの引いてきた馬を止めた。輿の上から、女二人は鞍にしがみつく。あわてた身のこなしである。死出の旅路に遅れをとってはならぬのじゃ。

いや、そうではなかった。豊島泰経を乗せた白馬は、石神井池からも三宝寺池からも遠ざかっていくばかりである。

照姫を乗せた馬が後を追う。母君も重臣たちも、馬に乗って逃げ出していた。

鬨の声がする。ボートは消え、コンクリートの邸宅は消え、見物客の手にカメラはなかった。

手は抱えている。子どもを抱え、老人を抱え、自分の頭を抱えながら逃げまどっているのは、五百二十年前の石神井村の人々なのだ。

旗の文字の『照姫まつり』は消え、九曜の紋が浮かび上がっていた。震えている旗の姿は武者震いではない。おののく旗持ちの手の震えのためだった。

旗が手を離れ、弧を描いて倒れていく。宙を摑んだ手が前後に振られ、旗持ちは馬の後を追いかけた。列を乱して、雑兵たちも逃げていく。

逃げたのだ。池に身を沈めたなどとは、真っ赤な嘘である。太田道灌の書状によると、逃げ出した豊島泰経は、翌年一月、石神井川の下流にある平塚城から再び逃げ出し、武蔵国の西南部にある小机城に、城主の小机昌安を頼って逃げ込んでいる。小机城が落城したのは四月十日のことであり、以来、豊島泰経の名は文書の中から消えている。

ファインダーの中には、林が映っていた。祠が見える。祠は大きな土饅頭の上に祀られ、土饅頭からはシラカシの木が高く突き出ていた。

文字を刻んだ石の標識が立っている。説明板も立っていた。どちらにも『姫塚』という文字があり、『入水』という文字もあるが、『照姫』という文字は説明板だけであり、石に刻まれているのは『照子姫』だった。

どちらでもいいのだ。もしかしたら曇姫だったのかもしれないし、姫などいなかったのかもしれない。

練馬郷土史研究会の石泉外史氏の『石神井公園戦前史・余滴』によると、三宝寺池を挟んで城址と向き合う北の高台には、『照日塚』と呼ばれる塚があったという。それは照日上人の塚であり、照日上人とは、城址の南の三宝寺の第六世、定宥《じょうゆう》のことだと言い伝えられてきたのだそうだ。定宥は実在したが、照日上人という号は疑わしいという。

いわれの疑わしい照日塚が姫の塚に化けたのには、遅塚麗水《ちづかれいすい》という作家の力があったようだ。明治の半ば、『照日の松』という新聞小説を彼は書き、照日姫なる主人公を登場させたのだという。豊島泰経の娘ではなく、京都嵯峨の中納言の娘として描かれているようなのだが、泰経の弟、泰明との祝言の晩に太田道灌との合戦になってしまう。夫は戦死し、城主、泰経は入水し、照日姫も身を投げるという筋書きなのだが、これ以来、照日塚の主は、照日上人から照姫へと歳月をかけてずれていったようなのだ。遅塚麗水も、その小説も忘れ去られ、京都嵯峨の中納言の娘は、豊島泰経の娘として、照姫まつりでよみがえったわけである。

土饅頭からは、シラカシの根が剝き出ていた。正統を争うようにからみ合っているのはスギの根だが、幹は折れ、スギはトーテムポールのように立っていた。シラカシもまた、いつかは折れ、照姫伝説も折れないとは言えないだろう。

シラカシの幹に光るものがある。釘で打ちつけられたプラスチックの小さなプレートだった。"A-182"という文字が刻まれている。

イヌシデ、エノキ、サワラ、クヌギ、ナラ、コナラ、ハゼノキ、イイギリ、ヤマモミジ、ナツメ……。

林の中の木々には、それぞれのコードを刻んだプレートが打ちつけられている。東京都立石神井公園――この管理の林から新しい伝説を産み出すのは、並大抵のことではなさそうだ。

幹の色に近づけて、プレートの色は海老茶で統一されていた。まるで敵の目をくらまそうとするかのようである。

くらんではいない。火の手が上がり、立木がはぜていた。

逃げ遅れた村人を追いかけて、道灌軍の奴隷狩りが始まっている。帯が宙に飛んだ。女の体にのしかかる雑兵が見える。

雑兵の頭からは陣笠が外れている。髷もなかった。七三に分けた髪は乱れ、薄くなった頭のてっぺんがのぞいている。男の顔は、にわかカメラマンのボクのものであり、下になっているのは、ボクの妻だった。

慣れ親しんだ正常位である。かぶさること、かぶさられることが正常なら、強姦も、奴隷狩りも、戦争も、みんなみんな正常なのだ。

GEBO!

シャッターの音がゲロのように響いた。

カメラを北西に向け、ファインダーをのぞいた。

列が見える。照姫まつりの列ではない。たった三人の列だった。

ブロック塀の続く狭い道である。点灯した街灯が三人の足元に影を作っていた。縦並びに歩いていく三人の影は、歩みにつれて前へ前へと長く伸びていく。

通り過ぎた街灯との距離が産み出す仕掛けだった。伸びた影は、前を歩く人間の足の先へ突き出ていく。

列が左右に崩れた。突き出た影から横に動き、影を外して歩いていくのだ。

光源が後ろへ遠のいていくと、影は薄くなっていく。気遣う必要がなくなったと思うのも束の間、次の街灯が前から近づく。今度は影が後へ向かって伸び始め、気遣いは終わりそうもなかった。

影をいたわるつもりはない。人との関わりは、影といえども御免なのだ。

関わりのない間柄ではない。ラフなスーツを着こなして先頭を行く男は役者だった。花柄のプリントの裾を揺らせて続く女も役者である。

最後を行くのはボクだった。ボロは着ていなかったが、何よりかなわないのは役者の位なのだ。

前の二人が名高い役者だというわけではない。そればかりか、その日、ロケ先で初めてお目にかかった名前も知らない役者だった。だが、恋人同士の役で台詞を言い合う二人に比べて、ボクはエキストラの一人として、その他多勢の役をやっていただけなのだった。上京して、最初に選んだ仕事である。

帰り道なのだ。役から解かれ、解散場所の撮影所から近くの西武池袋線東大泉駅に向かった三人は、たまたま道で一緒になったのだ。

ロケの現場は、宇都宮の採石場の跡地だった。大谷石と呼ばれる凝灰岩を切り出した地下は巨大な洞窟のように広がり、掘り残された大谷石は長方形の白い柱を作って天井を支えていたものだ。石の天井も勿論白く、床も白ければ壁も白い。異国の神殿の跡のような妖しい雰囲気を煽りたてるのは、肌にふれる空気の冷たさだった。外では花見の季節なのに、内では雪見の季節なのだ。そこは地底の牢獄という設定であり、エキストラの役は囚人なのだった。

最初の労役はトロッコ押しだった。積んであるのは、発泡スチロールに灰色のスプレーを吹きかけて作った岩石である。軽くて楽な労役のはずなのに、これが結構大変なのだ。

「もっと、ゆっくり。もっと、ゆっくり……」

助監督は同じ注意を続け、リハーサルは何度も、おこなわれる。

軽いトロッコを重そうに押すというのは、なかなか技術のいることなのだ。おまけに昼食を食べ終わったばかりだった。現場に着いたのは、ちょうど正午であり、渡された幕の内弁当を食べ終えてからロケは始まったのである。腹は満ち、どの囚人も力みなぎっていた。

トロッコの台数に比べて、囚人の数が多かったというのも、トロッコの動きを速めてしまう原因だった。一台のトロッコに、五人も六人もの両手が掛かるのである。積んであるのが本物の岩石だったったとしても、囚人の無駄遣いは明らかだった。

カメラは、はるか離れた場所にいる。カメラのそばでは、赤や青の派手なコスチュームを身につけた戦士たちがトンボを切っていた。囚人は、ただの背景だったのである。

OKが出て、背景から解放はされたが、地底の牢獄からの解放はまだなかった。

「こちらで、休んでくださーい！」

穴の隅から呼ぶ声がエコーをする。鞭で打たれる感じではない。頭をなでられるような感じだったのは、声の持ち主が女性だったからかもしれない。エキストラの会社から派遣され、一緒についてきたオバサンなのだ。

地下での撮影を知っていたかのように、オバサンはGパンとGジャンで身を固めていた。マイクロバスの中で弁当を渡してくれた時は、はだけたGジャンの胸にはTシャツのピンクのデザインがあったものだが、地下のオバサンのGジャンにはボタンが掛けられ、首は亀のように肩の間に沈んでいた。ジーンズでも、その有様である。囚人服はといえば、袋のような貫頭衣だった。茶の生地は、薄っぺらな安物である。みんなは、パンツ一張でそれを着せられているのだった。

入れ変わり立ち変わり役者が現われ、撮影を終わっては外へ出ていく。囚人たちの出番はなく、外へ出してもくれなかった。

下ろした腰を上げ、囚人たちはみんな立ち上がっていた。足踏みをして暖をとる。足は素足だった。靴も靴下も、着替え場所のマイクロバスの中に閉じ込められているのだ。

鼻水を啜る音があちらこちらで響いていた。ティッシュを持っている囚人は一人もいない。囚人服には、ポケットというものがついていないのだ。マイクロバスに置かされた服やズボンのポケットには、ティッシュやハンカチを残してこなければならなかったし、外された腕時計も、ポケットの中に残してこなければならなかったのだ。

外に通じる方角から、人影が二つ近づいてくる。囚人服だった。抜け出して、一服つけてきたのだろうか？

一つの影の肩のまわりで長い髪が揺れていた。女囚なのだ。エキストラには、女囚はいなかったはずである。

洞窟の奥から、セットをした照明の光が漂ってくる。浮かび上がった女囚の顔の人を惹きつける雰囲気は、どう考えてもエキストラのものではない。並んで歩く男性の凛々しさもエキストラのものではなかった。

「日輪さーん！　集まってくださーい！」

助監督の声がする。日輪というのは、日輪プロダクション――エキストラの会社のことなのだ。

「始まり始まり。さあ行くわよ」と、せきたてるのはジーンズのオバサンだった。

「まだ、こき使うのかよ」と、つぶやく声がする。石の柱に隠れるように、男が一人立っていた。鼻水を啜り上げる男の白髪が揺れている。鼻の下に当てた手の甲を左右に動かすと、男は鼻から手を離した。

手の甲が囚人服にこすりつけられる。

「風邪ひいちゃったよ。ストライキだ」

男のつぶやきが、こちらの耳クソをほじくってくれる。

ストライキ!?　何というなつかしい言葉なのだろう。思わず体を寄せていくと、オバサンの声が飛んできた。

「ちょっと、そこで何をやってんのよ！　早くこなきゃ駄目じゃないの！」

柱の陰から男の体が離れた。男と一緒にオバサンに向かって吸い寄せられていくと、オバサンは二人を追い立てるように後ろにまわった。

示し合わせたように、二人の足が止まる。Ｇジャンのボタンが飛び、仰向けに倒されたのはオバサンの体だった。チャックの音がきしみ、Ｇパンが二つに割れた。

「急いで急いで！」

強姦を急げというのではない。遅れた二人を呼ぶ助監督の声だった。強姦は、ただの妄想だったのだ。

据えつけられたカメラの先には、深くえぐれた崖があった。砕けた大谷石が斜面をおおっている。底に下りたエキストラたちの見上げる顔があった。

斜面に足をやる。素足の裏に食い込んだ石の角が眉根に皺を呼んだ。石の破片が一つ転がり、破片が破片を招いていく。体と一緒に、斜面は雪崩のように石を滑らせていた。

尻を突いて底にたどり着くと、追いかけてくる石がある。白い足が伸びていた。さっきの女囚である。慎重に足を運び、女囚は斜面の途中で止まった。

四つん這いになった女囚は、カメラに顔を向けている。斜面の上から首を突き出しているのは、彼女と連れだってやってきた役者である。

「一人きりで逃げ出したと、このおれを責めないでくれ。いつか、きっと、みんなを救い出すために、この地底の牢獄にやってくる。どうか、自由の日が訪れるまで、ここでみんなと耐え忍んでくれ」

リハーサルが始まり、斜面の上から台詞が聞こえてきた。自由はヒーローにゆだねられている。囚人たちはストライキ一つできず、冷気に耐えていかなければならないのだ。

考え込んでいると、「オジサン、オジサン！」と、カメラの横から声がした。監督のようである。視線がボクを向いていた。エキストラ一同も、監督にならって視線を向ける。

「わたしですか？」

「ずっと前に出てきてよ」と、監督は手招きをしながら言った。

「ずっとずっと、上がって上がって」と、監督はせっかく下りた斜面の下から上らせる。

這い上がっていくと、女囚の尻がボクを止めた。目のやり場にとまどっていると、監督の声が助けてくれた。

「顔を出して」

女囚の肩越しに顔を出す。香水の匂いがした。

カメラの奥に、見物をするジーンズのオバサンの姿が見える。ボタンを飛ばし、チャックの音をきしませた、さっきの妄想がひどく悲しい。

カチンコの音がして、正義の台詞が空間を支配する。エキストラのオジサンのひそかな悲しみを映画は写しとることなどできないのだ。

ファインダーの中のブロック塀の内側からは、植木の枝がおいでおいでをするように夜風に揺れていた。

これもまた、妄想である。

「今晩は。お邪魔します」などと言って上がり込もうものなら、一一〇番で御用なのだ。

さわらぬ神にたたりなし――影を尺度に、三人はそれぞれの妄想を蓄えながら、つかず離れず、東大泉の住宅街を歩き続けていた。

役を終えた三人は、間もなく、夫の役、妻の役、あるいは恋人の役を演じながら時を過ごさなければならないのだ。束の間の自由を守るように、三つの妄想は黙々と歩き続ける。

シャッターが音もたてずに切られた。


カメラを北に向け、ファインダーをのぞいた。

女が見える。役者ではない。療養所で知り合った四十年前の女だった。四十年前の顔のまま、女は目をつぶっている。

六十ワットの電球が女の顔を照らしていた。爪先立った足が畳の上で揺れている。揺れを受け止め、女を抱き締めているのは、四十年前のボクだった。

ボクの口の中では、女の舌が揺れている。倒れそうだった。足元の布団の上に倒れてしまえばよかったのだが、そこから先をどうすればいいのか、ボクにはまだ経験がなかった。

女に誘われ、外泊許可をもらった二人である。その日、二人は時間をずらしてバスに乗り、青森駅前で落ち合った。

先に立って細い道に入っていったのは、九歳年上の女の方だった。

道に沿って、レールを敷いた高い土手が続いている。向き合う家並みの板壁がくすんで見えるのは、夕暮れのせいだけではなかった。蒸気機関車の黒い煙を家並みはかぶり続けてきたのである。

煙の匂いをとおせんぼうするように、明かりのついた看板が一つ、二階家の庇の下から突き出ていた。温泉マークの赤い色が目を刺激する。

「此処《ここ》さ泊まるべ」と言って、女は玄関のガラス戸に手を掛けた。

部屋へ案内してくれたお内儀《かみ》が出ていくと、女はふすまの内鍵を掛け、飛びついてきた。

つぶった目の上で眉根が苦しそうに寄っている。こすりつけるように接触してくる女の唇からは、紅が剝げていった。引きずりまわされたような跡をつけて、紅は女の唇のまわりへ散らばっていく。

夫がいるのだ。眉根の苦しさは当然なのかもしれない。引きずりまわされ、散らばるのは、不倫の報いなのかもしれなかった。

報いを受ける女の顔は、鏡のように間近にある。女の顔中に自分の唇をやりながら、開けっ放しのボクの目は、女の顔に映るボク自身を見つめていた。

化粧が剝がれたボクの破滅、化粧が剝がれたボクの崩壊、化粧が剝がれたボクの絶望——破滅も、崩壊も、絶望も、化粧が剝がれたということだけなのだ。

つぶっていた女の目がふと開いた。

「アレーッ、ギロギロって眼《まなぐ》開げでらもんだ」

体をのけぞらせ、閉じないボクの目を女は笑う。女に向かって口を尖らせると、女は言った。

「赤子《おぼこ》だのう。待ってへ、今、乳《ち》っコ飲まへで呉《け》るはんで」

女は、垂れ下がっているスイッチの紐を引いた。光と一緒に女の笑顔が消える。窓の障子を透かす街灯の淡い明かりが、押し黙った女の顔を照らした。

衣ずれの音を残して、ブラウスが下に落ちる。スカートが落ち、シュミーズが落ち、女はたちまち全裸に変わっていた。これから始まる儀式の権威を示すように、女の股ぐらでは、陰毛が髭のように陣取っていた。

「脱ぎへ」と、権威の命令が下る。権威を真似て素裸になると、「来いへ」と、次の命令が下った。

女はもう枕に頭をのせている。もう一つの枕にボク自身の頭をのせようとすると、「上さ来いへ」と、三度目の命令が下った。

「乳《ち》っコ飲みへ」と、四度目の命令がすぐに追いかけ、権威は人使いが荒かった。

恐る恐る乳首を口に含む。始源の彼方から漂ってくるような微かな味がした。味の源を確かめようと強く啜る。

「痛《いで》っ！」と声がして、女の体が弓なりに反った。権威にも、泣き所はあるものだ。

「堪忍……」

乳首を外された唇が謝罪の言葉を出しかけた時、窓の外で汽笛がとどろいた。

掻き消された言葉を車輪の音が轢いていく。車輪のようにみなぎった陰茎を女は下からもてあそんだ。

障子が揺れ、ふすまが揺れ、畳が揺れ、下になった女の体も揺れ始める。

「腰コ動《いの》がしへ」と、女の命令は五度目だった。

「動《いの》がへでも良《い》のが？」

「良《い》、良《い》。早《は》ァ嵌まってらもの」

権威の業は素早いものだ。女の体内に初めて潜る瞬間を教えてくれなかったことが恨めしい。

恨みを込めて腰を動かす。この世の恨みをはじくように、女は固く目をつぶっていた。

権威にならって目をつぶる。車輪の音が遠のいていた。ならば自分が車輪に化け、女の中を走っていこう。

女は濡れ、そして滑り、ひどく走り難い。息が喘ぎ、動きが止まった。

「退《ど》きへ」と、六度目の命令が下がった。

女の横に体を移すと、女は股を閉じて次の命令を下した。

「強姦しへ」

七度目は、七生報国を思わせる重たい言葉だった。

どこからどうやって強姦するのか、経験のないボクには分からない。とりあえず、閉じた股でも広げてみようか？

両手を股にやり、左右に向かって力を入れた。

「駄目《まいね》、駄目《まいね》！」

女の叫びに、あわてて両手を離してしまう。

「赤子《おぼこ》だのう。強姦だもの、女《おなご》ァ逆らうでばす。良《い》、良《い》、その内《うぢ》、慣れれば、上手《じょんず》に出来るはんでのう。おらも、何《な》も分がんねふて嫁さ来たばって、トッチャ、あれごれ教《おへ》で呉《け》だもんだもの、色々《いろん》だテグニッグば覚《おべ》だんだえのう。おや、どうすべ。こっだら事《ごど》、喋《さべ》ってまって」

女は両手で顔をおおった。痩せた肩が縮んでいる。権威のあれこれは、元々、女のものではなかったのだ。

k・a・t・y・a……。

シャッターの音が淋しく響いた。

カメラを北東に戻し、もう一度、ファインダーをのぞいた。

土手が見える。レールをのせた土手ではない。死人をのせた土手だった。菰をかぶせられた死体が、点々と北を向いて並んでいた。

土手に挟まれて石神井川が流れている。両岸の草木はアーチのように川へ向かい、水面をおおって揺れていた。漁網のように垂れている木々の枝には死体が引っかかり、揺れを伝えているのだった。

ふんどし一本で川に浮かびながら、死体を引き上げている男たちがいる。

「そんなことしてたら、仏様が流れてしまうべえ！　下《しも》へまわれ！　下、下！」

土手の上から指図を出す男の顔は、どこかで見たことがある。そう、白山神社のケヤキの下で長松にてこずっていた男なのだ。

てこずらせた長松もいる。子どもたちの一団は、土手の片隅で釘づけになったように立っていた。手は動いている。手折ったタンポポの花びらを毟《むし》る子どもたちの手の動きは遠慮がちなものではあったが、それは、できることなら、記憶を毟ろうとするかのような動きなのでもあった。

死体を引き上げているのは、白山神社に逃げ込んでいたかわたたちのようである。領主は代わったが、汚れ役のかわたの立場は代わらない。崖から転がり、石神井川で死んでしまった豊島の兵たちを片づけるようにとの命令を、かわたは新しい領主からいただいてしまったのである。

「そっち岸ばかりやんねえで、こっち岸にも来たらどうだ！　水門に仏様が引っかかっとるわ！」

対岸の水門から叫び声が響いてくる。声の主の足元には天秤棒が置かれ、両端の二つの笊《ざる》では、早苗が天を指してひしめいていた。

畦道《あぜみち》を通り、早苗を運んでいく男たちの背中が見える。背中で揺れる天秤棒のリズムと一つになったかのように、早苗を植える女たちの手が躍っていた。戦いのお蔭で延び延びになっていた田植えが、いよいよ始まったのだ。

「そっち岸のことは、そっちにまかせるわ！」

跳ね返ったのは、こちら岸からの声である。こちら岸には田植えがない。丘陵が岸に迫り、僅かな平地は葦の生い茂る湿地帯だった。

「何言いやがる！　かわたは、かわたの仕事をせい！　こちらの仕事は稲作だわ！」

水を切る音がした。抜き手を切って、対岸に向かっていく一人がいる。二つの手が怒りの飛沫をたてていた。

天秤棒があわてて持ち上げられる。笊を気遣う百姓の目は、首と一緒に前後に動いた。戦乱の中でせっかく育てた早苗をここで引っくり返してしまうわけにはいかなかった。領主が誰になろうが、秋になれば年貢の取り立てが待っているのだ。

天秤棒をかついで、はだしの足は逃げていく。

「追うな！」と声を張り上げたのは、こちら岸で指図をしていた男である。

ケヤキの下で子どもは男をてこずらせたが、川の中の大人は一声だけでおさまってくれた。水門にたどりついた体は追いかけることを諦め、ゆっくりと川の中を戻り始めたのだ。

ゆっくりなのは、怒りがおさまったからではない。抜き手を切ることができなかったからなのだ。二つの手は水門に引っかかった死体を抱き、かわたは立ち泳ぎを始めていた。

怒りを沈める重石のように、具足をつけた重い死体はかわたの体を不自由にする。深みの中で、顔が浮き沈みをした。

「誰か行け！」

声より早く、流れを切る飛沫があった。飛沫には飛沫が続く。川の深みに寄り集まった男たちは、死体の四肢を四方から持った。死体は目を剝いている。

「地獄を眺めとるわ」

声を響かせたのは、溺れかかった男である。

「地獄はもういい。天国を眺めるべい」と、別な声が響いてきた。

響いた声にすぐに反応を見せたのは、土手に立っている長松だった。

「おとっちゃんと、おっかあは、天国に行っているからな」と、大人たちに言い聞かされていたのである。

あごを突き上げ、長松は空を見上げた。

「天国なんか、どこにある？　ここは三途の川、お城の下は地獄ヶ淵だ」

泳ぎながらの論争が始まり、長松は日のやり場にとまどっていた。

「地獄ヶ淵？　辛い呼び名をつけたのぅ。おらは御免だ。おらは、奇麗な呼び名が欲しい」

「姫ヶ淵はどうだべい？」と、別な声がした。

「良い、良い。裸で姫と戯れたら、それこそ天国だ」

反対の声はなかった。死体を運ぶみんなの泳ぎが急に速くなった。

ひめがふち！

シャッターの音が川の中の声のように響いた。

＊

お預り日　5月27日　PM3:05
仕上予定　〃　　PM3:35
ご注文内容　同時プリント
お預りフィルム　コニカ・35m/m・12EX
プリントサイズ　LC
現　像　料　500円
プリント料　325円
消　費　税　41円
合　　計　866円

北東

プリントの上半分では木々の枝が交差し、それぞれの葉を広げている。一番大きく写っているのは、東側から突き出ているタチヤナギの葉だ。その手前に、鉄格子に似た灰色のフェンス。すぐ向こうに水が流れ（石神井川ではない。水はフリュームライドと名づけられた乗り物の樋のような水路を流れているものなのだ。太い柱で支えられた樋は、茂みの下の石神井川を往還しては対岸の平地にある発着場に戻っていく）、丸太に見せかけたボートが一艘、大写しになっている。右向きの人間が二人、前後に乗っているが、ブレているので表情は分からない。前にいる人間の長い髪は半袖のシャツの黒い色に重なっているが、髪の色は茶髪なので見分けがつく。後ろの人間は茶髪ではない。こちらの髪は刈り上げられ、額の上では庇のように突き出ている。赤、白、青の三色旗のようなジャンパー。自由、平等、博愛の両手を延べて、前の人間の腰を抱いている。

東

タチヤナギの幹と枝葉がプリント一杯に広がっている。その向こうに灰色のフェンス。フェンスの向こうのフリュームライドの水路は左にカーブを切り、茂みの中に消えている。ボートの姿もない。

南東

灰色のフェンスは奥に延び、消えている。平行して煉瓦色のブロックを敷きつめた道が延び、右向きの野良猫が二匹、前後になって道を横切っている。ブレているので表情は分からない（ブレなければ分かると言えるものなのか?）。前を行く猫の毛並みは純白。後ろの毛並みは茶、白、黒の色変わりの三色旗だ。自由、平等、博愛の顔を突き出し、前を行く純白の尻の匂いを嗅いでいる。プリントの上部の⅓は、南の方角から突き出たソメイヨシノの若葉でおおわれている。若葉の下のブロックの道には影が広がり、影の中には木洩れ日が散らばっている。ジェットコースターの赤い線路の色が枝に沿って水平に見え隠れするが、奥の建物は若葉の陰である。下部が僅かに見える。ハイドロポリスと呼ばれる施設。クリーム色に塗られた何本もの太い樋が曲線を描いて下降している。水色のものもある（水着になった人間を水と一緒に旋回させ、吐き出してしまおうという仕掛けなのだ）。ハイドロポリスは鉄格子状の白いフェンスに囲まれ、手前には階段がある。階段の数は十三段きっちり。その下には白い移動用の柵が置かれ、人の出入りを遮っている。

南

ソメイヨシノの太い幹が一本、左右に枝を張っている。その向こうにはジェットコースターの水平な線路があり、西南の方角からは別なソメイヨシノの枝が突き出ている。下には灌木の植え込み。その向こうにハイドロポリスの樋が小さく見える。

南西

ソメイヨシノのもう一つの幹が立ち、左右に枝を張っている。若葉の間からは、疾走中のジェットコースターの一輛目が見える。水平。右向き。バンザイをしている四本の手がある。たなびく髪。大きく開いた口。線路を支える白い柱が一本見える。その手前の二本の柱は灰色であり、金属の足場が等間隔に突き出ている（上部はプリントから切れているが夜間照明灯の柱なのだ）。柱の間からは水のないプールの底が見え、その向こうにはシュロの木が立っている。その奥に茂み、その奥には照明部分をのせた照明灯が一基、露光の狂った白い空の中に立っている。プリントの右には、青と白で塗り分けられた庇がのぞいている（赤があれば、ここでも三色旗の登場になるのだが）。

西

庇の本体が現われる。売店。その裏には、ビニールをかぶせたエアコンの室外ユニットが置いてある。窓は閉じ、店内に積んだコカコーラの大きな絵が磨りガラスを透かして見える。二つの紙コップから泡立つコーラ。紙コップの色は赤い（これで三色はそろったが、プールサイドの売店での本物の赤いコップは夏まで待たなければならない。自由、平等、博愛にも、場所に応じた時というものが必要なのだろう）。売店の手前にはソメイヨシノの幹が一本。その右にも一本。緑色のプラスチックの保護網が二本の幹のまわりの土を押さえている。その向こうに組み立て式のクリーム色の物置。物置にはロープがまわされ、後ろにある灰色のフェンスにくくりつけられている。煉瓦色のブロックがフェンス際まで敷きつめられている。フェンス際には街灯が一つ。白い球の形。右手、手前には四本脚のテントの白い骨組みだけが、組み立てられたまま置き放されている。

北西

プリントの上部、⅔には西から突き出たソメイヨシノの枝葉が広がっている。下、⅓は灰色のフェンス。フェンスの中央の両開きの扉が開き、下りの階段がある。左の扉には白いプレートがついているが文字は全く読み取れない（余ったフィルムでそのプレートを接写してきたが、文字はこう書いてあった――係員以外の方は立ち入りをお断りします。STAFF ONLY）。下りの階段の向こうには、フリュームライドの水路が宙吊りになって見える。右向きの人間が二人、前後に乗っているが、前に乗っている人間の顔は手前の茂みに隠れて見えない。白いブラウスと、お下げ髪だけが茂みの間から見える。後ろの人間は顔も着衣も隠れていないが、米粒ほどの小さな顔のため、その表情は分からない。茶のシャツ。鼻の下の髭が見える。

北

灰色のフェンスが続き、その向こうにフリュームライドの水路がある。水が小さな飛沫を跳ね上げているがボートは写っていない。ニレ、ブナの若木の間から、フリュームライドの発着場が山型の水路を作って見える。その左手にはフライングパイレーツがあり、海賊船の舳先が45°の角度で傾きながら宙に浮いている。フライングパイレーツとフリュームライドの間では、宙を回るメガダンスとトロイカが黄や赤の斑点となって見える。

北東

プリントの上半分では木々の枝が交差し、それぞれの葉を広げている。一番大きく写っているのは、東側から突き出ているタチヤナギの葉だ。その手前に、鉄格子に似た灰色のフェンス。すぐ向こうに水が流れ、丸太に見せかけたボートが一艘、大写しになっている。人間は乗っていない。無人の座席は山火事の跡のように焦げた色を見せ、窪んでいた。

あゝうつくしや

aa, utsukushiya

＊

ガイドのオバサンのスニーカーを履いた足の動きが止まった。後をついて歩いていく観光客の動きも止まる。客の中のボクの足も止まった。傍らには説明板が立ち、『**大人の墓（土坑墓）**』というゴシック体の標題が目に飛び込んできた。

細かな説明の文字と一緒にイラストも描かれている。墓穴の中で死者は仰向けになり、膝を立てていた。背中を載せた墓穴の底は平ではない。傾斜を持ち、頭は足よりも高い位置に置かれているのだ。半身を起こし、膝の向こうの暗闇を見通すように死者は葬られているのだった。

「さっき見てきたのは子どものお墓ですが、ここは大人のお墓の基点になる場所です。あそこに白い柵がありますね。あそこにはお墓の穴が復原されていますが、あのお墓を基点にして、西から東へお墓が続いているのです」

ボランティアでやっているというガイドの説明が続く。標準語のようではあるが、アクセントは地元の津軽のものだった。ここは青森市の外れにある三内丸山遺跡なのだ。

「東はですね、あちらの方角になります」

ガイドの指の先は、客の背後を指している。みんなの体が動いた。ボクも体を回して後ろを見る。

すぐ目の先に人が一人、背中を見せて立っていた。紋付き羽織の背中である。

絹糸の白いかがりが五七の桐を描いている。三枚の葉の陰からは三本の枝が突き出し、花を垂らしていた。右の枝には花が五つ、やや高い中央の枝には七つの花がつき、左の枝には五つの花がついているのだ。

五・七・五――どんな句をひねっているのか、彼の体は動かなかった。頭にかぶった深編笠が、きつい日差しから花を守るように影を作っている。

紋付きの裾の下には、紫色の袴があった。金糸で刺繍された五七の桐が無数に並んでいる。黒いビロードで縁どられた袴の裾からは、草鞋を履いた二つの素足が突き出ていた。

足の間には杖のようなものがある。それは丸くもなければ四角でもなく、そしてまた八角でもなかった。それは反りを見せている。

木刀なのだ。地面を突き、深編笠の男は、重心を預けて立っている。腰は丸腰だった。五・七・五には納まらない、この破格な風体に今の今まで気づかなかったというのは不思議議である。

この場所で、破格という言葉を使うのは言い過ぎになるのかもしれない。二十世紀も終わりの時代、だだっ広い野原の上に建てられた巨大な櫓や大小の竪穴住居、高床倉庫の群れなども、破格と言えば破格なのである。

UFOのような銀色のドームが二つ建っていた。一つは、巨大木柱の下部を地中に残す遺跡を覆うものであり、もう一つは、かめ棺の破片の散らばる子どもの墓地を覆うものである。空調のモーターは絶えず動き、小さな窓は光の量をしぼっているのだ。

時代ぴったりのはずなのに、破格に見えるのはドームの方だった。復原された縄文の建築物は緑の中に融け込み、ドームははみ出ているのである。三内丸山遺跡の名声は、この場所から縄文以外の時間を追い出しているかのようなのだ。

目の前の深編笠が編布《あんぎん》の貫頭衣などを身にまとい、黒曜石の尖った穂先の槍などを持って現われたのなら、ボクは、納得してしまっただろう。だが、彼の風体は、縄文時代からずれていた。丸腰で、木刀を杖にするなどという武士の旅姿は、江戸時代からもずれるものだった。

「お墓は、大体、二列になって続いています。ここからも見えますね？　あそこに土を盛った形で復原しています。盛り上がっているでしょう？」

深編笠から片目を外して、ボクは前方を見た。

草を割って、乾いた土が延びている。東へ向かう道の両側の草の中には、楕円になった土の隆起が続いていた。

墓の列四二〇《メートル》も続く
「縄文時代最大の集落」裏づけ

青森市の三内丸山遺跡で十日、新たに大人の墓が見つかり、海の近くから集落中央部まで南北二列の墓が四二〇《メートル》続いていたことが確認された。青森県教委三内丸山遺跡対策室は「縄文時代で、墓の列の長さとしては最長だ」としている。

同遺跡は、「縄文時代を通して最大の集落」と見られてきたが、今回の調査結果は改めてこれを裏づけるものとみられる。

大人の墓の発掘は、集落の中央部から海側に向けて進められてきた。今回墓が見つかった場所は、当時の入り江の海面から一、二㍍ほど上で、海のすぐ近くまで墓の列があったことがわかる。墓の列の間には道があったという。

同遺跡対策室の岡田康博主幹は、「この道は、当時の宗教観や死生観を示している。縄文人は船で行き来していたと考えられる。ほかの集落との交易や、漁の行き帰りに海から上がると祖先の霊に出迎えられ、二列の墓の間にある道を登って集落へ入っていったのだろう」と推測している。

十日ほど前の朝日新聞に載った記事である。機会があったら訪ねてみたいと思わないでもない場所だったが、遺跡よりも、ボクは青森県立図書館を訪ねたいと思っていたのだ。そこに所蔵されている『青森県貫属士族卒戸籍帳』なるものを手に取ってみたいものだと思っていたのである。

十月の末には来るつもりだった。曽祖父の生まれたという会津若松にも寄ってみようと、ボクは計画を立てていたのだ。十月という時を選んだのは、会津藩が降伏をした季節の空気にふれてみたかったのである。降伏の日、九月二十二日は、今の暦では、今年、十月二十三日ということになる。新聞記事は、そんなボクの計画を一挙に早めてしまったのだ。墓に守られた縄文の道を、ボクは一日も早く歩いてみたくなったのである。

梅雨が明けたばかりの今朝、ボクは青空と一緒に東京駅を発ってきた。一泊し、明日は県立図書館へ出かけるつもりだ。

「こちらの説明板をごらんください」

ガイドの言葉にうながされて観光客の向きが変わる。深編笠の向きも変わって、盗み見るボクの視線は、彼の正面にぶつかりそうになった。ガイドの声の方角に、ボクはあわてて顔をやる。

“LOOK”という横文字がボクの視線を遮った。前に立つTシャツの背中なのだ。左の耳にぶら下がった金属が万事好調の輪を描いている。

右の腕には、黒いマニキュアの指がぶら下がっていた。こちらのTシャツの背中はと言えば、“LOVE”である。

その通り。三内丸山の墓場には、愛を見なければならないのだ。

集落の近くに密集する子どもの墓には、死者を見守る生者の愛がある。かめ棺の中からは、握り拳大の石が一個か二個出てくる例が多いというが、青森県では、それほど古くない昔、死んだ子どもの掌に石を握らせて葬る習俗があったようだ。

「今度《こんた》、生《ま》れでくる時《どぎ》ァ・石コだ様《けん》に、丈夫《まめし》ぐなって生《ま》れで来いへ」

そんな親の願いは、この三内丸山につながるものなのである。

「ここに大人のお墓の絵がありますが、頭の方が高くなって葬られています。足は道路の側ですから、死んだ人たちは道路を見渡せるように葬られていたわけです。道路の先には海がありました。お墓が四百二十メートル続いて、その一、二メートル先には海があったんです。漁の行き帰り、村人たちは、死んだ人たちの視線を受けながら歩くことができたんです」

ガイドの言葉がボクの懸念を揺さ振った。ボクの後ろの深編笠は、ボクを見守るためにあの世からやってきたのに違いない。

後ろ向きのまま、ボクは踵をずらして下がっていった。距離を取り、深編笠に並ぶと、ボクは横目を使う。

笠に隠れて、彼の目は見えなかった。鼻の先は見える。鷲鼻というほどのものではないが、横から見る鼻の形は鉤形になっていた。ボクの鼻と、よく似た形である。

茶色い染みを皮膚一杯に散らばせた頬も見える。六十歳を過ぎたころから、ボクの頬にも現われてきた色と形の染みである。

焦点をずらして鼻の下を盗み見た。山形の白い髭が蓄えられている。唇は分厚く、大きかった。おちょぼ口のボクとは縁遠い唇だが、祖父とはよく似た唇だった。祖父は髭も生やしていたが、色も形も、よく似たものである。

ボクの視線に応えるように、老人の首が回る。ボクは、あわててガイドに視線を移した。

「縄文時代には、戦争がありませんでした。武器で傷つけられたような人骨が出土するのは弥生時代からになるのです。ですから、三内丸山は、人間社会が平和だった時代の遺跡ということになるのです。どうか皆さん、今日、この平和な遺跡の空気を吸ったことを忘れないで下さい。親子兄弟、夫婦姉妹が仲良く暮らすように、この三内丸山遺跡は願っています」

ガイドの言葉は、ボクの頭蓋骨の中で砂のような音をたてていた。

砂が流れる。流れ切れない砂は頭蓋骨の内側にまぶされ、無数の凹凸を作っていた。かめ棺の内側のようでもある。

砂の張りつく弥生時代のかめ棺を、つい昨日、ボクは見た。池袋の古代オリエント博物館で開催されたばかりの『倭国乱る』という企画展でのことだった。

吉野ヶ里遺跡で発掘されたというかめ棺は、二つのかめを継いだものだった。葬った時は二つを継いだものだったが、三千年にわたる時間の中でかめは砕け、至る所に接着剤の力を借りている。ひびの間から、死者を悼む涙のように接着剤は滲んでいたが、その光は硬かった。

破片の半分を接着したところで作業は終わっている。全部を接着してしまえば、かめ棺の中の人骨は覆われてしまうからだ。接着は、かめ棺を地下に戻すためではなく、地上の見世物にするために行われるものである。

破片の半分を取り除かれて、人骨の見通しは快適だった。ガラスのケースの上からのぞき込むと、二つのかめを貫いて人骨は姿をさらしている。恥骨が接着剤と同じような硬い光を見せていた。プラスチックの光である。肘や膝の関節にも、背骨の中にもプラスチックがはめ込まれ、骨を補強しているのだった。

背骨の先の首はない。刎ねられたのだ。刎ねる刀の勢いから逃げようとしたためなのだろうか？背骨は右に反っていた。

白いエナメルの小さな文字の行列がかめ棺の上下にある。

SJO329（下）

これは、足の方だった。頭の方を確かめると、こうである。

SJO329（まがメ）

『下』の反対は『上』だと思って目をやったのだが、括弧の中の文字は、ボクの常識をせせら笑うようにくねっていた。

『真甕《まがメ》』ということなのだろうか？　そんなかめの名など聞いたことはないのだが、それもボクの常識なのかもしれない。

こだわることはない。学者の単なるメモなのだ。そう思いながら、今度は、『J』と『3』に挟まれた『O』という文字にボクの頭は引っかかっていた。

『O』は、数字の『ゼロ』なのだろうか？　それとも、ローマ字の『オー』なのだろうか？

バカ。それが分かってどうなるのだ。『ゼロ』だろうが、『オー』だろうが、『SJO329』は、ボクにとってチンプンカンプンなのだ。

学者には、チンプンカンプンはないのだろうか？

『アサヒグラフ』の臨時増刊号、『三内丸山遺跡』には、そこで発掘された人骨をめぐるいくつかの記述がある。出版局編集委員、上野武氏の文から拾ってみよう。

遺物が集中的に出てくる大規模な遺物廃棄ブロックが三カ所。そのうちの遺跡中央を南北に横切る谷《たに》地形《ちけい》では、前期から中期にわたる遺物が出てきた。前期の遺物があった層が泥炭層で空気を遮断していたため、通常では腐って残らない木製品（火おこしのキリ、ヘラ、掘り棒、舟のオールなど）や漆器（日本最古級）、ポシェットのような形に編んだ袋の中にクルミが入っていたものなどをはじめとする樹皮製品、骨角器、動物の骨、植物の種子や花粉などが、よく残っていた。縄文人の自然利用の多様さ、巧みさを、まざまざと示すタイムカプセルである。さらに、人骨と歯も発見され、なぜ、ここにさまざまなものが集中的に廃棄されたのか、「廃棄」の意味に問題を投げかけている。

ページの後ろにある『北のまほろばシンポジウム』の記録の中では、この人骨についての討論がある。考古学者の村越潔氏の考えはこうだ。

沢から発見された人骨（大腿骨や脊椎、あるいは歯）などは、一体分そのものではなくて、頭などはないのです。まだ明確にこうであるとは断言できないのですが、一方では丁重に葬るための墓壙《ぼこう》があって、大人であれば百基ぐらいの土壙《どこう》がある。一方では生まれたての胎児、そういった子供たちを土器に入れて、あるいは石を上にのせたかたちで丁重に埋葬しているというのがあるにもかかわらず、沢から人骨が出るということは、普通ではないだろうと考えます。

どういうふうに考えたらよいのか、私自身も迷うのですが、昔、デンマークに行ったときに、ドイツの北部からデンマークのユトランド半島にかけての沼沢地に、相当の数の遺体が上がっているのです。これは、石器時代の終わりごろから鉄器時代にかけて生きていた人々なのです。これにたいして、デンマークではどういう考え方をしているかというと、ゲルマン民族が、ゲルマン法にのっとった、自分たちの犯罪者に対する一種の死刑なのだ、処罰なのだということです。

（中略）

三内丸山遺跡でそのようなことが行われていたというわけではないのですが、一方で丁重に葬られている者があるのにもかかわらず、沢の捨て場の中から人骨が出てくることに対して、これから我々が考えていかなくてはならない問題ということで、その一つの例として申し述べたわけです。

村越潔氏の考えに対し、民俗学者の大林太良氏は反論を述べている。

わたしはすこし考えが違います。採集狩猟民の社会には普通、死刑というのはないのですね。そういう場合は追放するのです。殺すというゲルマンの社会とはレベルが違うのです。それで、これは三内丸山遺跡というところの社会組織がもう少し復元されないとはっきりしたことはいえないのですが、わたしは以前から北太平洋モデルということをいっていますが、渡辺仁さんも縄文階層社会ということをいっていまして、それにしたがって、おそらく日本の縄文時代にも奴隷がいただろうということをいう人が出てきているのです。アメリカ北西海岸のインディアンの場合、奴隷を儀礼的に殺すということがあるわけです。冬の儀式で殺したりする。

それからまた巨木のことでついでに申しますと、たとえばアメリカ北西海岸のハイダ族の北方のグループなどは、もとは家の大きな柱を立てるとき、中に奴隷を埋めたわけです。文字どおり人柱にしたのです。これは、もちろん三内丸山遺跡でやったかどうかはわからないことですけれども、もしも将来、社会組織の復元がすすんで奴隷がいたということになると、奴隷を儀礼的に殺したということもあり得るだろう。これは可能性の問題ですが、一応お話ししておきます。

両者の話を受けて、司会をやっていた考古学者の森浩一氏は、次のようなまとめをしている。

この問題はこのくらいにしますが、どうも人骨が、谷の包含層の性格を解く一つの重要な鍵になりそうですね。

人骨だけではなくて、歯も出たということですが、その歯というのは一定の法則があるだろうか。たとえば、抜歯のとき抜くような部分の歯だけがたくさん捨てられているというような、特別な傾向がないかどうか。人骨に伴う歯は、しばしば一種のペンダントのように穴を開けてあるものが、群馬の遺跡に非常によくみられるのです。だから、どういう意味で歯をそこに捨ててあるのか、これも人骨と一緒に研究してみるとおもしろいですね。抜歯をした場合、その歯を木の幹に隠す、その隠した場所は村の長《おさ》だけが知っているという例を読んだことがあります。ニューギニアの例でしたか。よく考古学で抜歯ということを問題にするのですが、その抜かれた歯をどうしたかということは、あまり考古学では問題にはしない。だから、それもおもしろい問題だと思います。

遺物廃棄ブロックから出土した人骨に首がなかったということは、おもしろくない問題なのだろうか？　少なくとも、ガイドにとってはそうだった。いや、三内丸山を平和のシンボルにしようとするのは、ガイドの言葉だけではない。受付でもらってきたパンフレットがそうなのだ。

縄文人からのメッセージ

〃はじめまして！〃私は気が遠くなるほど古〜い時代にこの三内丸山の丘に住んでいました。当時は、気候も温暖で海の幸、山の幸に恵まれた縄文のまほろばでした。

さてこの三内丸山遺跡から5000年の時空を超えて送る私たち縄文人のメッセージをお受け取りください。三内丸山に花開いた縄文文化に接し、自然と共生しながらたくましく生きた私たち縄文人の心と知恵を少しでもかいま見ていただければと思います。

こんなメッセージがあり、遺跡の俯瞰図の周りには、それぞれの場所の説明が載っている。首なしの人骨が出てきた遺物廃棄ブロックについての説明はこうなのだ。

この谷はゴミ棄て場として使われていました。水分が多く空気からさえぎられていたので、土器、石器の他に、通常では残らない木製品や漆器、動物の骨、魚の骨、ウロコ、植物の種子、木の実、寄生虫卵などが良好な状態で残っています。

人骨のことは省かれている。「谷の包含層の性格を解く一つの重要な鍵になりそうですね」と司会者がまとめた首なしの人骨のことは、パンフレットから省かれていたのだ。

めまいがした。パンフレットのせいではない。頭の上の太陽のせいだった。帽子のないボクの頭は、直射日光にさらされ続けているのだ。

こめかみを揉み、眼鏡を押し上げて目をこすった。指を離すと、キーボードを叩くように眼鏡が鼻を叩く。像が一つ現われた。

石の斧だ。光を反射して振り上げられる斧の下では、石の台が斧とのつがいとなって光っている。客を迎える食卓のように、台の上には塵一つなかった。

載っているのは、後ろ手に縛られた男の顎である。顎は震え、歯が鳴っていた。編布の繊維を通して汗が滲んでいる。

膝を折り、顎を突き出した体を、三人の男が後ろから押さえつけていた。男たちの首は後ろに退けている。首の上には、首切り役の振りかざす石斧が光っていたからだ。

空気を切って音が走る。思わず目をつぶると、つぶった目の中に首が一つ転がっていた。

石斧を捨てて、手は首に向かってくる。唇がめくり返され、血だらけの歯が見えた。盾のように歯は並び、首は死に神を拒んでいる。

石斧に代わってかかっていくのは石棒だ。あおりを見せて石棒は口の中に入っていく。歯が飛び散り、台の上で音をたてた。

吐き気がする。胸をさすり、目をしばたたくと、白刃一閃、宙を走る恐怖が一つまた見えた。いや、白刃ではない。ナイキの白いマークだった。"LOOK"のオニイチャンがかぶる帽子の正面で躍っている。

もしかしたら、やはり白刃なのかもしれない。業界での斬り結びから逃れられないブランドマークの一つなのだ。

横に目をやると、地べたを突いた深編笠の木刀が揺れていた。両手をかけた木刀の柄から、左手が離れる。残った右手が、体の真ん前で突いていた木刀を右へ向かわせた。

袴が動き、左足が前に出る。木刀と左足に力を分け、引きずるように出ていくのは右足だった。草鞋の底が土をこする。木刀は、不自由な右足を支える杖の代わりだったのである。

「これが、お墓を掘った時の状態に復原したものです。あいにく、かぶせたガラスが埃をかぶって中が見えませんが、ここを基点にして、大人のお墓は西へ延びています」

移動をしたガイドの声が、遅れたボクの耳に流れ込んでくる。ボクの前には、草鞋を引きずる遅い足の動きがあった。

探偵のように距離を保ち、ボクは彼の後を歩いていった。羽織の背中の五七の桐は、ボクの気持ちのように上下に揺れている。

五七の桐が大きく沈んだ。墓を囲む観光客の群れに割って入り、彼は姿勢を低めたのだ。彼の目の前には、白い鎖が二段になって張られてある。

頭にかぶった深編笠が鎖の間を潜ると、左の足がそれに続いた。棹のように木刀を押すと、彼の全身は鎖の向こうである。離した木刀が、鎖のこちら側に寄りかかっていた。

ひざまずき、合掌を始める。指を解くと、彼は掌で、墓を覆うガラスの表面をゆっくりとなでまわした。武骨な指の先には、愛撫のような優しさが漂っている。

ガイドの言葉の通り、土埃がガラスを覆っていた。土埃の上には土埃がこびりつき、ガラスの表面はほとんど見えない。土埃を取り除き、ガラスの下の穴の中を確かめてみたいのは、鎖を取り巻く観光客の気持ちだった。

みんなの気持ちを集めたはずの掌なのに、みんなの視線は冷たい。「チョー変人」と、腕を組んだカレシにささやいたのは、“LOVE”である。“LOVE”は、“PHILANTHROPY”ではなかったのだ。

「お客さん、困ります！　出てください！」と、ガイドが叫んだ。

ガラスの上に這った深編笠の喉からは声は出ない。声の代わりに、彼の掌はガラスを拭き続けていた。こびりついた土埃の層が掌に力を呼ぶ。ガラスのきしむ音がした。掌はガラスを突き破り、彼は頭から穴の中に落ちていった。

「救急車呼ばって呉《け》へ！」

津軽弁を取り戻したガイドの叫びが響き、はるか離れた事務所へ向かって彼女は駈けていく。

鎖を飛び越え、助けに入ったのは、"LOOK" のオニイチャンだった。ガラスの穴から手を突っ込み、引き上げると、肩口をつかまれた老人の顔が現われた。深編笠は外れて、背中にぶら下がっている。

オールバックの白髪が騒ぎのおかげで跳ね上がっていた。祖父の晩年の髪型でもある。鼻の曲がりを叩いて直せば、目の前の老人の顔は、ほとんど祖父のものだった。

「手を貸して!」

オニイチャンの声に即座に近づいたのは、"LOVE" である。カレシのためなのか、チョー変人のためなのか、"PHILANTHROPY" との境界が見えないほどの素早さだった。

土の上に寝かされた老人の袖はまくれ上がり、二つの腕は血だらけだった。片腕だけだが、オニイチャンも血を流している。かばうように、もう一つの片腕をオニイチャンは体の前で交差させた。

かばったのではない。自分のTシャツを脱ぐために、オニイチャンはTシャツの裾を両手でつかんだのだ。

日に焼けた上半身が現われる。厚い胸を見せ、オニイチャンは老人のかたわらにしゃがんだ。脱いだTシャツを老人の片方の腕に巻きつけると、力を込めてTシャツの袖を結び合わせる。

オニイチャンの手は、今度は自分の尻に向かった。Gパンのポケットから出てきたのは、四角にたたまれた白いハンカチである。隅をつまみ、オニイチャンは空を切った。ハンカチは掛け声のように音をたて、老人の目の前で開いた。

老人のもう一つの腕に、オニイチャンはハンカチを巻きつける。こちらの傷は、ハンカチに見合ったもののようだった。巻き終わらないうちに赤く染まっていくのは、オニイチャンの片腕から伝わってくる血のせいである。「ワイハ、どっすべ（どうしたらいいかしら）！」

うろたえているのは“LOVE”である。レースのハンカチが一枚、彼女の手の先で震えていた。華奢なハンカチ一枚では、どうしようもない“LOOK”の腕だったのだ。

「これこれ、これ使《つが》ればいい」

近寄っていったのは、一人の婆さんだった。頭にかぶった手拭いをほどき、突き出している。

“LOVE”の唇が動いた。

「ワイハ、どっすべ！」

うろたえの言葉と字面は同じだが、今度の言葉は、最大限の感謝を込めたものだった。

サイレンの音が聞こえる。車の上の赤いランプが草原の向こうで光った。土埃を巻き上げて走ってくる救急車の後からは、御丁寧にパトカーもやってくるではないか。

四方八方から人々が走ってきた。流れに逆らい、ボクは一人、背を向ける。居たたまれなかったのだ。不慮の事故を目の前にして、何一つ手を差しのべることのできなかった自分自身に居たたまれなかったのだ。もしかしたら、血のつながる関係だったかもしれぬ深編笠を、ボクは見捨ててしまったのである。

明治二十八年八月廿五日　永太郎実父
木　本　国　英　二十九才
北海道増毛ニテ死　松前葬

ボクの家の過去帳の中には、祖父、向井永太郎が描いた三行の文字が混ざっている。五七の桐は、木本の家の紋章なのだ。

土まんじゅうに見守られた長い道をボクは歩いていた。左手には窪地がある。突き出たパイプの頭からは霧状の水が放射され、窪地を濡らしていた。首なしの骨が発掘されたという遺物廃棄ブロックなのだ。

ボクの肉体も水を呼んでいた。喉が渇く。照りつけるのは太陽だけではなく、土まんじゅうも照りつけるのだ。縄文人の眼光がボクを揺さぶり、ボクを掻きむしっていく。

「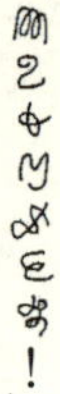!」

既存の文字では書き表わせない縄文人の言葉が鼓膜で鳴っていた。深編笠を助けなかったボクをなじる言葉である。ボクも、また、ここで首を刎ねられてしまうのだろうか?

!!　!!

感嘆符が鮮血のように赤く宙に飛ぶ。宙ではなかった。白塗りの板の上にそれは描かれ、『知事に告ぐ』という赤い文字が挟まれていた。『私有地』というやはり赤い文字が最初にあり、後は黒い文字である。

私　有　地

私有地に付き立入禁止

!!　**知事に告ぐ**　!!

私有地が残って有るのを知りつつ
県は道路を遮断している
直ちに自由に出入りする道路を作れ！
地　主

地主の感情を書体に映し、文字の造作はスマートではない。道端に立てられた立て札の後ろには、草を刈り払った一アールたらずの空き地が横たわっていた。縄文の墓が延びているはずの辺りである。土まんじゅうの復原は姿を消し、縄文道には、わだちの残る道が二本交差していた。いや、地主の目から見るならば、交差してくれたのは縄文道の方なのだ。
土まんじゅうが向き合う代わりに、青森県の名を名乗るもう一つの立て札が道を挟んで向き合っていた。土まんじゅうの大きさにはほとんど差が見られないのに、立て札の差は一目瞭然、ひどいものである。地主の何倍もの大きさと高さを持ち、青森県は地主を見下していた。書体は整然と、次のような文を並べたてているのである。

お知らせ
青森都市計画公園事業（9・6・1号青森県総合運動公園）は次の事業地内で施行されますが、同事業地内における土地およびこれに定着する建築物その他の工作物（以下「土地建物等」という。）の有償譲渡については次の制限がありますので留意してください。
1、事業地の所在　青森市大字安田字近野および大字三内字丸山

2、制限の内容

(1) 土地建物等を有償で譲り渡そうとするときには、次の項を書面で施行者に届け出なければなりません。

イ、譲り渡そうとする土地建物等。

ロ、その予定対価額（予定対価が金銭以外のものであるときは、これの時価を基準として金銭に見積もった額）。

ハ、譲り渡そうとする相手方。

ニ、土地建物等に対する所有権以外の権利の種類および内容ならびにその権利を有する者の氏名および住所。

(2) (1)の届け出があった後30日以内に施行者が届出者に対し、その土地建築物等を買いとるべき旨の通知をしたときは、施行者と届出者との間で届出の予定対価で売買が成立したことになります。

(3) 届出から30日以内（その期間内に施行者がその土地建物等を買い取らない旨の通知をしたときは、その時までの期間）はその土地建物等を譲り渡してはなりません。

事業施行者　青　森　県

二つの立て札の文章は、まったく噛み合っていなかった。地主の本当の腹は道路の問題ではなく、時価を釣り上げることなのかもしれないが、そうだとしても、1とか2とか、イとかロとかと並べたてるのは、余りにも沈着冷静――これではロボットのようではないか。いや、これでいいのだ。ここは平和のシンボル縄文の聖地――ここで戦意など発揚してはならないのだ。

＊＊

土まんじゅうは、ここにはない。レールの左右から見守るのは電柱の列だった。電気をむさぼりスピードを上げるのは、上りのL特急はつかり16号である。

田圃が見える。胸を張った稲の群れが鉦のようにこすれ合っていた。稲の囃子をはじきながら、列車は旧斗南《となみ》藩領を走っていく。百数十年前、新政府軍に叩きのめされた奥羽越列藩同盟の要、会津藩が、新しい藩を作ることを許されて藩士と家族を移住させたさいはての土地である。その土地は同じ同盟軍の南部盛岡藩の領地の一部であったのだが、新政府はそれを会津に与えたのである。

窓の外の稲の囃子声は届かないが、景色は見える。昨日の遺跡の空のように旧斗南藩領の空は青く、雲のように流れるのは畦から立ち上る煙だった。掻き集められた枯草の山が、まるで火葬のように煙をゆらめかせているのである。

人は見えない。仏サマの焼き上がりを待って、どこかの木の下で重箱を突つき合っているという感じである。

見知らぬ土地の、見知らぬ火が、ボクの胸を熱くしていた。会津藩士であり、斗南藩士でもあった見知らぬ血縁の戸籍の原本に、ボクはつい数時間前、出会ってきたばかりなのだ。

青森県立図書館の書庫に保管されている戸籍の原本は、通称、壬申戸籍と呼ばれるものである。壬申という干支だった一八七二年（明治5）に作られたからなのだ。

一九七六年（昭和51）、一般公開が許されていた戸籍は、プライバシーの保持のため公開制限をされる。それは小耳にはさんでいたが、まさか県立図書館の収蔵品にまで戸籍法の手が及んでいるとは知らなかった。できたらコピーをして郵送していただけないかと手紙を出したボクに、参考係の女性は電話で答えてきたのである。

「戸籍法の関係でですね、親族以外は見ることができないんですよ。コピーのために、わたくしどもが手を触れることも許されていないんですよ。ですから、親族であることを証明するものをお持ちになって、こちらに直接きていただけなければ、お見せすることはできないんです。その際もですね、コピーは許されません」

その数日前、木本国英《くにえい》の死に場所である北海道増毛《ましけ》町の役場から、ボクは、木本勝治という国英の弟を戸主にする除籍謄本を送ってもらったばかりだった。わたしの曽祖父は木本国英と申しまして――と手紙を書いて頼んだところ、戸籍係は電話をよこし、「木本国英が前戸主になっている除籍謄本ならありますが、それでいいですか？」と訊ねてきたものである。親族であることを証明せよとも言わなければ、直接ここまでやってこいとも言わなかったのは、戸籍法に照らし合わせればどういうことなのか？　ボクにはよく分からなかったが、それを引き合いに出して県立図書館に逆らっても、何の効き目もないことだけは予測できるものだった。

参考係との電話が終わると、ボクは押し入れのある部屋にいった。

ふすまを開け、押し入れをのぞく。『大事なモノ』という色褪せたマジックの文字がダンボールの横腹に見え、ボクは手を伸ばした。何十年も前に集めたいくつかの除籍謄本が封筒の中に入って、そのダンボールに押し込められているはずなのである。曽祖父、木本国英とボクとのつながりを証明できるものは、祖父、向井永太郎の除籍謄本以外に考えられなかった。

祖母の父、ボクにとってはやはり曽祖父になる田中清吉の除籍謄本もある。『明治廿四年十一月八日北海道天塩国増毛郡増毛村ニ於テ死亡』と書かれたものだ。ボクの二人の曽祖父は、いずれも増毛で死んでいるのである。『弘化二年九月九日生』と書かれている田中清吉は、四十六歳で死んだことになる。九歳、七歳、三歳、そして生後四ヵ月の四人の子どもたち――。妻と老母、合わせて六人の家族を故郷に残しての死であった。

かつて斗南藩領に組み込まれたこともある下北半島の家族たちに、出稼ぎ先の死は伝わる。当時九歳だったボクの祖母が、熱にうかされた田中清吉の最後の言葉を教えてくれたのは、八十年がたってからのことであった。

「イモ、イモ、イモ……」

ジャガイモのことである。それが最後の言葉とは、哀れなものよと人は思うだろう。

船大工の棟梁として、羽振りをきかせたこともある彼だったという。明治という新しい時代は、下北半島の造船業を急激に落ち込ませる。半島のヒバの森林のほとんどは国家の財産として巻き上げられ、自由な伐採が許されなくなったのだ。材木を積んで港を出る船の数は激減し、船造りに精を出す機会はめっきり少なくなってしまったのである。近所の金貸しから一時の生活費を借りた田中清吉は、それを返済できなくなる。抵当としての家屋敷を根こそぎ取られてしまったあげくの病死なのだった。

「イモの花って、奇麗だよね」

話を締めくくるように、祖母は目を閉じた。頭は枕の上にある。もう二年間、寝たきりの体だった。右手にはボールペン、左手にはノートを持ち、ボクは暇を見ては思い出をせびっていたものだ。あの世に持ち去られてしまうボクのアイデンティティの破片を留めておきたかったのである。北海道の日高山脈のふもとの小学校に勤めていた時のことだ。

祖母のまつ毛が濡れている。目の中では白や紫のジャガイモの花が揺れているのだろう。疎開先の祖母の故郷で畑を借り、祖母と二人でジャガイモを育てた日々のことをボクは思い出していた。一時間もかけて山道を歩き、ボクは祖母と二人で畑の手入れに出かけたものだ。

北国の短い夏を告げるようにジャガイモの花は咲く。畝の間にしゃがみ、雑草をむしり取ると、ジャガイモの花はボクの頭をなでるように揺れたものである。

田中清吉の最後の言葉に込められていたものは、故郷への思いだったのではないだろうか?

まるで星のような形をした五弁の花——それは熱にうかされた清吉の真っ暗な頭の中で天の川の輝きとなり、この世の最後を飾りたてたのに違いない。蓮の花ではなかったからといって、清吉を哀れむことはできないのだ。

祖母は、ボクを女手一つで育ててくれた。ボクの母は、ボクが小学校二年の時に結核で死んでしまったのだ。テテナシゴだったボクは、恩を受けた祖母の血に関心を持った。聞き書きのノートを補うように田中清吉の除籍謄本を取り寄せたのは、ごく当然の成り行きだった。

同じ曽祖父の木本国英のことは、長い間、ボクの関心から外れていた。国英には恩はない。祖父は国英が数えの十五歳の時の子どもだった。母であるキチは数えの二十二歳——下北半島の大畑《おおはた》から、北海道の松前に嫁入りしてきた人妻だった。

キチは婚家を追い出されるが国英とは結婚せず、オホーツクの別海へ再び嫁に出る。生まれてきたボクの祖父は、やはり別海へ流れてきたキチの父母、向井伝蔵とシナに育てられたのである。いや、そういうことよりも、木本国英が会津の人間だったということが、恩はないとボクに言わせる大きな原因なのかもしれない。田中清吉から家屋敷を巻き上げたのは、会津からやってきた士族の一人だったのだ。貸した金の証文を申渡書のように突きつけて、白刃一閃、町人、田中清吉の全財産を劃ねたのである。ボクの会津への思いは屈折をしているのだ。

変化をもたらしたきっかけは、数ヵ月前に送られてきた一冊の歴史雑誌だった。送り主は札幌の好川之範氏――長い間不明だった札幌での石川啄木の住居跡を付き止めた人である。そこは、ボクの祖父母、向井永太郎とイチの住居跡なのでもあった。知らせを受け、好川氏の勤め先だった札幌の北区役所を訪ねたのは、もう二十年以上前のことになる。氏が会津藩士の子孫であることを知ったのは、ずっと後になってからだ。

送られてきた歴史雑誌には『戊辰戦争・会津の悲劇』という特集が組まれ、好川氏の文が載っていた。会津藩の家老、梶原平馬《かじわらへいま》について書いたものである。行方の知れなかった彼の墓がオホーツクの潮風の吹きつける根室市の高台で発見されたのは、一九八八年（昭和63）のことだという。そんな平馬をたどって書いた文章の中に、ボクの祖父も登場をしていたのだ。

ときは移ろい明治三十六年――。ハマナス咲く北海道根室の花咲《はなさき》小学校。仲のよい代用教員二人が教壇に立っていた。向井永太郎二十二歳、水野文雄十八歳。熱血漢の両人とも旧会津藩士の血をひく。

向井永太郎は詩をよくした。明治四十年、北海道放浪の石川啄木と函館や札幌で交流を深くし、札幌では啄木と同じ下宿屋田中家に暮らしたこともある。祖父は元会津藩重臣の木本某。

同僚の水野文雄というのは、梶原平馬の息子なのだ。文章全体から見れば、さほど重要ではない部分である。だが、『某』という一文字が、ボクには気になって仕方がなかったのである。

もう何年も前から、ボクは好川氏に増毛の町役場へ除籍謄本の照会をするように勧められていた。それをほったらかしにしておいたばっかりに、ボクは好川氏に某と書かせてしまったのである。某の名前をはっきりさせたいとボクは思った。それは、ボクの血の中に沈んでいる某の揺さぶりのようでもあった。

ずっと以前、国立国会図書館にいった時、『会津人物文献目録』というものを開架図書の中で偶然に見つけたことがある。木本成勝、木本成樹、木本成理と、木本姓の人物は結構いた。簡単な系図もあり、木本家は本家筋と別家筋の二つの系統があるようなのだ。重臣ではあるのだろう。だが、会津戦争の前年に生まれた木本国英がその家系にどうつながるのか、会津戦争を戦い抜いただろう父の某がどうつながるのか、その時のボクには見当のつけようもなかった。

「これは、わたしの家の除籍謄本なんですが、ここにあるのがわたしの名前です。それから」

言葉を止め、ボクはカウンターの上の除籍謄本を素早くめくった。素早くだったのは、ボクの意識下の働きである。この年になっても、空欄になっている父の欄をボクは気にしているようなのだ。

戸主のページが現われる。

「これは、わたしの祖父になります。それから、これが祖父の父、木本国蔵——この木本国蔵が会津の人間で、この人間の戸籍の原本を見てみたいと思ってやってきたのです」

戸主、向井永太郎の父の欄に指をやって、ボクはつながりを説明した。コピーの機械がお粗末だったころの謄本は、全面が青く感光し、文字は読み難い。それでも『国英』とは読み取れない謄本の誤記を、ボクはそのまま口にしていた。

　母の欄には『キチ』と書かれ、続柄は『長男』となっている。ボクとは同じ仲間のくせに、これでは正式な婚姻をした夫婦の子どもと同じではないか。

　怒ることはない。おかげでボクは、壬申戸籍を手に取ることができるのだ。

　閲覧申込書を受け取ると、参考係の姿は書庫へ消えた。時間潰しに、ボクは参考図書室を見て回る。新聞の綴りがあった。地元の新聞を選び、ボクは机の上でめくってみる。昔、東奥詩壇という投稿欄があり、ボクはその常連だった。妻も常連の一人だったのだ。今はどんな人間が、どんな詩を書いているものかとふと思ったのだが、東奥詩壇はすぐには見つからなかった。

　綴りを戻し、再び歩き回る。書架に並ぶ本の背文字を眺めながら奥までいくと、『青森縣史』という文字が並んだ一角が目についた。何巻にも分けられた分厚い本の勢ぞろいである。

　ボクは足を止めた。もしかしたら、この県史に原文が載っているかもしれない要約文をふと思い出したのだ。数年前に買った『大畑町史』の中の文である。

　第六大区は磽薄の地で、貧民多く、開化にうとい。強壮の者は北海道に出稼ぎ、ようやく生計しているが、すこぶる難渋である。当地六年間の輸出入を計算すると、一ヵ年の輸出五四，〇三七円五五銭、輸入一〇四，〇八七円八〇銭二厘五毛で、差引き五〇，〇五〇円二五銭二厘五毛不足する。少しく安居しているのは三三ヵ村中、田名部、大畑、川内、脇野沢、下風呂、易国間のみ。それも一村一人くらい力のあるものがいる程度で、残りの二六ヵ村は大同小異、多くは貧にして愚である。

第六大区は後の下北郡であり、大畑は三十三ヵ村の中の一つであった。祖父、永太郎の育ての親、向井伝蔵は、南部盛岡藩時代の村役人の一人だったのだが、この要約文の原文が書かれたころは第五小区（大畑、下風呂《しもふろ》）の戸長であった。

上司である第六大区長の沢全秀は、会津からやってきた士族である。斗南藩では会計掛をやり、廃藩置県の後は県の役人になっていたのだ。その沢大区長が、青森県権令（知事）に出した建言書の要約の一部がこれなのである。続く文で、沢大区長は、『貧にして愚である』人々のために貢米以外の税の使途をまかせるように提言しているのだ。その金で学校を建て、病院を開き、橋を架けたいと訴えている。

『青森縣史』に手を伸ばす。とりあえず引き抜いてみた一つの巻を開いてみると、明治初年の古文書の言葉が運良く並んでいた。

ページをめくる。『澤』という旧漢字が目に入った。旧漢字とカタカナの読み難い原文をたどりながら、ボクは『貧』と『愚』の二文字を探す。

あった。

貧ニシテ且ツ愚ナリ

『且ツ』か――。原文の方が、はるかに強烈である。白刃一閃首を刎ね、落ちた首の脳天から更に真っ二つに割った感じだ。

会津二十八万石の城下町から流れてきた侍にとって、強烈なのは当然だった。南部盛岡藩の罪人の流刑地でもあった下北半島である。沢全秀は間もなく職を辞し、東京へ去ったのである。

台車のきしむ音がした。書架の陰から首を出してみると、台車を押す参考係のブラウスの背中が見えた。

本を戻し、参考係に近づく。閲覧用の机のわきに止められた台車には、厚紙のケースに入った壬申戸籍が山となって積んである。

「下北郡と三戸郡《さんのへ》のものです。ここに置きますから、ごゆっくりご覧ください」

下北郡の大湊と、三戸町の二日町のものだけを請求したボクだったが、参考係は念のため、範囲を広げて用意してくれたのである。

開館直後の参考図書室には、ボク以外の利用者の姿はない。ケースのラベルを読み、一つを選ぶと、ボクは机を一人占めにして座った。

ケースの中から引き出された原簿の表には、『青森縣　貫属・士族卒　戸籍帳』という筆で書かれた文字がある。『北郡第八區之四』と左にあり、その左には、『落ノ原、大湊村、城ヶ沢、松ヶ岡』という地名があった。その村の中の大湊村に木本弥惣右衛門という男が移住してきたことは、今回の旅の火つけ役、札幌の好川之範氏から送ってもらった一八七五年（明治8）六月現在の『旧斗南士族名籍便覧』というもののコピーから分かっていた。もう一人、三戸町の二日町には木本丑徳の名があるのだが、ぼくが取り寄せた増毛町の除籍謄本によると、祖父の父、木本国英の父の名は成三というのである。国英の死によって戸主は弟の勝治となっていたが、父はまだ存命中の謄本なのだった。

一方、『慶応年間会津藩人名録』という、これもまた好川氏からもらったコピーには、木本慎吾、木本内蔵之丞の二つの名がある。木本慎吾は七百五十石の御側衆で、御書簡と御供番頭という二つの役を兼任し、内蔵之丞の方は四百石の御家老附組頭をやっていたということが分かるものだった。

旅に出る前、ボクは国立国会図書館に半月通い、会津関係の資料を読みあさってもいた。会津戦争の時、木本慎吾は、青竜士中（藩士の上位の身分）三番中隊頭をやり、内蔵之丞の方は、朱雀寄合（士中に次ぐ身分）四番中隊頭をやり、後、青竜士中一番中隊頭となって戦傷死している。

生き残った慎吾の名前は、『旧会津人斗南北海道其他移住人別』という一八七〇年（明治3）に行われた移住の際の戸主名簿の中に丑徳と並んで出てくる。だが、その五年後の『旧斗南士族名籍便覧』では慎吾の名は消え、前述のように、丑徳と共に出てくるのは、それまで出てこなかった弥惣右衛門なのである。これらの名の間には、一体、どのような関係があるのだろうか――？

大湊のページを探し、一枚、二枚と罫紙をめくっていく。罫紙の上の鮮やかな墨の文字は、ボクを百数十年前の時間の中に連れ去っていた。

「あった」

爆発しそうな声を押さえて、ボクはつぶやく。

七十六番屋敷内借居
士族
父総五郎亡

廢疾　木本弥惣右衛門　壬申三十四
当県帰之内丹羽左近伯母
　母　照　年六十二
当県士族丸山慎御妹
　妻　志　希　年二十五
長男　国　英　年六
長女　千　江　年三
父総五郎亡長女
　姉　千　代　年三十六
同人三女
　妹　い　そ　年二十五
修行
庚午七月大学南校寄留
同人二男
　弟　篠原幸三郎　年二十四
当県士族日向信右ヱ門妻申
十月廿八日離縁之後復籍
　妹　み　ゐ　年三十一
氏神當村兵主神社

一番先に目に飛び込んできたのは、『国英』という文字だった。押しのけて、『木本弥惣右衛門』が飛び込んでくる。それを更に押しのけるのは、頭にかぶった『廢疾』の二文字である。

寒気がする。歯が鳴った。立ち上がり、ボクは新聞架けに近づいた。東奥詩壇を探し直すためではない。足を引きずり、縄文の墓穴に近づいていった深編笠の事故を伝える記事を探さなければと思ったのだ。

昨日の夕刊にも、今日の朝刊にも、記事は出ていなかった。誰かのもみ消しがあったのだろうか？

新聞を戻し、ボクは椅子に座り直した。尻が痒い。戸籍の文字をノートに写すと、手が痒かった。尻は見えないが、手は赤く腫れている。蕁麻疹だ。

「なむあみだぶ、なむあみだぶ」と唱えながらシャープペンシルを動かしていると、腫れは引け、痒みは消えた。

小指ほどの細長い紙が罫紙の上に散らばっている。どの紙にも、『壬申四月函館寄留』という文字があった。家族の名前の上部に貼っていたものが剝がれたのだろう。

飛び散らないように寄せ集め、戸籍簿を静かに閉じる。ケースに戻すと、ボクは立ち上がった。

台車にケースを戻し、次のケースを探す。今度は三戸の二日町の番である。

五番　亩十番　関根久吉宅寄寓

士族

父内蔵丞亡

明治七年五月十五日
東京府下品川へ寄留
在東京㊅木　本　丑　徳　壬申年十七
当県士族鈴木義登姉
明治六年八月十五日為出稼
北海道函館表一期ノ間寄留
　　母　　力　　同三十四
　　妹　　美　寿　　同十一

「クラノジョウの息子かァ」と、ボクは溜め息をついた。『慶応年間会津藩人名録』では『内蔵之丞』となっていたが、同一人物に間違いない。

国立国会図書館で見つけた『幕末維新全殉難者名鑑』では『内蔵丞』だった。その内蔵丞のことは、ノートに取ってある。

手元に置いたノートのページをボクはめくった。

木本内蔵丞　四百石。青竜士中一番中隊頭。明治元年八月二十七日若松新橋で傷。二十八日（二十九日とも）城内で死。三十八歳。

ページをまためくる。今度は白いページを選んだ。縦と横にシャープペンシルを走らせる。大ざっぱな線が描いた枠の中に、ボクは文字を埋めていった。

慶応年間 会津藩人名録	明治三年 移住人別	明治五年 壬申戸籍	明治八年 名籍便覧	明治二十八年 増毛戸籍
慎吾	慎吾	弥惣右衛門	弥惣右衛門	成三
内蔵之丞	息子 丑徳	丑徳	丑徳	

文字の埋まった枠の中をボクは見つめた。何度も名を変え、世を忍び、木本慎吾は生きていったのだ。

彼が指揮を執った青竜士中三番中隊の動きは『結草録』に詳しい。砲兵隊員として同じ戦場を駆けめぐり、途中で木本隊の半隊頭、そして小隊頭となった杉浦成忠の戦記なのだが、それによると、九月十五日、一ノ堰での戦いで木本慎吾は傷を負っている。他の隊も合わせ、六名の戦死者と、十三名の負傷者の名を書き連ねた後、『此他死傷者多姓名不詳』と『結草録』はその日を締めくくっているのだ。

取り囲まれた城の門が新政府軍に対して開かれてしまうのは、七日後のことである。大内村に退き、結納峠を守る木本隊に敗戦の知らせが届いたのは、降伏の日から二日が過ぎた九月二十四日のことだった。一八六八年――慶応から明治にと元号が変わったのは、十六日前のことである。

チャイムが鳴った。

「間もなく三戸でシ」と、なまりのある車掌の声がスピーカーを通して聞こえてくる。三内丸山のガイドのオバサンなど、とてもかなわないなまりようだ。

「でシだって」

通路をへだてた斜め向こうから男の声がした。背もたれに隠れて姿はよく見えないが、前に座る相棒の姿はよく見える。スーツの上着こそ脱いではいるものの、剣のようなネクタイで武装し、作戦計画書らしきものに見入っていた。

顔が上がる。指の先で書類を叩き、彼は唇を開いた。

「このプラン、とてもきついでシ」

二人の笑い声が響く。響く声を押し返すボクの感情の膜があった。

膜が揺れ、体が揺れる。前かがみになったボクは、目の前の空席に置いたリュックをつかみ立ち上がった。

デッキに出ると、山並みが窓をふさいでいた。百数十年前、木本丑徳が見た異郷の山々である。

壬申戸籍で数えの十七歳だった丑徳の年齢を逆算すると、会津戦争の時は十三歳ということになる。白虎隊は十六歳と十七歳の部隊だったから、そこに編入されることもなく生き延びたと言えなくもない。三戸に移住したのは十五歳――妹の美寿は九歳の時だった。

ボクが下北半島に疎開したのは、二人の年齢に挟まれた十三歳の時である。

その日、汽車の終点の大湊は、もう日が暮れていた。かつて、高祖父、木本慎吾が移住してきた大湊である。すしづめの汽車を乗り継いで二日がかりでやってきたボクの瞼は重かったが、疲れた瞼を見開かせるのに十分な明かりと量を広げていたのは雪だった。三月だというのに、家々の庇に雪は届き、雪を削った階段の下に玄関は隠れているのである。生まれて初めての雪の階段を踏みしめ、ボクは祖母と二人で旅館の玄関の前に立った。

次の日の朝、二人は雪道を歩いて、二十キロほど離れた祖母の故郷へ向かった。バスを通さない雪道である。沿岸の町村を結ぶ機帆船は敵の潜水艦の攻撃を恐れて欠航を続けていた。大湊には、敵に狙われる軍港があったのだ。

晴れ上がっていた空の色が不意に変わり始めたのは、大湊の市街を抜けたころである。見る見るうちに頭上に広がる鉛色の空は、かつてまだ一度も見たことのない鈍い空であった。

祖母にしても、五十年ぶりの空だったのだ。父、清吉の死後、口減らしのために貰いっ子に出された祖母の帰還を、故郷は不意の吹雪で迎えてくれたのである。

家並みの切れた見通しの左手に、海は黒々と吼えていた。空の鈍さに釣り合った重い彩りをうねらせながら、海は風を走らせる。降り始めた雪は飛礫《つぶて》のように風に乗り、二人を叩いた。

防空頭布をかぶった頭を、ボクは海風にそむけて歩いた。風は渦であり、そむけたボクの顔面に吹雪は執拗にまつわりついた。顔を伏せれば伏せた顔へ、吹雪は足元から舞い上がる。それはまるで煙幕のように雪面を走り、視界を遮った。

防空頭布は次第に重たく濡れ、それは針のような冷たさで頬をくるんでいた。まゆ毛もまた、雪をかぶって濡れている。そのしたたりはまつ毛を伝わり、ボクの目をくらませた。風圧は鼻孔の呼吸を狂わせ、唇は放心しきったように吹雪を呑んだ。

呼吸の狂った鼻孔からは、鼻汁が涙のように流れ出す。ボクは軍手で幾度もそれを拭った。その軍手も、やはり吹雪で濡れている。そしてボクのズボンには、軍手の中の冷えた手を隠すポケットはなかった。ポケットは糸で縫われ、ふさがれている。それは少国民に対する学校の命令であった。

二つの拳を胸元で握り、ボクは震えながら進んでいった。オーバーを持たないボクの肌は、濡れた下着の感触でこわばっている。

ボクと祖母が履いているのは、配給の地下足袋だった。それはボクには大き過ぎ、慣れない雪の道ではいっそう歩き難いものだった。濡れて重たい地下足袋は、ボクの爪先に千切れるような痛みを走らせる。

こらえかね、ボクは立ちすくんだ。

「東京へ帰るヨーッ！」

涙が声を震わせ、ボクは同じ言葉で泣き叫んだ。

「トヨアキ！　もう帰れないのよ！」

ボクの顔をのぞき込む祖母の目も、雪と涙で濡れていた……。

デッキの外の雲の流れが止まり、ドアが開いた。三月の大湊駅ではない。七月の三戸駅だった。

ホームに降り、前後を見渡す。はるか離れた跨線橋の階段を、何人かの人がもう上り始めていた。勝手を知った人たちのようだ。顔は見えないが、ズボンとスカートがボクを安心させる。時代離れの衣裳をまとい、ボクを出迎える者はなかった。

人影のなくなった階段を、ボクは遅れて一人で上る。開け放された跨線橋の窓からは緑色の風が流れ込み、ボクの足は弾んでいた。

蜘蛛の巣が一つ揺れている。糸を垂らして逃げていくのは主の蜘蛛だった。見慣れぬ客の到来に、蜘蛛は驚いてしまったのだろう。許せよ、蜘蛛君、ボクにしてもこの途中下車は、突発的な行動だったのだ。

改札口を出て、まずは頭の上に掛かった時刻表に目をやる。

次の上りは、十四時十二分のドン行だった。その次は、十四時四十六分のはつかり18号である。一時間後だった。

リュックを下ろし、今度は時刻表を取り出す。急いでページをめくった。会津若松に着くのは、十九時三十九分になってしまう。二十時までにはチェックインするからといって、ボクは青森駅から、会津若松のビジネスホテルに電話をかけたのだ。一時間後のはつかり18号を外すわけにはいかないようだ。

時刻表をしまいながら、ボクは待合室の中を見回した。すぐそばのベンチに座った女子高生のルーズソックスが二足、ボクの足元に突き出ている。チェックのスカートの縦横の線は、グリーンとブルーの色調を変化させ、ぼかしたように交差していた。

「アノー、二日町は、ここから遠いんですか?」

「さあ……」と、女子高生の答えは、スカートの色調のようにぼやけている。

ガホンズ!

心の中で、ボクは呶鳴《どな》っていた。下北半島で身につけた罵りの言葉である。

高校生にもなってからに、土地の名前《なめ》コも知らねくて、どっするもんだば！

チェックの格子をぶち壊すように、ボクの心の言葉は荒い。

頭を冷やそう。とにかく外を歩くのだ。

駅前広場には、客待ちのタクシーが二台止まっていた。空っぽのバスも一台止まっているが、こちらの方の運転手は、どこかで休憩をしているらしく姿が見えなかった。年金生活者のボクにとって、タクシーは近寄り難い。広場から延びた一本の道をボクは歩き出すことにした。

右に曲がる細い道がある。道標が立っていた。『南部工業高校』という文字が読み取れる。

「南部だってか。随分《ずんぶ》、でっかく出たもんでねえか」と、ボクはつぶやいた。確かにここは南部地方だが、南部は、青森県の東側と岩手県のほぼ全域にまたがる広大な地方なのだ。それを校名につけるとは、大胆不敵な学校ではないか。

話し声がする。細い道の奥から、チェックのスカートを揺らしながらルーズソックスの一団が歩いてきた。道を訊ねる相手でないことは、もはや実証済みである。

旅館の看板があった。破目板の黒ずむ木の造りは、五十年前に一泊した大湊の駅前旅館と同じ風情である。

『カラー写真0円』という赤い看板が少し先の店頭に見え、時代は一挙に若返る。カプセル玩具の販売機が何台も並んでいた。

店内は薄暗く、スーパーの華やかさからはかなり遠い。時代は少し逆に戻るが、道を訊ねるのには、ちょうど頃合の時代である。

百円の表示があるチョコレートを一つ手に取り、レジに向かう。オジサンが椅子に座り、文庫本を読んでいた。

「百五円です」

オジサンの発音は車内放送の声よりも標準語に近かったが、南部弁の抑揚は消えていない。五パーセントの消費税を取られ時代は今に戻ったが、オジサンの抑揚は、呼び水のようにボクの言葉を引き出していた。ボクの青春を育てた下北弁は南部弁の系統であり、兄弟のように似通っているのだ。

「二日町ァ、どっちの方にあるんですか?」

点滴のようになまりを垂らし、ボクは問いかけた。

「二日町?」

「三戸の二日町です」

「ああ、三戸のね。ここからだと、ハイヤーでいった方ァいいですね。城山ァ、ここからでも見えることァ見えるんですけど」

「城山?」

「南部の殿様ァ盛岡さ住む前、お城ァ三戸にあったんですよ。二日町ァ、そのふもとにありましてね。ほれ、あれァ城山です」

オジサンは店の奥を指差した。突き当たりの窓の枠に切り取られ、山の姿が、ほんの少しだけのぞいている。

「駅ァ、あそこにないんですか?」

「ありません」

「ここァ三戸町ですよね?」

「ここァ南部町です」

「エーッ!? 三戸駅なのに、三戸町じゃないんですか!?」

「はい、そうです」

汗が出てくる。汗はオジサンの言葉のせいだけではない。クーラーの音は聞こえず、店内はひどく蒸し暑かった。

「ウーン、どうしようかな」

「お墓参りにでもこられたんですか?」

「ウーン、似たようなもんだけど、一寸、違います。昔、会津の人間ァ、こっちの方にきましたよね」

「はい、はい、今でもこの辺りにァ、結構、子孫ァいますよ」

「わたしァ、その子孫の一人なんですけど、祖先ァ、とっくにここから逃げ出してしまっていないんです。ただ、どんな所かと思って降りてみたんだけど、時間もないし、日を改めて、今度、ゆっくりくることにします。どうもお邪魔しました」

「そうですかァ、残念ですねえ。じゃァ、今度ァ計画ば立てて、ゆっくりきてください」

オジサンの言葉に送られ、ボクは外へ出た。せめて城山の全体像だけでも眺めていこうと駅の周辺を歩いてみたが、建物が邪魔をして、城山はなかなか全体を見せてはくれなかった。

待合室に戻ると人の数は増えていたが、女子高生は一人もいなかった。ドン行に乗って帰っていったのだろう。

許して呉《け》さまえ。

心の中でボクは詫びる。電車を使い、南部町の南部工業高校に通う彼女たちが、三戸町の二日町を知らなかったからといって責められることではなかったのだ。旧青森県人のボクでさえ、南部町という町の存在をまったく知らなかったではないか。ルーズソックスとチェックのスカートに、ボクは偏見を持っていたようだ。

リュックを下ろしてベンチに座る。体が糖分を呼んでいた。ちょうどいい。チョコレートを食べてやろう。

銀紙の包みにさわると、チョコレートの抵抗はなかった。指が銀紙にめり込んでいく。チョコレートは、あの暑苦しい店内で、売られる前から溶けていたのに違いない。

立ち上がってごみ箱に向かった。箱ごとチョコレートを捨てようとした時、ボクの腕をつかんだ手がある。巻きつけられた包帯の白い色が、ボクの目を真っ先に捕らえた。

羽織の袖口が包帯にかぶさる。目を動かせて袖を肩にたどっていくと、かぎ裂きになった五七の桐が揺れていた。目を上げると、破れた深編笠がボクの鼻先に突き出ている。

ボクの手から、彼はチョコレートの箱を取り上げた。木刀をベンチに立てかけ、彼はゆっくりと腰を下ろす。銀紙の包みを箱から抜き出すと、彼は包みを剝き始めた。

溶けたチョコレートがたちまちくっつく。毒見をするように、彼は指をなめた。唇をチョコレートが染める。彼は舌なめずりをすると首でうなずき、チョコレートの姿を見せた銀紙の包みをボクに向かって突き出した。

形を崩したチョコレートが銀紙の四方に流れている。ボクは後ずさりをした。深編笠をかぶった首が傾がる。気を取り直すと、彼はチョコレートを人差し指ですくった。

口に運ぶ。口から垂れたチョコレートは、顎に向かって線を描いた。舌なめずりがまた始まる。舌は顎まで届かなかったが、彼は満足そうにうなずいた。銀紙の音がする。深編笠はチョコレートを包み直すと、箱の中に戻した。チョコレートは、箱の表も汚している。彼は指をなめ、ふところに手を入れた。

懐紙が引き出される。チョコレートの箱をくるむと、彼は自分のふところにそれを納めた。

ベンチに立てかけた木刀に彼は手を伸ばした。床を突く木刀の音と、足を引きずる草鞋の音が次第に距離を作っていく。彼の背中が待合室の戸の外へ消えた途端、息を呑んで見つめていたみんなの沈黙が一挙に破れた。

「何だど、あの男《おどご》ァ?」

「乞食《ほいど》だが?」

「映画でも撮るんだべか?」

「知らねえねす」

しゃべり始めたみんなの視線がボクを貫いていた。二人目の他所者である。ボクは肩をすくめ、外へ出た。

人通りのない大通りをたった一人歩いているのは深編笠である。まさか店屋にチョコレートを戻しにいったのではないだろう。

取り越し苦労だった。深編笠は店屋の前を通り過ぎる。突き当たった道の先で左に曲がると、彼の姿は見えなくなった。左は城山の方角なのだ。

待合室の中で人の動く気配がする。列車の着く時間が近づいたのだ。みんなの姿が待合室から消えると、二人目の他所者は、おどおどと切符を見せて改札口を通り抜けた。

跨線橋の階段を上る。渡りの廊下を歩きながら、ボクは右に首をひねっていた。今度は右が城山の方角なのだ。

「あった」

声と一緒に足が止まる。すぐそばの集合住宅の赤い屋根越しに、城山はほとんど全身を見せていた。邪魔をしているのは、集合住宅の横に立つトランスを載せた電柱だった。生首を突き刺した槍のように、電柱は城山を突き刺して立っているのである。よく見ると、家々の屋根から突き出たアンテナも、同じように風景を突き刺していた。

列車の音が背中に響く。ホームへ向かって、ボクは階段を駈け下りた。

息をあえがせ座席に座ると、風景は流れ出す。山が遠のき、川が近づき、近づく川が遠のいて新しい山が近づいてくる。人の匂いのするところには電線が張りめぐらされ、はつかり18号は、電線の下を走り続けていた。

『金田一温泉』という立て看板の文字が、電柱の横から現われる。アイヌ語学者、金田一京助の祖先の地なのだ。


　冬の陸には林野をおほふ深雪を蹴つて、天地を凍らす寒気を物ともせず山又山をふみ越えて熊を狩り、夏の海には涼風泳ぐみどりの波、白い鷗の歌を友に木の葉の様な小舟を浮べてひねもす魚を漁り、花咲く春は軟らかな陽の光を浴びて、永久に囀づる小鳥と共に歌ひ暮して蕗とり蓬摘み、紅葉の秋は野分に穂揃ふすゝきをわけて、宵まで鮭とる篝も消え、谷間に友呼ぶ鹿の音を外に、円かな月に夢を結ぶ。嗚呼何といふ楽しい生活でせう。

アイヌの娘、知里幸恵の『アイヌ神謡集』の自序の一部である。金田一京助宅に住み込み、彼女自身の手になるローマ字書きのアイヌの神謡（ユーカラ）と、日本語での訳文を並べた本の校正を行なっていた彼女は、持病の心臓病を悪化させ、校正終了直後の一九二二年（大正11）九月十八日、十九歳三ヵ月の命を閉じたのである。アイヌの世界をいとおしむ彼女の自序は余りにも悲しい。

何故か？　流暢な日本語で書かれた彼女の文は、もはやアイヌの世界を映すものではなく、日本人の美意識によって構成された世界だからだ。一つずつ、ボクは吟味をしていかなければならない。

深雪　み（深）は、本来、日本語では美称の接頭語に当たる。アイヌ語には、このようなものはなく、従ってこのような美意識もない。いや、アイヌばかりか日本人もまた、誰もがこのような美意識を持っていたわけではない。越後国の鈴木牧之《ぼくし》の『北越雪譜』をひもとけば、こんな文に出くわすのだ。

『我国の雪は鵞毛《がまう》をなさず、降時《ふるとき》はかならず粉砕《こまかき》をなす、風又これを助《たす》く。故《ゆゑ》に一昼夜《ちうや》に積所《つもるところ》六七尺より一丈に至《いた》る時もあり。往古《むかし》より今年《ことし》にいたるまで此雪此国に降《ふら》ざる事なし。されば暖国《だんこく》の人のごとく初雪を観《み》て吟詠遊興《ぎんえいいうきよう》のたのしみは夢《ゆめ》にもしらず、今年《ことし》も又此雪中《ゆきのなか》に在《あ》る事かと雪を悲《かなしむ》は辺郷《へんきやう》の寒《かん》国《こく》に生《うまれ》たる不幸といふべし。雪を観て楽《たのし》む人の繁花《はんくわ》の暖地《だんち》に生《うまれ》たる天幸を羨《うらやま》ざらんや』

初めての下北半島で吹雪に泣かされたボクもまた、雪景色を楽しみに上野駅から発っていったのである。

『雪』はアイヌ語で『U（互いに）PAS（走る）』と言う。天から降ってくる時の無数の雪の結晶を表現したものである。

『深い』を示す言葉もあるにはある。例えば、『RAWNE（深い）SUY（穴）』だが、この『RAWNE』には、『下の方へ』という方向を示す意味もある。雪は『上の方へ』積もるものだから、この『RAWNE』を『深雪』のために使うことはできない。『PORO（大きな）UPAS（雪）』が近いものになるが、距離は勿論、遠いものだ。

みどりの波　『みどり』という色名はアイヌにはない。『RETAR（白）』、『KUNNE（黒）』、『HURE（赤）』、そして『SIWNIN』は、『みどり』と『青』をひっくるめた色名であった。後年、『KONKANE　IRO』や『SIROKANE　IRO』なる色名が使われるようになるが、前者は『黄金色』、後者は『白銀色』から転じたものである。日本の拝金主義がアイヌの世界に押し寄せていったのだ。

ひねもす　蕪村の句、『春の海ひねもすのたりのたりかな』の『ひねもす』である。このような美意識を担う言葉はアイヌ語とは縁遠い。遠い距離で言葉を選べば、『SINETO（一日）EPITTA（全部）』しかないだろう。

花咲く春　アイヌのユーカラには、春と秋を意味する言葉はほとんど現われない。現われるのは、夏と冬なのだ。古い時代のアイヌは、一年を夏と冬の二季に分けて考えていたのである。

時代が下り、アイヌは『春』を『PAYKAR』と呼ぶようになるが、これは『PA（季節を）E（そこに）KAR（作る）』、または『PA（季節が）E（そこに）KARI（立ちめぐる）』が変化したものと考えられる。草木が伸び出した様子であり、夏の始まりとしての季節を意味するものである。『秋』である『CUK』が『萎む』という意味を持っているのも、夏の季節の終わりを示すものであり、中心は夏なのである。アイヌの観念では、夏は冬よりも優位を占めるものだったのだ。

春の『四月』は土地によっていろいろな言い方をするが、その一つに『MO（そろそろ）KIW（ウバユリの根）TA（採る）』という言葉がある。ウバユリの根は保存食として欠くことのできないものであったのだ。

『ATTU（オヒョウの樹皮）RAP（剝ぐ）』という『四月』の呼び方もある。樹皮は衣服を編むためのものだ。だが、『花咲く』月だという四月の呼び方は、どこを探しても見当たらない。アイヌは花一般に関心を示さなかったのだ。

花はウバユリの根のようには食べられない。花はオヒョウの樹皮のようには着られない。待ちこがれる花がないわけではなかった。『フクジュソウの花』である。アイヌはそれを『CIRAY（イトウ）APAPPO（花）』と呼んだ。この花が咲くと川の氷が消え、食べ物としての魚、イトウが川を上ってくるからである。

蓬摘み　ボクが蓬摘みを覚えたのは疎開先の下北半島でのことだった。無尽蔵に茂る蓬の草に囲まれて、顔をほころばせた遠い日の記憶は、ボクの傍らで一緒に手を動かしていた祖母への思い出となってくる。そうして作った蓬餅の香りと味は、和菓子屋の前で、ボクを今でも立ち止まらせてしまうものなのである。

アイヌも蓬入りの団子を作っている。モグサとして使うことも知っていた。だが、アイヌと日本人との間には、蓬についての考え方の大きな隔たりがあった。アイヌの始祖神によって国土が創造された時、草木の中で最初に現われたものの一つが蓬だからだ。アイヌは蓬の除魔力を信じ、呪術、治療に用いたのである。例えば蓬の茎葉を束ねて全身を叩きお祓いをしたり、蓬で作った人形に病人の病気を移して戸外に捨てたりなど、蓬はアイヌの信仰と深く関わっていたのだ。蓬入りの団子も、そういう信仰が作らせたものである。

アイヌ語の植物名は、生活にとって必要な部分だけを指して名づけられているのが特徴だ。『NOYA』は『蓬の葉』のみを指し、『蓬の茎』は『NOYA（蓬の葉の）IKKEW（背骨）』、『蓬の根』は『NOYA（蓬の葉の）SINRIT（根）』などと呼ばれる。


紅葉　アイヌ・モシリの秋の山は、日本各地とは比べものにならないくらい多様な色彩を見せてくれる。カツラ、エゾエノキ、ヤマモミジ、ウルシ、ヤマブドウ……。多様な樹木が入り混じり、黄から赤まで、その色調を変えながら鳥が舞うように葉を落としていくのである——と、こう語れば、これはもう日本人の感性で語っているものでしかない。

『ヤマモミジ』は、その『幹』の部分を『IWA（山地の）TOPE（乳の）NI（木）』と言う。アイヌは幹に傷をつけ、その樹液を飲んだり、樹液で炊事をしたり、煮つめて飴を作ったりしたのだ。

『ヤマブドウ』は、『実』を『HAT』と言い、『つる』を『HAT（ヤマブドウの実の）PUNKAR（つる）』と言う。つるは綱にしたり、それを裂いて手提袋や沓などを編んだのだ。

飴にもならず、沓にもならない紅葉に、アイヌは名を与えなかった。

穂揃ふすゝき　『NUP（原野）KA（の上に）US（群生している）』は、穂の下の、『稈《かん》』の呼び名である。『RAP（翼）EN（鋭い）PE（もの）』も、やはり、『稈』に対するものだ。それは、屋根や壁を葺くことができる。揃っても揃わなくても、穂では葺くことができないので、穂には呼び名はない。

円かな月に夢を結ぶ　夢のことを『WEN（悪い）TARAP（夢）』と言う。アイヌの習わしでは、悪い夢の時は直ちに家族に話さなければならなかった。すると家族は外に連れ出して、あの蓬、或いは笹、箒などで叩き清めるのである。反対に、良い夢は黙して語らず――人に話せば、せっかくの幸運を逃してしまうのだ。

良い夢でも悪い夢と言えば悪魔の近づくのを防ぐことができるだろうというわけで、『夢』は『WEN TARAP』と呼ばれるようになったのだろう。円かな月に夢を結ぶ――そんな平和な夢など、口が裂けても言ってはならなかったのだ。

車窓の彼方から川がまた近づいてくる。沢と沢が合流し、川を作って流れては、新しい川を尋ねて流れていくのだ。思いがけず、ボクは知里幸恵というアイヌのシンボルに向かって流れてしまった。ボクの流れを助けてくれた数々の本を思い出し、感謝の言葉の代わりにしよう。

知里真志保全集
萱野茂のアイヌ語辞典
アイヌ・英・和辞典　ジョン・バチラー
アイヌ語方言辞典　服部四郎編
歴史と民俗・アイヌ　更科源蔵
アイヌの四季　更科源蔵
アイヌの星　末岡外美夫

幸恵さんの標準語に堪能なことは、とても地方出のお嬢さん方では及びもつかない位です。すらすらと淀みなく出る其の優麗な文章に至つては、学校でも讃歎の的となつたもので、啻《ただ》に美しく優れてゐるのみではなく、その正確さ、どんな文法的な過誤をも見出すことが出来ません。

『アイヌ神謡集』の後書きとして書かれた金田一京助の文章の一部。
『すらすらと淀みなく出る其の優麗な文章』――。
その通りだ。『其の優麗な文章』の中に、知里幸恵は四つの言葉を巧みに配している。

花咲く春――。
永久に囀づる小鳥――。
夏の海には涼風――。

円かな月――。

花鳥風月を散りばめた彼女の文章は、アイヌ自身の精神の首っ玉を地べたに転がしてしまったのだ。彼女をなじっているのではない。『優麗』な銘刀を彼女に持たせた歴史の流れを問題にしているのだ。

二十五年間、ボクが小学校の教員をやった北海道の日高地方は、アイヌの人口が最も多い土地だった。ボクは日本語という血の滴る刃を持って授業を続け、同化教育の総仕上げに加担をしたのである。

＊＊＊

ビジネスホテルの窓の外は朝日を浴び、風景は活気づいていた。墓石のように角張った建物が背丈を競い合っている。ビルの窓にもマンションの窓にも無数の魂が張りついて、光を発し叫んでいた。ボクにも魂が張りついているのだろうか？　振り返って部屋の中を見てみたが、深編笠の姿は見えなかった。

窓の外に目をやり直す。一際高い白い塔――あれは何だ？　コンクリートの城は小さく、会津若松の天守閣はあの白い塔のようだった。

巨大な蛸の吸盤のようなものが塔を取り巻いている。携帯電話の声を吸いつけ、放出するＮＴＴの吸盤だ。現在只今の天守閣は通信産業というわけである。

目を外して、ボクはすぐ下を見た。通りが一本、南に向かって延びているが、人も車もまだ見えない。建物の影が通りを覆い、青空なのに通りは暗かった。

地図を開いて、ボクは下の通りを確かめた。大町《おおまち》通りだった。この通りの外郭門は、どの辺にあったのだろうか？

通りの先に石垣のように聳えているのはデパートのようだ。屋上の広告板には、『中合』という赤い大きな文字が見える。あの辺が大町口の外郭門の跡に近いようだが、デパートは朝が遅い。新政府軍は朝飯の時間より早く押し寄せてきたのだから、中合に外郭門を代わらせることはできないようだ。

その日は朝から雨で、肌寒い天気だったという。八月二十三日——今の暦なら九月の末ということになり、季節はもう秋だったのだ。滝沢峠からは、暗いうちから銃砲の音が響いていたという。

滝沢峠はビジネスホテルの東になるので、南向きのこの窓からは陰になって見えない。白虎隊の自刃した飯盛山の横手が滝沢峠であり、従って、ここからは飯盛山も見えないのだ。

峠の戦いでは木本蔵登という人間が傷を負い、二ヵ月後に、その傷が元で死んでいる。別の場所の別な日、同じように傷を負って死んだ内蔵丞の父親なのだ。十三歳の丑徳と七歳の美寿は父と祖父の二人を失ったのである。

蔵登の年は七十七歳の喜寿だった。そんな老人でも、戦わなければならなかった。国境を守るために四方八方に兵は出払い、城に残っていた人間の数が少なかったのである。滝沢峠に陣取る殿様を守るために、木本蔵登は駈けつけたのだ。

出払った隊の一つ、木本慎吾の青竜士中三番中隊は、その日、はるか離れた越後口——会津領の小《こ》花地《ばなち》村で新政府軍と阿賀野川を挟んで銃砲の撃ち合いを続けていた。城下への侵入を知り、城へ向かって撤退したのは翌日の夜になってからである。

散らばっていた会津の兵力を見通し、一点突破で、城の北東三十キロの母成峠《ぼなり》に三千人の兵力を新政府軍がぶつけてきたのは八月二十一日のことだった。守る兵力は八百人だ。大砲と鉄砲は旧式であり、新式の新政府軍に対して兵器の点でも劣っていたのである。

足を引きずり滝沢峠に逃げてくる兵の数は次第に増え、殿様は陣を引き上げざるを得なくなった。追われ追われて、ようやく城にたどりついたのである。

半鐘が鳴る。大町通り、馬場町通り、甲賀町通り、博労町通り――。攻め込んでくる新政府軍の槍の先には、会津兵の生首が突き刺さっていた。一つではない。一つの槍に三つも四つも突き刺して、これ見よがしに槍を振って駈けてくるのだ。雨で濡れた生首の毛髪は滴を散らし、音をたてて揺れていた。

この日、木本慎吾の中隊の小隊頭をやっていた永井左京は、阿賀野川の小花地ではなく、城下の邸宅で静養していた。二ヵ月前、新政府軍に取られてしまった長岡城を取り返すために同盟軍の長岡藩を助けて戦っていたのだが、左腕に重傷を負って送り返されてきたのである。

邸宅は本二之丁だと本には書いてあったが、本二之丁の東なのだろうか？　西なのだろうか？　首を左右にやってホテルの窓から探ってみたが、本二之丁の通りは見えない。

東だろうが西だろうが、新政府軍の攻め上がっていく通りは、本二之丁を串刺しにしていたはずだった。永井左京は、十五歳の息子の尚千代に言ったのである。

「汝は直ちに城に入り君公に従ひ奉るべし」

荘田三平の『戊辰の役会津殉節婦人の事蹟』にはこう書いてあるが、本当はどう言ったものだろう。いくら侍でも、侍は侍なりに会津弁を使っていたはずなのだ。

〽ねっかなじょにも
さらりと止めて
地元《ところ》言葉に
ならしゃんせ

下北半島に伝わる都々逸である。昔、会津から移ってきた斗南藩士を、地元《ところ》の人間はこんなふうにからかったのだ。

『ねっか』も、『なじょ』も会津弁である。『西会津町史』によると、前者は『本当にどうも』、後者は『どう？　どんな』を意味するものであり、用例は、「ねっかご面倒をかけました」「いや、ねっから役に立たなくて」「こんな味で、なじょ?」「おめの料理は、なじょなものだって美味《うま》いわい」となっている。

武士道を表わすのに、この言葉では書き難いだろう。荘田三平は『優麗』な書き方を選んだわけだ。いや、選ぶも選ばないもない。武士道ばかりか文章道も、『優麗』以外は許されないこの国なのだ。

先祖代々伝えられた『優麗』なる刀を息子に渡し、従僕をつけて、永井左京は城に送り出したのだという。白虎隊に入るには、まだ年齢が二つ足りない尚千代だった。

送り出した後のことだ。母のつる、妻のすみ、姉のやゑ、十四歳の娘ふぢと、十三歳の息子英吉、もう一人、三歳の息子の六人を集めて永井左京は言った。

「余、傷を被りて今日の戦に臨むこと能はざるは終天の遺憾なり、戦ふこと能はざるの身を以て徒に城に入るを好まず、寧ろ自刃して国難に殉ずべし」

一緒に死なせてくださいということになり、永井左京は介錯の刀を振りかざす。左手は重傷の彼である。右手一本での介錯だった。

白、刃、一、閃――。

白、刃、二、閃――。

白、刃、三、閃……。

荒い息で六つの首を並べると、左京は竈に走った。噴き出た米汁が釜の周りで黄ばみ、焦げた飯の匂いが彼の鼻をこの世に引き戻す。不意の出来事でほったらかされた竈の口をのぞくと、薪はまだ燃え残っていた。

一本をつかみ吹きつけると、障子にやる。燃え出した障子に向かう彼の手には、薪に代わって行灯の油皿が握られていた。

左から右に油皿が宙を走り、油が障子に飛び散っていく。火の勢いが、左京の心をあの世にあおった。

六つの首の前に彼は座る。腹を出し、彼は短刀を握った。

通りは、逃げる人々で溢れていた。北と東からは新政府軍が駈けてくる。南へ逃げれば城にぶつかり、城には町人は入れなかった。町人だけではない。まさかの場合、藩士の家族だけは逃げ込むことになっていたのだが、新政府軍は余りにも速く攻めてきたので早々と城門は閉められてしまったのである。

閉め出された藩士の妻、川島りさは、後年『今は昔思ひ出し記』というものを書いている。その時、町人と一緒に逃げていると、鉄砲をかついだ会津の兵士が混じっていたらしい。
「もし〳〵こちらにいくさハあるまいに」と兵士に言ったら、「何をいふぐづ〳〵いふと此てつぽふ（鉄砲）でうちてやる」と、吸鳴られてしまったという。

新政府軍と城とは反対の方角を選んで人々が雨の中を逃げていくと、西にあるのは、大川と呼ばれる阿賀川だった。この川には橋がない。おまけに雨で水量が増え、流れが速くなっていた。渡し舟の数は足りず、あっても乗りすぎで舟は引っ繰り返ってしまったという。歩いて渡ろうとした人たちも、深みにはまったり、流されたり、随分たくさんの人たちが死んだのだという。

大川の手前には、もう一つ、湯川という川が流れていて、ここの柳橋の戦いというのは有名である。西の方角に首を向け、窓から柳橋を探ってみたものの、すぐそばを走る鉄道の線路さえ、建物の陰になって見えなかった。

柳橋は涙橋とも呼ばれた。そこを渡った川原には処刑場があり、罪人と家族は橋のたもとの井戸水で水盃を交わし、涙をこぼして別れたところから涙橋と呼ばれるようになったらしい。

その涙橋近くで、婦女隊というものが戦ったのは、城下に新政府軍が入ってきて二日後のことだった。中野こう子、娘の竹子と優子、依田まき子と妹の菊子、岡村すま子の僅か六人——城に入り損ねた彼女たちの自主的な隊で、その時の一人、依田菊子は、八十五歳になってから『日曜報知』に談話を載せている。

丁度私共の右手に並んで一所に戦つて居られました時に正面から来た弾丸にやられたので（中野竹子22歳）、若し弾丸が横から来たのなら私共も一所にやられたのでした。お妹御の優子様は其時御母様に「お姉様の御首級《おしるし》を敵に渡さぬやうに、私が介錯しませう」と云つて、敵と遣り合ひ乍《なが》らに段々とお姉様の方へ近寄つて来られて、到頭見事に介錯せられて、白羽二重の鉢巻か何かに御首級を御包みになりました。尤《もつと》も女の事なので頭髪の毛が引蒐《ひつかか》つて御首級が容易に取れなかつたのを、男の方が手伝つておあげになつたやうです。

首切りは男の文化なのかと思っていたが、女もまた、男の文化に縛られていたのだ。

男の文化の一つ、性産業は涙橋の近くで栄えた。涙橋は越後街道につながる橋であり、近くには米沢街道の入り口もある。旅籠が並び、そこでは飯盛女が男を喜ばせてくれたのである。半ば公然のものだったが、おおっぴらだったわけではない。だが、戦争が始まるだろうという三月の九日に、会津藩は、おおっぴらに遊女を許可したのだ。

三月の九日といえば、戦争に備えて、軍制が改革された日だ。青竜隊や白虎隊などという新しい部隊の編成が決定されたのは、この日だったのである。同じ日に、七日町と博労町に遊女を置くことが許可されたのである。

七日町は涙橋につながる町である。飯盛女がいて、元々にぎわっていた町だった。旅籠といっても旅人のためばかりではない。飯盛女目当てに、城下の人間も通っていたのだ。そこへ今度は、戦争ときたのである。

はァ、兵隊達《だづ》、みっちら（しっかり）やっぺ！　なじょな男も、戦争と女《おなご》ァ、ねっか好きなんだぞえ！

兵隊は侍ばかりでなく、猟師を集めた猟師隊、山伏を集めた修験隊、村の相撲取りを集めた力士隊というものもあり、町人も農民も集められたのである。

戦争となると、博労町もにぎわう。武器、食糧を運ぶための馬を集めなければならないからだ。

はァ、博労達《だづ》、みっちらやっぺ！　なじょな男も、戦争と女《おなご》ァ、ねっか好きなんだぞえ！

涙橋は、罪人と家族の涙ばかりではない。橋を越えて売られてきた女の涙も染みついているのだ。涙橋のすぐ近くには、下層階級の人たちが住んでいた。癩病と呼ばれた病気の人たちを押し込めた小屋もあったという。その近くには革細工を仕事にする人たちの村があり、一般の人からは相手にされなかったのである。

一七四五年（延享2）、この村の肝煎役のような立場にあった甚右衛門という男が、息子の源右衛門、その妻いそと共に殿様から褒美をもらっている。

甚右衛門は、若いころから親の言うことは良く聞き、親が亡くなった後は、朝晩、仏壇の親を拝んだものだという。

源右衛門といその二人は、これまた親孝行で、珍しい食べ物があれば、自分の着物を手放してでも甚右衛門に買ってきた。すると甚右衛門は、まずそれを仏壇に供え、「これァ、息子と嫁の御馳走《ごっつお》でおざりやす」と報告したものだという。

甚右衛門の父が生きていた時には、「おら達《だづ》ァ、御城下の衆と行き来することァ、難《くで》えけんど、心ァ堅く、公ァ敬い、行い正しくしななんね」と、いつも甚右衛門に教え諭したのだそうだ。この親にして、この子、この孫、この嫁あり。あっぱれ、あっぱれということで、『銭若干を与え賞せり』と、『新編会津風土記』巻之二十四に記されているのである。

この本は、会津の殿様、松平容衆《かたひろ》が作らせた百二十巻の本で、幕府に献上したところ、将軍は編集した一柳新三郎に白銀二十枚、武井完平に白銀十枚の褒美をくれたのである。『銭若干』とは大違いだ。

さて、涙橋界隈には別れを告げ、今度は飯寺《にいでら》といってみよう。このホテルからは三キロも四キロも先なのだから、これもまた見えるわけはないが、地図で方角を確かめてみた。

南西。中合デパートのもっと右――。目を見開いて探ってみたが、建物に塞がれてやっぱり飯寺は見えなかった。

視線は飯寺の空を越え、遠くの山にぶつかっている。出っ張ったり、引っ込んだり、丸まったり、角張ったり、形を変えながら山は輪廻のようにつながり会津盆地を囲んでいた。

見とれてはいられない。時計はもう七時半だった。只見線の発車まで、後、十六分しかないのである。

チェックアウト！　チェックアウト！

西若松駅まで電車に乗り、後は徒歩で飯寺を訪ねよう。

殉節越後長岡藩士の碑

明治元年戊辰戦役の際越後長岡藩士山本帯刀隊長外に四十三名が八十里越の難関を越えて会津鶴ヶ城下に至り九月八日未明に会津藩士四百余人と協力力戦苦闘一旦西軍を潰走させたが濃霧の為飯寺河原に於て孤立敵の重囲に陥り遂に全員戦死されたのである後日飯寺村民の手により供養の碑が建てられ厚い法要が営まれた

昭和三十一年十月会津史談会並に有志の篤志により新に殉節の碑が建立され爾来毎年九月九日に

法要が営まれている

会　津　史　談　会

越後長岡藩士殉節顕彰会

石に刻んだ字の行列に、ボクは目を走らせていた。石が向き合う、ボクの後ろの通りは広く、車はボクの耳穴に音を弾いて過ぎていく。鼻穴には排気ガスの匂いを弾き、首っ玉には熱い風を弾いていくのだ。だが、ボクは気にならなかった。音も匂いも風も弾き、ボクは一本の樹木のように立っていた。

思いがけない碑だった。これは下調べから洩れていたのだ。『越後長岡藩士殉節之墓入口』という背の高い石の道標もあったが、これも下調べから洩れていた。それでもボクがここに来たのは、会津戦争の略年表の中に、木本慎吾の名前と飯寺の地名が出ていたからなのだ。

九月八日　明治と改元。木本慎吾の青竜隊、山本帯刀の率いる長岡兵が飯寺を襲撃、長岡藩士多数戦死。

木本家と会津のことを調べようと国立国会図書館に通い始める前、僕は神田にいってみた。歴史の専門古書店を回ってみたのだが、会津戦争の本は一冊も見つからなかった。神田では、会津戦争はマイナーなのだ。最後に、古書店ではないが地方の出版物を置く書店に寄ってみたところ、『鶴ヶ城・会津六百年の星霜を辿る心の旅路』という『優麗』な題の本があった。とりあえず、それを買ってきたのがボクの調査の始まりだったのだ。略年表は、その本に載っていたのである。木本慎吾という名前に出会った最初だった。

目の前の碑文には木本慎吾の木の字もないが、それは仕方ない、彼はただ、その日、一緒に戦ったというだけのことで、主役ではないのだから——。

八日、昧爽（夜明け）、一ノ堰村ニ至レバ凡ソ六、七百名計、黒ミ渡テ南行スルヲ見ル。敵ナルカハ知ラズ。頗ル痛苦ス、豈図ンヤ我佐川陣将南出セラルルナリ。陣将即チ村ニ来リ酒ヲ斟テ別ル。結義、相沢ノ両隊ハ疾ク徳久村へ（飯寺村東南十丁程）出張、我隊ノ延滞ヲ咎ム。我隊朝食ヲ喫シ直ニ飯寺正面ニ向フ。霜深フシテ知ル能ハズ。故ニ十分進得テ敵ノ胸壁正面ヨリ附属木田四郎手、左リ横蟻無祠ノ方ヨリ本隊ナラビ衝鉾隊斉ク発砲、烟ノ下ヨリ白刃ヲ揮ヒ躍リ入ル敵忽チ敗走ス、分捕等許多ナリ。直ニ進デ上飯寺ニ入ル。暫クシテ敵大軍来リ援フ、我兵奮戦ス。然リト雖モ死傷又多シ、加ルニ予、薄手ヲ負フ。衆寡支へ難ク繰打シテ退キ、一ノ堰村ニ拠ル。此時結義隊、相沢隊我ヲ援ハズ後進撃シテ敗ス。夜相沢隊ハ違約シテ城中へ入ル、結義隊ハ面川へ退ク。

木本慎吾の部下、杉浦成忠の『結草録』の中から、飯寺の戦いの日の一部を写してみたが、この文の後には『長岡藩数十名又生虜トナル由』という言葉もある。

それにしても、『我隊ノ延滞ヲ咎ム』だとか、『結義隊、相沢隊我ヲ援《すく》ハズ』だとか、軍の乱れは明らかだ。『相沢隊ハ違約シテ城中へ入ル』というのは、二日前の軍議で『城中又兵粮日ヲ追テ乏ク且ツ人数塡咽セシヲ聞キ、入城セザルモ又一策ナルベシ』と決まったことへの御破算を指しているのだろう。

戦いの五日後には、こういう文章も出てくる。

桃沢彦次郎、米（沢藩）使一同来テ謝罪如何ント尋ネ、敢テ従ハズ。

その次の日の九月十四日は、こういう文章だ。

夜軍議ニ出ベキ旨、羽黒本陣ヨリ申来リ隊長（木本慎吾）並井上哲作ト共ニ本陣ニ会ス。進撃ノ議論アリト云共謝罪ノ論又起リ一統兵気摧タルヲ以テ議決セズシテ帰営ス。

『謝罪』というのは降伏のことだ。九月四日、奥羽越列藩同盟の米沢藩は降伏し、今度は新政府軍の一員として会津へ乗り込んできたのだが、その米沢藩を仲立ちにして和平交渉の工作が始まっていたのである。『結草録』に出てくる平和の使徒、会津藩士である桃沢彦次郎というのは、あの、『貧ニシテ且ツ愚ナリ』の第六大区長、沢全秀のかつての姿だ。

「貧でねえぞえ！」

思わぬ声に辺りを見回すと、顕彰碑の横にある細い道の角の生け垣からノウゼンカズラが豊かな花をつけて顔を出していた。

細い道をボクは歩き出す。反対側の生け垣の中からは、年季の入ったマツの木が突き出ていた。この通りは、どうやら昔の通りのようだ。木本慎吾も、ここを駈け抜けていったのかもしれない。

『霜深フシテ知ル能ハズ』と、印刷された『結草録』には出ているが、その日、深かったのは霜ではなく、霧だった。見通しが利かなかったのである。

附属の衝鋒《しょうほう》隊も含め、その日、木本隊は分かっている限り三名の戦死者を出している。傷を負ったものは五名であり、その内、二名が後で息を落とすことになるのだから、結局、五名の命が失われたことになる。それでも長岡藩ほどの犠牲ではなかったのは、土地を知りつくしていたからなのだろう。長岡藩にとっては、その日、初めての飯寺だったのだ。味方と勘違いをして新政府軍に囲まれ、三十名は戦死する。残った十四名は、捕まってしまったのである。

隊長の山本帯刀《たてわき》は、長岡藩の次席家老だった。奪還した長岡城はすぐにまた新政府軍の手に落ち、上席家老の河井継之助《つぎのすけ》は鉄砲の傷が元で死んでしまう。それでも残った兵隊を引き連れて会津にやってきたのである。

山本帯刀の隊と木本隊が出会ったのは八月二十八日、柳津《やないづ》でのことだった。只見川の対岸の新政府軍と砲戦を行う木本隊を助け、山本隊は共に戦った。それから旬日、行動を共にした山本帯刀は捕まったのだ。

新政府軍の指揮者は山本の人物を惜しみ、「降伏をすれば命は助けて仕わそう」と言ったらしい。山本は首を縦に振ることなく、十三人の部下と一緒に斬首されてしまうのである。

朝廷に刃向かった罪として、山本帯刀の家は廃絶された。その後、再興を許されたものの跡継ぎがなく、長岡の人たちは首をひねって考えたという。

一人の男が浮かび上がってきた。長岡出身の高野五十六《いそろく》という海軍大学の秀才である。こうして高野五十六は、山本五十六になったのである。継いだ山本家の財産は、家紋のついた色褪せた裃と、荒れた墓地だけだったという。

祖父は山本五十六が好きだった。五十六が聯合艦隊司令長官となり、太平洋戦争が始まると、祖父は下手な漢詩を作っては送り、彼を励ましたものである。部下の代筆したものではなく、自分の手で認めた礼状がいつも律儀に戻ってきた。

あのころ、山本五十六は日本人の人気の的だったが、祖父はもしかしたら、山本五十六と山本帯刀、山本帯刀と木本慎吾、木本慎吾と向井永太郎、向井永太郎と山本五十六という円環のようなつながりを意識していたのではないだろうか？

血が騒ぐ。火照ってきたボクの目に、寺の本堂が見えてきた。傍らの庫裏は、鉄パイプの足場と合成繊維の防護ネットに囲まれ、網目からは真新しい白壁の色がのぞいていた。

境内では、作務衣の坊さんが腕を組み、庫裏の鑑賞にふけっている。

ボクの足音が影と一緒に近づき、坊さんは振り向いた。

「アノー、長岡藩士のお墓は、こちらのお寺にあるんでしょうか？」

「寺はこちらですが、お墓は少し離れています。あそこです。グレーの二階屋——青い屋根の家があるでしょう。あの横から入っていけば、すぐに見えます」

指を差して、坊さんは教えてくれた。なまりはあるが標準語だ。鉄パイプや合成繊維とセットになって、標準語は運ばれてきたのだろうか？　昔は防護ネットもなく、足場は長尺の丸太だったのだ。

新建材の家が立ち並んでいる。グレーの二階屋の横には砂利を敷いた細い道があり、ボクは隠れん坊の鬼のように動悸を抱えながら歩いていった。

水の流れる音がする。堰の水が光っていた。足元に横たわっているのは、穂のつき始めた田圃である。僅か二枚の田圃だったが、畦の向こうで今年の稲作を語り合っているのは、この村の墓石たちだった。

墓石の奥には、これもまた新建材の家が建ち、田圃と墓石は新建材に囲まれている。三内丸山の私有地のように立て札での抗議はないが、稲は夏の色で叫んでいた。

稲の傍らを歩いていくと、墓所の入り口の生け垣の陰で人の影が動く。ボクは足音を忍ばせて近づいた。

首を出してのぞいてみると、紋付き羽織の背中が二つ見えた。頭上に広がるソメイヨシノの葉の間から、木漏れ日が舞台照明のように背中の家紋を照らしている。

一つの背中は五七の桐だ。相変わらず深編笠をかぶっている。白髪を見せたもう一人の背中の家紋は蔦だった。蔦は向井家の紋である。

二人は合掌していた。蔦は正座し、五七の桐は不自由な右足を前に投げ出して座っている。『長岡藩士殉節之碑』と刻まれた自然石が台座に載って二人の前にあった。

「ゴホホン」

空咳をして生け垣の陰から出ていくと、先に振り返ったのは蔦の方だった。六十年前に死んだ祖父、向井永太郎の顔である。

「トヨアキか。いいところにきた。酒を買ってこい」

祖父の口から飛んでくるものは、言葉だけではない。唾も一緒に飛んできて、避けようとしたボクの体は後ろによろけた。

深編笠が動く。手招きをするように揺れているのは、三内丸山で破れた部分だ。肩のかぎ裂きの紋も揺れ、ほどけた包帯は木刀を握った手から垂れて揺れていた。

木刀につかまってゆっくりと立ち上がると、深編笠はボクに向かって頭を下げる。頭が上がり、顔半分をのぞかせて彼はボクに向き合っていた。

唇の下から顎にかけて、チョコレートがこびりついている。乾き切った色具合は昨日からのもののようだ。台座の上には懐紙に載せたチョコレートの箱が供えられ、箱から流れ出したチョコレートは懐紙の色を変えていた。

「酒はおれが飲むんじゃない。墓石にかけてやりたいんだ」

祖父の声と唾が飛ぶ。

「どこで買えばいいか分からないよ」と、ボクはまたよろけながら言った。

よろけたボクの目に赤い色彩が映る。コーラの缶だ。生け垣の下に空き缶が転がっていたのである。

手を伸ばして拾いながら、ボクは言った。

「水を汲んでくるよ。水をかけてあげよう」

返事も聞かず、ボクは缶を持って駈け出した。さっさと片づけてしまわなければならない。

畦のわきの水路の水は、青い空の色を映していた。水の上に草が垂れ、水の中の空の色を眺めている。草の色は空の色と重なり、水は層を作って輝いていた。

水に映ったボクの顔は、眉根を寄せたみじめなものである。水の上の顔めがけて、ボクはコーラの缶を押しつけてやった。あぶくが浮き上がり、しかめ面のトヨアキは消えてなくなる。

缶の口に手を当てて、ボクは二人に向かって駈けていった。缶の中で水は躍り音をたてる。弾けた水は、缶の口を塞ぐボクの掌をくすぐった。遠足の子どものように、ボクの顔は笑いで崩れてくる。

「おじいちゃん、ハイ！」

言葉まで子どもになり、ボクは缶を差し出した。

祖父は笑ってくれない。しかめ面で缶を取ると、缶の表の字をにらんだ。

「Co, ca, Co, la ——何だこりゃ？　日本はアメリカの属国になったのか!?」

さて、どう説明したらいいものだろう？　山本五十六が戦死する前に死んでしまった祖父なのだ。日米関係を一言で亡者に説明できる能力をボクは持ち合わせていなかった。

「ウーン」

言葉を詰まらせると、深編笠は木刀の杖を突きながら祖父に寄っていった。いいからよこせという風情で、コーラの缶に片手を伸ばしたのである。

「ハイ、どうぞ」

祖父はかしこまって、深編笠を拝むように両手で渡した。

受け取った缶をボクに向け、深編笠は頭を下げる。おだやかな空気が漂い、ボクは思わず彼に引き寄せられていった。

「顎が汚れてます」

水で濡れた掌を、ボクは深編笠の顎にやった。ボクの掌と深編笠の顎の間で、水はピチャピチャと音をたてる。一昨日の出会いの時から彼はまだ一言もしゃべっていないが、水の鳴る音は彼の言葉のようだった。

ポケットからハンカチを出して、顎を拭ってやる。両手に垂れた包帯をつかみ、ボクはそれを巻き直してやった。

木刀を頼りに、深編笠は殉節之碑へ近づいていく。後ろから腰を支え、ボクも一緒に近づいていった。碑は頭よりも高く、上から水をかけるのはこのままでは難しそうだ。

「台座に上がりましょう。押さえているから大丈夫です」

深編笠は木刀を離した。木刀は音を立てて敷石を打つ。「頼むぞ」という声なのだ。ボクは今、この人の、一本の杖に代わっているのである。

涙が滲む。杖が泣いてどうするのだ。力を入れて、ボクはこの人を支えなければならない。涙をこらえて、ボクは深編笠の腰を下から持ち上げてやった。

木漏れ日を吸いながら、水は碑の表を流れていく。深編笠は、深い息をついた。

抱き下ろすと、ボクの腕の中で深編笠は振り返った。彼の手は、空になったコーラの缶を差し延べている。もう一度、水を汲んできてもらいたいということのようである。

「おじいちゃん、その木刀取って」と、ボクは祖父に言った。

祖父はあわてて敷石の上に転がった木刀を取り、深編笠に渡した。

空き缶を持って、ボクはまた駈けていく。水に映るボクの顔は、まるで仏像のようにおだやかだった。ここにあぶくをたててしまうのは、もったいないことである。ボクは手を遠くへ伸ばして水を汲んだ。

缶の口を掌で塞ぎ、ボクはまた駈け戻る。深編笠は木刀の柄を両手で握り、体を支えていた。

「どうぞ」と缶を差し延べると、彼の片手は木刀から離れる。ボクに一礼し、彼は缶の口を自分の唇にやった。缶は傾き、喉仏が揺れる。傾きを戻し、彼は缶を唇から離したが、喉仏の揺れは止まらなかった。肩も揺れ、右手の缶も、左手の木刀も、嗚咽をこらえて揺れている。頬を伝わって流れるものがあった。

祖父の体が深編笠に寄っていく。流れるものは祖父の頬にもあった。ふところから手拭を出すと、祖父はこすり取るように涙を拭き、その手拭を深編笠に差し出した。

手拭と缶が交換になる。祖父は缶を傾け、まだ残る缶の水を喉に通した。

祖父の唇から缶が離れる。祖父は缶を見つめながら、しみじみと言った。

「会津の、水だ」

ボクの目も涙でかすんではいたのだが、祖父の一言は、いっそうボクの目をかすませた。

かすんだボクの目の前に、かすんだ赤いコーラの缶が突き出される。

「トヨアキ、お前も飲め。水盃だ」と祖父は言った。

死んだ人間が水盃を酌み交わすものだろうか？　引っかかるものがないわけではなかったが、涙は一切の疑問を流してしまうものだ。缶を受け取り、ボクは一気に残っていた水を飲み干した。喉仏は揺り籠のように揺れ、会津の水はボクの胃袋と心に染みていった。

「どら、その空き缶をおれによこせ。冥土の土産に持っていく」

祖父はボクの手から赤い缶を取り上げると、「もう、いってもいいぞ」と言葉を続けた。

「まだまだ時間はあるよ」

「アート　イズ　ロング。ライフ　イズ　ショート」と、祖父の唇が動く。

古びた格言だ。笑いが込み上げ、涙はピタリと止まってしまう。

祖父の姿も、深編笠の姿も、目の前から消えていた。涙の跡のように、碑は水で濡れている。間違いなく、ボクはあそこで、深編笠の腰を支えていたのだ。あの下で、間違いなく、ボクは祖父に木刀を拾わせたのだ。その木刀もなければ、赤いコーラの缶もない。台座のチョコレートの箱も見えなくなっていた。

緑色に塗られた金網のフェンスにはイラストを施されたボードが取りつけられ、明かるい色彩の組み合わせが目を引きつけた。

文字もある。一番目立つのは、『ハイツ日新館』という大きな文字だった。管理会社の社名と住所、そして電話番号が小さく書かれてある。

フェンスの向こうには植え込みがあり、植え込みの向こうでは、淡いグレーのペイントがハイツ日新館の二つの階の外壁を彩っていた。

日新館というのは、会津藩の藩校の校名である。かつてここでは素読の声が響き、木刀や弓の弦が空を切って鳴っていたのだ。高祖父、木本慎吾の邸宅は、道を挟んで日新館と向き合っていたのである。今、道を挟んで向き合っているのは、クリーム色の建て売り住宅の列だった。

道の向こうの空にはコンクリートの天守閣が聳え、見張りを続けている。敵なのか、味方なのかは定かではないが、走っていくのは自動車だ。国道一一八号線には、まるで煙幕を張るように自動車が続き、その向こうの堀の石垣をきちんと見せてはくれなかった。

木本慎吾も、見せてはもらえなかったのだ。四月末、越後へ出兵してから敗戦までの五ヵ月間、前線は日々狭められ、城は一ヵ月にわたって籠城を余儀なくされる有様だったが彼は城の外で戦い続けた。子どもの時から目の前にあった西の丸のなじみの堀を見ることができるのは、戦いの狭間の夢の中でだけなのであった。

彼の所属する青竜隊は、国境を守ることが任務なのだ。守る国境がどんなに狭められたとはいえ、そこで青竜隊が戦っているということは、そこに会津の土地があり、会津藩が存在しているということの証であったのだろう。

堀に向かって歩き出す。歩きづめのせいなのだろうか？　少しばかり、ボクは足を引きずっていた。深編笠ほどではなかったが、似ていないわけではない。彼の挫折の深さとは比べようもないものとは思うが、ボクにもまた、引きずり続けなければならない挫折はあるのだ。

堀に沿って歩き出す。水を遮り、右手に曲がる道が見えた。城への道である。信号待ちの自動車が何台も止まっていた。

ボクの目の先では、青信号が点滅している。横断歩道を渡るのは止め、ボクは右手に曲がってコンクリートの天守閣を仰ぎにいけばいいのだろうか？

前後左右に首を動かし、辺りを見回してみる。深編笠もいなければ、祖父もいなかった。水盃で別れた二人が、未練がましくここに現われるはずはない。ボクの一人旅は、これから始まろうとしているのだ。

点滅する信号に向かって、ボクは足を引きずりながら走り出した。堀は背後になる。ボクもまた、城の外で生き続けてきた人間の一人なのだ。

足を引きずって歩いていくと、マイクロバスが止まっていた。パジャマを着たお爺さんが一人、降りようとしている。白衣を着た男がお爺さんを後ろから抱き、出迎えの女がタラップの下から手を伸ばしていた。

マイクロバスのボディには、『芦の牧ホーム』という文字があった。その上には『福祉施設地域福祉活動啓発事業推進中』という文字があり、さらにその上には、『今、福祉施設が〝変わる〟〝動く〟〝開く〟』という文字があった。

変わる。動く。開く。変わる。動く。開く……。

リズムをとって歩こうとしたが、足の引きずりはスローガンに合わない。破れたリズムで歩いていくと、学校があった。校庭にも校舎にも人の姿は見えない。夏休みの静かな空気を震わせてピアノが響いていた。

「ラーラ、ラドラソ、ラソミミミ」

立ち止まったボクは、ピアノに合わせて階名唱をやっていた。『めだかの学校』である。学芸会に備えて、ボクは毎日階名唱をやりながら一年生の子どもたちにハーモニカを指導したものだ。

曲が終わり、ピアノの響きが消える。人一人いなかった校庭が突然一変し、ボクは目を見張った。校庭には、生首が並んでいるのだ。紅白帽をかぶっている。生首は整然と列を作り、前方を向いていた。

前方の朝礼台の上にも、生首が一つ載っている。帽子のひさしが影を作り、顔は見難かった。

恐る恐る校庭に入る。生首の列の横手に回り前に進むと、後ろを見せていた生首たちが次々と横顔を見せていく。顔はどれも、ボクが教えた子どもたちの顔だった。

アイヌの子どももいれば、アイヌではない子どももいる。口を結び、上目使いに、子どもたちの生首は、朝礼台の生首をにらみつけていた。朝礼台に近づくと、それは、にらみ返すボクの生首だった。

足を引きずって歩いていくと、土蔵があった。パワーショベルが休んでいる。屋根は剝がされ、壁は崩され、骨格だけになった土蔵は、その向こうに建つ新建材の真新しい家を透かし見せていた。よく見ると、梁の下には赤く錆びた鉄材が添えられている。鉄材の両端には同じように錆びた鉄材が垂直に立ち、それは柱に添えられていた。

足を引きずって歩いていくと、日の丸があった。二股になった道の一本――本通りから分かれていく狭い道の両側の電柱に紅白に撚《よ》ったロープが張り渡され、日の丸が四、五枚ぶら下がっているのである。その向こうの電柱にも、同じような姿で日の丸はぶら下がっていた。更にその向こうの電柱はとなると、道はカーブを切り、見ることができない。

カーブに添って、自動車が次々に消えていくが、カーブの向こうから対向車は現われなかった。どうやら道は一方通行のようである。

肉屋の看板が見える。ボクの足元では、剝き出しになったドブが黒ずんだ色を見せていた。本通りをやってきたボクの足がそれる。日の丸の飾りの下を進んでいくと道はまた分かれ、左右に延びていた。左右の道には、見通しのつく限り、どこまでも同じように日の丸が垂れ下がっていた。『履物卸』という看板が右に見え、自動車はそちらの方に走っていく。流れに沿って、ボクも右へ歩き出した。

土蔵がここにもある。パワーショベルの姿はなかった。崩れかかった壁からは下屋が突き出し、サッシの戸と窓が表を向いているのである。

その隣は、パワーショベルのお世話になったのだろう。粗い砂利が空き地一面に撒かれ、自動車が数台止めてある。足場用の金属パイプをつないで立てた低い柵があり、文字を連ねたボードが下がっていた。三内丸山の立て札と同じように、赤い文字がちょうど二ヵ所使われているが、今度の敵は県知事ではない。

> 駐車場御利用者以外の通行及び散歩はご遠慮下さい。なお**犬のフン**をそのままに立去る**非常識な人**を見かけた方は左記までご連絡下さい。

左記には、『有限会社〇〇建設（不動産部）』という文字と電話番号があった。

道の先には、『毛皮製造』という看板が見える。通り過ぎると、ピアノの音がまた聞こえてきた。今度の曲は、『むすんでひらいて』である。ジャン＝ジャック・ルソーの作曲したオペラ曲『村の占者』の一節を拝借し、詞をつけたという文部省唱歌なのだ。

平屋の玄関の看板には、『児童館』という文字が見える。庭に生首が見えないのは、ルソーの威光なのだろうか？

女の子が一人、児童館の先生らしい中年の女性に手を引かれて玄関から出てきた。門の外のボクを見かけ、「コンニチハ！」と、女の子は声をかけてくれる。

「コンニチハ」

声の高さは女の子に負けてはいたが、ボクの筋肉はゆるんでいた。ゆるんだ喉から言葉が続く。

「この日の丸は何ですか？」と、ボクは先生に訊ねていた。

「お祭りなんですよ。会津は七月になると、お祭りのない日はありません。どこかでお祭りがあり、こうやって日の丸を飾ってるんです」

「アッ、おかあちゃんが来た！」と、女の子が叫ぶ。庭の木々の葉を夕日が染めていた。こぼれた夕日を指にからめ、女の子は道の向こうを指している。

小走りにやってくるおかあちゃんの足は、裸足だった。その上ではボロ刺しの裾がひらめき、背中で束ねた髪の毛は鞭のようにおかあちゃんを急きたてていた。

女の子も裸足だった。つんつるてんの着物の裾がようやく膝頭を隠している。芥子《けし》坊主の髪の毛は赤い糸で結ばれていた。

先生はいない。女の子のそばに立っているのは、腰の曲がった爺さんと、息子と思われる男だった。やはり裸足である。二人の頭には、油気のない髷があった。

爺さんが咳込む。労咳のようである。息子の手が背中をさすった。

胸元で抱えた小さな紙袋をおかあちゃんは高くかざして走ってくる。

「高麗人参でおざりやす。なじょな病いもかっくらわす高麗人参でおざりやす」と、息子は爺さんの耳元に口を近づけて言った。

「いそ、おおきに、おおきに」と爺さんはつぶやき、また咳込む。

いそ？　すると爺さんは甚右衛門、息子はいその夫、源右衛門に違いない。銭若干を殿様からいただき、その篤行を賞された一家の住居はこの辺りだったのだ。

いそのふところから風呂敷が顔をのぞかせている。薬代を作るために、質草を包んで運んだ風呂敷なのだろう。体の揺れにつれ、風呂敷はふところから垂れ下がり、道に落ちた。足を止めずに、いそは走っている。

「おかあちゃーん！　落ちたよーッ！」

女の子が走り出した。

キキキキキーッ！

脳天を突き上げたのは、ブレーキの音である。車の窓が開き、運転手が首を突き出して怒鳴った。

「バカ！」

追いかけてきた先生が女の子を抱き締める。窓が閉じ、車はすぐに走り去った。怪我はないのに、駈けてくるおかあちゃんのスピードは上がるばかりだ。落としたハンカチを後続の車が巻き上げていった。

女の子は空を仰いで泣いている。大きく開いた口を狙って日の丸が垂れていた。ピアノはいつのまにか別の曲に変わっている。これもまた、文部省唱歌なのだ。

〽白地に赤く　日の丸染めて
あゝうつくしや　日本の旗は
朝日の昇る　勢い見せて
あゝ勇ましや　日本の旗は

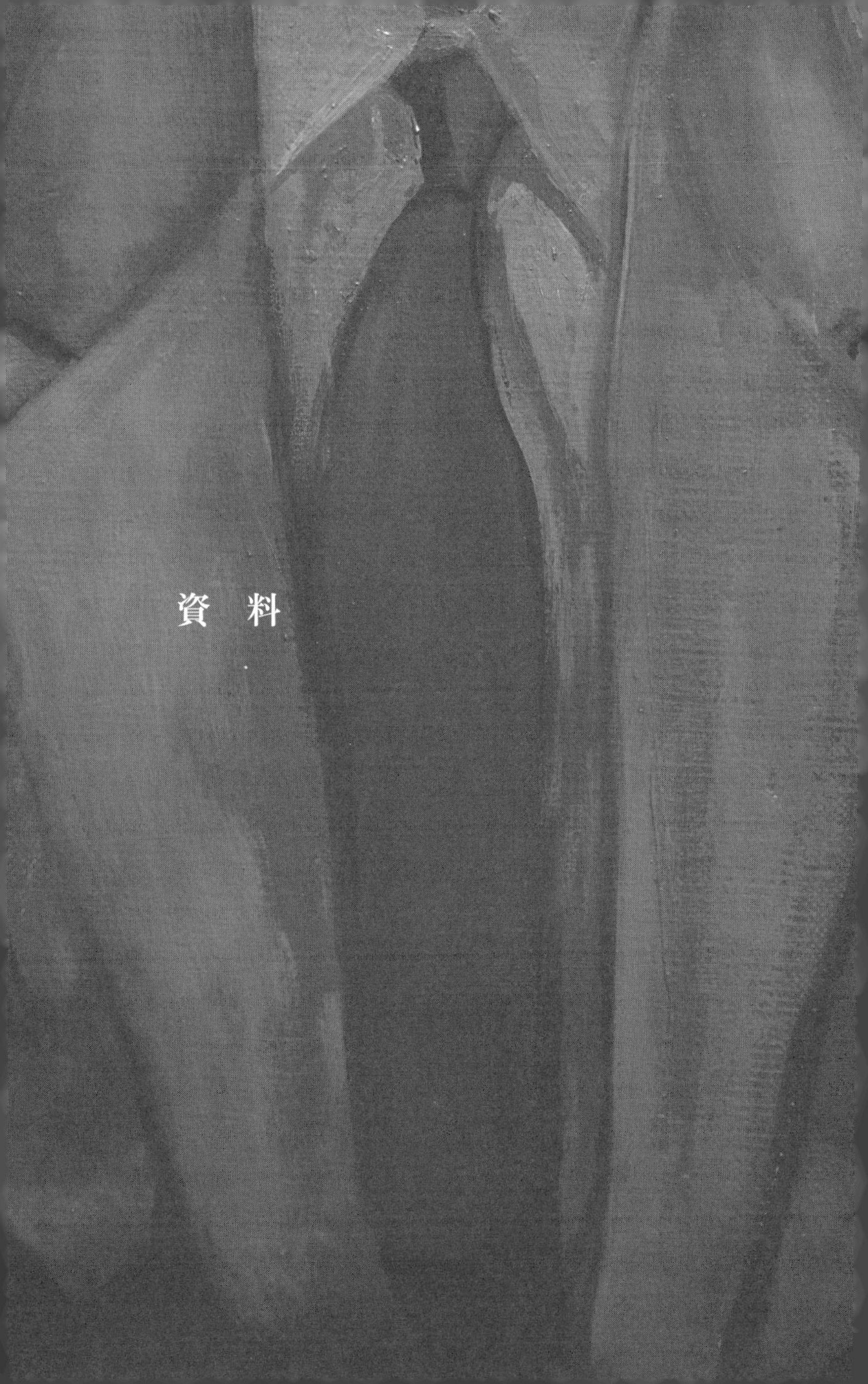

資料

向井家人物関係図・人物紹介

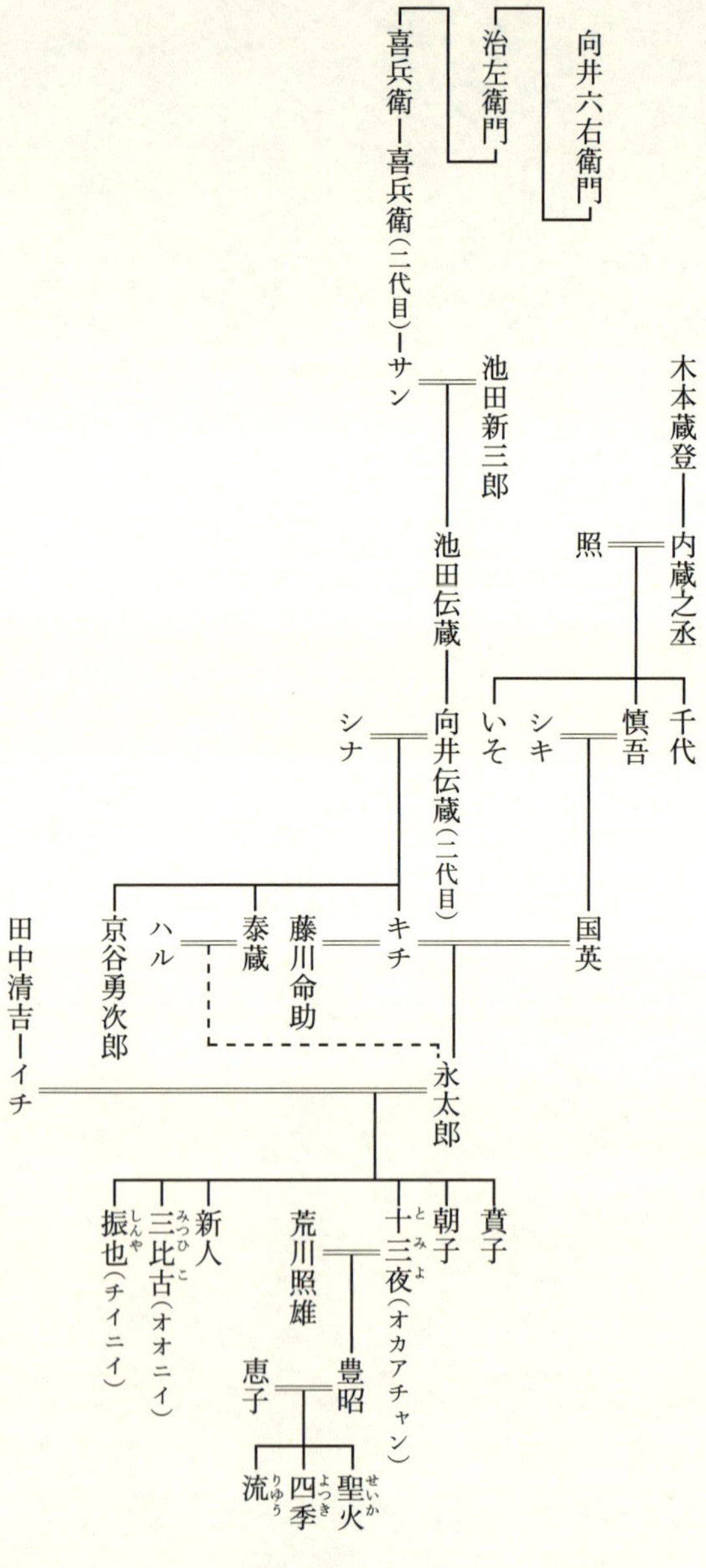

人物名
言及のある本書収録作品

＊

向井六右衛門＝喜兵衛の祖父。もと勢州（伊勢国）慥柄浦にいたが、江戸に上京。
骨踊り（作中での表記は「慥柄六右衛門」）

向井治左衛門＝喜兵衛の父。江戸生まれ。
骨踊り（作中での表記は「慥柄治左衛門」）

向井喜兵衛＝治左衛門の息子。江戸に生まれたが、下北半島・大畑に移住。
骨踊り（作中での表記は「慥柄喜兵衛」）／ええじゃないか

向井喜兵衛（二代目）＝喜兵衛の息子。
骨踊り（作中での表記は「慥柄喜兵衛」）

向井サン＝喜兵衛（二代目）の娘。
骨踊り

池田新三郎＝サンの夫。
骨踊り

池田伝蔵＝池田新三郎とサンの息子。向井家の養子となる。
骨踊り

木本蔵登＝内蔵之丞の父。会津戦争の際、滝沢峠の戦いで受けた傷が元で死去。
あゝうつくしや

木本内蔵之丞＝慎吾の父。青竜士中一番中隊頭。会津戦争の際、若松新橋で傷を負い死去。
あゝうつくしや

照＝内蔵之丞の妻。慎吾の母。
あゝうつくしや

木本慎吾＝内蔵之丞の息子。国英の父。別名・弥惣右衛門、成三。会津戦争の際、青竜士中三番中隊頭として指揮を執り、重傷を負う。維新後、開拓使の役人として北海道へ渡る。
あゝうつくしや

千代＝内蔵之丞の娘。慎吾の姉。歌人。北海道最初の文学同人誌とされる「北海文学」や、東京の同人誌「こころの声」に参加。
あゝうつくしや

いそ＝内蔵之丞の娘。慎吾の妹。
あゝうつくしや

シキ（志希）＝慎吾の妻。国英の母。
あゝうつくしや

木本国英＝会津藩士・慎吾とシキ（志希）の息子。七歳上のキチとの関係が認められず、独身を貫く。二十八歳の時、北海道・増毛で死去。
鳩笛／ええじゃないか／あゝうつくしや

藤川キチ（吉）＝永太郎の母。伝蔵（二代目）とシナの娘。国英との結婚が認められず、松前福山へ一度嫁ぐも離縁され、別海で藤川命助の後妻となる。

鳩笛／ええじゃないか／あゝうつくしや

藤川命助＝キチの夫（再婚）。別海で一時、永太郎および向井伝蔵夫婦と同居する。
鳩笛／ええじゃないか

向井伝蔵（二代目）＝池田伝蔵の息子。キチの父。南部藩大畑村の検断の職にあったが、明治維新によってその職をとかれ、北海道の別海に渡る。その後、網走に移住。
鳩笛／骨踊り（作中での表記は「慥柄伝蔵」）／あゝうつくしや

向井シナ＝伝蔵の妻。キチの母。
あゝうつくしや

向井泰蔵＝伝蔵（二代目）とシナの息子。永太郎の養父。鹿児島・造士館中学、栃木中学などに数学教師として勤めた。
鳩笛／骨踊り／ええじゃないか

京谷勇次郎＝伝蔵（二代目）とシナの息子（三男）。藤野網走漁業店を経て、網走の私立図書館長を務めた。
鳩笛

向井ハル＝泰蔵の妻。永太郎の養母。永太郎の娘・朝子を甥と結婚させ、共に京都へ移住。
鳩笛

向井永太郎＝国英とキチの息子。豊昭の祖父。筆名・夷希微。同人誌『紅苜蓿』で石川啄木と知り合う。
鳩笛／骨踊り／ええじゃないか／あゝうつくしや

田中清吉＝イチの父。もと船大工の棟梁。下北半島から北海道に渡り、増毛で死去。
あゝうつくしや

田中イチ＝田中清吉の娘。永太郎の内縁の妻。豊昭の祖母。
鳩笛／脱殻／骨踊り／ええじゃないか

貴子＝永太郎とイチの娘。三歳の時、札幌で病死。
鳩笛／ええじゃないか

朝子＝永太郎とイチの娘。十三夜の姉。ハルの差配で京都へ嫁ぎ、ハルと共に移住。
鳩笛／ええじゃないか

新人＝永太郎とイチの息子。十三夜の弟。東京・大久保で死去。
鳩笛

三比古（オオニイ）＝永太郎とイチの息子。結核のため死去。
鳩笛／骨踊り／ええじゃないか

振也（チイニイ）＝永太郎とイチの息子。一九四一年十一月、結核のため死去。
鳩笛／ええじゃないか

十三夜（オカアチャン）＝永太郎とイチの娘。三比古・振也の姉。豊昭の母。カフェーに勤めていた際、客の荒川照雄と知り合い、豊昭を宿す。一九四一年八月、結核のため死去。

鳩笛／骨踊り／ええじゃないか／武蔵国練馬郡豊島城パノラマ大写真

荒川照雄（荒川某）＝豊昭の父。
鳩笛／武蔵国練馬郡豊島城パノラマ大写真

恵子＝豊昭の妻。詩人。
鳩笛／脱殻／骨踊り

聖火＝豊昭と恵子の姉娘。
鳩笛／脱殻／骨踊り

四季＝豊昭と恵子の娘。
鳩笛／脱殻／骨踊り

流＝豊昭と恵子の息子。
骨踊り

『根室・千島歴史人名事典』より「向井夷希微（むかい・いきび）」

明治14（1881）・8・11～昭和19（1944）・5・29

本名─向井永太郎、筆名─夷希微の他に『紅苜蓿』誌上では親馬鹿爺、夢海漁夫、夢みる海士、無何為居士、罔両子など。

詩人。父は旧会津藩士子弟の木本国英。事情があり父母は結婚できず、母キチの親、青森県下北郡大畑村（現、同郡大畑町〔二〇一九年現在、むつ市〕）の向井傳蔵宅で出生。生後間もなく向井家は北海道野付郡別海村（現、根室管内別海町）に移住し、永太郎は2年生まで別海小学校で学んだ。明治23年（1890）、一家が根室に移ったため花咲尋常高等小学校に転校する。翌年、北見町（現、網走市）に移り、同25年秋、伯父向井泰蔵の養子として鹿児島に行く。同32年メソジスト系の鹿児島美以教会で洗礼を受け、翌年伯父泰蔵が数学教師を勤めていた造士館中学を卒業して上京、第一高等学校に入学する。同34年、東京専門学校（現、早稲田大学）に転学。キリストの教えを守りきれない自分の卑小さにつまずき、何度も自殺を試みたのはこのころである。明治35年（1902）10月、学業半ばで、母藤川キチの住む根室に戻り、翌11月から花咲尋常高等小学校の代用教員を勤める。この時の同僚に会津藩家老であった梶原平馬の子息の水野文雄、後に『紅苜蓿《べにまごやし》』に投稿している村井新次郎がいる。詩作を始めたのはこのころ。以後、『新声』を中心に、『新潮』、『文庫』など、東京の文芸誌に詩を発表する。同36年8月、代用教員を辞し函館へ。北海道鉄道会社に勤めながら函館英語学校の教壇に立ち、後に英語の私塾を営んだ。同38年6月2日、函館美以教会（日本基督教団函館教会）で田中イチと結婚式を挙げる。このころ、函館在住の『明星』系の詩人、飯島房吉（白圃）と「牧笛詩社」を結成、青写真を利用した手書きの同人誌『牧笛』を発行したが、これは北海道で初めての詩を中心とした同人誌である。石川啄木の参加で知られる『紅苜蓿』は明治40年（1907）に創刊されたが、これには寄稿者として加わり、第5冊には故郷別海を想う2つの詩を発表している。

ふる郷《さと》㈠

ふる郷《さと》を思へば恋し東蝦夷
鱏《えい》が口開きし海に注ぐ河の
西別の秋は名に負ふ鮭《あじ》に飽き、
冬籠《こも》り春さり来れば浜のどよみ。
群来鯡《くきにしん》、生気《せいき》は躍る蒼波《あおなみ》や、
網さばく海人《あま》がきほひに霞《かすみ》こめて、
大釜《おおがま》や、此方《こなた》にのぼる油湯気、
乾糟《ほしかす》の蓆《むしろ》は遠く砂を掩《おお》ふ。
桜嶋蜆《しじみ》をあさりて寄るなべに、
板落し構へて待てる背戸の畠《はたけ》、
馬鈴薯《じゃがいも》の花の紫、白き中、
日はうらら陽炎《かげろう》燃えし昔いかに。

明治40年（1907）6月、根室郷友会会員で北海道庁農務課に勤務する小林基の紹介で同庁拓殖部林務係として札幌に移る。小林と同宿の根室郷友会会員、札幌中学校（現、札幌南高校）の英語教師、西村稠《しげし》との交友も深まる。西村は後に青山学院大学、昭和女子大学の教授となったが、青山の教授たちの英詩集『GREEN HILL POEMS』には、向井の「玄駒」を英訳して載せている。40年9月、函館の大火に遭った石川啄木を札幌の『北門新報』に紹介。校正係となった啄木は北7条西4丁目の向井の住む下宿屋に部屋を借りた。大正6年（1917）、役人生活のストレスから神経衰弱症となり、転地療養の許可を得て2月上京、一気に詩作を再開する。同年4月、職を辞し、5月には「父なる神に捧ぐ」というキリストへの献辞を持つ『詩集・よみがへり』を退職金で出版するが、それは北海道出身者の最初の詩集と目されている。7月には『詩集・胡馬《こば》の嘶《いなな》き——北海道風物詩』を『よみがへり』と同じく向井夷希微の筆名で出版するが、北海道の開拓、日本の近代化の矛盾を問う彼の詩の言葉は、100年後の時代に耐え得るものとなっている。昭和17年（1942）、彼は何十年ぶりかに別海の砂浜を踏んだ。別海から友人に出した葉書には、こんな短歌を書きつけている。

はまづたい砂丘は赤き玫瑰《はまなす》の花咲きてあり
実も成りてあり

昭和19年（1944）5月半ば、東京都品川区大井の長屋で吐血。医者を拒み、時には病床で讃美歌を口ずさみ、半月後、コップ酒1杯を飲み干して、家族にも気づかれぬ内に静かにこの世を去った。享年62歳。

〔項目執筆・向井豊昭〕

【文献】『詩集・よみがへり』（向井夷希微著、警醒社書店、1917）、『詩集・胡馬の嘶き——北海道風物詩』（向井夷希微著、警醒社書店、1917）、「ええじゃないか」（向井豊昭著、『早稲田文学』244号、早稲田文学会、1996）、『紅苜蓿』第五冊（松岡政之助編、苜蓿社、1907）、『GREEN HILL POEMS』（THE HOKUSEIDO PRESS、1953）

【その他】墓—青森県下北郡川内町憶念寺（妻の実家、田中家の菩提寺）

第十二回早稲田文学新人賞受賞の言葉

初めてショーセツを書いたのは、半世紀ほど前——下北半島の定時制高校の生徒だった時のことです。雪に埋もれた冬、悪ガキが集まってガリ版刷りの同人誌を出したのですが、結局、それは一号で潰れてしまいました。

ショーセツよりも駆けっこの大好きだったボクは、雪の消えた赤土のグラウンドをドッタラバッタラと走り始め、郡内の定時制高校の陸上競技大会をめざすことにしました。

膝は衰え、今はもう、横断歩道を駆け抜けるのさえ無理になってしまいました。でも、ドッタラバッタラは、まるで遺伝子のように、ボクのショーセツの中に伝わっているのです。

早稲田文学競技場の白いラインが目に染みます。めまいが起きそう。オシッコが洩れてしまいそうです。だけど、ここまで来て、棄権なんかできません。十五歳の春のつもりで、ボクは今、身をかがめ、スタートラインの内側に指を当てているのです。

単行本『BARABARA』あとがき

玄関のドアにぶら下げた鈴の音を残して、妻は勤めに出ていった。わたしは椅子に座り、机に向かって万年筆を握る。『あとがき』と原稿用紙の一行目に書き、文章の出だしを考えた。もう一度鈴の音が鳴り、わたしの考えに邪魔が入る。多分、忘れ物を取りに妻が戻ってきたのだろう。

「何を忘れたんだ？」

振り向くと、目の前に立っていたのは背の高い若者だった。絣の着物に袴をつけている。どこかで見た顔だった。

「本代を忘れた。金を貸してくれ」と、若者は言った。声は若いが、わたしの死んだオジイチャンの声によく似ている。そう言えば、若者の顔は、若い時のオジイチャンの写真の顔と瓜二つだった。

時空を取り違えて出てくるのは、彼の得意業である。三年前には東京駅で出会い、わたしは旅を一緒にしてしまったものである。その時は晩年の姿をしていたが、わたしはその旅を『えぇじゃないか』という小説に仕立てて、『早稲田文学』に発表したことがある。

「『早稲田文学』じゃないか。いつ復刊したんだ？」と、彼は原稿用紙のかたわらの雑誌を取り上げた。

「『早稲田文学』が生まれたのは、明治二十四年の十月だったよね」と、わたしは言った。

「そうだ。それから三年前の十月まで続き、今は休刊になっているはずなんだがな」

「今って、いつのこと？」

「今ってお前、今は明治三十四年の新春一月じゃないか。おれは、四月から早稲田に入学するんだ。一高は退学したぞ。文学をやるなら早稲田なんだ。そうか、『早稲田文学』は復刊したか。ますます早稲田が楽しくなってきたぞ」

「今は明治じゃないよ。平成っていう元号なんだよ。栄枯盛衰、しばしば休刊もしたようだけど、創刊以来、百七年、『早稲田文学』は続いてきたんだよ」

「言ってることが、よく分からんな。まあ、いいだろう。人生は謎だらけなんだ。分かったふりをして生きるんじゃないぞ」

彼はそう言うと、表紙の文字を大きな声で読みはじめた。

「第十二回早稲田文学新人賞発表、受賞作、向井豊昭——これ、お前の小説か？　この題、何と読むんだ？」

「バラバラ」

「そうか、おれもバラバラだ。おれは小奇麗にまとめて生きるのが嫌いなんだ。ニーチェでいこう、ニーチェで。そうそう、ニーチェの本を買いたいんだ。金を貸してくれ」

妻の給料日は明日だった。財布には小銭しか入っていない。

わたしは机の引き出しを開けた。この前、『早稲田文学』から原稿料としてもらった郵便為替を、まだ現金に替えていなかったことを思い出したからだ。

「ぼくの原稿料をあげるよ。郵便局でお金にして」と言って、わたしは郵便為替に認め印を押した。

「お前、こんなに原稿料をもらったのか？　暴利のむさぼりだ！」と、彼は唾を飛ばしながら言った。

オジイチャンが早稲田に入学したころと比べて、モノの値段は何千倍、何万倍に跳ね上がったのだろう？　跳ね上がることが、暴利そのもののはずなのだ。そして『早稲田文学』の原稿料は、跳ね上がるなどという暴力とは距離を置いた知性によって経理をされている。

彼は、郵便為替にわたしの万年筆で住所氏名を書き出した。

神田区三崎町一丁目七番地　古田方

向　井　永　太　郎

昨年の夏、早稲田大学の学籍課からもらった学籍簿のコピーに書いてあった住所と同じものだった。その学籍簿の余白には『明治三十四年十一月九日』と、入学七ヵ月後の月日が書かれ、『除名』というスタンプが押されてあった。悩み多きオジイチャンは学費も払わず、東北、北海道を何ヵ月にもわたって流浪し、学校から締め出されたのである。

オジイチャンは、枕もとに柳行李を一つ置いて死んでいった。詩稿などが詰まった柳行李の中には、後生大事に『早稲田講義録』が残され、学生証も残されていた。一高時代のものは、何一つ残っていなかった。

「あとがき？　何のあとがきだ？」と、彼は原稿用紙をのぞき込む。

「三年前の受賞作が、今度、単行本になるんだよ。たくさんの人たちの応援のおかげで、四谷ラウンドっていう気っ風のいい出版社とめぐり合えたんだ」

「そうか、小説集か。おれは詩集だ。詩集を出すぞ。まずはニーチェを買いにいこう。これだけ金があったら、一万冊は買えるな。いや、十万冊かもしれん。それでは、さらば」

郵便為替をたもとに入れ、彼は背中を向けた。

ニーチェか——オジイチャンが早稲田に入り、たちまち除名されてしまった明治三十四年は、ニーチェが大流行の年だったのだ。一九〇一年——二十世紀のはじまりの年である。

世紀末の今、思想という思想は倒れ、言葉をつむぐ作業は苦しい。が、それだけにやりがいがある、と、わたしは思いきって言ってしまおう。

一九九九年一月

向　井　豊　昭

やあ、向井さん

平岡篤頼先生が亡くなられたのは、桜が散って一ヵ月後、二〇〇五年の五月十八日のことだった。桜の散るのは予測できるが、平岡先生の死は余りにも突然だった。先生という敬称をつけて、わたしはこの文を書きはじめる。早稲田で学んだこともないわたしが先生と呼ぶのは、言葉の使い方を間違っているのだろうか？　その判断は、この文を読んでくださる皆さんにおまかせしたい。

平岡先生の死を電話で知らせてくれたのは、大森美知子さんである。かつて早稲田文学の編集室で平岡先生を支えて仕事をした一人であり、早稲田文学新人賞に応募した「BARABARA」というわたしの小説は、下読みの大森さんたち、編集室の関門を通って受賞に結びついたのだった。

平岡先生の死を告げられた電話口で、わたしは大森さんに向かって同じ言葉を繰り返した。

「いい人だったのに……いい人だったのに……いい人だったのに……」

言葉は次第に震え、嗚咽に変わっていた。人の死で泣いたのは、六十数年ぶりのことだった。国民学校（小学校）二年生の時、母が病死し、わたしは泣きまくったのである。

平岡先生と最初にお会いしたのは、新人賞の授賞式の日だった。式は、平岡先生のスピーチからはじまる。開口一番、平岡先生はこう言った。

「さっき、大学の本部に行って、百万円寄附してきました」

ウ、ウ、ウ、ウ、ウー。

百万円の金がいとも簡単に動くなんて、早稲田文学とは梁山泊なのだろうか？　わたしは度肝を抜かれてしまったが、本当はビンボーここに極まれりという梁山泊だったのだ。

金は乏しい。だが平岡先生の志だけは、文学の神を掠め取ろうとする梁山泊だった。平岡先生は、翻訳で得た金を早稲田文学の発行費用として、大学の本部に寄附をしていたのである。

平岡先生の手から賞状と賞金（十万円）をいただき、わたしが挨拶の言葉を述べることになった。

わたしは、かつて北海道にいたころ、早稲田文学の誌上で読んだ平岡先生の評論に触発され、新しい方法で小説を書くようになったこと――早稲田文学は住んでいた田舎の書店では手に入らず、札幌に行くたび買い求めていたことなどを感謝の念を込めて話した。

新人賞受賞のころの早稲田文学は、第八次の集団だった。二十周年の記念号が出たのは授賞式から半年後のことであり、祝賀パーティもおこなわれた。わたしは、そこでスピーチをさせていただく機会を得、「あと五十年、早稲田文学に小説を書きます」と言ってしまった。

五十年という数がどうしてはじき出されたのか記憶にない。多分「人生五十年」という昔の言葉から、もう一度生き直すという決意を述べたのだろう。

スピーチが終わり、わたしは会場の後方、立食パーティのテーブルから離れた片隅の椅子に座っていた。

平岡先生が、こちらに向かってくる。

「やあ、向井さん、五十年書いてくれるってありがとう」と、平岡先生は満面の笑みでわたしに言った。

二次会はお決まりのコース、大久保の居酒屋くろがねだった。遅れて入った席にはびっしりと人が詰まり、空いた席は一ヵ所しかなかった。

向かいには、その日、記念講演をした島田雅彦氏が座り、その隣には平岡先生が座っていた。島田氏は、二言、三言、わたしと言葉を交わすと、こう言った。

「何をして食べてるんですか?」

「女房に食べさせてもらっています」と、わたしはクソ真面目な答えを返した。即座に、平岡先生は言葉を発した。

「向井さんは、早稲田文学の原稿料で食べてるんです」

このユーモア、早稲田文学に関係した者ならばすぐに分かるのだが、"Mortos"は、そうでない人にも届けられる予定である。ユーモアに解説を加えるというのは何とも白けたことになるが、止むを得ない。当時、早稲田文学の原稿料は四百字詰め原稿用紙一枚で、五百円だったのである。

その席で平岡先生は、わたしの受賞第一作「下北半島における青年期の社会化過程に関する研究」について、こんなことを言われた。

「わたしたちの読みが間違っていたのかなあ」

実を言うと、この小説は、わたしが受賞する三年前の同じ新人賞に、最終候補作として残ったものだった。それを書き直して受賞第一作としたのだが、受賞作を朝日新聞の文芸時評で取り上げてくれた蓮實重彦氏は、受賞第一作についても同じ新聞で取り上げてくれたのだ。それを落選にしたのは間違いだったのではないかと、平岡先生は自問するように言われたのである。

「そんなことはありません。選評をいただいたからこそ、それを噛み締めて書き直すことができたのです」と、わたしはあわてて言った。

「ウーン」と、平岡先生はまだその問題に立ち止まるように言葉を探していた。

この頃、情報の開示という言葉が肩で風を切っているが、自分の心の情報をこれほど誠実に開示して見せる文学者がいることを、わたしは、その日、はじめて知った。平岡先生は、学究の徒、だったのだ。

その席で印象的だったことは、もう一つある。島田雅彦氏の言葉だった。

「文學界にも応募してください」

島田氏は、その雑誌の新人賞の選考委員なのである。

この業界に不案内の人のために、二度目の解説を加えなければならない。文學界新人賞はメジャーと目される新人賞であり、早稲田文学新人賞はマイナーと目される新人賞なのだ。このような区切りによって構成される社会に対して、言葉をぶつけていくことこそ文学の使命のはずではないか？　わたしは、島田氏の前でムッとしていた。

つい先刻、わたしは早稲田文学に五十年書かせてもらうことを宣言し、平岡先生はそれを認めてくださったのである。その絆を大事にしたいとわたしは思った。以来十一年、わたしは如何なるメジャーな賞にも応募せず、早稲田文学に小説を書かせてもらってきた。

平岡先生と最後に言葉を交わしたのは、お亡くなりになる前年の十二月、恒例の新人賞受賞パーティの時だった。

「やあ、向井さん」

平岡先生はわたしに近づき、こう言った。

「向井さんのこと、評論に書きたいと思ってるんだけど、なかなか書けないでいます。勘弁してください」

書けたか、書けないかということは、わたしには問題ではなかった。平岡先生が、わたしの小説に目を注ぎ続けていてくださったということ――それだけで、わたしは嬉しかったのだ。

葬儀のおこなわれた桐ヶ谷斎場は、わたしにとってはじめての場所ではなかった。母の遺体が火葬になったのは、この場所だったのだ。

母の骨を拾う時が来て、待合室からみんなが移動しはじめる。わたしは外に向かって逃げ出した。

親戚のおじさんが、わたしを追いかけてくる。わたしは庭の真ん中の松の木にしがみつき、「おっかないよう！　おっかないよう！」と泣き叫んだ。

その数時間前、柩に釘を打ちつける時にも、「さあ、お母ちゃんとお別れしましょう」という近所のおばさんに背を向けて、わたしは縁側の本棚にしがみついたのだ。

「おっかないよう！　おっかないよう！」

何れの場合も、家人は登場しない。構っている余裕などなかったのだろう。今日只今、心のケアなるものが横行しているが、わたしに言わせれば、それは親戚のおじさん、近所のおばさんのおせっかいのようなものである。

わたしは母の死に顔にも、母の骨にも向き合わず、以後、生きていた時の母の表情や立ち居振舞いと思い出の中でつき合うことになる。心のケアをしてくれたのは、死んだはずの母だった。

平岡先生の葬儀がおこなわれたホールは、かつての待合室があったところだった。庭の真ん中の松の木はなく、そこは駐車場になっていた。車が出入りする。だが、わたしの心には、あの日の松の木が確かに立っていた。

平岡先生の出棺の時が来る。列が作られ、人人は柩の中のお顔と最後のお別れをしていった。

「おっかないよう！　おっかないよう！」

わたしの中の子どもが泣く。わたしの中の松の木に、時を隔てて抱きついているのは七十歳を過ぎたわたし自身だった。柩に向かう列の中に、わたしはとうとう加わらなかった。


葬儀が終わって数日後、わたしは国会図書館に行った。早稲田文学のバックナンバーを見ようと思ったのだ。わたしに強い影響を与えたあの評論——それはクロード・シモンの『三枚つづきの絵』について述べられたものなのだが、それを読み直したいという思いに駆られたのだ。

それは、一九八四年の九月号、ヌーヴォー・ロマン特集号だった。「フランス小説の現在」というタイトルで、平岡先生は実に分かりやすく『三枚つづきの絵』を解説しているのである。

最後まで読むと、「本稿は三月二十六日成城大学で、日本フランス語フランス文学会関東支部大会の席上行なった講演に補筆したものである」という言葉があった。この評論の分かりやすさは、講演だったことにあるのだろうか？

いや、そんなことはない。平岡先生の評論は、どれもこれも嚙み砕いた言葉で書かれている。わたしのようなバカにも届く言葉で綴るのが、平岡先生の流儀だった。

九月号ということは、八月に発売されたということになる。北海道の小学校教員だったわたしの夏休みの時期である。わたしは札幌に出かけ、その号を買ったのだ。

その年の十二月、冬休みに入ると、わたしは旅に出かけた。第二の故郷、下北半島を一周しようと思ったのだ。半島を見つめ直し、自分にしか書けない方法で小説に取り組もうという決意が、そこにはあった。わたしは、方法を意識しはじめたのだ。それは、平岡先生の「フランス小説の現在」がもたらしてくれたものだった。

コピーを手にし、わたしは国会図書館を出た。図書館前のベンチの辺りには、桜の木が葉を繁らせて立っていた。

一ヵ月前、わたしは新しく取りかかる小説の資料を求めて、同じ図書館に来ていた。ベンチに座り、咲き乱れる桜花の下でたった一人の花見もしたのだった。わたしは、一ヵ月前の桜花の表情を思い浮かべていた。

「やあ、向井さん」

確かに声がする。平岡先生が、わたしに向かって歩いてくる。桜は爛漫と咲き、平岡先生のお顔には花のような笑みがあった。

フランス小説の現在

――いつわりの難解さとその活力

平岡篤頼

ご紹介いただきました平岡です。

大変な題をつけてしまった、いや、大変な題をつけて、シマッタ（笑）と考えているわけですが、まああまり期待しないでお聞きいただきたいと思います。とくにフランス文学の偉い先生方が後ろの方に控えていらっしゃるのを拝見しますと、怯えてしまうわけですが、学生さんとか一般の方もお見えのようなので、そういう方を対象にお話ししたいと思います。

実は、この学会の関東支部大会で講演しろというお話をいただきまして、うっかり引受けてしまって、しまったと思ったんですが、その時すぐに題を決めなければならないようだったので、ついうっかり「フランス小説の現在」という題ではどうかと申し上げたんです。が、後でよく考えましたら、その通りの題名の本がありました。『フランス小説の現在』というのですが、なんと私の研究室から出た若い人達も参加している本なので、これは困ったなと思いました。でも、まだひと月あるからそのうちにいろいろ本を読んで、前に読んだ本もひっくりかえしてみたりすれば、なんとか喋れるんではないかと甘く考えたわけです。ところが、ひと月というのはどんどん経ってしまうものでして、一昨日あたりから、これはえらい事になった、どうしよう……もうシマッタの二乗っていうんですか、ほんとにヒヤヒヤしている次第です。

余談ですが、私自身、年中そういうシマッタシマッタで一生を送ってきたようなもので、生れた時さえシマッタ（笑）と思ったらしいのですから、それも仕方がないんですけれど、一方では、そういうシマッタということを後悔しても仕方がないから、ある程度成り行きに任せよう、引受けたことは引受けようというようなところもありまして……。例えば、この学会の幹事長を引受けた時にも、それこそシマッタと思ったんですが、ほんとにシマッて大変だったんですが、しかしなんとか無事に終えました。

それというのも、人によっては、自分の行動をコントロールしながら、あらかじめ選んだ立場を固守して、積極的かつ効率的に闘いぬくとかいうやり方もあるわけなんですけれども、どういうわけか私の場合には、そういうことが出来なくて、人間は、或いは小説は、或いは文学はかくあるべきだ、という風にはどうも思いきれないところがあるんです。まあ、意気地がないと言えばその通りなんですが、意気地があろうとする、そして肩肘を張る自分の姿が見えたりすると、どうにもいかがわしくて、ゲンナリしてしまいます。そう言っていて、結構いろいろカッコつけて、ヌーヴォー・ロマンを紹介したり、自分で小説書いたり、或いは小説家を育てる学科の主任なんかやったり、いろんな事やって話題になりましたが、自分としてはまあ成り行きに任せて、その場その場でやってきたつもりでいます。好き嫌いを口に出すだけでも、何かを主張していると受取られるものですが、文学は政治でも戦争でもなくて、勝った将軍も負けた兵士も、天才も愚者も等しなみに眺める視点なのですから、主張なんかしたってはじまりません。

……というふうに、結局この場に来ても、こんな言訳をしながら、次に何言おうかなんて考えてるわけで、実はそうやって伏線を張っているところが素直でないんですが、文学というのはどうやら、そういうもののようです。こんなふうにひねてしまったのも、戦争を経験して、その戦争が終った時に、もしかしたら十六歳でこれで一旦死んで、あとはもうおまけじゃないかっていうふうに考えたことがあるんです。つまり、当時の思想と呼ばれていたものの後ろ姿を見てしまったなんて言うと大袈裟になるんですが、そういうようなこととか、或いは子供の頃に天文学とか物理学の本なんかばっかし読んでいたというようなこともあるかも知れません。

さて、フランス小説の現在というと、サルトル、カミュは勿論のこと、ロブ＝グリエとかクロード・シモンとかも過去の人として、それ以後の作家のことを話すのが普通じゃないかと思うんですが、この『フランス小説の現在』という本を見ましたら、私より多く読んでいて、しかも手際良く書けているので、その辺のことはやはりこの本に任せて、ここでは自分の好きな作家について——また例によってですが——ロブ＝グリエとクロード・シモンについてお話ししようと思います。

『フランス小説の現在』という本は高文堂出版という本屋さんから出てまして、最近の、例えばパトリック・モディアノとかミシェル・トゥルニエとかドミニック・フェルナンデスとか、そういう作家のことをお知りになりたい方には一番いい本じゃないかと思います。それぞれに魅力ある作家たちで、既に何冊も翻訳が出ており、私自身もパトリック・モディアノの『暗いブティック通り』という面白い小説を翻訳しておりますが、個人的に言いますと、これらの作家の作品を読んだあとでクロード・シモンなんかを読みますと、どうもやっぱり違うなあという気がします。

極端に言うと、こちらが小説だとするとあちらが小説でない、あちらが小説だとするとこちらが小説でない。こう言うと、そのどちらがバルザック、フロベール以来のフランス小説の伝統を忠実に受け継いでいるかということにもなりますが、これは議論の余地があるところなので、一応ここでは触れないことにしましょう。とにかく何となくジャンルが違うような気がする。仮にロブ＝グリエやクロード・シモンの作品が小説ではないとしても、またモディアノの作品が小説ではないということになっても、面白くないとか劣っているというんじゃないんですけれども、なんか種類が違うというような気がするんですね。

例えば、ロブ＝グリエの一四〇頁くらいの『Djinn』（まだ翻訳されていません）という小説があります。とてもSF的な、筒井康隆みたいな小説ですが、これを読むとモディアノなんかが何となく味が薄いというか、水っぽいような気がしてきちゃう。これはどういうことなんだろうということを最近考えまして、で、またロブ＝グリエやクロード・シモンを読んでいるわけです。

つまり、違うジャンルであれ同じジャンルであれ、クロード・シモンとかロブ＝グリエとかいう作家の作品はやはり面白いということなんです。これは一般に言われていることとかなり違っている、というよりむしろ反対かも知れませんけれども、実際に面白いし、そう思う人たちもかなりいると思います。この数年前から学会の研究発表でも、ロブ＝グリエとかビュトールとか——残念ながらクロード・シモン(＊1)はあまりないですね——についての研究発表が随分ふえてきています。また、若い学生のような人達で私のところへ、翻訳した本の余分があったら譲ってくれないかとか、コピーさせてくれとかいう手紙をよこす人がちょくちょく現われています。まあ、出来るだけサービスすることにしているんですが……。

これは何を意味するかと言うと、一般に、ヌーヴォー・ロマンの流行は去ったとか言われ、とりわけ一度も読んだことのない人や、頭が固いために十頁以上読みすすめなかった人々によって、そういう形でこれらの作家の仕事を隠蔽しようとする、フランス語で言うとocculter《オキュルテ》しようとする動きがある一方で、それにもかかわらず、余り宣伝されているわけでもないのに、なにかそういうものに近づこうとする動向がこの頃また現われているんじゃないかということですね。

これは若い人に限らなくて、数年前になりますが、或る映画を見に行っておりましたら、ロビーで東京女子大の二宮フサ先生にばったりお会いしました。たしか先生とはアテネ・フランセで一緒だったと思うし、昔から敬愛している先輩なんですが、そのフサ先生が私に『Djinn』を読んだか、と聞くので、まだ読んでませんと答えましたら、「これをあなたが読んでないとはけしからん。早速読んであなたが訳しなさい」、とおっしゃいました。は、はーっ、と恐縮しましたら、実は『プリュターク英雄伝』とか『アミエルの日記』などを翻訳なさった河野與一先生[*2]、現在ですと確か八十六歳におなりになるはずですが、その河野大先生がこれをお読みになって、絶対面白いから二宮さんこれをお読みなさいと言って、二宮先生に下すったそうなんですね。そこで二宮先生は私も当然読んでいるものと思って、私に訳せとおっしゃった。読んでない、と答えたので大変憤然とされたんじゃないかと思います。出版されて間もなくのことですから読んでなかったんですが、それで私も慌てて読みまして、やはり大したものだというふうに感じました。いずれ翻訳したいと思いながらももう何年も経っている訳ですけど……。

それからまた、最近非常に面白いと思ったのは、蓮實重彦さんが『杼《ひ》』という季刊誌のなかでインタビューをうけておられて、そこで、クロード・シモンが現在の世界最高の作家であるということをみんなで隠そうとしているこの動きを非常に遺憾に思う、というようなことをおっしゃっていることです。ああ、他にも同じようなことを考えている人がいるのかと、大変心強く思いました。

そういうことは余談ではありますけれども、こういうお話をしておかないと、これから作品の内容をお話しするのに非常に難しいんですね。所謂レアリスム小説、ストーリーのある小説に比べますと、こういう壇上からテキストなしに内容を紹介するというのはきわめて困難なことで、言い訳として、或いは前置きとしてお話ししたわけですが、だいぶ時間を食ってしまいましたので、早速本題に入ります。

一人の作家の全部の作品、或いはそのグループの全部の作品を見るということはできないし、そういうパノラマ的な話し方っていうのはあまり意味がないと思いますので、これも私の翻訳で恐縮なんですが、クロード・シモンの『三枚つづきの絵』という小説について、具体的にお話ししたいと思います。

これは白水社から出ていて、現在も手に入る本ですが、全く売れてません。ですからよく言われるように、ヌーヴォー・ロマンの流行は去った、などというのは実ははなはだ欺瞞的な言い方でありまして、ヌーヴォー・ロマンが流行した例しは無いわけです。そのことは訳者である私が一番良く知っていまして、大抵翻訳は三千部でして、三千部の流行なんてのはあり得ない。『三枚つづきの絵』も三千部刷りまして、四年経ってますが、まだだいぶ残っているようです(笑)。

しかし私は、これは大変な傑作だと思っております。シモン自身も、これでやっと自分の希っているとおりの、自分で満足のいく作品がひとつ書けたというようなことを、どこかで言っていました。これは彼の最高の作品であるばかりでなく、戦後のフランス文学――サルトル以後のフランス小説の最高峰の一つではないか、ノーベル賞ものではないかと私は思っておりますす。個人的にそう思っておりますが、勝手にそう思わせていただきます。

ただ、いずれにしろこれが所謂ヌーヴォー・ロマンとか新しい文学とか言う時に付きものの、なにか堅苦しい、肩肘張った実験的作品というふうに思われるのが困るんです。決してそうでないということを、今日これからお話しするわけです。むしろ、私の考えでは、最近の若い世代の人たちの一種のnonchalant《ノンシャラン》なと言いますか、屈託のない、陽気なニヒリズムのようなものとその思考形態——思考形態でしょうね——というものがかなり通じるところがあると考えているくらいです。

どういう順序でお話ししたらいいか迷うんですけれども、とにかく、これから先は推理小説を読むような積りでお聞きいただきたい。細かい部分部分、所謂ディテールに謎が……謎じゃないんですけれども、仕掛がありますから。

……まず初めに、一枚の絵葉書があります。これは、カンヌだかニースだか、とにかくコート・ダジュールの彎曲した海岸沿いに棕櫚の並木やカンナの植込みがあり、その後ろに豪華なホテルが並ぶ風景を俯瞰したもの、夜の海岸通りの絵葉書です。この絵葉書が或る田舎家の台所のテーブルの上に置いてあるんです。そしてその傍らに、絞められた食用ウサギの皮を剝いだ屍体が陶器の皿の上に乗っています。

そしてその台所の戸口から外を覗きますと、先ずそこに果樹園が見え、その向こうの川沿いに村がある。教会があり、製材所があり、それから川上の方から滝の音がさわさわさわさわと聞こえてくる。

その滝の近くに農具置場の納屋がありまして、その納屋の板壁にサーカスのポスターが貼ってある。この辺までは田園風景として実にのどかな平穏な情景なんですね。さて、そのサーカスのポスターは、真中が丁度板の境目になっていてそこが切れている。小刀かなんかで裂いたらしい。これがあとで役に立つわけですが……。

川では、橋の上で二人の少年が腹這いになって、川の中でマスが泳いでいるのを指さしながらキャーキャー騒いでいる。——こういう風にお話ししている順序で書かれているんです。

一方で、サーカスのポスターは、もう古いポスターですから、その縁がめくれていて、その下からもう一枚のポスターの端っこがのぞいている。そこには煉瓦塀にもたれた二つの人影が雨に濡れた夜景の中で抱き合っているのが見える。

さて、少年達が橋の上から覗き込んでいると、川底の石の間をマスが身をひるがえして、その白い腹がきらりと光ったりする。すると、納屋のなかの薄暗がりに裸かの男女がいて、その男の、ここはフランス語で言いますが、membreが女性の太股の間から出たり入ったりするのが見えて来る。

川の少年達のところでは、白い蝶が二匹、川の上、教会の前の水盤の上、或いは橋の上をひらりひらりと飛んでゆく。そうするとまた、納屋の男女のリズミカルな動きが大変即物的に描かれてゆく。

少年達がマスを見ながら相変らず騒いでいると、そこへ、五、六頭の牛が一人の男の子に駆り立てられてやって来る。そしてその臀部からボタボタッと固体が落ちて、橋の上にとぐろを巻く。牛を追う少年が去ってしまうと、蝶がまたひらひらと飛びまわって、欄干の上にとまる。

すると同じように、雨の中で煉瓦塀にもたれかかった二人の男女の動きも停止する。もともとポスターですから、停止したままでいるのは当り前なんですが、それが立ったままセックスしているところが描かれていたんですね。蝶がとまると男女も停止する、マスがひらりと白い腹を見せると、納屋の男女がやはりひらりと体を動かしたりする。

それからサーカスのポスターにまた戻るわけですが、そのポスターの前にはオートバイが横倒しになっている。但し、台所からは見えないんですが、そのオートバイの非常にメカニックな描写がありまして、それからオートバイの上の方にあるポスターの隙間からまた男女の抱き合い、裸体をぶつけあう姿が見える。

次に、その辺りの樹木の描写があって、それに続いていきなり今度は煉瓦塀にもたれた男女の立ったままで絡み合った姿態というのが描写される。男は黒の正装、スモーキングだかなんだか着てるわけなんですが、無理な姿勢で愛し合おうとして、女を煉瓦塀に何度も押しつける。それがまたポスターに収斂されてしまい、サーカスのポスターの下からのぞいている映画のポスターに収まってしまう。つまり、絵の中の人物が動いたかと思うとまた停止してしまう。

それからまたサーカスの場面が動きだし、観客たちの表情やピエロなんかの動きも、実際の場面のように描写されてゆく。まあ、順序は多少違うかも知れませんが、だいたいそんな場面の移動がつづくと思ってください。

次に、再び田園風景に戻って、つまりポスターに戻ったわけですからその周りの田園風景に戻って、今度はてんとう虫が花の上を飛び回ったあげく、その花にとまる。

さてここから第三のストーリー、事件の第三の系列が出てきます。黒い服を着たでっぷり太った初老の男が、赤い絨毯の上を歩いている。実はこれは、最初に出てきたコート・ダジュールの海岸の或るホテルの一室で、女優とそのパトロンが話をしている、それに関連してくるわけなんですが、それが、少年が原っぱで寝ころがってポケットから出したフィルムの切れ端に映っている。そのフィルムをこう頭上にかざして、透かして見ると、そこにてんとう虫が見えて、赤い絨毯の上を黒い男が歩いているのも二重写しに見えるんですね。

それからまたサーカスのポスターに戻る。そしてその隅に見える煉瓦塀の男女が描かれます。そのいずれもが、みんな映画的に動いてるわけです。一枚のポスターとしてではなく、その中の人物が映画として動いているわけです。煉瓦塀の男女は相変らず怪しげなことをやっている……。

クロード・シモンというこの作家はわりとセクシーでして、『フランドルへの道』第三部などでもそうですが、しばしばこういう性交場面を綿密かつ具体的に描写します。ですから、そういう方面に関心のある方も充分満たされると思うんです(笑)。まことにまことに即物的で微視的でして、これは宇能鴻一郎なんかの比じゃないんですね。もう物凄く、それは顕微鏡で見るように克明に書いてあります。それがかえって猥褻感を消してしまっているところが不思議なんですが。

で、今度は、少年が机に向かって三角形の一辺に平行な円の接線を引くかなんかしています。幾何学図形を書いている。少年の見ている窓の外にはお婆さんが居て、このお婆さんはウサギの首を絞めてそれを木にぶら下げて血をぬいている。ウサギは未だ完全には死にきれなくてぶら下がったまま腰をブルッと震わせる。

そういうことがあると必ずどこかで男か女かが腰をブルッと震わせる。ここでは納屋の干草の上になるわけですが。しかし納屋の男女かと思っていると、いつの間にかそれが煉瓦塀にもたれかかっている男女になっています。

煉瓦塀の向こう側に反射鏡がある。そこは工場なのだろうか、工場の資材置場、それとも操車場なのか分らないんですが、何か機械音が聞こえて来る。

場面はまた少年の幾何学図形に戻って、その上をハエが歩いたりする光景が描かれるんですが、お婆さんの姿が見えなくなると少年はおもむろにポケットからフィルムの切れ端(多分キャラメルのおまけかなんかでしょうね)を取り出して透かして見る。

これ位で約四、五十頁くらいになると思いますが、まあこれ以上はやめておきますが、最初読みますと、余りに関連も無く不連続的に異なる場面の描写が出て来るので頭がおかしくなりますね。それは確かです。といって曖昧朦朧としたところがあるわけではなくて、どの部分も鮮明でくっきりと輪郭がたどれて、連関が唐突なだけです。ですから、ずっと読んでいくにつれ、Aの場面の描写はAの描写群の中に、Bの場面の断片はBの描写群の中に次第に集まってきまして、だんだん次のようなことが判ってきます。誰にでも判ってきます。

この中には三つの現実、三つのストーリーと言ってもいいかも知れませんが、それがコンビネートされています。それで『三枚つづきの絵』、フランス語で言いますと"Triptyque"という題になっているのでしょう。三幅対と言いますか、よくこう三面鏡式になっていて、開くと三枚の違った絵が並ぶようになっているものがありますが、丁度そのように三つの現実が並列されているということが判ってきます。

第一の現実は、少年のいる田園風景でありまして、そこには台所があり、果樹園があり、川があり、橋がある。そして滝の音が聞こえて、納屋の前にオートバイが横倒しになっている。少年が野原の上に寝っころがってフィルムを眺めたりする。

第二の現実は、煉瓦塀のあるどこか北フランスの炭坑都市かなんかでしょう。その煉瓦塀にもたれて雨に濡れながら抱き合っている男女がいる。塀の後ろは操車場かボタ山かなんかで、塀の向い側は映画館になっているわけです。で、そこの小窓から映写機のジーッジーッジーッと唸る機械音が聞こえてくる。そして玄関が表通りに面した映画館の向い側に、カフェがある。そういうことが判ってきます。

もうひとつは、コート・ダジュールのもっと豊かな生活者の泊っているホテルの場面。それは女優とパトロンということになっていますが、実はこれも映画なんですね。「バスティアーニ警部」という推理映画であって、それが煉瓦塀の向い側の映画館で現に映されている。そしてその煉瓦塀の場面というのは、これも納屋の壁に貼ってあるポスターが代表するような、やはり映画の中の一場面である。そういう仕掛になっているんです。

こうして見当がついて来ると、田園風景がいちばん中心になる現実、第一義的な現実としての上席権を持っているようで、実際にいちばん詳しく書かれています。その系だけを辿ると、一種の牧歌的田園小説になっています。非常にのどかで明るい、それでいて背後になにか悲壮な感じの漂っている田園小説で、そこに見られる描写力は、まあ、フロベールに勝るとも劣らないと言いたいくらいです。その中で何が起こっているか、もう一度復習してみましょう。

——老婆がウサギを殺していると、男がオートバイに乗って、隠れるように納屋へ行く。すると、少年の家の女中が、小さな女の児を子守してたんですが、その児を、川岸で遊んでいるもう少し年上の少女たちに預けて、やはりこっそりと人目を忍んで、納屋へはいって行く。それを見て橋の上にいた少年達が跡をつけ、そろりそろりと納屋に近づいて、サーカスのポスターの隙間から覗き見をする。ところがその間に、少女たちに預けておいた女の児が行方不明になってしまう。そこからガラリと田園ののどかで牧歌的で、まあサチュルヌ的な風景が悲劇に転じ、村中が総出になってカンテラか懐中電灯かなんかをかざして、川沿いに声をかけ合いながら幼女の行方を探すということになるわけです。もちろん女中はさんざん怒られて台所でめそめそ泣いている。

これに比べると、第二の煉瓦塀の場面というのはその中のポスターの一部分に過ぎないし、第三の現実というのは絵葉書だったり、或いは映画館で上映されている映画だから、これらは二次的な現実であるというふうに言えるかも知れません。

それでもその表象されたもの、つまり絵葉書やポスターや映画と、それを包んでいる現実らしいものとの境界がかなり曖昧になってくる、と言いますか、その一次的とか二次的とかいう階級的、位階的なものの序列が怪しくなってくる。三つの現実が対等に並列して進行しているような印象を受けます。

第二の煉瓦塀の場面はどうかと言いますと、この男は実は今日結婚したばかりなんですね。彼は花嫁をホテルにおいて、友人の若者たちと車にぎゅう詰めになってワイワイ騒ぎながら街を走りぬけ、行きつけのカフェへ行き、そこでどんちゃん騒ぎをする。そのうち、そこのウェートレスとこの花婿とがパチパチと火花を散らすような視線を交わして、こっそりとそれぞれ別の戸口から外へ出て、そしてあの煉瓦塀にもたれて怪しげなことを始める。そのために男は黒の正装をしてるわけなんです。

第三の、女優とパトロンの場面はどうかと言いますと、これは丁度彼女が盛りを過ぎたテノール歌手か誰かと密通し、彼らの行為が終った直後から始まっていて、その後先程から出てくるパトロンが入って来て、これがやはり黒っぽい服を着たでっぷりした金持らしい男なんですが、その女優と話をしながら、「警察に手をまわしてやったから大丈夫だ、心配するな」とか言って、彼女が執着しているらしい若い男の釈放のために奔走をしたと報告をするわけです。で、次の場面になるとその若い男が出てきて、どういうわけかこの女優を喧嘩腰で怒鳴りつける。猛烈な勢いで彼女にくってかかる。

以上が大体三つのストーリー、推測できるストーリーなんですが、これが仮りに三つの章に分かれているというんなら何の事はないわけです。また、それを交錯させて同時描写をやるということになってもそれ程珍しくないかと思います。既にサルトルが『自由への道』の中で、パリとロンドンとミュンヘンの同時描写を同じセンテンスの中でやったりしています。それなら珍しくないんですが、この作品で特徴的なのは、三つのストーリーが並行して、時間軸に沿って展開して行くのではなく、時間的順序がそれぞれ前後入り乱れているということです。といって、カードをかきまぜて偶然に配列を任せるといったいい加減なものではなく、連想という必然的な鎖を伝って、Aの描写群からCの描写群へ、Cの描写群からBの描写群へと飛び移るので、それぞれの描写要素の位置は勝手に動かすことはできません。その上、三つの描写群が知恵の輪みたいに絡まり合って、どれが一番外側の現実か、どれがその中で表象された風景か、或いは画面か、映画ストーリーかということが区別できないようになっています。

ですから、二つの現実が混じり合って、パトロンと女優の居るホテルの部屋の赤い絨毯の上を、牛がボタボタ糞《ふん》をたらしながら歩いて行くとか、それから納屋の男女がセックスをしているところをサーカスの観客が暗がりにずらりと並んで観ている。つまり、第一次第二次の現実の境界が怪しくなります。

最初の田園風景でさえ、実はこれが第一次現実ではないということが判ってくる。まずそれは、パトロンと女優の居るホテルの部屋の壁に掛かっている絵のなかに、納屋で絡み合っている男女が描かれているという形で、逆転が起こります。この場合では、少年達はポスターの裂け目ではなく、窓から覗いているんですけれども……。それだけじゃないんですね。例えば、納屋の男女が一度コトを済ませて、それからまたはずみでもう一度コトを行なおうとするあたりになって、ぴたりと二人の身体の動きが止まる。フィルムがひっかかったらしくて、二人はそのままの姿勢でじーっと凝固したままである、といった文章が出てきます。ということは、その納屋の場面、そして田園風景も映画であるということになってくる。

第二の煉瓦塀の男女の場合も、彼らが性交を終えて、男は酔っぱらっていますからふらふらと歩いて行くのを、女が追いかけていく。男はカフェの前に止めた自動車に乗ろうと、ポケットから鍵を出すんですが、それを道路に落して見失なってしまう。で、女が引き留めようとすると男は彼女を突き飛ばす。そしてふらふらと夜の街を歩いていく。それを戸口のところで見ていたカフェの主人は憤慨して、オートバイに乗って男を追いかける。途中からは、そのオートバイも置いて歩いて追跡する。逞しいカフェのパトロンは段々と相手との距離を縮めてゆく。いよいよ、男に追いつきそうになるので、その先何が起こるんだろうと思っていると、丁度そこで章が終ったので、女優は読書を中断する。そういう文章が出て来ます。女優はホテルのベッドに寝ころんで、推理小説を読んでいたんですね。ちょうど章の切れ目に来たので、本を床に投げ出すのです。

ところが、まさにこの女優がホテルの部屋で寝ころんで推理小説を読んでいるという、その場面というのが、煉瓦塀の隣の映画館で上映されている映画の中身でもあるわけなんです。まあ、ふざけていると言えば、ふざけている。だから、これはふざけた可笑しい小説で、面白いと言ったことのなかにはそういう面も含まれています。十頁で投げ出した人は、損をしたわけですね。

じゃあ、全体はどういうふうにして収束するか、内になったり外になったりしているのがどうなっていくかというと、ホテルの部屋で女優が本を読んでいるその隣の部屋で、パトロンが退屈して、低いテーブルの上でジグソーパズルをやっているんですね。そのパズルをだんだん埋めていって、最後の一枚もぴたっとはめこむと、そこに納屋があり、果樹園があり、川があり、製材所があってそれから教会があったりする田園風景が一枚の絵として完成するんですね。

そうすると、そこでENDマークが出てスクリーンが真白になる。場内にぱちぱちと電燈が点いて、案内嬢があちこちのドアを開ける。と、ちらりほらりとしか残っていない観客が夜の街をぞろぞろと四方八方へ散っていく。彼らは煉瓦塀の隣の映画館から出て行くわけなんです。

じゃあ、結局何も起こらなかったということになるのか。ただ一巻の映画が終ったというだけであり、その映画は煉瓦塀の男女がでてくる夜の町の中の映画館で映された映画である。で、その煉瓦塀の男女はどうなのかというと、これも少年の出てくる田園風景の中の一枚のポスターに代表される映画である。ところがこの少年のでてくる田園風景というのが、今終った映画の中のジグソーパズルの中の場面である……。

なんだかこう、蛇が自分の尻尾を食っているみたいで、結局何も終らなかった、何も起こらなかったということになるわけなんですが、じゃあ何故そういうものを書いたのか？　言葉がこれだけ連なっているんですし、こんなにいろんなものがふんだんに克明に描写されているんですから、何も起こらなかったって言うわけにはいかない。すると、何が起こったのかと考えますと、それは小説が始まり、そして小説が終った。ではその小説の中ではどうなんだというと、これは言葉の運動が始まって言葉の運動が収束したということになるわけなんですが、そういうふうなことに何の意味があるのかと問う時に、私は案外これは大事なことなんじゃないかと思うんです。

言語というものの持っている可能性を束縛なしに解放したらどういうことになるか、それのひとつの模擬実験かも知れないと思うわけです。それの普段我々が言葉を使おうとする時には、描写しようとする、或いは記述しようとする出来事の筋道に言葉を従わせるわけです。それを貫いている因果関係に従って、言葉を次々に貼り付けていくみたいなものだと思う。そうでなくても、自分が言いたいと思うこと、そのことのために言葉を使うわけです。だから、言いたいと思うこと以外の言葉が頭に浮かんでもそれを排除するわけです。自分が、或いはこういう願望を抱いている、或いはこういう風な場面を描きたい、こういう感触のものを書きたいという時に、それに従って言葉を選別し、それに向いたものしか受け入れない。これが普通の小説の書き方だと思うんです。現代日本文学のなかでも、ここにいらっしゃる大江健三郎さんとか、何人かの作家たちの書き方は違うと思いますが、所謂伝統的な小説はそのようにして出来ていると言っていいでしょう。

それにたいして、イデオロギーとか意図とか本音とか主張とかで、言葉をしばらないで、連想を自由にさせて、想像力を弾ませたり踊らせたりするとどういうことになるか。例えば、マスが水中で白い腹をきらりと光らせると、途端に、何か白く光るもの、暗がりの中で光るもの、納屋の中の男女の裸体がひくつくとか、そういう展開になってもいいんじゃないか。すると、どういうイメージの集積が出来上がるかという、一種の遊びでありゲームであると言えます。堅苦しく言えば実験ですが、ゲーム的要素がつよいことは明らかです。

で、作者はそんなゲームで何を言おうとしているのか。我々はすぐそういうふうに考えるんですけれども、その前に、読んで自分が感じたものというのを考えますと、或る混沌としたもの、全てが動いていて、渦巻いていて、人間たちが自分の置かれている立場や自分のやろうとすることもはっきり認識できないままに、がむしゃらに生きたり、笑ったり、走ったり、セックスしたり、成長しようとしたり、迷子になったりする。そういう、ふるい言葉で言うと生命の蠢動といいますか、ダイナミックなカオスのようなものが感じられると思うんですね。

同時に、一方ではそれら全てを次々に呑み込んでいこうとする或る虚無みたいなもの。クロード・シモンは、この中では戦争のことは書いてはいませんけれど、次の『農耕詩』という最新作では、戦争をテーマに、第二次世界大戦と、スペイン戦争と、百九十年ぐらい前のナポレオン戦争という、三つの戦争を重ねて書いています。『フランドルへの道』や『ル・パラス』で書いて来たものの集大成と言ってもいいでしょう。ものすごい反戦文学だと思うんですが、その戦争によって人間が次々に滅びていくように、勝った者も負けた者も滅びていくように、この田園風景の中でも草木が伸び、蝶やマスが動き、一方ではそういうものがどんどん滅びていく。その悲劇的な時間《とき》の、運命の、暴力性みたいなもの、吸引力のようなものが、生命の謳歌とバランスをとって描き出されているのを感じます。それは作家が書こうと意図して書いたものではなくて、言葉のそういう運動のなかから自ずから浮かびあがって動くイメージ群という印象が非常に強くいたします。

そういう点では、フランスの作家のなかでも、例えばガルシア・マルケスの『百年の孤独』のような中南米文学と一番通じるような、或る土臭い民俗的な感触を漂わせていて、それでいて哲学的な、そういった宇宙的な何かを感じさせるんですが、これがひとりでに立ち顕われてくるというところに大変興味を持つわけです。

それなのに何故、彼の小説が日本で読まれないかといえば、話はきわめて簡単で、そういう「ひとりでに立ち顕われてくる」ものは読者が自分で感じとり、その意味を考えなくてはならないのですが、読者はそんな面倒なことを好まない。作家の側から、「これが人間というものだ」「女とはこういうものだ」「これが日本の現状だ」「これが俺の言いたいことだ」「これが本音だ」と、かりに間接的であれ、差し出された意味を受けとって、「なるほど」と感心したい、安心したいだけだからです。それが「物語」というものです。

で、クロード・シモンがこういうふうにして書いたことにたいしても、日本の作家たちなら、ただの遊びじゃないか、本音はどこにあるのだと問い詰めるでしょう。しかし、ゲームからも本音は出るものです。むしろ、本音は出すものでなくて、出るものです。

これは小説である、これは小説にすぎない、これはゲームである、これはゲームにすぎないとしている訳なんですけれども、言うなればそこにこそ、「たかが小説である、されど小説である」という、そういう小説の持つ偉大な喚起力といいますか、表象の可能性の大きさというものが実現されています。そしてその実現というのは、新しい「小説の文法」というのがそこに提示され、実験されているからじゃないかと考えるわけです。

それだけに、こういう小説が現われた時にそれにたいする拒否反応——日常我々が実用的に使っている言語或いは論理、真面目な言語や真面目な論理というものと相容れないものでありますから——拒否反応というのが出てくるのは当然ではないかと考えます。

譬えて言えば、我々日本人が好きなものに演歌というのがありますが、演歌の場合には仮にそれがバンド用に編曲されていても、歌うときには伴奏のあるなしではたいして本質は変わらない。メロディーから成り立っているせいで、それに小節《こぶし》とか、或いは浪花節ふうのさわりとかを盛りこんで、少し喚起力を強めているわけですけど、本質的には単一旋律です。小説でも、そういう構造のものが大部分です。

しかし本当は、ジッドじゃないけれど、もう少し全体的な表象というものを考えた小説が、求められているはずです。そうしないと、そのうち、少し敏感な人間は小説を読まなくなるでしょう。従って、ポリフォニックに小説を演奏したらどういうふうになるのかというひとつの実験が、クロード・シモンのこの『三枚つづきの絵』じゃないかと思います。

話が少しややこしくて混乱したかも知れませんが、それなりになんとなく言わんとしたことは解っていただけたと思います。つまり、クロード・シモンの小説ではそれぞれの断片が実にくっきりと写実小説のように書かれているけれど、全体が錯綜し渾沌とした渦巻きを成している。それを真似てお話ししたようなものです(笑)。私にとっては、それがフランス小説の現在を活力という点で最も代表すると思われるのでそういうお話をしたわけです。

他に、時間があれば、全く違った遊びであるロブ=グリエの『Djinn』とか、クロード・シモンの『農耕詩』とかをお話ししようと思ってたんですが、すこし時間を超過しましたので、次の大江さんの時間までとるとタタリがあるかも知れませんし、このへんで引き下がることにします。御清聴ありがとうございました。

＊1　本稿は〔一九八四年〕三月二十六日成城大学で、日本フランス語フランス文学会関東支部大会の席上行なった講演に補筆したものであるが、その後、浅田彰の「F・Bの肖像のための未完のエスキス」(「海」五月号)と題するエッセーに、次のような一節があるのを知った。

「本稿を書きながらひさしぶりにクロード・シモンの『三枚つづきの絵(トリプティク)』を読んだことを付言しておこう。これは例によって驚くほど緻密に書きこまれた傑作であり……(略)」

＊2　本稿加筆の段階で、河野先生の訃報が伝えられた。ご冥福をお祈りする。

〔幻戯書房註　文中で言及のあるアラン・ロブ=グリエのDjinnは、平岡訳により「ジン」として本稿と同じく「早稲田文学」一九八四年九月号「特集　ヌーヴォー・ロマン」に掲載の後、『集英社ギャラリー　世界の文学9』一九九〇年刊に再録。また、クロード・シモンは本稿の翌八五年、ノーベル文学賞を受賞。〕

鼎談　向井豊昭を読み直す

（鼎談）
岡　和　田　晃
東　條　慎　生
山　城　む　つ　み
（司会）
幻戯書房編集部

――（司会）今年（二〇一八年）は向井豊昭さんが亡くなられて十年です。向井さんの単著はこれまで、自費出版や私家版のものを除けば、『BARABARA』（一九九九）、『DOVADOVA』（二〇〇一）、『怪道をゆく』（二〇〇八）、『飛ぶくしゃみ』（二〇一四）の四冊があり、その他、雑誌に発表されたままの未収録作品も膨大にあります。正直なところ、向井さんの作品は、早稲田文学新人賞を受けた一般デビュー作「BARABARA」（一九九六）以外、あまり広く知られているとはいえません。作風の幅の広さや入手のしづらさなどから、全体像がなかなか読者に理解されていないという点もあります。

岡和田晃さんは長篇評伝『向井豊昭の闘争』（二〇一四）を刊行された他、東條慎生さんと一緒にウェブサイト「向井豊昭アーカイブ」を運営するなど、向井作品の普及に尽力されています。そのサイトに以前、「BARABARA」（一〇〇枚）の元になった未発表長篇「骨踊り」（三三〇枚）が掲載されました。今回、歿後十年の小説集を企画するにあたり、この「骨踊り」が一つの契機になるのではないかと考えたところ、岡和田さんからは著者の祖父・向井永太郎

（夷希微）をテーマにした「ええじゃないか」（一九九六）「武蔵国豊島郡練馬城パノラマ大写真」（一九九八）「あゝうつくしや」（二〇〇〇）を三部作としてまとめてはどうかという提案を受けました。

一方で近年、夭折したアイヌの作家・鳩沢佐美夫との交流を向井が書いた「脱殻《カイセイエ》」（一九七二）という小説が発見され、現存一部しかないとされるこの短篇について、岡和田さんと山城さんがそれぞれ長い論考を発表されています（岡和田「〈アイヌ〉をめぐる状況とヘイトスピーチ——向井豊昭『脱殻』から見えた『伏字的死角』」、「すばる」二〇一七年二月号。山城「カイセイエ——向井豊昭と鳩沢佐美夫」、同誌二〇一八年三月号）。私も読ませていただき、この短篇は非常に傑作だと思いました。同作と、祖父について比較的早い時期に書かれた「鳩笛」（一九七〇）が、後の作品を補足する内容でもあると思い、初期作として再録することにしました。

結果としてこのラインナップとなり、附録資料も含めてこれだけのボリュームになりましたが、いずれも水準の高い重要作・力作ばかりで、多くの方に読んでいただきたいと願っています。そこで、向井作品の魅力や豊かさ、難解さ、などについて、これから読まれる方へのガイドとして、三人に語っていただきたいと思います。

「BARABARA」前後

岡和田　なぜ「三部作」としてまとめたいかと思ったかというと、「あゝうつくしや」で向井永太郎については一区切りついているからです。もちろん実際には、永太郎らしき人がその後の小説にも出てきます。麻田圭子さんとのコラボ作品『みづはなけれどふねはしる』（二〇〇六）もその一つですが、発表する時、麻田さんには、『ええじゃないか』でもう、永太郎については十分に書いた」という意味のことを語っていたそうです。

「BARABARA」は年長の新人賞受賞者（当時六十二歳）ということで、かなり話題になりました。続けて発表した「下北半島における青年期の社会化過程に関する研究」（一九九六）は旧作の改稿ですから、実質的には「ええじゃないか」が受賞第一作だといっていい。当時の「早稲田文学」は一号あたり一二〇ページほどです。その半分の六十ページを使っての二〇〇枚一挙掲載という扱いは、鳴り物入りといえます。それだけ期待が大きかったのでしょう。しかし「ええじゃないか」は同時代的には、あまり読まれていなかったのではないか。『BARABARA』は単行本としておそらく数千部は出ていると思いますが、それに比べると時評などでの批評的言及はほとんどありません。

この三部作と同時期に発表された「下北半島〜」や「まむし半島のピジン語」（一九九七）は、「言語」というテーマが前面に出てきているので、ある意味では取っ付きやすいんですね。一方で、三部作の方は、より私小説的・資料調査的です。『向井豊昭の闘争』でも引用しましたが、大杉重男さんは文芸時評（「週刊読書人」二〇〇〇年三月十日）で「あゝうつくしや」について、「小説的興味よりは資料的興味が先行気味の嫌いはある」と評しています。おそらく、大方の読者にもそのように映ったのでしょう。

東條　小説として普通に読めるのはやはり、リアリズム風の作品の方でしょう。「鳩笛」でも「脱殻」でも、向井永太郎や鳩沢佐美夫がどういう人物か知っていた方がよくわかるけれど、知らなくてもとりあえず筋は追える。後期になって技巧性が強まると、同時に飛躍も増えて、だんだんどういう作品なのかすぐにはわからなくなってくる。私も未発表作品その他、向井作品を人よりはかなり読んでいるはずなんですけど、今回の三部作はとりわけ難しいぞ、と思いました。

岡和田　私が編纂した『飛ぶくしゃみ』を刊行した時も、最も人気があったのは巻頭の「うた詠み」（一九六六）でしたね。魔術的リアリズムが強まる後年の作品になると、大学で文学を教えているような方でも「ついていけない」という感想が多い。最初期の作品はオーソドックスな私小説風にというか、ドキュメント的に書かれているので、わかりやすいんですね。逆にいうと、初期作のモチーフは後期の作品にも登場しますから、初期作を読むと後期作では直接描かれない欠けた部分のピースが埋まって理解の助けになる、という側面もある。私も早稲田の図書館地下で『北海道文学全集』（第二十一巻、立風書房、一九八一）に入っている「うた詠み」を初めて読んだ時、いろいろなことが腑に落ちました。

ただ一九九〇年代、こうした泥臭いタイプの私小説は、新人賞では評価の対象になりませんでした。複雑化した世界には複雑な技巧でしか捉えられない、描けないものがあるんだ、という要請が、投稿者への批評的前提としてありましたから。向井さんは七〇年代からすでに、新人賞に応募していた形跡があるんです。文學界新人賞や文藝賞の予選通過者リストを見ると、「向井豊昭」という名前が出てくる。

最近、「文学賞の世界」というサイトの方が、「文學界」の「同人雑誌評」で紹介された作品をまとめてくださっているんですが、それによると向井はここで十七回とりあげられています。そもそも「うた詠み」からして、この「同人雑誌評」で高く評価され、全文転載されて知られるようになったものです。これを見て知ったのですが、八〇年代には「わたしの過去帳」（一九八〇）など「北方文芸」に掲載された作品が、小松伸六らによって同人雑誌評に取り上げられていますね。ちなみにこの作品もまた、向井永太郎を扱った小説です。

ただ、同人雑誌評では優秀作として取り上げられるけれども、新人賞は射止められない。そういう体験を何度も経て、ある種の技術的な批評性をまとわなければ現代文学の前線では評価されない。そう考えて書かれたのが「BARABARA」だと思います。「BARABARA」は魔術的リアリズムを採用し、天皇制というテーマが前面に出ていますから、その意味では評価されやすかった。デビュー後は、ドイツ文学者の松本道介が、「下北半島〜」、「まむし半島〜」、さらには「新たなるわれら迷信探偵団」(一九九七)と三回、それぞれ多くの紙幅を割いて論じています。とりわけ「下北半島〜」は「言葉というものにこだわるパロディー小説」という点から高く評価されていますね(「文學界」一九九六年六月号)。ただし、これらもまた、枠としては「同人雑誌評」なのを忘れてはなりません。

池田雄一さんから聞いた話では、池田さんが「早稲田文学」の編集長だった当時、主要文芸誌に向井豊昭を紹介しようと、三人ほどの批評家と一緒に文芸誌の編集長に会いに行ったそうです。しかしまったく相手にされなかったと。今でこそ「早稲田文学」から芥川賞や三島賞も出ていますけれど、第八次(一九七六〜一九九七)、第九次(一九九七〜二〇〇五)の「早稲田文学」は、他の文芸誌よりなぜか地位が低かった。大学側から制作費の年間予算が一千万ほどしか出なかったそうです。それでもコンスタントに発行していて、不足分を平岡篤頼さんが補塡したりしていた。先ほど「同人雑誌評」に触れましたけれど、この頃の「早稲田文学」は今と違って同人雑誌という扱いでしたから、「十七回」というのは「BARABARA」以降の「早稲田文学」発表分も含まれています。

山城さんが早稲田文学新人賞の選考委員をされていたのは、二〇〇一〜〇三年ですよね。

山城　そうですね。当時「早稲田文学」がそういう地位にあったということは、あまり意識してなかったんですよ。僕は選考委員の他、坂口安吾について一度書いたくらいで、ほとんど関わりがなかったんです。

――新人賞のパーティで向井さんの話題が出るということはなかったのでしょうか。

山城　うーん、なかったと思います。『BARABARA』も話題になったから読んだはずだけれども、正直、自分の中であまり明確なイメージを結ぶということがなかった。

岡和田　「早稲田文学」自体の変わり目でもあったんですよね。二〇〇〇年以降、表紙の感じも変わって、「批評空間」系というか、批評中心の文芸誌になり、他の大手文芸誌に対するカウンター的性格を持つようになる。私はちょうどそのころ早稲田の学生だったので、読み込んでいました。気に入った号は何冊も買って周囲に配ったこともあります。

山城　「批評空間」の終わりに近い頃から、書き手が次第に「早稲田文学」に移っていったということはありますね。

岡和田　だから、「BARABARA」以降の向井さんが書いていた頃の「早稲田文学」は、ある意味ではエアポケットだったと思うんです。「ええじゃないか」のような作品は、大手文芸誌では「地味」で「難解」だと思われて書けない。ましてや二百枚一挙掲載はできない。しかし「早稲田文学」の方も読者が少なすぎて読まれない。そんな中で、向井さんは自分の関心のままに次々と書き続けていかれた。この頃は小説の素材を外部に求める傾向が強い時期です。対象についてどこかへ調べに行き、それを小説化する。しかもその調査の仕方も研究者並で、ものすごく解像度が高い。生半可な批評家がついていけるレベルではない。

「まむし半島のピジン語」から「怪道をゆく」（二〇〇一）にいたる五年ほどの作品群は、これまでほとんど評価されていません。第一に、難解だからでしょう。批評家は自分がわからないものは論じない。この難解な印象はその後の、函館文学に取材した「ト！」（二〇〇四）、会津に取材した「ゲ！」（二〇〇五）でさらに強まります。自分の系譜を遡ると、木本国英や箱館戦争にたどりついた。ヤマトに対する反逆者ですね。それを探り・書くことによって、後藤明生風に言えば向井さん自身の「日本近代文学との戦い」につながるという意識だったのではないか。

「骨踊り」から「BARABARA」へ

東條　「BARABARA」は昭和六十四年一月七日を舞台にした作品だとよくいわれるんですけど、実はそうじゃないんですよね。それは「骨踊り」を読むとよくわかる。「BARABARA」にも出てくる天安門事件が同じ年の六月ですから、作中時間も明らかにその後のはずなんです。平成元年の何月かに語り手が朝起きるところから始まって、過去のエピソードがいろいろと織り込まれ、「BARABARA」では一月七日の皇居前の様子が回想されてそのまま終わる。「骨踊り」ではもう一度作中現在に時間が戻ってきて、寝るところで終わります。でも一月七日の印象が強すぎるのか、みんなそこを間違える。四谷ラウンドで刊行した単行本の広告でも「普段とかわらぬその一日は、昭和最後の日だった。」と謳われているんですよ。

山城　「平成湯」っていう銭湯が出てくるんだ

「あゝうつくしや」と同じく「早稲田文学」二〇〇〇年三月号に掲載された単行本『BARABARA』の広告より

鬱屈した思いを抱く中年男は、事態がギクシャクしてくると「ゴキッ！」と音を立て、自分をそこに放置してきてしまう。記憶の世界と現実とが交錯する物悲しくも滑稽な小説。普段とかわらぬその一日は、昭和最後の日だった。

から、明らかに平成だよね（笑）。でも僕もちゃんと読み直すまで、一月七日の小説だと思っていた。

東條　「骨踊り」と「BARABARA」を読み比べるとわかるんですが、前者で書かれていたセクシャルな部分が、後者では細かくカットされています。「サチコと、やりたい」とか、小樽でピンサロに行くエピソードとか。

岡和田　あそこは啄木の「ローマ字日記」との対比ですね。そこから「よがり声の自由」というフレーズが出てくる。こういうズレ方は、これも後藤明生風にいえばまさに「アミダクジ」的な書き方です。

東條　個人史的な部分も削除が多い。皇居の挿話以降の家族の話はまるまるカットされています。

岡和田　「BARABARA」では、より「分裂」というモチーフがくっきりと打ち出されています。一番目立つのは、やはり最後です。原形では眠って終わり、改稿後では「これからも、BARABARAと外れ続けてやろう」という不穏なかたちで終わる。

向井さんは日本近代文学史に対する違和感をずーっと持ち続けていたと思うんですね。自分はそこから排除されている、という思いと、文学も結局ヤマト中心主義ではないか、という二つの違和感を。そこから三部作のあの「細かく書く」という方法につながった部分も間違いなくあると思う。啄木のローマ字日記や森林太郎の碑文の文章にツッコミを入れながら相対化し、そこにオルタナティブな声をぶつける。「BARABARA」の、抑え込んでいた自分が分裂して解放されるというアイデアもそこにつながるものだと思います。セクシャルな部分も語り手がふだん抑え込んでいたものです。ただ、「骨踊り」の方は、分裂よりも回想の印象が強いですね。

東條　「骨踊り」の多くを占めていた自伝的、

家族小説的要素が、「BARABARA」ではかなり削られていて、ずいぶん印象は違いますね。葉山嘉樹「海に生くる人々」に対する小林多喜二「蟹工船」のような違いがある。方法的に先鋭化させる、というか。「BARABARA」には語り手の名前も出てこない。

山城　語り手の系譜に関する詳しい記述も「BARABARA」にはないんじゃないですか。

岡和田　系譜については「勢州慥柄浦《せいしゆうたしからうら》」（一九八二）という小説に詳しいです。自分のルーツへの関心はずっとあるんですね。複数あった先祖の墓を統一して実際に作り直したりもしています。

執筆時期を推測すると、草稿が書き始められたのは一九八七年頃です。大井競馬場でガードマンをやった体験は「自分稼《かへぎ》豊昭のガードマン」で主題となり、一九九四年の労働者文学賞佳作に選ばれています。執筆と発表の時間が数年ズレている作品は他にもあって、推敲を重ねて熟成させる必要があったということでもあると思いますが、そうしたズレが面白い。読んでいると意外とズレに気づかないんですが。執筆順としては後の「下北半島～」の方を先に早稲田文学新人賞に応募したんですね。なぜ早稲田文学かといえば「やあ、向井さん」に書かれている通り、平岡篤頼が選考委員だったからです。文学新人賞は選者が応募者を選ぶものであると同時に、応募者が選者を選ぶものでもあります。労働者文学賞を受けた際の選者・久保田正文も元々、同人雑誌評で何度も向井を取り上げていた人です。おそらくその評に納得いくものがあり、応募する際は「この人にこれを読んでもらいたい」という思いがあったのでしょう。

八〇年代の向井はすでに、北海道文壇ではそれなりに知られる存在ではありました。「朝日新聞」北海道版に一九七五年の一月から六月まで連載された「新人その人と作品」という欄で、熊谷政江（後の藤堂志津子）や高橋揆一郎などとともに紹介されています。

「鳩笛」と「脱殻」

岡和田　「鳩笛」はお祖父さんに関する記録として読める側面を持っています。『石川啄木と北海道』（福地順一著、鳥影社、二〇一三）という浩瀚な本に「向井夷希微」という項目があるんですが、その典拠が「鳩笛」なんです。

山城　「脱殻」の中に、鳩沢から「鳩笛」について手記か創作かと問われて、「創作ですよ」とムッとするシーンがありますね。確かに、冒頭と結末は語り手の現在時の状況が書かれているけれども、間に挟まれたエピソードは全部永太郎に関するものだから、そういう風に読まれてしまったんだろうなあと思った。でも、向井の基準ではこれは創作なんだ。

岡和田　やっぱりこの頃から、永太郎についての世間的な評価を変えたいと考えていたと思うんですね。啄木が「（永太郎は）時代の滓に候」などと書いたがために、研究者も永太郎を「時代の滓」だという。そうじゃないと。

山城　気になったのは、「鳩笛」について「脱殻」で言及されている箇所です。「わたしの内にこもることによって祖父を見つめ、祖父を見つめることによってわたしを見つめ直そうとした。そして、それは、アイヌ復権の教育運動への意識的な訣別を意味するものであった」とある。創作と自負するからには、単に祖父の記録として書いたわけではない。一九六〇〜七〇年代に北海道でアイヌ復権の教育運動に挫折した自分が、祖父の経歴を眺めて感じるところがあったからこそ、それを創作として書いたと思うんです。一九一七年に詩集を出した祖父と自分を、文学者として重ねつつ書くために、祖父の記録の前と後ろに自分の現在の心境を付け加えて「鳩笛」と題したと。しかしそれが、「アイヌ復権の教育運動への意識的な訣別」とどうつながるのか。

岡和田　「訣別」というのは、自分の和人《シャモ》としての「侵略者」性をつきつめるということなんじゃないでしょうか。アイヌ性の追求は鳩沢に任せると。そこで鳩沢には自分なりの小説を書いてほしいのに、向井には鳩沢が対談ばかりやっているように見えた。

東條　「侵略者性」とも関係しますけど、「脱殻」ではいろんな登場人物の二面性が描かれていますよね。鳩沢作品に勝手にハサミを入れていたというD氏、そのD氏の悪行を教えてくれるけど高校生を連れてアイヌ見物に行ったらしいS氏、アイヌの末裔の倫理を貶しながらも、高校生の見世物にするのに加担した鳩沢の悪行をアイヌの親子から聞かされるF氏。ここにはY子の作文にハサミを入れていた語り手も、鳩沢も入ります。それぞれの表と裏が連鎖している。

山城　もう一つ気になるのは、鳩沢が「ユーカラのリズムを取り入れ」ようとすることが「徒労な寄り道でしかない」という記述です。鳩沢も結局は日本語で小説を書いている以上、それは無駄な試みだ、ということを「侵略者」の立場から向井は言いたいのだろうか。でもそれにしては、語り手は鳩沢の文体をかなり鋭く聞き分けています。「日高文芸」の会合での選挙演説のような口調には「半ば辟易」だけれど、「祖母」のような調子は良い。「赤い木の実」はしかし違う、だとか。また、「ユーカラのリズム」について二人が直接会話するシーンがあります。ここで鳩沢は、アイヌのことはもう「表には出さずに、それでもユーカラを生かしてみたいんです」という。向井はここで「表に出さずに？」と引っかかる。非常に大事なポイントだと思います。実際、この方向性による鳩沢の作品は残されていない。選挙演説でもない、「祖母」でもない、「赤い木の実」第一部でもない、第四の文体があるのか。鳩沢の歿後に発見された「赤い木の実」第二部は、まずアイヌ語で書き、それを日本語に訳すというかたちがとられています。が、どうもそれが第四の文体とも思えない。

岡和田　鳩沢の最後の小説に「休耕」（一九七一）があります。これは和人しか登場しない作品で、戦後農業小説の名作だと思いますが、ご指摘の方向性とは違うようです。

山城　「脱殻」は小説だから、現実にそういう作品があったかどうかより、向井に鳩沢がどう見えていたか、の方が重要なのかもしれませんが。

岡和田　鳩沢が示した創作の方向があり、しかしその本人が直後に亡くなったことで、ある空白が生じた。その空白に向けて書かれた作品であることは間違いないと思います。ただ、向井の初めての小説集『鳩笛』は一九七四年刊です。その中には「鳩笛」はもちろん、「耳のない独唱」（一九六八）を改稿した「石のうた」（一九六九）が収録されたりしているんですが、「脱殻」は入っていない。そこが不思議なんですね。「脱殻」はこれまで収録はおろか、本人の言及さえなく、存在自体まったく知られていなかった作品です。『鳩笛』はおそらく自費出版ですが、最後に書き下ろしの短篇「貝殻たち」が加えられていて、そこでは「帰化人だったという坂上田村麻呂――滅ぼされた蝦夷――同じ運命をたどっていく北海道のアイヌたち――貝の化石の死よりも短い日本列島の歴史の中で、わたしの血はどこからはじまり、どこへ伝わっていくのだろう」と、アイヌと青森とのつながりに言及がなされています。それに比べれば自分と鳩沢の関係はプライベートなものなので、収録を見送ったのだろうか、というような推測はできますが。

山城　「脱殻」を読むと、二人の関係に何か、言いがたいものを感じる。向井の方は鳩沢に「アイヌのことはお前に任せる」という以上の強い可能性を見いだしており、しかしその可能性を自分が潰してしまったと感じていたのではないか、というような感触です。ユーカラのリズムを取り入れつつ、アイヌを直接に描かないという第四の文体の方向性がその後、書かれたとして、成功したか失敗したかはわからない。ただ、向井がそのような鳩沢を高く評価したのは確かだと思います。

岡和田　そうですね。向井には、鳩沢作品をエスペラント語に訳したい、という発言もあります。「鳩笛」で最後の鳩笛を壊すところは、自分の殻を破れということですよね。「せいか」「よつき」というのは、自分の娘の実際の名前です。この作品について、実は鳩沢を交えた合評があります。日高文芸会員向けに発行されていた機関誌の「葦通信」第十五号（一九七〇）に載っています。向井は、「じいさんが泳いだっていうことは本当なんですよ。だけども海がおっかないって泣いたのは、別な時なのね。それから赤い褌というのも嘘なのね。色は忘れてしまったけども赤い褌でなかったと」と発言していますね。それから、一高を退学したときの心境や、キリスト教への屈折も掘り下げられなかったと。また、大杉栄などの民衆詩派や、白樺派のような人道主義に接近しなかったのもなぜか、掘り下げるべき課題として考えていたようです。

向井の創作スタイルとして、永太郎との記録に関して、エピソードレベルで嘘は書かないと思うんですね。ふんどしの色だとか、会話だとかいった、記録に残りにくい細部で、印象を強めるための脚色はする。同人雑誌評では担当者の駒田信二に、こういわれています。「現在のわたし（作者）とのつながりの中で祖父の生涯がとらえられている（――それはストーリーとしてではなく、作者の姿勢に於て――）ことが、この作品のすぐれた特徴であろう」（「文學界」一九七〇年一〇月号）。

山城　それにしても、『向井豊昭の闘争』の時は、まだ「脱殻」は見つかっていませんでした。向井と鳩沢の関係が実際にはどうだったのか、岡和田さんの綿密な調査で外堀は埋まっていたんだけど、直接証拠がないために空白になっていた。その穴を埋める作品が発見されてみると、これほどの傑作だった。驚きです。

「鳩笛」から「ええじゃないか」へ

岡和田　そして、「鳩笛」を書き直すというか、再構築したのが「ええじゃないか」です。印象的なエピソードはだいたい再利用されている。向井夷希微については、自分の直接の血統であると同時に、文学的な血統としても、避けられないという意識があったと思います。「文学」と真剣に向き合った時に自身の中から出てきたものが、鳩沢の場合には「アイヌ性とは何か」についてだとすると、向井の場合は自分の祖父だと。といってもその祖父は自分にとって、「啄木の友人」として文学史的に恵まれた人物ではない。啄木にあれこれと世話したにもかかわらず、「時代の滓」として蔑まれた男です。そうすると、自分のルーツが日本近代文学史から否定されているということになる。確かにその詩は古くさいかもしれない。でも私が初めて「ええじゃないか」を読んだ時に面白いなと思ったのは、シリアスな小説世界にユーモアをもたらす人物として永太郎が描かれる点なんですね。現代小説で、こういう風に過去の人物を登場させてもいいんだ！　と。

東條　改稿された「ええじゃないか」は、誰が読んでも手記ではなく小説ですね。その書き直しにいたる過程に、転換というか、飛躍がある。

岡和田　逆にいえば、そうでないと私は初読時、関心をもたなかったと思うんです。私小説よりも技術的な小説に関心がありましたから。だから「ええじゃないか」で書かれている対象について、もちろん詳しくはわからないまま、まずはユーモラスな、漫画的な笑える要素のある小説として読んだ。蛭子能収の絵がぴったり。そういう作風の人は他にもいますが、向井の場合はそこで出てくるモチーフが新しかった。題材と技法の結びつきが新鮮だったんです。皆さん難しいと仰るけど、「ええじゃないか」はけっこう笑えると思う。新幹線の中で永太郎が急に「Oh！　Tab！」と英語を口にするところなんか、吹き出しましたもの（笑）。永太郎の怒りっぽい性格は、たとえば「鳩笛」の、チョコレートにまつわるエピソードがそのまま再利用されていたりしますけれど……。

東條　その同じテンションで物価に怒ったりね（笑）。「五百円の原稿料なんて暴利を貪りすぎだろう」とか。時代の変化に気づいていないという設定が漫画っぽい。こういうユーモアは、「鳩笛」にはなかったものです。

岡和田　永太郎の登場の仕方も、作品によって若い時の姿だったり、ジジイの姿だったり、よく読み較べるとなかなか自在なんです。もちろん漫画っぽいから評価したいというわけじゃない。そうした自在さに私は独自性を感じた、ということです。

――こうした「魔術的リアリズムの作風」は、いつ頃から書かれ始めたのでしょうか。

岡和田　それは明確に「ＢＡＲＡＢＡＲＡ」以降です。八四年に平岡論文に出会い、八七年頃から「骨踊り」は書かれ始めたけれども、まだ手法が定まってはおらず迷いがあった。推敲を重ねて「ＢＡＲＡＢＡＲＡ」として応募し、それが評価されたことで「これでいいんだ」と本人も自信をもったのでしょう。作風の変遷をわかりやすくいえば、アイヌをテーマとしたものから離れてエスペラントに行き、歴史小説や伝承の語り直しなどを経て平岡論文に出会い、やがて魔術的リアリズムにたどりつく。もちろん実際はそんな単線的な歩みではなく、いくつかの実験を並行して進めているわけですけれど。
山城　一連の作品を読み進めていくと、向井の系譜に連なる関連人物が随所に書き込まれていますよね。この系譜がきちんと整理されていると便利だと思うんです。アイデンティティ探求は向井が小説を進めていく推進力の一つですが、単に「自分のルーツ探し」というだけでは一般の読者と共有できない。今回面白いなと思ったのは、横へのズレです。行先が当初の予想とは違うところへ出てきて小説が終わる。「ええじゃないか」で最初行こうとしていたのは牛頭天王社です。でも最後は違う。「鳩笛」ではまだそんなに外れてない。
岡和田　系譜をたどることで、日本の正史から排除された歴史が見えてくるというのが、興味深いところなんです。
山城　でも「系譜をたどる」という行為自体、近代文学のオーソドックスな方法ですよね。系譜をたどって見えない歴史を探しながら、小説自体の着地点は「系譜をたどる」という方法からもズレている。岡和田さんの『向井豊昭の闘争』で「御料牧場」（一九六五）という作品を知って、驚いた。自然主義のようでもあり、プロレタリア文学のようでもある、こんな小説も書いていたのかと。とはいえ、初期の作風は、近代文学の時空から抜け出ていないとも思う。
　そういうふうに今回、向井豊昭の作風の軸線と、そこからのズレが見えてきた。それで段々、読み方がわかってきました。何かを探す旅に出て、自分ではないモノに出会う。これ自体はオーソドックスです。主人公は、最初はルーツ探しとして出発するんだけど、どんどん訳のわからない方向にズレていきます。過去を探求する垂直の線があり、しかし自分の思い通りにならない何かが働いて、ふと水平にズレる。そのズレる時に、主題とは一見関係のなさそうな諸々が書き込まれ、しかし書き込まれることでまた連鎖していく。その振れ幅が一番大きいのが、のちの「怪道をゆく」だと思う。喋るカーナビが出てきて、もう最初からぶんぶんそれに振り回される。

岡和田　「怪道をゆく」はカーナビを登場させることで、自覚的にそれを方法化していますね。「ええじゃないか」は新人の受賞第一作なので、対比ということを意識されていたと思います。「ええじゃないか」という民衆パワーの歴史を俺は引き受けて書くんだ、と自分のことを知らない読者にも訴える意識。そして、そこにある種のキャラクターとしての向井夷希微を出す。この対比。

山城　そこで初歩的な疑問として考えたいのは、タイトルに関係して、なぜ《ええじゃないか》の発祥についてここまで詳しく実地に調べられているのか、ということです。対比といっても、夷希微と史実としての《ええじゃないか》に直接の関係はないでしょう?

東條　「ええじゃないか」運動は江戸末期ですよね。近世の終わりというその時期が重要かなという気がしたんですが。

山城　そうですね。「ええじゃないか」は「あゝうつくしや」で言及されている会津戦争の裏バージョンだと思う。一八六七、八年頃のそうした動きが、維新につながっていく。「骨踊り」に出て来る慥柄将監の向井水軍は出は伊勢の、いわば海賊です。はっきりとは記していないけれど、「ええじゃないか」には、向井が《ええじゃないか》発祥の地と想定している知多半島の牟呂について「三河湾を船で出れば、志摩国はすぐ対岸なのだ」とありますね。もう一つ気になるのは、司代隆三という人が書いた『石川啄木事典』の記述に絡んで「ただ一言だけ言いたいのは、司代氏の向井永太郎には〈ええじゃないか〉がないということなのだ」とあることです。これはどういう意味なんだろう。

岡和田　向井永太郎の「ええじゃないか」とは、

いってみればパンクスピリッツじゃないでしょうか。

山城　でも、作品は、「ええじゃないか」に対して両義的です。時には批判的にも書いている。向井永太郎の詩を肯定的に評価する文脈で『ええじゃないか、ええじゃないか』と近代化の道を走り続ける時代に首を横に振り」とか。だから、「ええじゃないか」を民衆パワーとして単純に肯定するわけではないが、一方でそれは幕府の封建制を打ち破って維新を推進していく力が民衆レベルにおいて現れたものでもある。「鳩笛」ではまだ、自分と永太郎の距離が近かった。「ええじゃないか」では、自分に重ねつつもさらに批判的な距離を取っていませんか。

東條　山本五十六から葉書をもらって喜ぶエピソードがありますよね。ああいうところは突き放した書き方で、永太郎に対する両義的な視線が向けられていると思ったんですが。

山城　うーん、距離の取り方というか。一九四一年の八月に豊昭のお母さんが亡くなり、永太郎にとっては息子である叔父さんも十一月に亡くなる。永太郎は、その時期に啄木に関する書簡と履歴書を手放して啄木研究者に渡す。この決心には「オジィチャンの秘められた悲しみ」がある。しかし、これらの資料をもとにして書かれた後代の啄木事典の記述がオジィチャンのその「悲しみ」をすくいあげることはないわけです。十二月に日米開戦がある。永太郎が山本五十六から返信をもらって喜ぶのはその直後の翌年三月です。これを批判するのは簡単ですが、見なければならないのは「悲しみ」の方で、けったいな人だなあと思うのは、永太郎は八月に「北海道で死ぬ」といって家を出るでしょう。そこにも「悲しみ」はあったはずです。十二月に戻って来るのですが。冒頭でオジィチャンが登場するときに身につけていたのは、この家出から持ち帰った「熊の毛皮」で作った袖なしですね。

かつて北海道の開拓について批判的な詩を書いていた人が、太平洋戦争については肯定的になる。その間、私的な面では子の相次ぐ死があり、社会の面では戦争に向かっていく風潮がある。永太郎という人を単に自分の文学的ルーツとして扱うのではなく、こういうふうに広い文脈で見る書き方、永太郎に対する距離の取り方は、「鳩笛」ではされていなかったと思うんですよ。ただ、「司代氏の向井永太郎には〈ええじゃないか〉がない」という時の「ええじゃないか」が僕にはまだよく摑めていない。しかし、永太郎の生を辿りながら最終的にはズレていくというその書き方は面白いなあと思うんです。結末での永太郎の熊への変身も、牛頭天王社で行われたら叙情的になってしまう。でも、主人公はそこから横にズレて行く。そこはガソリンスタンドを曲がったところにある木立ですね。鳥居があり祠があるが、お宮とは思えない、何とも散文的な看板が立っている「小高い場所」です。そういうズレた場所で起こっているということが大事だと思います。

岡和田　「ええじゃないか」をとりあげた動機は、「慶応三年の〈ええじゃないか〉は、近代日本と表裏なのだ」というフレーズに表れていると思います。もう一つは、叙情的には書かない、という意識があったはずです。

『向井豊昭の闘争』ではこの作品について正直、テーマとモチーフのズレというようなところまでは書ききれていないんです。大江健三郎の『万延元年のフットボール』（一九六七）を引き合いに出しましたが、大江の場合はもっと神話的空間性に主眼があるので、ここまで細かくは書かれていないと思います。向井さんも神話に関心がないわけではないのですが、ここでは叙事に関心が向かっている。別海という場所は、日本で最も早く日が昇る場所で、永太郎にとっては自分の文学のアルファにしてオメガでした。ところが豊昭自身にとって北海道は元々、単なる赴任先にすぎなかった。たまたま赴任したことによって、自分と祖父の関連性を徐々に見出していく。
　永太郎の死去は一九四四年ですから、戦後を見ていない。「ええじゃないか」という掛け声は、正統から外れた民衆的なものにして、でもファシズム的な面もある。それを永太郎と重ねて、その後を見定めようとしていたのではないでしょうか。

山城　そういう風に説明されると、腑に落ちてくるものがあります。永太郎にそうした近代のアポリアを見ていたのだと考えればわかりやすい。ただ、「ええじゃないか」という小説単体ではそこまで追うことができなかった。

岡和田　向井さんには、民衆史への関心がずっとありました。しかし民衆史を小説で扱う時、ある難しさがあって、それは定型的なナラティブに陥りやすいことと、民衆が持つファシズム的な側面をどう描くかという問題です。「ええじゃないか」ではかなり意識的にその罠に落ちないよう工夫されているという印象です。
　永太郎に関していえば、一九一七年に詩集を出した時点ですでに古い作風、七五調の韻律を引きずった作風だった。なぜか。それは永太郎が「田舎者」だったからで、そこで詠われるのは準植民地だった北海道でした。二冊目の詩集の巻末に三冊目の予告が載っているんですが、退職金が尽きて挫折。事実上、筆を折り、戦争協力に向かいます。そういう永太郎の両義的な姿が、孫には「変なオジイチャン」として映る。そもそも、「豊昭」という名前は豊かな昭和という意味ですから、愛国的な名付け方です。一方、反骨精神のルーツもやはり永太郎にある。ただ、『日本現代詩大系』（第五巻、河出書房、一九五二）では上田敏、永井荷風、高村光太郎、日夏耿之介、矢野峰人らと並んでいますが、浮いてもいます。

東條　夷希微の詩集の序文では、七五調の韻律に徹するのが時代遅れのものだとわかっていて、なおかつこれで行くんだ、ということを書いてますよね。古い作風それ自体に反骨精神がある。

「ズレ」による連作化

岡和田　ズレという方法論がさらに現れたのが、「武蔵国豊島郡練馬城パノラマ大写真」です。

山城　これはこういう理解でいいんでしょうか。語り手がある公園の一カ所に立ったまま、方角を変えながらシャッターを切って一周まわる。シャッターを切るときの語り手の心情にはいろいろなものがあるんだけど、写真はそれを映さないから、できあがった写真を見ると普通の風景が写っているだけ。しかし、冒頭にいた人は一周するといなくなっている。

岡和田　そうですね。石神井、田園調布、と実際に歩いた風景が書かれています。向井は自分の父親を知りません。その父親を探した際の体験がこの一篇の中心にあります。不在の父について、叙情を交えずに書く。当時、池田雄一さんに向井は「これからは叙情との闘いだ！」と仰っていたそうです。もちろん書き手のうちに情念や叙情はあるんです。ないわけがない。でもそれをあえて出さずに、正確な「描写」を試みる方法を貫いた方が伝わるものがあるんだ、と考えていたのではないでしょうか。それが向井にとっての小説、創作だったんですね。「資料的興味」よりもやっぱり「小説的興味」なんです。作品をずっとたどっていくとそう感じます。モチーフがつながっているから。自分に無関係なモチーフについては書いていないんです。

自分のルーツというモチーフを出さないと、普遍性を得られないという思いもおそらくあったはずです。『向井豊昭の闘争』を連載した際の未來社の最初の担当編集で、元「早稲田文学」アシスタントだった長谷部和美さんによれば、向井さんはあるパーティで宮沢賢治は好きかと訊かれて、「いや嫌いです」と即答したそうです。賢治風はイヤ。でもリアリズム風も嘘っぽい。何か方法を工夫しなければ、ということで、魔術的リアリズム以外にも、少年探偵団や寺山修司の戯曲なども、他の作品では用いたりしています。

「骨踊り」や「あゝうつくしや」に出てくる知里幸恵の話も、あまり例のない指摘だと思います。たとえば『アイヌ神謡集』序文に出てくる「円《まど》かな夢」という言葉。良い夢を見るとアイヌは人に話さない。だからこれはヤマト的な表現なんですね。この知里幸恵批判は、「骨踊り」でいったん書き込みながら「BARABARA」では削除され、「あゝうつくしや」でまた復活させています。それはおそらく、永太郎のアポリアにアイヌの問題があったことを向井が感じていたからではないかと思う。知里幸恵はある種、神格化された存在です。だから知里真志保もそういう傾向に対しては、「姉さんはヴァージンではなかった」だとか、そういう反論をせざるをえなかった。性的な事柄は、アイヌの芸能ではポピュラーな題材です（長谷部和美さんから聞いた話では、向井さんは「BARABARA」の冒頭を手淫の話で始められたのを、あとで悔やんでいたそうですが）。

『アイヌ神謡集』（一九二三）の少し前に、山辺安之助『あいぬ物語』（一九一三）が出ています。これは山辺が語った話を金田一京助が筆記したもので、いちおう「共作」ということになっていますが、二人の立場は本当に「共作」といっていいほどイーヴンだったのか、という問題がある。現在のように、インフォーマントと研究者、というような対等な関係ではないでしょう。この二冊では、改稿・編集過程でも金田一の力が強く働いたことが窺えます。書き言葉によるアイヌ文学という意味では、その先駆はやはり知里幸恵です。その始まりの時点ですでに、和人に受け入れられやすいよう、アイヌイメージはスピリチュアル化、通俗的な意味でファンタジー化されていた。そこを見る必要がある、というのが向井さんの視点でしょう。

山城　知里幸恵の話に行く前に「金田一温泉」の看板が目に入りますよね。あそこにもやはり連想によるズレがありますね。単なる「資料的興味」だとこういう書き方にはならない。向井作品において看板は重要です。カーナビの声だって看板みたいなものだし。「向井豊昭における立札・看板の諸問題」という論文を誰か書くべきです。もう一つ別件ですが、系譜に木本国英の姉の木本千代という人が出てきます。「怪道をゆく」では主人公がこの人について調べているところからズレが始まる。北海道文学の先駆けともいえる人で、永太郎も彼女に会いに行っている。永太郎が会ったのは養父が亡くなって一高を中退、佐渡島で入水自殺未遂をした一年くらい後です。向井永太郎の「悲しみ」に直結する人ですね。

岡和田　木本千代は、北海道最初の文学同人誌「北海文学」に参加していた人です。当時の永太郎の歌に「木本千代刀自に」と付した「桜咲く春の木の本尋ね来てゆくりなく世を恋ひにける哉」というものがあり、「亡父木本国英の血縁を訪ねた」とも書いてあります。

山城　「怪道をゆく」だけだと、なぜ木本千代について立命館大学の図書館まで行って調べているかがわからなかったんですけどね。

先ほど、夷希微の詩は古くさかったという話がありました。五音・七音についてはいくつかの小説で主題にしていますが、やはり向井が詩から出発して小説という形式を選びとったのは、このズレの力が大きいと思うんですね。彼の小説では、一方では歴史的ルーツ探求の推進力があり、一方ではそれに批判的距離をとってズレていく遠心力がある。この二つの力を併せ見ていくと、向井豊昭という作家の姿が見えてくるのかと思う。

――「BARABARA」以降、ロードノベル風というか、自分の探索行を枠にとる作品が増えていますよね。「怪道をゆく」「飛ぶくしゃみ」も近いですが。何かについて調べるうちに時間と空間が混淆してきて、亡くなった人間が現れ、次第に思いもよらなかった場所へと抜け出ていく。

東條　駅を降りてから始まる作品が多い。

岡和田　「ズレ」という方法は平岡論文で学び取ったものだと思います。そこで論じられているクロード・シモンはヌーヴォー・ロマンの作家ですが、一見脈絡のない題材が実は言葉遊びのようにつながっていて、それが連想によって逸脱的に展開される。シモンは元々、画家志望でした。向井はそれまで、きちっとまとめて書かないと読まれないという思いが強かったはずですから、「そんなふうに逸脱していいんだ!」という驚きと自信を早稲田文学新人賞以降、深めていったのではないか。「下北半島~」を平岡は「ドふざけの変な作品」と評していますが、これはまだ、三つくらいのエピソードをまとめただけなんです。モチーフが連鎖的にズレて行くと、結果として一作ではおさまりきらない。「骨踊り」と「ええじゃないか」は「一揆」というモチーフでつながっています。おさまりきらないからこそ、何年もかけて、どんどん書き継いでいったんじゃないか。

東條　「鳩笛」自体にも、「軍歌を歌うとき、一オクターブの違いが必ずあった。ある小節は高すぎ、ある小節は低すぎ、祖父の無器用な歌声は見事にはみ出たまま、わたしの耳を打つのだった」という一文があって、すでに祖父の逸脱がキーポイントになってるんですよね。しかしそれは「手記」と勘違いされるような逸脱のない平明な語り口だった。これが平岡論文を読んで以後、「BARABARA」での成功に手応えを得て、自身のルーツであり文学のルーツでもある祖父について、改めてその逸脱をたどりつつ小説の語りもまた不断に逸脱しながらたどるのが「ええじゃないか」の三部作なのかな、と思いました。いま見ると祖父のことは「骨踊り」では言及していたものの「BARABARA」ではカットされています。

向井豊昭の不穏さ

山城　向井についてはもう一点、気になることがあります。それは東アジア反日武装戦線との関係です。亡くなる前年の二〇〇七年に岡和田さんが向井から受け取ったメールが、『闘争』で紹介されていますが、そこではこう書かれています。「一九七〇年代のはじめ、北海道出身の若者たちを中心とした東アジア反日武装戦線というものが爆弾闘争を繰り広げたのを御存知でしょうか？（……）民族差別に目を向けざるを得なかった北海道の若者たちにとって、あの時、ああするしかなかったと、わたしは、当時も思い、今でも思っています」。この、「当時も思い、今でも思っています」という言葉に強い想いがこもっているのを感じる。

岡和田　「怪道をゆく」にアイヌの歌人江口カナメが引用されますが、『アウタリ』（一九七四、新泉社）という歌集を出しています。当時、江口が出していた「アイヌの道」というリトルマガジンでは、「何、アイヌ」といわれ刺殺事件を起こした橋根直彦が取り上げられています。東アジア反日武装戦線の大道寺将司も近い文脈にいました。

山城　江口カナメの歌については、「怪道をゆく」でアイヌ語の文法にいくつか間違いはあるが、「野性の核」は摑んでいる、と評価していますね。

岡和田　このあたりの人々への言及は少ないんです。大道寺将司については「骨踊り」（「BARABARA」）だけですし、江口についても「怪道をゆく」だけ。橋根についてはありません。江口への言及については二つのルートがあると思います。一つは東アジア反日武装戦線。もう一つは、カナメを連想させる江口という姓の教え子がいたということ。

山城　アイヌ復権の教育運動での挫折ということが何度か語られますけど、具体的な体験が何かあったんでしょうか。

岡和田　決定的なことが何かあったのかどうか、それはわかりません。日々の経験の積み重なりのようなものではないでしょうか。たとえば「飛ぶくしゃみ」には、北海道教職員組合の集まりで「このレポートでは、アイヌのことを彼等って何度も書いてますよね。これ、差別だと思います」と糾弾され、「彼等って、言葉は、不適切、だった。そう、思います」と主人公が謝罪するシーンがあります。おそらく一九六〇年代でしょう。

山城　僕が最初に「エロちゃんのアート・レポート」（二〇〇二）のような軽薄そうなものを読んでいた時にも直感していたことですが、向井豊昭の作品には得体の知れない不穏なもの、政治的にクリーンな枠組には収まりきらないものがあると思うんです。文芸誌から無視されたというのも、もしかすると編集者にそうした、「こいつは何を書くかわからないぞ」と無意識的に感じさせるものがあったのかもしれない。

岡和田　それは夷希微から受け継がれているものですよね。オジイチャンがボケ役、向井がツッコミ役の同行二人で進んでいるかに見えるけれど、実は向井も相当変な人物です。

山城　他の作家なら包み隠してしまうようなことを、さらっと書いてしまう。なんでもないような、あるいは幻想的な描写でも、よく読むと（えっ）と驚くようなことが書いてある。そこがおもしろさでもあり、こわさでもある。

岡和田　向井夷希微という人も、完全にマイナーな存在かというと、実はそうともいえない。啄木という文学者は国際啄木学会ができるくらいメジャーな存在で、何月何日にどこへ行ったということまでかなりの割合で判明していますが、その伝記には必ず出て来ます。でも夷希微や「紅苜蓿」の存在は、今の文芸誌には登場しえないでしょう。この絶妙な立ち位置がカウンターになっている。

現在の文芸誌が特集などを組む場合、定番の作家を今の作家やタレントがどう読んだかというだけの感想文で終わってしまいます。そこには学術誌のような深さや目配りは当然無いし、その定番作家ないしそこから派生するパラダイムを根底的に読み替えるというような作業は最初から「面倒くさいもの」「ヤバいもの」として排除されてしまう。そういうヌルさの中で、いわゆる文学シーンから忘却されていく人や事象がたくさんある。メジャーな文学史のストリームからちょっと脇に外れただけで、「誰だ?」ということになってしまうんですね。でも、そうやって感想文を書いている書き手だって、やがては忘れ去られていく。

向井さんが過去の作家や同人誌を執拗にかつ大切にとりあげているのは、「なんでこんな誰も知らないようなものについて今更書くんだ?」と思われて伝わりづらい部分もあるかもしれないけれど、その意味ですごく貴重だと思います。文学史や歴史の読み替えという姿勢で書かれている小説だから、読めばとりあえず「こういう人たちが、かつていたんだ」ということはわかる。そのわかったことをどう捉え直すかは、後は読み手の仕事です。

(二〇一八年六月三十日　於幻戯書房)

解説「生命の論理、曙を呼ぶ声」を聞き取ること

岡和田晃

一、『骨踊り』からの読書案内

あらゆる小説は本来、虚心坦懐に読むのが一番よい。新刊で読める向井自身のテクストとしては、本書『骨踊り　向井豊昭作品選』（早稲田文学会、二〇〇八）、『怪道をゆく』（早稲田文学会、二〇〇八）のほか、『向井豊昭傑作集　飛ぶくしゃみ』（未來社、二〇一四）が出ているほか、池澤夏樹編の日本文学全集『近現代作家集Ⅲ』（河出書房新社、二〇一七）に「ゴドーを尋ねながら」（二〇〇三）が、「早稲田文学6」（二〇一三）に「用意、ドン！」（二〇〇四頃）が収められている。「骨の中のモノローグ」（二〇〇二〜〇四頃）を収めた「幻視社」八号（二〇一四）、および過去作を採録したバックナンバーの電子版は、幻視社のウェブサイトから購入できる（http://genshisha.g2.xrea.com/）。

しかしながら、サイドリーダーの不足こそが、向井豊昭を「マイナー」たらしめた大きな原因になっているのも、否定しがたい事実であろう。本書に収めた作品群で、作家が何をやろうとしていたのかについては、鼎談「向井豊昭を読み直す」が役立つことと思う。より細かな作家の軌跡と文学的な試みに関しては、私が出したモノグラフィー『向井豊昭の闘争　異種混交性（ハイブリディティ）の世界文学』（未來社、二〇一四）と、以後の関連批評を集成した『反ヘイト・反新自由主義の批評精神　いま読まれるべき〈文学〉とは何か』（寿郎社、二〇一八）を併読していただきたい。

山城むつみの「カイセイエ――向井豊昭と鳩沢佐美夫」（「すばる」二〇一八年三月号）は、本書の担当編集者（幻戯書房の名嘉真春紀）をして、

オリジナル・テクストが一部しか残存を確認されていない「脱殻《カイセイエ》」（一九七二）を復刻させると決意せしめただけの強度を持った批評である。

ウェブ上では、東條慎生が運営する「向井豊昭アーカイブ」（http://genshisha.g2.xrea.com/mukaitoyoaki/index.html）で、多数の未収録・再録原稿にあたることが可能だ。私と山城むつみとの対談「歴史の声に動かされ、テクストを掘り下げるということ」（書評SNS「シミルボン」連載 https://shimirubon.jp/columns/1687908）もある。

二、『根室・千島歴史人名事典』について

本書の頁を繰った多くの読者は、初期の「鳩笛」（一九七〇）等の明晰な筆致と、まるでスタイルが異なる「ええじゃないか」（一九九六）ほか後期作に、意外なほど多くのモチーフが共有されていることに気づくだろう。「鳩笛」が書かれることになった流れは、それこそ「脱殻《カイセイエ》」に記述された事情、そのままであろうと推察されるが、「ええじゃないか」の発表後、「武蔵国豊島郡練馬城パノラマ大写真」（一九九八）や「あゝうつくしや」（二〇〇〇）といった作品が執筆されるに及んで、向井は祖父・夷希微（永太郎）をはじめとした「北海道文学」の知られざる先人たちについて、改めて調査に乗り出すことになった。その成果は、私家版の論集『北海道文学を掘る』（二〇〇一）にまとめられた。そのあとがきでは以下のように、本書所収の『根室・千島歴史人名事典』（二〇〇二）での「向井夷希微」の項目を執筆するに至った経緯が書き留められている。

根室・千島歴史人名事典編纂委員会から一通の依頼状が届いたのは、一九九八年の春のことだった。その地方で育った祖父・向井夷希微を人名事典に収めたいので執筆を頼みたいとのことで、快諾したわたしは、早速、祖父についての不透明な部分を明らかにしようと調査を始めた。

　国会図書館では、明治期の文学雑誌を手に取り、詩人としての彼の第一歩となる作品を発見することができた。とるにたりない小さな発見ではあったが、大きな発見もやってきた。手にしたもろもろの本の中から、思いがけない北海道の先人が、思いがけない作品をたずさえて現われてきたのである。調査も終わり、まったく別の必要があって図書館へ出かけてみると、同じことはやはり続いた。

　かつて北海道で生活し、風土の歴史に心を揺り動かされ、小説のようなものを書き出したわたしにとって、それら埋もれた作品や先人をほったらかして、祖父一人の鎮魂だけで済ませてしまうなどということは許されることではなかった。


　向井夷希微について調べることは、その他の先人についても、芋づる式に関心が広がっていくことを意味したのだ。こうした連鎖反応は、平岡篤頼「フランス小説の現在」（一九八四）で解説されるクロード・シモンが採った方法に、相通じるように思われてならない。本書には、そこから祖父についての伝記的事実を再整理した「向井夷希微」の項目も同事典から収めてある。なお、この事典自体、編集に九年を要した労作なのだが、現在では入手困難になってしまっている。

三、向井豊昭とサミュエル・ベケット

「骨踊り」以降の後期作に見られる複雑な語り《ナラティヴ》は、いったい何を目したのだろうか。私は「「辺境」という発火源――向井豊昭と新冠御料牧場」（『北の想像力』所収、二〇一四）において、向井が駆使する「魔術的リアリズム」の原点を

考察した。詳しくは、同論考を参照いただきたいが、ここでは角度を変えて、向井作品に見られる不穏さ、核となる動機を摑ませない不明瞭さについて思考してみたい。作風の変遷、その軸を確認するため、新人賞を受けた後の向井豊昭が主たる活動の場としていた、「早稲田文学」をひもといてみよう。二〇〇三年十一月号では、「書き手にとって「雑誌」とは?」というアンケート特集が組まれていた。「忌憚ない声」を聞くためと称し無記名アンケートという体裁をとっているものの、回答内容から執筆者が容易に割り出せるものも少なくない。「自分ならこんな雑誌をつくる／企画を組む、というものがあれば、お聞かせください」という設問に「日本文学史を処刑する」という企画はどうだろう?」と過激な回答を寄せたのは、どう見ても向井だ。開陳された本音から、二つの質問と回答を抽出・整理してみる。

Q1:もっとも記憶に残る、文芸／思想雑誌の特集あるいは号はなんですか?
A1:「ユリイカ」一九八二年一一月号のベケット特集。二十一年間、捨てられもせず、書棚の目につく位置にある。多分、これはわたしにとって挫折した運動の戦後を問うものであったのだろう。
Q2:これまで執筆した雑誌媒体で、もっとも印象深かったのはなんですか?(文芸／思想誌に限りません)できれば理由もお聞かせください。
A2:「ウタリと教育」。一九六八年二月に発行されたアイヌと子どもたちの現実を問う教育誌。ガリ版刷り。逝くモノは美しいと言っておこう。

この特集は実質的に、翌年の「早稲田文学」に掲載される柄谷行人「近代文学の終り」や以後の関連特集に向けた助走という位置付けになっていた。A1を受け、いざ、向井が所有していた「ユリイカ」を確認してみると、サミュエル・ベケット作品のなかでも『ゴドーを待ちながら』の特徴を、作家が様々な角度から綿密にチェックしていたことが窺い知れる。

『『ゴドーを待ちながら』は私たちの毎日の存在を構成する「何も起こらない」様相を見事に捉えている。だからこの作品は身近な光景であり、私たちが自分の姿を認めて戦慄するレントゲン写真なのだ」（アルフォンソ・サストレ「『ゴドーを待ちながら』をめぐる七つの覚え書《ノート》」安達まみ訳）、「葛藤というか、展開がないということなんですよね。展開がないけれども構造がある」（高橋康也×別役実「ベケット的円環」より別役の発言）、「作品を理解可能な、ほとんど触知可能な概念に置き換えること」（川口喬一「厳密なる即興」傍点原文）といった箇所に線引きがあることから鑑みると、向井が学んだポイントが見えてくる。

「脱殻《カイセイエ》」の発表と前後し、活動中期の向井は、従来のように「アイヌ」を正面から主題化するよりも、家族との日常を小説に書き記すことが増えてきた。すなわち、それは「何も起きない」家族との生活に文学的な「構造」を見出し、「触知可能」な身体感覚をもったものとして提示する営みだったということを、向井はベケットを介して知ったのではないか。ここから、平岡篤頼「フランス小説の現在」に立ち返れば、「骨踊り」等で向井が意識した「方法」がわかる。

ベケットやシモンら「ヌーヴォー・ロマン（新しい小説）」に括られる作家たちは、二度の大戦で灰燼と帰したヨーロッパ文化において真に「新しい」ものであるためには、実存主義文学が表現した「不条理」ですら足りずに、「ただ、そこにあるだけ」となった存在を表現するという苦渋の選択を余儀なくされた。向井の「挫折した運動の戦後を問うもの」も、そのように「ただ、そこにあるだけ」から出発するというものだったのだろう。

四、「ウタリと教育」と綴方教育

向井にとって「運動」は、それこそ戦争体験に比すべき重みをもっていた。ここでA2にて言及される「ウタリと教育」が意味を持ってくる。「逝くモノは美しい」とあることから、「挫折した運動」とは「ウタリと教育」に関わる活動を指すとみて、まず間違いはないだろう。「ウタリと教育」は、郷内満・伊藤明・向井豊昭の三人が立ち上げた「北海道ウタリと教育を守る会」の機関誌で、私の知る限り、今となっては北海道立図書館北方資料室で創刊号・二号・四号の架蔵が確認できるのみである。

北海道ウタリと教育を守る会は、「アイヌ」と和人が親睦を深めて無知や偏見のない社会を目指す「ペウレ・ウタリの会」(一九六四年発足)など、他の団体との連携も模索しており、向井自身、機関誌「ペウレ・ウタリ」の第二期三号(一九七五)から、北海道での四半世紀にわたる教員生活を辞して東京へと移住する前年に刊行された二〇号(一九八六)まで、しばしば寄稿を行っていた。「ペウレ・ウタリ」第一期十五号(一九六八)には、「ウタリと教育」からの抜粋が紹介されている。

「ウタリと教育」の「発刊によせて」(郷内満)には、「この会は、ウタリの民俗的な問題を学んだり、究明したりするものではない。その部面の必要性は否定できないとしても、教育の現状を通し、労働の現状を通し、社会の現状を通す中で、その差別と矛盾の根っこをしっかり把握し、真に希求する民主社会を築きあげるための運動の指針であり、集約でなければならない」と記されていた。そのうえで、創刊号に向井が寄せたのは、教え子(児童)に書かせた十本の作文と寸評であった」(「綴方は語る」、一九六八)。

　同級生から「アイヌ」と罵倒される経験を語る児童、シングルマザーの母親が病気で働けなくなった窮状を綴る児童、きょうだいの面倒を見るため学校を長欠せねばならない児童……いずれも「アイヌ系」の子どもであった。最後の児童は、「ばばちゃんはアイヌだから、くちのまわりにいろをぬっています。そしてかおにはあまりしわがありませんが、てにはしわがあります。でも、ばばちゃんはいいかおをしているとおもいます」と、家族へあたたかな眼差しを送っている。しかしながら、自らのルーツが「アイヌ」にもかかわらず、酒を飲んで踊る「アイヌ」の老人たちを「きちがいみたいだった」と書いてしまう子どもすらいた。最後の事例については、「「きちがい」後日談」(一九六九、『向井豊昭傑作集　飛ぶくしゃみ』に再録)に詳しいが、これら児童の作文は複数のエッセイで紹介されていることから、向井に強い衝撃を与え

――祖父・向井夷希微へのこだわりと並び――執筆活動における屋台骨になったのがよくわかる。

　綴方教育を指導するにあたり、向井は「どのように」書くかよりも、「何を」、そして「何のために」書くかを重視した。それは児童に対してのみならず、教師である向井自身を問い直す作業でもあったのだろう。「ウタリと教育」の二号に寄せた「曙色の傷はあるか」(一九六八)では、「運動の原点となるべき傷」について書いている。いくら「科学的」で「堅固」な「論理の投網」を編み上げても、それで人の心が動くわけではない。「一人一人の心にアイヌ問題の傷はあるのかないのか。その傷を曙色に照り映えさせようとする魂はあるのかないのか。それがないところで、いくら叫ぼうが馬の耳に念仏なのである」としたうえで、父親がおらずIQ(知能指数)も64しかないと紹介される「アイヌ系」児童(小学四年生)の綴方指導をした

経験が、「抒情的な雑文」と冠したうえで紹介されている。向井は、部落問題研究所の文学読本「はぐるま」から、子猫に吠えかかる犬を黙って見ている子どもの寓話を通じて傍観者としての心性を批判するオセーエワの「だから　わるい」を、短く漢字が少ないからと教材に選び、他の児童と一緒に講読する試みをしていた。二年の終りには、あたかも父親代わりのように、もっと先生（向井）と勉強したいという意志が、拙いながらも綴方を通して示されていた。

この綴方を読んで向井は、少なからぬ手応えを得たようだが、自らの無力も痛感したようだ。北海道の片田舎では、小学校を卒業すれば、子どもは半ば「大人」として「牙を剝く社会のなかに押し出されていく」という現実が存在する。そんななかで、子どもたちを民族的差別から「解放」するのは夢物語に思われたのだろう。にもかかわらず、「アイヌ問題といい、国民教育運動といい、民族教育といい、ぼくらはその発想の底に、一人一人の子どもたちの具体的な姿を込めているだろうか」と、向井は問いかける。けれども晩年、作家はそうした「抒情（叙情）」を、激しく悔悟することになる。背景には、自分は「アイヌ」の子どもに対する同化教育の総仕上げに加担してしまった、との反省が根ざしていた（「あゝうつくしや」や、「怪道をゆく」二〇〇一など）。

五、国民教育運動と「アイヌ」

何が向井を、そこまで後悔させたのか。「国民教育運動」という言葉が使われていたことに着目しよう。森田俊男『国民教育の課題』（一九六九）では、「ウタリと教育」が大きく引用・紹介されている。「国民大衆」の立場に依拠しながら、戦前の天皇制ファシズムとは異なる形で「日本民族」を、周縁化されたマイノリティ（「アイヌ」、「小笠原・欧米系」、「沖縄」、「未解放部落（被差別部落）」、「在日朝鮮人」）の歴史を綜合する形で再考するというのが、「国民教育運動」の目指すところであった。

　森田俊男は、国民教育運動の理論家のなかでも、「アイヌ」に持続的な関心を抱き続けた稀有な書き手であったが、前著『沖縄問題と国民教育の創造』（一九六七）において、〝沖縄学の父〟こと言語学者の伊波普猷が、「アイヌは別として、沖縄には完全な自治を」と差別的に述べていた事実を十分に批判できなかったことを悔やんでいた。つまり、二〇一八年末現在でなお、いや、いっそう「中央」による苛烈な暴力にさらされている沖縄と、「アイヌ」を分断させてしまわないこと。それが森田の狙いだったのだ。だからこそ森田は、歴史の連続性を重要視する。森田は沖縄の現状を、「琉球処分」の歴史へ立ち返ることで理解していたのと同様に、向井らによる「アイヌ解放」の教育実践を「明治百年」あるいは「北海道百年」（ともに一九六八年）の文脈を継承する形で位置付けていた。そこから、自らの教育実践が「同化教育の総仕上げ」であるという向井の反省的な視座が抽出されざるをえなかったのは皮肉である。

　向井が所属していた北教組日高支部教研では、国民教育運動の分科会があり、向井はそこから「差別とアイヌの教育」の分科会の立ち上げに関わった。現場的実践として、向井は綴方教育を採ったのである。病没する三週間前に刊行された「Mortos」終刊号（二〇〇八）にも再録された「思想は地べたから」（一九六九）は、最晩年の向井が「私の小説の裏側を示すもの」だと語ったエッセイだが、「ウタリと教育」の発刊主体である「北海道ウタリと教育を守る会」の発足から、「道民教、道歴教協、それら多くの仲間に支えられ、暗がりを歩むような実践が少しずつはじめられた」と、その経験が書きつけられている。

　何しろ、当時は「アイヌ」は社会的なラベリングを与える言葉として受け止められたし、「先住民族」という言葉を使うと、新任教師研修会の現場でさえ「哄笑」の対象になったのだという。「思想は地べたから」では、「ばばちゃんのかお」をはじめとした生活綴方が改めて紹介されていく。そのうえで、この「作文と教育」を通して、被差別部落における教育実践を知り、部落差別とアイヌ差別の「あまりの共通性に驚き、部落問題の文献を読むようになった」経験が綴られている。

ただ、「ウタリと教育」の創刊号に収められ、先述した「ペウレ・ウタリ」の第一期十五号にも再録された伊藤明「アイヌ民族の人権・教育について」では、差別をなくすために必要な方策として、「もっとも根本は和人の反省」としながら、「1　同化教育による日本民族との完全同化の道をめざす方向」、「2　民族としての自覚をもち集団として地位をたかめ民族のほこりを取りもどす方向」が模索された。「北海道ウタリと教育を守る会」としては、「2」の方向性を重視した旨が窺える。

つまり、混血が進んだ日本社会において、経済的な貧困層に固定化している「アイヌ」が「差別から劣等感からぬけだすため」に同化を求める状況があるなか、その「同化」志向を同和教育の方法で組み替えていくという手段として、「1」が選択肢に入れられるような「状況」が存在した。現在の多文化主義とは似て非なる、いわば国民教育運動の限界だと言える。つまり、「日本人」としての公平を目指す以上、植民地主義がもたらした、前提としての非対称性が後景化されてしまうのだ。向井が「同化教育の総仕上げ」と自らを振り返ったのも、まさしくこの点に違和感を抱いていたからではないか。

六、集団主義教育と『滝山コミューン一九七四』

加えて当時、「作文と教育」が理論的な主導を担っていた綴方教育は、半ば時代遅れのものとなっていた。無着成恭《むちゃくせいきょう》『山びこ学校』(一九五一)で注目された戦後の綴方教育は、生活指導が並行して行われることが前提になっているが、一九五〇年代末からの「集団主義教育」の浸透とともに、「近代主義」、「情緒主義」として批判されるようになったからである(村上純一「宮坂哲文の生活指導論と生活綴方論」一九八九)。集団主義教育とは、ソ連のアントン・マカレンコらの理論を応用しつつ、資本主義や自由放任主義によって疎外された「個」を、集団の視点で恢復させることを目したものだった。イデオロギー色を排したうえで、教室運営の技術として取り入れられ、いまでも班活動の進め方などに名残りを見ることができる。

近年において集団主義教育は、苛烈な批判の対象となっている。その火付け役となったのは、講談社ノンフィクション賞を受けた原武史『滝山コミューン一九七四』(二〇〇七)だろう。一九六二年生まれの原が——社会学におけるライフストーリー研究を模したような——私小説的とも言える語りで、東京郊外に位置する滝山団地で展開された集団主義教育の実体験を回想する、といった内容である。一九七〇年代、最新のライフスタイルであった団地には、進歩的な家族が多く暮らしており、社会党や共産党が支持を集め、堤康次郎が主導し西武線沿線に展開された独自の文化環境に代表される、革新的な空気があった。そのような土壌で国家権力による強制ではない、自治管理を軸にしたコミューンを作ろうとした教育運動が模索された。

しかしながら、原が赤裸々に開陳した教室の風景は読者に衝撃を与えた。班同士を競争させることで「ボロ班」を作り、順応的ではない児童に対しては、児童たち自身による「追求」が行われ自己批判を迫るといった光景が、あまりにもグロテスクだったからである。なぜ、それが成立してしまったのかというと、「社会主義の理想」が息づいていて、それが空回りしてしまったからだというのが原の見立てである。

この見立ては、集団主義教育が、ファシズムやスターリニズムめいた形で「個」を蹂躙してしまうことの説明として理解されたが、反面、バックラッシュをも培った。『滝山コミューン一九七四』が発刊された当初、大和総研チーフエコノミストの原田泰のように、滝山団地の児童をソ連のピオニールに擬《なぞら》えつつ、「日本でエリートになるには、ピオニールになるのではなく、偏差値の高い大学に行くことが有利だ」という、新自由主義的な観点からの論評が出ている（「週刊東洋経済」二〇〇七年十二月一日号）。さらには、「教育勅語」の復権や疑似科学そのものである「親学」の推進など、公教育の屋台骨を着々と破壊し続けている日本会議的な教育観の浸透には、かつての集団主義教育を「来るべき社会主義社会に備え、それに相応しい人材を育成しようとした」（八木秀次の『滝山コミューン一九七四』評、「SAPIO」二〇〇七年七月二十五日号）ものだと仮想敵にする視点が、少なからず寄与している。

七、集団主義教育と、北海道ウタリと教育を守る会

『滝山コミューン一九七四』で検討されるのは全国生活指導研究協議会（全生研）の理論だが、全生研メンバーでも繰り返し名指しで批判されるのは、大西忠治である。大西は、自身が参加した論集『なぜ集団主義を選んだか』（一九六五）で、自らの指導の出発点が生活綴方教育にあるとし、最初に赴任し三年間勤務した北海道・浦河町の浦河第二中学校で、「子どもにありのままの心情と生活をつづらせ、それをみんなの中に出し、はなしあい、そうすればだんだんに集団に高まっていく」（傍点原文）と、マカ

レンコの名前すら知らない時期に集団主義教育を独自に実践していたと回想している。道南の浦河町は、全道で唯一、最後まで「和人」のいない「旧土人学校」を有していた歴史がある。そうした土地柄も相俟ってか、北海道ウタリと教育を守る会やその周辺には、浦河における公教育と縁の深い者が少なくなかった(伊藤明など)。また、『なぜ集団主義を選んだか』には、同じく道南の豊浦町の大岸小学校で教えていた逸見ゆりが、「当地では、アイヌ、という言葉は禁句のようになっている」にもかかわらず、「ア、イヌの子がきた。くさいぞ」と同級生へ語りかけたことを問題視し、クラス全体で討議した事例を報告している。

『なぜ集団主義を選んだのか』に寄稿した者のなかには、金倉義慧《かなくらぎけい》もいた。金倉の出身校であり、教師としての最初の着任校でもあった北海道の深川西高校は、敗戦直後に民主化の経験をもち、自主管理の経験があったがゆえ、公安の監視対象とされていた。そこに一九五四年「あゆみ会事件」が起こる。公安のリークを真に受け、「日本共産党の軍事訓練に参加した」との虚偽の報道を「北海日日新聞」でなされた生徒が、抗議のために自殺したのだ。金倉が赴任したのは、その余波も冷めきらぬ一九五七年で、ちょうど六〇年安保を挟んだ時期にもあたり、「教師の団結、生徒との連帯」による集団主義が整備されつつあったのだ。

ところが、金倉は一九六七年に「不当配転」で、道南にある静内高校へ移る羽目になる。「静内に来てはじめてアイヌ差別の実態を知った」と、金倉は「ウタリと教育」創刊号に書き、部落差別からの解放のように「斗う組織」すら持たない「アイヌ」差別の深刻さを嘆いていた(「ほんのうわべの事実から」)。

つまり、一九六〇年代の向井は、集団主義教育の実践と、きわめて近い場所に位置していたのだ。だからこそ、逆説的になるが、あえて向井は綴方教育の実践へ精力を傾注したのではないか。宮坂哲文『集団主義と生活綴方』(一九六三)のように、生活綴方教育と集団主義教育を架橋しようとする理論もあったが、「一定の目的的実践」のもとでは、「集団の民主的秩序の破壊者」を「なかまはずし」することは容認されていた。それでは、「秩序」の外にある「アイヌ」への差別はなくならない。他方、国民教育運動の文脈では、「アイヌ」については「民族」としての自立よりも、「日本国民」であることの平等性の確保を重視せざるをえなかった。森田俊男も、アイヌ語復権の必要性を『国民教育の課題』で訴えてはいる。しかしながら、アイヌ語やアイヌ文化に対し、日常においては忌避すべきものとする見方が圧倒的であった当時の「状況」において、生活実践としての綴方指導は日本語で行われねばならなかった。無着成恭ですら、『山びこ学校』を生んだ山元村(山形県)での実践からは三年で「逃亡」を余儀なくされ——マスコミからメディア・スターとしてもてはやされつつ——新たな実践として科学的な言語教育のあり方を模索していた時代である。向井の煩悶は想像に難くなく、やがて「アイヌ」を教える現場から「逃亡」してしまうのも、どこかしら無着を擬していたのかもしれない。こうした微妙な立ち位置を押さえておけば、向井のテクストの根っこにある不明瞭さが、いくぶん晴れるのではないかと思う。個と個が全身的にぶつかりあいながら、それを集団へと昇華させるのではなく、「生命の論理、曙を呼ぶ声」を聞き取ること。それが向井の理想だったのだ。

八、「あゝうつくしや」について

山城むつみ「連続する問題　第三回　向井豊昭没後十年」(「すばる」二〇一八年十二月号)では、本書に収めた作品のなかで、ある意味でもっとも謎に満ちた「あゝうつくしや」（二〇〇〇）の意義と背景が、仔細に分析されている。山城の論考は、本来であれば本書の刊行と並行して発表されるはずだったもので（本書が遅れた）、本書には収めていないものの、「あゝうつくしや」を読み解くうえで必須のテクストと断言でき、読了後にでも（万難を排して！）入手されたい。同論では、私が山城へコメントした調査の内容が言及されているが、アウトラインとして、その箇所を最後に紹介しておく。

　向井の名が全国的に知られるようになったのは、個人誌「手」の創刊号に掲載したドキュメンタリー風の小説「御料牧場」（一九六五、内容については先述の「「辺境」という発火源」に詳しい）が、部落問題研究所発行の「部落」一九九号（一九六六）へ転載されたことによる。きっかけを作ったのは、同研究所の東上高志だった。「手」第三号の後書きには、東上からの転載の申し出に触れ、「光栄である。ぼくはこれからも、自分自身の痛みを通して「部落《コタン》」の姿を考えていきたい」と記している。同じ年の冬、向井は「部落」二〇九号に「ルポ　アイヌの子どもたち　その教育の過去と現実」を発表しているが、それは先だって北海道地方史研究会員の石井清治が「部落」一八六号へ発表していた、歴史的に構えの大きな視座から部落解放運動と「アイヌ」差別解消の連帯を訴える「北海道の未解放部落＝コタン」（一九六五）に収まりきらない、現場からの報告だという断り書きで書かれていた。つまり、向井は早くから「アイヌ」への差別と部落差別の構造的な類似性を意識していたのだ。

　けれども当時、部落解放運動の内部分裂の影響から、「部落」は五千部の実売が二千部にまで落ち込む危機的な状況にあった（東上高志『川端分館の頃』二〇〇四）。さらには、東上自身が「部落」二〇一号（一九六六）へ寄せた「ルポ　東北の部落」が、厳しい糾弾を受けていた。

こうした「状況」を受けてからか、向井は「部落」および「新日本文学」への投書において――間接的にであれ――東上高志を擁護する論陣を張っていた。

　以上のような経緯が「傷跡」として、三十四年の後に発表された「あゝうつくしや」には色濃く残されている。というのも、東上は一九九九年に『校長の死と「日の丸・君が代」』という編著を出していた。結果として与党・自民党による日の丸・君が代の法制化を招いた、広島県の高校校長の自殺事件（一九九九年三月）の背景を論じたものだ。おそらく向井はこの本を読み、それに突き動かされて「あゝうつくしや」を書き上げたが、短絡的なメッセージへと還元できない構造を抉剔《けってき》させようとしていたのは、まず間違いないところである。

向井豊昭年譜

一九三三（昭和八）年　〇歳

十一月十四日、東京の「都心から離れた大井町の長屋」に生まれる。祖父は、石川啄木を「北門新報」に紹介したことでも知られる、詩人の向井夷希微《いきび》（一八八一〜一九四四）。祖母は、田中イチ。母は銀座で「カフェーの女給」をしていた十三夜《とみよ》。豊昭の父については一切を語らず早世し、育ての親となった祖母も伝える言葉をほとんど持っていなかった。後に、父は荒川照雄という名の、すでに妻子があり「田園調布の辺り」に家を持っていた男だと見当をつける。

一九四五（昭和二十）年　十二歳

三月、大井第一国民学校（現・品川区立大井第一小学校）在学中に東京大空襲を経験し、祖母の故郷である青森県下北郡川内町（現・むつ市）に疎開。前年度の「登校拒否」によって出席日数が不足していたことから、本来より一学年下、国民学校五年生に転入。

一九五〇（昭和二十五）年　十七歳

川内中学校を卒業（在学中の四九年には生徒会を結成、初代会長に就任していた）。同町の大揚鉱山（現在は閉山）で勤務の傍ら、青森県大湊高校（現・青森県立大湊高校川内分校）の定時制（現在は廃止）に学ぶ。高校では陸上部に所属。この頃から創作を始める。後に民具研究家として著名となる田中忠三郎（一九三三〜二〇一三）と友誼を結ぶ。

一九五一（昭和二十六）年　十八歳

『日本現代詩大系　第5巻』（河出書房）に、向井夷希微の『よみがへり』および『胡馬の嘶き』を初出とする詩が収められたが、解説者の矢野峰人からは黙殺に近い扱いを受けた。

一九五三（昭和二十八）年頃　二十歳頃

高校卒業の半年ほど前から、肺結核で病臥する。陸奥湾をのぞむ国立療養所臨浦園（現・独立行政法人国立病院機構青森病院）に入所。

一九五六（昭和三十一）年　二十三歳

臨浦園内で詩のサークル「眼《まなぐ》」を結成、詩誌の刊行を開始する。この頃、後に妻となる奈良恵子と出逢う（なお、恵子と結婚後は、長女・聖火［一九六四年生まれ］、次女・四季［六八年生まれ］、長男・流［七〇年生まれ］と、三人の子どもに恵まれる）。園内では、個人誌「草」を発刊（現存確認できず）。

一九五九（昭和三十四）年　二十六歳

六月、他のサークルと合同での『詩集　果樹園』（臨浦園詩の会）を刊行（詩「愛は」と、批評「〈眼〉の詩誌的解剖」収録）。この頃、肺結核の手術を行う。臨浦園退所後は、青森市内の印刷所にてガリ版刷りの「筆耕」として勤務。

一九六二（昭和三十七）年　二十九歳

玉川大学文学部教育学科（通信教育課程）二年を修了。資格を得て四月から青森県下北郡大間町立奥戸小学校教諭となるが（七月まで）、「暗い記憶の多い」青森を脱し、北海道日高管内に転出。この頃、青森のある教会でキリスト教の洗礼を受けたが、妻にも積極的な話題とはせず、一九六〇年代後半の手紙では「もう今のわたしにとっては古い昔話」と回想している。八月から静内町（現・新ひだか町）に在住、静内町立御園《みその》小学校（一九八六年閉校）に赴任する。担任したクラスには、〈アイヌ〉の子どもたちが多数、在籍していた。御園小学校には八年勤務し、その後、日高町立三岩小学校（一九七七年閉校）、三石町（現・新ひだか町）立鳧舞《けりまい》小学校（二〇一一年閉校）、新冠《にいかっぷ》町立新冠小学校、静内町立田原小学校（一九八六年に閉校）、静内町立高静小学校等に勤務。

一九六六（昭和四十一）年　三十三歳

それまで参加していた同人誌を退会し、前年一月から刊行を開始した手書き・ガリ版刷りの雑誌「手」(私家版)の創刊号に掲載の「御料牧場」が、「文學界」(文藝春秋)一九六六年一月号の同人雑誌評に取り上げられて好評を博し、部落問題研究所員の東上高志の依頼を受けて「部落」(部落問題研究所)百九十九号に転載。「文學界」での選者は、石川啄木研究家の久保田正文(一九一二~二〇〇一)。「手」の収録作は〈アイヌ〉や貧困、差別をモチーフとしていた。この頃から、教育の現場で〈アイヌ〉に対する差別を解消するための先駆的な運動へ本格的に参与し、関係者と交流を深めていたのが確認できる。当時、東上高志は「部落」二百一号に「ルポ 東北の部落」を発表し、厳しい糾弾を受けていたが、向井は「部落」や「新日本文学」(新日本文学会)誌上にて、土方鉄のルポルタージュへの反論という形で、間接的に東上を擁護する。四月に刊行した「手」四号の「あとがき」で、日本共産党の下部組織である日本民主主義文学同盟に加入したことを告白。十一月、郷内満(一九三四~二〇一五、静内町立豊畑小学校教諭・当時)・伊藤明(浦河高校教諭・当時)らと「北海道ウタリと教育を守る会」を結成、六八年二月から機関紙「ウタリと教育」を発行(四号まで確認)。

一九六七(昭和四十二)年 三十四歳

前年発表した「うた詠み」(「手」五号)が、「文學界」二月号の同人雑誌評(選・久保田正文)で高く評価され、同号に全文転載。本作によって一躍、北海道で活躍する新進作家の一人とみなされるようになった。

一九六八(昭和四十三)年 三十五歳

七月、北海道を代表する文芸誌「北方文芸」(北方文芸社)一巻七号にて、後にベストセラー作家となる渡辺淳一(一九三三~二〇一四)、〈アイヌ〉にこだわり続けた「和人」の作家・三好文夫(一九二九~七八)、根室の地を愛憎半ばする筆致で描き続けた中沢茂(一九〇九~九七)らと、「座談会 辺地と職業の中の文学」。十月、

「手」九号に「耳のない独唱」。「小四教育技術」（小学館）二十二巻六号に転載される。十二月、「北海道の文化」（北海道文化財保護協会）十五号に「北海道における文化財保護の特殊性」。

一九六九（昭和四十四）年　三十六歳

七月、〈アイヌ〉初の近代小説の書き手として知られる鳩沢佐美夫（一九三五～一九七一）が立ち上げた「日高文芸」（日高文芸協会）二号に「二つの名」。同誌寄稿者の交流紙「葦通信」にもたびたび寄稿。九月、「北海道の文化」十七号に「「きちがい」後日談」。

一九七〇（昭和四十五）年　三十七歳

晩年まで続いた作家・考古学研究者の藤本英夫（一九二七～二〇〇五）との交流が、この頃から確認できる。七月、「日高文芸」五号に夷希微への複雑な想いを作品化した「鳩笛」。祖父については、その後も折にふれて、作品やエッセイの題材に取り上げ続けることになる。

一九七一（昭和四十六）年　三十八歳

この頃から、エスペラント語の独習を開始。一月、三好文夫が編集に参加した『コタンの痕跡――アイヌ人権史の一断面』（旭川人権擁護委員連合会）に〈アイヌ〉と教育についてのレポートの総決算ともいうべき「アイヌの子どもたち」。四月、鳩沢佐美夫と決別（鳩沢は八月に逝去）。十一月、「手」十号に「円空」、「流《りゅう》」。

一九七二～三（昭和四十七～八）年　三十九歳

この頃、〈アイヌ〉と教育の現場から「逃亡」。七二年五月、「手」十一号に「雑端木小屋《ジャツパキ》のピープル」、「脱殻《カイセイエ》」。八月刊行の『若きアイヌの魂　鳩沢佐美夫遺稿集』（新人物往来社）に収められた鳩沢の須貝光夫宛て書簡に自身との決別が明記されていたことに、憤懣やるかたない想いを抱く。

一九七四（昭和四十九）年　四十一歳

表題作ほか四篇を収めた初の単行本『鳩笛』を、田中忠三郎が発行人をつとめた北の街社より自費出版（限定五百部）。この年、アイヌ民話

「パナンペとペナンペ」をエスペラント語に訳し、自費出版。六月の「北海道新聞」夕刊で紹介される。九月、「北方文芸」七巻九号に「エスペラントという理想」。

一九七五（昭和五十）年　四十二歳

二月、「ペウレ・ウタリ」（ペウレ・ウタリの会）第二期三号にエリック・V・ヘルツェン「ラップ人は自分の権利のために戦っている」を翻訳。「ペウレ・ウタリ」への寄稿は、八六年頃まで続く。この年、アイヌ民話「幌尻《ぽろしり》岳の二つの乳房」のエスペラント語版を自費出版。三月、「朝日新聞」北海道版の連載「新人その人と作品」に取り上げられる（評者・沢田誠一）。「不遇な祖父への傾斜」と題し、「鳩笛」が詳しく紹介された。

一九七六（昭和五十一）年　四十三歳

三月、北海道庁爆破事件発生。警察当局に関与を疑われる。九月、「日高ＰＥＮ」（日高ペンクラブ）第七号に、ハンガリーのエスペラント作家、ベンチク・ヴィルモシュ「シャーネックの死」を翻訳。十月、エスペランティストにして、ローマ字運動の先駆者でもあった斎藤秀一《ひでかつ》（一九〇八〜一九四〇年）に取材した「Saitô-Hidekatu」（「幻視社」［幻視社］七号に採録）等、合計四篇を収めた第二創作集『ここにも』を自費出版、更科源蔵（一九〇四〜一九八五）や、エスペラントティストの峰芳隆（一九四一〜二〇一七）に謹呈。三ツ石清（一九一三〜二〇〇九）や星田淳ら、エスペランティストとの積極的な交流は少なくとも八三年頃まで続き、特筆すべき業績としてはフランスのフレネ自由教育のエスペラント部会が発行する機関紙「ICEM-Esperanto」に、教育実践報告や掌編小説を寄稿するといった活動がある。

一九八〇年（昭和五十五）年　四十七歳

夏、新潟の作家・高橋実を訪問。九月、「北方文芸」十三巻九号に、シャクシャインの乱を描く歴史小説「寛文蝦夷の島」（後に「補遺」も書かれるが生前未発表)。同月、「うた詠み」が、『北海道文学全集　第二十一巻　さまざまな座標(二)』(立風書房)に収められる。

一九八二(昭和五十七)年　四十九歳

五月、「北方文芸」十五巻五号に、〈アイヌ〉の口承文芸を擬した「ハンロ　ウッサム」(後に改稿、「千年の道」と題されるが未発表、向井豊昭アーカイブに採録)。同月、結婚二十周年として、向井夷希微の詩集からの抜粋・復刻を含め、向井恵子の詩も入れ込んだ共著『詩集　北海道』(文林堂印刷)を自費出版。収録された豊昭の詩「母音」は、前年に第四回日教組文学賞の佳作に選ばれたもの。「ユリイカ」(青土社)十一月号のサミュエル・ベケット特集によって「ヌーヴォー・ロマン」へ関心を抱く。

一九八四(昭和五十九)年　五十一歳

夏休みに札幌の書店で購入した「早稲田文学」(早稲田文学会)九月号掲載の平岡篤頼(一九二九〜二〇〇五)「フランス小説の現在――いつわりの難解さとその活力」を通して「ヌーヴォー・ロマン」と本格的に出逢う。十二月、「第二の故郷」である下北半島を一周し、その経験と平岡篤頼の影響で「方法を意識し始めた」。

一九八五(昭和六十)年　五十二歳

地元紙「苫小牧民報」(苫小牧民報社)でコラムを連載。幼少期の経験に取材した「国民学校落第生」で第二十回新日本文学賞の佳作となる(未発表、遺稿として「向井豊昭アーカイブ」に採録)。十月、『北海道文学大事典』(北海道文学館)発刊、「向井豊昭」の項目が設けられていた(執筆・小松茂)。

一九八七(昭和六十二)年　五十四歳

長男・流の高校中退を契機とし、勤務を退職、三月三十一日、一家で上京する。テレビ番組のエキストラ、大井競馬場のガードマン、新聞の事務屋、銀行の使送員など、多様なアルバイトを経験する。五月、『詩集　北海道』の一部が、

『北海道文学百景』（共同文化社）に採録される。

一九八八（昭和六十三）年　五十五歳

東京都足立区南千住の小学校（二校）で、産休に入った教師の代表教員をつとめる（八九年まで）。この時の経験をもとに、『骨踊《こつ》り』が書かれた。

一九九三（平成五）年　六十歳

この頃、長編童話『UFO小学校』を完成させる（未発表、「向井豊昭アーカイブ」に採録）。「くらしと教育をつなぐWe」（Weの会）へ寄稿を開始。また、一九八四年の下北半島旅行に取材した「下北における青年期の社会化過程に関する研究」で第九回早稲田文学新人賞最終候補。

一九九四（平成六）年　六十一歳

大井競馬場でのガードマン体験に取材した「自分稼《かへぎ》豊昭のガードマン」（未発表、遺稿として「幻視社」六号に採録）で、労働者文学賞一九九四佳作（選者・久保田正文）。これは全編が下北弁で書かれた作品だが、同様の下北弁小説を、大湊高校時代の担任であった齋藤作治が主催する「はなます」に寄稿開始（二号、「自分稼豊昭のエキストラ」等、十四号まで）。交流があった地方史家の鳴海健太郎と誌面でも肩を並べる。

一九九六（平成八）年　六十三歳

『骨踊り』をブラッシュアップした「BARABARA」で第十二回早稲田文学新人賞を選考委員（荒川洋治、富岡幸一郎、平岡篤頼、福島泰樹、相馬基彦、三田誠広）の満場一致で受賞。以後、「早稲田文学」をホームとして、精力的に作品発表を続ける。「BARABARA」および「下北における青年期の社会化過程に関する研究」が、当時の同誌掲載作品としては異例なことに、「朝日新聞」の文芸時評の対象となる（評者・蓮實重彥）。「早稲田文学」九月号に、「鳩笛」の本格的なリライト「ええじゃないか」。

一九九七（平成九）年　六十四歳

「早稲田文学」二月号に、下北弁での長編「まむし半島のピジン語」。「朝日新聞」の時評に取り上げられる（評者・池澤夏樹）。十二月、「棒ほど願って針ほど叶う——向井豊昭の反逆」を収めた林浩治『戦後非日文学論』（新幹社）が刊行。

一九九八（平成十）年　六十五歳

「早稲田文学」一月号に、父のルーツを探訪した「武蔵国豊島郡練馬城パノラマ大写真」。「函館新聞」（函館新聞社）に、北海道初の文学同人誌「北海文学」を紹介した「山川風色他邦に卓越　百五年前の函館の文学」を連載。

一九九九（平成十一）年　六十六歳

三月、「BARABARA」や「下北における青年期の社会化過程に関する研究」等、三篇を収めた『BARABARA』を出版（四谷ラウンド）。帯文は蓮實重彥、文芸評論家の小森陽一、絓秀実。表紙イラストは漫画家の蛭子能収。同書で第二回四谷ラウンド文学賞を受賞。

二〇〇〇（平成十二）年　六十七歳

「早稲田文学」三月号に「あゝうつくしや」。祖父三部作の完結。「週刊読書人」（読書人）の時評で取り上げられる（評者・大杉重男）。

二〇〇一（平成十三）年　六十八歳

二月、「向井豊昭とBARABARAな価値観」を収めた林浩治『まにまに』（新日本文学会出版部）が刊行。「早稲田文学」三月号に、晩年の代表作「怪道をゆく」。「朝日新聞」の文芸時評に取り上げられる（評者・津島佑子）。三月、「北海道初の文学同人誌」、「別海育ちの詩人」、「誤謬の中の先人」、「根室という風土」の四部からなる批評集『北海道文学を掘る』を自費出版。九五年以降に北海道の各紙誌に発表した論考を集成したもの。四月、東邦大学医療短期大学看護学科の非常勤講師に就任、一般教養の文学を担当。七月、初の書き下ろし長編を単行本化した『DOVADOVA』を出版（四谷ラウンド）。帯文は小説家の中原昌也、文芸評論家の池田雄一。表紙イラストは蛭子能収。「スコラ」（スコラマガジン）や「日刊ゲンダイ」（評者・山田勝仁）などでも紹介される。著者近影は黒塗りでの絶叫という型破りなもの。

二〇〇二（平成十四）年　六十九歳

「早稲田文学」一月号より、下北出身のコールガールの一人称よりなる散文「エロちゃんのアート・レポート」を連載（二〇〇二年十一月号まで、六回）。また「ユリイカ」のベンヤミン特集、およびゴダール特集に、スピンオフを寄稿。三月、『根室・千島歴史人名事典』（根室商工会議所ふるさと運動文化教育委員会）で、向井夷希微の項目を担当。四月、東邦大学看護学部非常勤講師に就任（二〇〇三年度まで）。六月、下北の川内と大畑に分かれていた向井家の墓を川内に統一。十一月、Photographer's gallery にて、小説家の盛田隆二や角田光代、写真家の北島敬三らと共演し、エネルギッシュな朗読を行う。同月、四谷ラウンドが倒産、二冊の単行本は絶版となる。

二〇〇三（平成十五）年　七十歳

一月、叢書『21世紀　文学の創造』（岩波書店）の第九巻『ことばのたくらみ　実作集』（池澤夏樹編）に、「ゴドーを尋ねながら」。「朝日新聞」、「新潮」（新潮社）、「週刊読書人」、「東奥日報」（東奥日報社）に書評が掲載される。「早稲田文学」三月号に、「ヤパーペジ　チセパーペコペ　イタヤバイ」。三月、小森陽一ほか編『岩波講座　文学13　ネイションを超えて』（岩波書店）に中山昭彦「〈アイヌ〉と〈沖縄〉をめぐる文学の現在――向井豊昭と目取真俊」が収録。「早稲田文学」十一月号のアンケート「書き手にとって雑誌とは？」に回答。以降、この手の企画にも積極的にコミットする。

二〇〇四（平成十六）年　七十一歳

この頃、「ウタリと教育」創刊号へ寄稿した金倉義慧との文通が確認できる。「早稲田文学」五月号に、明治時代の函館文学に取材した破天荒な中篇「ト！」。同号に掲載された、柄谷行人「近代文学の終り」に対する反論「アイデンティティへの道」を、「早稲田文学」九月号に発表。
二〇〇五（平成十七）年　七十二歳
「早稲田文学」三月号に、会津に取材した「ゲ!」。五月号をもって第九期「早稲田文学」休刊。商業媒体での小説発表の場を失う。
二〇〇六（平成十八）年　七十三歳
一月、「静内文芸」二十六号（「静内文芸」刊行委員会）に「小熊秀雄とつね子さんの風景」。七月、好川之範・赤間均編『北海道の不思議事典』（新人物往来社）に四項目を寄稿。八月、表題作を含め三篇を収めた『怪道をゆく』を自費出版（BARABARA書房、限定百部）。「東奥日報」、「三陸新報」（三陸新報社）で紹介される。十二月、早稲田文学新人賞受賞者仲間の麻田圭子とのコラボレーション小説『みづはなけれどふねはしる』を自費出版（BARABARA書房、限定百部）。祖父三部作とも関係した作品で、週刊読書人でも取り上げられる（評者・可能涼介）。同月、「文藝にいかっぷ」二十五号（新ひだか文芸刊行会）に「小熊秀雄への助太刀リポート」。
二〇〇七（平成十九）年　七十四歳
第十次「早稲田文学」刊行開始。五月、創刊準備号の「早稲田文学〇」に「ドレミの外」。七月、妻・恵子の詩集『眼《まなぐ》』を編集、同詩集は第四十一回小熊秀雄賞の最終候補に。八月、好川之範・近江幸雄編『箱館戦争銘々伝』下巻（新人物往来社）に「煤孫金次――ブヨを弔った額兵隊少年ラッパ兵」。十月、死を覚悟して、手描きの個人誌「Mortos」を刊行開始。十一月、「Mortos」三号に「飛ぶくしゃみ」。十二月、「文藝にいかっぷ」二十六号に「続・小熊秀雄への助太刀リポート」。
二〇〇八（平成二十）年　七十五歳
四月、商業出版では七年ぶりの単行本となる『怪道をゆく』を出版（早稲田文学会／太田出版）。「読売新聞」の文芸時評で取り上げられる（評者・池田雄一）。六月、「Mortos」（終刊号、四号）に「新説国境論」。六月三十日、肝臓癌で逝去。

若き日の結核手術の輸血にてC型肝炎に感染し、それが癌を引き起こしたのだった。七月、フリーペーパー「WB」（早稲田文学会）Vol.13に、祖父の臨終を描いた「わっはっはっはっはっはっは！」。十二月、「早稲田文学2」に、「Mortos」の送付先に後送された追補編を初出とする「島本コウヘイは円空だった」、付記は池田雄一。

二〇〇九（平成二十一）年

十二月、東條慎生編集の「幻視社」四号で追悼特集、「早稲田文学」編集部に預けられていた遺稿が公開開始（企画者・岡和田晃）。同月、「文藝にいかっぷ」二十七号に「ト書きのない戯曲」。生前、公開を約して預けられていた最後の原稿。

二〇一一（平成二十三）年

六月、「幻視社」のウェブサイト上で、東條慎生を管理人として「向井豊昭アーカイブ」（http://genshisha.g2.xrea.com/mukaitoyoaki/index.html）が公開開始。十一月四日、長男・流が逝去、享年四十一。

二〇一二（平成二十四）年

「未来」一月号から、岡和田晃による評伝「向井豊昭の闘争」が連載開始（五月号休載、一三年一月号まで）。三月、東京理科大学で、十二月、筑波大学で、岡和田晃による向井文学についての講演。

二〇一三（平成二十五）年

二月、「子午線　原理・形態・批評」（子午線）創刊号に綿野恵太「遊歩する情動――向井豊昭と短歌」。八月、「早稲田文学6」に遺稿「用意、ドン！」と岡和田晃による解説「二〇一三年の向井豊昭」。「東京新聞」（中日新聞東京本社）の文芸時評（評者・沼野充義）および「文學界」の新人小説月評（評者・田中弥生）に取り上げられる。十月、柴田巌・後藤斉編／峰芳隆監修『日本エスペラント運動人名事典』（ひつじ書房）に「向井豊昭」の項目が入る。

二〇一四（平成二十六）年

一月、岡和田晃編・解説『向井豊昭傑作集　飛ぶくしゃみ』（未來社）刊行。「文藝」（評者・池田雄一）ほかで書評が掲載。五月、岡和田晃「「辺境」という発火源――向井豊昭と新冠御料牧場」（『北の想像力　〈北海道文学〉と〈北海道SF〉をめぐる思索の旅』所収、寿郎社）。同月、東海大学でシンポジウム「辺境の想像力――現代文学における〈境界〉への眼差し」（司会・倉数茂、パネリスト・山城むつみ、三輪太郎、石和義之、岡和田晃、田中里尚、東條慎生）。同月、向井豊昭との交流についても記された三ツ石清の遺稿集『エスペラントは「私の大学」だ』（リベーロイ社）刊。七月、岡和田晃『向井豊昭の闘争　異種混交性（ハイブリディティ）の世界文学』（未來社）刊、帯文は作家の笙野頼子。「時事通信」（評者・長澤唯史）ほかで書評が掲載。「すばる」二〇一四年十二月号に岡和田晃「夷《えにし》を微かに希《ねが》うこと――向井豊昭と木村友祐」。

二〇一五（平成二十七）年

一月、岡和田晃／マーク・ウィンチェスターの共編著『アイヌ民族否定論に抗する』（河出書房新社）に、岡和田「歴史修正主義と〈マイノリティ憑依〉を、ともに打破する言葉はどこか――教育者にして作家・向井豊昭の調査と思索、その原点」が掲載。以後、下北沢本屋B＆B、神田外語大学、SF乱学講座、植民地文化学会、歴史知研究会、差別論研究会、東京外国語大学等で〈アイヌ〉へのヘイトスピーチに対抗するための洞察を与える先駆作として、向井文学を紹介する講演（二〇一六年一月まで）。四月より、向井豊昭の文学観を享けた岡和田晃の監修によるリレー執筆で、「現代北海道文学論〈北の想像力〉の可能性」が「北海道新聞」で連載（二〇一七年十二月まで）。

二〇一七（平成二十八）年

「すばる」二月号に岡和田晃「〈アイヌ〉をめぐる状況とヘイトスピーチ――向井豊昭

「脱殻《カイセイエ》」から見えた「伏字的死角」」。七月、向井豊昭「ゴドーを尋ねながら」が、池澤夏樹責任編集『日本文学全集』の『第二十八巻　近現代作家集Ⅲ』（河出書房新社）に収められる。

二〇一八（平成二十九）年

「すばる」三月号に山城むつみ「カイセイエ——向井豊昭と鳩沢佐美夫」。同月、書評SNS「シミルボン」に山城むつみと岡和田晃の対談「歴史の声に動かされ、テクストを掘り下げるということ」（https://shimirubon.jp/series/410）が連載（二〇一四年のジュンク堂書店池袋本店での対談の採録）。八月、『向井豊昭の闘争』以後の向井豊昭論を集成した岡和田晃『反ヘイト・反新自由主義の批評精神　いま読まれるべき〈文学〉とは何か』（寿郎社）刊。「すばる」十二月号に山城むつみ「連続する問題　第三回　向井豊昭没後十年」。「あゝうつくしや」について掘り下げた批評。

※『向井豊昭傑作集　飛ぶくしゃみ』の年譜を下敷きに、加筆修正を加えた。詳細な著作リストは『向井豊昭の闘争』および「幻視社」八号を参照。

（年譜作成・岡和田晃）

初出一覧

Ⅰ

鳩笛
「日高文芸」五号・一九七〇年七月／単行本『鳩笛』（北の街社）一九七四年五月

脱殻
「手」十一号・一九七二年五月

Ⅱ

骨踊り
生前未発表／「向井豊昭アーカイブ」掲載（二〇一三年）

Ⅲ

ええじゃないか
「早稲田文学」一九九六年九月号

武蔵国豊島郡練馬城パノラマ大写真
「早稲田文学」一九九八年一月号

あゝうつくしや
「早稲田文学」二〇〇〇年三月号

資料

向井家人物関係図・人物紹介
本書

『根室・千島歴史人名事典』より「向井夷希微（むかい・いきび）」
『根室・千島歴史人名事典』根室・千島歴史人名事典刊行会　二〇〇二年三月

第十二回早稲田文学新人賞受賞の言葉
「早稲田文学」一九九六年一月号

単行本『BARABARA』あとがき
四谷ラウンド刊　一九九九年三月

やあ、向井さん
「Mortos」創刊号　二〇〇七年十月

フランス小説の現在——いつわりの難解さとその活力（平岡篤頼）
「早稲田文学」一九八四年九月号

鼎談　向井豊昭を読み直す（岡和田晃×東條慎生×山城むつみ）
本書

解説「生命の論理、曙を呼ぶ声」を聞き取ること（岡和田晃）
本書

著者略歴

向井豊昭（むかい・とよあき）1933年生。祖父は詩人の向井夷希微。東京大空襲ののち下北半島・川内町（現むつ市）に疎開。中学卒業後、鉱山労働に従事するも結核となり、療養生活を経て玉川大学文学部通信教育課程で教員免許を取得。北海道日高地方の小学校で25年間勤務した後、上京。1996年、「BARABARA」で第12回早稲田文学新人賞を当時最年長の62歳で受賞、反骨の「マイナー文学」作家として注目を集める。死の直前までゲリラ的な作品発表を継続したが、2008年、肝臓癌で逝去。商業出版の既刊単著に『BARABARA』（四谷ラウンド、1999）、『DOVADOVA』（四谷ラウンド、2001）、『怪道をゆく』（早稲田文学会／太田出版、2008）、『飛ぶくしゃみ　向井豊昭傑作集』（未來社、2014）がある。

解説・鼎談者略歴

岡和田晃（おかわだ・あきら）1981年生。文芸評論家・ゲームデザイナー・東海大学非常勤講師。著書に『向井豊昭の闘争　異種混交性（ハイブリディティ）の世界文学』（未來社）、『反ヘイト・反新自由主義の批評精神　いま読まれるべき〈文学〉とは何か』（寿郎社）ほか。編著に『飛ぶくしゃみ』など。翻訳書に『アンクル・アグリーの地下迷宮』（グループSNE）ほか。

東條慎生（とうじょう・しんせい）1981年生。ライター・「向井豊昭アーカイブ」運営者。季刊「未来」（未來社）に「『挾み撃ち』の夢——後藤明生の引揚げ（エグザイル）」を連載。「図書新聞」、「北海道新聞」等に寄稿。岡和田との共著に『北の想像力　〈北海道文学〉と〈北海道ＳＦ〉をめぐる思索の旅』（寿郎社）、『アイヌ民族否定論に抗する』（河出書房新社）ほか。

山城むつみ（やましろ・むつみ）1960年生まれ。文芸評論家・東海大学文化社会学部文芸創作学科教授。著書に『文学のプログラム』『ドストエフスキー』（講談社文芸文庫）、『連続する問題』（幻戯書房）、『小林秀雄とその戦争の時　『ドストエフスキイの文学』の空白』（新潮社）など。

カバー・扉装画／装幀
川勝徳重

骨踊《こつおど》り

向井豊昭小説選

二〇一九年二月十日　第一刷発行

著　者　向井豊昭

発行者　田尻　勉

発行所　幻戯書房

郵便番号一〇一－〇〇五二
東京都千代田区神田小川町三－十二
岩崎ビル二階
電　話　〇三（五二八三）三九三四
ＦＡＸ　〇三（五二八三）三九三五
ＵＲＬ　http://www.genki-shobou.co.jp/

印刷・製本　美研プリンティング

ISBN978-4-86488-164-7　C0093